學術論文集叢書

單周堯教授七秩壽慶論文集

李雄溪、招祥麒、郭鵬飛、許子濱　主編

潘漢芳、蕭敬偉　編輯

單周堯教授

單周堯教授與饒宗頤教授

單周堯教授榮獲香港大學長期服務獎，與單夫人、校長徐立之教授合影

單周堯教授於香港教育大學講演

單周堯教授與詹伯慧教授（左一）合照

單周堯教授與陳耀南教授（前排右二）合影

單周堯教授與林慶彰教授及其他港臺學者攝於香港屯門

許子濱教授、單周堯教授、彭林教授伉儷、郭鵬飛教授、李雄溪教授
（由左至右）攝於香港黃金海岸

單周堯教授與余光中教授伉儷合影

單周堯教授與金聖華教授、白先勇教授

單周堯教授六十五華誕晚宴大合照

序言

　　單周堯老師六秩晉五之時，漢語方言學泰斗詹伯慧先生這樣形容單老師：「一位永遠充滿活力，永遠不知疲倦的學者」。詹先生與單老師交遊論學三十多年，深知其治學和為人。五年過去了，但套用詹教授這句話來描述今天的單老師，仍然是那麼貼切傳神。單老師一直把他的活力灌注在學術研究之上。不管是執教於香港大學中文學院那三十幾年，還是在香港能仁專上學院工作這五年來，從教四十個春秋，即使行政事務如何繁重，單老師仍堅持究心學術，未嘗中輟片刻。單計單老師已發表論文的數量，就已多達二百篇（詳參是書所錄謝向榮學弟編寫的〈單周堯教授論著目錄〉）。要說著作等身，成果豐碩，單老師肯定是本地同輩學者中的第一人。真的是縱轡騁節，令人望塵莫及。不僅做學問，單老師的道德氣度，同樣為人敬佩、為學人樹立楷模。無怪乎大陸、臺灣等地學者都視單老師為香港中文學界的領軍人物。

　　單老師已達達人，向以作育英才為己任，為學術界培養和造就了許許多多的研究人才。十年前，我等單門弟子，共同提供稿件，出版了《耕耨集——漢語與經典論集》（香港：商務印書館，2007年），獻給老師，作為老師六十壽辰的賀禮。其後，承蒙向光忠（已故）、錢宗武、張其昀三位先生鼎力襄助，既為我們印製《單周堯教授六秩晉五壽慶文集》（揚州：揚州大學文學院，2012年），又在揚州大學召開老師六秩壽慶研討會。五年後的今天，單老師已屆從心所欲之年，依然孜孜不倦，著書立說，煥發出旺盛的學術生命。受到老師的身教和感染，我們一眾弟子也不敢怠慢荒惰，都在各自的學術園地上繼續奮勵耕耘。秉持薪火相傳的傳統，我們也培養出一批碩士和博士研究生。這些單門再傳弟子，都在各自的學術領域裏，嶄露頭角，各擅勝場，形成一支略具規模的生力軍。今值單老師七十壽辰大喜之時，單門弟子和再傳弟子同心協

力，各自貢獻文稿，結集出版賀壽文集，藉此向單老師表示最崇高的敬意和祝賀。單老師交遊廣闊，譽滿士林。故書中所錄，還包括謝向榮學弟匯輯的學界友人評述單老師的相關詩文目錄，有助於讀者了解單老師的治學和為人。

年高德劭的詹伯慧先生為是書題簽，使蓬蓽生輝，銘感無已。是書能趕及在單老師華誕前出版，得以用作賀壽禮物，全靠臺灣萬卷樓編輯張晏瑞、翁承佑兩位先生和邱詩倫女史的大力幫忙，謹代表同仁向他們致以由衷的謝意。

簡述是書編纂源起如上。謹此祝願單老師福壽康寧！

李雄溪、郭鵬飛、許子濱謹序

二〇一七年七月

目　次

經史

文字訓詁

感言

單周堯教授簡歷

謝向榮

香港能仁專上學院

　　業師單周堯教授，祖籍廣東東莞，一九四七年生於香港，字文農，號勉齋，五十以後又號澹齋，室名薄怒齋。

　　單師自小喜愛閱讀，與文字結下不解之緣。幼時，得姑母指導，誦習古詩文，奠下良好語文基礎。小學期間，尤愛讀章回小說，一年級即讀《五虎平西》，並先後讀《三國演義》三遍，《西遊記》、《水滸傳》各兩遍，以及《封神榜》、《白蛇傳》、《七俠五義》、《包公案》與金庸、梁羽生之武俠小說等。一九六〇年畢業於李陞小學，因成績優異，獲全港獎學金，中學五年免費，肆業於香港著名之英皇書院。初中一年級獲中文科全級第一名，益發憤自勵，常於中文、中史課程範圍之外，馳騁於古今載籍，讀張橫渠「為天地立心，為生民立命，為往聖繼絕學，為萬世開太平」語，心嚮往之。中學五年畢業，升讀原校預科二年。大學預科，文理分流，單師選修生物、化學、物理，本意習醫濟世。一年後，覺理科非所長，轉考香港中文大學，獲社會學系錄取，主修社會學，副修經濟學，系方滿意表現，許以獎學金。惟所習終非素志，故改投考香港大學，既獲錄取，入讀中文系。

　　攻讀港大本科期間，成績優異，屢獲頒發獎學金，畢業考試成績更為全級之冠。大學畢業後，從陳湛銓先生游。陳先生博聞強識，嫻於古籍，群經、諸子、《說文》、詩文，均能成誦。自一九六八年起，師從港大中文系黃六平先生（筆名向夏），學習經學與小學。一九七一年以「通叚斠詮」為題，從黃六平先生修碩士之業，點讀《說文解字詁林》，研析清人通假之說。一九七五年，

得港大哲學碩士學位，並從黃六平師祖之命，返香港大學工作。一九七八年，從馬順之教授修讀博士學位，仍治清代文字學，六年而成博士論文，題為「王筠《說文釋例》異體字諸篇之研究」，於一九八四年得哲學博士學位。

單師所研究者，以文字、音韻、訓詁、出土文獻、粵方言、《左傳》為主，擅書法，出入甲、金、篆、隸、行、楷，尤以篆隸名世。自一九七五年起，即任職於香港大學中文系（現稱中文學院），講授《左傳》、文字學、音韻學等課。一九八一至一九八二年，遊學英國，任英國里茲大學訪問學人。一九八七年，任第一屆國際粵方言研討會召集人。一九九四年，與美國史丹福大學王靖宇教授聯合召開第一屆《左傳》國際學術研討會。一九九八至二〇〇七年，任香港大學中文系及升格後之中文學院主任。二〇〇五年，榮獲香港大學頒授「明德教授席——陳漢賢伉儷基金中文教授」。二〇〇六年，榮獲香港大學「最佳論文指導獎（Outstanding Supervisor Award）」。歷任新加坡國立大學中文系、香港中文大學中文系、嶺南大學中文系、香港浸會大學語言中心、香港公開大學文學及社會科學院之校外考試委員；現任香港能仁專上學院副校長（學術）、文學院院長暨中文系主任；兼任香港大學中文學院榮譽教授、香港大學香港人文社會研究所院士、香港城市大學中文及歷史系顧問委員會委員、中央研究院中國文哲研究所學術諮詢委員、清華大學名譽研究員、曲阜師範大學國學院學術委員會副主任委員、南開大學榮譽教授、西南交通大學客座教授、東北師範大學榮譽教授、湘潭大學榮譽教授、《能仁學報》主編、《中國語文》編輯委員、《中國經學》編輯委員、《人文中國學報》編輯委員、《粵語研究》編輯委員、《中國文哲研究集刊》、《南大語言文化學報》顧問委員、《文與哲》顧問兼編審委員、《東方文化》編輯顧問、《饒宗頤國學院院刊》學術顧問、香港中國語文學會副主席、安子介基金管理委員會主席、饒學研究基金專案評審委員會委員、中國文字學會理事、香港中華文化促進中心理事、香港政府康樂及文化事務署博物館名譽顧問、紀念黃世仲基金會榮譽顧問、中山大學芙蘭獎評審委員。發表論文約二百篇，專著有《中國語文論稿》、《文字訓詁叢稿》、《左傳學論集》、《勉齋小學論叢》等。

單周堯教授論著目錄

謝向榮

香港能仁專上學院中文系助理教授

說明：

1. 本目錄收錄單師各類論著，並按發表及出版年月排序。

2. 單師之論著目錄，謹分為十部分，依序為（一）學術專著、（二）編著、（三）教材、（四）學刊、論文集及專書論文、（五）研討會論文、（六）書評論文、（七）詩詞、對聯、題辭、碑記及書畫題跋、（八）雜文、（九）序跋、（十）專欄文章。

3. 「學刊、論文集及專書論文」所收論著，均為單師之單篇論文，謹分為十二類，依序為（一）《說文》、（二）文字與訓詁、（三）字書與辭書、（四）簡帛研究、（五）春秋與三傳、（六）三禮與孝道、（七）論孟與尚書、（八）高本漢研究、（九）現代漢語、（十）音韻學、（十一）粵方言、（十二）其他。

4. 單師從教逾四十年，著述宏豐。筆者見識淺陋，目錄如有錯漏，懇請諸位專家學者海涵，不吝訂正。謹列本目錄所收論著類目如下：

論著分類		數目
一	學術專著	10本
二	編著	26項
三	教材	8項
四	學刊、論文集及專書論文	152篇
	（一）《說文》	(8)
	（二）文字與訓詁	(54)
	（三）字數與辭書	(6)
	（四）簡帛研究	(12)
	（五）春秋與三傳	(20)
	（六）三禮與孝道	(9)
	（七）論孟與尚書	(4)
	（八）高本漢研究	(6)
	（九）現代漢語	(6)
	（十）音韻學	(12)
	（十一）粵方言	(10)
	（十二）其他	(5)
五	研討會論文	26篇
六	書評論文	10篇
七	雜文	8篇
八	詩詞、對聯、題辭、碑記及書畫題跋	31則
九	序跋	41篇
十	專欄文章	34篇

一 學術專著

1. 《通叚斠詮》（香港大學中文系哲學碩士學位論文，1975年）。

2. 《王筠〈說文釋例〉異體字諸篇之研究》（香港大學中文系哲學博士學位論文，1984年）。

3. 《〈說文釋例〉有關籀文、或體、俗體諸篇之研究》（《香港中國語文學會專刊》第1本，香港：香港中國語文學會，1986年12月）。58頁。後收入《文字訓詁叢稿》，頁82-118。

4. 《〈說文釋例·異部重文篇〉研究》（香港大學中文系文史叢書之三，香港：香港大學中文系，1988年10月）。264頁。

5. 《中國語文論稾》（香港：現代教育研究社，1988年11月）。174頁。

6. 《左傳學論集》（臺北市：文史哲出版社，2000年2月）。157頁。

7. 《文字訓詁叢稿》（臺北市：文史哲出版社，2000年3月）。280頁。

8. 《勉齋小學論叢》（上海市：上海古籍出版社，2009年4月）。289頁。

9. 《新視野中華經典文庫：左傳》（與許子濱合著）（香港：中華書局，2015年7月）。380頁。

10. 《勉齋論學雜著》（上海市：上海古籍出版社，付梓中）。

二 編著

1. 【編著】《新編中國文選》（香港：香港大學出版社，1983年）。248頁。

2. 【編委】《香港初中學生中文詞匯研究》（香港：香港政府印務局，1986年12月）。545頁。

3. 【編委】《王力先生紀念論文集》（香港：三聯書店，1987年2月）。816頁。

4. 【編委】《常用字廣州話讀音表（修訂本）》（香港：香港教育署，1992年）。318頁。

5. 【編著】《中國文選（上冊）》（香港：香港大學出版社，1992年）。209頁。

6. 【編著】《中國文史哲基礎課程》（香港：香港大學專業進修學院，1992年）。

7. 【主編】《第一屆國際粵方言研討會論文集》（香港：現代教育研究社，1994年）。237頁。

8. 【編委】《「一九九七與香港中文」研討會論文集》（香港：香港中文大學、香港中國語文學會，1996年12月）。470頁。

9. 【編委】《常用字字形表（修訂本）》（香港：香港教育學院，1997年）。525頁。

10. 【主編】《第七屆國際粵方言研討會論文集》（北京市：商務印書館，2000年12月）。510頁。

11. 【副主編】《廣州話正音字典》（廣州市：廣東人民出版社，2002年7月初版，2004年7月修訂版）。970頁。

12. 【執行編輯】《饒宗頤二十世紀學術文集（全20冊）》（臺北市：新文豐出版股份有限公司，2003年10月）。

13. 【主編】《東西方文化承傳與創新》（新加坡：Uni Press、八方文化創作室，2004年11月）。405頁。

14. 【主編】《語言文字學研究》（北京市：中國社會科學出版社，2005年12月）。361頁。

15. 【學報主編】《東方文化》（香港大學中文學院、史丹福大學中華語言文化研究中心聯合出版）第38卷1-2期合刊（2005）、第39卷第1期（2005）、第39卷第2期（2005）、第40卷1-2期合刊（2005）、第41卷第1期（2006）、第41卷第2期（2008，201頁）、第42卷合刊（2009，293頁）、第43卷合刊（2010，310頁）、第44卷期合刊（2011，376頁）。

16. 【主編】《香港大學中文學院歷史圖錄》（香港：香港大學中文學院，2007年9月）。265頁。

17. 【副主編】《華學（第九、十輯，全六冊）》（上海市：上海古籍出版社，2008年8月）。

18. 【主編】《明清學術研究》（北京市：中國社會科學出版社，2009年6月）。691頁。

19. 【主編】《香港大學中文學院八十周年紀念學術論文集》（上海市：上海古籍出版社，2009年12月）。672頁。

20. 【主編】《香港大學中文學院八十周年紀念學術論文集（英文分冊）》（上海市：上海古籍出版社，2011年3月）。352頁。

21. 【主編】《東西方研究》（上海市：上海古籍出版社，2011年12月）。642頁。

22. 【編委】《新視野中華經典文庫》（全套共五十分冊。收錄中國歷代經典名著近六十種，涵蓋哲學、文學、歷史、醫學、宗教等各個領域）（香港：中華書局，2012-　）。

23. 【學報主編】《能仁學報》（香港能仁書院出版，書院2014年起正名為香港能仁專上學院）第11期「粵音專號」（2012，585頁）、第12期（2013，380頁）、第13期「禮學專號（一）」（2014-15，166頁）、第14期「禮學專號（二）」（2015-16，206頁）。

24. 【主編】《禮樂中國——首屆禮學國際學術研討會論文集》（上海市：上海書店出版社，2013年8月）。546頁。

25. 【主編】《禮樂》第1期「大學之道」（北京市：金城出版社，2013年8月）。146頁。

26. 【主編】《當代粵語正音字典》（香港：商務印書館，準備付梓）。

三　教材

1. 〈唐五代文學〉，《中國文史哲基礎課程・單元8》（香港：香港大學專業進修學院，1992年）。83頁。

2. 〈宋代文學〉，《中國文史哲基礎課程・單元14》（香港：香港大學專業進修學院，1992年）。68頁。

3. 〈元代文學〉，《中國文史哲基礎課程・單元15》（香港：香港大學專業進修學院，1992年）。66頁。

4. 〈明清文學〉，《中國文史哲基礎課程・單元16》（香港：香港大學專業進修學院，1992年）。92頁。

5. 〈《左傳‧韲之戰》注解〉,《新編中國文選》(香港:香港大學出版社,
   1983年),上冊,頁117-148;又載於《中國文選》(香港:香港大學出版
   社,1992年),上冊,頁111-142。

6. 〈《史記‧太史公自序(節錄)》注解〉,《新編中國文選》(香港:香港大學
   出版社,1983年),上冊,頁149-172;又載於《中國文選》(香港:香港大
   學出版社,1992年),上冊,頁143-163。

7. 〈《漢書‧藝文志‧諸子略》注解〉,《新編中國文選》(香港:香港大學出
   版社,1983年),上冊,頁173-195。

8. 〈《說文解字‧敘》注解〉,《新編中國文選》(香港:香港大學出版社,
   1983年),上冊,頁197-226。

四 學刊、論文集及專書論文

(一)《說文》

1. 〈《說文釋例》異體字諸篇管窺〉,《香港大學中文系集刊》第2卷「香港大
   學中文系成立六十週年紀念專號」(香港:香港大學中文系,1987年),頁
   177-198;後收入《中國語文論彙》(香港:現代教育研究社,1988年11
   月),頁86-106。

2. 〈《說文釋例‧累增字篇》研究〉,《東方文化》第22卷第2期(1984年號,
   1988年印行),頁1-65;後收入《中國語文論彙》(香港:現代教育研究
   社,1988年11月),頁22-85。

3. 〈讀王筠《說文釋例‧同部重文篇》札記〉,《古文字研究》第17輯(北京
   市:中華書局,1989年6月),頁362-404;後收入《文字訓詁叢稿》(臺北
   市:文史哲出版社,2000年3月),頁1-81。

4. 〈清代「說文家」通假說斠詮〉,《第一屆國際清代學術研討會論文集》(高
   雄市:中山大學中國文學系,1993年11月),頁649-675;後收入《文字訓
   詁叢稿》(臺北市:文史哲出版社,2000年3月),頁177-221。

5. 〈《說文》所見粵方言本字零拾〉,《第一屆國際粵方言研討會論文集》(香
   港:現代教育研究社,1994年),頁179-187。

6. 〈王筠之《說文解字》異部重文研究〉，《第三屆國際暨第八屆清代學術研討會論文集》（高雄市：中山大學清代學術研究中心，2004年7月），下冊，頁317-412；後收入《勉齋小學論叢》（上海市：上海古籍出版社，2009年4月），頁44-139。

7. 〈讀《說文》記四則〉，《說文學研究》第4輯（北京市：線裝書局，2010年6月），頁142-152。

8. 〈《切韻》殘卷S.2055引《說文》考〉，《慶賀饒宗頤先生九十五華誕敦煌學國際學術研討會論文集》（北京市：中華書局，2012年12月），頁694-739；又載《慶賀饒宗頤先生九十五華誕敦煌學國際學術研討會論文集》（敦煌市：敦煌研究院，2010年8月），頁781-831。

（二）文字與訓詁

1. 〈《「有教無類」古解》質疑〉，《歷史研究》1978年第12期（1978年12月），頁33-34。

2. 〈「牂」「牂」辨〉，《抖擻》第32期（1979年3月），頁75。

3. 〈墻盤「𩎮」字試釋〉，《文物》1979年第11期（1979年11月），頁70；後收入《勉齋小學論叢》（上海市：上海古籍出版社，2009年4月），頁239-241。

4. 〈章太炎《小學答問》質疑〉，《東方文化》第17卷（1979年），頁81-101；後收入《中國語文論彙》（香港：現代教育研究社，1988年11月），頁1-21。

5. 〈甲骨文中的「𡴋」與「𡴋」〉，《中國語文》第156期（1980年3月），頁140-141。

6. 〈「天祝予」解詁〉，《孔道專刊》第4期（香港：香港孔聖堂，1980年5月），頁93。

7. 〈𡴋為「芰」字說質疑〉，《語文雜誌》第6期（香港：香港中國語文學會，1981年1月），頁47-49。

8. 〈「訓詁之旨存乎聲音」說〉，《孔道專刊》第5期（香港：香港孔聖堂，1981年5月），頁79-83。

9. 〈「王」字本義平議〉，《東方》1980-81年度專號（馬蒙教授榮休紀念專

號，香港：香港大學中文學會，1982年6月），頁63-70；後收入《中國語文論彙》（香港：現代教育研究社，1988年11月），頁118-125；《勉齋小學論叢》（上海市：上海古籍出版社，2009年4月），頁210-226。

10. 〈說「核」〉，《語文雜誌》第9期（香港：香港中國語文學會，1982年7月），頁22-24；後收入《中國語文論彙》（香港：現代教育研究社，1988年11月），頁172-175。

11. 〈古形古音對研究文字朔義的重要性〉，《語文雜誌》第10期（香港：香港中國語文學會，1983年4月），頁13-15。

12. 〈說「皇」〉，《古文字研究》第10輯（北京市：中華書局，1983年7月），頁70-77；後收入《勉齋小學論叢》（上海市：上海古籍出版社，2009年4月），頁227-235。

13. 〈釋「奄」〉，《語文雜誌》第11期（趙元任教授紀念專號，香港：香港中國語文學會，1983年12月），頁71-72；後收入《中國語文論彙》（香港：現代教育研究社，1988年11月），頁129-130；《勉齋小學論叢》（上海市：上海古籍出版社，2009年4月），頁236-238。

14. 〈「不」字本義為花柎說質疑〉，《中國語文研究》第5期（香港：香港中文大學中國文化研究所，1984年2月），頁31-33；後收入《中國語文論彙》（香港：現代教育研究社，1988年11月），頁126-128。

15. 〈說「覞覤」〉，《明報月刊》第19卷第2期（1984年2月），頁100。

16. 〈釋「寶」中之「珏」〉，《語文雜誌》第12期（香港：香港中國語文學會，1984年7月），頁73-77；後收入《中國語文論彙》（香港：現代教育研究社，1988年11月），頁133-137；《勉齋小學論叢》（上海市：上海古籍出版社，2009年4月），頁258-264。

17. 〈「彀」字初義平議〉，《歐華學報》第2期（香港：歐洲華人學會，1987年1月），頁168-169；後收入《中國語文論彙》（香港：現代教育研究社，1988年11月），頁131-132及《勉齋小學論叢》（上海市：上海古籍出版社，2009年4月），頁265-268。

18. 〈「萊」非「羌龜」辨——兼論唐蘭之釋「萊」〉，《王力先生紀念論文集（中

文分冊）》（香港：三聯書店，1987年2月），頁215-225；後收入《中國語文論彙》（香港：現代教育研究社，1988年11月），頁107-117。

19. 〈說🐍〉，《殷墟博物苑苑刊》創刊號（北京市：中國社會科學出版社，1989年8月），頁165-168；後收入《勉齋小學論叢》（上海市：上海古籍出版社，2009年4月），頁173-180。

20. 〈多體形聲字窺管〉，《中國語文研究》第10期（香港：香港中文大學中國文化研究所，1992年5月），頁37-58；後收入《文字訓詁叢稿》（臺北市：文史哲出版社，2000年3月），頁119-176。

21. 〈古文字札記二則：（1）說羧；（2）🔥非「戠」字說〉，《第三屆中國文字學國際學術研討會論文集》（臺北市：輔仁大學出版社，1992年6月），頁19-26。

22. 〈說🖐〉，《歐華學報》第3期（香港：歐洲華人學會，1993年5月），頁174-175。

23. 〈說「示」〉，《第二屆國際中國古文字學研討會論文集（續編）》（香港：香港中文大學中文系，1995年9月），頁95-118；後收入《勉齋小學論叢》（上海市：上海古籍出版社，2009年4月），頁181-209。

24. 〈章炳麟《小學答問・序》評朱駿聲語管窺〉，《第一屆國際暨第三屆全國訓詁學學術研討會論文集》（高雄市：中山大學中國文學系，1997年4月），頁327-332；又載於《訓詁論叢》（臺北市：文史哲出版社，1997年5月），頁327-332；《文字訓詁叢稿》（臺北市：文史哲出版社，2000年3月），頁222-231。

25. 〈「🔥」為「截」之初文說獻疑〉，《第三屆國際中國古文字學研討會論文集》（香港：香港中文大學中文系，1997年10月），頁907-914。

26. 〈說屮艸茻蘆〉，《嶺南學報》新1期（香港：嶺南大學文學與翻譯研究中心，1999年10月），頁13-28；後收入《勉齋小學論叢》（上海市：上海古籍出版社，2009年4月），頁269-289。

27. 〈說🐚——讀《觀堂集林・釋昱》小識〉，《紀念王國維先生誕辰120周年學術論文集》（廣州市：廣東教育出版社，1999年12月），頁43-49。

28. 〈《天問》「后帝不若」解詁〉,《中國語文》2001年第4期（總283期,2001年7月）,頁370-372；後易名為〈《楚辭‧天問》「后帝不若」解詁〉,刊於《能仁學報》第12期（香港：香港能仁書院,2013年3月）,頁4-10。

29. 〈說 ᛁ〉,《甲骨文發現百周年紀念國際會議論文集》（巴黎市：法國高等社科院東亞語言研究中心,2001年9月）,頁249-258。

30. 〈說 ᛁ〉,《漢字研究》第1輯（北京市：學苑出版社,2005年6月）,頁235-237。

31. 〈說「旅」「遊」〉,《第一屆世界華文旅遊文學國際學術研討會文集》（香港：明報出版社,2008年3月）,頁303-307。

32. 〈試論文字學之當代意義〉,《江蘇文史研究》2008年第1期（總57期,2008年3月）,頁18-24；又載於《林天蔚教授紀念文集》（臺北市：文史哲出版社,2009年12月）,頁205-213。

33. 〈以古音研釋古文字朔義舉隅〉,《古文字學論稿》（合肥市：安徽大學出版社,2008年4月）,頁437-446。

34. 〈古籍整理古字形補釋芻議〉,《古籍整理與中國古典文獻學學科建設國際學術研討會論文集》（濟南市：山東大學古典文獻研究所,2009年3月）,頁145-153。

35. 〈答《小學答問》札記〉,《勉齋小學論叢》（上海市：上海古籍出版社,2009年4月）,頁1-43。

36. 〈讀甲文記四則〉,《勉齋小學論叢》（上海市：上海古籍出版社,2009年4月）,頁140-156。

37. 〈說「戈」四則〉,《勉齋小學論叢》（上海市：上海古籍出版社,2009年4月）,頁157-172。

38. "On the Chinese Characters," *The Creative Alphabets in the Whole World*, pp.21-32 (Korea, San Chung Pub. Co., September 2009).

39. 〈《經典釋文》商兌二則〉,《中國經學》第5輯（桂林市：廣西師範大學出版社,2009年10月）,頁227-234。

40. 〈讀甲文記六則〉，《香港大學中文學院八十周年紀念學術論文集》（上海市：上海古籍出版社，2009年12月），頁256-270。

41. 〈《詩・小雅・常棣・鄭箋》「不」字訓釋研究〉，《海峽兩岸鄭玄學術研討會論文集》（濟南市：山東大學易學與中國古代哲學研究中心，2010年7月），頁213-222；又載《鄭學叢論》（上海市：上海科學技術文獻出版社，2013年6月），頁209-219；《經學與中國文獻文化國際學術研討會論文集（上冊）》（南京市：南京大學文學院，2013年8月），頁180-188。

42. 〈論古字形研究對經籍研究之影響〉，《第四屆中國經學國際學術研討會會議論文集》（臺北市：臺灣大學文學院，2011年3月），下冊，頁493-507。

43. 〈說昱〉，《趙誠先生從事古文獻研究五十年紀念文集》（西安市：陝西師範大學出版社，2011年5月），頁10-13。

44. 〈當代語言文字學與傳統典籍之整理〉，《當代語言科學創新與發展國際學術研討會暨〈語言科學〉創刊十周年慶典論文集》（徐州市：江蘇師範大學語言研究所，2012年10月），頁361-385。

45. 〈據古形古音研釋古文字舉隅〉，《歷史語言學研究》第5輯（北京市：商務印書館，2012年5月），頁48-67。

46. 〈古字形對經籍研究影響舉隅〉，《百川匯海──文史譯新探》（香港：中華書局，2013年6月），頁202-219。

47. 〈漢語字詞研析四則〉，《跨越古今──中國語言文字學論文集（古代卷）》（馬來西亞：馬來亞大學中文系、馬來亞大學中文系畢業生協會，2013年10月），頁331-341。

48. 〈古文字與國學典籍之訓詁及整理〉，《中國訓詁學報》第2輯（北京市：商務印書館，2013年8月），頁28-53。

49. 〈「杲」非「某」之籀文辨〉，《中國文字學報》第5輯（北京市：商務印書館，2014年7月），頁167-168。

50. 〈王力先生《同源字典・同源字論》評《文始》說管窺〉，《語言之旅：竺家寧先生七秩壽慶論文集》（臺北市：五南圖書出版公司，2015年8月），頁235-246。

51. 〈小學與國學〉，《國學新視野》總第22期（香港：中國文化院、中華出版社，2016年6月），卷首語。

52. 〈小學與經典研讀〉，《第六屆讀經教育論壇論文集》（臺中市：國立臺中教育大學語文教育學系，2016年6月），頁83-90。

53. 〈經籍與古詩文之研讀與理解〉，《第七屆讀經教育國際論壇論文集》（香港：香港教育大學中國語言學系，2017年5月），頁21-43。

54. 〈小學與古籍字詞研究舉隅〉，《第六屆海外中國語言學者論壇文集》（徐州市：江蘇師範大學，2017年6月），頁178-194。

（三）字書與辭書

1. 〈《漢語大字典》古文字釋義辨正〉，《中國語文》2000年第4期「中國社會科學院語言研究所建所50周年紀念刊」（總277期，2000年7月），頁333-337；又載於《語文論叢》第7期（上海市：上海教育出版社，2001年4月），頁23-27；《文字訓詁叢稿》（臺北市：文史哲出版社，2000年3月），頁262-277。

2. 〈《漢語大字典》札記九則〉，《語苑集錦——許威漢先生從教五十周年紀念文集》（上海市：上海教育出版社，2001年1月），頁108-113。

3. 〈《漢語大詞典》正補四則〉，《中國語言學報》第10期（北京市：商務印書館，2001年4月），頁237-242。

4. 〈讀《漢語大字典》札記十一則〉，《浙江樹人大學學報（人文社會科學版）》第1卷第4期（2001年11月），頁45-48；又載於《新疆大學語言文化國際學術研討會論文集》（烏魯木齊市：新疆大學出版社，2002年8月），頁1-5。

5. 〈《漢語大字典》訂補八則〉，《中國語文研究》第13期（香港：香港中文大學中國文化研究所，2002年3月），頁74-83。

6. 〈《漢語大字典》通假漏釋辨讀七則〉，《學術研究》2006年第3期（總256期，2006年3月），頁143-144。

（四）簡帛研究

1. 〈楚簡《詩論》「文王唯谷」說〉，《第四屆國際中國古文字學研討會論文集：新世紀的古文字學與經典詮釋》（香港：香港中文大學中國語言及文學系，2003年10月），頁663-668；後收入《勉齋小學論叢》（上海市：上海古籍出版社，2009年4月），頁250-257。

2. 〈說𡥀〉，《華學》第7輯（廣州市：中山大學出版社，2004年12月），頁136-140；後收入《勉齋小學論叢》（上海市：上海古籍出版社，2009年4月），頁242-249。

3. 〈從楚簡《詩論》之「文王唯谷」反思阮元之「進退維谷」說〉，《清代經學與文化》（北京市：北京大學出版社，2005年11月），頁27-33。

4. 〈上博楚竹書（二）《從政》甲篇「獄則興」試釋〉（與黎廣基合撰），《簡帛》第1輯（上海市：上海古籍出版社，2006年10月），頁77-80。

5. 〈讀上博楚竹書《從政》甲篇「悟則亡新」劄記〉（與黎廣基合撰），《中國文字研究》第8輯（鄭州市：大象出版社，2007年10月），頁48-49。

6. 〈讀上博楚竹書（二）《從政》甲篇「悇（威）則民不道」小識〉（與黎廣基合撰），《簡帛語言文字研究》第3輯（成都市：巴蜀書社，2008年5月），頁1-5。

7. 〈楚竹書《周易》符號命名管見〉，《出土文獻與傳世典籍的詮釋——紀念譚樸森先生逝世兩周年國際學術研討會論文集》（上海市：復旦大學出土文獻與古文字研究中心，2009年6月），頁80-85；後收入《出土文獻與傳世典籍的詮釋》（上海市：上海古籍出版社，2010年10月），頁265-272。

8. 〈從《孔子詩論》看《毛詩稽古編》之《詩序》不可廢說〉，《明清學術研究》（北京市：中國社會科學出版社，2009年6月），頁129-133。

9. 〈讀清華簡《說命上》小識〉，《出土文獻與中國古代文明國際學術研討會論文集》（北京市：清華大學出土文獻研究與保護中心，2013年6月），頁153-159；後收入《出土文獻與中國古代文明——李學勤先生八十壽誕紀念論文集》（上海市：中西書局，2016年12月），頁133-139。

10. 〈讀清華簡《楚居》「秉絲銜相罜胄四方」小識〉,《簡帛‧經典‧古史》（上海市：上海古籍出版社,2013年8月）,頁135-141。

11. 〈讀清華簡《楚居》「潰自脅出」與「巫咸賅丂脅以楚」小識〉,《楚簡楚文化與先秦歷史文化國際學術研討會論文集》（武漢市：湖北教育出版社,2013年8月）,頁122-133；又載於《先秦史研究動態》2013年第2期（總56期,2013年8月）,頁46-57。

12. 〈清華簡《說命上》箋識〉,《揚州大學學報（人文社會科學版）》2014年第2期（2014年3月）,頁54-59；後收入《第三屆國際〈尚書〉學學術研討會論文集》（北京市：線裝書局,2015年4月）,頁291-304。

（五）春秋與三傳

1. 〈讀杜預《春秋經傳集解序》五情說小識〉,《燕京學報》新2期（北京市：北京大學出版社,1996年8月）,頁91-104；後收入《左傳學論集》（臺北市：文史哲出版社,2000年2月）,頁73-95。

2. 〈論章炳麟《春秋左傳讀》時或求諸過深〉,《管子學刊》1998年增刊「春秋經傳國際學術討論會專刊」（1998年3月）,頁55-59；後收入《左傳學論集》（臺北市：文史哲出版社,2000年2月）,頁111-130。

3. 〈香港大學《左傳》學研究述要〉,《中國文哲研究通訊》第8卷第4期（臺北市：中央研究院中國文哲研究所,1998年12月）,頁145-184。

4. 〈錢鍾書《管錐編》杜預《春秋序》札記管窺〉,《左傳學論集》（臺北市：文史哲出版社,2000年2月）,頁96-110。

5. 〈錢賓四先生《劉向歆父子年譜》與《左傳》真偽問題研究〉（與許子濱合撰）,《紀念錢穆先生逝世十週年國際學術研討會論文集》（臺北市：臺灣大學中國文學系,2001年1月）,頁81-100。

6. 〈訓詁與翻譯——理雅各英譯《左傳》管窺〉,《左傳學論集》（臺北市：文史哲出版社,2000年2月）,頁131-156；又載於《香港大學中文系七十周年紀念國際漢學研討會翻譯論文選》（香港：香港大學中文系,2002年）,頁263-277。

7. 〈《左傳》新注小學補釋芻議〉，《古籍整理研究學刊》2008年第1期（總131期，2008年1月），頁50-53。

8. 〈讀《與猶堂全書》「左丘明非有二人辨」小識〉，《第三屆茶山學國際研討會論文集》（北京市：清華大學經學研究中心，2005年5月）；後收入《茶山的四書經學》（北京市：商務印書館，2008年6月），頁61-83。

9. 〈論《春秋》「五情」──兼論「五情」與詩學之關係〉，《2008年中國古典文學國際學術研討會論文集》（馬來西亞：新紀元學院中國語言文學系，2009年8月），頁134-184。

10. 〈《春秋左傳讀敘錄》的評價問題〉，《中國文化研究》2009年第4期（總66期，2009年11月），頁23-30；又載於《〈春秋〉三傳與經學文化》（吉林市：長春出版社，2009年12月），頁340-359。

11. 〈論「士斷本」與「士首之」及相關問題〉，《商周文明學術研討會論文集》（北京市：北京師範大學中國古代史研究中心，2010年5月），頁241-246；又載於《古典學集刊》第1輯（上海市：華東師範大學出版社，2015年5月），頁264-272。

12. 〈「五情」之相關問題〉，《2010年中國經學國際學術研討會論文集》（南京市：南京師範大學文學院文獻學系，2010年11月），下冊，頁511-519；又載於《古文獻研究集刊》第6輯（南京市：鳳凰出版社，2012年8月），頁30-43。

13. 〈錢鍾書先生與《春秋》「五情」〉，《紀念詹安泰先生國際學術研討會論文集》（潮州市：韓山師範學院，2010年12月），頁175-187。

14. 〈杜預《春秋經傳集解序》五情說補識〉，《中國文哲研究通訊》第20卷第4期（臺北市：中央研究院中國文哲研究所，2010年12月），頁79-119。

15. 〈竹添光鴻《左氏會箋》論五情說管窺〉，《中日韓經學國際學術研討會論文集》（臺北市：萬卷樓圖書股份有限公司，2015年4月），頁715-734；又載於《中國經學》第17輯（桂林市：廣西師範大學出版社，2015年11月），頁15-30。

16. 〈香港大學「《春秋》、《左傳》學」研究述要補〉，《嶺南學報》第3輯「經學的傳承與開拓」（上海市：上海古籍出版社，2015年6月），頁191-251。

17. 〈文學史中的經學史問題──《左傳》作者及其成書年代管窺〉（與蕭敬偉合撰），《經學史研究的回顧與展望──林慶彰先生榮退紀念研討會論文集（第三組：尚書、春秋類）》（京都市：京都大學文學研究科，2015年8月），頁1-25。

18. 〈香港大學「《春秋》、《左傳》學」研究述要續補〉，《嶺南學報》第4輯（上海市：上海古籍出版社，2015年12月），頁143-184。

19. 〈香港有關《春秋》「五情」之研究〉，《人文中國學報》第22期（上海市：上海古籍出版社，2016年5月），頁203-278。

20. 〈《左傳》導讀〉（與許子濱合撰），《新視野中華經典文庫：左傳》（香港：中華書局，2015年7月），頁1-23；又以〈《左傳》導讀：闡春秋大義，美千古文章〉為題，收入《經典之門：新視野中華經典文庫導讀（歷史地理篇）》（香港：中華書局，2017年5月），頁11-26。

（六）三禮與孝道

1. 〈中國傳統孝道與香港社會〉，《海峽兩岸中華傳統文化和現代化研討會論文集》（蘇州市：葉聖陶研究會，2002年5月），頁447-450。

2. 〈論中華孝道之文化自覺──從漢儒論《詩》談孝說起〉，《文化自覺與社會發展：二十一世紀中華文化世界論壇論文集》（香港：商務印書館，2005年3月），頁736-740。

3. 〈孝的演變與當代意義〉，《茶杯裡的愛》（香港：香港大學學生資源及發展中心、從心會社有限公司，2012年3月），頁122-126。

4. 〈《儀禮正義》撰著考〉，《禮樂中國──首屆禮學國際學術研討會論文集》（上海市：上海書店出版社，2013年8月），頁448-456。

5. 〈《鄭玄三禮注研究》「通論編」及「校勘編」管窺〉，《禮儀中國國際學術研討會論文集》（杭州市：浙江大學古籍研究所，2013年10月），頁1-32；後易名作〈《鄭玄三禮注研究》「通論編」及「校勘編」述評〉，載於《中正漢學研究》2014年第1期（2014年6月），頁115-160。

6. 〈因舊為新之「新孝道」〉，《國學新視野》總第12期（香港：中國文化院、中華出版社，2013年12月），頁104-108。

7. 〈論中華文化孝道之傳承〉,《多元・融合・發展——多元文化傳承與創新》（澳門：澳門科技大學,2014年6月）,頁249-259。

8. 〈李雲光先生《三禮鄭氏學發凡》管窺（一）——兼論楊天宇先生《鄭玄三禮注研究》〉,《戰後臺灣經學研究（1945～現在）第三次學術研討會論文集》（臺北市：中央研究院中國文哲研究所,2016年7月）,第1場第1篇,頁1-33。

9. 〈孔子孝道之價值與意義〉,《2012儒學國際學術研討會論文集》（北京市：中國社會科學出版社,2016年10月）,頁348-357。

（七）論孟與尚書

1. 〈羅元一教授《尚書名義釋》管窺〉,《羅香林教授與香港史學：逝世二十周年紀念論文集》（香港：羅香林教授逝世二十周年學術研討會籌備委員會,2006年10月）,頁50-52。

2. 〈中華版《論語正義》刊誤三則〉,《古籍整理研究學刊》2009年第4期（總140期,2009年7月）,頁46。

3. 〈「尚書」本為「唐書」說管窺〉,《〈尚書〉與清華簡國際學術研討會論文集》（貴州市：貴州師範大學歷史與政治學院,2014年10月）,頁1-3。

4. 〈《尚書》研究：任重道遠,薪火有傳〉,《第三屆國際〈尚書〉學學術研討會論文集》（北京市：線裝書局,2015年4月）,頁3-5。

（八）高本漢研究

1. 〈高本漢《左傳》作者非魯國人說質疑〉,《東方文化》第29卷第2期（1991年號,1993年印行）,頁207-236；後收入《左傳學論集》（臺北市：文史哲出版社,2000年2月）,頁1-72。

2. 〈高本漢修訂本《漢文典》管窺〉,《文字訓詁叢稿》（臺北市：文史哲出版社,2000年3月）,頁232-261；又載於《古漢語研究》2003年第3期（總60期,2003年9月）,頁18-24；《東西方文化承傳與創新》（新加坡：Uni Press、八方文化創作室,2004年11月）,頁10-22。

3. 〈香港大學高本漢學術著作研究述要〉,《文化的饋贈——漢學研究國際會議論文集（語言文學卷）》（北京市：北京大學出版社，2000年8月），頁475-493。

4. 〈《高本漢左傳注釋》孔《疏》杜《注》異義考辨〉,《隋唐五代經學國際研討會論文集》（臺北市：中央研究院中國文哲研究所，2009年6月），下冊，頁493-514。

5. 〈高本漢的經籍研究〉,《中國經學》第9輯（桂林市：廣西師範大學出版社，2012年1月），頁167-202；又載於林慶彰、李雄溪主編《嶺南大學經學國際學術研討會論文集》（臺北市：萬卷樓圖書股份有限公司，2014年2月），頁43-92。

6. 〈高本漢《先秦文獻假借字例‧緒論》評《說文》諧聲字初探〉,《許慎文化研究（二）》（北京市：中國社會科學出版社，2015年2月），上冊，頁124-133；又載於《中國語言學》第8輯（北京市：北京大學出版社，2015年10月），頁12-31。

（九）現代漢語

1. 〈目前香港大專中國語文教學的我見〉,《中國語文通訊》第40期（香港：香港中文大學中國文化研究所，1996年12月），頁43-45；後收入《香港語文教學反思》（香港：香港中文大學出版社，2001年），頁43-45。

2. 〈香港的漢語漢字研究〉,《語言文字應用》1997年第2期（總第22期，1997年5月），頁2-24；又載於《香港語文面面觀》（北京市：語文出版社，1997年6月），頁1-24。

3. 〈應用文的一民族兩制、一國兩制、一港兩制與一人兩制〉,《現代應用文國際研討會論文集》（香港：香港理工大學中文及雙語學系，1998年3月），頁279-286。

4. 〈漢語數詞現代化窺管〉,《漢語數詞現代化討論集》（香港：嶺南學院文學與翻譯研究中心，1998年3月），頁179-185。

5. 〈論如何解決學生學習中文「興趣不高」的問題〉（與周錫䪖合撰）,《綴

文創思：開展中國文學課程新路向》（香港：教育統籌局課程發展處，2004年3月），頁35-40。

6. 〈文字學與現代漢語〉，《海峽兩岸現代漢語研究》（香港：文化教育出版社，2009年5月），頁12-16。

（十）音韻學

1. 〈四錄《廣韻聲系》芻議〉，《東方》1976-77年度專號（香港：香港大學中文學會，1978年3月），頁116-117；後收入《中國語文論稾》（香港：現代教育研究社，1988年11月），頁157-159。

2. 〈從語音的不規則演變說到語音的約定俗成〉，《語文雜誌》第3期（香港：香港中國語文學會，1980年1月），頁27-28；後收入《中國語文論稾》（香港：現代教育研究社，1988年11月），頁165-166。

3. 〈「荔」字從「劦」得聲考〉，《語文雜誌》第5期（王力先生八十壽辰專號）（香港：香港中國語文學會，1980年8月），頁39-41。

4. 〈從《音韻學初步》的出版談到王力先生對推廣漢語音韻學知識所作出的努力和貢獻──並建議編製一些配有錄音帶的音韻學教科書〉，《語文雜誌》第7期（香港：香港中國語文學會，1981年6月），頁62-63。

5. 〈半齒音日母讀音考〉，《香港大學馮平山圖書館金禧紀念論文集（中文分冊）》（香港：香港大學馮平山圖書館，1982年12月），頁141-149；後收入《中國語文論稾》（香港：現代教育研究社，1988年11月），頁148-156。

6. 〈對轉旁轉說略〉，《香港大學中文系集刊》第1卷第1期（香港：香港大學中文系，1985年），頁75-85；後收入《中國語文論稾》（香港：現代教育研究社，1988年11月），頁138-147。

7. 〈從「召南」「召」字讀音說起〉，《現代教育通訊》第8期（香港：現代教育研究社，1989年1月），頁32-33。

8. 〈「鳥」字古音試論〉，《中國語文》第1992年第4期（總229期，《中國語文》四十周年紀念刊，1992年7月），頁294-296。

9. 〈On Whether Open Syllables Existed in Archaic Chinese（論上古音是否有開

音節）〉，《香港大學中文系集刊》第3卷（香港：香港大學中文系，1994
年），頁170-182。

10. 〈李清照《聲聲慢》舌音齒音字數目考〉，《慶祝中國社會科學院語言研究
所建所45周年學術論文集》（北京市：商務印書館，1997年6月），頁50-
52。

11. 〈再論半齒音日母讀音〉，《第十二屆國際暨第二十九屆全國聲韻學學術研
討會論文集》（臺北市：中央大學中文系，2011年11月），頁425-450。

12. 〈半齒音日母讀音再探〉，《歷史語言學研究》第9輯（北京市：商務印書
館，2015年12月），頁99-122；又收入丁邦新、張洪年等編《漢語研究的新
貌：方言、語法與文獻——獻給余靄芹教授》（香港：香港中文大學中國文
化研究所吳多泰中國語文研究中心，2016年10年），頁151-178。

（十一）粵方言

1. 〈廣州話零聲母字與 ŋ- 聲 母字在聲調上的區別〉，《語文雜誌》第1期（香
港：香港中國語文學會，1979年6月），頁27-28；後收入《中國語文論彙》
（香港：現代教育研究社，1988年11月），頁170-171。

2. 〈《粵音韻彙》、《中文字典》、《中華新字典》中一些與香港通行的實際語音
有距離的粵語注音〉，《語文雜誌》第4期（香港：香港中國語文學會，1980
年4月），頁46-48；後收入《中國語文論彙》（香港：現代教育研究社，
1988年11月），頁167-179。

3. 〈粵讀審音舉隅〉，《第七屆國際粵方言研討會論文集》（《方言》2000年增
刊）（北京：商務印書館，2000年12月），頁145-158。

4. 〈粵語審音管見〉，《暨南學報（哲學社會科學版）》第24卷第3期（總98
期，2002年5月），頁104-106。

5. 〈「彙」字粵讀研究〉，《粵語研究》第2期（澳門：澳門粵方言學會，2007
年12月），頁3-7。

6. 〈「廁」字粵讀研究〉（與蕭敬偉合撰），《南方語言學》創刊號（廣州市：
暨南大學出版社，2009年12月），頁31-33。

7. 〈正字與正音〉,《第四屆海外中國語言學者論壇論文集》(徐州市:徐州師範大學語言研究中心,2011年12月),頁86-97;又載於《能仁學報》第11期(香港:香港能仁書院,2012年5月),頁1-16。

8. 〈從切乎?從眾乎?——論粵語正音〉,《第十五屆國際粵方言研討會研討會論文集》(澳門:澳門粵方言學會,2012年12月),頁20-23。

9. 〈「攢」字粵語音義研究〉,《粵語研究》第14期(澳門:澳門粵方言學會,2013年12月),頁63-76。

10. 〈《從多元思維思考辭書粵音標注及其在教學應用的盲點》小識〉,《粵語研究》第17期(澳門:澳門粵方言學會,2015年6月),頁75-77。

(十二)其他

1. 〈嚴復譯《天演論》對中國思想界之影響〉,《東方》1968-69年度專號(香港:香港大學中文學會,1970年4月),頁48-53。

2. 〈《清史列傳‧王筠傳》小識〉,《中華文史論叢》第27輯(上海市:上海古籍出版社,1983年8月),頁302。

3. 〈不完整的傳記——論章太炎傳〉,《理論探討與文本研究——中華傳記文學國際學術研討會論文集》(香港:中華書局,2010年7月),頁255-274;又載於《傳記文學新近學術文論選》(北京市:中國青年出版社,2011年1月),頁363-379。

4. 〈饒宗頤教授古文字書藝管窺〉,《陶鑄古今——饒宗頤學術藝術展暨研討會紀實》(北京市:故宮出版社,2012年6月),頁200-279。

5. 〈讀李密《陳情表》小識〉,《嶺南學報》復刊號(第1、2輯合刊)(上海:上海古籍出版社,2015年3月),頁337-344。

五　研討會論文

1. 〈從近世出土古文獻之用字看今本《左傳》〉,香港大學、美國史丹福大學合辦,第一屆《左傳》國際學術研討會,香港,1994年6月26-28日。

2. 〈碑文個案研討〉,香港城市大學語文學部主辦,第四屆現代應用文國際研討會,香港,1999年12月28-30日。

3. 'A further examination of Karlgren's *Grammata Serica Recensa*', read at the XXXVIth International Congress of Asian and North African Studies, Montreal, August 2000.

4. 〈二十一世紀中國學術研究前瞻〉,香港大學中文系主辦,廿一世紀中國學術研究前瞻國際研討會,香港,2001年1月17-19日。

5. 〈釋 諸說平議〉,中山大學、中國古文字研究會合辦,紀念商承祚先生百年誕辰暨中國古文字學國際學術研討會,廣州市,2002年8月5-9日。

6. 〈漢語理解的不同層次〉,新加坡國立大學語言研究中心、中文系合辦,第三屆肯特崗國際漢語語言學圓桌會議,新加坡,2003年11月10-12日。

7. 〈香港大學中文系的發展與新方向〉,元智大學中國語文學系主辦,全球中文系發展新方向國際會議,臺北市,2004年6月10日。

8. 〈論為孝道立法〉,葉聖陶研究會、北京師範大學漢學研究院合辦,第二屆海峽兩岸中華傳統文化與現代化研討會,淮安市,2004年11月1-4日。

9. 〈從探討中國古代詩論和樂論、畫論、書論的關係深化中國文學批評史的研究——張少康教授提出的一個新思考〉,浸會大學中文系主辦,名賢講席——中國古典文學研究前沿的思考,香港,2004年12月1日。

10. 〈香港大學之文字學研究〉,南開大學中國文字研究中心、魯東大學等主辦,第四屆中國文字學國際學術研討會,煙臺市,2008年8月1-3日。

11. 〈論王國維對古音學之運用〉,中國語言學會主辦,溫州大學人文學院承辦,中國語言學會第14屆學術年會,溫州市,2008年8月28-30日。

12. 〈漢字與漢語關係研析〉,北京師範大學民俗典籍文字研究中心、香港中文大學吳多泰中國語文研究中心、廈門大學漢語語言學研究中心合辦,「漢語與漢字關係」國際學術研討會,廈門市,2008年11月23-26日。

13. 〈讀《春秋左傳注》札記五則〉,香港中文大學中國語言及文學系、中國文化研究所中國古籍研究中心合辦,古道照顏色——先秦兩漢古籍國際學術研討會,香港,2009年1月16-18日。

14. 〈說威〉,中國古文字研究會主辦,中國古文字研究會第十八次年會,北京市,2010年10月21-23日。

15. 〈21世紀弘揚孝道的意義〉，國際儒學聯合會、澳門中西創新學院、香港聯合國教科文組織協會合辦，「廿一世紀儒學教育之發展」學術研討會，香港，2012年1月11-15日。

16. 〈大小徐本《說文》「昱」字說解及相關研究〉，中國文字學研究中心和揚州大學文學院主辦，紀念徐鉉、徐鍇暨第六屆中國文字學國際學術研討會，揚州市，2012年7月24-26日。

17. 〈饒宗頤教授書藝之古拙與新巧〉，香港大學饒宗頤學術館、華僑大學文學院、北京故宮博物院故宮學研究所、寧波天一閣博物館合辦，第二屆饒宗頤與華學國際學術研討會，香港，2013年12月9-11日。

18. 〈《鄭玄三禮注研究》管窺〉，清華大學中國禮學研究中心、嘉禮堂及中國美術學院合辦，第二屆禮學國際學術研討會，杭州市，2014年12月5-8日。

19. 〈甲金文字形與古籍之研究及整理〉，澳門漢字學會主辦，第二屆兩岸四地漢字學術研討會，香港，2015年8月16-17日。

20. 〈楊伯峻先生《春秋左傳注》訂補芻議〉，上海交通大學經學文獻研究中心、清華大學經學研究中心合辦，第六屆中國經學國際學術研討會，上海市，2015年9月4-6日。

21. 〈單氏與《老子》作者問題管窺〉，香港大學中文學院主辦，出土文獻與先秦經史國際學術研討會，香港，2015年10月16-17日。

22. 〈談饒公書藝之富於變化〉，香港大學饒宗頤學術館主辦，饒宗頤教授百歲華誕國際學術研討會，香港，2015年12月5-7日。

23. 〈《尚書校釋譯論》管窺〉，香港浸會大學中國語言文學系、國際《尚書》學會合辦，國際《尚書》學第四屆學術研討會，香港，2016年4月19-20日。

24. 〈論「𥝛」字本義及《說文》「𥝛」下之引《詩》〉，澳門漢字學會主辦，澳門漢字學會第三屆年會，澳門，2016年6月5-8日。

25. 〈從出土文獻看高本漢《左傳真偽考》之方言說〉，北京大學、北京市教育委員會、韓國高等教育財團合辦，北京論壇2016：「出土文獻與中國古代文化的國際視野」論壇（分論壇一），北京市，2016年11月4-6日。

26. 〈第6版及第7版《現代漢語詞典》管窺〉，澳門大學、南開大學、中國社會

科學院語言研究所合辦，第十屆海峽兩岸現代漢語問題學術研討會，澳門，2017年4月10-11日。

六　書評論文

1. 〈王力先生的《漢語語音史》〉，《語文雜誌》第13期（王力先生紀念專號，香港：香港中國語文學會，1986年9月），頁16-20；後收入《中國語文論叢》（香港：現代教育研究社，1988年11月），頁160-164。

2. 〈林澐《古文字研究簡論》書評〉，《東方文化》第25卷第1期（1987年號，1989年印行），頁164-166。

3. 〈陳初生《金文常用字典》書評〉，《東方文化》第25卷第1期（1987年號，1989年印行），頁172-173。

4. 〈任學良《〈古代漢語‧常用詞〉訂正》書評〉，《東方文化》第25卷第1期（1987年號，1989年印行），頁173-174。

5. 〈吳楓《簡明中國古籍辭典》書評〉，《東方文化》第25卷第2期（1987年號，1990年印行），頁291-293。

6. 〈高明《中國古文字學通論》書評〉，《東方文化》第25卷第2期（1987年號，1990年印行），頁309-310。

7. 〈評《國家不幸詩家幸──柏楊舊詩的藝術成就》〉，《柏楊的思想與文學》（臺北市：遠流出版事業股份有限公司，2000年3月），頁385-387。

8. 〈《新紀元香港作家文叢》散文系列管窺──讀《童眼看世界》小識〉，《香港作家作品研究》第9卷（香港：香港文學報社，2011年9月），頁125-142。

9. 〈談馮國強《韶關市區粵語語音變異研究》〉，《粵語研究》第11期（澳門：澳門粵方言學會，2012年6月），頁81-84。

10. 〈讀《江山萬里樓詩詞鈔續編》小識〉，《國學新視野》總第10期（香港：中國文化院、中華出版社，2013年6月），頁117-121。

七　雜文

1. 〈文學院入學遴選委員會工作點滴〉，《香港大學文學院院會特刊：文學院教育與文學院學生》（香港：香港大學文學院學生會，1979年10月），頁12。

2. 〈中國書法史略〉，《國畫與書法》（香港大學第18屆中文學會文化周特刊，1994年10月），頁7-15。

3. 〈論交十八載〉，《立說傳薪風雨人：慶祝詹伯慧教授從教45周年》（廣州市：暨南大學出版社，1999年3月），頁124-125；又載《走近詹伯慧：慶祝詹伯慧教授從教六十周年紀念文集》（廣州市：暨南大學出版社，2013年12月），頁210-211。

4. 〈治學經驗談〉，《當代語言學者論治學》（武漢市：華中師範大學出版社，2011年4月），頁247-257。

5. 〈鶴立輶軒——賀詹伯慧教授八十大壽〉，《田野春秋：慶祝詹伯慧教授八十華誕暨從教五十八周年紀念文集》（廣州市：暨南大學出版社，2011年6月），頁69-70。

6. 〈靈犀一點潛相引——作者與讀者之心心相印〉，《教你寫好中文閱讀匯報》（香港：香港教育圖書公司，2013年7月），頁2-3。

7. 〈自勉自強　立身行事〉，《明報月刊》2015年5月號（總593期）「人生小語」，頁16。

8. 〈勤於讀寫　共創華章〉，《2016全港中學生中華文化徵文比賽得獎作品集》（香港：中國文化院，2016年11月），頁iv-vi。

八　詩詞、對聯、題辭、碑記及書畫題跋

1. 〈小篆對稱聯（七十年代作）〉，引錄自單師〈先甘後酸的酸「某」〉，《明報月刊》2016年2月號（總602期）「語文・書話」專欄，頁111：

　　半閑白日登山去，一曲黃某帶雨來。[1]

2. 〈饒宗頤教授八十華誕賀聯（1996年作）〉，未刊：

　　壽晉八旬，一代奇才蘇學士；胸羅四庫，千秋碩望顧寧人。

---

[1] 案：單師〈先甘後酸的酸「某」〉一文注解其詩曰：「上世紀曾出現黃梅調熱潮，『一曲黃某帶雨來』，乃同時取意於賀鑄《青玉案》『梅子黃時雨』。」

3. 〈北京大學建校一百周年賀聯（1998年作）〉，未刊：

　　一代思潮，百年學術；千秋典範，四海聲華。

4. 〈港大同學會小學校訓（2002年作）〉，引錄自單師〈明德惟志　格物惟
　　勤〉，《明報月刊》2016年6月號（總606期）「語文・書話」專欄，頁111：

　　　明德惟志，格物惟勤。

5. 〈信宜鄭愁予教授詩歌研討會疊韻五首（2006年4月作）〉，《乾坤詩刊》
　　2006年第4期（總40期，2006年10月），頁109-110；後增加一首，以〈信宜
　　鄭愁予教授詩歌研討會疊韻六首（2006年4月作）〉為題，收入王麗瓊等編
　　《港大・詩・人》（香港：商務印書館，2007年9月），頁7；第二首「信宜
　　偶作本無心」詩，又載於《粵語研究》第2期（澳門：澳門粵方言學會，
　　2007年12月），扉頁；第三首「玉都把盞論詩心」詩，又載於《粵語研究》
　　第3期（澳門：澳門粵方言學會，2008年6月），扉頁：

　　　誰言孤獨是詩心，千里有緣同唱吟。臺海波瀾終不懼，龍王已獻定濤針。
　　　信宜偶作本無心，喜得方家興唱吟。粵語易分平仄調，北人卻苦覓南針。
　　　玉都把盞論詩心，天馬橫空供唱吟。喜與北人研舊律，最宜南調度金針。
　　　良朋晤面啟詩心，旅舍無端竟日吟。最羨愁翁才力健，繆斯幸賜我南針。
　　　縱橫研討見詩心，游俠情懷轉折吟。達達馬蹄何所往？賓州盛會賜南針。
　　　奔潮倒海是詩心，莽莽乾坤寂寞吟。浪子天涯何處去？信宜春雨細如針。[2]

6. 〈喜與瘂弦教授、鄭愁予教授同車，疊床而睡，鼾聲互聞，抵信宜，得詩
　　一首（2006年4月作）〉，見王麗瓊等編《港大・詩・人》（香港：商務印書
　　館，2007年9月），頁6-7：

　　　沒醉

---

[2]　案：招祥麒教授有〈廣西信宜行，首日紀事（2006年4月作）〉詩誌其事曰：「周堯吾夫子，溫柔道
　　不頗。德飽潛搜索，詩成競相誇。」詳參氏著《風蔚樓叢稿續編》（香港：新民主出版社，2013年3
　　月），頁6。

愁予

帶著按摩後的舒服

與二十顆詩心

在無聲的弦上並馳

誰說弦上無聲

請再聽

瘂弦不瘂

靬樂時聞

心弦還響起馬蹄達達

與隆隆的車聲共鳴

搖呀搖

猶存睡意

已抵信宜

7. 〈步陳伯元教授贈周公七絕韻祝周策縱饒固庵柳存仁三公高壽（2006年6月作）〉，見劉衛林《致遠軒吟草》（香港：藏用樓出版社，2010年10月），頁110：

名重儒林身壯挺，三公無異讀書仙。壽如南嶽春秋永，歲歲重來賞杜鵑。

8. 〈美心飲食集團五十周年誌慶對聯（2006年11月作）〉，未刊：

美食佳肴五十載，經營苦辣甜酸，津津有味；

心怡意滿萬千人，惠澤魚羹鴨臢，樣樣皆精。

9. 〈《港大‧詩‧人》題辭（2006年12月作）〉，見王麗瓊等編《港大‧詩‧人》（香港：商務印書館，2007年9月），頁8：

上庠舊侶，南島新聲。

10. 〈《粵語研究》創刊題辭（2007年1月作）〉，見《粵語研究》創刊號（澳門：澳門粵方言學會，2007年6月），扉頁：

探研粵語，印證唐音。

11.〈港九塑膠製造商聯合會第廿六屆會董就職典禮誌慶賀聯（2008年1月作）〉，未刊：

　　獻策獻才，貫通中外；同心同德，利澤社群。

12.〈跋王齊樂校長書《滕王閣序》（2008年6月作）〉，未刊：

　　落霞孤鶩之詠，自李唐來，家傳戶誦。惜子安才高命短，天不假年，遂令千古同慨。今樂翁八十有四，步履若飛，筆翰如龍，人書俱健，行善積德，福壽無疆。我輩法之，可以延齡。戊子初夏拜觀樂翁所書《滕王閣序》。文農跋。

13.〈夕陽頌蘇繡展示中心展覽題辭（2008年12月作）〉，刊於《夕陽頌蘇繡展示中心展覽場刊》：

　　鴛針美錦，萬象千姿。

14.〈澳門文獻信息學刊題辭（2009年8月作）〉，刊於2009年11月《澳門文獻信息學刊》創刊號：

　　濠編廣搜，訊網宏張。

15.〈祥麒校長仁棣春秋三傳研討會絕句四首和其一（2009年8月作）〉，見招祥麒《風蔚樓叢稿續編》（香港：新民主出版社，2013年3月），頁84：

　　細籀餘杭讀左文，攻劉敘錄再揚芬；耿生錯會搖頭意，枉費詳稽史漢勤。

16.〈李陞小學母校五十五周年校慶題辭（2009年10月作）〉，未刊：

　　五十五年光興學育才盈門桃李；千連千校友建功立業駿譽騰陞。

17.〈一剪梅・讀《普荷天地》敬和選堂教授（2010年8月作）〉[3]，未刊：

紗紗湖光映碧天，圓葉田田，甘遠凡緣。紅花金盞競增妍，風也依然，水也依然。　水檻風簾賞曉蓮，畫裏汀煙，物外詞仙。普荷天地樂無邊，香透蘭箋，雅透芙箋。

18.〈吳康民先生《人生感悟錄》首發暨壽慶賀聯（2012年3月作）〉，未刊：

仁且智，壽而康。

19.〈饒宗頤文化館開幕特展賀聯（2012年3月作）〉，未刊：

奇才碩學，蘇海韓潮。

20.〈能仁創校善長紀念碑記（2012年7月代紹根長老作）〉，現存香港能仁專上學院：

椷樸作人，菁莪造士，國家盛衰所繫，而文化之承傳，文明之昌盛，亦有賴焉。本會秉承佛陀慈悲宏願，以出世之精神，行入世之事業，樹人樹木，求善求真，乃有能仁建校之議，並於佛曆二五一四年（西元一九七〇年），斥資百萬港元，購置醫局街六層樓宇，以作校舍。其後學生激增，校舍設備，漸告不敷，遂再斥巨資，購置荔枝角道現址，自建七層大廈。三年之間，一再擴充，置產建校，耗資浩繁，經費竭蹶，籌措唯艱，幸賴諸山長老，歷屆會董，和合團結，傾囊相助，營造兩載，終告落成。為彰善德，謹列檀施芳名，以資紀念，並為贊語，其詞曰：
偉矣前修，創建上庠。培英育秀，黌舍輝煌。
長老會董，捐獻多方。鐫勒貞珉，用誌不忘。

21.〈致陳鼎追先生「香港作家慶回歸文學之旅」聯（2012年10月作）〉，未刊：

---

[3]　案：饒公原詞〈一剪梅・花外神仙〉：「荷葉田田水底天，慣看桑田，洗卻塵緣。閑隨穠艷共爭妍，風也脩然，雨也恬然。　雨過風生動水蓮，筆下雲煙，花外神仙。畫中尋夢總無邊，攤破雲箋，題破濤箋。」

鼎鼐多士，追琢華章。

22.〈陳群松博士《薛福成評傳》題辭（2014年3月作）〉，見陳群松《宏謀報國
　　一書生：薛福成評傳》（香港：超媒體出版有限公司，2014年7月），頁7：

　　　　為民為國，可述可風。

23.〈第七屆全球中華文化經典誦讀大會賀聯（2014年4月作）〉，《第七屆全球
　　中華文化經典誦讀大會特刊》封面題辭：

　　　　口誦心惟書聲欣廿載，風移俗易教澤惠千秋。

24.〈陳紹健先生囑題《六朋圖》記（2014年7月作）〉，未刊：

　　　　六朋圖者，本為蘇六朋枕琴之《竹林七賢圖》。紹健先生得之於美國羅
　　　　省，以歲久殘泐，七賢轉為六朋。是紹健先生所得者，為六朋之《六朋
　　　　圖》矣。幸得墨琴齋主梁子彬先生為之修復，枕琴之畫，於是趣妙如
　　　　故。承紹健先生雅屬，謹綴數言。六朋之《六朋圖》，以及墨琴補枕琴
　　　　之畫，皆藝壇佳話也。申午夏，文農識於港大。

25.〈常行法師囑書對聯（2015年6月作）〉，未刊：

　　　　楞嚴開覺路，慈光普照大千界；行習得真如，聖諦都歸不二門。

26.〈第八屆全球中華文化經典誦讀大會賀聯（2015年7月作）〉，《第八屆全球
　　中華文化經典誦讀大會特刊》封面題辭：

　　　　衡岳靈山喜迎鄒魯俗，炎黃世胄齊仰誦絃聲。

27.〈贈香港大學柏立基學院對聯（2015年12月作）〉，引錄自單師〈明德惟志
　　格物惟勤〉，《明報月刊》2016年6月號（總606期）「語文・書話」專欄，頁
　　111：

　　　　立心於明德親民，百年廣育英材，樹人樹木；

基石在致知格物，一意精研學術，求善求真。

28. 〈隆善寺觀音殿後門對聯（2016年7月作）〉，現存河北張家口市蔚縣隆善寺觀音殿後門，載於2016年9月《「隆善寺」石、碑、匾》，頁21：

覺有情，慈航普度；救苦難，甘露長施。

29. 〈贈張丹女士對聯（2016年8月作）〉，未刊：

誦藝不凡，勤推普教；名聲昭著，樂育菁莪。

30. 〈鄭太夫人九九高壽大慶賀聯（2016年9月代香港能仁專上學院同人作）〉，未刊：

松欽鶴羨，壽永康長。

31. 〈丁酉中秋聯（2017年10月作）〉，未刊：

月滿鑪峯，四面樓臺歸眼底；星垂香海，萬家憂樂在心頭。

九 序跋

1. 《海沙·解題》，香港大學中文系75-76年度一年級生編。香港：香港大學中文系，1976年7月，頁7。

2. 《足迹·序》，香港大學中文系76-77年度一年級生編。香港：香港大學中文系，1977年10月，頁vii。

3. 《寄心·序》，香港大學中文系78-79年度一年級生編。香港：香港大學中文系，1979年9月，頁10-11。

4. 《中國語文通論·序》，陳耀南著。香港：香江出版公司，1986年8月。

5. 《中國語文論彙·前言》，單師周堯著。香港：現代教育研究社，1988年11月。

6. 《風詩序與左傳史實關係之研究·序》，朱冠華著。臺北：文史哲出版社，1992年7月。

7. 《說文解字形聲字探原疑義例釋・序》，何添著。香港：新亞研究所、學津書店，1993年9月，頁v-vii。

8. 《第一屆國際粵方言研討會論文集・序》，單師周堯主編。香港：現代教育研究社，1994年。

9. 《中國的幽默文化・序》，香港大學中文系94-95年度學生編。香港大學第19屆中文學會文化周特刊，1995年10月。

10. 《〈書經〉高本漢注釋斠正・序》，陳遠止著。臺北市：文史哲出版社，1996年5月，頁1-3。

11. 《高本漢雅頌注釋斠正・序》，李雄溪著。臺北市：文史哲出版社，1996年7月。

12. 《朱駿聲說文通訓定聲研究・序》，李雄溪著。香港：商務印書館，1996年7月，頁i-ii。

13. 《洪亮吉左傳詁斠正・序》，郭鵬飛著。香港：商務印書館，1996年7月，頁i。

14. 《「一九九七與香港中文」研討會論文集・開幕詞》，游社煖等編。香港：香港中文大學、香港中國語文學會，1996年12月，頁7。

15. 《詞盦詞・跋二》，黃福頤著。香港：問學社，1997年12月，頁1-2。

16. 《劉師培春秋左氏傳答問研究・序》，朱冠華著。北京市：光明日報出版社，1998年8月，頁5-6。

17. 《第七屆國際粵方言研討會論文集・前言》，單師周堯主編。北京市：商務印書館，2000年12月，頁1-2。

18. 《香港大學中文學會七十周年紀念特刊・序》，香港大學中文學會99-00年度學生編。香港：香港大學中文學院，2002年2月，頁1。

19. 《香港大學中文系七十周年紀念國際漢學研討會翻譯論文選・序》，黃兆傑等編。香港：香港大學中文系，2002年，頁vii-viii。

20. 《繆斯眼眸裏的狂喜：河源的山光水色・序〈飲水思源：河源所思所感〉》，黎活仁主編。香港：香港大學中文系，2004年8月，頁2-3。

21. 《縱橫天下點石成金・序一》，楊志強著。香港：香港大學中文系，2005年，頁ii。

22. 《語言文字學研究‧前言》，單師周堯主編。北京市：中國社會科學出版社，2005年12月。

23. 《港大‧詩‧人‧序二〈上庠舊侶 南島新聲〉》，王麗瓊等編。香港：商務印書館，2007年9月，頁5-8。

24. 《香港大學中文學院歷史圖錄‧序》，單師周堯主編。香港：香港大學中文學院，2007年9月。

25. 《香港大學中文學院八十周年晚宴特刊‧緒言》，楊文信等編。香港：香港大學中文學院，2007年10月。

26. 《明清學術研究‧前言》，單師周堯主編。北京市：中國社會科學出版社，2009年6月，頁1-2。

27. 《新紀元香港作家文叢（全21冊）‧前言》，張詩劍、盼耕主編。北京市：作家出版社，2009年8月，頁3-4。

28. 《東方之珠‧序》，邱偉強著。香港：辣椒出版有限公司，2009年11月。

29. 《逍遙一卷輕——五代詩人與詩風‧序》，羅婉薇著。廣州市：暨南大學出版社，2009年11月，頁1-3。

30. 《崑曲‧春三二月天：面對世界的崑曲與〈牡丹亭〉‧序》，華瑋主編。上海市：上海古籍出版社，2009年12月，頁1-2。

31. 《朗文初階中文詞典（第二版）‧序》，朗文詞典部編輯委員會編。香港：培生教育出版亞洲有限公司，2010年，頁7-8。

32. 《王夫之春秋稗疏研究‧序》，招祥麒著。上海市：上海古籍出版社，2010年5月，頁1-3。

33. 《香港大學中文學院八十周年紀念學術論文集（英文分冊）‧後記》，單師周堯主編。上海市：上海古籍出版社，2011年3月，頁348-352。

34. 《東西方研究‧序》，單師周堯主編。上海市：上海古籍出版社，2011年12月，頁1-2。

35. 《韶關市區粵語語音變異研究‧序》，馮國強著。臺北市：萬卷樓圖書股份有限公司，2012年4月，頁1-6；又載於《粵語研究》第11期（澳門：澳門粵方言學會，2012年6月），頁81-84。

36. 《〈春秋〉〈左傳〉禮制研究‧序》，許子濱著。上海市：上海古籍出版社，2012年6月，頁1-4。

37. 《〈爾雅〉義訓研究‧序》，郭鵬飛著。上海市：上海古籍出版社，2012年8月，頁1-3。

38. 《殷墟甲骨刻辭空語類研究‧序》，謝春玲著。廣州市：廣東教育出版社，2013年11月，頁1-3。

39. 《少兒中文基礎800字‧序》，薛鴻瑢著。香港：小北京文化有限公司，2013年12月，頁1-2。

40. 《何沛雄教授紀念論文集‧序》，何沛雄著。新北市：稻鄉出版社，2016年6月，頁21-23。

41. 《歷代文選講疏‧序》，陳湛銓著、陳達生編訂。香港：商務印書館，2017年3月，頁viii-ix。

十　專欄文章

1. 〈「正字」淺談〉，《明報月刊》2015年1月號（總589期）「語文‧書話」專欄，頁113。

2. 〈中國「醋」與日本「酢」〉，《明報月刊》2015年2月號（總590期）「語文‧書話」專欄，頁111。

3. 〈「尖沙嘴」與「尖沙咀」〉，《明報月刊》2015年3月號（總591期）「語文‧書話」專欄，頁111。

4. 〈談「彙」字的粵音〉，《明報月刊》2015年4月號（總592期）「語文‧書話」專欄，頁108。

5. 〈「彙」與「匯」〉，《明報月刊》2015年5月號（總593期）「語文‧書話」專欄，頁111。

6. 〈「荷」與「蓮」〉，《明報月刊》2015年6月號（總594期）「語文‧書話」專欄，頁113。

7. 〈《論語》之「論」本讀為「侖」〉，《明報月刊》2015年7月號（總595期）「語文‧書話」專欄，頁23。

8. 〈「義」與「誼」〉，《明報月刊》2015年8月號（總596期）「語文‧書話」專欄，頁111。

9. 〈「於」與「于」〉，《明報月刊》2015年9月號（總597期）「語文‧書話」專欄，頁111。

10. 〈「于」字的粵語讀音〉，《明報月刊》2015年10月號（總598期）「語文‧書話」專欄，頁98。

11. 〈「讀」字是否從「賣」得聲〉，《明報月刊》2015年11月號（總599期）「語文‧書話」專欄，頁111。

12. 〈「采」與「釆」〉，《明報月刊》2015年12月號（總600期）「語文‧書話」專欄，頁98。

13. 〈「香」字為什麼從「日」？〉，《明報月刊》2016年1月號（總601期）「語文‧書話」專欄，頁125。

14. 〈先甘後酸的酸「某」〉，《明報月刊》2016年2月號（總602期）「語文‧書話」專欄，頁111。

15. 〈厭足與厭棄〉，《明報月刊》2016年3月號（總603期）「語文‧書話」專欄，頁111。

16. 〈為什麼「射」字从寸身〉，《明報月刊》2016年4月號（總604期）「語文‧書話」專欄，頁111。

17. 〈跠‧振‧賑‧震〉，《明報月刊》2016年5月號（總605期）「語文‧書話」專欄，頁111。

18. 〈明德惟志　格物惟勤〉，《明報月刊》2016年6月號（總606期）「語文‧書話」專欄，頁111。

19. 〈敗北與分北〉，《明報月刊》2016年7月號（總607期）「語文‧書話」專欄，頁111。

20. 〈向‧鄉‧嚮〉，《明報月刊》2016年8月號（總608期）「語文‧書話」專欄，頁111。

21. 〈阿二靚湯與赴湯蹈火〉，《明報月刊》2016年9月號（總609期）「語文‧書話」專欄，頁111。

22. 〈屮・草・皁・皂〉，《明報月刊》2016年10月號（總610期）「語文・書話」專欄，頁108。

23. 〈漢字漢語解碼〉，《明報月刊》2016年11月號（總611期）「語文・書話」專欄，頁122。

24. 〈「電」字下半是甚麼？〉，《明報月刊》2016年12月號（總612期）「語文・書話」專欄，頁101。

25. 〈鉤・鈎・句・勾〉，《明報月刊》2017年1月號（總613期）「語文・書話」專欄，頁106。

26. 〈是「盆菜」還是「盤菜」？〉，《明報月刊》2017年2月號（總614期）「語文・書話」專欄，頁108。

27. 〈「華」字是怎樣構成的〉，《明報月刊》2017年3月號（總615期）「語文・書話」專欄，頁111。

28. 〈「垂」本非下垂字〉，《明報月刊》2017年4月號（總616期）「語文・書話」專欄，頁111。

29. 〈彊・強・勥・彊・弜・犟〉，《明報月刊》2017年5月號（總617期）「語文・書話」專欄，頁111。

30. 〈「享」本來是一個錯字〉，《明報月刊》2017年6月號（總618期）「語文・書話」專欄，頁111。

31. 〈署・箸・著・着〉，《明報月刊》2017年7月號（總619期）「語文・書話」專欄，頁113。

32. 〈「苟」與「茍」之形音義問題〉，《明報月刊》2017年8月號（總620期）「語文・書話」專欄，頁111。

33. 〈《始得西山宴游記》之「游」與「宴游」〉，《明報月刊》2017年9月號（總621期）「語文・書話」專欄，頁113。

34. 〈游・斿・遊〉，《明報月刊》2017年10月號（總622期）「語文・書話」專欄，頁108。

「君子是則是傚」解

莊文龍

南京大學文學院博士研究生

摘要

「君子是則是傚」一句出自《詩經・小雅・鹿鳴》，歷來學者對此句訓釋解說頗有分歧。各說又可歸納為兩種釋讀方法，一說認為君子即嘉賓，意君子可受人則傚；一說認為君子乃人君，君子即則效嘉賓者，意人君則效嘉賓。本文試以詞性、語法等角度為兩種說法提出依據，再以此詩句式、語境、敘述角度等方面，論證筆者傾向接受前說的原由。

關鍵詞：小雅、鹿鳴、君子、嘉賓、是則是傚

一

「君子是則是傚」一句出自《詩經·小雅·鹿鳴》，是篇全詩三章，每章八句，茲錄全詩如下：

　　呦呦鹿鳴，食野之苹。我有嘉賓，鼓瑟吹笙。吹笙鼓簧，承筐是將。人之好我，示我周行。
　　呦呦鹿鳴，食野之蒿。我有嘉賓，德音孔昭。視民不恌，君子是則是傚。我有旨酒，嘉賓式燕以敖。
　　呦呦鹿鳴，食野之芩。我有嘉賓，鼓瑟鼓琴。鼓瑟鼓琴，和樂且湛。我有旨酒，以燕樂嘉賓之心。

關於詩旨，〈毛詩序〉云是篇：「燕群臣嘉賓也。」[1]是以國君宴會群臣和賓客的樂歌，歷來無甚異議。然對詩中「君子是則是傚」一句，解說則頗有分歧，以下列舉較重要的幾種說法：

（一）《毛傳》說

《毛傳》釋曰：「是則是傚，言可法傚也。」[2]毛氏意思甚明，謂君子可被法效、學習。

（二）鄭《箋》、孔《疏》、朱《傳》說

鄭玄（127-200）《箋》云：「德音，先王道德之教也。孔，甚。昭，明也。視，古示字也。飲酒之礼，於旅也語。嘉賓之語先王德教甚明，可以示天

1　〔漢〕毛亨傳、〔漢〕鄭玄箋、〔唐〕孔穎達疏、〔唐〕陸德明音釋、朱傑人、李慧玲整理：《毛詩注疏》（上海市：上海古籍出版社，2013年），頁790。
2　同前註。

下之民，使之不愉於礼義。是乃君子所法傚，言其賢也。」[3]鄭謂先王德教能示天下不愉，故人君當所法效學習。

孔穎達（574-648）《疏》：「至於旅酬之時，語先王道德之音甚明。以此嘉賓所語示民，民皆象之，不愉薄於礼義。又此賓之德音，不但可示民而已，是乃君子於是法則之，於是傚傚之。嘉賓之賢如是，故我有旨美之酒，與此嘉賓用之，燕飲以敖遊也。」[4]孔意嘉賓有德可以示民，其「是」乃「於是」之意，故釋君子於是向嘉賓學習則效。

朱熹（1130-1200）《詩集傳》：「言嘉賓之德音甚明，足以示民，使不愉薄。而君子所當則傚，則亦不待言語之閒，而其所以示我者深矣。」[5]亦認為嘉賓為君子所則效者。三說皆以君子向嘉賓學習、傚效。

（三）胡承珙、陳奐說

胡承珙（1736-1832）《毛詩後箋》：「『君子』即『嘉賓』，《傳》云『可法傚』者，謂君子可為民所法傚。鄭注《鄉飲酒》、《燕禮》皆以為嘉賓有明德可則效，而箋《詩》乃謂嘉賓為君子所法效。《左傳·昭七年》：『公至自楚，孟僖子病不能相禮，乃講學之，苟能禮者從之。』『仲尼曰：「能補過者，君子也！《詩》曰：『君子是則是效。』，孟僖子可則效已矣！」』此引詩，意亦謂君子可為人則效，非君子之則效人。《呂記》引程氏曰：『此章又言所燕禮嘉賓聞望昭明，示民以厚之之意，使儀法之。』此與《左傳》合。朱子《集傳》從《箋》，誤矣。」[6]胡氏支持《毛傳》說法，認為君子即嘉賓。其舉鄭玄另外兩條《禮注》，引證鄭氏曾說嘉賓可被則效，正合毛說。又舉《左傳》孔子稱孟僖子為君子之例，證君子可為人則效，非君子之則效人。

陳奐（1786-1863）《詩毛氏傳疏》：「鄭注《鄉飲酒禮》、《燕禮》云：『嘉賓既來示我以善道，又樂嘉賓有孔昭之明德，可則傚也。』《禮注》以德音為

3　同前註，頁794。

4　《毛詩注疏》，頁794-795。

5　〔宋〕朱熹注、趙長征點校：《詩集傳》（北京市：中華書局，2011年），頁130。

6　〔清〕胡承珙著、郭全芝校點：《毛詩後箋》（合肥市：黃山書社，1999年），頁739-740。

嘉賓之明德，《箋》又以德音為先王之德教，當從《禮注》為長。則，法也。則、傚二字連文成義，是則是傚，是則傚也。言君子可為人法傚。《箋》謂君子所法傚，非《傳》義。昭七年《左傳》：『仲尼曰：「能補過者，君子也！《詩》曰：『君子是則是傚。』孟僖子可則效已矣！」』此引詩亦謂君子可為人則效。《傳》義所本也。傚與效同。」[7]陳氏沿用胡說，大同小異。二說皆以為君子同嘉賓，可為人則效、學習。

（四）馬瑞辰說

馬瑞辰（1782-1853）《毛詩傳箋通釋》：「『君子是則是傚』，《傳》：『是則是傚，言可法傚也。』《箋》：『是乃君子所法傚。言其賢也。』瑞辰按：《說文》：『效，象也。』無傚字。傚蓋即效之或體，古通作效，《詩》『民胥傚矣。』《左傳》引作『民胥效矣』，昭七年《左傳》引此詩亦作『君子是則是效』是也。又通作詨。《儀禮注》引《詩》『君子是則是詨』，詨即效之音近假借，蓋本《三家詩》。又按《傳》言『可法傚』者，謂君子可為人則效，是謂君子即嘉賓。鄭注《鄉飲酒》、《燕禮》皆以為嘉賓有明德可則傚，與《傳》義合，至箋《詩》則謂嘉賓為君子所則傚。以經文求之，《經》言『是則是傚』，不言『可則可傚』，當以《箋》義是允。《正義》不知《傳》、《箋》異義，合而為一，亦非。」[8]馬氏先舉證則傚同則效，但駁胡、陳之說，謂《詩》文「是則是傚」，非「可則可傚」，故以《箋》為是。

（五）小結

以上各說可歸納為兩種訓釋說法，重點分別在於君子指的是誰。一說認為君子即嘉賓，則傚君子即則傚嘉賓，主要依據《毛傳》、《左傳》、《鄉飲酒禮注》和《燕禮注》，今人持此說者訓人民效法嘉賓君子，如高亨；一說認為君子即則效嘉賓者，主要依據鄭《箋》、孔《疏》和朱《傳》，今人持此說者訓譯

7　〔清〕陳奐：《詩毛氏傳疏》（臺北市：臺灣學生書局翻印鴻章書局石印本，1986年），頁395。
8　〔清〕馬瑞辰著、陳金生點校：《毛詩傳箋通釋》（北京市：中華書局，1989年），頁493-494。

作君子效法嘉賓，如黃忠慎，或訓譯作嘉賓是君子的學習榜樣，如程俊英。觀諸本訓譯，雖對君子訓釋存在些微出入[9]，然其意大多依後者說法，訓君子向嘉賓學習、法效。

二

上述兩說之中，筆者傾向接受前說，以君子即嘉賓，可受人則效。理據如下：

（一）「則傚」同「則效」，當為動詞

今見《中論・藝紀》[10]、《孔子家語・正論解》[11]、《春秋左傳・昭公七年》[12]等書，引詩皆有本作「君子是則是效」，是「則傚」同「則效」無疑。加之馬氏所引《左傳》、《儀禮注》諸條，則知「則傚」同「則俲」、「則詨」。

又「則傚」當為動詞。《逸周書・本典解》：「物備咸至曰帝，帝鄉在地曰本，本生萬物曰世，世可則效曰至。至德照天，百姓□驚。」[13]《漢書・楚元王傳》：「夫明者起福於無形，銷患於未然。宜發明詔，吐德音……以則效先帝之所行。」[14]《論衡・初稟》：「人有顧眄，以人傚天，事易見，故曰眷顧。」[15]《鹽鐵論・未通》：「民相倣傚，田地日蕪。」[16]古籍「則」、「傚」二字皆可作

9　今人諸本訓譯《鹿鳴》「君子」：1.訓統治者：程俊英《詩經譯注》；2.訓官吏：金啟華《詩經全譯》、周嘯天主編《詩經楚辭鑒賞辭典》；3.訓貴族：程俊英、蔣見元《詩經注析》、黃忠慎《詩經簡釋》；4.訓有地位的君子：馬持盈《詩經今註今譯》；5.未注：周振甫《詩經譯注》、褚斌杰《詩經全注》、屈萬里《詩經詮釋》、袁愈安《詩經藝探》、王靜芝《詩經通釋》。

10　〔漢〕徐幹著、徐湘霖校注：《中論校注》（成都市：巴蜀書社，2000年），頁102。

11　〔漢〕王肅注：《孔子家語》（香港：廣益書局，1937年），頁144。

12　〔周〕左丘明傳、〔晉〕杜預注、〔唐〕孔穎達正義、浦衛忠等整理、胡遂等審定：《春秋左傳正義》（北京市：北京大學出版社，1999年），頁1253。

13　〔清〕朱右曾：《逸周書集訓校釋》（臺北市：臺灣商務印書館，1971年），頁105-106。

14　〔漢〕班固著、〔唐〕顏師古注：《漢書》（北京市：中華書局，1997年），頁1962。

15　〔漢〕王充著、韓復智註譯：《論衡》（臺北市：國立編譯館，2005年），頁341。

16　〔漢〕桓寬編撰、盧烈紅注釋、黃志民校閱：《新譯鹽鐵論》（臺北市：三民書局，1995年），頁207。

動詞用，然作名詞用者只見於「則」，不見於「傚」。既以「是則是傚」為連文同義，則二詞皆作動詞用，歷來無甚異議。

因此，即使不解釋君子所指，也可確定「君子是則是傚」的「則傚」不屬名詞，「是」也不能作為判斷動詞，故「君子是（民）學習的法則」和「（嘉賓是）君子的學習好對象」[17]的訓譯句式並不忠於原文。

（二）「是」可為賓語前置的標誌

我們看「是」的古漢語語法作用，主要有五種。[18]第一種是複指代詞／賓語前置的標誌，如《左傳・襄公十四年》：「唯余馬首是瞻。」以是字複指馬首，或作為賓語前置的標誌指出被瞻視者為馬首；第二種是代詞，如《左傳・僖公四年》：「寡人是問。」以是字指代「昭王南征而不復」之事，意「寡人責問此事」；第三種是語中／襯音助詞，無意義，如《邶風・終風》：「中心是悼。」意心中憂傷、《鄘風・君子偕老》：「象服是宜。」意象骨飾服合身；第四種作「正確」義，與「非」相對，如《魏風・園有桃》：「彼人是哉。」即朱《傳》謂：「彼之所言已是矣。」第五種作「於是」義，如《周南・葛覃》：「是刈是濩。」即孔《疏》謂：「於是刈取之，於是濩煮之。」楊合鳴雖以第二種用法解釋「君子是則是傚」，意君子則傚嘉賓，同於今人多數譯本，然第一種釋法亦通。

今觀《詩經》，可以「賓・是・動」的賓語前置句式視之者甚多[19]，如《邶風・日月》「下土是冒」；《豳風・破斧》「四國是皇」、「四國是吪」、「四國是遒」；《小雅・節南山》：「四方是維」、「天子是毗」，《小雅・斯干》：「唯酒食

---

17 程俊英譯作「君子學習好典型」。見程俊英：《詩經譯注》（上海市：上海古籍出版社，2016年），頁278。

18 參見周淑敏編著：《古漢語自學入門》（北京市：中國人事出版社，1993年），頁353-359；楊合鳴《詩經句法研究》（武漢市：武漢大學出版社，1993年），頁3-4、70-82。；王力：《漢語史稿》（北京市：中華書局，2009年），頁409；向熹編著：《詩經詞典》（北京市：商務印書館，2016年），頁465。

19 殷國光計《詩經》「賓・是・動」的賓語前置句式便有四十見，然殷氏所引數例中未見「君子是則是傚」。見殷國光：〈先秦漢語帶語法標誌的賓語前置句式初探〉，《語言研究》1985年第2期，頁162-171。

是議」;《小雅・小旻》:「匪先民是程」、「匪大猶是經」、「維邇言是聽」、「維邇言是爭」;《小雅・大東》:「熊羆是裘」、「百僚是試」;《大雅・烝民》:「古訓是式」、「威儀是力」、「天子是若」、「王躬是保」;《魯頌・閟宮》:「上帝是依」、「戎狄是膺」、「荊舒是懲」、「魯侯是若」等等。若以此解釋「君子是則是傚」,即意被則傚的賓語是「君子」。單以句子語法論之,則兩說均有例證基礎。

(三)示民者指賢德君子,非獨指人君

《禮記・禮運》曰:「……禹、湯、文、武、成王、周公,由此其選也。此六君子者,未有不謹于禮者也。以著其義,以考其信,著有過,刑仁、講讓,示民有常。如有不由此者,在執者去,眾以為殃。」[20]除前舉五人外尚有周公,所指君子顯以賢德而言,非獨指君王。又《禮記・坊記》更見示民者乃於賢德而言,其曰:「子云:『孝以事君,弟以事長,示民不貳也。故君子有君不謀仕,唯卜之日稱二君。喪父三年,喪君三年,示民不疑也。父母在,不敢有其身,不敢私其財,示民有上下也。故天子四海之內無客禮,莫敢為主焉。故君適其臣,升自阼階,即位于堂,示民不敢有其室也。父母在,饋獻不及車馬,示民不敢專也。以此坊民,民猶忘其親而貳其君。』」[21]同文既言君子,又別言君,結合孔子說的「事君」和內文說的「喪君」諸語,則見所謂示民者更多指賢臣而非君主。因此,我們讀《申鑒・時事》所謂:「聖王先成民而後致力於神,民事未定,郡祀有闕,不為尤矣。必也舉其重而祀之,望祀五嶽四瀆,其神之祀,縣有舊常,若今郡祀之,而其祀禮物,從鮮可也。禮重本,示民不偷,且昭典物,其備物以豐年,日月之災降異,非舊也。」[22]亦知示民專以其道德標準之聖賢而言,而非專指其君王之意。故解《鹿鳴》以此嘉賓示我大道、示民不恌,是為賢德君子可也。

---

20 〔漢〕鄭玄注、〔唐〕孔穎達疏、龔抗雲整理、王文錦審定:《禮記正義》(北京市:北京大學出版社,1999年),頁660-661。

21 同前註,頁1414。

22 〔漢〕荀悅撰、〔明〕黃省曾注:《申鑒注》,載《潛夫論、申鑒、中論》(臺北市:世界書局,1967年),頁12-13。

（四）君子乃嘉賓

解釋《小雅・鹿鳴》「君子是則是傚」一句，重點在於對君子的解釋。遲文浚將《詩經》所言君子之意歸作四種：一作天子、諸侯或卿大夫的代稱，如《大雅・桑柔》：「君子實維，秉心無競。」鄭《箋》：「君子，謂諸侯及卿大夫也。其執心不強于善。」二作貴族男子的稱謂，如《小雅・南有嘉魚》：「君子有酒，嘉賓式燕以樂。」鄭《箋》：「君子，斥在位者也。」三作古代女子對丈夫的稱謂，如《秦風・晨風》：「未見君子，憂心欽欽。」朱熹《集傳》：「君子，指其夫也。」四作有高尚品德之人的稱謂，如《小雅・瓠葉》：「君子有酒，酌言嘗之。」鄭《箋》：「此君子，謂庶人有賢行者也。」[23]

乍看之下，《鹿鳴》「我有旨酒，嘉賓式燕以傲」句式應同於《南有嘉魚》「君子有酒，嘉賓式燕以樂」。《南有嘉魚》既以君子與嘉賓相對，則《鹿鳴》亦應同此，君子非為嘉賓而為人君。然而，須注意，《鹿鳴》詩旨在於主人宴請群臣嘉賓，三章之中又多次自稱「我」，如「我有嘉賓」、「人之好我」、「示我周行」及「我有旨酒」，故不論作詩者是周王、諸侯、貴族，抑或由他人代筆，「我」即透露作詩人的自述口吻，全詩述說角度均在主人無疑。若果君子所指的是人君或統治者，則同文既自稱「我」，又自稱「君子」，實有不妥。先秦君王貴族除用「我」、「吾」、「卬」等常用代詞自稱外，多以自謙之詞作自稱，如「予一人」、「寡人」、「不穀」、「孤家」等等，但以「君子」之譽稱作自稱代詞者極為罕見。因此，以詩法論之，《南有嘉魚》全詩所稱「君子」、「嘉賓」，皆從第三者角度敘述；而《鹿鳴》三章在「君子是則是傚」句前後既多次稱「我」，應係第一人稱敘述，「君子」難以複指「我」（統治者），反而作為對賢德嘉賓的稱譽更為合理。

---

[23] 按：第一種及第二種解釋在文本中多難分別。參遲文浚主編：《詩經百科辭典》（瀋陽市：遼寧人民出版社，1998年），頁991-992。

三

綜合上文，「君子是則是傚」主要有兩種釋讀方法：一是君子乃嘉賓，君子當為人所則傚，意即隱含主語可為「我」或「民」；二是君子乃人君，君子則傚嘉賓，判君子、嘉賓為二。在語法上，二說皆有依據。然而，在語境和敘述角度上觀詩，筆者更傾向於前者說法。

其實，胡、陳二氏所說已足證君子可為人則效、非君子之則效人。其引《左傳》孔子稱孟僖子為君子之例，信然有徵。又引鄭玄兩條《禮注》云「嘉賓有明德可則效」，實即提出《詩箋》「君子所法傚」所存在的訛誤可能性。若果「君子所法傚」實為傳鈔訛誤造成，則亦難怪此句受孔穎達、朱熹，以至後來說詩者所誤解。反觀馬氏雖有異見，但只道胡氏引證之文字差異，實際上未能舉證二氏之說誤，似乎失之武斷。因此，筆者以為黃焯在《毛詩鄭箋平議》的評語甚確，其曰：「焯謂胡氏引《左傳》證此詩，謂君子即嘉賓，持義甚諦。馬瑞辰以『《經》言「是則是傚」不言「可則可傚」，當以《箋》義為允。』蓋未細玩《經》文君子乃贊美嘉賓之辭，『是則是傚』，即是可為人所法傚耳。」[24]

---

[24] 黃焯：《毛詩鄭箋平議》（上海市：上海古籍出版社，1985年），頁160。

俞樾釋〈秦風‧小戎〉「蒙伐有苑」析評

劉玉國

東吳大學中國文學系兼任教授

摘要

「蒙伐有苑」句見《詩‧秦風‧小戎》,《傳》曰:「蒙,討羽也。伐,中干也。苑,文貌。」《箋》承其解,釋為「畫雜羽之文於伐」。後之解者,多從毛、鄭之說;惟俞樾獨排眾議,謂《傳》「蒙,討羽」之「討」為「糾」之誤,「糾」,糾撩也、纏繫也。「蒙伐」者,即《尚書‧費誓》「敿乃干」,謂「繫紛(綬帶)於盾以持之且以為飾」。經彙收相關資料,並從語構、句法二重證據等判讀,俞說欠妥,當從《傳》、《箋》。

關鍵詞: 詩經、蒙伐、語構、句法、二重證據

一　前言

「蒙伐有苑」句見《詩經・秦風・小戎》，《傳》曰：「蒙，討羽也。伐，中干也。苑，文貌。」《箋》云：「蒙，厖也。討，雜也。畫雜羽之文於伐，故曰厖伐。」[1]其後，解〈小戎〉詩者，多承其說；[2]清代俞樾（1821-1906）則有辨駁之異詁。惟今之《詩經》註譯之作，仍多從《傳》、《箋》，鮮及俞說。[3]本文之作，擬就相關資料進行辨析，以見此從違，是否允妥。

二　俞說之述評

俞樾《群經平議・毛詩》「蒙伐有苑」條下云：

樾謹按：《傳》文「討」字，殊不可曉，《箋》訓為「雜」，義亦未詳。「討」疑「糾」字之誤，《桓二年穀梁傳》「以是為討之鼎也」，《釋文》曰「麋氏云：『討或做糾』」，是其例也。《說文》糾部：「丩，相糾繚也。」又曰：「茻，艸之相丩者。」又曰：「糾，繩之合也。」蓋茻、糾二字，並從丩為義，繩三合謂之糾，猶艸相丩為之茻矣。蒙之言「蒙茻」也，是有「糾繚」之義，故《傳》以「糾」訓「蒙」，而《箋》以

1　重刊宋本《十三經注疏・毛詩注疏》（臺北市：藝文印書館，1981年），頁238。

2　如〔宋〕范處義：《詩補傳》、〔宋〕朱熹：《詩集傳》、〔元〕劉瑾：《詩傳通釋》、〔明〕張次仲：《待軒詩記》、〔明〕顧夢麟：《詩經說約》、〔清〕錢澄之：《田間詩學》、〔清〕胡承珙：《毛詩後箋》等。見中國詩經學會編：《詩經要籍集成》（北京市：學苑出版社，2002年）冊5，頁110-111；冊6，頁210；冊11，頁182；冊15，頁137；冊18，頁246；冊23，頁327；冊30，頁8。

3　如馬持盈註釋：《詩經今注今譯》（臺北市：臺灣商務印書館，1971年），頁196；屈萬里：《詩經釋義》（臺北市：中國文化大學出版部，1988年），頁162；吳宏一：《白話詩經》（臺北市：聯經出版事業公司，2009年），頁127；金啟華注：《詩經全譯》（南京市：江蘇古籍出版社，1984年），頁272；唐莫堯譯注：《詩經新註全譯》（成都市：巴蜀書社，1998年），頁265；姚小鷗譯：《詩經譯注》（北京市：當代世界出版社，2009年），頁205；王蘭英：《詩經通讀》（西安市：三秦出版社，2010年），頁294等。

「雜」訓「糾」，今誤為「討」，則《傳》、《箋》之義皆晦矣。又按「畫雜羽」之說，似非經意；《尚書・費誓》「敿乃干」，《傳》曰：「施女楯紛」，《正義》曰：「楯無施功之處，維繫綏於楯，故以為『施女楯紛』，紛如綏，而小繫於楯以持之，且以為飾，鄭云『敿猶繫也』」。以是言之，蒙有「糾繚」之義，蓋即所謂「敿乃干」者，「糾繚」與「敿繫」同也。繫紛於盾，是謂「蒙伐」；以其有盾之飾，言「有苑」；《傳》、《箋》所說，皆恐失之。或毛《傳》本無「羽」字，但曰「蒙，糾」也，後人據鄭義增益耳。[4]

本則釋例中，俞氏取《桓二年穀梁傳》「以是為討之鼎也」，《釋文》曰：「麋氏云『討或作糾』」[5]，疑毛《傳》「蒙，討伐也」之「討」，以及鄭《箋》「討，雜也」之「討」，亦當為「糾」之誤字。俞氏以為「糾」之「糾繚」義與「蒙（茸）」、「雜」之義相類，故《傳》、《箋》未誤之前之文，前者係「以糾訓蒙」，後者「以雜訓糾」。氏並舉《尚書・費誓》「敿乃干」之相關注解，如鄭云：「敿乃繫也。」《傳》曰「施女楯紛。」《正義》曰：「楯無施功之處，維繫綏於楯，故以為『施女楯紛』，紛如綏，而小繫於楯以持之，且以為飾。」[6]等，以為「敿（敿繫）」與「蒙（糾繚）」意近，「蒙伐」即「敿乃干」（伐，[7]中干也），意謂「繫紛（綏）於盾以持之，且以為飾」，非《箋》所詁之「畫雜羽之文於伐也。」

俞樾之說是否允妥？吾人可先比對相關之書面語：〈小戎〉詩云：「俴駟孔群，厹矛鋈錞，蒙伐有苑，虎韔鏤膺。」《傳》曰：「俴駟，四介馬也。厹矛，三隅矛也。虎，虎皮也。」[8]，「蒙伐有苑」與之並列，「蒙」之詞性當與

---

4 〔清〕俞樾撰：《群經平議・毛詩》，《詩經要籍集成》冊35，頁212、213。

5 《十三經注疏・穀梁注疏》，頁30。

6 《十三經注疏・尚書注疏》，頁311、312。

7 《釋文》：「伐，本或作瞂」〔唐〕陸德明撰，黃焯彙校：《經典釋文彙校》（北京市：中華書局，2006年），頁158。《玉篇》：「瞂，盾也。」重文「瞂」下云「同瞂。」〔梁〕顧野王撰，胡吉宣校釋：《玉篇校釋》（上海市：上海古籍出版社，1989年）冊1，頁865。

8 《十三經注疏・毛詩注疏》，頁238。

「倰」、「厽」、「虎」同，為修飾「伐」之狀詞。而《尚書・費誓》「善乃甲胄，敿乃干，……鍛乃矛，礪乃鋒刃，無敢不善。」[9]「敿」為動詞（干為受詞），與「蒙」迥異；只因兩者句中皆有「干（伐亦干也）」，便謂「敿乃干」（繫綏於干）即「蒙伐」，恐失草率。

而俞樾之所以主張毛《傳》、鄭《箋》之「討」宜為「糾」之誤，除上述《釋文》「討或作糾」外，結穴之處仍在「蒙，討羽」、「討，雜也」之詁義難明。

於此，胡承珙別有說解，胡氏指出「討」與「翿」聲相近，[10]「討」蓋「翿」之借字，而「翿」有「雜糅」之義：《儀禮・鄉射禮》「旌各以其物，無物則以白羽與朱羽糅。」《注》云：「此翿旌也。」[11]又「君國巾射，則皮樹巾，以翿旌獲，白羽與朱羽糅。」《注》云：「今文『糅』為『縉』。」[12]可資為證。而「蒙」亦有雜義，（《易雜卦・傳》曰：「蒙，雜而著。[13]」）故《傳》曰：「蒙，討（翿）羽也。」而《箋》以「雜」訓「討」（翿）；[14]胡氏之說為《傳》、《箋》提供了或可成立的論據。

復從出土文物的研究報告觀之：以多樣色彩彩繪兵器，其時甚早。河南安陽殷代墓葬出土之皮甲便「有黑、紅、黃、白顏色繪成的花紋」。[15]至於盾（即干），商代亦有一種木盾，「項上有雙重弧形花紋，呈長方形，表面塗漆，並繪有別致的圖案。」[16]而戰國時期曾侯乙墓出土的一面盾（E.161）：

> 器形及背面花紋保存較好。它以黑漆為地，然後上、中、下三部各用紅
> 漆線將整個盾區分成六十四個地方塊（豎六行、橫八行）。……每個方

---

9 《十三經注疏・尚書注疏》，頁312。

10 討，古音透紐幽部；翿，定紐幽部。（參見郭錫良撰：《漢字古音手冊》（北京市：北京大學出版社，1986年），頁157-156。）

11 《十三經注疏・儀禮注疏》，頁149。

12 《十三經注疏・儀禮注疏》，頁152。

13 《十三經注疏・周易注疏》，頁189。

14 〔清〕胡承珙撰、郭全芝點校：《毛詩後箋》（合肥市：黃山書社，1999年），上冊，頁572、573。

15 雷玉平主編：《秦始皇兵馬俑博物館》（西安市：西安出版社，2006年），頁73。

16 謝宇、唐文立編著：《中國古代兵器鑑賞》（北京市：華齡出版社，2008年），頁142。

塊用紅漆線劃成內外兩道框線，框線之間用黃漆繪陶文，方框之內繪 T
形勾連雲紋，方框與方框之間繪變異的龍鳳紋。框內外這些紋飾是以細
紅漆線框邊，邊線之外，以紅線的小方格、網紋為地，襯出黑地的紋
樣。盾的邊緣部分，還繪斜菱角紋，中間以雲紋等紋飾鑲邊。其他盾的
殘存漆片，從殘留的紋樣看，與 E.161 之背面花紋基本相似。[17]

楚墓亦見彩繪革盾乙件：

皮革胎已朽，殘剩漆皮。……通體髹黑漆，繪紅、棕紅、黃、金四色
彩。正面繪對稱龍鳳卷雲紋圖案，每邊四龍四鳳。上、下為相對對稱，
中間為相背對稱。龍或低首卷尾，或勾首蟠曲；鳳或低首嘶鳴，或昂首
回顧。[18]

秦之彩繪工藝亦不遑多讓，「陶俑、陶馬燒成出窯後，通體彩繪，顏色的種類
有紅、綠、藍、紫、黃、黑、白、赭等色。每種顏色又有深淺、濃淡的變化，
形成不同的色階。」[19]其宮廷壁畫之圖案，「是用黑、褐、朱紅、湖藍、橘黃
諸色繪成流雲紋或四方連續的幾何紋圖案，顯得富麗堂皇。」[20]以此，秦盾的
盾面若推想其亦有雜色彩繪，則當屬文化傳承、時代風氣使然，而非吾人憑空
臆斷。果不其然，一九七八年，秦陵一號銅馬車上發現了一面青銅盾牌，盾面
便飾有花紋：

這面盾牌非常精緻美觀，……盾的正背兩面飾滿絢麗的花紋圖案，所繪
的對稱形龍紋、卷龍紋，生動逼真，栩栩如生。……所繪的幾何紋、雲
紋，線條明暗、虛實結合，具有深度的空間感；其構以綠、紅、藍、白

---

17 湖北省博物館編：《曾侯乙墓》上冊（北京市：文物出版社，1989年），頁303。圖見頁305。

18 湖北省荊沙鐵路考古隊編：《包山楚墓》上冊（北京市：文物出版社，1991年），頁213。圖見215。

19 袁仲一撰：《秦兵馬俑坑》（北京市：文物出版社，2003年），頁151。

20 王學理、梁雲著：《秦文化》（北京市：文物出版社，2001年），頁254。

等色為主，紋飾絢麗而不雜亂，色調鮮明，和諧統一，顯示了秦人高超的彩繪技藝。[21]

二〇一〇年秦兵馬俑一號坑第三次發掘，則出現了一件皮質彩繪漆盾：

> 這件盾，依照流雲狀造型，外緣描繪紋飾一周，……最內與最外側用寬約1.2厘米的淡綠色彩勾勒邊框；框內用朱紅的細線分隔出連續、不間斷的菱形或S形單元，單元內天藍色或白色平塗，……平塗之外，空隙間則隨意添加大小不一的漩渦，為卷雲。……卷雲面貌各異。……有的手段是白色平塗的直線，……有的順著雲頭的回轉，又驟然不輕易地添加一些湖藍色作為點襯，成為湖天白雲的縮版。……放眼欣賞這些彩繪畫面，整體色彩鮮亮，圖案繁縟卻不雜亂無章。……這和俑坑出土的車、鼓彩繪技法一致，與秦陵出土銅車彩繪一脈相承，屬於秦器的時代風格範圍。[22]

此件皮盾被發現時，係位於所屬的木車殘骸前部，亦屬戰車上配置的防禦兵具；其盾形、髹漆繪彩，和一號銅車配置的銅盾一脈相承。[23]秦戎之盾畫有多色彩紋之事實於焉昭然。

再細繹「蒙伐有苑」句，「有苑」，「苑然」也，依句法，「有苑」乃修飾「伐」；而「蒙」亦為「伐」之狀詞（如前述），是「蒙」與「有苑」義當相涉。[24]《傳》曰：「苑，文貌。」《說文》：「文，錯畫也。」段《注》：「錯，當

---

21 何宏著：《秦始皇陵出土青銅器》（西安市：西北大學出版社，2010年），頁94。

22 許衛紅撰：《說說秦俑那些事：秦始皇秦陵兵馬俑一號坑第三次發掘記事》（西安市：三秦出版社，2015年），頁140-142。

23 許衛紅撰：《說說秦俑那些事：秦始皇秦陵兵馬俑一號坑第三次發掘記事》，頁139。

24 高亨釋「蒙伐」之「蒙」為「龐大」（見氏著：《詩經今注》（上海市：上海古籍出版社，2009年），頁167）；依其解，「蒙伐」則為「大盾」，惟「大盾」之名宜為「櫓」（《左傳注疏》，頁538杜預《注》），而此「蒙伐」乃「小戎」（戰車）上所備之兵器，《釋名·釋兵》：「盾，狹而短者曰『子盾』，車上所持者也。子，小稱也。」（見任繼昉纂：《釋名匯校》（濟南市：齊魯書社，2006年），頁389）車上空間有限，不宜配以「龐大」之盾；高說不妥。黃典誠則釋「蒙」為「覆蓋」，譯「蒙

作遣，遣畫者，交遣之畫也。《考工記》曰：『青與赤為之文』」，遣畫之一耑也。」王筠（1784-1854）《說文解字句讀》：「錯者，交錯也。交錯而畫之乃成文也。《易‧繫辭》：『物相雜故曰文。』《史記‧趙世家》『文身錯臂』，《注》云：『錯臂亦文身，以丹青錯畫其臂。』」[25]足見「蒙」之義當近「交錯而畫之」，而非「以綏繫綁之」。

三　結語

綜合上述「討」與「翿」，「蒙」與「厖」（雜）之音義關係，以及〈小戎〉「蒙伐有苑」、《儀禮‧鄉射禮》「君國巾射，則皮樹巾，以翿旌獲，白羽與朱羽糅」之書面材料與相關出土文物之相互呼應，《傳》、《箋》之於「蒙戎」之詁較能符合二重證據，俞氏之解則相去甚遠；故「畫雜羽之文於伐」實愈於「敢乃干」，宜乎後之解者以《傳》、《箋》為從。

伐有苑」為「蓋著盾牌多美麗」（見氏著：《詩經通譯新詮》（香港：天地圖書公司，2013年），頁220），甚覺不詞。
[25] 丁福保編纂：《說文解字詁林及補遺》（臺北市：臺灣商務印書館，1966年），冊七，頁3938。

高葆光《詩經新評價》小析

蕭欣浩

嶺南大學中文系講師

摘要

隨戰後國民政府遷臺，經學受益於抵臺的學者而逐漸發展，高葆光（1898-1981）為抵臺的第一代學者，專治《詩經》、《左傳》。《詩經新評價》於1965面世，為高葆光治《詩》的重要作品，其反《詩序》，求新說，以文學、史料的角度研《詩》的主張，承自民國以來的研《詩》風潮。高氏沿此框架，建構個人治《詩》的理論，其師承高步瀛（1873-1940），多參桐城派吳汝綸（1840-1903）之學，影響於《左傳》尤顯，然據本文所見，高葆光之《詩》學實多參清代獨立治《詩》三家：崔述、方玉潤、姚際恆，尤以方、姚之說為多。高葆光主張從文藝角度析詩，構成《詩經新評價》的核心，高氏主要承襲《詩序》、朱《傳》、方玉潤、姚際恆等說，從中取捨，進而從整體作文藝分析，以發新論，其研究著重去除歷史背景，以平民角度聚焦人與人之間的感情。高葆光於《詩經新評價》以文藝角度析詩，喜用文學書寫手法，依個人分析歸類均顯其書之特點與價值，唯當中亦不無分類散亂無章等缺點。高葆光繼清儒後進一步令《詩》文脫離《詩序》，具承先啟後、建立新說的價值，可證《詩經新評價》為戰後臺灣經學的顯要標記。

關鍵詞：高葆光、詩經新評價、詩經、戰後經學、文藝批評

一　前言

戰後隨國民政府遷臺的學者，不少以詩學為研究範疇，高葆光教授（1898-1981）屬其中一員，屬於抵臺的第一代學者。高氏原名高克明，字葆光[1]，曾就讀北京高等師範學校，師承高步瀛（1873-1940）。一九四六年於國立長白師範學院，擔任國文系教授兼院秘書，一九四九年隨學院到海南島，轉而兼任國文學系主任兼教務主任，同年隨學院遷往臺灣。一九五〇年國立長白師範學院停辦，高葆光遂轉往臺灣省立臺中師範學校任教，一九五六年轉至東海大學中國文學系任教，至一九七一年退休。經學方面，高葆光專於《詩經》、《左傳》，兼開課教授，傳承治經之學，出力於戰後臺灣的經學發展。高氏治學的理論與分析，匯集於其兩本重要著作《詩經新評價》、《左傳文藝新論》，兩書均以標榜論說之「新」，從中能窺視戰後臺灣經學的轉變與新發，本文集中探討高葆光論《詩》之學，故僅以《詩經新評價》為研究核心。治《詩》之學，隨時代改變，高氏尚新之概念，實前有所承，楊晉龍博引多家之論，綜述民國以後的治《詩》情況，勾勒出民國時期後，學人治《詩》的普遍特點，以「文學」、「史料」述《詩》的方法，富「標新立異」的態度。[2]持楊晉龍之說回觀《詩經新評價》，高葆光析詩的重點正以文藝分析為重點。戰後面世的《詩經新評價》，無疑延續民國以來的治《詩》風潮，當中的研究理論、文學角度，以及創「新」的見解，均值得深究。本文以高葆光的《詩經新評價》為研究核心，並引《毛詩序》（下文簡稱《詩序》）與朱熹（1130-1200）《詩》說，梳理高氏研究的依據與思路，了解其創見之處與析《詩》的特色。

1　高葆光生平資料記錄不多，以郭明芳〈高葆光先生文獻目錄〉所述較詳，本文多所引述，詳參郭明芳：〈高葆光先生文獻目錄〉，《東海大學圖書館館訊》新151期（2014年4月15日），頁43-53。

2　楊晉龍：〈經典的形成、流傳與詮釋〉，《經典的形成、流傳與詮釋（一）》（臺北市：臺灣學生書局，2007年），頁126-128。

二 詩旨討論與文藝探析

　　《詩經新評價》的核心部分為該書的第三章〈文藝的評判〉，當中引述各家詩旨與文藝評判的部分關係最為密切，最能了解高葆光對詩作的主旨分析與切入角度，實為全書的重中之重。本文以此研究重點，逐一了解高氏析詩的思路與原則，整理當中規律，以呈現其理論架構。本文以六十七篇詩為研究範圍，詩篇為高葆光所選定。高氏以文藝優美為標準選詩[3]，分析時能逐一指出其特點，整合言之，當能了解其藝術手法。高葆光言詩多提及情感，循此線索或能梳理出高氏的析詩角度。本文依高氏所引的詩旨資料，加上其析詩的內容，將依循三方面作研究，分別為：「詩旨與《詩序》相合」、「詩旨與《詩序》不相合，但與朱熹之說相合」，以及「詩旨為高葆光之新說」，依此逐一分析高氏之言與各個學說的關係。

（一）詩旨與《詩序》相合

　　高葆光明言，現今析詩已不用費力研究《詩序》，高氏雖明顯反《序》，但對《詩序》中的部分說法仍表認同，觀本文所析的六十七篇詩，當中無一不引《詩序》作參考，可知高說仍無法離開《詩序》。通過高說與《詩序》比較，發現共有十七篇與《詩序》所言相近或相同，佔總數的兩成半，屬高氏闡發《詩經》新說以外的第二大類，佔很大的比例。高葆光對《詩序》的看法不盡然是抗拒、棄用，當中有更複雜的關係，值得仔細比對分析，下文將依高說與歷史的異同程度，逐一歸類詳述。

1 與歷史相關

（1）〈豳風‧鴟鴞〉

　　高葆光於詩旨部分，直言應從《詩序》，載：「鴟鴞周公救亂也。成王未知

周公之志，公乃為詩以遺之，名之曰鴟鴞焉。」[4]後於詳析部分，先述周室遇管、蔡、武庚叛亂，以致社會不隱的憂患，後以周公撰詩之角度切入析詩，引出全詩均用比的手法。高葆光此詩多以歷史資料，先添背景，續以周公為重心，論述詩義，最後方輕點所用修辭。

（2）〈王風・黍離〉

高葆光云序說「頗是」，並引《詩序》：「周大夫行役至宗周，過故宗廟，宮室盡為禾黍，閔周室之顛覆，徬徨不忍去而作是詩。」[5]析文同序，以周大夫為詩人，見昔日宮殿荒廢，勾起愁苦之情，指出其情景相配的特點。

（3）〈小雅・車攻〉

書中引《詩序》言：「車攻宣王復古也。宣王能內修政事，外攘夷狄，復文武之竟土，修車馬，備器械，復會諸侯於東都，因田獵而選車徒焉。」[6]高葆光續說《詩序》為是，並言：「宣王此次田獵頗帶濃厚的政治作用。他不僅借著田獵來修武備；且於此時大會諸侯，也是故意示威，讓他們帖服。」高氏明言詩與周宣王之關係，將詩置於歷史觀之，析文以周屬王之世為背景，言宣王對國家的重整，進而逐章剖析詩文，以示田獵之況，並以「嚴整」概括之。

4　高葆光：《詩經新評價》，頁142。原文與高葆光所引略異，原文作：「〈鴟鴞〉，周公救亂也。成王未知周公之志，公乃為詩以遺王，名之曰鴟鴞焉。」見〔漢〕毛亨傳、〔漢〕鄭玄箋、〔唐〕孔穎達等正義：《毛詩正義》，輯〔清〕阮元校刻：《十三經注疏附校勘記》（北京市：中華書局，1979年），頁394。

5　高葆光：《詩經新評價》，頁119。原文與高葆光所引略異，原文作：「〈黍離〉，閔宗周也。周大夫行役至于宗周，過故宗廟宮室，盡為禾黍。閔周室之顛覆，彷徨不忍離去而作是詩也。」見〔漢〕毛亨傳、〔漢〕鄭玄箋、〔唐〕孔穎達等正義：《毛詩正義》，輯〔清〕阮元校刻：《十三經注疏附校勘記》，頁330。

6　高葆光：《詩經新評價》，頁116。原文與高葆光所用之字略異，原文作：「〈車攻〉，宣王復古也。宣王能內脩政事，外攘夷狄，復文武之竟土，脩車馬，備器械，復會諸侯於東都，因田獵而選車徒焉。」見〔漢〕毛亨傳、〔漢〕鄭玄箋、〔唐〕孔穎達等正義：《毛詩正義》，輯〔清〕阮元校刻：《十三經注疏附校勘記》，頁428。

（4）〈秦風・黃鳥〉

　　高葆光此詩詩旨先引《詩序》，載：「黃鳥哀三良也。國人刺穆公以人從死而作是詩也。」[7]後引《史記》載秦穆公死，以一七七人殉葬之事以證序。高氏析文以此史事為據，道詩人哀三良的悲痛之情。

（5）〈邶風・新台〉

　　高葆光於詩旨部分，引《詩序》：「新台刺衛宣公也。納伋之妻作新台於河上而宴之，國人惡之而作之詩。」[8]另說：「崔（崔述）說余初信之，嗣又覺非是，蓋其言過於拘滯……吳闓生在《詩義彙通》裏說：『序之說詩惟此篇最有據。』此篇我已改從序說。」[9]高氏的分析以衛宣公為中心，配以相關的人物與歷史事件作，說明詩人以比喻指宣公的不道德與宣姜的不知恥。

（6）〈鄘風・君子偕老〉

　　高葆光引《詩序》：「刺衛夫人也。刺衛夫人淫亂失事君之道，故陳人君之德，服飾之盛，宜與君子偕老也。」[10]高氏分析時明言「這首詩前人以為譏刺衛宣姜是對的」[11]，其處理與〈新台〉相類，此詩以宣姜為核心，析詩前略述宣姜與太子伋、衛宣公之關係，言其風流無恥，隨之詳析詩義，點出詩人對宣姜的諷刺。

（7）〈小雅・正月〉

　　高葆光並引數詩旨，引《詩序》：「正月大夫刺幽王也。」[12]高氏認為作於幽王之時為宜，後析文以據此歷史背景，依章展示詩中所記之亂世。

---

[7]　高葆光：《詩經新評價》，頁105。

[8]　原文與高葆光所引略異，原文作：「〈新臺〉，刺衛宣公也。納伋妻，作新臺于河上而要之，國人惡之，而作是詩。」見〔漢〕毛亨傳、〔漢〕鄭玄箋、〔唐〕孔穎達等正義：《毛詩正義》，輯〔清〕阮元校刻：《十三經注疏附校勘記》，頁311。

[9]　高葆光：《詩經新評價》，頁73-74。

[10]　同前註，頁76。

[11]　同前註，頁76。

[12]　同前註，頁100。

（8）〈鄘風・敝笱〉

　　高葆光認同《詩序》所言，序云：「刺文姜也。齊人惡魯桓公微弱，不能防閑文姜，使至淫亂為二國患焉。」[13]高氏於析詩前補述相關歷史，言文姜與其兄齊襄公私通之事，魯桓公欲阻無從，更死於往齊的途中。後依此背景說詩，以解詩中對魯桓公、文姜的諷刺。

（9）〈衛風・碩人〉

　　高葆光引《詩序》為：「閔莊姜。莊姜賢不見答，終以無子，國人閔而憂之。」[14]文有所缺，當為「〈碩人〉，閔莊姜也。莊公惑於嬖妾，使驕上僭。莊姜賢而不答，終以無子，國人閔而憂之。」[15]高氏言序說本於《左傳》，故閔莊姜大概為是對的，析文續言詩描述莊姜昔日來時的風光，與今受冷待形成對比，並以對莊姜聲色上的誇獎，令莊公有所憬悟。

（10）〈豳風・九罭〉

　　書引《詩序》：「美周公也，周大夫刺朝廷之不知也。」[16]，高葆光認為序所說刺朝廷為是，言此詩本為諷刺周成王，高氏將周公、成王置於詩文中分析，述說詩人當中美、刺的運用。

（11）〈齊風・猗嗟〉

　　高葆光引《詩序》：「猗嗟刺魯莊公也。齊人傷魯莊公有威儀技藝，然而不能以禮防閑其母，失子之道，人以為齊侯之子焉。」[17]言此詩譏刺魯莊公，同序。高氏之文以莊公貫穿，說詩對其威儀、技藝等皆有褒獎，然徒有能力而未有防閑其母，以示諷。

---

[13] 同前註，頁92-93。

[14] 高葆光：《詩經新評價》，頁79。

[15] 見〔漢〕毛亨傳、〔漢〕鄭玄箋、〔唐〕孔穎達等正義：《毛詩正義》，輯〔清〕阮元校刻：《十三經注疏附校勘記》，頁322。

[16] 高葆光：《詩經新評價》，頁77。

[17] 同前註，頁72。

2 去除歷史背景

（12）〈邶風・柏舟〉

詩旨部分，高葆光引《詩序》：「言仁而不偶也。衛頃公之時，仁人不遇，小人在側。」另言「今考詩序大致與毛傳鄭箋意相同。詩中辭句沉痛，意義堅強，非忠貞志士，不能道出隻字……我以為傳箋之說頗為合理。」[18]高氏於文藝分析部分，集中論述詩人忠貞而不被了解之況，鬱悶的心情如何抒發，相對衛頃公相關之歷史背景，則並無提及。

（13）〈小雅・無羊〉

高葆光引《詩序》：「無羊，宣王考牧也。」續指出「觀其詩意，亦係亂後重建的現象，序說是。」[19]觀高氏後續的文藝分析，未有隻字提及周宣王，所言重點僅放於牧事的描寫之上，以帶出詩人的優點，能於短篇幅之下，描寫多種生物的活動。

（14）〈小雅・賓之初筵〉

高葆光引《詩序》：「賓之初筵，武公刺時也。幽王荒廢，媟近小人，飲酒無度，天下化之，君臣上下，沈酒淫泆，武公既入而作是詩。」[20]另言「武公刺時為是。」[21]高氏雖認同《詩序》對此詩詩旨之言，但仔細分析下，卻說衛武公作此詩只是揣測，可能是無名詩人因見當時社會飲酒成風而作。高葆光無從論定此詩作者身分，無法肯定或否定《詩序》所言為衛武公所作之說，推測為「無名氏」作之亦無不可，重點在於高氏傾向隱去歷史人物，從而凸現詩文

---

[18] 同前註，頁49-50。

[19] 同前註，頁152。

[20] 原文與高葆光所引略異，原文作：「〈賓之初筵〉，衛武公刺時也。幽王荒廢，媟近小人，飲酒無度，天下化之，君臣上下，沈湎淫液。武公既入而作是詩也。」見〔漢〕毛亨傳、〔漢〕鄭玄箋、〔唐〕孔穎達等正義：《毛詩正義》，輯〔清〕阮元校刻：《十三經注疏附校勘記》，頁484。

[21] 高葆光：《詩經新評價》，頁154-155。

本身所呈現的宗旨，他於文中補說「詩的主旨，在譏刺酗酒的人」[22]，意思再明顯不過，析文細述詩文中的飲酒場景，讚譽詩人的描寫細膩。

（15）〈邶風‧泉水〉

此詩高葆光僅引《詩序》作詩旨，載：「泉水，衛女思歸也。嫁於諸侯，父母終，思歸寧而不得，故作是詩以自見也。」[23]高氏雖未有明言此詩之觀從序，但考其詳析之文，開首已言女子出嫁遠方會想念娘家，後文依此論開展，可知其說從序。唯當中與《詩序》不同，高葆光僅取女思父母之部分，專指地域、階級的衛國與諸侯均未有採以析文。

3 與歷史無涉

（16）〈小雅‧鹿鳴〉

書引《詩序》：「鹿鳴燕羣臣嘉賓也。」[24]高葆光認同《詩序》，言「詩本為燕羣臣作，後代誦之，以諷當時，故又說為刺詩。」[25]文藝分析方面，高氏以君臣為述說的主線，隨詩文展示飲宴的歡愉場面，當中並無相關的歷史背景與人物，與《詩序》同，析文後轉言詩文用韻的安排，使全詩鏗鏘悅耳。

（17）〈魏風‧碩鼠〉

此詩高葆光僅引《詩序》為詩旨，載：「碩鼠刺重斂也。國人刺其君重斂，蠶食於民，不修其政，貪而畏人，若大鼠也。」[26]析文指詩中所言為發對貪官之恨，以鼠喻吏，以指桑罵槐的手法，凸現其討厭、貪婪，析義與《詩序》正同。

---

[22] 高葆光：《詩經新評價》，頁155。

[23] 同前註，頁126。

[24] 原文作：「〈鹿鳴〉，燕羣臣嘉賓也。既飲食之，又實幣帛筐篚，以將其厚意，然後忠臣嘉賓，得盡其心矣。」見〔漢〕毛亨傳、〔漢〕鄭玄箋、〔唐〕孔穎達等正義：《毛詩正義》，輯〔清〕阮元校刻：《十三經注疏附校勘記》，頁405。

[25] 高葆光：《詩經新評價》，頁131-132。

[26] 同前註，頁86。

4 詩旨與《詩序》之關係

　　高葆光十七篇析義與《詩序》相近、相同的分析，所涉的歷史背景雖有所不一，唯高氏論述的核心仍是依循《詩序》所言，人物、事件與所涉情感已有既定，高葆光於此等方面未有太多發揮，故析文更多從表義的技巧著墨，〈豳風·鴟鴞〉以比表意，〈邶風·新台〉、〈齊風·猗嗟〉屬旁敲以露正意，〈衛風·碩人〉、〈幽風·九罭〉為正言若反，另有從文化、描寫上勾出特點，〈秦風·黃鳥〉含人殉的儀式，〈小雅·車攻〉具雄偉的場面，這些分析以《詩序》為框架，進一步從技巧、文化等方面切入，可體現為高葆光析詩的新說。此外，當中四篇去除《詩序》的歷史背景，與高氏反《序》之主張正合，可見歷史背景為其著眼處理的部分，值得注意。

（二）詩旨不同於《詩序》，但與朱熹之說相合

　　朱熹於《詩集傳》與《詩序辨說》對《詩序》均有批評，不少說法與《詩序》相異，但細究之下，亦不無析義與《詩序》相近之例。高葆光析詩旨有參朱說，六十七篇分析中共有十五篇，佔總數約兩成，為當中第三大類。高氏這批與朱說析義相同的析文，情況或有不一，下文依據朱說與《詩序》的異同關係，以及是否與歷史相涉的因素分類。

1 朱說與《詩序》義近，去除當中歷史

（1）〈小雅·蓼莪〉

　　書引《詩序》：「刺幽王也。人民勞苦，孝子不得終養爾。」[27]另引朱《傳》：「人民勞苦，孝子不得終養而作此詩。」高葆光續言「詩尾『民莫不穀，我獨何害』等語，顯見係人民因受勞役之苦，致不能終養父母之辭。朱說

---

[27] 原文與高葆光所引略異，原文作：「〈蓼莪〉，刺幽王也。民人勞苦，孝子不得終養爾。」見〔漢〕毛亨傳、〔漢〕鄭玄箋、〔唐〕孔穎達等正義：《毛詩正義》，輯〔清〕阮元校刻：《十三經注疏附校勘記》，頁459。

是。」[28]較《詩序》與朱《傳》，所言中心相同，唯《詩序》多言「刺幽王」，涉歷史人物，朱《傳》純粹論及的民生，高氏從此論，可見其反《序》、去歷史之傾向，析文詳言考子行役，未能盡孝之苦。

（2）〈齊風・雞鳴〉

書引《詩序》，言：「哀公荒淫怠慢，故陳賢妃貞女夙夜警戒相成之道。」[29]並概括「朱傳以為古之賢妃警告之詩」，[30]兩者所說賢妃警告之義同，《詩序》以齊哀公為背景，朱《傳》則無所確指，高葆光從朱說，分析詩中對話的運用。

（3）〈小雅・斯干〉

詩旨部分，高葆光引《詩序》：「斯干，宣王考室也。」並引朱《傳》：「此築室既成而燕飲以落之，因歌其事。」[31]兩者之言基本相同，唯《詩序》言及周宣王，朱《傳》則集中於成室而歌一事，高氏析文言此詩為成室所詠，未有談及宣王，同朱說。

2 朱說較《詩序》詳盡，保留當中歷史

（4）〈齊風・載驅〉

書引《詩序》為「載驅齊人刺襄公也。無禮義故盛其車服疾驅於通道大都，與文姜淫，播其惡於萬民焉。」另引朱《傳》：「齊人刺文姜乘此車而來會襄公也。」高葆光言「二者皆是。刺文姜，也就是刺襄公。不過《詩序》不如朱傳直截了當。」[32]高氏認為朱《傳》所言較直接，故析詩以此為中心，即便略異於《詩序》，當中所涉人物、事跡並無不同，均屬歷史。

---

28 高葆光：《詩經新評價》，頁129。

29 高葆光所引之文有缺，原文作：「〈雞鳴〉，思賢妃也。哀公荒淫怠慢，故陳賢妃貞女，夙夜警戒相成之道焉。」見〔漢〕毛亨傳、〔漢〕鄭玄箋、〔唐〕孔穎達等正義：《毛詩正義》，輯〔清〕阮元校刻：《十三經注疏附校勘記》，頁348。

30 高葆光：《詩經新評價》，頁149-150。

31 同前註，頁161。

32 同前註，頁71。

3 朱說與《詩序》不同，去除當中歷史

（5）〈王風・君子于役〉

詩旨引《詩序》：「君子于役刺平王也。君子行役無期度，大夫思其危難以風焉。」並引朱熹《詩序辯說》：「此國人行役而室家念之之辭。」[33]兩者之說甚殊，朱說不談「刺平王」的歷史背景，思役者之角色更為家室，高葆光從朱說，以村婦思丈夫之角度析詩，言當中述景融情之筆法。

（6）〈衛風・伯兮〉

詩旨引《詩序》：「伯兮刺時也。言君子行役為王前驅，過時而不反焉。」並引朱《傳》：「婦人以夫久從征役而作是詩。」[34]兩者之言不同，《詩序》言「刺時」，與時代相涉，析為君子行役未反。朱《傳》不言歷史，明言為婦人所作，以道夫之未歸。高葆光從朱《傳》，析詩以環境襯托婦人思念之苦。

（7）〈邶風・雄雉〉

書引《詩序》：「刺衛宣公也。淫亂不恤國事，軍旅數起，丈夫久役，男女怨曠，國人患之而作是詩。」[35]另引朱《傳》：「婦人思其君子久役於外而作。」[36]《詩序》言「刺衛宣公」，當涉歷史，指作詩者為國人，朱《傳》雖同言久役，不同處為將詩義收窄至夫妻之間，故詩作者為思君之婦，不涉歷史。高葆光從朱說，續言婦人之痴情。

（8）〈陳風・衡門〉

書引《詩序》：「誘僖公也。願而無立志，故作是詩以誘掖其君。」[37]並引

---

33 同前註，頁30。
34 同前註，頁31。
35 原文與高葆光所引略異，原文作：「〈雄雉〉，刺衛宣公也。淫亂不恤國事，軍旅數起，大夫久役，男女怨曠，國人患之而作是詩。」見〔漢〕毛亨傳、〔漢〕鄭玄箋、〔唐〕孔穎達等正義：《毛詩正義》，輯〔清〕阮元校刻：《十三經注疏附校勘記》，頁302。
36 高葆光：《詩經新評價》，頁35。
37 原文與高葆光所引略異，原文作：「〈衡門〉，誘僖公也。願而無立志，故作是詩以誘掖其君也。」

朱《傳》：「此隱君子自樂，而無求者之辭。」[38]兩者所言相異，朱《傳》不言君臣，無涉歷史，僅就詩文言隱君子之心態，高葆光循此說，述詩人運用說話表個人情操。

（9）〈小雅・黃鳥〉

詩旨部分引《詩序》，載：「黃鳥刺宣王也。」又見朱《傳》言：「民適異國，不得其所，故作此詩，託為呼其鳥而告之。」[39]兩者義有不同，高葆光以朱《傳》為是，析文去《詩序》所言之背景，說詩文為呼黃鳥以悲苦。

（10）〈秦風・蒹葭〉

書引《詩序》：「刺襄公也，未能周禮將無以固其國焉。」[40]並引朱《傳》：「言秋水方盛，所謂彼人者乃在水之一方，上下求之而皆不可得，然不知其何所指也。」[41]高葆光又引崔述《讀風偶識》，言此詩與同屬秦風之〈黃鳥〉相涉，並言朱《傳》與崔述秉言較《詩序》怡當。高氏於詩旨部分，雖認同崔述所言，但細觀後續析文，集中討論求賢而不可得之況，言詩文如何描述賢人之高雅，所涉秦之背景均未談及，故此詩析文與朱《傳》相合較多。

（11）〈小雅・楚茨〉

書引《詩序》：「楚茨刺幽王也。政煩賦重，田萊多荒，飢饉降喪，民卒流亡。祭祀不饗，故君子思古焉。」並引朱《傳》：「此述公卿有田祿者，力於農事，以奉其宗廟之祭。」高葆光續言：「序非，詩內並未有諷刺的話。朱子說

見〔漢〕毛亨傳、〔漢〕鄭玄箋、〔唐〕孔穎達等正義：《毛詩正義》，輯〔清〕阮元校刻：《十三經注疏附校勘記》，頁302。

[38] 高葆光：《詩經新評價》，頁56。

[39] 同前註，頁85。

[40] 原文與高葆光所引略異，原文作：「〈蒹葭〉，刺襄公也，未能用周禮，將無以固其國焉。」見〔漢〕毛亨傳、〔漢〕鄭玄箋、〔唐〕孔穎達等正義：《毛詩正義》，輯〔清〕阮元校刻：《十三經注疏附校勘記》，頁372。

[41] 高葆光：《詩經新評價》，頁120。

是公卿祭祖當是。」[42]析文僅談公卿祭祀之況，未有言幽王相關之歷史。

（12）〈衛風‧氓〉

書引《詩序》為：「氓，刺時也。」[43]並引朱《傳》曰：「此淫亂為人所棄，而自敘其事，以道其悔恨之意。」[44]高葆光析為「棄婦自傷之詩」[45]。參《詩序》原文，雖同樣與淫風相涉，泛言男女，更以衛宣公之時為歷史背景。朱《傳》則不言歷史，集中以棄婦為對象，明析為其自述之言，高氏析文又言「是一個棄婦的自訴」，明確從朱《傳》之說。

4 朱說與《詩序》不同，保留當中歷史

（13）〈秦風‧渭陽〉

書引《詩序》為：「渭陽秦康公念母也。康公之母，晉獻公之女。文公遭麗姬之難未反而秦姬卒。穆公納文公，康公時為太子，贈送文公於渭之陽，念母之不見也，我見舅氏如母存焉。及其即位，思而作是詩也。」[46]又概括朱《傳》所言，云：「以為穆公納文公，康公為太子送至渭陽而作此詩。」[47]兩者皆言此詩所作之因，源於康公送文公，差異在於作詩的時間點不同，高葆光採朱說，析文依此歷史背景言詩中的送別之情。

---

[42] 同前註，頁164。

[43] 全文應為「〈氓〉，刺時也。宣公之時，禮義消亡，淫風大行，男女無別，遂相奔誘。華落色衰，復相棄背，或乃困而自悔，喪其妃耦，故序其事以風焉。美反正，刺淫泆也。」見〔漢〕毛亨傳、〔漢〕鄭玄箋、〔唐〕孔穎達等正義：《毛詩正義》，輯〔清〕阮元校刻：《十三經注疏附校勘記》，頁324。

[44] 「淫亂」原文當為「淫婦」。見〔宋〕朱熹：《詩集傳》，輯王雲五編：《四部叢刊廣編》（上海市：商務印書館，1936年「上海涵芬樓」影印「中華學藝社」借照「日本東京岩崎氏靜嘉文庫藏」宋本），卷三，頁20右。

[45] 高葆光：《詩經新評價》，頁44。

[46] 原文與高葆光所引略異，原文作：「〈渭陽〉，康公念母也。康公之母，晉獻公之女。文公遭麗姬之難，未反，而秦姬卒。穆公納文公，康公時為大子，贈送文公于渭之陽，念母之不見也，我見舅氏，如母存焉。及其即位，思而作是詩也。」見〔漢〕毛亨傳、〔漢〕鄭玄箋、〔唐〕孔穎達等正義：《毛詩正義》，輯〔清〕阮元校刻：《十三經注疏附校勘記》，頁374。

[47] 高葆光：《詩經新評價》，頁127。

（14）〈邶風・谷風〉

　　高葆光引《詩序》，載：「谷風刺夫婦失道也。衛人化其上淫於新昏而棄其
舊室，夫婦離絕，國俗傷敗焉。」又引朱《傳》：「婦人為夫所棄，故作此詩，
以敘其悲思之情。」[48]《詩序》與朱《傳》之旨義甚異，兩者所言不同，《詩
序》以衛人為作者，刺上位者好淫失禮，有損國俗，具歷史背景與社會意義。
朱《傳》純粹從婦人的角度出發，以述自身悲情，無關乎國家與歷史。高葆光
取朱說，析文以棄婦自訴的角度析詩，詳述詩文如何刻劃其悲情。

5 朱說與《詩序》不同，當中無涉歷史

（15）〈鄭風・女曰雞鳴〉

　　詩旨部分引《詩序》：「刺不說德也。陳古義以刺今不說德而好色也。」並
引朱《傳》：「此詩人述賢夫婦相警戒之詞。」[49]兩者均不涉歷史，義渙然有
別，《詩序》藉言當時風氣，是較宏觀的社會角度。朱《傳》專指作夫婦之
言，屬較微觀的家庭之事，高葆光取朱說，言此詩以說話表現實，以呈現賢夫
妻之相愛。

6 詩旨與朱說之關係

　　本文所析篇詩，高葆光全然依從朱熹之說，進一步將朱說比對《詩序》，
發現十五篇中，僅〈齊風・載驅〉一篇是朱說完全與《詩序》相同，只是諷刺
的對象略異。其餘十四篇則有各種相異之處，三篇義近《詩序》，但去除所涉
的歷史，八篇與《詩序》所言不同，同時不談歷史。二篇雖言歷史，唯分析之
義與《序》不同。一篇不同於《詩序》，與歷史無涉。值得注意的是，高葆光
隨朱說去除歷史者，合共十一篇，佔很大的比例，可見高氏更傾向於去除歷
史，與其反《序》之言相契合。本部分所論之詩，高葆光皆從朱說，分析所論
及的背景、人物、事件、角色，朱熹已有言明，高葆光較難於人物、情感的部

---

48 同前註，頁41。
49 同前註，頁148。

分有其新說，因而更多於描寫、用詞、表義技巧方面闡發，〈小雅·楚茨〉實際記錄祭祀情形，〈小雅·蓼莪〉以重疊的字詞表感情，〈齊風·雞鳴〉以對話寫事實，更見高葆光文藝方面的分析。

（三）詩旨為高葆光之新說

純粹依據《詩經新評價》所引的各家學說，六十七篇詩中共二十篇可歸類為高葆光對詩旨的新說，佔約三成，為當中最大的一類。下文將以詩為單位，逐一將高氏之新說比照《詩序》、朱熹之說，以示新說的特別之處。為便於歸類、參照，本文不採傳統《詩經》的排序方法，以高葆光與前代學者論詩旨的異同，以及高氏的論說有否與歷史相涉，重新分類，以了解其析文的大致傾向。

1 與《詩序》相近，去除當中歷史

（1）〈小雅·常棣〉

高葆光引《詩序》：「常棣燕兄弟也。閔管蔡之失道，故作常棣焉。」又引朱《傳》：「蓋周公既誅管蔡而作。」並自言此詩「應係歌詠兄弟宜相愛的詩」。[50]高氏之說與《詩序》言「燕兄弟」相近，其說應由此而衍生，再專注談兄弟之情。高葆光不談管叔、蔡叔相關的周代歷史背景，故所言「兄弟」屬泛指，而非確指，義實與《詩序》所言不同。

2 與《詩序》、朱說不同，去除當中歷史

（2）〈周南·關雎〉

書引《詩序》：「關雎樂得淑女以配君子。」並引朱《傳》：「周之文王生有聖德，又有聖女姒氏以為之配。宮中之人……故作是詩。」[51]高葆光所引《詩序》未見全貌，下文補述，以便分析：

---

[50] 高葆光：《詩經新評價》，頁138-139。
[51] 高葆光：《詩經新評價》，頁28。

〈關雎〉，后妃之德也。風之始也，所以風天下而正夫婦也……樂得淑
女以配君子，憂在進賢，不淫其色。哀窈窕，思賢才，而無傷善之心
焉，是〈關雎〉之義也。[52]

　　高氏於析文中無有言及《詩序》、朱《傳》，但於綜論《詩序》問題的部
分，對兩者的詩旨有所批評，曰：

我們看關雎一篇，明為賀人新婚。首加調侃，繼加箴戒。何曾是樂得淑
女以配君子？何曾是憂在進賢，不淫其色？何曾是哀窈窕，思賢才？詩
中之居子，前儒何所據以判斷是文王？淑女何能定指為太姒？這些烏烟
瘴氣的話應該一掃而空。[53]

　　高葆光對〈周南‧關雎〉的《詩序》作全面的批評，言非君子得淑女，又非關
涉進賢之事，更非藉此思賢才，即所言感情、家庭、國家三方面均不認同。高
氏續批朱《傳》，指其牽扯到文王、太姒等人的歷史當中。高葆光明言此詩旨
在「賀人新婚」，並於詳析的部分，指應為「一對青年男女，正在舉行婚禮，
旁觀羨煞的人，一面道賀，一面調笑。」[54]

（3）〈周南‧葛覃〉

　　高葆光於引論詩旨的部分，綜合「毛傳鄭箋孔疏謂后妃，身能勤儉。又有
時歸家省視父母，即《詩序》、朱《傳》所言相同」[55]，高氏續言應該「把禮的

---

[52] 〔漢〕毛亨傳、〔漢〕鄭玄箋、〔唐〕孔穎達等正義：《毛詩正義》，輯〔清〕阮元校刻：《十三經注
疏附校勘記》，頁269，273。

[53] 高葆光：《詩經新評價》，頁19。

[54] 同前註，頁29。

[55] 高葆光言《詩序》、朱《傳》所言相同，可參原文如下，詩序為：「〈葛覃〉，后妃之本也。后妃在父
母家，則志在於女功之事，躬儉節用，服澣濯之衣，尊敬師傅，則可以歸安父母、化天下以婦道
也。」見〔漢〕毛亨傳、〔漢〕鄭玄箋、〔唐〕孔穎達等正義：《毛詩正義》，輯〔清〕阮元校刻：
《十三經注疏附校勘記》，頁276。另見朱《傳》言：「此詩后妃所自作，故無贊美之詞。然於此可
以見其已貴而能勤，已富而能儉，已長而敬不弛於師傅，已嫁而孝不衰於父母，是皆德之厚，而人

問題拋開，姑且就詩論詩。可以看出此婦人是小官吏的太太歸寧時的詩。」[56]
高葆光所論，主要是去除后妃的歷史關聯，將詩置於普通社會環境中討論。高
葆光的分析有別於前人圍繞后妃的討論。

（4）〈衛風・竹竿〉

書引《詩序》為：「衛女思歸也。適異國而不見答，而能以禮者也。」[57]
又引朱《傳》：「衛女嫁於諸侯，思歸寧而不可得，故作此詩。」高葆光續言
「此係女子在遠思家之詩」[58]，雖同樣以女子為焦點，但前人所述衛國之背
景，高氏析文未有提及，只言詩文以今昔對比，表有家不能歸之淒涼。

（5）〈檜風・隰有萇楚〉

高葆光引《詩序》言：「隰有萇楚疾恣也。國人疾其君之淫恣而思無情欲
者也。」後高氏析此為「自傷罵世之詩」[59]，兩者說法明顯不一。自傷悲歎之
角度最初見於朱《傳》，言：「政煩賦重，人不堪其苦，歎其不如草木之無知而
無憂也。」[60]高葆光之言亦循此脈絡，其說不同之處在於，在自傷的說法中加
添罵世的角度，指詩人「藉著外身抒情，故意假說人不如物好，藉以譏諷當
局；比直接攻擊政府，更為警切生動。」[61]，此與朱《傳》所言傷、歎，於情
緒上有所不同。

所難也。小序以為后妃之本，庶幾近之。」見〔宋〕朱熹：《詩集傳》，輯王雲五編：《四部叢刊廣
編》，卷二，頁6左-頁7右。

56 高葆光：《詩經新評價》，頁46-47。

57 《詩序》與高葆光所引略異，原文作：「〈竹竿〉，衛女思歸也。適異國而不見答，思而能以禮者
也。」見〔漢〕毛亨傳、〔漢〕鄭玄箋、〔唐〕孔穎達等正義：《毛詩正義》，輯〔清〕阮元校刻：
《十三經注疏附校勘記》，頁325。

58 高葆光：《詩經新評價》，頁124。

59 同前註，頁83。

60 〔宋〕朱熹：《詩集傳》，輯王雲五編：《四部叢刊廣編》，卷七，頁11左。

61 高葆光：《詩經新評價》，頁83-84。

（6）〈小雅・北山〉

書引《詩序》作：「北山大夫刺幽王也。役使不均，已勞於從事，而不得養其父母焉。」高葆光又言：「此詩明：『言大夫不均』不必一定譏刺幽王。只是憤慨勞役不均的詩。」[62]其說可循前人之論，朱《傳》析〈小雅・北山〉依《詩序》所言為：「大夫行役以作此詩。」續言王之不均[63]，即仍以周幽王之世為背景。高葆光不從《詩序》與朱說，言此詩不一定刺周幽王，高氏不談詩作的背景、不著重詩中所涉人物的身分，只集中言詩人對勞役不均的不滿。

（7）〈唐風・葛生〉

高葆光引《詩序》續言：「『刺晉獻也，好攻戰，則國人多喪矣。』語雖附會；但已看出是婦人傷夫的作品」[64]，高氏之言，先以戰事開始，再將目光轉移至婦人與征夫之情。高葆光又指：

> 百歲之後，歸於其居」等語，為婦人堅貞自矢之辭；故斷定係女悼男之詩。又依「蘞蔓於城」等語，斷定係妻哭於夫墓之辭。[65]

高氏不言刺，不涉特定歷史，與《詩序》之說不同，其角度轉移至婦人與夫之感情，並特指此詩為夫亡而「妻哭於夫墓之辭」，將〈唐風・葛生〉之作置於特定的情況當中。

（8）〈王風・大車〉

書引《詩序》為：「刺周大夫也。男女淫奔，故陳古以刺今大夫不能聽男女之訟。」[66]又引朱《傳》：「周衰大夫猶能以刑治其私色，故淫奔者畏而歌

---

[62] 同前註，頁102-103。

[63] 〔宋〕朱熹：《詩集傳》，輯王雲五編：《四部叢刊廣編》，卷十三，頁1右。

[64] 高葆光：《詩經新評價》，頁122。

[65] 同前註。

[66] 引文缺「禮義陵遲」一句，全文應為「〈大車〉，刺周大夫也。禮義陵遲，男女淫奔，故陳古以刺

之。」[67]高葆光自言為「女子不能嫁與愛慕者的恨辭」。[68]其說脫去《詩序》、朱《傳》的歷史論述，角度由古時大眾所視的「男女淫奔」，轉而至現代目光下純粹的男女之情。

（9）〈邶風・北門〉

高葆光引《詩序》：「北門刺不得志也。言衛之忠臣不得其志爾。」[69]後言：「此係窮公教人員的呼聲，並沒有忠不忠的問題。」[70]兩者之說甚異。見朱《傳》之說與《詩序》同，均談忠臣不得志之事[71]，高葆光之說不言志，不言忠，認為僅是普通臣下所作，以宣生活困苦，從舊說特定的人物、語境，抽離至臣民日常生活的宣洩。

（10）〈邶風・靜女〉

書引《詩序》：「靜女刺時也。衛君無道，夫人無德。」高葆光認為是「男女戀愛的詩」，[72]義與《詩序》迥異，朱《傳》言為「淫奔期會之詩」[73]，同樣非言刺，無涉歷史，言男女贈物以表情，義與高說近，僅古代視之為淫奔，現代則視作戀愛之別。

今，大夫不能聽男女之訟焉。」見〔漢〕毛亨傳、〔漢〕鄭玄箋、〔唐〕孔穎達等正義：《毛詩正義》，輯〔清〕阮元校刻：《十三經注疏附校勘記》，頁333。

[67] 高葆光所引與朱傳略異，原文作：「周衰，大夫猶有能以刑政治其私邑者，故淫奔者畏而歌之。」見〔宋〕朱熹：《詩集傳》，輯王雲五編：《四部叢刊廣編》，卷四，頁10左。

[68] 高葆光：《詩經新評價》，頁38。

[69] 原文與高葆光所引略異，原文作：「〈北門〉，刺仕不得志也。言衛之忠臣不得其志爾。」見〔漢〕毛亨傳、〔漢〕鄭玄箋、〔唐〕孔穎達等正義：《毛詩正義》，輯〔清〕阮元校刻：《十三經注疏附校勘記》，頁309。

[70] 高葆光：《詩經新評價》，頁107。

[71] 朱傳曰：「衛之忠臣，至於窶貧，而莫知其艱，則無勸士之道矣，仕之所以不得志也。先王視臣如手足，豈有以事投遺之，而不知其艱哉？然不擇事而安之，無懟憾之辭，知其無可奈何而歸之於天，所以為忠臣也。」見〔宋〕朱熹：《詩集傳》，輯王雲五編：《四部叢刊廣編》，卷二，頁22左。

[72] 高葆光：《詩經新評價》，頁144。

[73] 〔宋〕朱熹：《詩集傳》，輯王雲五編：《四部叢刊廣編》，卷二，頁24右。

（11）〈邶風・溱洧〉

　　高葆光詩旨引《詩序》：「溱洧，刺乱也。兵革不息，男女相棄，淫風大行，莫之能救焉。」又言「朱傳以為淫奔者所自述。」高氏續言：「此是愛侶遊樂的詩，是否自述，難以斷定。」[74]朱《傳》之論不提「刺乱」，與戰爭無涉，轉移以男女為重心，高葆光所析針對朱說，言為「愛侶遊樂」，屬現代男女交往的觀點，僅述其情，不類朱《傳》的古時看法，置男女於淫奔的語境之下。另，高葆光就詩文而論，未能斷定詩人的角度，是述事者還是當事者。

（12）〈鄘風・桑中〉

　　詩旨部分引《詩序》云：「桑中刺時也。衛之公室欲亂，男女相奔。至於世族在位，相竊妻妾，期於幽遠，政散民流而不可止。」[75]文中「刺時」為誤，當作「刺奔」，另高葆光述「朱傳以為淫奔者自作。朱說較長。」[76]「淫奔者自作」出於朱熹《詩序辨說》，非《詩集傳》，朱說的焦點置於男女淫奔，朱傳又言「衛俗淫亂，世族在位，相竊妻妾」，[77]離不開衛國之歷史，義與《詩序》所言無異，僅焦點不同。高葆光認為此詩為當事人所作，如其析〈邶風・溱洧〉為「愛侶遊樂的詩」，〈鄘風・桑中〉當為愛侶遊樂者自作，文中未言衛國，分析與歷史無涉，集中言男女間之愛情，更非「刺淫」。

（13）〈唐風・山有樞〉

　　高葆光概括《詩序》為「刺晉昭公節儉。」[78]又言「崔述已辨其非，以為

---

[74] 高葆光：《詩經新評價》，頁146。

[75] 原文與高葆光所引略異，原文作：「〈桑中〉，刺奔也。衛之公室淫亂，男女相奔，至于世族在位，相竊妻妾，期於幽遠，政散民流，而不可止。」見〔漢〕毛亨傳、〔漢〕鄭玄箋、〔唐〕孔穎達等正義：《毛詩正義》，輯〔清〕阮元校刻：《十三經注疏附校勘記》，頁314。

[76] 高葆光：《詩經新評價》，頁147。

[77] 〔宋〕朱熹：《詩集傳》，輯王雲五編：《四部叢刊廣編》，卷三，頁5右。

[78] 高葆光言詩序「刺晉昭公節儉」無誤，《詩序》又言國家之危，詳見全文：「〈山有樞〉，刺晉昭公也。不能脩道以正其國，有財不能用，有鍾鼓不能以自樂，有朝廷不能洒埽，政荒民散，將以危亡，四鄰謀取其國家而不知，國人作詩以刺之也。」見〔漢〕毛亨傳、〔漢〕鄭玄箋、〔唐〕孔穎達等正義：《毛詩正義》，輯〔清〕阮元校刻：《十三經注疏附校勘記》，頁361。

儉乃美德，不應譏刺。」高氏認同崔說，又言「此詩乃係國家將傾，強敵壓境，人民家敗身亡之禍，迫在眉睫，因作此詩，以表悲痛。」[79]《詩序》明言刺晉昭，後有循刺之說。高葆光既不言刺，亦無涉時君，不談歷史，將詩所談論的對象泛指為平民。

3 與《詩序》、朱說不同，保留當中歷史

（14）〈秦風・無衣〉

高葆光引《詩序》：「無衣刺用兵也。秦人刺其君好攻戰，亟用兵而不與民同欲焉。」並引朱《傳》：「秦俗強悍，樂於戰鬥，故其人平居而相謂也。」[80]高氏續言：

> 詩序所說與原詩意完全相反，絕不可信。朱說近是而未細膩。惟謝枋得之說較恰。蓋秦人欲報戎仇，故踴躍從軍，而無退志。故大眾歌出這樣雄武的詩。[81]

《詩序》主刺，言秦君好戰，朱《傳》則指秦人剛毅善戰，兩者義有不同。高葆光批評《詩序》，包含其主刺與析義方面。朱《傳》又言「秦人之俗大抵尚氣槩，先勇力忘生輕死，故其見於詩如此然」[82]，與高說相合，其言「未細膩」之處當指朱《傳》未有確指秦人勇戰之對象為西戎。

（15）〈王風・大東〉

書引《詩序》：「東國困於役而傷於財，譚大夫作是詩以告病焉。」缺「〈大東〉刺亂也」[83]，高葆光續析《詩序》指為「譚大夫」所作，言：「不知

---

79 高葆光：《詩經新評價》，頁81。

80 高葆光所引與原文略異，原文作：「秦俗強悍，樂於戰鬥，故其人平居而相謂。」見〔宋〕朱熹：《詩集傳》，輯王雲五編：《四部叢刊廣編》，卷六，頁22右。

81 高葆光：《詩經新評價》，頁55。

82 〔宋〕朱熹：《詩集傳》，輯王雲五編：《四部叢刊廣編》，卷六，頁22左。

83 原文應為：「〈大東〉，刺亂也。東國困於役而傷於財，譚大夫作是詩以告病焉。」見〔漢〕毛亨

他的根據是什麼；但是詩人，對於周朝的痛恨，確是實在。」[84]高氏析詩保留《詩序》的歷史背景，談詩中所表之悲怨，而不論及作者。

（16）〈小雅・采薇〉

高葆光於詩旨部分引多家說法，引《詩序》為：「采薇遣役也。文王之時，西有昆夷之患，北有儼狁之難，以天子之命，命將率遣戍役以守衛中國，故歌采薇以遣之，出車以勞還，枕杜以勸歸也。」[85]又引朱《傳》：「此遣戍役之辭。」概括言「姚際恆方玉潤以為係役者歸還時作。哪個時代未能確定」，高氏詳析後，斷言：「采薇出車六月三詩。一同作在宣王時代。照詩內語氣。又知是出征者生還之自訴。[86]高葆光言此詩作於宣王時代，與《詩序》相異，亦平姚際恆、方玉潤之疑[87]，高氏另言〈小雅・采薇〉為征後還者所作，此說姚、方早已言之[88]，與《詩序》、朱《傳》言遣役者作相異。

（17）〈豳風・東山〉

高葆光於詩旨部分，已有詳析，先引《詩序》：「東山周公東征也，周公東征三年而歸，勞歸士大夫美之故作是詩也。」又言崔述《讀風偶識》反對前說，概論崔氏認為「此詩為從征東山之兵士生還自訴。」高氏認同崔說，唯

傳、〔漢〕鄭玄箋、〔唐〕孔穎達等正義：《毛詩正義》，輯〔清〕阮元校刻：《十三經注疏附校勘記》，頁460。

[84] 高葆光：《詩經新評價》，頁88。

[85] 詩序與高葆光所引之文略異，原文作：「〈采薇〉，遣戍役也。文王之時，西有昆夷之患，北有儼狁之難，以天子之命，命將率，遣戍役，以守衛中國，故歌采薇以遣之，出車以勞還，枕杜以勸歸也。見〔漢〕毛亨傳、〔漢〕鄭玄箋、〔唐〕孔穎達等正義：《毛詩正義》，輯〔清〕阮元校刻：《十三經注疏附校勘記》，頁412-413。

[86] 高葆光：《詩經新評價》，頁109。

[87] 〔清〕姚際恆《詩經通論》：「此不知何王之世，〈大序〉謂文王，文王無伐獫狁事，《辨說》已駁之。或謂宣王，然而〈六月〉又不同時。或謂季歷，益妄。」見〔清〕姚際恆：《詩經通論》，頁181。另，方玉潤《詩經原始》：「作詩世代或以為文王時，或以為宣王時，更或謂季曆時，都不可攷。」見〔清〕方玉潤：《詩經原始（下冊）》，頁741。

[88] 〔清〕姚際恆《詩經通論》：「此戍役還歸之詩。」見〔清〕姚際恆：《詩經通論》，頁181。另，方玉潤《詩經原始》：「以戍役歸者自作為近。」見〔清〕方玉潤：《詩經原始（下冊）》，頁741。

「斷定這首詩，完全係征夫在歸途所作」，與崔言征人已與家人會晤之說略異。[89]高葆光析〈豳風・東山〉，不言美，不涉歷史，僅從征夫的角色切入，其說參崔述之論，後稍加修訂，專指此詩為「征夫在歸途所作」。

（18）〈豳風・七月〉

書引《詩序》：「七月陳王業也。周公遭變，故陳后稷先公風化之所由致，王業之艱難也。」[90]又引朱《傳》：「周公以成王未知稼穡之艱難，故陳后稷公劉風化之所由，使瞽矇朝夕諷誦以教之。」高葆光續析，曰：

> 吾嘗疑伯禽治魯時也可能採取他的祖先在豳重農，及農村的狀況，作一詩歌以為模範，好讓魯人效法。因此詩是魯人作的，但歌辭的內容卻是豳地風俗。[91]

高說與《詩序》、朱《傳》異，去周公、成王，不言風化，僅保留魯國之歷史背景。

4 與《詩序》、朱說不同，當中無涉歷史

（19）〈鄭風・子衿〉

高葆光引《詩序》作：「刺學校廢也。」[92]又引朱《傳》：「此亦為淫奔之詩。」高氏言此詩為「女子思念情侶之詩」[93]，與《詩序》、朱《傳》所說不同。高葆光析〈鄭風・子衿〉為「一個青年女郎和她的情人分離，花朝月夕，

---

[89] 高葆光：《詩經新評價》，頁67。

[90] 高葆光之句讀略誤，下文較確：「〈七月〉，陳王業也。周公遭變故，陳后稷先公風化之所由，致王業之艱難也。」見〔漢〕毛亨傳、〔漢〕鄭玄箋、〔唐〕孔穎達等正義：《毛詩正義》，輯〔清〕阮元校刻：《十三經注疏附校勘記》，頁388。

[91] 高葆光：《詩經新評價》，頁135。

[92] 原文作：「〈子衿〉，刺學校廢也，亂世則學校不脩焉。」見〔漢〕毛亨傳、〔漢〕鄭玄箋、〔唐〕孔穎達等正義：《毛詩正義》，輯〔清〕阮元校刻：《十三經注疏附校勘記》，頁345。

[93] 高葆光：《詩經新評價》，頁37。

想念彌深，所以她唱出情思縈迴的詩句。」[94]當中涉及女與男，人物與朱《傳》所析相同，唯所述方向迴異。

（20）〈魏風·伐檀〉

書引《詩序》：「伐檀刺貪也。在位貪鄙，無功而受祿，君子不得進仕焉。」[95]高葆光續言「全詩詩旨在刺貪。」[96]，與《詩序》言同。唯僅言詩人對社會不公之歎，未說「君子不得進仕」，此處異於《詩序》。

5 高葆光詩旨新說之內涵

高葆光主張就詩論詩，多言反《序》，於新析詩旨的部分，僅〈小雅·常棣〉的析義與《詩序》相關，不同之處在於，高氏去除了《詩序》的歷史成份，這情況同見於本文的其他詩作。從統計可見，本節所析二十首詩中，共十三首是去除前說的歷史論述，二首與歷史無涉，共十五首詩不言歷史，可知這為高葆光新析詩作的方法，亦能切合其回歸詩文的析詩主張。另，本節高葆光十九首詩的分析不同於《詩序》，同時亦不合朱熹之說，可知其新說頗有去舊立新之意途。

（四）小結

本文以高葆光於《詩經新評價》中談文藝評判的六十七篇詩作範圍，集中討論其說與《詩序》之關係，並談高氏新說的內容。據本文整理所得，高葆光的分析與《詩序》相關的十五篇，高氏雖言現今析詩不需研究《詩序》，但仍不免參考舊說，部分分析亦不同程度的依從《詩序》，可見高氏反《詩序》的說法，亦非如此絕對。《詩序》中不少與歷史明顯相關，且論說可取，高葆光較難推翻，故直言其說從序，不另臆測，為治學的適當做法。另，朱熹之說多

---

[94] 同前註。

[95] 原文與高葆光所引略異，原文作：「〈伐檀〉，刺貪也。在位貪鄙，無功而受祿，君子不得進仕爾。」見〔漢〕毛亨傳、〔漢〕鄭玄箋、〔唐〕孔穎達等正義：《毛詩正義》，輯〔清〕阮元校刻：《十三經注疏附校勘記》，頁358。

[96] 高葆光：《詩經新評價》，頁94-95。

批評《詩序》，高葆光不少分析依循朱說，共十五篇。朱氏對《詩》的分析，
不少是去除《詩序》所涉的歷史元素，這點高葆光於其析《詩》新說中亦多所
學習，共十五首詩不言歷史，明顯與《毛詩序》與朱熹《詩》說有別。高葆光
著意摒除歷史、強調人物與感情的核心概念，貫徹而突出，高氏於《詩經新評
價》呈現以文藝角度析詩、以文學方式言詩的可能性，進一步將詩文的內容從
《序》中脫離開來，以開展析詩的新觀點。

從《尚書釋義》到《尚書集釋》
——屈萬里先生尚書研究初探[*]

留金騰

香港理工大學香港專上學院語文及傳意學部講師

摘要

屈萬里先生為一代經學大家，其於《詩經》、《周易》、《尚書》等方面的研究成就非凡，被稱為臺灣經學第一人，實在當之無愧。屈先生一九五六年出版《尚書釋義》一書，並於去世後，由門人於一九八三年出版其遺稿《尚書集釋》一書，二著成書相差二十多年，期間屈先生在研究《尚書》方面的觀念及實際做法，實有不少改變。本文比較二書的內容，嘗試探討屈先生《尚書》研究的改變，從中可見屈先生三十年間研究《尚書》所採用的材料更為宏豐，其對於《尚書》的釋義更為詳細，定論更為精湛。以上諸點，可見學者研究之理路，實可為後學治學之依據。

關鍵詞：屈萬里、尚書、尚書釋義、尚書集釋

---

* 本文初稿曾在臺北中央研究院中國文哲研究所舉辦的「戰後臺灣的經學研究（1945～現在）第四次學術研討會」（2016年11月10-11日）發表。

一　前言

　　屈萬里先生（1907-1979），字翼鵬，山東省魚臺縣谷亭鎮人，歷任山東省立圖書館編藏部主任（1936-1939）、大成至聖先師奉祀官府文書主任（1939-1940）、國立中央圖書館特藏組主任（1947-1949）和館長（1966-1968）、國立臺灣大學中國文學系暨研究所正教授（1953-1979）兼主任（1968-1973）、中央研究院歷史語言研究所專任研究員（1957-1979）兼所長（1971-1972代理，1973-1978）、中央研究院院士（1972年膺選）等職。[1]其研究範疇十分廣泛，兼及經學、古文字學、圖書版本學等。其於經學研究方面，成就斐然，為人稱道，被李濟先生（1896-1979）譽為臺灣經學研究第一，[2]實在不虛。

　　屈先生在《詩經》、《周易》、《尚書》諸經皆有力作，單單於《尚書》研究方面，屈先生就有十六種成果，當中有五本專著，十一篇論文。專著《尚書釋義》、《尚書今註今譯》及《尚書集釋》為全本《尚書》釋義，《漢石經尚書殘字集證》和《尚書異文彙錄》則以新出文獻考訂《尚書》篇數及臚列《尚書》異文以供學者研究，此外有討論《尚書》成書問題、《尚書》字詞考訂等論文十一篇，依發表時間分別為：〈周誥十二篇中的政治思想〉（1954）、〈今本尚書的真偽〉（1955）、〈尚書皐陶謨篇著成的時代〉（1956）、〈尚書文侯之命著成的時代〉（1958）、〈尚書中不可盡信的材料〉（1961）、〈對於「與五行有關的文獻」之解釋問題敬答徐復觀先生〉（1962）、〈尚書甘誓篇著成的時代〉（1962）、〈論禹貢著成的時代〉（1964）、〈以古文字推證尚書譌字及糾正前人誤解舉例〉（1972）、〈尚書與其作者〉（1972）、〈關於所謂周公旦「踐阼稱王」問題敬復徐復觀先生〉（1974）。

---

[1]　有關屈萬里先生經歷，參考劉兆祐著：《屈萬里先生年譜》（臺北市：臺灣學生書局，2011年）及李偉泰撰述：〈屈萬里先生傳〉，詳見國立臺灣大學中國文學系編：《國立臺灣大學中國文學系系史稿》（臺北市：臺大中文系，2014年），頁699-707。

[2]　見何淑蘋：〈臺灣經學的領航者──屈萬里先生〉，《山東圖書館學刊》2009年第3期（總113期），頁110。

　　屈先生三本《尚書》著作除《尚書今註今譯》此讀本為大眾接觸經典之門
徑外，另外二本皆為大學中文系師生研讀《尚書》之路津。本研究希望透過
《尚書釋義》及《尚書集釋》二書之比較，探究屈先生在《尚書》研究方面，
二十年間之變化，及其變化背後的因素。

　　《尚書釋義》為屈先生早年之著作，成書於一九五六年，本為中文系學生
之教材，該書編第依孫星衍《尚書今古文注疏》一書，而孫著綴輯之〈泰誓〉
則收作本書附錄中「《尚書》逸文」部份。凡義訓之習見者，則不著其出處，
凡取用諸家之說，但著其結論；非不得已，也不舉其論證之辭，讀者如欲知其
詳，可就所舉之出處檢閱原書，至於屈先生個人見解，則加按字以識別。[3]可
見此書釋義較為精簡，只略述其義，略加按語，遇有難字，則加國語注音以標
識。使用本書者，可按書中所引諸說，詳查諸說原本之論證，以達到精研之目
的。本書可謂是研讀《尚書》之入門著作。

　　《尚書集釋》則為屈先生之遺作，集多年研究之材料，可謂先生《尚書》
研究之集大成者，其學術價值，固不待言。在該書〈概說〉部份，屈先生說：

> 二十餘年前，予撰尚書釋義一書，當時既為課徒而作，出版者且限以字
> 數；致所用字義，既多未注明出處；引用諸家之說，亦僅能概述其結
> 論，不克舉其論證之語。[4]

又謙稱：

> 廿餘年來，讀書稍多；且以教學之故，受諸生啟發者亦夥。於是董理歷
> 年所積札記，撰為此書。凡用訓詁，悉著其義之所自出；引用諸家勝
> 義，則略其考證之辭。於前書之未詳者，則補苴之；於前書之未安者，
> 則重訂之。[5]

---

[3] 屈萬里：《尚書釋義・凡例》（臺北市：中華文化出版事業委員會，1956年9月再版），頁1。

[4] 屈萬里：《尚書集釋・概說》，《屈萬里全集》（臺北市：聯經出版事業公司，1983年），第2冊，頁31。

[5] 同前註。

屈先生自己把《尚書集釋》與《尚書釋義》比較，並稱《集釋》乃補訂《釋義》未詳不足之處，然則只要拜讀《尚書集釋》，便可見其中資料宏豐，釋義精深，定論精湛，均與《釋義》大異其趣，屈先生雖說是補訂，其實更像是重新撰著。

《尚書集釋》比諸《尚書釋義》，在解釋問題時更為詳細，引用材料更多樣化、更為宏豐，釋義也較周詳，其定論也比較精湛。屈先生雖自言：

> 未能自信之處仍多……並世方家，他日必有補予所未逮，正予之紕謬者，則予馨香祝禱者也。[6]

然而實際上，屈先生於《尚書》之研究積累厚實，釋義精湛，《尚書集釋》即為明證。

二 資料更為宏豐

《尚書集釋》所引用之資料十分宏豐，除屈先生自言補足《尚書釋義》一書中字義之出處、諸說之論證之語外，亦可見先生加入大量新資料，據考察《集釋》一書注釋部份，屈先生使用大量字詞訓釋之書如《爾雅》、《方言》、《說文解字》、《釋名》、《廣雅》、《玉篇》、《經典釋文》等；同時引用大量史籍及類書材料以補充釋義；三則善用甲骨金石材料以為確證。

首先，《尚書集釋》在注釋部份大量使用《爾雅》、《方言》、《說文解字》、《釋名》、《廣雅》、《玉篇》、《經典釋文》等解經的著作，除了用以解釋篇名外，[7]還用以解釋字詞，尤其常用《爾雅》，單在〈堯典〉一篇，就使用了多達六十五例，另外還有二例轉引自他書，合計六十七例。而《尚書釋義》中有三十九用例，而且大部份都隱去《爾雅》書名及篇名，逕寫釋義，當中只有二例

---

6 同前註。

7 許書齊：《屈萬里先生〈尚書〉學研究》（彰化市：國立彰化師範大學國文學系碩士學位論文，2008年），頁78。

明言引自《爾雅》。除《爾雅》外,《尚書集釋》加入《方言》、《說文解字》、《釋名》、《廣雅》、《玉篇》、《經典釋文》等例子以資解釋。

此外,《尚書集釋》引用了大量經書、史籍、類書材料,以解釋《尚書》經文。在《尚書釋義》中一般不引他書互證,只簡略陳述見解,於《尚書集釋》則詳引諸書考證,以資說明。例如在〈皋陶謨〉「懋遷有無化居」一條下,《尚書釋義》只注:

> 懋,貿易。遷,徙。化,古貨字(齊刀貨皆作化)。貨,賣也。居,積貯也。[8]

《尚書集釋》則云:

> 懋,宋王天與尚書纂傳、元吳澄書纂言,皆云大傳作貿;申鑒時事篇亦作貿。說文:「貿,易財也。」今謂之貿易。遷,謂遷移貨物。化,與貨通;賣也。日知錄(卷二):「化者,貨也。」自注云:「古化貨二字多通用,史記仲尼弟子傳:『與時轉貨貲。』索隱曰:『家語貨作化。』」按:古貨幣齊刀銘文,貨字皆作化。居,謂儲也;義見漢書張湯傳「居物致富」注引服虔說。貨,謂賣出。居,謂囤積貨物。[9]

後者引用了《尚書纂傳》、《書纂言》、《申鑒》、《日知錄》、《史記》和《漢書》等經傳典籍,以說明幾則注釋,資料不可不謂宏豐。《尚書釋義》雖也有引用諸家說法,然遠遠不及《尚書集釋》。

第三,屈先生通曉甲骨、金石之學,故多引用以釋《尚書》,自不待言。[10] 在《尚書釋義》中,屈先生已屢屢引用甲骨、金石文獻以參證釋義,於《尚書

8　屈萬里:《尚書釋義》,頁22。

9　同前註,頁38。

10　參見陳志峰:〈屈萬里先生對今文《尚書》著成年代之考定——兼論對疑古思潮之繼承與修正〉,《臺大中文學報》第五十三期(2016年6月),頁102。

集釋》中徵引更仔細，且凡有新見解，屈先生亦決然刪乙舊說，並不含糊其辭。如〈盤庚〉篇就有甲骨、金石之證九例，分別為：

1. 注十二：「由乃在位」之「由」之考證，屈先生引于省吾之說（見是書頁43）；

2. 注四四：「汝無侮老成人」之「侮老」，引漢、唐石經為證（見是書頁46）；

3. 注五六：「罔不惟民之承保」之「保」，引金文字形以釋（見是書頁48）；

4. 注六七：「不其或稽」之「稽」，引石經證之（見是書頁49）；

5. 「自怒曷瘳」之「瘳」，引石經證之（見是書頁49）；

6. 注七六：「曷不暨朕幼孫有比」之「比」，引氏著甲骨文从比二字辨論文以釋（見是書頁49）；

7. 注八一：「茲有亂政同位」之「亂」，引金文以證（見是書頁50）；

8. 注八五：「汝分猷念以相從」之「分」，引漢石經以證（見是書頁50）；

9. 注九九：「弔由靈」之「弔」，引金文以證（見是書頁51）。

然則，屈先生在《尚書集釋》中刪去1、4、7和9四例，改易其說，另增注七一「汝有戕則在乃心」之「戕」，引散氏盤證其為「賊」（見是書頁93）。可見屈先生不泥於舊說，但有新證或新見，必依直釋經，方可明經達義。

綜上所述，可見屈先生於《尚書集釋》中引用大量文獻，參以甲骨、金石材料，以證經義，除先生自謙補足《尚書釋義》一書外，還加以倍數計之新資料。《尚書集釋》一書考證資料豐富，有目皆睹。屈先生抉剔文獻，更易前說，更可見其求真之精神。

三　釋義更為詳細

屈萬里先生自言，《尚書釋義》成書之時篇幅有所限制，故捨去大量釋義例證，以及諸家詳細論證之語，廿餘年後撰成《尚書集釋》，補苴前書之未詳

者及重訂前書之未安者，[11]似乎暗示後者乃前者之補充版、修訂版。然而，拜讀二著，即可發現《集釋》固然補足了前書不少字義之出處及各家說法、論證之語，還見不少新的觀點與論證，此外，更針對《尚書釋義》某些說法進行修正，使全書釋義更詳細，更完備。

首先，《尚書集釋》補充了《尚書釋義》大部份的資料來源，以上文所述〈堯典〉所引《爾雅》一書資料為例，《尚書集釋》補充了其中三十七條例證來源，另外增加了二十八條新的《爾雅》例證，使釋義更為詳盡，如〈堯典〉「允恭克讓」一則，在《尚書釋義》只言：

允，誠然。[12]

在《尚書集釋》中則言：

允，爾雅釋詁：「信也。」義猶今語「誠然」。[13]

如此補充，則明「允」之「誠然」義乃本於《爾雅》「允，信也」，其釋義更為詳細明確。此外，屈先生亦在原本注釋上，加以詳細解說，如〈堯典〉「納于百揆，百揆時敘」一則，《尚書釋義》云：

史記以百揆為百官，是也。……言使舜歷任百官，以試其才也。下「百揆」，謂百官之職事。[14]

於《尚書集釋》則言：

---

[11] 屈萬里：《尚書集釋・概說》，頁31。
[12] 屈萬里：《尚書釋義》，頁4。
[13] 屈萬里：《尚書集釋》，頁7。
[14] 屈萬里：《尚書釋義》，頁9。

揆，爾雅釋言：「度也。」即計畫之意。百揆，即各種計畫也，此指官
府之事言，故史記以百官說之。納于百揆，意謂使舜任各種官職也。[15]

後者所釋較之前者詳細，也較清晰，把「揆」之「計劃」義明確表述，使整體
文意更為易懂。

其次，在補足所引諸家論證之語外，屈先生也常在每則注釋中援引新證，
以補充說明，如〈湯誓〉「格爾眾庶」一則，《尚書釋義》云：

格，告也。[16]

在《尚書集釋》中則云：

格，爾雅釋言：「來也。」吳氏尚書故云：「格與假同字。格爾者，告爾
也。呂覽士容篇：『其鄰假以買取鼠之狗。』高誘注：『假，猶請也。』
爾雅釋詁：『請，告也。』孟康漢書注：『古者名吏休假曰告。』是假有
告義也。格爾，即假爾。禮之假爾大龜，假爾大筮，是其例，皆謂告爾
也。」按：高宗肜日：「祖己曰：惟先格王正厥事。」孔氏正義引王肅
注云：「（祖己）言于王。」是訓格為告也。來、告二義，於此俱通。[17]

由後者所增補之論證，可見屈先生釋「格」為「告」乃本吳汝綸《尚書故》之
說，此外再引《爾雅》「格，來也」一例，及〈高宗肜日〉篇一例加以說明，
意義豁然清晰。《尚書集釋》一書常見此類增補，如此一來，其釋義則更為詳
細明白。

屈先生在《尚書集釋》屢有新見，並大筆刪乙《尚書釋義》舊說。屈先生
自謙新著重訂前書之未安者，然而比較二書，可見屈先生非止重訂前書不安

---

15 屈萬里：《尚書集釋》，頁17。
16 屈萬里：《尚書釋義》，頁41。
17 屈萬里：《尚書集釋》，頁78。

者，更常常改易前說，以他書材料訓釋經義，可謂精益求精。如〈盤庚〉「茲予有亂政同位，具乃貝玉」一則，《尚書釋義》言：

> 按：亂字疑嗣字之訛。金文以嗣為司。政，正通。有亂政，有司正也。有司，官吏之謂。正，長也；諸官之長皆謂之正。同位，同官之人也。此言諸長官及其同僚也。龍君宇純云：「具，聚也。考工記工人：『六材既聚。』注云：『聚猶具也。』是具聚通訓之證。乃，猶其也。具乃貝玉者，言聚欲其貨寶也。」[18]

《尚書集釋》則言：

> 東坡書傳：「亂政，猶言亂臣也。」按：政、正古通；正，官長也；說詳立政。同位，共在官位也。具，說文：「共置也。」言亂臣同在官位，共置其貨財也。[19]

此段論述大筆刪改舊說，並援引新證以釋義，較之前書更簡明易懂，其說亦較為可信，實在可見屈先生考據之精要。

由此觀之，屈萬里先生在《尚書集釋》大量補充《尚書釋義》注釋之例證，並援用不同新證，加強說明力。同時考訂舊著不妥之論，忠於證據，修訂己見，另立新論，使本書之釋義更臻完善。

四　定論更為精湛

考察《尚書釋義》和《尚書集釋》二書，可知屈萬里先生在不同時期研究《尚書》所得不同的見解，《尚書釋義》成書於早年，可視為屈先生研究《尚書》之先聲，成書時已廣泛流播，然而經二十餘年之累積，加之新見之材料，

---

[18] 屈萬里：《尚書釋義》，頁50。
[19] 屈萬里：《尚書集釋》，頁93-94。

屈先生於《尚書》之研究更趨精湛。

首先，屈先生一旦有新發現，便不囿於舊說，詳實考證，以求真義，如〈微子〉「父師、少師，殷其弗或亂正四方」一則，於《尚書釋義》言：

> 父師，史記作太師。鄭玄云（見皇侃論語疏）：「父師者，三公也；時箕子為之。少師者，太師之佐，孤卿也；時比干為之。」是鄭氏亦以父師為太師也。述聞謂尚書率字每訛為亂字，按：此亂字亦當為率。率正四方，謂率天下以正也。[20]

於《尚書集釋》則改易為：

> 父師、少師，皇侃論語疏引鄭玄云：「父師者，三公也，時箕子為之奴。」「少師者，太師之佐，孤卿也；時比干為之死也。」偽孔傳與鄭說同，後人多承用之，予作釋義時亦用此說。今按：父師，史記殷本紀、周本紀、宋世家，均作太師。周本紀謂太師名疵，少師名彊，以為皆樂官。孫氏注疏、段氏撰異，皆本今文家說，以為太師疵即論語之太師摯，少師彊即論文之少師陽。崔述考信錄，更詳辨以父師、少師為箕子、比干之非是。吳氏尚書故云：「父師，當依史記作太師。……禮記疏引書傳略說云：『大夫士七十而致仕，大夫為父師，士為少師，教於州里』云云，蓋沿此經已誤之本為說，不足為據。若經本作父師，史公無緣改為樂官之太師也。」茲改從史記說。[21]

屈先生不固守成見，依據新證考論，改易「父師、少師」之舊說，並得出較前書精確之定論。

此外，對於舊說不備者，屈先生屢援新證以詳釋之，所見皆為確論，如〈洛誥〉「我乃卜澗水東、瀍水西，惟洛食」，《尚書釋義》言：

---

20 屈萬里：《尚書釋義》，頁55。
21 屈萬里：《尚書集釋》，頁105-106。

澗水、瀍水,並見禹貢。尚書故云:「食,謂吉兆。」言卜於澗水之東
及瀍水之西(皆不吉),惟雒地為吉也。[22]

此處只引吳汝綸《尚書故》之論,乍看不明「食」與「吉兆」之關係,屈先生
於《尚書集釋》則詳解:

澗、瀍二水,並見禹貢。食,偽孔傳以為龜兆食墨。孫氏注疏非之,
云:「食墨不必盡吉。」是也。而孫疏以玉食說之,似亦未的。簡氏集
注述疏云:「食,用也。」引易「井泥不食」虞翻注、及國策「食高麗
也」高誘注,皆訓食為用以證之。其說較佳;然亦難視為確詁。金祥恆
兄謂:甲骨文吉字與食字形近,食字或吉之訛。案:甲骨文吉字作 ，
形者屢見,而食字則多作 。二字形近。或此字古文原作 ,後人遂誤
以為食字歟?此字雖難定,然為吉兆可知。[23]

如此解說,則清楚明白「食」或乃「吉」之訛字,此說較合理可信。

除了精確定論外,屈萬里先生於《尚書集釋》中亦一改《尚書釋義》簡易
的論證方式,如有疑義不能決斷者,則諸說並列,以待定論,例如〈牧誓〉
「時甲子昧爽」,《尚書釋義》云:

甲子,據史記周本紀,乃武王十一年二月(周二月,殷正月)甲子日
也。[24]

於《尚書集釋》則云:

甲子,史記周本紀,以為武王十二年二月甲子,齊太公世家則以為武王

---

22 屈萬里:《尚書釋義》,頁96。
23 屈萬里:《尚書集釋》,頁180。
24 屈萬里:《尚書釋義》,頁57。

十一年正月甲子。董作賓先生著武王伐紂年月日今考一文（載臺灣大學
文史哲學報第三期），據逸武成推算，斷定應為武王十一年殷二月（周
三月）。其說當否，尚待論定。[25]

由於此論並未確定，同時臚列諸說，以供學者考釋，如此處理，實在較《尚書
釋義》直接定論為好，此中亦可見屈先生研究態度之謹嚴，學識之高度。

綜上可知，屈萬里先生在《尚書集釋》中屢有卓見，除補苴重訂《尚書釋
義》外，亦可見其論之精湛，其研究功夫之深，判斷之準，實為《尚書》研究
者所望塵。

五　結語

屈萬里先生積三十年研究《尚書》之經驗，成果豐碩，於考訂《尚書》成
書年代、訓釋字詞、判定異文，均有傑出貢獻。本文通過考察屈先生《尚書釋
義》及《尚書集釋》二書，窺探其研究方法之轉變。屈先生於《尚書集釋》所
引資料更為宏豐，其釋義更為詳細，定論更為精湛。除屈先生自謙此為補足、
重訂《尚書釋義》之處外，更有甚多先生新見。

比較二書之體例，亦或可窺屈先生學養之精進及觀念之轉變。例如在補充
舊說時，往往加入新說，並援引多例以資論證，其學養之高，使人讚歎。另
外，一些在《尚書釋義》只簡要提及、甚或不加注釋的字詞，於《尚書集釋》
則常引經據典以說明，甚至引甲骨、金石資料以補充。這會否因為屈萬里先生
早年認為這些字詞釋義當為一般學者之常識，故均不詳細訓釋。然而，經過三
十年教學經歷，加之不斷有新出材料，屈先生或認為詳細訓詁，對《尚書》學
習和研究更有益處！其注經觀念或有所轉變，不囿舊說，屢創新見。

然則，無論如何，屈萬里先生在《尚書》研究方面，可謂出類拔萃，其
《尚書集釋》更是積三十年功力之作，屢屢闡發新見，論證嚴謹，擲地有聲，
為《尚書》研究重要之著作。

---

[25] 屈萬里：《尚書集釋》，頁109-110。

《周易》「有孚」為「有保」說補識
——兼述「孚」之語源問題

謝向榮

香港能仁專上學院中文系助理教授

摘要

《周易》「孚」字之訓釋，計有「誠信」、「符合」、「應驗」、「保佑」、「俘虜」、「罪」等義，甚為複雜，亟宜溯本求源，釐清其語源關係。2008年，筆者發表〈《周易》「有孚」新論〉一文，論證《周易》「有孚」之「孚」當訓為「保」，解為「（上天）有所保祐（於人）」。惟此說主要從字形、音理等立論，並以殷墟卜辭「有保」等辭例為據，對於西周文化之考察則相對不足，猶有可補識者。

本文重申，「孚」、「保」二字同源，本均象以手負子之形，意指保育小孩。至於「孚」之「誠信」、「符合」、「應驗」、「保祐」、「俘獲」、「罪」諸義，應當本於卜辭常見之「𗀧（卪）」或其省形「𗀧（卪）」字之引申。

據徐中舒先生所論，「𗀧（卪）」本象人席地而坐之形，因古人「跪」與「坐」皆以雙膝著地，故祭祀跪拜與燕居閒坐之姿，兼以「𗀧（卪）」形象之，不復區別。殷人迷信鬼神，每於祭祀中以誠敬之心跪拜天地，祈求可與之溝通相合，最終獲得保祐。於是，象徵祭祀跪拜姿態之「𗀧（卪）」字，漸衍生出「應合」、「誠敬」、「保祐」諸義。卜辭中常見「茲𗀧（卪）」、「不𗀧（卪）」等辭例，其「𗀧（卪）」字多可解作「應驗」、「符合」之意，當即為「𗀧（卪）」跪拜祭祀義之引申。此一蘊涵「應合」、「誠敬」義之占筮用語，或因音義相近之關係，漸得與表示「符信」、「相合」義之「符」字相通，而後

又與「孚」字混用。結果,「孚」從此作為占筮用語混用,連帶又衍生出「誠信」、「符合」、「應驗」諸義。

此外,「𠬝(卩)」所表屈膝跪坐之姿,除祭祀跪拜義外,又衍生出從「𠬝(爪)」從「𠬝(卩)」之「𠬝、𠬝(抑、印)」,以及從「𠬝(手)」從「𠬝(卩)」之「𠬝、𠬝(𠬝)」,表示「跽人」與「服從」等義,引申而有「服事」、「管治」、「限制」、「罪」、「罰」等相關意思。由於「孚」、「𠬝」於形、音上均甚相類,「孚」遂又與表「服從」義之「𠬝、𠬝(𠬝)」通用,兼有「俘獲」、「罪」等義。

然而,從文化角度言之,商人重視祭祀,強調上天護祐之功;周人則處處以德治為務,認為只有「敬德」、「保民」之王,才能長保天命,兩者天命觀頗有不同。因此,《周易》編纂者所繫之「貞吉」、「有孚」等類斷占辭,雖然仍承襲商代卜辭之形式與特點,具有指示吉凶休咎之意義;但就內容而言,則多寓有一定修德意義,以達周人推行德治之目的。其中「有孚」一語,表面上可解作指示吉凶意義之「有所保祐」;但另一方面,實亦蘊涵「存有誠信」之內在義理。惟不論「保祐」與「誠信」,均當為象徵祭祀跪拜之「𠬝(卩)」字引申義項,前者以天為本,後者以人為重,兩者體用一源,並無絕對衝突。

關鍵詞: 周易、有孚、有保、有誠、𠬝(卩)

　　余於二〇〇三年修讀香港城市大學應用中文副學位課程期間初讀《周易》，後升讀原校中文、翻譯及語言學系，繼續潛修《易》理，畢業論文〈試論楚竹書《周易》紅黑符號對卦序與象數的統合意義〉初獲山東大學易學與中國古代哲學研究中心《周易研究》刊出[1]，更堅定個人研《易》之決心。惟其時所學《易》理，但以象數哲學為本，對文字訓詁之認識，僅屬皮毛。

　　二〇〇六年，余旁聽城大中國文化中心講座，與香港大學周錫䪖教授結緣。承周師轉介，有幸會見單師周堯教授，親述志向，並獲聘為其全職研究助理，輾轉以兼讀形式在港大進修。此後八年，余竟有幸受業於單師，致力研習文字、訓詁之學，攻讀港大哲學碩士、博士學位。

　　二〇〇七年十月五日至七日，香港大學中文學院主辦「東西方研究國際學術研討會」。承單師鼓勵，余參加人生首個學術研討會，宣讀〈《周易》「有孚」新論〉一文；會後，拙作略經修訂，復獲刊於《周易研究》2008年第2期[2]。是故，此文不僅為余首篇學術會議論文，更為余受業單師後首篇以文字訓詁角度論《易》之作，饒富紀念意義。

　　現今觀之，拙作〈《周易》「有孚」新論〉所論，猶有可補識者。謹值單師七秩壽慶之喜，重溫所學，對舊作補苴罅漏，略加修訂，並藉此向恩師致敬。

一

　　通行本《周易》「孚」字共四十二見，其中二十六處作「有孚」[3]，為卦爻辭之常見用語。傳本之「有孚」，阜陽漢簡本、馬王堆帛書本作「有復」，竹書本則作「又孚」，用字稍異，惟大抵仍用作斷占辭，以指示占筮之休咎意義。

---

[1]　拙作：〈試論楚竹書《周易》紅黑符號對卦序與象數的統合意義〉，《周易研究》2005年第4期（2005年8月），頁10-21、32。全文轉載於中國人民大學複印資料《中國哲學》2005年第12期（2005年12月），頁7-17。二〇〇八年四月獲山東大學易學與古代哲學研究中心網站全文轉載。後收入劉大鈞主編：《百年易學菁華集成（出土易學文獻）》第1冊（上海市：上海科學技術文獻出版社，2010年4月），頁329-343。

[2]　拙作：〈《周易》「有孚」新論〉，《周易研究》2008年第2期（2008年4月），頁35-41。

[3]　參Kunst, Richard Alan. "The Original Yijing: A Test, Phonetic Transcription, Translation, and Indexes, with Sample Glosses." (unpublished Ph.D. dissertation, University of California, Berkeley, 1985), pp.540-41.

「有孚」一詞，未見於他經，其義不易索解。傳統多釋「孚」為「信」，近人則多釋之為「俘虜」，又有解作「罪」、「符合」、「兆驗」、「返復」、「覆載」諸義者，聚訟紛紜。拙作〈《周易》「有孚」新論〉，則從文字之形、音、義，商周之卜辭成語、祭祀文化，先秦之文獻徵例，以及《易》之卦象、辭例諸端，論證《周易》「有孚」之「孚」當訓為「保」，解為「（上天）有所保祐（於人）」。

考乎學林所見，認同訓「孚」為「保」者，非獨筆者一人，如徐山先生〈釋「孚」〉[4]、朱慧芸女士〈《周易》古經之「孚」新解〉[5]等，均認為「孚」與「保」同源，本義當指「保護」、「輔佑」等義，其說正與拙見相同。

當然，亦不乏對訓「孚」為「保」之說有所保留，或不以為然者，如陳威瑨先生《〈周易〉卦爻辭同文現象研究》[6]、鄭玉姍女士《出土與今本〈周易〉六十四卦經文考釋》[7]、劉琳女士〈《周易》「孚」解補遺〉[8]等，大抵認為訓「孚」為「保」之說，信而有徵，頗具創見，惟未必能通讀《周易》全部之「孚」與「有孚」辭例，遂疑未能定，或主張隨文釋義。筆者認為，古籍通假現象普遍，《周易》單獨使用之十六個「孚」字，當亦有個別借字，未必能作統一解釋；惟作為斷占辭使用之二十六個「有孚」，則應有統一理解，斷不宜隨文為義，牽強附會。

近年，張玉金先生發表〈《周易》「有孚」新探——兼論《周易》卦爻辭的性質〉一文，提出不同出土文獻資料，推論《周易》之「孚」當解作「符合」、「應驗」。張氏曰：

4　參徐山：〈釋「孚」〉，《周易研究》2007年第4期（2007年8月），頁35-36。

5　參朱慧芸：〈《周易》古經之「孚」新解〉，《周易研究》2007年第4期（2007年8月），頁30、33。

6　參陳威瑨：《〈周易〉卦爻辭同文現象研究》（臺北市：國立臺灣師範大學國文學系碩士學位論文〔賴貴三教授指導〕，2007年），頁77。

7　參鄭玉姍：《出土與今本〈周易〉六十四卦經文考釋》（臺北市：國立臺灣師範大學國文研究所博士學位論文〔季旭昇教授指導〕，2010年2月）；《出土與今本〈周易〉六十四卦經文考釋》（中國學術思想研究輯刊九編）（新北市：花木蘭文化出版社，2010年9月），頁161-163。

8　參劉琳：〈《周易》「孚」解補遺〉，《現代語文》2013年第3期，頁155-156。

《周易》卦爻辭中的「孚」絕大多數都是符合、應驗的意思，是動詞，跟甲骨文中的「孚」同義。「有孚」則是有符合、有應驗的意思，其中的「孚」為名詞。……我們把《周易》中的「孚」和甲骨文、金文、戰國簡牘中的「孚」聯繫起來考察，結果證明《周易》卦爻辭中的「孚」、「有孚」都應是筮占用語。甲骨文中的「孚」主要是卜兆出來以後的推測，是一種事先的判斷，而不是事後的記錄。相應地，《周易》卦爻辭中的「孚」、「有孚」，也是卦象出來後的一種事先的推斷，所以往往是將然語氣。與「孚」有密切關係的是「吉」，在甲骨文中「吉」屬於占辭，是一個卦象出來之後人們進行占測的依據。這才是《周易》卦爻辭根本的性質。[9]

案：張先生以「吉」字為例，說明此類占筮用語於卜辭中多用作記述視兆者判斷吉凶之「占辭」，而非記述斷語應驗與否之「驗辭」，「是一種事先的判斷，而不是事後的記錄」。此論信而有徵，甚為合理。惟《周易》「有孚」之「孚」是否應釋為「符合」、「應驗」義，則仍有疑問。

張先生在大作中，嘗將〈未濟〉六五爻辭「君子之光，有孚，吉」與卜辭相比較，其文曰：

「君子之光，有孚，吉」應是說「在君子的榮耀上有應驗，吉利」。此例中的「有孚，吉」可與甲骨文中的「王占曰：吉，孚」（《合集》94反）、「引吉，孚」（《合集》29899）、「吉，孚，不雨」（《合集》31758）、「吉，不孚」（《合集》31757）相比較，應知兩種文獻中的「孚」確實同義，都應訓為應驗。[10]

案：拙作〈《周易》「有孚」新論〉嘗舉卜辭「貞：雀有保」（《合集》4126）、

9 張玉金：〈《周易》「有孚」新探──兼論《周易》卦爻辭的性質〉，《出土文獻》第3輯（上海市：中西書局，2012年12月），頁246-247。
10 張玉金：〈《周易》「有孚」新探──兼論《周易》卦爻辭的性質〉，頁245。

「癸未卜，內貞：子商有保」（《合集》6572）諸例為證，認為《周易》「有孚」當源自卜辭之「有保」。至於張文所引卜辭諸「孚」字，是否果隸作「孚」，頗有可疑。考《甲骨文合集》所見，上引諸「孚」字，本作「」形[11]，過去多釋為「御」，訓為「用」。裘錫圭先生〈釋「厄」〉一文，認為「」當釋為《說文》「从卩、厂聲」之「厄」字，讀為「果」，意指「應驗」[12]。後來，裘先生著〈𤼈公盨銘文考釋〉一文，注《𤼈公盨》銘文「永卬于寧」句時，又改讀「」為「孚」，其文曰：

> 《禮記・緇衣》所引《詩・大雅・文王》「萬邦作孚」之「孚」，上海博物館所藏《緇衣》簡作，疑與「卬」為一字。此字雖尚不能釋出，但其讀音應與「孚」相同或相近。……疑本銘「卬」字亦應讀為「孚」。……「永孚于寧」疑是永遠安寧之意。……殷墟卜辭「茲」之「」，我以前曾釋為「厄」，讀為「果」，現在看來，也有可能應該釋讀為「孚」，待考。[13]

案：裘先生疑上博簡《緇衣》「」與卜辭及《𤼈公盨》銘文之「（卬）」為同一字，而「」字通行本《緇衣》作「孚」，故「（卬）」字當亦可通讀為「孚」。裘先生所論，僅從字音考慮，至於字形，則謂「尚不能釋出」。考《上海博物館藏戰國楚竹書・緇衣》之「」字，原釋文整理者陳佩芬女士（1935-2013）隸作「㞋」[14]，虞萬里先生釋曰：

> 㞋，郭店簡與傳本、石經作「孚」。上博釋文作「㞋」，李零疑為「包」

[11] 參《甲骨文合集》（北京市：中華書局，1978-1982年）。

[12] 參裘錫圭：〈說「厄」〉，原載《紀念殷墟甲骨文發現一百周年國際學術研討會論文集》（北京市：社會科學文獻出版社，2003年3月）；收入《裘錫圭學術文集・甲骨文卷》（上海市：復旦大學出版社，2012年6月），第1卷，頁449-460。

[13] 參裘錫圭：〈𤼈公盨銘文考釋〉，收入《裘錫圭學術文集・金文及其他古文字卷》，第3卷，頁161。

[14] 參陳佩芬考釋：〈緇衣釋文〉，載馬承源主編《上海博物館藏戰國楚竹書（一）》（上海市：上海古籍出版社，2001年11月），頁175。

之俗寫，黃錫全疑為「伏」字之變省。按，居延漢簡第114-18號、第139-38號及《急就篇》「服」字右半與此字形頗似，如𦝠、𦟝等形，惟無上部一點。《說文》服字從舟、「𠬝」聲，字中正有一點。上博簡似是省寫形旁。服有順從之義，古音並紐職部（段玉裁列之部），孚在旁紐幽部，聲同類而韻之幽相近。[15]

案：虞氏所釋，信而有徵，上博簡《緇衣》之「𠬝」，當即「𠬝」字。古籍中「𠬝」、「服」通用無別[16]，「服」古音並母職部[17]，不論與並母幽部之「孚」[18]，抑或幫母幽部之「保」[19]，三字同為唇音，幽、職旁對轉[20]，均可相通。由此可見，若僅據音理而論，卜辭與《戁公盨》銘文之「𠬝（卬）」，即使可通作「𠬝」，亦未必僅有「孚」之音義。陳英杰先生〈戁公盨銘文再釋〉重考「永卬于寧」之「卬」，即提出異說云：

「孚」依裘氏意見。陳劍指出此語可與《君奭》「我不敢知曰闕基永孚於休」相對照（見裘文追記），馮時指出此語與井人𡚱鐘「永終於吉」文義全同，周鳳五云此與《呂刑》「惟敬五刑，以成三德，一人有慶，兆民賴之，其寧惟永」用語相似。這幾位學者發現的證據已把這句話的涵義解決了，無須更費筆墨。不過需要指出的是，「孚」可能應讀為「復」，孚通復，在上博簡《周易》中有很多用例。復，歸也。[21]

案：通行本《周易》之「孚」，上博簡《周易》無異，馬王堆帛書本則作「復」。陳先生謂上博簡《周易》頗有「孚」、「復」相通之例，不確。惟以

---

15 虞萬里：《上博館藏楚竹書〈緇衣〉綜合研究》（武漢市：武漢大學出版社，2009年12月），頁34-35。

16 參張亞初：〈周厲王所作祭器𣪘簋考——兼論與之相關的幾個問題〉，《古文字研究》第5輯（北京市：中華書局，1981年1月），頁151-168。

17 參唐作藩：《上古音手冊》（南京市：江蘇人民出版社，1982年9月），頁37。

18 同前註，頁37。

19 同前註，頁4。

20 參陳新雄：《古音學發微》（臺北市：嘉新水泥公司文化基金會，1972年1月），頁1082。

21 陳英杰：〈戁公盨銘文再釋〉，《語言科學》2008年第1期（2008年1月），頁69。

《周易》異文為據，說明「孚」應讀「復」，則並非無理。「孚」古音並母幽部，「復」則並母覺部[22]，二字聲母相同，幽、覺對轉，可以通假。「復」通作「覆」，馬王堆帛書本《周易》之「有復（覆）」，表示「有所覆載」，其義當與傳本「有孚（保）」相類，均表保育之意也。《詩・大雅・生民》：「誕寘之寒冰，鳥覆翼之。」[23]其「覆」正解作「保護」、「庇蔭」之意，可證。

郭永秉先生二〇一一年曾於「楚簡・楚文化與先秦歷史文化國術學術研討會」上宣讀〈清華簡《耆夜》詩試解二則〉一文，遍舉清華簡《耆夜》簡7「我憂以𢝫」、上博簡《吳命》簡6「寧心敄憂」、楚帛書（甲篇）「思（使）敄奠四極」等辭例，認為出土文獻中部分从「孚」得聲之字，均有「安寧」、「安定」之意；復舉《周易》「孚」字馬王堆帛書本作「復」為例，懷疑上述「𢝫」、「敄」諸从「孚」得聲之字，均當讀為「覆」。[24]此文正式出版時，作者刪略「𢝫」、「敄」當讀為「覆」之疑，僅言：「我暫時認為，《吳命》和楚帛書的『敄』字以及《耆夜》的『𢝫』字，有可能記載的是一個不見於傳世古書的，表示『安寧』、『安撫』等義的詞，似不能排除這個詞和『撫』有密切的語源關係。事實如何，有待進一步研究。」[25]案：从「孚」得聲之字可讀為「覆」，本無問題，作者刪略此說，蓋出於謹慎而已。無論如何，郭先生指出从「孚」得聲之字有「安寧」、「安定」之意，確頗有啟發。鄔可晶先生〈清華簡《說命中》「用孚自逤」臆解〉認同郭說，復補清華簡《說命中》「用孚自逤」一辭為例，認為「孚」字有安定之意，並疑傳統釋「孚」為「信」之說，或即為「安定」、「安寧」義之引申。[26]案：《周易》「孚」字馬王堆帛書本作

---

22 參唐作藩：《上古音手冊》，頁39。

23 〔漢〕毛亨傳，〔漢〕鄭玄箋，〔唐〕孔穎達疏：《詩經注疏》〔影印清嘉慶二十年南昌府學重刊宋本《十三經注疏》附校勘記〕（臺北市：藝文印書館，1973年5月），卷17之1頁10a（總頁591下）。標點為筆者所加。

24 參郭永秉：〈清華簡《耆夜》詩試解二則〉，《楚簡楚文化與先秦歷史文化國術學術研討會論文集》（武漢市：武漢大學，2011年10月），上冊，頁258-259。

25 郭永秉：〈清華簡《耆夜》詩試解二則〉，載羅運環主編《楚簡楚文化與先秦歷史文化國術學術研討會論文集》（武漢市：湖北教育出版社，2013年8月），頁335。

26 紫竹道人（鄔可晶）：〈清華簡《說命中》『用孚自逤』臆解〉，復旦大學出土文獻古文字研究中心網站「敦煌學與近代漢字」學術討論區，2013年5月17日。

「復」,「孚」古音並母幽部[27],「復」並母覺部[28],與幫母幽部之「保」[29],三字均為唇音,幽、覺對轉[30],古音可通。「孚」、「復」之「安定」義,蓋源於「保」義。漢鏡銘文中,有《龍氏鏡銘》「胡虜殄滅天下復……長保二親樂無己」、《五行鏡銘》「常保聖……家給人足天下平」、《莽始建國二年鏡銘》「五穀成熟天下安……保子孫」句[31],「天下復」與「天下平」、「天下安」並見,且每與「保」義並舉,可證「復」有「保定」之意。

又趙平安先生〈迄今所見最早的褒國青銅器〉一文,根據清華簡《繫年》第5-7簡:「周幽王取妻于西申,生坪(平)王。王或取孚人之女,是孚姒,生白(伯)盤。」認為簡文所載之「孚人之女」、「孚姒」,即《國語》〈晉語一〉、〈鄭語〉與《史記·周本紀》等傳世文獻中之「褒姒」[32]。王偉先生〈《左氏春秋》「齊人來歸衛俘」袪疑〉一文,認同趙說,並補例如清華簡《皇門》簡二「又(有)窋(寶)」傳世本《逸周書·皇門》作「有孚」,以及《新出汝南郡秦漢封泥集》三枚東漢「褒信長印」之「褒信」即《後漢書·郡國志》、《括地志》等文獻記載之「褒信」,證明「孚」、「保」可通[33]。由此可見,傳世與出土文獻中之「孚」、「復」二字,均可通讀作「保」,表示「保護」、「安定」之意,其中應有密切之語源關係。

二

綜上所述,「孚」之訓釋,計有「誠信」、「符合」、「應驗」、「保佑」、「俘

---

27 參唐作藩:《上古音手冊》,頁37。

28 同前註,頁39。

29 同前註,頁4。

30 參陳新雄:《古音學發微》,頁1038-1039。

31 參錢志熙:〈兩漢鏡銘文本整理及文學分析〉,《中華文史論叢》2009年第1期(總第93期,上海市:上海古籍出版社,2009年3月),頁133-164。

32 參趙平安:〈迄今所見最早的褒國青銅器〉,《出土文獻》第2輯(上海市:中西書局,2011年11月),頁147-151。

33 參王偉:〈《左氏春秋》「齊人來歸衛俘」袪疑——《左氏春秋》為古文經的新證據〉,《勵耘學刊:語言卷》2014年第2期(2014年12月),頁223-229。

虜」、「罪」等義，甚為複雜，亟宜溯本求源，釐清其語源關係，始能作一合理
推論。前引張玉金先生大作據卜辭常見之「⻊」字，讀「孚」為「應驗」，頗
有啟發之處。考乎字形，甲骨文「卩」字作⻊、⻊諸形[34]，「㠯」字作⻊、⻊諸
形[35]，「印（抑）」字作⻊、⻊諸形[36]，與「⻊（卬）」字[37]甚為相近，當有同源關
係。「⻊（卬）」與「⻊（卩）」，分別只差左上方一豎畫，「⻊（卩）」或即「⻊
（卬）」之省形，甲骨文有「即」字作⻊、⻊諸形[38]，又有「印」字作⻊、⻊
諸形[39]，其「⻊（卩）」旁或作「⻊（卬）」形，正其例證。「卩」異體作「卪」，
篆文作⺋，《說文》釋之曰：「⺋（卩），瑞信也。……象相合之形。」[40]徐中
舒（1898-1991）辨之曰：

> ⻊（乙7280）、⻊（人2283）：象人席地而坐之坐姿。段玉裁謂：「古人之
> 跪與坐皆跢著於席而跪聳其體，坐下其脾。」（《說文》「居」字下
> 注。）「跪」為殷人祭祀時跪拜姿態，「坐」為燕居閒處姿態，因皆為雙
> 膝著於地之形，故得同以⻊象之而不復區別，⻊字因有祭祀時禮拜之
> 義。《說文》：「卩，瑞信也。……象相合之形。」所說義為假借義，說
> 形不確。[41]

據此，「⻊（卩）」本象人席地而坐之形，因古人「跪」與「坐」皆以雙膝著
地，故祭祀跪拜與燕居閒坐之姿，俱以「⻊（卩）」形象之，不復區別[42]。不論

---

[34] 參孫海波編著：《甲骨文編》（香港：中華書局，1978年2月），頁374；劉釗等編：《新甲骨文編》
（福州市：福建人民出版社，2009年5月），頁506-507。

[35] 同前註，頁168。

[36] 同前註，頁512-513。

[37] 參劉釗等編：《新甲骨文編》，頁511。

[38] 參孫海波編著：《甲骨文編》，頁376。

[39] 參李宗焜編著：《甲骨文字編》（北京市：中華書局，2012年3月），上冊，頁128。

[40] 許慎：《說文解字》〔影印清同治十二年陳昌治刻本〕（長沙市：岳麓書社，2006年1月），卷9上頁
11b-12a（總頁186下-187上）。標點為筆者所加。

[41] 見徐中舒主編：《甲骨文字典》（成都市：四川辭書出版社，1989年5月），頁999-1000。

[42] 楊樹達《積微居小學述林‧釋卩》嘗詳辨「⻊（卩）」與「黎」、「腳」之關係，亦可參看。詳參楊樹
達：《積微居小學述林》（北京市：中華書局，1983年7月），頁43-44。

祭祀跪拜或燕居閒坐之姿，二者皆出於自願而屈膝跪坐，如甲骨文象二人相嚮之「ⵑⵑ（卯）、象二人相饗之「ⵑⵑ（鄉），其二「ⵑ」形均為一般坐姿；又如象二人相從之「ⵑⵑ（弜），商承祚（1902-1991）《殷虛文字類編》曰：「《易・雜卦傳》：『巽，伏也。』又為『順』（《漢書・王莽傳》下集注），為『讓』（《書・堯典》馬注），為『恭』（《論語・子罕》集解）。故從二人跽而相伏之狀，疑即古文『巽』字也。」[43]「巽」有順義，知「ⵑⵑ」之屈膝狀，亦當出於自願順從。

然而，屈膝而跪之狀，並不僅象祭祀跪拜或燕居閒坐之姿，亦可能象人被制服而屈從之姿，例如從「手」從「ⵑ（卩）」之「ⵑ、ⵑ（扱），以及從「爪」從「ⵑ（卩）」之「ⵑ、ⵑ（抑、印），諸家多以為象以手按跽人之狀[44]。商承祚《甲骨文字研究》則辨之曰：

「ⵑⵑ」從「ⵑ」從「ⵑ」，「ⵑ」從「ⵑ」從「ⵑ」，表面雖類似，其實大別。「ⵑⵑ」乃強按，故爪在上，象以力壓制之。「ⵑ」為順從，故從手而撫其背；許君「治」之言是，「卩」之訓則非。[45]

《說文・印部》：「ⵑ，按也。從反印。抑，俗從手。」[46]〈手部〉：「按，下也。」[47]段玉裁（1735-1815）注云：「以手抑之使下也。」[48]〈又部〉：「扱，治也。」[49]商氏以為從「ⵑ（爪）」之「ⵑ、ⵑ（抑、印），乃以武力強按他人下地；而從「ⵑ（手）」之「ⵑ、ⵑ（扱），則為順從對方而屈膝，故有順治義。案：古文字「爪」、「手」二形時有混用，商氏以此區分屈膝而跪者乃出於自願順從或被逼屈服，雖未必盡當，惟由此可知，屈膝而跪者，或出於自願順

---

43 轉引自《古文字詁林》（上海市：上海教育出版社，2003年12月）第8冊，頁113。

44 參《古文字詁林》（上海市：上海教育出版社，2000年12月）第3冊，頁427-430，「扱」條；及第8冊，頁11-118，「印」、「ⵑ」條。

45 商承祚：《甲骨文字研究》（天津市：天津古籍出版社，2008年4月），頁194-195。

46 〔東漢〕許慎：《說文解字》，卷9，上頁12b（總頁187上）。

47 同前註，卷12，上頁12b（總頁252上）。

48 〔清〕段玉裁注，許惟賢整理：《說文解字注》（南京市：鳳凰古籍出版社，2007年12月），頁1039。

49 〔東漢〕許慎：《說文解字》，卷3，下頁9a（總頁64下）。

從，或受到威逼屈服，兩者表面行為雖然無別，內在心態則有大異，古文字但用「（卩）」形象之，遂使二義混而為一，殊難論定。其實，不論順從或屈從，皆為「（卩）」字所表屈膝義之引申。推而論之，彼方服從，即受己方所治，故从「卩」旁之古文字[50]，頗有與管治、限制、施令諸義相關者，謹據《說文》所釋[51]，舉例表列如下：

字例	甲骨文	篆文	《說文》釋義
𠬝			治也。从又从卪。卪，事之節也。
辟			法也。从卪从辛，節制其辠也；从口，用法者也。
令			發號也。从亼、卪。
邑	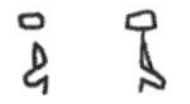		國也。从囗；先王之制，尊卑有大小，从卪。
𠨍			宰之也。从卪必聲。
卻	缺		節欲也。从卪谷聲。

據徐中舒之分析，「（卩）」本象祭祀時跪拜之姿，故其引申義，亦多與此相關。所謂祭祀，乃人與天地鬼神溝通、祈求福祉之一種儀式。《說文》曰：「（卩），瑞信也。……象相合之形。」[52]其釋形雖與「（卩）」不合，惟「相合」之說，則非完全無據。通過祭祀，人以誠敬之心祈福，求與天地溝通相合，終可獲得保祐。考乎古文字从「」形或「卩」旁者[53]，頗有與祭祀、誠敬、祈願相關之義，謹據《說文》所釋[54]，舉例表列如下：

---

50 參李宗焜編著：《甲骨文字編》，頁98-100「邑」、頁106-111「令」、頁126-127「𠬝」、頁980「辟」、頁1340「𠨍」。

51 參〔東漢〕許慎：《說文解字》，總頁64下「𠬝」、總頁131下「邑」、總頁187「令」、「𠨍」、「卻」、「辟」。

52 〔東漢〕許慎：《說文解字》，卷9上頁11b-12a（總頁186下-187上）。

53 李宗焜編著：《甲骨文字編》，頁100-103「祝」、頁128-129「承」、頁134-135「𠨎」；劉釗等編：《新甲骨文編》，頁512-513「印」。

54 參〔東漢〕許慎：《說文解字》，總頁8下「祝」、總頁65上「肅」、總頁168下「𠨎」、總頁187上「印」、「𠨐」、總頁253上「承」。

字例	甲骨文	篆文	《說文》釋義
印			執政所持信也。从爪从卩。
邲	缺		輔信也。从卩比聲。《虞書》曰：「邲成五服。」
肅	缺		持事振敬也。从聿在𣶒上，戰戰兢兢也。𡘇，古文肅，从心从卩。
承			奉也。受也。从手从卩从𠬞。
印			望，欲有所庶及也。从匕从卩。《詩》曰：「高山印止。」 段注：今則仰行而印廢。且多改印為仰矣。
祝			祭主贊詞者。从示从人口。一曰从兌省。《易》曰：「兌為口為巫。」 段注：謂以人口交神也。

　　總結而言，殷人迷信鬼神，每於祭祀中以誠敬之心跪拜天地，祈求可與之溝通相合，最終獲得保祐。於是，象徵祭祀跪拜姿態之「卩」字，漸衍生出「應合」、「誠敬」、「保祐」諸義。卜辭中常見之「茲卩」、「不卩」等辭例，其「卩」字多可解作「應驗」、「符合」之意，當即為「卩」跪拜祭祀義之引申。筆者推論，此一蘊涵「應合」、「誠敬」諸義之占筮用語，或因音義相近之關係，漸得與表示「符信」、「相合」義之「符」字相通，而後又與「孚」字混用。從音理言，「符」古音並母侯部，「孚」則並母幽部[55]，二字侯、幽旁轉[56]，故得通假；從義理言，「孚」有「覆載」、「孵育」、「保護」諸義，亦與「卩」跪拜天地以求「保祐」之意契合。結果，「孚」從此作為占筮用語混用，連帶又衍生出「誠信」、「符合」、「應驗」諸義。《說文·爪部》曰：「孚，卵孚也。从爪从子。一曰信也。」[57]又

---

[55] 參唐作藩：《上古音手冊》，頁37。
[56] 參陳新雄：《古音學發微》，頁1053-1054。
[57] 〔東漢〕許慎：《說文解字》，卷3，下頁6b（總頁63上）。

〈竹部〉曰：「䇂（符），信也。漢制以竹，長六寸，分而相合。」[58]可見兩者俱以「信」、「合」為旨，故得與「𢎛（卩）」混用。

另一方面，如前所述，「𢎛（卩）」所表屈膝跪坐之姿，除祭祀跪拜義外，又衍生出從「𠂇（爪）」從「𢎛（卩）」之「𢑨、𢑨（抑、印）」，以及從「𠂇（手）」從「𢎛（卩）」之「𠬝、𠬝（𠬝）」，表示「跽人」與「服從」等義。而「𠬝、𠬝（𠬝）」之「服從」義，又引申出「服事」、「管治」、「限制」、「罪」、「罰」等一類相關意思。從字形言，「孚」字甲骨文作𠬝（乙6694）、𠬝（三期合395），金文作𠬝（過伯簋）、𠬝（盂鼎）諸形，「子」旁或從「手」，或從「爪」，正與「𢑨、𢑨（抑、印）」、「𠬝、𠬝（𠬝）」等形相類；從音理言，「孚」古音並母幽部[59]，「服」則並母職部[60]，二字同為唇音，幽、職旁對轉[61]，可以相通；段玉裁《六書音韻表》將職韻「服」字歸入之部[62]，則之、幽對轉，音韻更近。因此，「孚」字之音義，既與象祭祀跪拜義之「𢎛（卩）」相通，得以兼有「誠信」、「應合」諸義；同時又與表「服從」義之「𠬝、𠬝（𠬝）」通用，故有「俘獲」、「罪」等引申義。

古籍中「𠬝」、「服」通用無別，而所謂「服從」，同時兼有「順從」與「屈從」兩種可能，意義雖異，字形則混而不分，俱以從「手」（𠬝）或從「爪」（𠬝）之「𠬝」象之。與此相類，「子」旁從「手」（𠬝）或從「爪」（𠬝）之「孚」字，諸家或以為象「保護」義，或以為象「俘獲」義，爭訟不休。案：「孚」古音並母幽部[63]，「保」則幫母幽部[64]，二字旁紐雙聲，同屬幽部，故可通用。考「保」字甲骨文作𠬝、𠬝，省形作𠬝、𠬝[65]，與金文作𠬝、省形作𠬝之例正同[66]。《說文》曰：「保，養也。從人，從㝅省。㝅，古文孚。

58 〔東漢〕許慎：《說文解字》，卷5，上頁3a（總頁96上）。

59 參唐作藩：《上古音手冊》，頁37。

60 同前註，頁37。

61 參陳新雄：《古音學發微》，頁1082。

62 〔清〕段玉裁注，許惟賢整理：《六書音韻表》，《說文解字注》，頁1375。

63 參唐作藩：《上古音手冊》，頁37。

64 同前註，頁4。

65 見李宗焜編著：《甲骨文字編》，頁179。

66 見容庚編著：《金文編》（北京市：中華書局，1985年7月），頁557。

㼍，古文保。倸，古文保不省。」[67]唐蘭（1901-1979）《殷虛文字記》辨之曰：

> 負子於背謂之「保」，引申之，則負之者為「保」；更引申之，則有「保養」之義。然則「保」本象負子於背之義，許君誤以為形聲，遂取養之義當之耳。[68]

是「保」之保育義，乃「負子於背」一義之引申，甲骨文初形 𠌥、𠆢，其以手護子於背之形甚顯。「孚」字从「手」从「子」，構形與「保」相似，音義均通，故亦有「保護」義。至於「俘獲」之義，則當為「𠂤、𠬝（及）」跽人形之引申而已，並非「孚」之初義。《殷契粹編》第720片載「𠂤𠬝」二字[69]，郭沫若（1892-1978）隸作「又（有）及」[70]，其辭例正與《周易》「有孚（保）」相類，可見「𠬝（及）」、「孚（孚）」、「保（保）」三者之密切關係。

綜此而論，「孚」、「及」當因音義相近混用，而「𠬝（及）」則由表跪拜義之「卪（卩）」字所孳生，兩者關係密切。傳本《緇衣》「萬邦作孚」之「孚」，上博簡異文作「及（及）」，裘錫圭先生疑其與卜辭及《釁公盨》銘文之「卬（卬）」為同一字，近是。又「卬（卬）」與「卪（卩）」之分別，僅在「卪（卩）」前多一豎畫，考「保」字甲骨文有作㑱、㑄[71]，金文亦有作㑱、㑄形者[72]，「子」旁亦多一撇畫，與「卬（卬）」之構形類近，或亦可作為「卬」與「保」、「及」與「孚」關係密切之輔證，姑存以待考。

三

上文嘗梳理「孚」字「誠信」、「符合」、「應驗」、「保育」、「俘獲」、「罪」

---

[67] 〔東漢〕許慎：《說文解字》，卷8上頁1a（總頁161下）。

[68] 唐蘭：《殷虛文字記》（北京市：中華書局，1981年5月），頁59。

[69] 郭沫若：《殷契粹編》（北京市：科學出版社，1965年5月），頁147。

[70] 同前註，頁539。

[71] 劉釗等編：《新甲骨文編》，頁457。

[72] 見容庚編著：《金文編》，頁557。

諸義之語源，指出其與卜辭及《變公盨》銘文「𫍯（𡧑）」（省形作「𫍯（𡧑）」）字之關係。為方便理解，謹以圖示其大概脈絡如下：

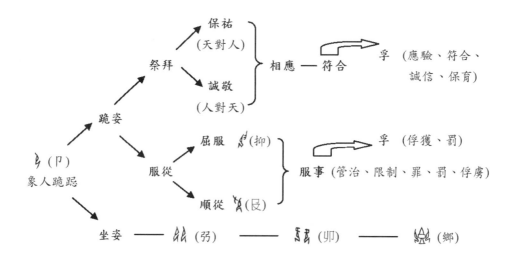

據此，「孚」字「誠信」、「符合」、「應驗」、「保育」、「俘獲」、「罪」諸義，實皆本於「𫍯（𡧑）」字之引申。「𫍯（𡧑）」為「𫍯（𡧑）」字異體，常見於卜辭，諸家多讀為「孚」，釋為「符合」、「應驗」，以為此乃占筮後之初步判斷，而非事後之記錄。案：卜辭中常見之「𫍯（𡧑）」、「茲𫍯（𡧑）」、「有保」、「無保」等辭例，當可與《周易》「有孚」合觀。就筆者所見，此類占筮用語，多見於卜辭中記述貞問事項之「貞辭」，以及記述視兆者判斷吉凶之「占辭」，至於有無記述斷語應驗與否之「驗辭」，則疑未能定。惟不論如何，《周易》之成書，乃經過刻意之加工編纂而成，朱伯崑（1923-2007）《易學哲學史》推論《周易》之成書過程曰：

> 判斷占問某事和吉凶的辭句，稱為筮辭，是占問某事時的原始記錄。《周易》六十四卦卦辭和三百八十四爻爻辭，皆來於筮辭。筮辭並非某一人的創造，而是長期積累的結果。筮辭積累多了，需要整理，作為以後占筮時的參考或依據。《周禮·春官》說：「凡卜筮，既事，則繫幣以比其命。歲終，則計其占之中否。」這是說，掌管卜筮的人，於每次占

卜之後，將所得的兆象和占斷的辭句記錄下來，連同禮神之幣，藏於府庫。年終，將積累的筮辭和卜辭加以統計、整理，看其有多少條已經應驗。已經應驗的則選出來，作為下一次占筮的依據。依《周禮》所說，《周易》中的卦爻辭，就其素材說，是從大量的筮辭中挑選出來的。……

《周易》一書的結構，除素材問題外，還有編纂問題。編纂包括對筮辭的選擇、編排和文字加工。有些卦爻辭的文句是經過文字加工的。……《周易》的素材，雖然來於占筮的卦象和筮辭，但其內容和結構是經過加工而編纂成的。編纂的目的是企圖將卦象和筮辭系統化，作為占筮的依據。[73]

與殷商時代作為占筮記錄之卜辭不同，《周易》卦爻辭之內容，乃取自經過積累驗證之筮辭，復加編纂整理而成。惟《周易》四五〇條筮辭中，繫以「孚」字者僅三十九條，莫非餘者皆「無驗」、「無兆」之辭？且《周易》存「罔孚」（〈晉〉初六）、「匪孚」（〈萃〉九五）等辭，若以「無合」、「無驗」諸義釋之，更於理不合。由此可知，釋「孚」為「應驗」之說，似並不合理。

朱熹以為「《易》本卜筮之書」[74]，其說大致不誤。作為斷占辭使用之「有孚」，舊注多訓「孚」為「誠」，筆者則訓為「保」，其實均應與「𠬝」（卩）字由祭祀跪拜所引申之義項相關。如前所述，祭祀乃人與天地鬼神溝通之儀式，人以誠敬之心事天，而終獲上天保祐之，兩者兼備，則可謂之「應合」。因此，「保祐」與「誠信」，實乃一體兩面，不過是對同一行為之不同角度描述，前者以天為本，後者以人為重。古籍中此種一體兩面之辭，並不罕見，《周易》中亦非僅有「保」、「誠」此一孤例，如〈乾〉九二：「見龍在田，利見大人。」九五：「飛龍在天，利見大人。」其中諸「見」字，或釋作「看見」，或釋作「出現」；惟一方之「見」，自然代表另一方之「現」，兩者僅屬主

73 朱伯崑：《易學哲學史》（北京市：華夏出版社，1994年10月），頁9-10。

74 見〔宋〕朱熹：《朱子語類》卷66〈易二・綱領上之下・卜筮〉，載《朱子全書》第16冊（上海市：上海古籍出版社；合肥市：安徽教育出版社，2002年12月），頁2181。

動與被動之別,並無衝突。「孚」之異訓,正與「見」、「現」之例相近,僅屬一體兩面而已。

然則《周易》「有孚」所指,究竟「孚」字應以天為主體而釋作「保」,抑或以人為主體而釋作「誠」耶?過去,筆者囿於成見,以為《周易》本屬卜筮之書,其卦爻辭固當以指示吉凶意義為旨。是故,對於《周易》之斷占辭如「有孚」之「孚」,以及「貞吉」之「貞」,一概根據卜辭用法,釋為「保祐」與「貞卜」一類占筮用語,向視之為一般指示吉凶休咎意義之辭。張玉金先生〈《周易》「有孚」新探——兼論《周易》卦爻辭的性質〉一文,亦認為《周易》乃卜筮之書,其卦爻辭相當於卜辭中之占辭[75]。此一觀點,與筆者過往想法類近。惟近年來,筆者積累占筮經驗愈多,愈加懷疑過去此一想法,認為「有孚」、「貞吉」一類斷占辭,確有人事教訓之意義,而並非僅為指示吉凶而已。

周師錫韲論《周易》「孚」之訓釋及其書之性質曰:

> 《易經》的「孚」(fú俘)字,傳統上皆釋為「信」(見《易傳‧雜卦》、《爾雅‧釋詁》、《說文》及《周易集解》、《周易正義》等),主要指人的誠信,即誠實不欺的品德。但大半世紀以來,隨著「疑古」之風的盛行,各種新見異說便紛起蜂出,引起釋讀之疑惑,對人們正確理解《易經》,深入闡發其精義妙理,造成一定干擾、影響。
>
> 這諸多新見中,或把「孚」字釋為俘獲的「俘」,或釋為懲罰的「罰」;有人又解釋為「卦兆」、「徵兆」或占筮的「應驗」之類,遂逐漸向殷商甲骨刻辭靠攏;到近年,便更多地集中指向於釋為「抱」、「覆」、「保」等意思,指上天、神靈對人的輔助、庇祐,直接與甲骨卜辭中大量出現的「有又(祐)」、「有保」等用語等同起來。
>
> 這些意見,多從文字學角度著眼,在字形、音理甚至文例上往往會有所本,可供參考。但可惜較少顧及《易經》作為西周朝廷筮書,必然充分反映官方統治思想此一時代性的特點,未能結合周朝社會狀況以及文本

整體內容去考察，所以得出來的結論，往往顧此而失彼，偏離當時社會
主流思想意識形態，在西周歷史大環境中，總顯得捍格難通。[76]

誠如周師所言，筆者舊作〈《周易》「有孚」新論〉所論，主要從字形、音理等
立說，並以殷墟卜辭「有保」等辭例為據，對西周文化之考察則相對不足，殊
有未安。

綜考商、周時代之占筮文化差異，《商書‧湯誥》曰：「上天孚佑下民。」[77]
其「孚」正釋作「保」，強調上天護祐之功。惟《尚書‧周書‧召誥》則曰：

> 天亦哀于四方民，其眷命用懋，王其疾敬德！相古先民有夏，天迪從子
> 保；面稽天若，今時既墜厥命。今相有殷，天迪格保，面稽天若，今時
> 既墜厥命。今沖子嗣，則無遺壽考；曰其稽我古人之德，矧曰其有能稽
> 謀自天。王敬作所，不可不敬德。……今天其命哲，命吉凶，命歷年；
> 知今我初服，宅新邑，肆惟王其疾敬德。王其德之用，祈天永命。其惟
> 王勿以小民淫用非彝，亦敢殄戮；用乂民，若有功。其惟王位在德元，
> 小民乃惟刑；用于天下，越王顯。上下勤恤，其曰我受天命，丕若有夏
> 歷年，式勿替有殷歷年，欲王以小民，受天永命。[78]

是商代之「天命」、「天祐」觀，周代依然保留，惟追求「天命」之餘，又謂
「王以小民，受天永命」，認為只有「敬德」、「保民」，才能鞏固王權，長保天
命。《尚書‧周書‧君奭》又曰：

> 周公若曰：「君奭！弗弔，天降喪于殷，殷既墜厥命，我有周既受。我

---

76 周師錫韍：〈說「孚」——華夏德性之光〉，《易經新論》（香港：中華書局，2013年11月），頁234-
235。

77 〔西漢〕孔安國傳，孔穎達疏：《尚書注疏》〔影印清嘉慶二十年南昌府學重刊宋本《十三經注疏》
附校勘記〕（臺北市：藝文印書館，1973年5月），卷8，頁11a（總頁113上）。標點為筆者所加。

78 〔西漢〕孔安國傳，孔穎達疏：《尚書注疏》，卷15，頁6b-12b（總頁220下-223下）。

不敢知曰，厥基永孚于休。若天棐忱，我亦不敢知曰，其終出于不祥。
嗚呼！君！已曰時我。我亦不敢寧于上帝命，弗永遠念天威，越我民；
罔尤違、惟人。在我後嗣子孫，大弗克恭上下，遏佚前人光在家；不知
天命不易、天難諶，乃其墜命，弗克經歷。嗣前人，恭明德，在今予小
子旦，非克有正；迪惟前人光，施于我沖子。」又曰：「天不可信，我
道惟寧王德延，天不庸釋于文王受命。」……「天維純佑命，則商實百
姓王人，罔不秉德明恤；小臣屏侯甸，矧咸奔走。惟茲惟德稱，用乂厥
辟。故一人有事于四方，若卜筮，罔不是孚。」[79]

周公言「不敢知曰厥基永孚于休」、「若天棐忱」、「不敢寧于上帝命」、「弗永遠
念天威」、「天命不易」、「天難諶」、「天不可信」等，清楚指出天命之難測，而
天祐亦非王權之唯一依據。周人認為「天不可信」，而「敬德」、「保民」方為
真正需要重視者，故曰「一人有事于四方，若卜筮，罔不是孚」，「我道惟寧王
德延，天不庸釋于文王受命」，唯有延續文王美德，上下「秉德明恤」，才可使
四方信服政令；如此，上天就不會收回天命，不會棄周不保矣。

王國維（1877-1927）〈殷周制度論〉詳論商、周制度之主要分別曰：

中國政治與文化之變革，莫劇於殷、周之際。……《康誥》以下九篇，
周之經綸天下之道胥在焉，其書皆以民為言。《召誥》一篇，言之尤為
反覆詳盡，曰「命」，曰「天」，曰「民」，曰「德」，四者一以貫
之。……其所謂「德」者，又非徒仁民之謂，必天子自納於德而使民則
之。……深知夫一姓之福祚與萬姓之福祚是一非二，又知一姓萬姓之福
祚與其道德是一非二，故其所以祈天永命者，乃在「德」與「民」二
字。此篇乃召公之言，則史佚書之以誥天下，文、武、周公所以治天下
之精義大法胥在於此。故知周之制度典禮，實指為道德而設；而制度典
禮之專及大夫、士以上者，亦未始不為民而設也。……是殷、周之興

---

[79] 同前註，卷16，頁18a-22a（總頁244下-246下）。

亡，乃「有德」與「無德」之興亡；故克殷之後，尤兢兢以德治為務。[80]

其論甚辨。商、周制度之主要分別，乃在於「有德」與「無德」之別。商代只講「天命」，周代則「天」、「命」、「民」、「德」合一，其制度典禮，無不為民而設，處處以德治為務。周師復申其說曰：

> 商人篤信鬼神，並視皇天上帝為自己的宗族神靈，故一意仰仗上帝的護蔭庇祐，甲骨卜辭中祈盼「受又（祐）」、「受有又（祐）」、「有保」等辭句比比皆是，人處於相對倚賴的、被動的位置。但周人不同，他們不再單純希冀上天賜福，而更多地反求諸己，強調人的品德修養，以明德立信、「敬德保民」去順天行事，自求多福，相對淡化了神權色彩，人處於較積極、主動的地位。因為武王伐紂、「小邦周」征服「大國殷」的過程中，他們認定：天命靡常，唯德是輔；黍稷非馨，明德惟馨；只有有德之人，才會獲得上天的眷顧、垂祐，而殷商就是因為「惟不敬厥德，乃早墜厥命」的。……由於汲取了殷商敗德亡國的教訓，所以周人立國後十分重視德治，提倡「敬德保民」。他們念茲在茲、反覆強調的「德」之中，是否具有誠信（因而值得信賴，獲得擁戴）是一項十分重要的標準──對社會上層人士而言尤其如此。這些，對後來形成的儒家學派影響至巨，故「吾從周」的孔子才會提出「民無信不立」的著名教誡。……明乎此，便可知道，對《周易》中頻繁出現的「孚」字，必須回歸傳統智慧，解讀為強調修德立誠的「信」，才切近周人認為「天不可信，我道惟寧王（文王）德延」，主張「王其疾敬德，王其德之用，祈天永命」的思想特點，才合符《周易》本經的原意。否則，便和殷商卜辭一味仰賴上帝保祐的模式差別不大了。[81]

---

80 王國維：〈殷周制度論〉，《觀堂集林》卷10，載《王國維全集》（杭州市：浙江教育出版社，2009年12月），第8卷，頁302、317-318、320。

81 周師錫韍：〈說「孚」──華夏德性之光〉，《易經新論》，頁236、239-240。

周師所言，誠為確論。

因此，《周易》之斷占辭，形式上固承襲自商代之卜辭，同樣具有指示吉凶休咎之意義。惟與商人篤信鬼神、強調天命、依賴庇祐之思想不同，周人認為天命實本於自身之誠德表現；故當時編纂《周易》者，遂於沿用卜辭「有祐」、「有保」、「有 （卩）」一類占筮術語，釋「有孚」為「有保」外，又賦予其全新意義，進一步突出「孚」之「誠德」思想[82]。惟一如前文所述，「保祐」與「誠信」，均當為甲骨文象祭祀跪拜之「（卩）」字引申義項，前者以天為本，後者以人為重，僅屬一體兩面之辭，並無絕對衝突。

四

總結而言，拙作〈《周易》「有孚」新論〉一文，認為《周易》之「有孚」，不論從文字之形、音、義，商周之卜辭成語、祭祀文化，先秦之文獻徵例，以及《易》之卦象、辭例等，均可證「孚」當訓「保」。

近十年來，諸家對於《周易》「有孚」當訓「有保」、釋作「（上天）有所保祐（於人）」一說，頗有爭議。綜考各家所論，大抵認為訓「孚」為「保」之說，信而有徵，頗具創見，惟未必能通讀《周易》全部之「孚」與「有孚」辭例，遂有所保留，或主張隨文釋義。筆者重申，古籍通假現象普遍，《周易》單獨使用之十六個「孚」字，當亦有個別借字，未必能作統一解釋；惟作為斷占辭使用之二十六個「有孚」，則應有統一理解，斷不宜隨文為義，牽強附會。

張玉金先生〈《周易》「有孚」新探──兼論《周易》卦爻辭的性質〉一文，則提出不同出土文獻資料，推論《周易》之「孚」當解作「符合」、「應驗」。張氏所論，主要根據裘錫圭先生〈燹公盨銘文考釋〉之說，認為卜辭常見之「（卩）」字，當讀為「孚」，意指「應驗」。案：裘先生疑上博簡《緇

---

[82] 案：與「孚」字用例相近，《周易》「貞吉」等一類占筮用語之「貞」字，形式上固承襲有卜辭慣用之「貞問」義，惟義理上則亦應另有道德啟發，蘊涵「正」、「定」一類修德思想。

衣》「𡰥」與卜辭及《癭公盨》銘文之「𠂤（卬）」為同一字，而「𡰥」字通行本《緇衣》作「孚」，故「𠂤（卬）」字當亦可通讀為「孚」。惟裘先生亦謂，此論僅從字音考慮，至於字形，則「尚不能釋出」。

筆者則指出，上博簡《緇衣》之「𡰥」，當即「𠬝」字。古籍中「𠬝」、「服」通用無別，「服」古音並母職部，不論與並母幽部之「孚」，抑或幫母幽部之「保」，三字同為唇音，幽、職旁對轉，均可相通。因此，若僅據音理而論，卜辭與《癭公盨》銘文之「𠂤（卬）」，既可通讀作「𠬝」或「孚」，惟亦可通讀作「保」，未必僅有應驗之義。且誠如郭永秉先生、鄔可晶先生所論，古文獻從「孚」得聲之字，多有「安寧」、「安定」之意。筆者根據此說，遍引漢鏡銘文、傳世與出土文獻為例，論證從「孚」得聲之字例，其所以有「保護」、「安定」義，蓋源於「孚」、「保」音義相通之故。由此可見，「孚」、「保」二字，應有密切之語源關係。

綜考諸家對《周易》「孚」字之訓釋，計有「誠信」、「符合」、「應驗」、「保佑」、「俘虜」、「罪」等義，甚為複雜，亟宜溯本求源，釐清其語源關係。筆者推論，卜辭常見之「𠂤（卬）」字，當為「𠂤（卩）」之異體。據徐中舒先生所論，「𠂤（卩）」本象人席地而坐之形，因古人「跪」與「坐」皆以雙膝著地，故祭祀跪拜與燕居閒坐之姿，兼以「𠂤（卩）」形象之，不復區別。殷人迷信鬼神，每於祭祀中以誠敬之心跪拜天地，祈求可與之溝通相合，最終獲得保祐。於是，象徵祭祀跪拜姿態之「𠂤（卩）」字，漸衍生出「應合」、「誠敬」、「保祐」諸義。卜辭中常見「茲𠂤（卬）」、「不𠂤（卬）」等辭例，其「𠂤（卬）」字多可解作「應驗」、「符合」之意，當即為「𠂤（卩）」跪拜祭祀義之引申。此一蘊涵「應合」、「誠敬」義之占筮用語，或因音義相近之關係，漸得與表示「符信」、「相合」義之「符」字相通，而後又與「孚」字混用。結果，「孚」從此作為占筮用語混用，連帶又衍生出「誠信」、「符合」、「應驗」諸義。此外，「𠂤（卩）」所表屈膝跪坐之姿，除祭祀跪拜義外，又衍生出從「𠬝（爪）」從「𠂤（卩）」之「𢎿、𢑥（抑、印）」，以及從「𠂇（手）」從「𠂤（卩）」之「𢼄、𠬝（𠬝）」，表示「跽人」與「服從」等義，引申而有「服事」、「管治」、「限制」、「罪」、「罰」等相關意思。由於「孚」、「𠬝」於形、音

上均甚相類，「孚」遂又與表「服從」義之「⼳、⼳」（⼳）通用，兼有「俘獲」、「罪」等義。

綜此而論，「孚」、「保」二字同源，本均象以手負子之形，意指保育小孩。至於「孚」之「誠信」、「符合」、「應驗」、「保祐」、「俘獲」、「罪」諸義，實皆本於「⼳（⼳）」字之引申。「⼳（⼳）」兼象祭祀跪拜、屈膝服從、燕居閒坐之姿，而作為斷占辭使用之「有孚」，其「孚」字之訓釋，與「⼳（⼳）」字由祭祀跪拜所引申之「保祐」、「誠信」等義項，應當有較為密切之關係。過去，拙作〈《周易》「有孚」新論〉訓「有孚」作「有保」之說，主要從字形、音理等立論，並以殷墟卜辭「有保」等辭例為據，對於西周文化之考察則相對不足，殊有未安。從文化角度言之，商人重視祭祀，強調上天護祐之功；至於周人，則「天」、「命」、「民」、「德」合一，處處以德治為務，認為只有「敬德」、「保民」之王，才能長保天命，其天命觀與商代頗有不同。

由於周人相信天命實本於自身之誠德表現，而非僅依賴上天庇祐，故《周易》編纂者所繫之「貞吉」、「有孚」等類斷占辭，雖然仍承襲商代卜辭之形式與特點，具有指示吉凶休咎之意義；但就內容而言，則多寓有一定修德意義，以達周人推行德治之目的。其中「有孚」一語，表面上可解作指示吉凶意義之「有所保祐」；但另一方面，實亦蘊涵「存有誠信」之內在義理。惟不論「保祐」與「誠信」，均當為象徵祭祀跪拜之「⼳（⼳）」字引申義項，前者以天為本，後者以人為重，兩者體用一源，並無絕對衝突。因此，《周易》一書雖頗繫有斷占之辭，惟其目的實以宣揚德治為本，強調修身立德之思想，絕不可僅就其外在形式，就視之為一般卜筮之書。

《左傳》「遇」字初論（附「逢」）

劉文強

國立中山大學中國文學系教授

摘要

　　本篇使用巨量文本閱讀法，表列《左傳》中「遇」字，分析其現象，提出三個問題：「弗遇」、「相遇」、「遇、逢」，分別論述。「弗遇」、「相遇」於《左傳》中各僅一例，本篇析論其詞例之背景，說明其原因，以及衍生之問題。「遇」、「逢」於《說文》二字互訓，杜預以「相逢遇」為詞，皆未盡精確；此外，王充謂：「卜曰『逢』，筮曰『遇』」，《左傳》中「遇」字相關詞例概依此原則，惟於卜之二例則不用「逢」而亦用「遇」，現象可知，原因難明，有待更進一步探究。

關鍵詞：巨量文本閱讀、左傳、遇、逢、卜、筮

一　前言

本人曾為文論「戠」字為「晤」，即「遇」；該句宜釋為「晤於枥隧」，即「遇於枥隧」，當時曾有如下結論：

> 《上博簡》〈申公臣靈王〉篇中的首句的「戠」字非「禦」，非「圍」，而是「晤」；「晤，遇也」，聲音既通，義又相符；且「晤於」無此詞例，「遇於」則有，故該句實為「遇於枥隧」。此外，就其中情事而言，「枥隧」蓋為申地之圍馬場所，故有爭馬之事。綜而言之，《簡》文內容蓋謂王子圍嘗忽然出現於申地之枥隧圍場，強索申公良駒；其後王子圍自立為王，追憶前事云云。蓋楚靈王為王子時爭穿封戌爭之囚，即位後貪芋尹無宇之亡人，其素性使然，其惡名昭彰。忽然出現於枥隧，強索良駒，亦毋怪申公子亹相遇而驚逻，心不欲見而不得不見也。故《簡》文首句宜為之釋曰：「申公子亹相遇王子圍於枥隧而驚逻，以其心不欲見而見也。」[1]

該篇已就「遇」字詞例，別其有「好之」與「惡之」二種情況；好之者「晤」，惡之者「逻」。《簡》文載申公子亹遇王子圍屬後者，謂王子圍忽然至申，申公子亹猝然相遇而驚逻，以其心不欲見而見也。雖然，「遇」字相關問題可說者不止一端，所牽涉者甚廣，解決之道，宜使用巨量文本閱讀法，經由系統性的觀察、整體性的思考，以論證相關的問題。今恭逢單師周堯七十大壽，茲就能力所及，擇要論述，以為單師壽云。茲先附《左傳》「遇」字，表列於下：[2]

---

1 〈申公臣靈王（二）——遇于枥隧〉，《嶺南學報》復刊第四輯，2015年12月，頁247-256。
2 本篇利用《寒泉資料庫》及大陸《中國哲學書電子資料庫》蒐檢詞例，以通行本校訂，隨註說明文本出處。

編號 BC	出處	內容	詞例	備註
1 719	經‧隱公四年	公及宋公遇于清	遇于清	遇于某地
2 719	隱公四年	公及宋公遇于清	遇于清	遇于某地
3 715	經‧隱公八年	宋公、衛侯遇于垂	遇于垂	遇于某地
4 715	隱公八年	衛侯許之，故遇于犬丘	遇于犬丘	遇于某地
5 714	隱公九年	進而遇覆，必速奔——遇覆者奔	遇覆、遇覆（者）	遇（覆）
6 704	桓公八年	無與王遇	遇	遇（王）
7 702	經‧桓公十年	公會衛侯于桃丘，弗遇	遇	遇（諸侯）
8 692	經‧莊公四年	遇于垂	遇于5	遇于某地
9 688	莊公八年	遇賊于門	遇賊	遇（賊）于（門）
10 684	莊公十二年	遇仇牧于門——遇大宰督于東宮之西	遇仇牧于門、遇大宰督于東宮	遇（人）于（門）、遇（人）于（東宮）
11 674	莊公二十二年	陳侯使筮之，遇〈觀〉之〈否〉	遇觀之否	遇（易）
12 673	經‧莊公二十三年	公及齊侯穀遇于穀	遇于穀	遇于某地
13 666	經‧莊公三十年	公及齊侯遇于魯濟	遇于魯濟	遇于某地

編號 BC	出處	內容	詞例	備註
14 666	莊公三十年	遇于魯濟	遇于魯濟	遇于某地
15 664	經‧莊公三十二年	宋公、齊侯遇于梁丘	遇于梁丘	遇于某地
16 664	莊公三十二年	夏，遇于梁丘	遇于梁丘	遇于某地
17 661	閔公元年	畢萬筮仕晉，遇〈屯〉之〈比〉	遇屯之比	遇（易）
18 660	閔公二年	又筮之，遇〈大有〉之〈乾〉	遇大有之乾	遇（易）
19 656	僖公四年	若出於東方而遇敵	遇敵	遇（敵）
20 651	僖公九年	宰孔先歸，遇晉侯	遇晉侯	遇（諸侯）
21 650	僖公十年	狐突適下國，遇太子	遇太子	遇（太子）
22 646	經‧僖公十四年	季姬及鄫子遇于防	遇于防	遇于某地
23 646	僖公十四年	夏，遇于防	遇于防	遇于某地
24 645	僖公十五年	其卦遇〈蠱〉	遇蠱	遇某12易4
25 645	僖公十五年	晉獻公筮──遇〈歸妹〉之〈睽〉	遇歸妹之睽	遇（易）
26 637	僖公二十三年	晉、楚治兵，遇於中原	遇於中原	遇於某處

編號 BC	出處	內容	詞例	備註
27 635	僖公二十五年	卜偃卜之——遇〈黃帝戰于阪泉〉之兆——筮之，遇〈大有〉之〈睽〉——遇〈公用享于天子〉之卦	遇兆、遇大有之睽、遇卦	遇（卜、易）
28 630	僖公三十年	及門，遇疾而死	遇疾	遇（疾）
29 627	僖公三十三年	鄭商人弦高將市於周，遇之	遇之	遇（秦師）
30 624	文公三年	門于方城，遇息公子朱而還	遇息公子朱	遇（息公子朱）
31 611	文公十六年	與之遇以驕之——又與之遇，七遇（n）皆北	與之遇、又與之遇、七遇	遇（庸師）
32 608	宣公元年	楚蒍賈救鄭，遇于北林	遇于北林	遇于某地
33 597	宣公十二年	果遇，必敗	果遇	遇（楚師）
34 597	宣公十二年	不穀不德而貪，以遇大敵	遇大敵	遇（晉師）
35 597	宣公十二年	遇敵不能去	遇敵	遇（楚師）
36 589	成公二年	與齊師遇——遇其師而還——今既遇矣	與齊師遇、今既遇矣、遇齊師	遇（齊師）
37 589	成公二年	將適郢，遇之	遇之	遇（申公巫臣）
38 588	成公三年	雖遇執事	遇執事	遇（楚共王）

編號 BC	出處	內容	詞例	備註
39 585	成公六年	晉欒書救鄭,與楚師遇於繞角	遇於繞角	遇於某地
40 575	成公十六年	六月,晉、楚遇於鄢陵	遇於鄢陵	遇於某地
41 575	成公十六年	其卦遇〈復〉	遇復	遇(易)
42 575	成公十六年	郤至三遇楚子之卒	遇楚子之卒	遇(楚子之卒)
43 573	成公十八年	遇楚師于靡角之谷	遇楚師于靡角之谷	遇(楚師)某于某地
44 570	襄公三年	子重病之,遂遇心疾而卒	遇心疾	遇(心疾)
45 564	襄公九年	始往而筮之,遇〈艮〉之〈八〉	遇艮之八	遇(易)
46 558	經・襄公十五年	公救成,至遇	至遇	地名1
47 550	襄公二十三年	遇欒樂	遇欒樂	遇(欒樂)
48 550	襄公二十三年	齊侯歸,遇杞梁之妻於郊	遇杞梁之妻於郊	遇(杞梁之妻)於某地
49 548	襄公二十五年	武子筮之,遇〈困〉之〈大過〉	遇困之大過	遇(易)
50 548	襄公二十五年	遇司馬桓子	遇司馬桓子	遇(司馬桓子)
51 547	襄公二十六年	頡遇王子,弱焉	遇王子	遇(王子圍)
52 547	襄公二十六年	聲子將如晉,遇之於鄭郊	遇之於鄭郊	遇(伍舉)於某地

編號 BC	出處	內容	詞例	備註
53 547	襄公二十六年	晉、楚遇於靡角之谷	遇於	遇於某地
54 545	襄公二十八年	慶封歸，遇告亂者	遇告亂者	遇（告亂者）
55 541	昭公元年	彼徒我車，所遇又阨	所遇又阨	遇（地形）
56 539	昭公三年	及郊，遇懿伯之忌	遇懿伯之忌	遇（仇）
57 538	昭公四年	及庚宗，遇婦人	遇婦人	遇（婦人）
58 538	昭公四年	田於丘蕕，遂遇疾焉	遇疾	遇（疾）
59 537	昭公五年	以《周易》筮之，遇〈明夷〉之〈謙〉	遇明夷之謙	遇（易）
60 535	昭公七年	孔成子以《周易》筮之——遇〈屯〉——遇〈屯〉之〈比〉	遇屯、遇屯之比	遇（易）
61 530	昭公十二年	南蒯枚筮之，遇〈坤〉之〈比〉	遇坤之比	遇（易）
62 529	昭公十三年	芋尹無宇之子申亥——乃求王，遇諸棘闈以歸	遇諸棘闈	遇（王）諸某地
63 522	昭公二十年	公載寶以出，褚師子申遇公于馬路之衢，遂從	遇某44（遇某于5）	遇（諸侯）于某地
64 522	昭公二十年	其適遇淫君	遇淫君	遇（諸侯）
65 521	昭公二十一年	遇多僚御司馬而朝	遇多僚御司馬	遇（多僚御司馬）

編號 BC	出處	內容	詞例	備註
66 521	昭公二十一年	子祿御公子城，莊堇為右；干犨御呂封人華豹，張丐為右，相遇，城還	相遇	（子祿、公子城與干犨、華豹）相遇
67 519	昭公二十三年	道下，遇雨	遇雨	遇（雨）
68 515	昭公二十七年	左司馬沈尹戌帥都君子與王馬之屬以濟師，與吳師遇于窮	遇于窮	遇于某地
69 513	昭公二十九年	有婦人遇之周郊	遇之周郊	遇（尹固）某地
70 505	定公五年	王遇盜於雲中	遇盜於雲中	遇（盜）於某地
71 501	定公九年	其帥又賤，遇，必敗之	遇	遇（齊帥東郭書）
72 493	哀公二年	趙鞅禦之，遇於戚	遇於戚	遇於某地
73 486	哀公九年	晉趙鞅卜救鄭，遇水適火——陽虎以《周易》筮之，遇〈泰〉之〈需〉	遇水適火、遇泰之需	遇（卜、易）
74 480	哀公十五年	季子將入，遇子羔將出	遇子羔	遇（子羔）
75 479	哀公十六年	遇載祐者——許公為反祐，遇之	遇載祐者、遇之	遇（載祐者）遇（子伯季子）
76 479	哀公十六年	楚太子建之遇讒也	遇讒	遇（讒）
77 479	哀公十六年	或遇之——又遇一人——遇箴尹固	遇之、又遇一人、遇箴尹固	遇（葉公子高、某人、箴尹固）

編號 BC	出處	內容	詞例	備註
78 468	哀公二十七年	公遊於陵阪，遇孟武伯於孟氏之衢，曰：請有問於子	遇孟武伯於孟氏之衢	遇（孟武伯）於某地

二　「弗遇」

本人在上篇論「遇」字時，曾以為惟「心亟欲見而見」者不止君子遇淑姬，諸侯相見亦或「心亟欲見而見」，故載之於典籍，如《左傳·隱公四年》：

（經）夏，公及宋公遇于清。

杜《注》：

「遇」者，草次之期。二國各簡其禮，若道路相逢遇也。

孔《疏》：

〈曲禮下〉：「諸侯未及期相見曰『遇』，相見於郤地曰『會』」。然則「會」者豫謀間地，克期聚集，訓上下之則，制財用之節，示威於眾，各重其禮。雖特會一國，若二國以上，皆稱「會」也。「遇」者或未及會期，或暫須相見，各簡其禮，若道路相逢遇。然此時宋、魯特會，欲尋舊盟，未及會期，衛來告亂，故二國相遇。若三國簡禮亦曰「遇」，故〈莊四年〉「齊侯、陳侯、鄭伯遇于垂」，是也。〈曲禮〉稱「未及期而相見」，指此類也。——草次猶造次、倉卒，皆迫促不暇之意。[3]

3　〔晉〕杜預注，〔唐〕孔穎達疏：《左傳注疏》（臺北市：藝文印書館，1981年9月），頁55。

雖然孔《疏》對「遇」字有所解釋，但以疏不破注，其說未必客觀，甚且未必精確。蓋男女忽然相遇，未有期會，出於巧合，所謂「巧遇」是也；或二者雖心亟欲見，實未有約，「遇」而驚喜，因而晤歌。反之，諸侯相「遇」，在形式上或同男女未期之「遇」，實則必已事先有約，其實亦「會」而已。且孔《疏》亦云諸侯或相「遇」，或相「會」，其差別在於：「遇」者「各簡其禮」，「會」者「各重其禮」。所以諸侯雖曰「相遇」，似臨時「暫須相見」，實則雙方必事先約定，否則屆時爽約，當非所願也。因此《春秋經》「遇」字，孔《疏》以為兩君「各簡其禮」以相見，其與男女相「遇」有實質差別。蓋男女相遇實未必期，諸侯相遇，表面上未期，實則必先期也。故《春秋經》雖書「遇」，其實「會」也，孔《疏》維護《經》文，卻未必盡釋「遇」字真諦也。

雖然，《左傳》中有「弗遇」一詞，亦僅一例，則頗令人費解。蓋「遇」字為甲乙雙方相會，若已相會，則無所謂「弗遇」；若未能相會，則曰「不遇」、「未遇」乃至「無遇」可也，乃上列表中並無此詞例，至於「無與王遇」一例，亦與諸侯之相會無關。蓋雙方事先有約而會，自然不會出現「無遇」、「未遇」、「不遇」等否定事例，然則何以有「弗遇」之例？《左傳・桓公十年》：

（經）秋，公會衛侯于桃丘，弗遇。

杜《注》：

無《傳》。衛侯與公為會期，中背公，更與齊、鄭，故公獨往而不相遇也。[4]

杜預以為魯桓公已與衛宣公約定會面，但是衛宣公不但不履行承諾，反而投向

---

4 下引《左傳・隱公八年》：八年，春，齊侯將平宋、衛，有會期，宋公以幣請於衛，請先相見，衛侯許之，故遇于犬丘。宋公以幣請「先相見」，而後「遇」衛侯，此諸侯外交之例，情事恰與魯侯「弗遇」衛侯成對比矣。

齊、鄭，以致桓公獨自赴約，未能相遇，因此《春秋經》書之曰「弗遇」。惟「弗遇」的經過可知，但是衛侯何以「背公」，仍不清楚，《左傳・桓公十年》：

> （經）冬十有二月丙午，齊侯、衛侯、鄭伯來戰于郎。（傳）冬，齊、衛、鄭來戰于郎，我有辭也。[5]

衛宣公為加入齊、鄭以伐魯，因而不與魯桓公會面，如是衛侯「背公」之原因可知矣。《公羊傳・桓公十年》所述則頗有異同：

> （經）秋，公會衛侯于桃丘，弗遇。（傳）「會」者何？期辭也。其言「弗遇」何？公不見要也。冬，十有二月丙午，齊侯、衛侯、鄭伯來戰于郎。「郎」者何？吾近邑也。吾近邑則其言「來戰于郎」何？近也。惡乎「近」？近乎圍也。此偏戰也，何以不言「師敗績」？內不言「戰」，言「戰」，乃敗矣。[6]

《公羊》以為「會」是期辭，是約定相會，結果卻「弗遇」，原因是「公不要見」，何謂「公不要見」？何《注》：

> 時實桓公欲要見衛侯，衛侯不肯見。公以非禮動，見拒有恥，故諱使若「會而不相遇」。言「弗遇」者，起「公要」之文也。弗者，不之深也，起「公見拒深」。《傳》言「公不要見」者，順《經》諱文。[7]

---

5 同前註。

6 〔漢〕何休注，〔唐〕徐彥疏：《公羊傳注疏》（臺北市：藝文印書館，1981年9月），頁61。《校勘記》云：「閩、監、毛《本》作『見要』，按：上云：『時桓公欲要見諸侯』，與此合，《傳》則云『公不見要』也。」（同本註前引書目）按：據何《注》，宜作「要見」。又何《注》原文為「要見衛侯」，《校勘記》作「要見諸侯」，誤。

7 〔漢〕何休注，〔唐〕徐彥疏：《公羊傳注疏》，頁61-62，下引徐《疏》同。

原來魯桓公「要見」衛宣公，也就是強要對方相見，反遭對方強力拒絕，魯桓公深覺恥辱，又不宜張揚，只得諱之，故以「會而不相遇」為辭，徐《疏》：

> 《經》既書「會」，作「聚集」之名，尋言「弗遇」，是「未見」之稱，故執不知問。

《春秋經》記載簡略，看不出魯桓公曾有「要見」之舉。杜預以為「衛侯與公為會期，中背公，更與齊、鄭」，若是，則衛宣公背信，過不在魯。《公羊》則云「公不要見」，何休釋之曰「桓公欲要見衛侯，衛侯不肯見」，但是魯桓公何以「要見」衛侯？則未說明，只是強調因為《春秋經》書「弗遇」，可以做為魯桓公強要見衛侯的反證，何休云：「言『弗遇』者，起『公要』之文也。「弗」者，「不」之深也，起公見拒深。《傳》言『公不要見』者，順《經》諱文。」如何休所言，則魯桓公強行要見衛宣公，故衛宣公不肯見；不但不肯見，還非常地不肯見，所謂「見拒之深」。何休還認為：因為《春秋經》如是記載，所以必須順著《春秋經》，然後替魯桓公諱以保留顏面。徐《疏》還要補上一句「執不知問」，故意裝作不知問何以「弗遇」。若如何休、徐彥所言，則魯桓公「要見」衛侯在先，衛侯堅拒不見，如是則過在魯，《春秋經》還得為魯桓公諱之矣。這與杜預過在衛侯的說法明顯衝突，然則二說必有一為非。至於孰是孰非，本人以為不宜就個別問題下定論，應該從系統性差異的考慮。

《左傳》與《公羊》雖同載齊衛鄭三國伐魯之事，但是《公羊》並未記載來伐的原因，《左傳·桓公十年》則云：

> 冬，齊、衛、鄭來戰于郎，我有辭也。初，北戎病齊，諸侯救之，鄭公子忽有功焉。齊人餼諸侯，使魯次之，魯以周班後鄭，鄭人怒，請師於齊，齊人以衛師助之，故不稱「侵」、「伐」；先書「齊」、「衛」，王爵也。[8]

8　〔晉〕杜預注，〔唐〕孔穎達疏：《左傳注疏》，頁121。

表面上看來，這次諸侯伐魯的主因是之前鄭人怒魯人頒饋不公，乃請齊師相助以伐魯，齊又使衛人加入伐魯聯軍。表面上看來，鄭人之怒雖是理由，但是也十分牽強；追溯因果，當然另有其他，主要還是齊欲併紀，魯國則竭力保護紀國，鄭為齊國黨羽，因而找機會攻魯，以為警告。魯國實力應付鄭國有餘，但是應付齊國便不支，何況齊、鄭聯手？在此不利情況之下，魯桓公還能找到的協助，就只有衛國。由是可以推論：魯原欲與衛相會，期待獲得支持；或者至少衛人退出諸侯之軍事行動，以減輕魯國的壓力，而衛侯不會，故其事未成。惟既然未遇，《春秋經》書曰「不遇」或「未遇」即可，何必書「弗遇」？何休以為「弗」是「不之深」，反映魯桓公惱羞成怒的心態，可謂主觀認定；相對地，杜預只用較客觀的語氣推論：「衛侯與公為會期，中背公，更與齊、鄭，故公獨往而不相遇也。」設身處地，魯桓公之怒雖可想而知，但是《春秋經》既然未明言，杜預便保持客觀，此二者異同之一端也。魯桓公極力為紀國救亡圖存，鄭則助齊欲滅紀，齊大鄭強，魯桓公形單影隻，孤掌難鳴。若得衛相助，或許尚可勉強抗衡，以保紀國。衛棄魯，則魯更無力助紀矣。或許因為「弗遇」之後即有諸侯伐魯之事，所以《公羊》學者以為魯桓公「要見」衛宣公。但即使有此過程，依然無法證明魯桓公「要見」之事；且魯、衛兄弟，大小略等，情商衛人，或有其事，至於「要見」，魯國有何能力？因此杜預以為，衛宣公當原已答應，但是迫於形勢，不得不婉拒魯人之會。總之，衛人刻意不遇則有，魯人「要見」則未必也。[9] 至於杜預與何休說解有異，反應的問題不僅在字面的表象，更應注意這可能是系統性的差異，當從整體觀點通盤考察也。惟《公羊》「本據亂而作，其中多非常異義可怪之論」，[10]本人亦於其他篇章，舉例若干以證《公羊》果然「多非常異義可怪之論」，若舉以為證，尚宜三思也。

9　按：《春秋經》「弗」字事例有四：桓公十年「公會衛侯于桃丘，弗遇」、僖公二十六年「公追齊師至酅，弗及」、文公十四年「晉人納捷菑于邾婁，弗克納」、文公十六年「季孫行父會齊侯于陽穀，齊侯弗及盟」。此四例皆有前因後果可說，足以證「弗」為「不之深者」。惟《春秋經》「弗」字縱有此義，亦無法證明「弗遇」為魯桓公「要見」衛侯。畢竟魯、衛實力相當，即使魯人果真「要見」，衛人亦未必從，不若齊為大國，得「要見」衛宣公使共伐魯也。

10　〔漢〕何休注，〔唐〕徐彥疏：何休〈序〉，《公羊傳注疏》，頁3。

三 「相遇」

《左傳》中「相遇」亦僅一例（66），《左傳·昭公二十一年》：

> 子祿御公子城，莊菫為右；干犫御呂封人華豹，張匄為右，相遇，城
> 還。[11]

根據上表所列，「遇」字之後無它字者九次，其中地名一次（46「公救成，至
遇」），名詞一次（31「七遇皆北」），其他七次皆作為動詞，而「相遇」之例僅
一次。何以其他六次之「遇」不必加「相」字，此例獨有？且「遇」本為二人
會面，雖曰不期，而既然見面，自然已「相遇」矣，而它例書「遇」，此獨書
「相遇」，是「相遇」必與「遇」有異，其在「相」字乎？《左傳》有「相
見」十四次，[12]最著名事例為鄭莊公與其母莊姜，《左傳·隱公元年》：

> 遂寘姜氏于城潁，而誓之曰：「不及黃泉，無相見也！」[13]
> （潁考叔）對曰：「君何患焉？若闕地及泉，隧而相見，其誰曰不
> 然？」[14]

欲相見，必雙方事先約定，以順利進行。鄭莊公目的在昭告天下其母子和好，
以求諒解或免不孝之名，因此不但不能隱匿，反而要盡量張揚，故再書「相
見」也。其他「相見」事例或反需隱蔽，但是雙方仍必須事先約定，《左傳·
隱公八年》：

---

11 〔晉〕杜預注，〔唐〕孔穎達疏：《左傳注疏》，頁870。

12 其他相字詞例如下：「相及」八次、「相與」六次、「相朝」四次、「相惡」四次、「相害」三次、「相
救」三次、「相繼」三次、「相親」二次、「相命」、「相視」、「相會」、「相待」、「相牽引」一次、「相
狃」、「相優」、「相謗」各一次，凡有「相」字，皆雙方主動或同時，概無例外也。

13 〔晉〕杜預注，〔唐〕孔穎達疏：《左傳注疏》，頁37。

14 同前註。

八年，春，齊侯將平宋、衛，有會期，宋公以幣請於衛，請先相見，衛
侯許之，故遇于犬丘。[15]

齊國已經預定時間以平宋、衛兩國，宋殤公幣請衛宣公，要求兩國提早相見，
遂於是遇于犬丘。此與上述鄭莊公母子相見必須盡量張揚正好相反者，外交事
務則必須盡量隱蔽，以免意外，因此二國先達成協議，以「相見」為約定，正
式見面時又以「遇」為辭，所呈現的結果則當如上引杜注：「二國各簡其禮，
若道路相逢遇也」。可知諸侯「相見」與「遇」實乃一事之兩面，一方面須事
先約定，以免洩漏風聲；一方面又須「若道路相逢遇」，以維護雙方尊嚴。由
是可知，「相見」是雙方約定見面時地，屆時主動而至；惟在外交上，須盡量
隱密，以免走漏風聲而生意外；在鄭莊公，則大肆張揚，唯恐天下不知矣。由
是比對上述「相遇」，則是雙方不期而會，雖無約定卻都主動而至也。諸侯先
約「相見」而後書「遇」，蓋維持對等尊嚴；交戰則不然，必書「相遇」，以呈
現雙方雖未約定而皆主動，以彰聲勢，此二者之別也。《左傳》中「相見」詞
例多於「相遇」，與當時外交會盟頻繁有關，與行軍對陣事需隱匿亦有關也。

對比之下，《左傳》中兩軍「遇」於或「遇」於某地之例甚多，似與「相
遇」無別。本人以為，兩軍之「遇」雖然也是不期而會，但是雙方主帥並不
直接面對面接觸，而是兩軍先會，而後接戰；即使接戰，雙方主帥也未必會
面。反觀「相遇」之情境乃當事人雙方直接面對面，如上引「子祿御公子城，
莊董為右；干犫御呂封人華豹，張丐為右，相遇」，此二組人馬不期皆會，當
事人面對面準備交戰，此所以稱之為「相遇」也。至於後人用「相逢遇」，如
下引杜《注》，或今日所習用「相遇」一詞，雖詞例類似或相同，惟已不知其
流變矣。

---

15 同前註，頁73。

四 「遇」、「逢」

上引杜《注》:「二國各簡其禮,若道路相逢遇也。」其實《左傳》「逢」自「逢」,「遇」自「遇」,二者實有區別,故本節述而論之。按《說文》:

> 遇,逢也,从辵,禺聲。[16]
> 逢,遇也,从辵,夆聲。[17]

二字互訓,何以別乎?《左傳》有「逢」字十四條十五次,其中人名九次,地名一次,動詞五次。今就動詞部分以與「遇」字相較,《左傳·宣公三年》:

> (王孫滿)對曰:「——昔夏之方有德也,遠方圖物,貢金九牧,鑄鼎象物,百物而為之備,使民知神、姦。故民入川澤、山林,不逢不若。螭魅罔兩,莫能逢之。」[18]

如王孫滿說,當年夏朝用四方所貢之金,鑄百物於鼎,民人知之,即使進入川澤山林,也不會主動地(不自覺地)找上不好的(危險的)東西。又如《左傳·襄公三十一年》:

> (子產)對曰:「以敝邑褊小,介於大國,誅求無時,是以不敢寧居,悉索敝賦,以來會時事。逢執事之不間,而未得見;又不獲聞命,未知見時。」[19]

子產朝貢於晉,想盡快面見晉國執政者,好交差了事,此時「逢」字這當然是

---

16 〔清〕段玉裁:《說文解字注》(高雄市:復文書局,1998年9月),頁71。
17 同前註,頁71。
18 〔晉〕杜預注,〔唐〕孔穎達疏:《左傳注疏》,頁367。
19 〔晉〕杜預注,〔唐〕孔穎達疏:《左傳注疏》,頁686

主動地想找到對方。又如《左傳·哀公十四年》：

> 子我夕，陳逆殺人，逢之，遂執以入。[20]

陳逆是子我的政敵，殺人是重罪，子我當然想要盡快找到，因此主動出擊，因而「逢」之，果然被他找到。又如《左傳·哀公十五年》：

> 上介芊尹蓋對曰：「寡君聞楚為不道，荐伐吳國，滅厥民人，寡君使蓋備使，弔君之下吏。無祿，使人逢天之慼，大命隕隊，絕世于良。」[21]

上介芊尹蓋出使吳國，不幸其長官公孫貞子死於途中，芊尹欲以其尸入以完成任務，吳人辭，芊尹回答如上述，其所謂「逢天之慼」，即指公孫貞子奉命出使，不幸主動地碰到上天之慼，因而道卒。子孫貞子雖是被指派，一旦受命，便須完成，當然是「逢」，也就是主動地前往吳國。

上述諸例，皆甲方主動為之者，如「不逢不若」、「莫能逢之」、「逢執事之不閒」、「子我逢陳逆」、「逢天之慼」，其與「遇」字之差別，正在於「逢」字乃甲方主動乙方相對被動，「遇」字雙方皆非主動者也。其他典籍中，「逢」字最為人所熟知之例如《孟子·告子下》：

> 長君之惡，其罪小；逢君之惡，其罪大。今之大夫皆逢君之惡。[22]

此「逢君之惡」成語的來源。孟子以當日諸侯之大夫不思引國君入正道，乃盡助、長國君之惡，是以責之，其「長君之惡」者，乃是就國君已為惡行，又更助長之；「逢君之惡」則是國君本無此惡，而當時各國大夫又主動為之另起其端，故為惡更甚矣。因此孟子以為：相較之下，「逢君之惡」又甚於「長君之

---

20 同前註，頁1032。
21 同前註，頁1035。
22 〔清〕焦循：《孟子正義》（北京市：中華書局，1987年10月），頁849。

惡」，以其百般嘗試，遂多方迎合，益增君惡也。當然，如果不是「逢君之惡」，而是自為脩身，則「逢」又可助長人善，如《孟子·離婁下》：

> 自得之則居之安，居之安則資之深，資之深則取之左右逢其原。

既然是「取之」，當然是當事者主動；由於「資之深」，故其人可悠游自在地「左右逢原」。此《孟子》中「逢」字詞例，皆與主動有關者。又如《詩經·邶風·柏舟》：

> 薄言往愬，逢彼之怒。[23]

此謂甲往乙訴衷情而為乙怒，當然是甲主動，故曰「逢」。由以上例證，可知「逢」者皆甲主動尋乙，乙實不知，故《說文》「遇，逢也」，將「逢」釋為雙方皆非主動之「遇」，雖有交集，而未盡精確。至於杜預曰「若道路相逢遇也」，只能說在西晉時，已有此用法，而非此二字得互相混用也。[24]

除了上述之外，還有一件值得注意的事，「遇」字詞例與《易》有關者十三例十五次（11、17、18、24、25、27（2次）、41、45、49、59、60（2次）、61、73），與卜有關者二例二次（27、73），顯然「遇」字是與卜、筮有關的術語，因此有這種特定用法，但是東漢王充對於卜、筮的術語卻各有一個，那就是卜用「逢」、筮用「遇」，《論衡·卜筮篇》云：

> 周武王不豫，周公卜三龜，公曰：「乃逢是吉。」魯卿莊叔生子穆叔，以《周易》筮之，遇《明夷》之《謙》。夫卜曰「逢」，筮曰「遇」，實遭遇所得，非善惡所致也。[25]

---

[23] 〔漢〕毛萇傳、鄭玄箋，〔唐〕孔穎達疏：《詩經注疏》（臺北市：藝文印書館，1981年9月），頁72。

[24] 杜預之前，先有王充云「相逢、遇」，說見下，惟王充所云之「相逢、遇」與杜預之「相逢遇」，表面雖同，斷句則異。

[25] 〔漢〕王充：《論衡·卜筮篇》（上海市：上海古籍出版社，1992年7月），頁284。

王充「卜曰『逢』，筮曰『遇』」之說，傳世文獻中頗有驗證者，在卜的部分，
如《尚書・大禹謨》：

> 「禹！官占，惟先蔽志，昆命于元龜。」

孔《傳》：

> 帝王立卜占之官，故曰「官占」。蔽，斷；昆，後也。《官占之法》：「先
> 人志，後命於元龜。」言「志定然後卜」。[26]

在《左傳・哀公十八年》也曾引述：

> 《夏書》曰：「官占，唯能蔽志，昆命于元龜。」

杜《注》云：

> 《逸書》也。「官占」，卜筮之官。蔽，斷也；昆，後也。言「當先斷
> 意，後用龜也」。

孔《疏》云：

> 《夏書・大禹謨》之篇也。唯彼「能」作「先」耳。「唯先蔽志，昆命
> 于元龜」。孔安國云：「帝王立卜占之官，故曰『官占』。蔽，斷；昆，
> 後也。官占之法，先斷人志，後命於元龜，言『志定然後卜也』。」杜
> 雖不見《古文》，其解亦與孔合。《周禮》謂「斷獄」為「蔽獄」，是

---

26 〔漢〕孔安國傳，〔唐〕孔穎達疏：《尚書注疏》（臺北市：藝文印書館，1981年9月），頁57。

「蔽」為「斷」也。「昆，後也」，〈釋言〉文。[27]

「命于元龜」，即透過寶龜向鬼神祖先請示；但是在問龜之前，要先「蔽志」，孔《傳》所謂「志定然後卜」，杜預曰「當先斷意，後用龜也」，其實一也。在用卜為主的時代，要先確定想問何事，然後才「昆命」元龜呈兆。《尚書·金縢》載周公欲以身代武王之「蔽志」，而後「昆命于元龜」之事：

> 史乃冊祝曰：「惟爾元孫某，遘厲虐疾；若爾三王，是有丕子之責于天，以旦代某之身。——今我即命于元龜：『爾之許我，我其以璧與珪，歸俟爾命；爾不許我，我乃屏璧與珪。』」[28]

周公命龜的內容為「爾之許我，我其以璧與珪，歸俟爾命；爾不許我，我乃屏璧與珪。」這是因為武王的健康與否，關係周朝重大，因此周公此卜加碼璧、珪。至於一般情況下令龜的內容及其吉凶，如《左傳·文公十八年》：

> 十八年，春，齊侯戒師期而有疾，醫曰：「不及秋，將死。」公聞之，卜曰：「尚無及期！」惠伯令龜，卜楚丘占之，曰：「齊侯不及期，非疾也；君亦不聞。令龜有咎。」二月丁丑，公薨。[29]

惠伯命龜的內容為「尚無及期」，命龜之後由卜人占之。從這些記載可知，令龜者身分之除了卜官之外，有時任職官的貴族也有權利為之。除了魯國以外，其他國家亦然，如《左傳·昭公十七年》：

> 吳伐楚，陽匄為令尹，卜戰，不吉，司馬子魚曰：「我得上流，何故不

---

27 〔晉〕杜預注，〔唐〕孔穎達疏：《左傳注疏》，頁1047。

28 〔漢〕孔安國傳，〔唐〕孔穎達疏：《尚書注疏》，頁186。

29 〔晉〕杜預注，〔唐〕孔穎達疏：《左傳注疏》，頁351。

吉？且楚故：「司馬令龜」。我請改卜。」[30]

令尹陽丐因長官之故率先令龜，但是楚國的慣例是「司馬令龜」，因此司馬子魚便請改卜。卜以決疑，必須「志定然後卜」，若舉棋不定，一再重複問題，靈龜將不勝其煩，拒絕回答，《詩經・小雅・小旻》云：

我龜既厭，不我告猶。[31]

總之，從上述例證，可知卜前須令龜，所謂「志定然後卜」，當然是其人主動為之，故《論衡》云「卜曰『逢』」也；相對地，筮則在進行之前未有「命筮」，隨筮得卦爻視之，無所主動，有若兩人不期而遇，故《論衡》云「筮曰『遇』」也。卜、筮之間，竟有「逢」與「遇」之差異，與本文論「遇」與「逢」之結論不謀而合，足為參證也，而事有難解者，上引《左傳・僖公二十五年》：

遇〈黃帝戰于阪泉之兆〉──遇〈大有〉之〈睽〉──遇「公用享于天子」之卦。[32]

以及《左傳・哀公九年》：

晉趙鞅卜救鄭，遇〈水〉適〈火〉──以《周易》筮之，遇〈泰〉之〈需〉。[33]

兩條皆有卜有筮，而卜用「遇」者。《國語》中「逢」、「遇」的詞例較少，但也出現同樣的情形，如《國語・周語下》：

---

30 同前註，頁839。

31 〔漢〕毛萇傳、〔漢〕鄭玄箋，〔唐〕孔穎達疏：《詩經注疏》，頁412。

32 〔晉〕杜預注，〔唐〕孔穎達疏：《左傳注疏》，頁262。

33 同前註，頁1014。

吾聞：「晉之筮之也，遇〈乾〉之〈否〉，曰：『配而不終，君三出焉。』」[34]

這是筮而「遇」的詞例，與王充所說合者。又如《國語・晉語一》：

獻公卜伐驪戎，史蘇占之——對曰：「遇兆：『挾以銜骨，齒牙為猾，戎、夏交捽。』」[35]

此卜而「遇」的詞例，與王充所說不合，而與上引《左傳》二例合者。如以《論衡》「卜曰『逢』，筮曰『遇』」之原則例之，《左傳》所載兩條有關卜的部分皆應修改為：

逢〈黃帝戰于阪泉之兆〉。晉趙鞅卜救鄭，逢〈水〉適〈火〉。

《國語》所載則應改為：

「逢兆：『挾以銜骨，齒牙為猾，戎、夏交捽。』」

但是《左傳》、《國語》所載此三條以卜為「遇」之例，對照《論衡》「卜曰『逢』，筮曰『遇』」之語，以及上述所論，實為不合。原因何在，非本篇可說者矣。

小結，《說文》將「逢」與「遇」互訓，但二者實於本質有差異，「遇」者為雙方皆非主動會見，「逢」者甲方主動欲會（尋）乙方，文獻所見詞例，各有區別，非無故也。此外，遲至東漢中期的王充，尚能明辨「逢」、「遇」與卜、筮的關係，何以更早的春秋內、外《傳》，竟然出現混用不別的情形？因此，《左傳》、《國語》所載數條，以卜為「遇」的詞例，究竟是筆誤？還是果

---

[34] 《國語》（臺北市：宏業書局，1980年9月），頁99。
[35] 同前註，頁252-253。

真反映卜、筮用字之別於春秋時期已經模糊？其他未能探討之問題，且待它日
也。[36]

五　結論

　　本篇使用巨量文本閱讀法，著重系統性的觀察、整體性的思考，以討論問
題。限於能力，提出三點，首先，《春秋經》所書「弗遇」僅一例，甚為特
殊，有其背景。其次「相遇」一詞，亦僅一見，或許反映《左傳》書寫習慣，
呈現古代漢語語法現象。第三，「逢」、「遇」有別，亦反映在其為卜與筮的專
業用語。惟至東漢，張衡猶知其別，而《左傳》、《國語》中竟已混用，或有原
因，甚為難解。所有問題，限於才學，當於日後再為論述，冀得其中原委也。

---

[36] 除了經學上系統性的問題之外，上表之中，尚有現難以解釋的現象，例如介詞「于」、「於」之用法
　　各有其義，本可謂涇渭分明，乃第63例「褚師子申遇公于馬路之衢，遂從」，與第78例「公遊於陵
　　阪，遇孟武伯於孟氏之衢，曰：請有問於子」，此二例語境相同，都是甲在某（馬路之、孟氏之）
　　衢遇到乙，其狀況類似，其地點又幾乎完全相同，而或用「遇于」，或用「遇於」，《校勘記》既無
　　刊誤，又無其他相關說明，原因何在，令人費解。

論馬宗璉《春秋左傳補注》對杜《注》的梳理與考辨

李洛旻

香港中文大學中國文化研究所劉殿爵中國古籍研究中心副研究員

摘要

馬宗璉（？-1802），清代乾嘉之際漢學大師，《毛詩》學家馬瑞辰之父。馬氏著有《春秋左傳補注》三卷，此書旨在補注杜預《春秋經傳集解》及惠棟《左傳補註》，為時人所重，多為同時代甚至域外學者引用，影響深邃。馬氏《補注》，相比同時期的注解如惠棟的《左傳補註》、洪亮吉的《左傳詁》，能較持平地梳理及補充杜注。本文所論，第一，據《水經注》、《群國志》等文獻，考辨杜注地理之得失。第二， 勤於梳理杜注與舊說之關係，考溯杜解之所取資，卻未見批評杜預剽竊之舉。第三，梳理杜注誤失及其影響，並解釋箇中致誤之由。第四，輯撮《水經注》、《群國志》等地志，標舉杜注異文，補足今本。

關鍵詞：左傳、杜預、馬宗璉、春秋左傳補注

一　前言

　　馬宗璉（？-1802），清代乾嘉之際漢學大師，其子是著名《毛詩》學家馬瑞辰。馬氏著有《春秋左傳補注》三卷，其書旨在補注杜預《春秋經傳集解》及惠棟《左傳補註》，為時人所重，多為同時代甚至域外學者引用，影響深邃。[1] 然近人對其書之評價往往過於簡略，而且毀譽不一。近人研究清代《左傳》學，又鮮有談及此書。學界因此對馬氏《補注》認識不深。

　　馬氏《補注》成書於乾隆末年，是清初補充杜注的一部重要著作。馬書出現之前，已有不少補杜、批杜的著作。自杜注甫出，砥礪其注者甚眾。《北史》記樂遜作《春秋序義》十數篇，「通賈、服說，發杜氏違」[2]，是最早向杜《注》發難的著作。後來隋代劉炫又作《春秋述義》，規杜預過失凡一百五十條。唐代孔穎達採用杜《注》為官方注解，服虔《左傳解誼》由是式微。基於義疏體「疏不破注」之原則，孔疏處處為杜預辯解，引來後學不滿。尤其明末趙汸、陸粲、傅遜等人再次掀起補正杜《注》之風後，促使清儒對杜《注》的積極關注。有清一代，朱鶴齡、顧炎武、惠棟、姚鼐、馬宗璉、洪亮吉、梁履繩、朱駿聲、姜炳璋、沈欽韓、焦循、劉文淇等人，都有補正和批駁杜《注》的著作。虞萬里先生〈《正續清經解》編纂考〉嘗謂：

> 杜注《左傳》，襲舊注而多乖舛，孔疏曲為辯護，清儒咸欲申舊說而黜杜注……顧炎武有《左傳杜解補正》，焦循有《春秋左傳補疏》，惠棟、馬宗璉、沈欽韓各有《春秋左傳補注》，皆糾謬補缺之作，而沈、焦二氏攻杜尤為激切。[3]

虞先生簡明地以「糾謬補缺之作」概括顧炎武、焦循、惠棟、馬宗璉及沈欽韓

1　詳參拙著：〈清代以至近代學者引用馬宗璉《春秋左傳補注》的若干考察〉，《經學研究集刊》第九期（2010年10月），頁239-264。

2　〔唐〕李延壽：《北史》（北京市：中華書局，1974年），卷八十二，頁2747。

3　虞萬里：《榆枋齋學術論集》（南京市：江蘇古籍出版社，2001年），頁726-727。

等人之書；然而，各家著作「補正」杜注的內容各有側重點，例如顧炎武、朱
鶴齡等清初學者，多搜羅宋元明學者的意見，補充杜預注解的不足；沈彤《春
秋左傳小疏》著重在軍制上的補充；惠棟《補註》則集中蒐集漢儒《左傳》舊
注，並據以規杜；洪亮吉《左傳詁》除了輯錄舊說，駁正杜注外，還往往註明
杜注淵源所自，突顯杜預剽竊之病。

　　各家評論杜注的態度亦不一。虞先生說沈欽韓、焦循之書，攻杜尤為激
切，無疑是正確的。從顧炎武認為「杜氏單傳而賈服之書不傳」[4]、惠棟以
「杜氏解經頗多違誤」[5]、洪亮吉以「杜元凱于訓詁、地理之學殊疏」[6]，到沈
欽韓謂其「非聖無法，古今之罪人」[7]、劉文淇復勘杜注「真覺痞痏橫生」[8]，
批評似乎越見嚴厲。朱一新曾論及清儒補正杜注之風，謂「治《左氏》者，不
得不以元凱（謹按：即杜預）為主。近儒多申賈、服而抑杜，此一時風氣使
然，非持平之論。」[9] 清儒治學號稱實事求是，但在批評杜《注》時，每受當
時學風影響，言辭偏激，並不公允。羅軍鳳在《清代春秋左傳學研究》歸納清
人所咎病杜預之處，有以下數端：

（一）杜注引文不注出處，不合清人學術規範；

（二）杜注恪守《左傳》「家法」，不與清儒兼採三家的治經方法相合；

（三）杜注孔疏維護的學術體系（「疏不破注」），不合清人注疏原則；

（四）杜注對《左傳》義理闡釋疏失，終致清儒群起而反之；

（五）杜預改寫《經》《傳》體例，不合乾嘉漢學「復古」的趣味。[10]

上列第（一）、第（三）及第（五）點，與杜預注文內容優劣幾乎無關。總觀

4　〔清〕顧炎武：《左傳杜解補正》，皇清經解庚申補刊本，卷一，第一葉。

5　〔清〕惠棟：《春秋左傳補註》，皇清經解庚申補刊本，卷三百五十三，第一葉。

6　〔清〕洪亮吉：《春秋左傳詁》（北京市：中華書局，1987年），頁1。

7　〔清〕沈欽韓：《春秋左氏傳補注》，《續經解春秋類彙編》，冊三，頁2496。

8　劉文淇〈與沈小宛先生書〉，見〔清〕劉文淇：《青溪舊屋文集》，《續修四庫全書》，冊1517，卷
　　三，第八葉（總頁18）。

9　〔清〕朱一新：《無邪堂問答》（北京市：中華書局，2002年），卷三，頁99。

10　見羅軍鳳：《清代春秋左傳學研究》（北京市：人民出版社，2010年），頁160。

上列五點，清人批評杜預，主要是由於杜預注解不合清人學術規範。而一部注釋亦未必能夠只以一時一代的學術規範為標準，而斷言其優劣。馬宗璉《補注》補正杜注的態度，相對同時期學者，亦較為客觀，少有激憤之辭。馬氏書成於乾嘉之際，雖受當時風氣影響而駁斥杜注之例不少，但更多是對杜注的疏通，並善於分析杜注與前人說法的關係。以下分別於各項舉例說明，以見馬氏補正杜注之實。

二　考辨杜預地理注解之得失

馬宗璉與當時治《左傳》學者相同，對杜注感到不滿，多所駁正。然而馬宗璉對杜注的不滿，遠不及惠棟般謂「亂《左傳》者杜預」[11] 激切。而馬氏書中，對《左傳》地理考辨最詳，又著力平議杜注在地理考證上的得失。張聰咸《左傳杜註辨證·序》中，以馬氏書廣引「《水經注》、《郡國志》，補松崖（惠棟）之未備。」[12]事實上，顧炎武《杜解補正》、惠棟《左傳補註》對《左傳》地理的考釋，頗為疏略。洪亮吉雖稱杜預於地理殊疏，《左傳詁》對地理的考釋，卻沒有太大建樹。反之，馬氏《補注》則援引酈道元、京相璠、劉昭、司馬彪、顏師古等人對相關地名的解釋，將諸說與杜預《集解》比較，作持平之論。如襄廿三年「趙勝帥東陽之師以追之」，馬氏《補注》云：

> 馬季長曰：「晉自朝歌以北，至中山為東陽。」服虔以東陽為魯邑，不如杜注之確。《正義》糾之甚當。[13]

謹案：杜注：「東陽，晉之山東魏郡廣平以北」，杜意即以東陽為晉之山東地。服虔認為東陽為魯邑，孔穎達駁之云：「昭二十二年《傳》曰：『荀吳略東陽，

---

[11] 惠棟藏書題記，見國立中央圖書館特藏組：《國立中央圖書館善本題跋真蹟》（臺北市：國立中央圖書館，1982），第一冊，頁318。

[12] 〔清〕張聰咸撰：《左傳杜註辨證》，《續修四庫全書》，自序，第二葉（總頁456）。

[13] 〔清〕馬宗璉：《春秋左傳補注》，《續修四庫全書》，卷二，第二十四葉（總頁743）。

遂襲鼓滅之。」鼓在鉅鹿，居山之東。山東曰朝陽，知東陽是寬大之語，惣謂晉之山東，故為魏郡廣平以北。二年，齊晏弱城東陽以偪萊。哀八年，吳伐魯克東陽。而晉、齊、魯皆有東陽，名同而實異。服虔以東陽為魯邑，繆之甚矣。」[14] 孔穎達認為「晉、齊、魯皆有東陽」、此東陽即在晉山（太行山）之東。馬宗璉引馬融語見《水經‧清水注》，其言謂「晉至朝歌以北至中山為東陽，朝歌以南至軹為南陽。」[15]《左傳‧僖廿五年》「於是晉始啟南陽」，杜注：「南陽，晉山南河北，故曰南陽」，山之南謂南陽，山之東即東陽，取義相同。考之馬融所謂朝歌以北至中山，正為太行山之東；朝歌以南至軹，正為太行山之南。故馬融語實為東陽在晉之山東之佐證，與孔穎達《正義》之說相成。故馬氏根據馬融語及孔《疏》駁議，謂服注不如杜注允當。

又如成七年「同盟於馬陵」，馬氏《補注》云：

> 《郡國志》「河東平陽」，劉昭案「杜注云：『馬陵，衛地，平陽東南地名馬陵』，又說在魏郡元城」，今本杜注不言平陽，衛地不至河東也。劉昭一地兩注，無所適從，遠遜元凱之精當矣。[16]

謹案：今本杜注：「馬陵，衛地，陽平元城縣東南有地名馬陵。」[17] 劉昭注引作「平陽」，阮元《校勘記》已斥其非。[18] 平陽在河東，屬晉地，馬宗璉指出馬陵在衛地，當不至晉地河東，因此劉昭引馬陵屬衛地而又在平陽者實誤；劉昭復在「冀州魏郡元城」下注云：「《左傳‧成七年》：『會馬陵』，杜預曰：『縣東南有地名馬陵。』《史記》曰龐涓死處。」[19] 劉昭在「平陽侯國」及「魏郡元城」下俱引《左傳》「盟於馬陵」為證，實則一地兩注，馬宗璉由是斥劉昭

14 〔晉〕杜預集解；〔唐〕孔穎達等正義；李學勤等整理：《春秋左傳正義》（北京市：北京大學出版社，2000年），卷三十五，頁1140。除特別注明外，下文所引用《十三經注疏》均據此本。

15 〔北魏〕酈道元著；陳橋驛校證：《水經注校證》（北京市：中華書局，2007年），卷九，頁223。

16 〔清〕馬宗璉：《春秋左傳補注》，卷二，第九葉（總頁736）。

17 《春秋左傳正義》，卷三十六，頁835。

18 《春秋左傳正義》，卷二十六，頁835。

19 〔南朝宋〕范曄撰；〔唐〕李賢注：《後漢書》（北京市：中華書局，1965年），頁3431。

注無所適從。《元和郡縣圖志》「魏郡元城縣」有馬陵，在元城縣東南一里，與杜注合。《元和圖》元城縣東十二里又有五鹿墟，為晉文公乞食於五鹿，野人與之塊之處。[20]《左傳・僖廿三年》：「（文公）過衛，衛文公不禮焉。出於五鹿，乞食於野人，野人與之塊。」[21]則五鹿為衛地明矣。馬陵近五鹿，故亦屬衛地。劉昭注一地兩從，杜預則直稱衛地，陽平元城東南，故馬氏認為杜預遠比劉昭精確。

　　馬氏《補注》亦有以杜預地理說為非之例，如閔二年「及密」，馬氏《補注》云：

　　　酈元曰：「密水出時密山，莒地，莒人歸共仲於魯，及密而死是也。」
　　　杜注：「密，魯地」，非。[22]

謹案：酈元語見於《水經・沂水注》，「莒地」本作「春秋時莒地」[23]。春秋時莒與魯國接境，杜預以為密在魯。馬氏則據酈道元語認為密在莒，斥杜說非是。

　　再如僖二年「伐鄍三門」，馬氏《補注》云：

　　　《說文》：「鄍，晉邑。」《郡國志》「沛國」有鄍聚。劉昭《補注》引服虔曰：「鄍，晉別都。」《正義》載服注云：「『冀為不道』、『伐鄍三門』，謂冀伐晉；『冀之既病』、『亦唯君故』，謂虞助晉。」按劉昭妄引服注以釋沛國鄍聚為晉邑，殊謬。然服注鄍為晉都，與《說文》鄍為晉邑，此為有據。杜以顛軨坂在大陽，為虞國地。《郡國志》「河東大陽縣」有下陽城，有顛軨坂，無鄍邑，不可因其地近虞城，遂臆斷為虞邑也。[24]

謹案：馬宗璉在注文中列舉諸家之說，並逐一評論。《說文》以鄍為晉邑，服

---

[20] 〔唐〕李吉甫：《元和郡縣圖志》（北京市：中華書局，1983年），卷十六，頁449。

[21] 《春秋左傳正義》，卷十五，頁470。

[22] 〔清〕馬宗璉：《春秋左傳補注》，卷一，第十三葉（總頁721）。

[23] 《水經注校證》，卷二十五，頁605。

[24] 〔清〕馬宗璉：《春秋左傳補注》，卷一，第十四葉（總頁721）。

虔則注為晉別都。《郡國志》「冀州沛國」下有郪聚，劉昭引服說，以此沛國之
郪聚為晉邑，即當時冀伐郪三門之處。但沛地郪聚遠在魯宋泗水交界，不得為
晉邑，故馬氏斥劉昭為謬妄。馬氏又指服說本《說文》以郪為晉邑，較為可
信。僖二年《傳》文云：「冀為不道，入自顛軨，伐郪三門。」[25] 杜注云：
「冀伐虞至郪。郪，虞邑。河東大陽縣東北有顛軨坂。」[26] 杜預釋郪為虞
邑，與服說不同。《郡國志》河東郡大陽縣下記「有吳山，上有虞城，有下陽
城，有茅津，有顛軨坂。」[27] 冀入顛軨坂而伐郪，則郪位於顛軨之旁可知。
河東大陽縣春秋時為虞國地。《郡國志》所載虞城、茅津、顛軨坂等均為春秋
時虞國地，所以文三年秦伐晉，自茅津而濟，茅津亦不屬晉地，秦經虞地而伐
晉而已。再如《穆天子傳》云：「天子自盬，己丑，南登于薄山竇軨之東，乃
宿于虞」，可證顛軨亦為虞地。雖然《郡國志》「大陽縣」下顛軨坂諸地均為虞
地，但並無指明「郪邑」在「大陽縣」內，故馬宗璉認為郪雖地近顛軨坂，但
卻不屬大陽縣，非虞邑。杜預「因其近城」而釋郪為虞邑，馬氏斥指為臆說。

綜覽上引諸例，可見馬宗璉對杜預有關地理的注解，並非一味用舊說攻
杜，而是考辨前人眾說，平議杜注是非。值得注意的是，馬宗璉篤信《水經
注》，多據以為評論是非的標準。《水經》本為實錄輿地之書，酈道元又為之
注。酈氏注《水經》，一方面親歷其地，一方面保留大量散佚史志、方志，對
於解說《左傳》地理，極具價值。此外，馬氏對於其他客觀記錄地理的史志如
《括地志》、《元和郡縣圖志》、《後漢書・郡國志》、《漢書・地理志》、應劭
《風俗通》等書的內容，亦少有質疑，而對一些古籍的詮釋者如顏師古、服
虔、杜預、劉昭、京相璠等人，卻不敢苟信其說，大多加以辨證，方作出判
斷。故此在馬氏《補注》中少有偏倚舊說而貶抑杜注之例。相比惠棟在考釋地
理時只稱引京相璠《春秋土地名》之說；或若洪亮吉《左傳詁》一書，詳於徵
引而不加考辨，馬宗璉《補注》無疑是進步的，且其對杜預注的理解亦不僅
僅一面倒以舊說批駁，相對地持平客觀。

---

25 《春秋左傳正義》，卷十二，頁371。
26 《春秋左傳正義》，卷十二，頁371。
27 《後漢書》，卷十九，頁3397。

三　梳理杜預注與舊說之關係

杜預《春秋經傳集解》，根本於前修而不注明其依據，學者由是斥其專事剽竊。清人輯存賈、服舊注，指出杜預取賈服之說甚夥。他們又認為杜預與舊說違異而自出新見者，大多非精確之論。洪亮吉《左傳詁》輯錄杜預《集解》所依據的舊注，發凡起例，自成系統。劉文淇謂洪書出後，杜氏已莫能掩其醜，復輯杜注與韋昭《國語解》相合者，補洪《詁》之未備。此外，劉文淇又作《左傳舊疏考證》，考孔《疏》取劉炫之說數十例，可見清儒主要著力於梳理杜注與舊說的關係。而與洪亮吉《左傳詁》幾成於同時之馬氏《補注》，亦一如當世學風，考溯杜說來源。[28]

清代學者以疏證賈、服說與杜說關係最勤，檢馬氏《補注》亦有其例。又如襄公廿六年「先八邑」，馬宗璉《補注》云：

> 古者君賜臣邑皆一乘之邑。劉光伯說甚善。杜以四井為邑為解。「晉取衛西鄙懿氏邑六十與孫氏。」服虔以為六十邑，即一乘之邑，杜解為六十井尤謬。劉君規之是也。熊安生《禮記疏》云：「卿備百邑者，《鄭志》以為邑方二里。」案：百乘之家即卿備百邑之證。鄭賜子展以八邑，杜何所據而知其非一乘之邑邪？服虔先六邑注亦為四井為邑之邑。杜注蓋本此也。[29]

---

[28] 清人輯存賈服說，多用之證明杜預注所本。洪亮吉在《左傳詁》的序中說：「卷中凡用賈、服舊注者，曰『杜取此』；用漢魏諸儒訓詁者，曰『杜本此』；用京相璠、馬彪諸人之說者，曰『杜同此』」（見洪亮吉：《春秋左傳詁》（北京市：中華書局，1987年），頁2。），有系統地疏證杜預注所本。洪亮吉之前，清儒雖斥賈杜預「根本前修而不著其說」（惠棟《補注序》），然而對杜預與賈、服的關係，只有零星的論述，始終未及洪《詁》完善。劉文淇亦以洪書「於杜氏勦襲賈、服者條舉件繫」後，杜預才「莫能掩其醜」。（劉文淇〈與沈小宛先生書〉，見氏著：《青溪舊屋文集》，《續修四庫全書》，冊1517，卷三，第八葉（總頁18）。）馬宗璉在書中引用賈、服注時，亦標明「杜本於此」，雖只屬零星拾掇，然在洪書未出之前，亦有補遺前人之功。

[29] 見馬宗璉：《春秋左傳補注》，卷二，第二十六至二十七葉（總頁744-745）。

謹案：鄭簡公於魯襄二十五年伐陳，於二十六年賞眾人入陳之功，賜子展「先路，三命之服，先八邑」，賜子產「次路，再命之命，先六邑」。杜預解八邑為三十二井，計每邑四井。馬宗璉此注旨在駁正杜預「四邑為井」之說。馬氏於《補注》屢稱劉炫之注甚善，劉炫之說，分別見於孔《疏》於襄二十六年「先八邑」及「取衛西鄙懿氏六十以與孫氏」下所引。其論點主要指出《左傳・襄二十七年》衛侯賞免餘邑六十，杜注認為是「一乘之邑」。劉炫遂批評杜注前後所注不一，謂「杜何以知此邑非彼等之邑？必以為四井之邑。」[30]馬宗璉據劉炫規杜之語，歸納出「古者君賜臣邑皆一乘之邑」。最後並指出服虔「先六邑」注亦為「四井為邑」，認為杜預蓋本服虔為說。服虔說見《史記・鄭世家集解》「封子產以六邑」下引。其實《周禮・小司徒》早有「四井為邑，四邑為仁，四仁為甸，四縣為都」之文，杜預釋禮，多據《周禮》。杜預用服虔注雖多，然此注或本之《周禮》。故此，馬宗璉只云「蓋本此」，未為定論。

又如昭八年「輿嬖袁克」，馬氏《補注》云：

> 杜訓輿為眾本服注。……[31]

謹案：《傳》謂「輿嬖袁克」殺馬毀玉以葬陳哀公。杜解輿為眾，「輿嬖」即「眾嬖人之貴者」[32]。馬宗璉認為杜預此注本於服虔注。服虔於昭七年「皁臣輿」注云「輿，眾也」[33]（本《疏》，故知服虔確有此注）。然而《左傳》諸「輿」字杜預多訓為「眾」，如僖二十八年「聽輿人之誦」、成七年「無令輿師淹於君地」、襄三十年「晉悼夫人食輿人之城杞者」，杜預俱訓輿為眾。鄭玄注《周禮・夏官》「輿司馬」亦解輿為眾。[34]馬宗璉於襄三十年「而廢其輿尉」及昭十八年「子產使輿卅人」條下並引鄭玄此注。《淮南子・兵略訓》「此輿之

---

30 《春秋左傳正義》，卷三十七，頁1190。

31 馬宗璉：《春秋左傳補注》，卷三，第十一葉（總頁752）。

32 《春秋左傳正義》，卷四十四，頁1453。

33 《春秋左傳正義》，卷四十四，頁1425。

34 《周禮注疏》，卷二十八，頁872。

官也。」高誘注「輿，眾也。」[35]雖然古訓多訓輿為眾，但服虔既有此注，馬氏遂判斷杜說本諸服注。

此外，杜注本於他說之例，馬氏亦為之說明。如宣二年「公嗾夫獒焉」，馬氏《補注》云：

> ……璉案：《爾疋》郭注引《尚書》孔氏《傳》曰：「犬高四尺曰獒」，《公羊傳》何休注云：「犬四尺曰獒」，與《爾疋》同。又案馬融《尚書》「族獒」注「獒作豪」，是獒有猛意。杜注本馬《尚書》注。[36]

謹案：馬宗璉先引郭璞、孔安國《尚書傳》及何休注之說，指犬四尺為獒，與杜注：「獒，猛犬」之義不同。馬氏復引馬融注《尚書》「獒」字或作「豪」。豪有猛義，故馬宗璉認為杜注實本馬融《尚書》注。

又如昭十七年「九扈九農正」，馬氏云：

> ……老扈鷃鷃，杜本樊光說，文非誤讀也。[37]

謹案：杜注此《傳》云：「扈有九種也。春扈鳷鶞，夏扈竊玄，秋扈竊藍，冬扈竊黃，棘扈竊丹，行扈唶唶，宵扈嘖嘖，桑扈竊脂，老扈鷃鷃。」[38]杜預此注，本於《爾雅・釋鳥》，春扈、夏扈、秋扈、冬扈、棘扈、行扈、宵扈，桑扈均見於篇中，唯老扈不見。然〈釋鳥〉有「鷃，鴾老。鳸，鷃」[39]之文。郭璞、李巡、孫炎、舍人均以老字斷句，解云：「鷃，一名鴾老。鳸，一名鷃。鳸，雀也。」[40]杜云「老扈鷃鷃」，與郭璞等釋義不同，句讀亦異。然而《爾雅正義》引樊光說，云：「《春秋》云：『九扈為九農正。』九扈者[……]老

35 〔西漢〕劉安撰：《淮南子》，《四部叢刊》本，卷十五，頁111。

36 馬宗璉：《春秋左傳補注》，卷二，第二葉（總頁732）。

37 馬宗璉：《春秋左傳補注》，卷三，第二十葉（總頁756）。

38 《春秋左傳正義》，卷四十八，頁1572。

39 《爾雅注疏》，卷十，頁344。

40 《爾雅注疏》，卷十，頁344。

扈。」[41]則樊光自以老字屬下句，以鶚為一鳥，老扈為另一鳥。馬宗璉據此指杜預作「老扈鴳鴳」，並非句讀有誤，而是本於樊光之說。

四　梳理杜注誤失及其影響

除了梳理杜預所本外，馬氏《補注》對於後來注書家沿襲杜注之誤、杜注致誤因由，及其他注家與杜預同犯一誤的情況，亦加以梳理辨析。茲舉數例明之，文六年「蒐於董」，馬氏《補注》云：

> 司馬彪《郡國志》：「河東聞喜有董池陂，古董澤。」劉昭引《左傳》「改蒐於董」、「董澤之蒲以注之」，是劉從司馬，以董與董澤同在聞喜也。璉案：酈元《涑水注》：「涑水西逕董澤陂南，即古池。東西四里，南北三里，蒐於董，即斯澤也。」是酈元與司馬彪、劉昭意同，皆以董澤與蒐於董為一地也。元凱注「改蒐於董」在汾陰，劉昭復於《郡國志》「汾陰」補注引之，是又與聞喜縣注不同，一地兩從，蓋沿元凱之誤，不若酈元注之簡明易曉也。[42]

謹案：《郡國志》記河東聞喜有董池陂，即古董澤。劉昭注並引《左傳》改蒐於董」及「董澤之蒲」為證，按其意即以《左傳》之董及董澤為一地，在河東聞喜。馬氏又考《水經·涑水注》所載，指酈道元亦認定聞喜董澤（董池陂），即文六年「蒐於董」之地。是知司馬彪、劉昭、酈道元三家之說相同。然而，劉昭又在《郡國志》「臨汾董亭」下注云「《左傳》曰『晉改蒐於董』，杜預曰『縣有董亭』」[43]，與「聞喜」下董澤注相矛盾。考杜預注此《傳》云：「河東汾陰縣有董亭」，馬宗璉遂認為劉昭在「臨汾董亭」下引《左傳》及杜注云云，實沿杜預注「汾陰董亭」而誤。

41　《爾雅注疏》，卷十，頁344。

42　〔清〕馬宗璉：《春秋左傳補注》，卷一，第二十八至二十九葉（總頁729）。

43　《後漢書》，頁3397。

又如文十六年「魚人」，馬氏《補注》云：

> 《水經》：「江水又東逕魚復縣故城南。」酈元曰：「故魚國也。」是魚
> 乃羣蠻之一，非庸地。劉昭注「巴郡魚復」云：「古庸國」，是猶沿元凱
> 之誤。[44]

謹案：《左傳‧文十六年》云：「唯裨、儵、魚人實逐之。」杜注云：「裨、
儵、魚，庸三邑。魚，魚復縣，今巴東永安縣。」[45] 故知杜預認為魚為庸
邑。然馬宗璉考之《水經‧江水注》云：「江水又東逕魚複縣故城南，故魚國
也。《春秋左傳》文公十六年，庸與群蠻叛，楚莊王伐之，七遇皆北，惟裨、
儵、魚人逐之是也。」[46] 據酈道元語，知魚即羣蠻之一，與杜注為庸邑不同。
但劉昭在「巴郡魚復縣」下卻云「古庸國」，馬宗璉認為劉昭沿杜預之誤。

又如宣二年「舍於翳桑」，馬氏《補注》云：

> 疑首山近地。杜注為桑下，意本《史記》。王引之曰：「翳桑，首陽近
> 地。」此說是也。杜注：「翳桑，翳桑多蔭翳者」，《公羊傳》云：「子
> 某時所食活我於暴桑下者也。」何注：「暴桑，蒲蘇桑。」引案左氏、
> 公羊氏傳聞各異。公羊氏云：「暴桑下」，謂桑樹下也，故《呂氏春秋‧
> 報更篇》：「昔趙孟將上之絳，見骫桑之下有餓人。」《淮南子‧人閒
> 訓》：「趙宣孟活飢人於委桑之下」，皆用《公羊》說也。左氏云：「舍於
> 翳桑」，又云：「翳桑之餓人也」，皆但言翳桑，不言翳桑下，則翳桑似
> 是地名。知者僖二十二年《左傳》之「謀於桑下」，以此例之，倘是桑
> 樹下，則當云：「舍於翳桑下」，且當云「翳桑下之餓人」。今此是地
> 名，故不言下也。春秋時或取諸草木，若宣二年《經》「戰於大棘」
> [……]《史記‧晉世家》云：「初，盾嘗田首山，見桑下有餓人」，又

---

44 〔清〕馬宗璉：《春秋左傳補注》，卷一，第三十二葉（總頁731）。

45 《春秋左傳正義》，卷二十，頁651。

46 《水經注校證》，卷三十三，頁777。

云：「盾問其故，曰：『我桑下餓人。』」，用《左氏》文而改翳桑為桑下，則已誤以《公羊》之說為《左氏》之說矣。杜氏之誤亦與《史記》同。[47]

謹案：此注為馬宗璉與王引之論學所得，後來各錄於其著作之中，故王引之《經義述聞》卷十八「舍於翳桑」條亦有相似論述，並於其下云：「余友馬進士器之亦云：『翳桑，地名』」。在內容上，王、馬二說亦大同小異。[48] 所不同者，唯馬宗璉較詳於梳理杜預注與舊說的關係。杜注此《傳》云：「翳桑，桑之多蔭翳者」，是杜預認為桑樹多蔭翳，故稱翳桑。馬宗璉認為《公羊傳》、《左傳》傳聞各異，不必強合。《呂氏春秋》、《淮南子》均沿《公羊》家「桑下」之說，而觀乎《左傳》不作「翳桑下」，則當為地名，不當解為桑下。馬氏說明《史記》用《左傳》文字，卻誤以《公羊》為《左氏》說，改「翳桑」為「桑下」。杜預說「意本《史記》」，因此杜預之誤「與《史記》同」。相比王引之只說「自公羊氏傳聞失實，始云『活我於累桑下』而《呂氏春秋·報更篇》、《淮南·人間篇》竝承其誤，杜不能釐正而又臆為之說。」[49] 王氏雖亦指出杜預承《呂覽》、《淮南》之誤，卻未有說明杜說與《史記》之關係。

又如襄廿八年「得慶氏之木百車於莊」，馬氏《補注》云：

《爾疋·釋宮》：「六達謂之莊。」郭注引此《傳》。《初學記》引孫炎注云：「莊，盛也。」《孟子》：「引而置之莊嶽之間數年。」趙岐注云：「莊嶽，齊街里名也。」蓋因《爾疋》以為城中街道之名。《釋名》本《爾疋》「六達為莊」，解云：「莊，裝，裝其上使高也。」杜以六達為六軌，遂解莊為六軌之道。《正義》附會之以九達竝九軌，故亦以莊為六軌，不知《爾疋》「六達」言其交道六出，竝無六軌、九軌之訓。劉

---

47 〔清〕馬宗璉：《春秋左傳補注》，卷二，第二至三葉（總頁732-733）。

48 王引之說見：《經義述聞》（南京市：江蘇古籍出版據道光七年刻本影印，2000年），卷十八，第二至三葉（總頁421-422）。

49 《經義述聞》，卷十八，第二至三葉（總頁421-422）。

光伯規之甚當。孔仲達曲為杜解非也。李巡注《爾疋》，亦取竝軌之
義，其誤與杜同。[50]

謹案：杜注此《傳》云：「六軌之道」，意指並六軌為之莊。又隱十一年「及大
逵」，杜注：「逵，道方九軌也」[51]。馬宗璉對杜預六軌、九軌之義，多據《爾
雅・釋宮》駁正。如昭元年「及衝」，杜注：「衝，交道。」[52]馬氏云：「《爾
疋・釋宮》自『四達謂之衢』至『九達謂之逵』，郭注皆云：『四道交出』。此
衝即《爾疋》『衢』也，故杜注云：『交道』。杜注六軌為莊，九軌為逵，皆不
依《爾疋》，此衝獨為交道，是亦不能自堅其解者也。」[53]案：《爾雅》云：
「九達謂之逵」，郭璞注云：「四道交出，復有旁通」[54]，故此劉炫認為九達即
「九道交出」，而並非如杜預解作「道方九軌」。隱十一年「及大逵」，孔
《疏》梳理杜預之說，云：

> 今以為道方九軌者，蓋以九出之道世俗所希，不應城內得有此道，以記
> 有九軌，故以逵當之，言並容九軌皆得前達，亦是九達之義。故李巡注
> 《爾雅》亦取並軌之義。[55]

由於杜預解逵為「九達」即九軌，那麼六達為莊，亦即六軌。這樣理解《爾
雅》，被馬氏評為「杜注鑿」。根據隱十一年孔《疏》，李巡注《爾雅》亦取
「竝軌」之義。馬宗璉說「其誤亦與杜同」，即謂李巡都是錯誤理解《爾雅》
之文。

上舉數例，可見馬宗璉除了著力分析舊說與杜注的關係外，亦嘗試說明杜
預致誤之由、後來注家如何沿襲杜注及其他注書家與杜預同犯一誤之例。

---

50 〔清〕馬宗璉：《春秋左傳補注》，卷二，第二十七至二十八葉（總頁745）。

51 《春秋左傳正義》，卷四，頁143。

52 《春秋左傳正義》，卷四十一，頁1325。

53 〔清〕馬宗璉：《春秋左傳補注》，卷三，第四葉（總頁748）。

54 《爾雅注疏》，卷五，頁146。

55 《春秋左傳正義》，卷四，頁143。

五　標舉杜注異文

　　清代學者，鑒於通行毛本《左傳》多所脫誤，「亥豕之訛，觸處皆是」[56]，故多勤於校經。在阮元《校勘記》刊行之前，學者如惠棟、陳樹華等，力主以《唐石經》校正《左傳》文字，務求恢復古本面貌。馬宗璉亦認為「窮經先校經」。[57] 毛本《左傳》脫誤尚多，杜注錯訛之處，亦必俯拾皆是。以日本藏卷子本《春秋經傳集解》及敦煌殘本《左傳注》與今本比勘，杜注異文極夥。馬宗璉雖未有校勘杜注之著作傳世，然在其《補注》之中，偶見馬氏標舉杜注異文，蓋錄之以備一說。茲舉數例說明之，如成三年「帥師圍棘」，馬氏《補注》云：

> 《郡國志》：「濟北虵邱」，劉昭案：「杜注云：『汶水北地有棘鄉。』」與今本杜注異。[58]

　　謹案：今本杜注作「棘，汶陽田之邑，在濟北蛇丘縣。」[59] 卷子本與今本略同，與劉昭所引異。又如哀七年「成子以茅叛」，馬氏《補注》云：

> 案《郡國志》「高平」有茅鄉亭。劉昭引杜注云：「茅鄉在昌邑西南。」與今注異。[60]

　　謹案：今本杜注作「高平西南有茅鄉亭。」[61] 卷子本亦同，與劉昭所引異。

---

[56] 《春秋左傳正義》，書前，頁10。

[57] 〈自題夏日校經圖·其二〉，見〔清〕馬宗璉撰：《校經堂詩鈔》，載《桐城馬氏詩鈔》，香港大學圖書館館藏版，卷二，第六葉。

[58] 〔清〕馬宗璉：《春秋左傳補注》，卷二，第九葉（總頁736）。

[59] 《春秋左傳正義》，卷二十六，頁818。

[60] 〔清〕馬宗璉：《春秋左傳補注》，卷三，第四十三葉（總頁768）。

[61] 《春秋左傳正義》，卷五十八，頁1891。

以上馬宗璉所舉杜注異文，均見於劉昭《郡國志補注》所引。然劉昭引杜預注，又極為粗疏，就上文所舉諸例，便多有一地兩注、誤引的情況。馬氏將之錄入《補注》內，蓋以見此異文，備錄為一解，以達輯存之功而已。馬氏又有標舉《水經注》所見杜注異文，如哀二十六年「寢於盧門之外」，馬氏云：

> 酈元曰：「宋南門曰盧門，《春秋》『華氏居盧門里叛。』」杜預曰：『盧門，宋城南門。』」此注盧門為宋東門，非是。今本杜注：「華氏盧門，宋東城南門。」[62]

謹案：杜注今本作「盧門，宋東門。」[63] 馬宗璉錄酈道元所引杜注「盧門，宋城南門」，並指今本杜注作「宋東門」非是。昭二十一年《傳》「華氏居盧門，以南里叛」，杜注：「盧門，宋東城南門。」[64] 據此，顯見杜注哀二十六年「寢於盧門之外」，不當作「宋東門」，而應如酈道元所引本作「宋城南門」。馬氏此說，安井衡及楊伯峻[65] 均表認同。安井衡云：「下文云：『眯加於南門』，是《傳》自明盧門之為南門也。若是東門，尸寢於東門之外，眯加於南門之上，不可得而啄，殊無趣味。杜既注華氏為東城南門，則此亦不容不同，蓋東下脫城南二字耳。」[66] 可見馬氏於此注中標舉酈元所引杜注異文，有助校正杜注脫文。

六　結語

清儒駁正杜注，無疑只是當時研治《左傳注疏》的其中一環。各家對杜注的補苴，每有側重，不能一概而論。馬宗璉《補注》偏重地理，考證杜注得

---

[62] 〔清〕馬宗璉：《春秋左傳補注》，卷三，第四十七葉（總頁770）。
[63] 《春秋左傳正義》，卷六十，頁1973。
[64] 《春秋左傳正義》，卷五十，頁1629。
[65] 見楊伯峻：《春秋左傳注》（北京市：中華書局，1990年），頁1730。
[66] 見〔日〕安井衡：《左傳輯釋》（臺北市：廣文書局，1979年），卷二十五，頁29。

失，根據《郡國志》、《水經注》、《括地志》、《元和郡縣圖志》等地志，揆度當時事理地勢，平議杜預及其他注家如服虔、京相璠、劉昭之說。馬宗璉考實《左傳》地理，雖篤信酈道元《水經注》，然《水經》以水釋地，其內容大抵精準，自可取信；酈說偶有失誤，馬氏亦為之說明。至於劉昭、服虔、京相璠等人所釋之地名，馬氏並不盲從，每多駁正，而反摭杜預之說。馬氏書成於乾嘉年間，正處於駁杜之風盛行之時，然亦能平議是非，擇善而從，不妄斥杜說，實屬難得。

再者，馬宗璉並著力考析杜注與舊說的關係。洪亮吉《左傳詁》系統地梳理杜注所本，規模至大。略早於洪書，馬宗璉除了考析杜注所本外，亦致力分辨杜注致誤之由，並對後來學者因杜注而誤、又其他學者與杜注同犯一誤的情況，詳加說明。如此種種，俾能釐清杜注與舊說之關係，不只突顯杜注之誤失。

又，馬宗璉於古書注釋中所見杜注異文，亦每錄於書中，以備一說，有時既能正杜注之失，亦有助於疏通《左傳》文意。

也談《左傳》「作爰田」
——以楊伯峻《春秋左傳注》為討論中心

許子濱

嶺南大學中文系教授

摘要

　　古今學者解讀《左傳》「作爰田」一語，異說紛呈。楊伯峻《春秋左傳注》以一長注薈萃羣言，甄別異同，將之歸為數說，並斷以己意。可惜楊《注》未能令人愜意，至今仍有不少學者熱衷於討論「作爰田」的含意，只是各騁其說，莫衷一是。本文旨在藉評議楊《注》重探《左傳》「作爰田」之義。楊《注》確立漢人舊說中的「賞眾以田，易其疆畔」，此其所長。須知獲賞者僅為「國人」，即六鄉之民而非全晉國之人。「作爰田」與改進耕種技術無甚關聯，諸說中凡是拘牽於輪耕制者，皆搔不著癢處，不得其解。楊《注》指出賞眾以田，必然要改變田土的所有制，此為「易疆界」之必然結果，其說近理。但將「作爰田」與秦「制轅田」強相比附，又謂晉當時亦「開阡陌」，皆有未安。其實，晉「作爰田」因賞眾以田所致，與商君「制轅田」大異其趣，不可相提並論。據銀雀山漢簡《孫子兵法‧吳問篇》所載，即使到了戰國，晉六卿的畝制並未劃一，然則說春秋之時晉「作爰田」包含「開阡陌」的環節，只是揣測罷了。

關鍵詞：左傳、楊伯峻、作爰田、制轅田、開阡陌、爰書

《左傳》僖公十五年記：

> 晉侯使郤乞告瑕呂飴甥，且召之。子金教之言曰：「朝國人而以君命
> 賞。且告之曰：『孤雖歸，辱社稷矣，其卜貳圉也。』」眾皆哭，晉於是
> 作爰田。

楊伯峻先生注「朝國人而以君命賞」云：

> 《周禮・大司徒》云：「若國有大故，則致萬民於王門。」〈小司寇〉
> 云：「掌外朝之政以致萬民而詢焉，一曰詢國危，二曰詢國遷，三曰詢
> 立君。」此之國人即《周禮》之致萬民。此朝國人卜貳圉為詢立君，十
> 八年《傳》邢人、狄人伐衛，衛侯以國讓朝眾曰「苟能治之，燬請從
> 焉」；定八年《傳》衛靈公朝國人問叛及哀元年《傳》陳懷公朝國人問
> 欲與楚、欲與吳，俱詢國危也。[1]

又解「晉於是乎作爰田」之意云：

> 〈晉語三〉云：「且賞以悅眾，眾皆哭，焉作轅田。」轅田即爰田。爰
> 田，古今異解紛紜，大致有如下諸說。杜《注》云：「分公田之稅應入
> 公者，爰之於所賞之眾。」蓋謂以應入公家之稅改以賞眾人。杜以稅
> 言，恐非爰田之義。〈晉語三・注〉引賈逵云：「轅，易也，為易田之
> 法，賞眾以田。易，易疆界也。」孔《疏》又引服虔、孔晁云：「爰，
> 易也，賞眾以田，易其疆畔。」是賈、服、孔晁同。然此數語意思不甚
> 分明，故後人各有解釋。李貽德《輯述》說此曰：「爰、轅皆假借字，
> 本當作趄。《說文》云：『趄，田易居也。』公羊宣十五年何《注》云：
> 『司空謹別田之高下、善惡分為三品，上田一歲一墾，中田二歲一墾，

---

1 楊伯峻：《春秋左傳注》（北京市：中華書局，1990年），頁360。

下田三歲一墾，肥饒不得獨樂，墝埆不得獨苦，故三年一換主易居，財均力平。』惠公之前，古制已廢，肥瘠不相換易；今受賞之後，民眾大和，復作爰田之制，使三年一易，財均力平」云云，則謂晉作爰田為復古制。既是復古制，則不能言作。且周制是否每年換土遷居（引者按：「每年」當作「每三年」），昔人早已疑之。孫詒讓《周禮・大司徒・正義》謂此種「田廬改易，紛擾無已」，陳立《公羊》宣十五年《義疏》謂其「窒礙種種，恐非久計」，則李貽德之說不合《傳》旨，實極顯明。馬宗璉《補注》曰：「《漢書・食貨志》云：『民受上田夫百畝，中田夫二百畝，下田夫三百畝。歲耕種者為不易上田，休一歲者為一易中田，休二歲者為再易下田。三歲更耕之，自爰其處。』周制三年易田，晉自武公得國以後，爰田之制不均，或有得不易上田者，不復以中下之田相易。今晉惠欲加惠於國人，或以平昔易田之外，別加厚焉。」則僅解爰田為賞田，嚴蔚亦曰：「爰田，即《周官》之賞田也。」李亞農《西周與東周》一七一頁說亦同此。但未必盡合於《傳》旨。姚鼐《補注》曰：「爰，於也。蓋周制定予民以私田，令自爰其處更耕之，上不奪其有也。晉制分國定以為賞田，令其臣自爰其處世守之，上亦不奪其有也。故皆曰爰。」上不奪其有，不為無見，然亦多臆測之辭，而乏實據。〈晉語三・注〉又引或說云：「轅，車也，以田出車賦。」惠棟《補注》申之曰：「爰田者，猶哀公之用田賦也。賞眾是一時之事，爰田是當日田制改易之始，故特書之。」以爰田是當日田制改易之始，的為有見；然謂同於哀公之用田賦，與賞眾無關，亦與上下文不合。〈晉語〉明云「賞以悅眾，焉作爰田」，《傳》下文亦云「而群臣是憂，惠之至也」，足見爰田之作與賞眾有關，故惠說仍不可取。高亨《周代地租制度考》謂「作爰田可能是解放農奴，叫他們轉為農民，取消公田，把土地都交給農民，放棄勞役地租，採用實物地租」云云，亦無確證。《漢書・地理志》云：「孝公用商君，制轅田，開阡陌，東雄諸侯。」商君之制轅田，即晉惠之作爰田也。商君制轅田而後開阡陌，則此之作爰田亦必開阡陌，從可知也。昔人以爰田與古人之休耕強為比附，故不得其

正解。張文虎《螺江日記續編》云:「晉之作爰田,並非三歲一易之法。」俞樾《茶香室經說》亦云:「趄田易居,此乃古田三歲一易之制,與《左傳》轅田無涉。」其言皆是。蓋晉惠既以大量田土分賞眾人,自必變更舊日田土所有制,一也;所賞者眾,所得必分別疆界,又不能不開阡陌以益之,二也。商鞅「制轅田,開阡陌」,然後秦孝公得以「東雄諸侯」,則晉此之作爰田,其作用亦可知矣。[2]

謹按:如此大篇幅的注文,整部《春秋左傳注》實不多見。這是由於「爰田」古義難明,歷代參與討論的人太多,異說紛陳,所以楊先生不得不用這麼長的篇幅來綜合探討這個問題。然而,有關「爰田」的爭論並沒有因為楊先生的注解而歇下來,反之,自上世紀九十年代以來,越來越多學者熱衷於討論這個問題,只是各騁其說,莫衷一是。[3]

　　晉「作爰田」的實質內容,漢人的看法較為接近,大致可概括為「賞眾以田,易其疆畔」。三國後人,開始提出異議,韋昭所引「或說」,就以為是「以田出車賦」。這種看法恐怕沒有多大的影響力。杜預撰著《集解》之時,必定是廣泛地參考了前人的相關著作,但令人意外的是,他不是採用漢人的成說,而是另闢蹊徑,提出了一種與舊說大相逕庭的想法。可是,跟漢儒一樣,杜預也沒有詳細交代他的看法。可以推想,就是在去古未遠的漢晉時期,注家所看到的有關晉「作爰田」的史料,似乎也相當匱乏。大體而言,漢人的看法比較

---

[2]　楊伯峻:《春秋左傳注》,頁361。

[3]　現代學者自創新解而可備一說的,有陳奇猷的〈也談「爰田」——兼談「國人」〉(載錄於《晚翠園論學雜著》(上海市:上海古籍出版社,2008年)),陳氏據包山楚簡「飤田」云:「『爰田』可能是類似『飤田』的賞田,也是可以由子孫繼承的。其特定名為『爰田』,當然與『爰』字的字義有關。《說文》『爰,引也。』『引』是把物事拉引過來。如『引弓』是把弓弦拉引過身前來,『引文』是把前人的文句援引過來。又如《秦策》『引軍而退』,就是把戰場上的軍隊拉下來向後退。『爰』既有拉引過來的意思,引申其義即可用為『繼承』,因為『繼承』是把前人財物引到自己名下。《史記‧司馬相如傳》『文王改制,爰周郅隆』,《索隱》說:『爰,及也。』『及』如『兄終弟及』之『及』,也是『繼承』之意。所以名為『爰田』者,是子孫可以繼承的田。」(頁267-268)其他學者還提出各種各樣的說法,某些文章甚至針對他人的說法而提出質疑。為免枝蔓,除與本文所討論的問題有所關涉而加以引述者外,其他說法一概從略。

籠統，給後人留下了很大的想像空間。據史書所載，戰國時期，商君在秦國推行了「制轅田」的土地改革，由於字面上的雷同，後人就順理成章地把晉「作爰田」跟這件事牽合比附。論者大多忽略了晉人之所以「作爰田」的原因。事實上，《左傳》已經說得很明白，當時晉惠公使郤乞「朝國人而以君命賞」，所賞之物就是「田」[4]，而所賞的對象只限於「國人」。[5]在當時的國野制度下，「國人」與「野人」相對而言。「國人」所指涉的範圍並非全國的人民，而僅僅包括「六鄉」的居民。「六鄉」的居民由卿、大夫、士等各級貴族以及自由民組成。他們有參與政治、教育和選拔的權利，同時也有納軍賦和服兵役的義務。「國人」支撐國君的軍政大權。按照《周禮》的規定，國家有重大事故，如國君廢立或者國家處於危急時刻，都得諮詢「國人」。楊先生引《周禮》朝國人以詢國危解說郤乞的做法，是確當的。現代學者大多未能很好地掌握晉

4　劉文強學長在他的博士論文〈《左傳》「作爰田」、「作州兵」、「蒐于被廬」研究〉（香港：香港大學中文系，1994年）裏，深入考察晉「作爰田」之事，提出了不少獨特而可貴的見解。重申晉惠公「作爰田」，重點在於「賞眾以田」、「易疆界」，又引申其義，認為這種做法產生了「氏隨邑改」的現象，並娓娓道出「作爰田」所引致的種種情況。鄙意以為，《左傳》所載春秋時期晉大夫的氏，常常因應采邑的調遷而出現變化，洪亮吉〈春秋時晉大夫皆以采邑為氏論〉（《更生齋集》（臺北市：臺灣中華書局，1966年？））考說最為精詳。這種現象是晉國固有的、相沿既久的習慣，不待「作爰田」才出現。簡單來說，我們似乎看不到晉國「作爰田」後出現大量「氏隨邑改」的情況，相反，在「作爰田」前，倒是可以看到這種例子。再者，周天子以土地賞賜臣下，在兩周賞賜銘文中有充分的反映。西周初期賞賜土田大多稱作「賜土」，中晚期則稱「賜田」。《周禮》記載「賞田」與「賞地」之法。孫詒讓《周禮正義》指出賞田與賞邑有別，更舉《左傳》成公七年楚子重請取於申、呂以為賞田之事為證。（見〔清〕孫詒讓撰，王文錦、陳玉霞點校：《周禮正義》（北京市：中華書局，1982年），頁2366）當時子重恃圍宋之功，要求楚王賞申、呂二邑部分土地。楚王應允，而申公巫臣則極力反對，指出申、呂的土地全為公家所有，始能成邑，兵賦於是有所出，若把部分土地賞給子重，則申、呂便不能成邑，無以抵禦北方諸國。可見《周禮》之說似有所據。由於史闕有間，晉惠公所賞予「國人」者，未知都是田，抑或包含某些邑。

5　近人研究「作爰田」時，往往忽略了「賞眾以田」中「眾」只限於「國人」的特點。如田昌五、臧知非合著：《周秦社會結構研究》（西安市：西北大學出版社，1996年）認為，「作爰田」的對象決非限於國中大臣貴族，而是指國人全體，只有這樣才能表明晉惠公的懺悔之心。他們又說：「商鞅變法，於秦推行轅田制，《漢書‧地理志》下云：『秦孝公用商君，制轅田，開阡陌，東雄諸侯。』張晏云：『周制三年一易，以同美惡，商鞅如割裂田地，開立阡陌，令民各有常制。』……張晏稍得其實，認為是改變古制，『開立阡陌，令民各有常制。』但常制如何，依然模糊。雲夢秦簡及天水放馬灘秦簡出土，為我們探清商鞅『制轅田』的真相提供了當時的法律真相。原來商鞅變法後的秦國實行的是國家授田制，建立了嚴密的阡陌系統。由此逆推晉惠公之『作爰田』與此當有相通之處。」（頁104）

「作爰田」的這種特質，往往把這件事跟秦「制轅田」強相比附，為探究「作爰田」平添許多不必要的糾葛。楊先生綜合介紹了各種具代表性的意見，並加以平議。誠如楊先生所言，晉「作爰田」與耕種技術的改進沒有多少關聯，凡是拘牽於輪耕之制，皆搔不著癢處，脫離了當時的實際情況。通覽楊先生這段注文，不難看出，他始終抓住晉「作爰田」是賞眾以田的這種特質，因此，他的看法也就比較近理。楊先生在《注》末很具體地提出了自己的想法，認為晉惠公欲以大量田土分賞眾人，必須改變這些田土的所有制。這是很有道理的。至於他認為商君「制轅田」，等於晉惠公「作爰田」，又說晉當時也「開阡陌」，則皆值得商榷。

晉「作爰田」，變更了舊日田土所有制，對此可作進一步探討。古人認為「普天之下莫非王土」，所有的土地都屬於周天子，諸侯對土地只有使用權，沒有所有權（full set of private property right），《禮記‧王制》因此說：「田里不鬻」。可是，西周銘文告訴我們，西周中期以後，周王只是土地名義上的擁有者。實際上，當時的諸侯貴族，不但可以自由轉讓私田，就連天子的賜田也可以這樣做。西周中期的〈衛盉〉、〈五祀衛鼎〉、〈九年衛鼎〉等銘文都能為此提供證明。其時，諸侯貴族只要經過執政大臣的許可，就可以把田地按照以物易田或以田易田的方式，自由轉讓。假如是私田和林地的交易，更毋須經過大臣許可這道手續。既然這種交易、轉讓以貨幣（貝）作為媒介的方式進行，就明顯帶有買賣的性質。土田交易後，人們便鑄鼎書銘，作為轉移所有權的契據。這就是《周禮‧司約》「凡大約劑，出於宗彝」的反映。[6]西周時，土地似乎可以買賣，那麼，在王綱解紐的春秋時代，土地自由轉換的情況也就不難想見了。美國威斯康辛大學經濟系教授趙岡先生也看到晉「作爰田」的這個特點，因而說：「晉制爰田則是改易土地的所有權制度，由公有土地轉化為私有土地。商鞅的轅田制比晉之爰田制，規模更大，辦法更徹底。商鞅在秦創行私

6　參考胡留元、馮卓慧合著：《長安文物與古代法制》（北京市：法律出版社，1989年），頁7-9。張傳璽主編：《中國歷代契約會編考釋》（北京市：北京大學出版社，1995年）則認為西周金文反映出當時的土地轉讓關係，不是土地買賣的關係，而應是先於土地買賣關係而發生的一種抵押、典當的關係，見該書頁5。此說仍囿於傳統「田里不鬻」的看法，不可從。

有土地登記制度，以法律明文保障之，並允許公開買賣。」[7]由此看來，晉惠公賞眾以田，國人的財富自然也就大為增加，怪不得都感激流涕了。

商鞅變法而「開阡陌」之事，主要見載於《史記》。〈秦本紀〉載秦孝公十二年「為田，開阡陌。」再者，〈商君列傳〉：「為田，開阡陌、封疆，而賦稅平。」又，〈蔡澤列傳〉記蔡澤談及商君之事說：「決裂阡陌，以靜生民之業而一其俗。」「開阡陌」與「決裂阡陌」同意，都是說商君打破秦國舊有的土田規劃，而開立阡陌。「阡陌」本來取名於千畝、百畝之田的田間界道，「開阡陌」或「決裂阡陌」，就是把田地分割成一塊塊的千畝、百畝的田。[8]今天，我們從傳世文獻上看到的「阡陌」，最早不超過戰國時期，如《管子·四時篇》云：「修封疆，正千伯。」「千伯」即「阡陌」。但到了兩漢時期，「阡陌」就大量在文獻上出現，《史記》數見不鮮，《漢書》談到「阡陌」的地方就更多。凡此都足以證明，「阡陌」在漢代是客觀存在的事實。漢人普遍以阡陌作為田地的界限，也出現了許多特定的阡陌名稱，如「京兆仟」、「原氏仟」、「閭陌」、「平陵陌」等。[9]除了史書所載者外，這種情況還可以清楚地從漢代買地券上看到。（詳見下文）眾所周知，漢代大部分制度都是沿襲秦制而來，設置「阡陌」作為田界這種制度當然也不例外。在上世紀七十年代中期，湖北雲夢睡虎地秦墓出土了一批竹簡，其中《法律答問》有一條說：

> 「盜徙封，贖耐。」可（何）如為「封」？「封」即田千佰。頃半（畔）「封」殹（也），且非是？而盜徙之，贖耐，可（何）重也？是，不重。[10]

「封」即田地之界，這裡明確記載「封即田千佰」，也就是說「千佰」是田

7　〔美〕趙岡：〈中國古代的井田制、私有產權與市場經濟〉，《中國文化》第2期（1990年6月），頁147。

8　袁林〈秦《為田律》農田規劃制度再釋〉《歷史研究》1992年第4期，頁121-122）對秦自商鞅變法後所推行的阡陌制度有很好的分析。

9　以上有關阡陌之說參考李解民：〈「開阡陌」辨正〉，《文史》第十一輯（1981年），頁50-52。

10　李解民：〈「開阡陌」辨正〉，《文史》第十一輯，頁54。

界，堪當商鞅「開阡陌」的明證。《史記》記載的商鞅「為田，開阡陌」之事，到了《漢書・地理志》卻變成「制轅田，開阡陌。」那麼，「制轅田」理應是「為田」的具體描寫。同時，史文揭示了「制轅田」與「開阡陌」有著不可分割的關係。應該說，在商鞅施行的土地改革措施裡，「開阡陌」是為了「制轅田」。關於這點，前人已有充分的認識。顏師古《漢書注》引張晏說：

> 周制三年一易，以同美惡。商鞅始割裂田地，開立阡陌，令民各有常制。

顏氏又引孟康云：

> 三年爰土易居，古制也，末世寢廢。商鞅相秦復立爰田，上田不易，中田一易，下田再易，爰自在其田，不復易居也。〈食貨志〉曰：「自爰其處而已」是也。[11]

我們知道，古代的休耕制最初是採取所謂「三年一換土易居」的辦法，耕種三年後，不僅土地要換，居所也要一同換掉，以達致「財均力平」的目標。對於這種輪耕制，《周禮》有很詳細的記錄。商鞅改革田制之後，就改變了這種古制。其具體辦法，就像張晏及孟康所說，國家把土地一次過授給人民，人民有了固定面積的田地，就不用再跟別人換土易居，而是把田地按肥磽程度分成三等，從而制定輪耕的辦法。這就是「爰自在其田，不復易居」的意思。秦人這種爰田法，得到漢人的廣泛應用。《漢書・食貨志》云：「民受田，上田夫百畝，中田夫二百畝，下田夫三百畝。歲耕種者為不易上田，休一歲者為一易中田，休二歲者為再易下田，三歲更耕之，自爰其處。」[12]「自爰其處」指各家在自己的田地上輪耕。這種輪耕方式跟秦人是一脈相承的。秦國以外，各國看來都沒有這種改革，似乎還是沿用著周制。銀雀山漢墓出土了戰國時期齊國的

---

[11] 班固：《漢書》（北京市：中華書局，1983年），頁1642。
[12] 同前註，頁1119。

《守法守令十三篇》，其中〈田法〉篇記述了當時齊國的爰田法說：

> ……□巧（考）參以為歲均計，二歲而均計定，三歲而壹更賦田，十歲
> 而民畢易田，令皆受地美亞（惡）□均之數也。[13]

「更賦田」、「易田」明確記錄齊國的爰田制。這種三年一換土易居之制，正與
《周禮》所言吻合無間。看來，當時齊國尚未發展到「自爰其處」的階段。雖
然如此，齊國存在過三年一易的輪耕法是無庸置疑的。楊伯峻先生根據孫詒
讓、陳立之說，懷疑古有換土遷居的輪耕法，有欠穩妥。商鞅變易古制，制定
了「自爰其處」的輪耕法，這種做法的先決條件是要固定人民的耕地面積。開
立「阡陌」就是為了建立田界。基於「爰田」與「阡陌」的這種關係，漢人就
用這兩個詞來指稱某一塊田地。這種情況在兩漢的買地券裏有所反映，如東漢
建寧二年（169年）懷縣王未卿買地券云：

> 建寧二年八月庚午朔廿五日甲年，河內懷男子王未卿從河南街郵部男袁
> 叔威買皋門亭部什三陌西袁田三畝。畝賈錢三千一百，并直九千三百。
> 錢即日畢。時約者袁叔威。沽酒各半。即日丹書鐵券為約。[14]

在上世紀八〇年代，洛陽也出土了東漢光和二年（179年）河南縣王當買田鉛
券，券文云：

> 光和二年十月辛未朔三日癸酉，……青骨死人王當、弟（使）偷及父元
> 興（等）從河南（左仲敬）子孫等，買谷郟亭部三佰西袁田十畝，以為
> 宅。賈直錢萬。錢即日畢。田有丈尺，卷（券）書明白。故立田角封
> 界，界至九天上，九地下。[15]

---

13 吳九龍：《銀雀山漢簡齊國法律考析》，《史學集刊》1984年第4期，頁16。

14 張傳璽主編：《中國歷代契約會編考釋》，頁47。

15 同前註，頁52。

「皋門亭部什三陌西袁田三畝」與「谷邨亭部三佰西袁田十畝」一樣，清楚地
交代此項交易所涉及田地的位置。「皋門」、「谷邨」都是亭部的名稱。「亭部」
曾在《漢書》裏出現，一些漢代的買地券更常見。嚴耕望先生和周法高先生仔
細考察，給「亭部」找到了一個很好的解說。原來所謂「亭部」指的是亭所管
轄的區域。[16]「什三陌西」、「三佰西」則具體說明了那塊田地所在的田界位
置。「袁田」即「爰田」，就像日本學者好並隆司所說，它是「用於休閒期的田
地」。[17]詳言之，這裏的「袁田」大概與商君所制的「轅田」相類，都是指那
些需要按照一定規律輪番耕種的田地。

　　根據上文的論述，可見在商君的變法裏，「制轅田」與「開阡陌」有著不
可分割的關係。「制轅田」是以「開阡陌」為基礎的。開立阡陌是為了重新規
劃人民的耕地面積，同時也讓人民可以在固定的田地上進行輪耕，不用再「爰
土易居」。晉「作爰田」則由於「賞眾以田」所致，與商君「制轅田」大異其
趣，不可相提並論。當時晉人是否已開立阡陌，實難考知。楊先生謂晉「作爰
田」亦必「開阡陌」，只是一種揣測罷了。倒是漢人說的「易疆界」，比較穩
妥。總之，楊先生把商君之「制轅田」與晉惠之「作爰田」等同起來，恐怕是
混淆了兩種不同性質的爰田。

　　可以肯定，商君「開阡陌」是為了擴大人民的耕地面積。經過重新規劃
後，建立了統一的畝制。依據傳統的說法，漢代以二百四十步為一畝的制度是
秦畝制度的延續。如果說晉「作爰田」也包含了這種「開阡陌」的環節，晉人
也應進行過整齊劃一畝制的工作。可是，銀雀山漢墓所出《孫子兵法・吳問
篇》載：

　　　　吳王問孫子曰：「六將軍分守晉國之地，孰先亡？孰固成？」孫子曰：
　　　　「范、中行是（氏）先亡。」「孰為之次？」「智氏為次。」「孰為之
　　　　次？」「韓巍（魏）為次。趙毋失其故法，晉國歸焉。」吳王曰：「其說

---

[16] 周法高：《金文零釋》（臺北市：中央研究院歷史語言研究所，1951年），頁153-157。

[17] 〔日〕好並隆司：《轅田再考》，《古文字研究》第十輯（1983年），頁442。

可得聞乎？」孫子曰：「可。范、中行是（氏）制田，以八十步為婉
（畹），以百六十步為畇（畝），而伍稅之。其□田陝（狹）置土多，伍
稅之，公家富。公家富，置士多，主喬（驕）臣奢，冀功數戰，故曰先
[亡]。公家富，置士多，主喬（驕）臣奢，冀功數戰，故為范、中行是
（氏）次。韓巍（魏）制田，以百步為婉（畹）以二百步為畇（畝），
而伍稅[之]。其□田陝（狹），其置士多。伍稅之，公家富。公家富，
置士多，主喬（驕）臣奢，冀功數戰，故為智是（氏）次。趙是（氏）
制田，以百廿步為婉（畹），以二百廿步為畇（畝）公無稅焉。公家
貧，其置士少，主僉臣收，以御富民，故曰固國。晉國歸焉。」[18]

晉國六卿畝制不同，其中范氏、中行氏是一百六十步，韓、魏是二百步，趙氏
則為二百四十步。孫子的話透露出這樣的訊息：戰國時，晉六卿的畝制並未劃
一。假設孫子這話反映春秋實況的話，我們就有理由相信，晉惠公「作爰
田」，即使改變了某些原有的田界，也不必像商鞅「開阡陌」那樣建立起阡陌
制度。在沒有足夠證據的支持下，還是把晉「作爰田」與商君「開阡陌」分開
來看比較穩妥。

近人有關「作爰田」的各種論說中，竹添光鴻的看法值得注意。竹添光鴻
《左氏會箋》云：

爰田之制，因賞而作，非賞以爰田也。爰猶爰書之爰，換也。《漢書·
食貨志》：「三歲更耕之，自爰其處。」《三國志·陸瑁傳》：「少爰居會

---

18 李零：《吳孫子發微》（北京市：中華書局，1997年），《附錄二·佚文》，頁175-176。于琨奇：《井
田制、爰田制新探》，《安徽大學學報（哲學社會科學報）》1986年第3期，把《孫子兵法·吳問編》
與晉「作爰田」相為比附，認為當時晉惠公賞眾以田其實是擴大畝積。他說：「《孫子兵法·吳問
篇》的記載，是對服虔、孔晁、賈逵說的最為有力的支持。從周制的步百為畝，到范氏、中行氏的
一百六十步為畝，其間尚有六十步的回旋餘地。晉惠公所作爰田的畝積，自可為一百廿步或一百四
十步，但也不能排斥范氏、中行氏沿襲惠公一百六十步為畝制的可能性，由此我們可以推知，晉
惠公『作爰田』的主要內容之一便是擴大畝積。」（頁65）于先生之說不為無見，可惜缺乏足夠的
證據。

稽。」《鍾離牧傳》:「同郡徐原爰居永興。」此爰有換之義。作爰田
者,開其阡陌,以換井田之法也。故《漢書》云:「秦孝公用商君制轅
田。」賈《國語注》云:「易疆界。」蓋亦謂開阡陌也。晉既以田賞
眾,公田不足,故開阡陌以益之,名之為爰田耳。[19]

竹添光鴻以「易疆界」為「開阡陌」,謂「晉既以田賞眾,公田不足,故開阡
陌以益之」,此說殊誤。蓋竹添光鴻沿襲朱熹等人之說,誤解了「開阡陌」的
意思,故有此誤說。楊《注》所謂「所賞者眾,所得必分別疆界,又不能不開
阡陌以益之」,本竹添光鴻之文為說,清晰可見。至於竹添光鴻從「爰」字本
義入手,則為探尋「作爰田」古義找到了一條正確的途徑。要想真正了解晉
「作爰田」的實質內容,就得先對「爰」字的取義有確切的理解,脫離「爰」
字的一切想法都只會流於空談。其實,賈逵、服虔及孔晁早就抓住了這個關
鍵,都把「爰」字訓為「易」,於是便得出「作爰田」為「為易田之法,賞眾
以田,易其疆畔」的結論。竹添光鴻以「換」訓「爰」,「換」等於「易」,對
「爰」的理解與漢人舊說相符。竹添光鴻進一步舉出「爰」字的用例,證明
「爰」有換這個義項。所舉幾個詞例中,最重要的是「爰書」一詞,「爰書」
的構詞方式無疑與「爰田」相當。要是能弄清楚「爰書」所以稱「爰」,那
麼,「爰田」的問題似乎也能迎刃而解。雲夢睡虎地秦簡和居延漢簡都有許多
關於「爰書」的記載,其中還有一些是戰國、秦漢的「爰書」原本。一直以
來,中外學者對這批珍貴的材料進行了許多全面而深入的研究。就「爰書」性
質而言,學者看法雖有分歧,說是訴訟文件也好,說是公證書也好,都沒有改
變「爰書」之「爰」取其換易之義的事實。[20]「爰書」一詞,在秦漢時代的典
籍中,除《史記‧酷吏列傳‧張湯》外,別無所見。〈張湯傳〉云:

---

[19] 〔日〕竹添光鴻:《左氏會箋》(臺北市:廣文書局,1963年),第五,頁82-83。

[20] 參考劉海年:〈秦漢訴訟中的「爰書」〉,《法學研究》1980年第1期,頁54-58及頁10。又參考〔日〕
籾山明著、謝新平、東山譯:〈爰書新探——兼論漢代的訴訟〉,《簡帛研究譯叢》(長沙市:湖南出
版社,1996年),頁142-183。

張湯者，杜人也。其父為長安丞，出，湯為兒守舍。還而鼠盜肉，其父怒，笞湯。湯掘得鼠及餘肉，劾鼠掠治，傳爰書，訊鞫論報，并取鼠與肉，具獄磔堂下。

對於「爰書」的解釋，現存最早的是三國時人的說法。《史記集解》引蘇林曰：

爰，易也。以此書易其辭處。

唐顏師古更明確地說：

爰，換也。以文書代換其口辭也。[21]

正如上文所說，「易」、「換」的意思基本相同。所謂「爰書」，無疑是以文書形式替換口辭的意思。至於舊稱楚金版為「爰金」，則為誤釋，不可比義。[22]

通過上文的論述，可見「爰田」、「爰書」兩詞之中，「爰」皆取其換易之義。漢人把「作爰田」解作「為易田之法，賞眾以田，易，易其疆界也」，竹添光鴻以換說「爰」，正貼合此義。遺憾的是，史載晉人作爰田之事，語焉不詳，即使去古未遠的漢人，也只能作出這麼簡單的解釋。雖然如此，也不失為對「作爰田」實質內容的一種合理解讀。據此，「作爰田」也就是「為易田之法」，不過是說晉惠公把眾多田地賞賜給「國人」，正因如此，舊有的田界就不得不重新劃定（即「易其疆界」）。基於這種認識，晉「作爰田」不應與商君

---

21 班固：《漢書》（北京市：中華書局，1983年），頁3137。

22 由「爰」字構成的詞語，舊說有「楚爰金」。「楚爰金」，據黃德馨《楚爰金研究》（北京市：光明日報出版社，1991年，頁60-61）的看法，是楚國郢都所鑄的、具備交易媒介功能的一種黃金貨幣。楚國鑄行「爰金」，大概始於春秋晚期，距晉「作爰田」只有百來年的光景。戰國時期各國貨幣中，取「易」之義者，不僅是楚國的「爰金」，齊國也有一種鑄有「化」字的刀幣，取名曰「化」，正取其交易之意。「爰田」的構詞方法跟「爰金」相同，尤堪比義。可是舊名「爰金」或「郢爰」已證實為誤釋。何琳儀《戰國文字通論》（訂補）（南京市：江蘇教育出版社，2003年）說：「舊釋『郢爰』，林巳奈夫始釋『郢再』。安志敏引西漢初年泥版『郢再』或作『郢再』、金村器『再』或作『再』為證，改讀『郢爰』為『郢稱』，十分精確。」（頁155）

「制轅田」或「開阡陌」相提並論。不管以「作爰田」牽合商君的「制轅田」還是「開阡陌」，都只能是欠缺實據的揣測。這種做法徒生糾葛，正所謂治絲益棼之也。

讀俞樾《論語平議》札記五則[*]

郭鵬飛

香港城市大學中文及歷史學系教授

摘要

德清俞樾（1821-1907），字蔭甫，號曲園，晚清樸學大家，徐世昌（1855-1939）《清儒學案》曰：「曲園之學，以高郵王氏為宗。發明故訓，是正文字而務為廣博，旁及百家，著述閎富，同、光之間，蔚然為東南大師。」《群經平議》一書，乃俞氏力作。是書仿效王引之（1766-1834）《經義述聞》而補其未及，識力之精，涉獵之廣，為《述聞》之後，從事經學者不可或缺的典籍。然而，檢查是書，發覺其中不少可議之處，今就其中《論語平議》部分，略提己見，以供斟酌。

關鍵詞：俞樾、群經平議、論語、經學、訓詁學

---

[*] 本論文為「俞樾《群經平議》斠正」研究計劃階段性成果，計劃得到香港政府研究資助局優配研究金資助（UGC GRF，編號：11404214），謹此致謝。

一 有朋自遠方來──〈學而〉

俞樾曰：

> 何晏《集解》引包曰：「同門曰朋。」
>
> 樾謹按：《釋文》曰：「有，或作友。」阮氏《校勘記》據《白虎通‧辟雍》篇引此文作「朋友自遠方來。」洪氏頤煊《讀書叢錄》又引《文選》陸機《輓歌》：「友朋自遠來。」證舊本是「友」字。今按：《說文‧方部》：「方，併船也，象兩舟省，總頭形。」故「方」即有「並」義。《淮南‧氾論》篇曰：「乃為窬木方版。」高誘注曰「方，並也。」《尚書‧微子》篇曰：「小民方興。」《史記‧宋世家》作「並興。」是「方」、「並」同義。「友朋自遠方來」，猶云「友朋自遠並來。」曰「友」、曰「朋」，明非一人，故曰「並來」。然則「有」之當作「友」，尋繹本文即可見矣。今學者誤以「遠方」二字連文，非是。凡經言「方來」者，如《周易》「不寧方來」，《尚書》作「兄弟方來」，義皆同此，其說各具本經。[1]

俞樾指「方」為「並」，不以「遠方」連讀，並舉《周易》「不寧方來」，《尚書》「兄弟方來」為證，謂凡經言「方來」者，皆「並來」之義。錢穆（1895-1990）[2]、毛起（1899-1961）[3]從其說。案：王國維（1877-1927）〈與友人論詩書中成語書二〉曰：

> 〈梓材〉云：「庶邦享作，兄弟方來。」「兄弟方」與《易》之「不寧

1　〔清〕俞樾：《群經平議》，《續修四庫全書》（上海市：上海古籍出版社據清光緒二十五年刻《春在堂全書》本影印，2002年），〈經部‧群經總義類〉，第178冊，卷三十，頁485下。

2　錢穆：《論語新解》（成都市：巴蜀書社，1985年），頁2。

3　毛起：《論語章句》（南京市：南京大學出版社，2009年），頁1。

方」，《詩》之「不庭方」皆三字為句，「方」猶「國」也。[4]

王氏言甚是。曾運乾（1884-1945）[5]、楊筠如（1903-1946）[6]、顧頡剛（1893-1980）、劉起釪（1917-2012）[7]、屈萬里（1907-1979）[8]等皆贊同王說。考「方來」一詞先秦兩漢典籍並不常見，而皆不作「並來」，除俞氏所舉之例，如《周易・困卦》亦有一例：

九二：困于酒食，朱紱方來。利用享祀。征凶，无咎。[9]

此「方」為「將」，不為「並」。又如《晏子春秋・內篇雜下・楚王欲辱晏子指盜者為齊人晏子對以橘》：

晏子將至楚，楚聞之，謂左右曰：「晏嬰、齊之習辭者也，今方來，吾欲辱之，何以也？」[10]

「方」亦為「將」。由此可見俞氏之誤。從文意而言，若釋「有朋自遠方來」為「有朋自遠並來」，則甚覺累贅。朋友固是眾數，卻不必以「竝」於句中湊合其意。盧文弨（1717-1795）云：

「有朋自遠方來」，與《呂氏春秋・貴直論》「有人自南方來」，句法極

---

4 王國維：《觀堂集林》（北京市：中華書局，1959年）第1冊，頁79-80。

5 曾運乾：《尚書正讀》（上海市：華東師範大學出版社，2011年），頁196。

6 楊筠如著，黃懷信標校：《尚書覈詁》（西安市：陝西人民出版社，2005年），頁298。

7 顧頡剛、劉起釪：《尚書校釋譯論》（北京市：中華書局，2005年）第3冊，頁1426。

8 屈萬里：《尚書集釋》（臺北市：聯經出版事業公司，1983年），頁170。

9 《十三經注疏》第1冊《周易注疏》（臺北市：藝文印書館景印清嘉慶二十年重刊《十三經注疏附阮元等校勘記》，1981年），頁108下。

10 吳則虞編著，吳受琚、俞震校補：《晏子春秋集釋》（增訂本）（北京市：中國家圖書館出版社，2011年）下冊，頁304。

相似，陸氏謂作「友」非，語是。」[11]

馮登府（1783-1841）曰：

> 盧氏文弨《釋文攷證》云：「《呂春秋・貴直論》『有人自南方來』，句法
> 相似，作『有』字為正。」案：漢《婁壽碑》云：「下學上達，有朋自
> 遠」，竝用《論語》文。盧氏之說可信。[12]

盧、馮之言有理。又劉寶楠（1791-1855）曰：

> 宋氏翔鳳《樸學齋札記》「《史記・世家》：『定公五年，魯自大夫以下皆
> 僭離於正道，故孔子不仕，退而修《詩》、《書》、《禮》、《樂》。弟子彌
> 眾，至自遠方，莫不受業焉。』「弟子至自遠方」，即「有朋自遠方來」
> 也。「朋」，即指弟子。故《白虎通・辟雍》篇云：「師弟子之道有三：
> 《論語》曰：『朋友自遠方來』，朋友之道也。」又《孟子》：「子濯孺子
> 曰『其取友必端矣。』」亦指「友」為弟子。[13]

可知「有朋自遠方來」之「遠方」為一詞，俞氏讀作「方來」，解為「竝來」，
非是。潘重規（1908-2003）[14]、楊伯峻（1909-1992）[15]、黃懷信[16]亦以「遠
方」連讀。

---

11 盧文弨：《經典釋文攷證》，《續修四庫全書》〈經部・群經總義類〉，第180冊，頁259上。

12 馮登府：《論語異文考證》，《續修四庫全書》〈經部・四書類〉，第155冊，頁349上。

13 〔清〕劉寶楠撰，高流水點校：《論語正義》（北京市：中華書局，1990年）上冊，頁3-4。案：敦
　煌本《論語集解》（伯希和3193號寫本）亦作「有朋自遠方來。」見李方：《敦煌論語集解校證》
　（南京市：江蘇古籍出版社，1998年），頁13。

14 潘重規：《論語今注》（臺北市：里仁書局，2000年），頁2。

15 楊伯峻：《論語譯注》（北京市：中華書局，1980年），頁1。

16 黃懷信主撰，周海生，孔德立參撰：《論語彙校集釋》（上海市：上海古籍出版社，2008年）上冊，
　頁25。

二　喪，與其易也甯戚──〈八佾〉

俞樾曰：

> 包曰：「易，和易也。言禮之本意失於奢不如儉，喪失於和易不如哀
> 戚。」
> 樾謹按：包氏說「戚」字未得其義。蓋禮則奢儉俱失，失於奢不如失於
> 儉，故有「甯儉」之言。若居喪哀戚，固其所也，乃云「與其易也甯
> 戚」，恐不然矣。「戚」當讀為「蹙」。《禮記・禮器》篇「三辭三讓而至，
> 不然則已蹙」，此「蹙」之義也。《說文新附・足部》有「蹙」字，曰
> 「迫也」。古無「蹙」字，故叚「戚」為之。言居喪者或失於和易，或
> 失於迫蹙，然與其和易，無甯迫蹙為得禮之本意耳。《南史・顧憲之傳》
> 「喪易甯蹙」，是知「戚」字固有作「蹙」者，其義視《包注》為長。[17]

俞樾讀「戚」為「蹙」，訓「迫」，並以《南史・顧憲之傳》為證。案：今本
《南史・顧憲之傳》作「喪易寧慼」，其文曰：

> 漢明帝天子之尊，猶祭以杅水脯糗；范史雲烈士之高，亦奠以寒水乾
> 飯，況吾卑庸之人，其可不節衷也。喪易盜慼，自是親親之情，禮奢盜
> 儉，差可得由。[18]

「喪易盜慼，自是親親之情」，「慼」乃悲慼，而非「迫蹙」，俞氏有誤導之
嫌。敦煌本《論語集解》（斯坦因7003A號寫本）亦作「喪，與其易也，寧
戚。」[19]

---

17 〔清〕俞樾：《群經平議》，《續修四庫全書》〈經部・群經總義類〉，第178冊，卷三十，頁487下-488上。

18 〔唐〕李延壽：《南史》（北京市：中華書局，1975年），卷35，頁925。

19 李方：《敦煌論語集解校證》，頁89。

本文原曰：

> 林放問禮之本。子曰：「大哉問！禮與其奢也，寧儉；喪，與其易也，寧戚。」[20]

禮之本，在心而不在形，故《禮記・經解》謂「恭儉莊敬，禮教也。」[21]又曰「禮之失繁。」[22]《禮記・檀弓》云：

> 子路曰：「吾聞諸夫子：喪禮，與其哀不足而禮有餘也，不若禮不足而哀餘也。」[23]

正可與本文對照。劉寶楠曰：

> 《淮南・本經訓》「處喪有禮矣，而哀為主」，高誘注引此文。《隋書・高祖紀》下：「喪，與其易也，寧在於戚，則禮之本也。禮有其餘，未若於哀，則情之實也。」並以「易」為「禮有餘」。[24]

劉氏舉證亦切合《論語》本文。黃式三（1789-1862）曰：

> 范氏曰：「夫祭與其敬不足而禮有餘也，不若禮不足而敬有餘也。喪與其哀不足而禮有餘也，不若禮不足而哀有餘也。禮失之奢，喪失之易，皆不能反本而隨其末故也。禮奢而備，不若儉而不備之愈也。喪易而文，不如戚而不文之愈也。儉者，物之質；戚者，心之試，故為禮之本。」

---

20 《十三經注疏》第8冊《論語注疏》，頁26上。
21 《十三經注疏》第5冊《禮記注疏》，頁845上。
22 同前註，頁845上。
23 同前註，頁133下。
24 〔清〕劉寶楠撰，高流水點校：《論語正義》上冊，頁83。

並謂：

> 取儉取戚者，儉則有不敢越分之心，戚則有不忍背死之心，是禮中之本也。[25]

其言能道出「戚」之真意。主「戚」為「哀戚」者亦眾，如陳鱣（1753-1817）[26]、潘維城（？-1850）[27]、康有為（1858-1927）[28]等。楊樹達（1885-1956）補《說苑・建本》篇「孔子曰：『處喪有禮矣，而哀為本』」[29]，亦一有力佐證。

綜觀而言，本文以「戚」字為正，不為「蹙」，是哀戚而非迫蹙，俞樾說誤。

三　君子懷德，小人懷土。君子懷刑，小人懷惠 ——〈里仁〉

俞樾曰：

> 孔曰：「懷，安也。」《正義》曰：「此章言君子小人所安不同也。」
> 樾謹按：此章之義，自來失之。「君子」謂在上者，「小人」謂民也。「懷」者，歸也。《詩・匪風》篇「懷之好音」，〈皇矣〉篇「予懷明德」，《毛傳》竝曰「懷，歸也。」〈泮水〉篇「懷我好音」，《鄭箋》曰「懷，歸也。」韋昭注《國語》，杜預注《左傳》竝有此文，是「懷」之訓「歸」，固經傳之達詁。《禮記・緇衣》篇「私惠不歸德」，《鄭注》

---

25 〔清〕黃式三：《論語後案》，《續修四庫全書》〈經部・四書類〉，第155冊，頁426下。

26 〔清〕陳鱣：《論語古訓》，《續修四庫全書》〈經部・四書類〉，第154冊，頁337。

27 〔清〕潘維城：《論語古注集箋》，《續修四庫全書》〈經部・四書類〉，第154冊，頁22上。

28 康有為：《論語注》（北京市：中華書局，1984年），頁32。

29 楊樹達：《論語疏證》（上海市：上海古籍出版社，1986年），頁64。

曰：「歸，或為懷。」《文選・上林賦》「悠遠長懷」，郭璞曰：「懷亦歸，變文耳。」皆古人以「懷」為「歸」之證。〈公冶長〉篇「少者懷之」，孔曰：「懷，歸也。」然則此「懷」字亦可訓「歸」矣。「君子懷德，小人懷土」者，言君子歸於德，則小人各歸其鄉土。《老子》曰：「甘其食，美其服，安其居，樂其俗，鄰國相望，雞狗之聲相聞，民至老死不相往來。」是也。「君子懷刑，小人懷惠」者，言君子歸於刑，則小人歸於他國慈惠之君。《孟子》曰：「民之歸仁也，猶水之就下，獸之走壙也。故為淵敺魚者獺也，為叢敺爵者鸇也，為湯、武敺民者桀與紂也。」是也。此章之義，以「懷德」、「懷刑」對舉相形，欲在位之君子不任刑而任德也。夫安土重遷，人之常情，小民於其鄉土，豈無桑梓之念？故泰山之婦因無苛政而不去，此所謂小人懷土也。惟上之人荼毒其民，使之重足而立，而忽聞鄰國之君有行仁政者，則舊都舊國之思不敵其樂國樂郊之慕，而「懷土」者變而「懷惠」矣。說此章者，皆不得其義。若從舊說，則何不曰「君子懷德懷刑，小人懷土懷惠」，亦足見君子小人所安之不同，而何必錯綜其文乎？[30]

《孔注》訓「懷」為「安」，俞氏非之，而釋「懷」為「歸」，並曰：「若從舊說，則何不曰「君子懷德懷刑，小人懷土懷惠」，亦足見君子小人所安之不同，而何必錯綜其文乎？」案：修辭手法不足以論斷詞義，俞說未安。俞氏釋「懷刑」為「欲在位之君子不任刑而任德也。」「懷刑」解作「不任刑」，語意矛盾。前文為「君子懷德」，明與「君子懷刑」為二事，俞氏強合為一，實迂曲難通，故下文「舊都舊國之思不敵其樂國樂郊之慕，而懷土者變而懷惠」之說，亦不能成立。《論語》中君子小人屢屢對舉，如「君子喻於義，小人喻於利」（〈里仁〉）[31]、「君子坦蕩蕩，小人長戚戚」（〈述而〉）[32]、「君子固窮，小

---

30 〔清〕俞樾：《群經平議》，《續修四庫全書》〈經部・群經總義類〉，第178冊，卷三十，頁490下491上。

31 《十三經注疏》第8冊《論語注疏》，頁26上。

32 同前註，頁65下。

人窮斯濫矣」（〈衛靈公〉）[33]等，皆顯二者之異，本章亦無由統一為解。另其所舉例證，亦可議之處。《詩經》三例，今分辨如下：

《檜風·匪風》篇曰：

> 匪風發兮，匪車偈兮。顧瞻周道，中心怛兮。匪風飄兮，匪車嘌兮。顧瞻周道，中心弔兮。誰能亨魚？溉之釜鬵。誰將西歸，懷之好音。[34]

《毛傳》訓「懷」為「歸」，《鄭箋》曰：

> 檜在周之東，故言西歸。有能西仕於周者，我則懷之以好音，謂周之舊政令。

孔穎達（574-648）疏曰：

> 若能仕周，當自知政令。詩人欲歸之以好音者，愛其人，欲贈之耳。[35]

「歸」者，實「遺」之借字。林義光（？-1932）《詩經通解》曰：

> 歸者，遺也。《廣雅》「歸，遺也。」遺之好音，言將告之以善也。〈泮水篇〉「懷我好音」，懷亦讀為遺。[36]

〈魯頌·泮水〉篇：

> 翩彼飛鴞，集于泮林。食我桑黮，懷我好音。憬彼淮夷，來獻其琛。元

---

33 《十三經注疏》第8冊《論語注疏》，頁137上。

34 《十三經注疏》第2冊《詩經注疏》，頁265。

35 毛、鄭、孔三說俱見《十三經注疏》第2冊《詩經注疏》，頁265。

36 林義光：《詩經通解》（上海市：中西書局，2012年），頁156。

龜象齒，大略南金。[37]

林義光曰：

> 猶《易》言飛鳥遺之音[38]

〈大雅‧皇矣〉篇：

> 帝謂文王，予懷明德。不大聲以色，不長夏以革。不識不知，順帝之則。[39]

朱熹（1130-1200）曰：

> 懷，眷念也。[40]

上文《詩》之「懷」字，或訓「遺」，或訓「念」，均較「歸」義為長。

「懷」、「歸」義近，而用有所別，如《晏子春秋‧景公欲以聖王之居服而致諸侯晏子諫》：

> 三王不同服而王，非以服致諸侯也，誠于愛民，果于行善，天下懷其德而歸其義。[41]

本章「懷」不宜為「歸」，當為「念」。朱熹曰：

---

[37] 《十三經注疏》第2冊《詩經注疏》，頁770下。

[38] 林義光：《詩經通解》，頁423

[39] 《十三經注疏》第2冊《詩經注疏》，頁573上。

[40] 朱傑人、嚴佐之、劉永翔主編：《朱子全書》第1冊，〔宋〕朱熹著，朱傑人點校：《詩經集傳》（上海市：上海古籍出版社、合肥市：安徽教育出版社，2002年），頁668。

[41] 吳則虞編著，吳受琚、俞震校補：《晏子春秋集釋（增訂本）》上冊，頁101。

懷，思念也。懷，德謂存其固有之善。懷土，謂溺其所處之安。懷刑，謂畏法。懷惠，貪利謂君子小人趣向不同，公私之間而已矣。[42]

朱說是也。黃式三（1789-1862）曰：

懷德，有所得之道而不失也。懷土，有所戀之地而不遷也。「懷土」孔訓「重遷」，漢時師說如此，見於《史記》、《漢書》者，此義甚多。《漢書・貢禹傳》引《傳》曰：「亡懷土何必思故鄉。」〈韋賢傳〉：「嗟我小子，豈不懷土；庶我王窭，越遷於魯。」又〈敘傳〉：「班彪王命論以高祖沛人，而都關中，而云斷懷土之情。」皆引經之明顯者也。「懷刑」者，不愆不忘，率由舊章，兢兢焉恐踰先王之法度也。《漢書・霍金同傳》：「金翁叔教誨有法度，霍子孟家有盈縊之欲，以取顛覆。是勳臣不可不懷刑也。後漢黨錮禍起，申屠蟠獨擅見幾之譽，則激濁揚清之士不可不懷刑也。」[43]

劉寶楠曰：

《書・皋陶謨》云：「安民則惠，黎民懷之。」是小人所懷，在恩惠也。[44]

潘維城曰：

《說文》：「懷，念思也。」包曰：「惠，恩惠也。」[45]

---

[42] 〔宋〕朱熹著，王浩整理：《四書集注》（南京市：鳳凰出版社，2008年），頁68。

[43] 〔清〕黃式三：《論語後案》，《續修四庫全書》〈經部・四書類〉，第155冊，頁451下。

[44] 〔清〕劉寶楠：《論語正義》，《續修四庫全書》〈經部・四書類〉，第156冊，頁55上。

[45] 〔清〕潘維城：《論語古注集箋》，《續修四庫全書》〈經部・四書類〉，第154冊，頁42上-下。

毛子水（1893-1998）曰：

前兩句似是就一個人的定居講的。後兩句似是就一個人的立身行事講的。

又曰：

君子懷念著一個德化好的國家；小人則懷念著一個生活容易的地方。君子做一件事，必想到這件事的合法不合法；小人做一件事，只想到這件事對自身有沒有利益。[46]

錢穆曰：

懷，思念義。德指德性，土謂鄉土。小人因生此鄉土，故不忍離去。君子能成此德性，亦不忍違棄也。刑，刑法，惠，恩惠。君子常念及刑法，故謹於自守。小人常念及恩惠，故勇於求乞也。

本章言君子小人品格有所不同，其常所思念懷慮亦不同。或說：此章君子小人指位言。若在上位之君子能用德治，則其民安土重遷而不去矣。若在上者用法治，則在下者懷思他邦之恩澤而輕離矣。此解亦可通。然就文理，似有增字作解之嫌，今從前解。[47]

潘重規曰：

懷，懷念。德，道德。土，田土。刑，刑法。君子想念刑法，故能謹守本分。惠，恩惠。小人惟圖私利，故想得到恩惠。[48]

---

46 毛子水：《論語今註今譯》（臺北市：臺灣商務印書館，1984年），頁50。

47 錢穆：《論語新解》，頁88。

48 潘重規：《論語今注》，頁68-69。

楊伯峻曰：

> 君子懷念道德，小人懷念鄉土；君子關心法度，小人關心恩惠。[49]

眾說俱通達之言。俞說未全。

四　子可逝也──《雍也》

俞樾曰：

> 孔曰：「逝，往也。言君子可使往視之耳。」
> 樾謹按：孔以「可逝」為可使往視，其義迂曲。「逝」當讀為「折」。《周易‧大有》《釋文》曰：「哲，陸本作逝，虞作折。」是「逝」與「折」古通用。君子殺身成仁則有之矣，故可得而摧折。然不可以非理陷害之，故可折不可陷。[50]

俞樾不以「逝」為「往」，而以為「折」，「摧折」之義。此說頗有附和者，如劉寶楠秉持《孔注》之餘，也認同俞樾之說，[51]楊伯峻亦然。[52]黃懷信則全然支持俞說。[53]異議者固守舊說，如潘維城曰：

> 【注】包曰：「逝，往也。言君子可使往視之耳，不可自投救之也。」
> 《集解》【箋】「逝，往」〈釋詁〉文，《說文》同。[54]

---

[49] 楊伯峻：《論語譯注》，頁38。

[50] 〔清〕俞樾：《群經平議》，《續修四庫全書》〈經部‧群經總義類〉，第178冊，卷三十，頁493下。

[51] 〔清〕劉寶楠：《論語正義》，《續修四庫全書》〈經部‧四書類〉，第156冊，頁88上。

[52] 楊伯峻：《論語譯注》，頁63。

[53] 黃懷信主撰，周海生，孔德立參撰：《論語彙校集釋》上冊，頁537。

[54] 〔清〕潘維城：《論語古注集箋》，《續修四庫全書》〈經部‧四書類〉，第154冊，頁64上。

康有為曰：

> 逝，謂使之往救也。[55]

毛子水[56]、錢穆[57]、[58]潘重規[59]等皆持「逝往」之訓。歷來解釋，以此二說為主，然義猶有間。本章曰：

> 宰我問曰：「仁者雖告之曰：『井有仁焉。』其從之也？」子曰：「何為其然也？君子可逝也，不可陷也。可欺也，不可罔也。」[60]

「君子可逝也，不可陷也。可欺也，不可罔也」是回應宰我井有仁，仁者是否入井救人之問。釋「逝」為「往」、「往視」，文義過於浮淺；解作「摧折」，則不合宰我救人之問，亦與下文「可欺」匪匹。今考定州漢墓竹簡《論語‧雍也》篇作「君子可選，不可陷也」[61]，與今本「逝」字異。《詩‧邶風‧栢舟》曰：

> 我心匪石，不可轉也。我心匪席，不可卷也。威儀棣棣，不可選也。[62]

《毛傳》：

> 君子望之儼然可畏，禮容俯仰，各有威儀耳。棣棣，富而閑習也。物有

---

55 康有為：《論語注》，頁83。
56 毛子水：《論語今註今譯》，頁88。
57 錢穆：《論語新解》，頁151。
58 毛起：《論語章句》，頁62。
59 潘重規：《論語今注》，頁122。
60 《十三經注疏》第2冊《詩經注疏》，頁55上。
61 河北省文物研究所定州漢墓竹簡整理小組：《定州漢墓竹簡論語》（北京市：文物出版社，1997年），頁29。
62 《十三經注疏》第2冊《詩經注疏》，頁74下。

其容，不可數也。[63]

毛訓「選」作「數」。王先謙（1842-1917）曰：

> 《後漢·朱穆傳·注》載穆《絕交論》引《詩》云：「威儀棣棣，不可
> 選也。」王應麟《詩攷》引作「不可算也。」知三家有作「算」者。今
> 《後漢書》作「選」，乃後人據《毛詩》改之。《漢書·公孫賀等傳·
> 贊》云：「斗筲之徒，何足選也！」《顏注》：「言其材器劣小，不足數
> 也！」彼引《論語》「算」作「選」，與《絕交論》引《詩》「選」作
> 「算」同。[64]

由此可知「不可選也」之「選」是「算」之借字。〈雍也〉之「君子可逝」，應
隨定州漢簡本作「選」，讀為「算」。「算」有謀算義，《韓非子·六反》曰：

> 且父母之於子也，產男則相賀，產女則殺之。此俱出父母之懷袵，然男
> 子受賀，女子殺之者，慮其後便，計之長利也。故父母之於子也，猶用
> 計算之心以相待也，而況無父子之澤乎！[65]

「君子可算也，不可陷也」，是謂可以計算之心相待君子，而不可構陷之。

五　君子坦蕩蕩，小人長戚戚──〈述而〉

俞樾曰：

> 《鄭注》曰：「蕩蕩，寬廣貌。戚戚，多憂懼。」

---

[63] 同前註。

[64] 王先謙撰，吳格點校：《詩三家義集疏》（北京市：中華書局，1987年）上冊，頁131。

[65] 陳奇猷：《韓非子新校注》（上海市：上海古籍出版社，2000年）下冊，頁1006。

　　　　樾謹按:「戚戚」即「慼慼」也。古無「慼」字,故以「戚」字為之,
　　　　與〈八佾〉篇「甯戚」同。《詩·節南山》篇曰:「慼慼靡所騁。」《毛
　　　　傳》曰:「慼慼,縮小之貌。」然則「小人長戚戚」為縮小貌,與「君
　　　　子坦蕩蕩」為寬廣貌正相對。《鄭注》失之。[66]

「戚戚」,鄭玄(127-200)訓為「多憂懼。」俞氏非之,釋作「慼」,引《毛
傳》而解作「縮小之貌。」此說黃式三已有所及,其曰:

　　　　坦,大也。見《文選·西京賦》注。「戚戚」即《詩》之「慼慼」,傳以
　　　　「慼慼」為「縮小之貌」。《說文》無「慼」字,凡經典「戚」與「慼」
　　　　訓「憂」者,皆以「慽」為正字,訓「迫促」者,以「戚」為正字,即
　　　　「戚近」義之引申。此「戚戚」當訓「迫縮」與「蕩蕩」反對也。「蕩
　　　　蕩」、「戚戚」,心與事兼言之。[67]

程樹德(1877-1944)引黃氏之言,曰:

　　　　「戚戚」訓「迫縮」自是的訓。宋儒不明訓詁,故有此誤。然古注已云
　　　　「長戚戚,多憂懼貌也。」是其誤亦不始於《集注》也。[68]

案:《詩·小雅·節南山》曰:

　　　　駕彼四牡,四牡項領。我瞻四方,蹙蹙靡所騁。[69]

《鄭箋》曰:

---

[66] 〔清〕俞樾:《群經平議》,《續修四庫全書》,〈經部·群經總義類〉,第178冊,卷三十,頁495上-下。

[67] 〔清〕黃式三:《論語後案》,《續修四庫全書》,〈經部·四書類〉,第155冊,頁492下。

[68] 程樹德撰,程俊英、蔣見元點校:《論語集釋》(北京市:中華書局,1990年),第2冊,頁504。

[69] 《十三經注疏》第2冊《詩經注疏》,頁396下。

戚戚，縮小之貌。我視四方土地日見侵削於夷狄，戚戚然雖欲馳騁，無所之也。[70]

《詩》之「戚戚」，是就土地而言，與本章謂小人心胸不合。定州漢墓竹簡《論語‧述而》篇作「君子鞰蕩，小人長戚。」[71]敦煌《論語集解》斯坦因0800號寫本作「君子坦蕩蕩，小人長戚戚。」[72]「憂戚」之「戚」，後世作「慽」。《說文》：

慽，憂也。从心，戚聲。[73]

皇侃（488-545）解本章曰：

坦蕩蕩，心貌寬曠，無所憂患也。君子內省不疚也。長戚戚，恒憂懼也。小人好為罪過，故恒懷憂懼也。江熙曰：「君子坦爾夷任，蕩然無私；小人馳競於榮利，耿介於得失，故長為愁府也。」[74]

朱熹曰：

坦，平也。蕩蕩，寬廣貌。程子曰：「君子循理，故常舒泰。小人役於物，故多憂戚。」[75]

劉寶楠、[76]楊伯峻、[77]黃懷信[78]意同。康有為曰：

[70] 同前註。

[71] 河北省文物研究所定州漢墓竹簡整理小組：《定州漢墓竹簡論語》，頁36。

[72] 李方：《敦煌論語集解校證》，頁227。

[73] 丁福保：《說文解字詁林》（北京市：中華書局，1988年），第11冊，頁10515下。

[74] 〔南朝梁〕皇侃撰，高尚榘校點：《論語義疏》（北京市：中華書局，2013年），頁182。

[75] 〔宋〕朱熹著，王浩整理：《四書集注》，頁97。

[76] 〔清〕劉寶楠：《論語正義》，《續修四庫全書》〈經部‧四書類〉，第156冊，頁103上-下。

長戚戚，多憂懼。君子樂天知命，無入不自得，故履險如夷，見大心泰。小人多欲營私，日為物役，故患得患失，寵後跋前。其所以為憂樂，則知命不知命盡之，遂為君子小人之別也。[79]

潘重規曰：

坦，坦平。蕩蕩，寬廣貌。君子坦蕩蕩，是說君子循理而行，故心地平坦寬廣。長，經常。戚戚，憂愁貌。小人長戚戚，是說小人患得患失，故心地經常憂愁侷促。[80]

眾家之言，勝於俞說。

---

[77] 楊伯峻：《論語譯注》，頁77。

[78] 黃懷信主撰，周海生，孔德立參撰：《論語彙校集釋》上冊，頁662。

[79] 康有為：《論語注》，頁106。

[80] 潘重規：《論語今注》，頁153。

從《論語集注補正述疏》看
簡朝亮的經權思想

曾漢棠

香港城市大學中文及歷史學系博士研究生

摘要

　　本文擬集中討論簡朝亮（1852[1]-1933）《論語》學著作，提出他的經權思想有四個特點:第一，需對傳統經典和歷史文化有深厚的認識才可行權；第二，必通時務而明行事的方向；第三，權亦是經，經包含權，所以，要反經合道和得中才可權宜行事；第四，是一般意義上所云的權衡理事。

關鍵詞：九江學派、時務、經權

---

[1] 有關簡氏的生平考証，共有三種說法，一是一八五一年，二是一八五二年，三是二者並提。現筆者取一八五二年說，詳張紋華：〈簡朝亮生平事迹考辨〉，《五邑大學學報（社科版）》14卷1期（2012年2月），頁47；氏著：《簡朝亮研究》（廣州市：廣東高等教育出版社，2013年），頁15。

一 前言

簡朝亮，字能己，又字季紀，號竹居，廣東順德簡岸鄉人，晚清（1644-1912）民國（1912-）時期嶺南經學家、譜學家、教育家、文學家，[2]人稱「簡岸先生」。簡氏從學於朱次琦（1807-1882），是「九江學派」[3]的要員之一，同窗康有為（1858-1927），著名學生有辦《國粹學報》的黃節（1873-1935）、鄧實（1887-1951）和鄧方（1878-1898）等。

簡氏云受教於朱九江的「四行」（指敦行孝悌、崇尚名節、變化氣質和檢攝威儀）「五學」（經學、史學、掌故之學、性理之學和詞章之學）[4]，可謂是一循循善誘和治經持世的儒者。《順德縣志》稱他「在課堂上則雄談滾雪，聲若洪鐘，談及喪權辱國、割地求和等令人痛心疾首的時事，更是拍案而起，雙目噴火，聽者無不為之動容。」[5]現筆者擬集中以氏著《論語集注補正述疏（以下簡稱《述疏》）》[6]，以見其深湛的經學根柢及對當時中國面臨內憂外患

---

2 見〈簡朝亮生平事迹考辨〉，頁47-51；張紋華：〈清末民初嶺南大儒簡朝亮研究述評〉，《五邑大學學報（社科版）》12卷3期（2010年8月），頁25-28；張紋華、羅志歡：〈簡朝亮著述版本館藏述略——附簡朝亮詩文刊載索引（1904-2008）〉，《圖書館論壇》30卷5期（2010年10月），頁178-181、160；張付東：〈《簡朝亮研究》訂誤〉，《廣東技術師範學院學報（社科）》2014年8月（2014年8月），頁61-68。簡氏經學見林子雄：〈簡朝亮的經學生涯〉（打印稿），頁1-5；譜學見《簡朝亮研究》，頁241-252；教育見黎齊英、張紋華：〈簡朝亮的教育活動與教育思想〉，《韶關學院學報（社科）》35卷7期（2014年7月），頁55-58；文學見岑麗華：〈從詩歌分析簡朝亮的思想性格〉，《順德職業技術學院學報》7卷1期（2009年3月），頁6-11；張紋華：〈簡朝亮的詩歌分期及其特點〉，《順德職業技術學院學報》11卷1期（2013年1月），頁82-85；氏著：〈論簡朝亮的詩歌意象與人文心態〉，《五邑大學學報（社科版）》，16卷1期（2014年2月），頁27-30；氏著：〈簡朝亮的文章創作〉，《廣東技術師範學院學報（社科）》2013年10期（2013年10月），頁28-33、98。

3 張紋華：〈論朱次琦與簡朝亮〉，《江南大學學報（人文社科版）》13卷5期（2014年9月），頁51-59；氏著：〈「九江學派」考辨〉，《貴州師範大學學報（社科版）》2014年5期（總190期）2014年5月，頁115-120；氏著：〈「九江學派」經學與史學論〉，《北方論叢》，2014年5期（總247期）2014年5月，頁85-89。

4 對朱九江的「四行」、「五學」，康有為和簡氏有不同的認識，見《簡朝亮研究》，頁226。

5 順德市地方志編纂委員會（編）：《順德縣志》（北京市：中華書局，1996年），頁1217。

6 簡朝亮著，趙友林、唐明貴校注：《論語集注補正述疏：附《讀書堂答問》》（上海市：華東師範大學出版社，2013年）。本文所引《述疏》，全據此本。

的拳拳赤子之心，可見朝亮對「時務」[7]的關注，解經時與時務結合，對時局人心有翔實的關懷，並非一冬烘迂腐的腐儒[8]。

二　《述疏》的撰作內容

張紋華〈大事年表〉列簡氏「1921年，71歲」條說是年《述疏》校刊畢[9]。有關《述疏》的不同版本詳見張紋華、羅志歡文[10]。此外，論者對《述疏》的經學貢獻亦有詳述，如「深入淺出，博采眾長」、「別引異文，以得確解」、「撰述嚴謹，精具規模」、「注音語法，亦有發明」[11]；「申明與修正朱熹（1130-1200）《論語集注》」、「折中漢（前202-220）宋（960-1279）而抉其粹」[12]；張紋華則謂《述疏》有獨特的注經特色和若干不足[13]。

有關《論語》的內容，簡氏認為「《論語》之經，六經之精也，百氏之要也，萬世之師也，所謂自生民以來未有盛於孔子（丘，前551-前479）也。秦（前221-前207）雖火之，不能滅之，漢終復之。《易》曰：復其見天地之心乎？」[14]後世《論語》更是「四書之尊也，主乎十三經也，令甲尤先也」[15]。

7　見陳恩維：〈論嶺南近代愛國詩人簡朝亮詩中的時務及其文化抉擇〉，《廣州大學學報（社科版）》8卷3期（2009年3月），頁3-8；區永超：〈簡朝亮的英國觀〉，《新亞論叢》2011年12期（2011年月份缺），頁156-161。

8　有關論及簡氏以「復古為革新」的思想，並非一腐儒，見Tze-ki Hon, *Revolution as Restoration: Guocui xue bao and China's Path to Modernity 1905-1911*（Brill：Brill Academic Pub.，2013）；程中山：〈論簡朝亮《讀書草堂明詩》〉，載氏著：《清代廣東詩學考論》（廣州市：廣東人民出版社，2012年），頁204-206。

9　《簡朝亮研究·大事年表》，頁340。

10　〈簡朝亮著述版本館藏述略——附簡朝亮詩文刊載索引（1904-2008）〉，頁179。

11　《簡朝亮研究》，頁5；〈清末民初嶺南大儒簡朝亮研究述評〉，頁26。

12　《簡朝亮研究》，頁175-188；唐明貴：〈簡朝亮《論語集注補正述疏》的特色〉，《聊城大學學報（社科版）》2010年1期（2010年1月），頁18-20。

13　張紋華：〈廣東名儒簡朝亮的注經特色與若干不足〉，《江南大學學報（人文社科版）》12卷5期（2013年9月），頁44-49；《述疏》，冊上，〈校注說明〉，頁1-9；孫致文：〈簡朝亮《論語集注補正述疏》解經趨向初探〉，載李宗桂、張造群（編）：《嶺南文化的價值》（廣州市：花城出版社，2012年），頁390-407。

14　《述疏》，冊上，〈論語集注補正述疏序〉，頁3。

15　同前註，卷首，〈論語序說〉，頁49。

因此，「吾中國之學，果不足為也哉？今以《論語》言之，《論語》之經，吾中國萬世之師也，能強吾中國者也」[16]。可見朝亮對中國傳統經典充滿了信心，懷著發揚光大的心志，要把《論語》的考據訓詁和義理闡釋充分地表現出來，以拯救世道人心，解救時蔽。他說：

> 學者之學，何也？今自《論語》求之。「子以四教：文、行、忠、信。」《論語·述而》教在斯，則學在斯矣。《論語》首言學，而不言何學也，以其言四教而可知也。文者，六藝之文也，《禮·經解》所稱「六經」是也。行者，五倫之行也，《中庸》所稱「五達道」是也。「博學於文」《論語·顏淵》，知斯文也；「約之以禮」《論語·顏淵》，行斯行也。學必先知而後行也。忠信者，文之實，行之主也。皆學也。[17]

孔門所學，在乎「四教」，即「文、行、忠、信」。據簡氏意思，「文」是「六藝之文」，指「六經」；「行」是「五倫之行」，即「五達道」；「忠信」是指「文之實，行之主」，是學習了「文」、「行」後的實踐。再說：

> ……《論語》，四書之尊也，主乎十三經也。『《詩》、《書》、執禮』，皆子雅言。子以四教，其先曰文。《漢志》所謂六藝之文也，六經也。本六經而通十三經，《論語》則所主焉。非合諸經以明之，無能得所主也。此以非專而為專也，好學者必不嫌矣。[18]

《論語》是「四書之尊」，在《四書》（《大學》、《中庸》、《論語》和《孟子》）中地位最尊貴，同時，亦是「十三經」的「主」帥，可以貫通諸經的道理，是「非專而為專也」，「本六經而通十三經」，「非合諸經以明之，無能得所主也」，地位超然，可以說是群經的要害，難怪他說《論語》是「吾中國萬世之

---

16 同前註，頁53。

17 同前註，卷1，〈學而第一〉，頁56-57。

18 同前註，冊下，《讀書堂答問·子路》，頁1406。

師」，「能強吾中國者也」。以上所述，可見《論語》一書在中國學術史及簡氏本人心目中的重要地位，通過誦習《論語》，確可達致強國育民的效果。

有關簡氏《述疏》的凡例，簡氏原文如下：

> 朝亮不敏，謹以《論語》諸家專書及散見者萃而攷之，為《論語集注補正述疏》。凡與朱子異而不叶於經者辯焉，其異而有叶者采焉，何氏（晏，195？-249）《集解》、皇氏（侃，488-545）、邢氏（昺，932-1010）、陸氏（德明，550？-630）《釋文》錄之皆詳。諸家說純采者名，不純采者不名，亦《經》述「周任有言」《論語・季氏》與概述言之意也。其或為公言，其不純采者會二三說為約言，皆述之而統之曰論家說，冀不蕪也，如《論衡》稱「說論之家」也。凡述而脩之為注文者，皆存疏中，加「謹案」語焉。因朱子而通脩，同爨烹甘，脩竈無分也。《經》異之，錄其要者，習見之典，分讀之音，有不可闕則錄之，斯備始學者也。學先讀經，繼而讀注則巡經，讀疏則巡注，其曲達者相依以達，然後又反而讀經，將自得也。……今所述者敢怠乎？疏中旁及諸經，推孔子博文也。引史可節，今亦或詳，須事明爾。《易・象傳》、《文言》、《詩序》，其體皆文斷而連，可通以為疏文之法，庶不至野言無章。[19]

綜上所述簡氏凡例，第一，朝亮把各家有關《論語》的「專書」和「散見者」「萃而考之」，並把它們和朱子《論語集注》對讀，「異而不叶於經者辯焉，其異而有叶者采焉」。何晏、皇侃、邢昺和陸德明等《論語》著作屬於可考的參考書，其他的「不純采者不名」，若會合「不純采者」的「二三說」則為「約言」，統稱作「論家說」；第二，注解經典的文字皆收在「疏」內，加上「謹案」二字。若是常見的典籍，「有不可闕」的「分讀之音」「則錄之」，方便學

---

[19] 同前註，冊上，〈論語集注補正述疏序〉，頁8-9。有關《述疏》的行文凡例，又見同書，冊下，《讀書堂答問・論語序說》，頁1369-1370；冊下，《讀書堂答問・學而》，頁1371。

者；第三，學者宜「先讀經」，繼而「讀注」，再「讀疏」，如此迴環往復，「其曲達者相依以達，然後又反而讀經」，如此才可有所得著。注疏內「旁及諸經」，目的在推衍孔子「博文」的意思，引用史實，「須事明爾」，讓人稽而可証。最後，全書規模像《易》象傳、〈文言〉和〈詩序〉般，體例皆「文斷而連」，可通以為「疏文之法」，庶不至於「野言無章」。為何要選擇朱注為底本呢？簡氏曰：

> ……是故朱子知聖與賢之心而定《四書》也，其利於天下者大矣。今天下之學其將絕歟，而天下之人猶有知學必不可絕於天下者，則以《四書》之深入於人心而不皆昧昧也，而《論語》則主乎《四書》而先入其心也。然則天下之人，其於纂《論語集注》之人，不可以不知其為人者矣。諸經疏例，每於經大名後詳纂注者履歷焉。今朱子《序說》既與常例不同，今疏詳朱子者，義不得以常例為也。[20]

《論語》既是《四書》之要且深入於人心，而朱注更是「知聖與賢之心而定《四書》」，關係家國天下者甚大。故此，讀者「不可以不知其為人者矣」。總之，如其師朱次琦說「孔子曰：『德之不修，學之不講，是吾憂也。』吾今為二三子告，蘄至於古之實學而已矣。學孔子之學，無漢學無宋學也，修身讀書，此其實也。二三子其志於斯乎。」[21]如其師所言，學「孔子之學」，是不分「漢學」和「宋學」的，「修身讀書」，就是「實學」，亦是「古之實學」，這就是簡氏推尊孔子和朱子且不廢「漢學」考據訓詁又兼採宋儒義理的原因，有論者謂「表達其尊孔學、朱熹理學，去漢學、宋學之別，學術歸依孔學等學術態度」[22]，可謂一語中的。同時，他說：「嗚呼！今求其學之叶於經者，非惟

---

20 同前註，冊上，卷首，〈論語序說〉，頁24-25。

21 簡朝亮編：《朱九江先生年譜》，載沈雲龍編：《近代中國史料叢刊第十三輯・朱九江先生集》（臺北市：臺灣文海出版社，1983年），頁56-57。

22 張紋華：〈從蠱氣、蠻氣到霸氣——由《嶺南宣言》想到簡朝亮〉，《粵海風》2011年1期（2011年月份缺），頁56。

其說之叶也,將必其人之叶也。「篤信好學,死守善道。」(《論語‧泰伯》)「造次必於是,顛沛必於是。」(《論語‧里仁》)《經》之教告何如也。今老矣,歸何所矣,非天下經術士而誰與歸乎?順德簡朝亮序」[23]。所以,《述疏》「該書首列《論語》經文,次錄朱熹《論語集注》全文,後列他的《述疏》,文末附《讀書堂答問》二百五十六條」。[24]

為什麼簡朝亮如此重視《論語》、經學?他親歷西力東漸的「西潮」[25]席捲之勢,為何仍是「依然固守的歸依孔學」,「完全落伍」地「反對西學的學說」[26]呢?朝亮的反對西學,特別是兵學,有學者認為這是他「沒有認識到清政府與西方在軍事技術與軍事思想方面的巨大劣勢,無疑是迂腐落後的。但同時,陳恩維也指出「在簡朝亮看來,中國之所以在西方列強的入侵下節節敗退,最根本的原因不是武器和戰法的落後,而是因為儒家經義被忽略,導致死士義民不可得,因而主張回歸經典,以儒家倫理重振世道人心,便成為了必由之路。」[27]在舉世重視西學的年代,朝亮不重對西學的探求,與同門康有為異,而這亦是他落後於時代的具體表現,就筆者看來,這與簡氏的學術路向抉擇和學術訓練有關:「學者如讀諸子百家書而不讀經也,則無以知聖人矣」[28],又說:「今人」認為「十三經其奧難明,徒耗腦力」,這會導致「始則荒經而終欲廢經」的效果!朝亮直言「此惑於新異而不知學故也,天下所以人才之衰而久亂若斯也,今且無論其他,彼無經學,即如腦力之云,豈其知吾中國大聖人睿智之思哉?」在這段行文中,簡氏認為出於「惑於新異而不知學,天下所以人才之衰而久亂若斯也」,經學實際上是人「腦力」的表現,簡氏又云「《鴻範》有之:『思曰睿,睿作聖。』釋《書》者曰:『恩,古思字』。《說文》云:

---

23 《述疏》,冊上,〈論語集注補正述疏序〉,頁9。

24 〈簡朝亮《論語集注補正述疏》的特色〉,頁18;張紋華說:「又如《論語集注補正述疏》,簡氏將朱熹《論語集注》、《朱熹文集》、《朱子語類》對讀,提出補正31條。此外,以答問體的形式撰寫經典著述是一種編寫體例的創新。因此,集大成與創新共同呈現在簡氏的經典著述之中」,參〈從蠹氣、蠻氣到霸氣──由《嶺南宣言》想到簡朝亮〉,頁56。

25 蔣夢麟:《西潮》(香港:新潮社文化事業公司,1995年)。

26 〈論朱次琦與簡朝亮〉,頁54。

27 〈論嶺南近代愛國詩人簡朝亮詩中的時務及其文化抉擇〉,頁5-6。

28 《述疏》冊下,《讀書堂答問‧子路》,頁1471。

『恖，睿也，從心從囟。』又云：『囟，頭會腦蓋也，象形。』《內經》云：
『腦，為髓之海，其輸上在於其蓋。』以是知思者，心力主之也。腦力則由心
力所主而通其用也。」腦字與「思」關聯，「思」是由「心力主之也」。「蓋人
之思，能睿智而作聖焉。古之大聖人，若孔子所尊堯（前2356-前2255）、舜
（約前2277-前2178）、禹（前2200-前2101）、湯（前1675-前1646）、文（周文
王，姬昌，前1152-前1056）武（周武王，姬發，約前1087-前1043）者，聲名
洋溢乎中國，施及蠻貊舟車所至，人力所通，天之所覆，地之所載，日月所
照，霜露所隊，凡有血氣者，莫不尊親，皆聖人睿智之思所成也，皆心力主之
也。故十三經皆以心言也。彼一經不知，但云腦力，將自蔽矣。悲哉！」[29] 既
然經書是「皆聖人睿智之思所成」，「皆心力主之也」、「皆以心言也」，重要性
自是不容低估，不知經義，將自蔽矣。若持經術以經世，更有無窮效用，「今
非異於古也，其以為異者，不明經術爾」[30]；「此經術為天下莫彊之大者也。
夫得其人而能彊者，何哉？以其人能訓四方也，則其人必賢也。」[31] 聯繫到現
實社會，簡氏認為左宗棠（1812-1885）、彭玉麟（1816-1890）「皆經術士也，
皆知兵，敵國皆畏之。嗚呼！孔子之教，其神乎！」[32] 左氏軍功無數，屬清朝
中興名臣，善於軍務；彭玉麟同為中興名臣，治軍有方，屢立戰功，所謂「嶺
南尚憶彭司馬，不步西師卻善兵」[33]，可見朝亮認為左彭「不用西兵而能勝西
人的事例」[34]，是「孔子之教」令「經術士」「知兵」的具體表現，亦令「敵
國皆畏之」和「明經術」「為天下莫彊之大者也」，可見飽沃傳統文化確有無窮
妙用。簡氏力倡治經之功，通經之用，解釋《論語·季氏》「既來之，則安
之」條在面臨外人入華時，應如孔子所持「和而安之道」，「則惟脩我文德以來

---

29 同前註，頁1405-1406。

30 同前註，冊中，卷7，〈子路第十三〉，頁794。

31 同前註，頁841-842。

32 同前註，冊下，《讀書堂答問·述而》，頁1389。有關對左、彭二人的讚揚，又見同書，卷8，〈衛靈
　公第十五〉，頁1040；《讀書堂答問·為政》，頁1375。

33 簡朝亮著，梁應揚注：《讀書堂集》（廣州市：廣州伏書堂，1930年），卷10，頁7。

34 張紋華：〈簡朝亮對朱次琦學說的傳承與發展──兼與錢穆先生權議〉，《江南大學學報（人社版）》
　14卷3期（2015年5月），頁71。

之」。外人「既來之，則我安之無憂」，這是因我「脩」了「文德」，「以明顯輿之近，我苟脩文德」，還有什麼憂慮可言？[35]結合上文，治經典和脩文德皆有無窮妙用，即使面對外力入侵，簡氏仍是自信滿滿，對傳統典籍和文化充滿自豪和信任，認為外夷根本不足顧慮，哪怕西力入華？出於對傳統經籍和文化的熱愛，簡氏說：

> 好學者，攷諸先聖人之經，達於史，驗於時，就有道而正焉，於是乎眾理皆明，其蔽無由生也。[36]

「眾理皆明，其蔽無由生」的原因是好學者能攷經達史，並能驗證之於時勢，「就有道而正焉」。在學生趙集詢問「今天下言藝學者眾矣，士當何如也？」時，朝亮的回覆是「彼所謂藝者，非吾中邦孔子之藝也，非所以平天下也，將自敝也。」學習不了「吾中邦」「孔子之藝」，「非所以平天下也」，這並不是真正的「藝」，只會「自敝」罷！所以，「今欲為天下之士，卓立於地圜九萬里中，舍孔子六藝之學而何學哉？」[37]孔子六藝之學就是如此重要，可以平服天下和去蔽明智，還可令人卓立於地球九萬里中，可以令人成為一偉人，令一民族成為一強國，藉著四書中的《中庸》，簡氏重申：

> 《中庸》云：「君子篤恭而天下平。」此君子誠之為貴，能推而達之也，其敬忠可知也，故天下由是平。《中庸》云：「是以聲名洋溢乎中國，施及蠻貊。」非空言也。後世學者而之夷狄乎，敢棄是乎？[38]

可見單是《中庸》已有無窮妙用，因君子的「誠」而「天下由是平」，更令國人「聲名洋溢乎中國，施及蠻貊」，後世學者「敢棄是乎」？誠敬就是《中

35 《述疏》，冊下，卷8，〈季氏第十六〉，頁1118-1119。
36 同前註，卷9，〈陽貨第十七〉，頁1182。
37 同前註，《讀書堂答問‧論語序說》，頁1359。
38 同前註，冊中，卷7，〈子路第十三〉，頁900。

庸》一書的精要所在。總上所述，經書既能使國人「安之無憂」、「其蔽無由生也」、「所以平天下」及「聲洋溢乎中國，施及蠻貊」，洵非虛言，簡氏反覆玩味了典籍的旨要而得出了下列結論：

> 嗚呼，斯國史而明政之得失者乎！國無孝子，必無忠臣。行之一身，廉恥道亡，斯國恥必不我雪焉。猶日撫四夷而彊中國也，所撫四夷而彊中國者安在哉？[39]

「撫四夷而彊中國也」的關鍵是國人能通過「國史」而「明政之得失」，因為「國無孝子，必無忠臣」，若社會上不實踐忠孝之道，「廉恥道亡」，必不能盡雪國恥。當然，在朝亮心目中，傳統經典和歷史文化渾然一體，「行之一身」，道亡恥國的結局並不會出現；並且，「反而觀之，如中國不自愛其物而他好也，則何以自彊哉？」[40]可見朝亮對中國固有文物、傳統文化的愛護，相反，對「四夷」、「他好」有所排斥，相信，這便是他心底裡對西學深層排斥和鄙夷的真正緣由。

　　簡氏對中國傳統經典和文化是如此的熱愛，如此的渴求，在《述疏》中反映出來的，自是他對中國傳統經典的拳拳服膺之心。現從朝亮論經權中，窺察他是如何把書本知識和現實民生，理想和處世融成一片，如何的把《論語》義蘊發掘無遺，以當斯世之任。從中，察看簡氏如何以經術持世，力主因應時勢的變化而作出適當的權變，盛讚左宗棠、胡林翼（1812-1961）等人的顯赫事功，論時務異於康有為的治經作風，切於時用。

三　論經權

　　《簡朝亮年譜》云「先生講論原本經史，及於時務。嚴學術之辨，使學者知宗正學以求實用，大義著明而不惑於異學邪說焉。其論學之要，在明孔門四

---

39 同前註，頁842-843。

40 同前註，頁852。

教，為萬世學術之宗，而九江所講讀書以修身者實宗焉。」[41]可見簡氏「講論」時「原本經史，及於時務」，探經鑄史，表達對時務的認知。論學之要，在發揮孔門四教，由是實踐了朱次琦「讀書以修身」的旨趣。本節詳探簡氏「知宗正學以求實用」，令人「大義著明」。現分述朝亮如何從經典中挖掘義理，切合時用，申論經權、權變的重要，以與平民百姓共赴時艱。簡氏說：

> 斯古之要道，亦今之要道也。不明於古，必不明於今。非知要，無以為明也。[42]

「古之要道」即是「今之要道」，古今一理，千古同道，明古即明今。簡中道理，在乎「知要」，「知要」是甚麼？

> 夫古之制度，其麤迹有不宜於今者，古之經術，其精意無不宜於今者。經術有天下莫彊之用，天下以不明經術而大亂生也，而他求者，乃謂以經為國教而誤天下乎？《孝經》曰：「非聖人者無法。」此大亂之道也。[43]

「古之制度」或有不適合於現在，但「古之經術」的「精意」卻「無不宜於今」。經術有強大天下的大用，不明經術反有大亂發生。這和上文所述朝亮對傳統典籍和文化的愛顧和對「四夷」「他好」的排斥是一致的。國人若有「他求」，就是「誤天下」、「無法」和「大亂」產生的原因，同時，亦是中國衰落的真正理由。所以，簡氏執著於鑽研傳統要籍和對外夷的成就評價並不偏高。死守著經書的教義而一成不變的，並不是簡氏最喜愛的學生。他說：

> 今之天下，非古之天下，其事則萬變而不常，其理則萬變不常而能常。[44]

---

41 引自〈論嶺南近代愛國詩人簡朝亮詩中的時務及其文化抉擇〉，頁7。
42 《述疏》，冊上，卷首，〈論語序說〉，頁50。
43 同前註，冊中，卷7，〈子路第十三〉，頁798。
44 同前註，冊上，卷首，〈論語序說〉，頁28。

明確提出「其事則萬變而不常，其理則萬變不常而能常」，可見事情雖千變萬化，事理法則萬變而能「常，是千古不易的。在這段文字內，簡氏提出了他的歷史演變觀，萬物看似無常，實質有常。萬變不常而能常是「理」是經，是千秋不變的道理，亦是萬古的綱常；萬變而不常是「事」是權，是要變通的權宜行事，是隨機而常變的。又說：

> 言經義者不能治事履而行之，豈經義之用乎？言治事者不本經義變而通之，豈治事之善乎？[45]

談及經義若是不能在治理事情時「履而行之」，這實際上是不知道經義的運用；同理，若是處理事情時不本於經義「變而通之」，這便不會是治事的最佳手法！可見簡氏認為經義之用在治事時履而行之，非徒誦章句，重要處在於實行，因「本經義變而通之」，故有「權」的出現。

> 蓋世變不已，權宜出焉。經史必通時務而明，不可厭故喜新也。若孟子（軻，前372-前289）言周公（姬旦，？-1105）思兼三王，其有不合者，仰思而得之也。此知新在溫故外如在溫故中也。[46]

在這裡，簡氏直承孟子言「權」變，云「世變不已，權宜出焉」，經學和史學「必通時務而明」，「厭故喜新」是不對的，宜像孟子般「溫故」「知新」才是正途。「權」就是這麼重要，可通「世變」和「通時務而明」，是對治現實社會的必要手段，簡氏以此因應時局的變遷，且認為這亦是孟子讚美周公的原因所在。在簡氏心目中，行權和上文所述一致，需對傳統典籍和歷史文化有深厚的認識，如周公般「思兼三王，其有不合者，仰思而得之」，把「知新」和「溫故」天然渾成，成就偉業。「權」是什麼？朱注曰：「權，稱錘也。量，斗斛

---

[45] 同前註，冊下，《讀者堂答問・先進》，頁1398。
[46] 同前註，冊上，卷1，〈為政第二〉，頁163。

也。法度，禮樂制度皆是也。」[47]可見「權量，猶量衡也」[48]，《漢志》云：「權者，銖、兩、斤、鈞、石也，所以稱物平施知輕重也」；「量者，龠、合、升、斗、斛也，所以量多少也」[49]。權即是「稱物平施知輕重也」，量是「量多少也」，用於現實人事上，權即是因時制宜，以調解事情發生的權衡輕重，切忌株守舊章，要留心現實時勢的發展。所以，簡氏甚重施事時的權變，不要墨守經義，如說《論語・為政》「四十而不惑」條，便云「《經》云：「可與立，未可與權。」《論語・子罕》：「不惑則知權矣」，接著，他引「《禮・內則》云：「四十始仕，方物、出謀、發慮，道合則服從，不可則去。」此非不惑者無以比方事物也，明其於事物之所當然皆無所疑也。」年屆四十出而視事，一切待人處事、起居作息皆道合則從，不合即去，這是由於「明其於事物之所當然皆無所疑也」，亦是《經》云「知者不惑」的意思。[50]闡釋《論語・子罕》：「子曰：可與共學，未可與適道，可與適道，未可與立，可與立，未可與權」條，援引朱注云：「可與權，謂能權輕重，使合義也。」重點放在解釋「權」義，權衡事物的輕重，令其符合道義；又云：「……信道篤，然後可與立。知時措之宜，然後可與權。」知道時勢的適當措置，可以說是知權。引注文云「《易》九卦，終於《巽》以行權。權者，聖人之大用。未能立而言權，猶人未能立而欲行，鮮不仆矣。」《易》卦中的〈巽〉，是風卦，順上順下，指卑順、謙恭，上下皆順，不相違逆。若能如風卦般處順地適應時世，這亦是運用權宜的一大智慧。風的本性是無定向的，隨氣流而動即其面貌，這並不是教人隨風左搖右擺，而是要人有所立而言權，「猶人未能立而欲行，鮮不仆矣」。《巽》以行權的意思是「此權於進退者，所由行不必果也」[51]，像風般隨順地處事表現出來的狀況是行為並沒有一必定的方向，「巽順者，稱其權宜而隱伏以行，此制事之宜也，則行之皆宜出之矣」，為了更好地處理事宜，人的行徑

---

[47] 同前註，冊下，卷10，〈堯曰第二十〉，頁1352。

[48] 同前註，頁1326。

[49] 同前註，頁1327。

[50] 同前註，冊上，卷1，〈為政第二〉，頁139。

[51] 同前註，冊中，卷7，〈憲問第十四〉，頁1013。

是「隱伏以行」，這種行為是適當的，「蓋行權之順也，皆其義所出焉」[52]。可見像風般隨順、卑順、謙恭地治事，是合乎「宜」和「義」的。接著，簡氏引程頤（1033-1107）曰：「漢儒以反經合道為權，故有權變權術之論，皆非也。權只是經也。自漢以下，無人識權字。」回溯經典的道理便是合權，權就是合乎經典的道理，漢人所謂「權變權術」的議論，朝亮認為這是出於對權的錯誤理解：「權只是經」，權實際上是經，「經」便是「權」，「萬變」亦是「常」，權中見經，呈現出經典中的道理，這就是「反經合道為權」[53]，僅是「反經」並不是權，可惜的是，自漢以來，沒有人真正能理解「權」字。為了解釋「反經合道為權」，簡氏引何注解《論語・子罕》「未之思也，夫何遠之有」條云：「賦此詩者，以言權道反而後至於大順也」，指「思其人而不得見者，其室遠也。以言思權而不得見者，其道遠也」。想念他人而看不到他的面貌，這是與他的居所距離太遠所致，若言及思慮運用「權」宜而仍不得要領，這就是因「其道遠也」，與「道」距離太遠，亦即是不知道義。董仲舒（前179-前104）《春秋繁露・竹林》亦云：「《春秋》無通辭，從變而移。」故曰：「偏然反之。」董子提出了「偏然反之」，「從變而移」，道並非一成不變，隨著事情的變動而有所更動，要回溯於經典中的道理，這才是知權，亦是反經合道的意思，因此，簡氏提及王祥（184-268）的「自以為思反之權歟」，王氏自以為領悟了權旨，實質上，「然祥年八十有五，自漢而魏（220-265）而晉（266-420），以三公三老而無臣節也，可謂權乎？雖以孝稱，豈《孝經》所謂立身行道乎？」[54]王祥不足語於知權，歷事三朝而毫無臣節，還自詡為「三公三老」，不但無法真正領會「權」旨，且不能稱作孝子，這正就是反經不合道的緣故。簡氏再引何晏注云：「雖能之道，未必能有所立。雖能有所立，未必能權其輕重之極。」「有所立」同時能權衡事物的「輕重」才能說是有「權」，朝

---

[52] 同前註，冊下，卷8，〈衛靈公第十五〉，頁1076、1077。

[53] 有關「反經合道」為權的說法，詳漢儒公羊學說，見黃慧英：〈從公羊傳中的經權觀念論道德衝突的解消之道〉（臺北市：儒學、宗教、文化與比較哲學的探索研討會宣讀論文，2004年6月23-25日），頁1-15；有關「返經合道」為權的說法，見程頤。朱子把漢儒公羊學說和程頤說法加以調和，見岳天雷：〈朱熹論「權」〉，《中國文化研究所學報》56期（2013年1月），頁169-185。

[54] 《述疏》，冊中，卷5，〈子罕第九〉，頁562、563。

亮在此引入「時中」的觀念，援引了《禮·月令·鄭玄注》、《孟子·梁惠王上》、《中庸》云：「君子而時中。」又云「執其兩端，用其中於民。」所謂「君子而時中」，簡氏謹案如下：「《經》云：「天下有道則見，無道則隱。」此《中庸》所謂「君子而時中。」《易》之「時義」也，蘧伯玉（瑗）有焉。」「時中」是指君子在適當的環境作出適當的舉措，與時勢互相配合，在明君之治時出仕任官，在昏庸的管治下則退隱山林，獨善其身，自得其樂，這是《易》的「時義」，亦是孔子讚賞蘧伯玉的原因所在；「史魚（佗，也稱史鰌）仕於邦無道之時，雖欲卷而懷之，其可乎？其直如矢，不變其仕於邦有道之時，則異乎時中之君子也，而能不失其正也。」[55]史魚在衛靈公時出仕，可說是「仕於邦無道之時」，仍能「其直如矢」，後以尸諫聞名，和上述「時中之君子」不同，「能不失其正也」。此外，《春秋公羊傳》云：桓公十一年（前701年）「權者反於經，然後有善者也。」[56]朝亮認為這是漢儒以「反經合道為權」的理據所在。正如上文所述，漢人認為「反經合道為權」，回溯於經典的道理便是合權，這亦是漢人對「反於經然後有善者也」的理解，可見合道即見善，善亦是道的另一層表現。現朝亮引孟子云：「男女授受不親，禮也；嫂溺援之以手者，權也。」《孟子·離婁上》其反於《禮經》而合道以有善歟。藉著嫂溺援手這個故事，正好說明了「反於《禮經》而合道以有善歟」的意思。其實，這並非什麼權宜之策，事實上這才是合「禮」的，是「萬變不常而能常」，是反經合道「以有善歟」的表現，是權合於道，凸顯出上文所述的權即是經，合道的權也是經，而經所呈現的便包括了善！簡氏順勢道：「夫《公羊傳》言權之善者，其必傳諸其師子夏（卜商，前507-前420）也。然有辯焉。」情況如鄭祭仲（？-前682）「以宋人執而脅之，遂廢其君，此祭仲之未能立也，非權也，則反經不合道也。而《公羊傳》以知權稱祭仲焉，其必非子夏所傳者也。程子言權變、權術之非，豈無所戒哉？」從中可見朝亮對《公羊

---

55 同前註，冊下，卷8，〈衛靈公第十五〉，頁1045。簡氏論「動靜不失其時」，見同書，冊中，卷5，〈鄉黨第十〉，頁644。

56 〔東漢〕何休（129-182）注，雪克注譯，周鳳五校閱：《新譯公羊傳》（臺北市：三民書局，1998年），頁77。

傳》傳授的看法，透過祭仲的「未能立」，指出了「反經不合道」「非權也」，並且點明了這或是前文程頤言「權變、權術之非」的理據所在！因此，簡氏引唐陸贄（754-805）其奏云：「權之為義，取類權術，乃隨時以處中，非遷移以適便。若以反道為權，以任數為智，歷代之所以多喪亂而長奸邪，由此誤也。」要「隨時以處中，非遷移以適便」，意即要如〈巽〉般行事和合乎「時中」，若僅是「以反道為權」，「以任數為智」，則只會「多喪亂而長奸邪」，何況，「且反經不合道，即反道也，失中也。蓋未能立而言權也，斯無善矣。反經如合道，無反道也，得中也。蓋既能立而言權也，斯有善矣。是反經與反道當有辯也，不惟權與經當有辯也。」[57]可見朝亮認為「反經」和「反道」是不同的：反經」是「反經不合道，即反道也，失中也」，是「未能立而言權也，斯無善矣」，是錯誤的；「反經如合道」，則「無反道也，得中也」，是「既能立而言權也，斯有善矣」，這才是「反於經然後有善者也」的意思，亦是「權」和「經」有分辨的地方。簡氏進一步指出「反經如合道，無反道也，得中也」的是文王，「夫達孝者，反經之善也。文王事紂（商紂，西元前1105-前1046年），而武王、周公伐之，天下不以為不孝，蓋達孝也。」[58]在這裡，朝亮認為文王事紂才是反經合道的例證鐵證。有關祭仲行徑是否合權，朝亮申辯如下：「《公羊傳》云：「宋人執之，謂之曰：『為我出忽而立突！』祭仲不從其言，則君必死，國必亡；從其言，君可以生易死，國可以存易亡。古人之有權者，祭仲之權也」是也。由今攷之，祭仲其懼執以死乎，其臨難而苟免乎，斯非權也，是奪大節於死生之際也。宋魏公韓琦（1008-1075）有言：「生平處大事，即以死自處，其後幸而獲濟，皆天也。」學者思焉。」[59]可見祭仲的行徑「是奪大節於死生之際」，「其後幸而獲濟，皆天也」，並不是一般所謂的「權」宜行事，是真正懂得權變的要旨，並非懼怕死亡，或是希圖臨難苟免。綜合上述引文，簡氏談及了如下言論：一、權是稱錘、秤；二、四十不惑便是

---

[57] 《述疏》，冊中，卷5，〈子罕第九〉，頁559。按：有關簡氏論子路（仲由，前542-前480）「可與立未可與權也」，見冊上，卷3，〈雍也第六〉，頁373-374。

[58] 同前註，冊中，卷6，〈先進第十一〉，頁652。

[59] 同前註，冊上，卷4，〈泰伯第八〉，頁476。論祭仲之權，又見同書，冊下，《讀書堂答問・子罕》，頁1393。

知權；三、可與權是指能權輕重；四、知時措之宜，然後可與權；五、巽以行權；六、反經合道為權；七、君子而時中，明有權也；八、祭仲是否合權；九、陸贄云權乃隨時以處中，非遷移以適便；十、反經如合道，無反道也，得中也；因此，反經與反道當有辯，不惟權與經當有辯。總結上文，筆者認為朝亮的經權觀有四個特點：第一，需對傳統經典和歷史文化有深厚的認識才可行權，這是他強調「溫故」「知新」時流露出的箇中信息；第二，必通「時務」而明行事的方向，與現實時勢相關懷；第三，權亦是經，經包含權，所以，要反經合道和得中才可權宜處事；第四，是一般意義上所云的權衡理事，察看事情的緩急輕重作出的考慮，酌酌於經和權，變與不變間。

若能通權達變，不固守經義，自有一番驚人成就。情況就如胡林翼（1812-1961）「其取人也，法子游（言偃，前506-前443）之意，必采乎方正無私者而後取之，故得人稱盛焉。不然，捷徑而達公門，猶以為人才也，殆哉！」[60]有關「航海鍼之指南者」，「今孔子言為邦而及車制焉，合上下文觀之，則治國之大道也，非製器之小藝也。今之為邦，以斯大道變而通之，則海隅率從者遠矣哉！」[61]關懷到現實的考慮，「論家說云：『有恆者，可為善人君子而幾作聖之功。』是也。奈之何世變侵人，有恆，若斯之難乎？」[62]簡氏總結權變，認為「經所謂道者，其備常變者乎？《詩》云：「既明且哲，以保其身」（《大雅‧烝民》），行道之常也；《論語》云：「有殺身以成仁」，行道之變也。」[63]

四　小結

總結前述，簡氏的釋經權，明瞭抱著經義不要墨守成規，需權衡現實輕重，作出適當的修己治人的安排。在晚清廣東經學史上，朝亮自屬九江學派一

60 同前註，冊上，卷3，〈雍也第六〉，頁351。
61 同前註，冊下，卷8，〈衛靈公第十五〉，頁1059-1060。
62 同前註，冊上，卷4，〈述而第七〉，頁443。
63 簡朝亮著，周春健校注：〈開宗明義章第一〉，《孝經集注述疏——附《讀書堂答問》》（上海市：華東師範大學出版社，2011年），頁10-11。

支[64]，重擺脫門派之見，以叶於經義為治學原則，密切關懷現世，對傳統文化愛護有嘉，他說：

> 謹案：論家曰：「木鐸，施政教時所振也。言天將命夫子制做法度，以號令天下。」是也。蓋六經教萬世，所謂制做法度也，木鐸之教莫大於是焉。雖失位在一時，而天下之易無道為有道者，非六經之教不可也。[65]

從中可見簡氏對「六經之教」的無比信心，自以醇儒終其一身，不汲汲於外務，懷有用夏變夷的心志。簡氏病逝，陳濟棠（1890-1954）的挽聯可謂入木三分，說「經明行修，百氏之書無不讀；溝通漢宋，九江而後有嗣人」[66]，可說是對朝亮一生學行的總結。

---

64 程潮：〈晚清廣東學者的經學研究探析〉，《現代哲學》2005年2期（2005年2月），頁62-63。

65 《述疏》，冊上，卷2，〈八佾第三〉，頁245。

66 引自張付東：〈論簡朝亮《孝經集注述疏》〉，《順德職業技術學院學報》10卷2期（2012年4月），頁79。

《真誥》中的許謐

文英玲

香港教育大學中國語言學系助理教授

摘要

　　許謐（305-376）是上清派的第三代宗師。在歷代的傳記中，許謐是一位非凡雅士。然而，最早記錄他的道經《真誥》裏，他卻是一個悲苦連連的人物。他的軀體，受到歲月與疾病的侵害，以致晚年衰老傷殘；他的心靈，因身體殘疾而出現創痛，情緒不穩，焦躁不安，甚至多夢失眠、哀慟憂鬱。無論身心苦難源自家族的承負、個人的凡俗或性格的軟弱，切膚之痛竟能激發許謐積極尋道問仙，開拓一段眾人熟悉的修真之路。修真之路，未必是世人解脫的惟一途徑，然而，許謐所經歷的身心折損，卻能折射世人難以倖免的苦楚。本文論析許謐這位尋道者的身心苦痛，以呈示仙真誥諭中所反映的真實人生。

關鍵詞：真誥、許謐、上清派、陶弘景、修真體驗

許謐，字玄思，又名穆，東晉時期（317-420）著名道士。有關他的記載，現存最早的是陶弘景（456-512）《真誥》和〈許長史舊館壇碑〉了。元代，上清第四十五代宗師劉大彬（生卒年不詳，活躍於西元1317-1324年）編撰了《茅山志》，詳細記載上清派歷代宗師，稱第一代太師魏華存（251-334），第二代玄師楊羲（330-386），而第三代真師就是許謐。許謐在上清派的地位，不容置疑。有關他的生平事蹟，《真誥・真冑世譜》、〈許長史舊館壇碑〉、《茅山志・上清品》和元張雨（生卒年不詳）的《玄品錄》都有記述。在這些記錄裏，許謐是個優雅道士，稱之為上清派第三代宗師，上承魏華存（251-334）、楊羲，下接許翽（341-370）、馬朗（生卒年不詳），是上清道統的關鍵人物。

一　傳記中的許謐

有關許謐的傳記，可見於陶弘景所撰的《真誥・真冑世譜》和〈許長史舊館壇碑〉。

按陶氏的描述，許謐，字思玄，又名穆，是許副第五子，正生。許謐年少知名，儒雅清素，博學且具文才。晉簡文帝司馬昱（320-372，於西元371年登基）還是會稽王時，喜愛結交賢士，許謐就是其中一人。由於許謐世為士族，加上才學品德高尚，年輕就踏上仕途。最初曾任職主簿、功曹史；後獲起任太學博士，為朝綱禮儀提供意見，對儒家論說也發表見解；接著出任餘姚令，勤政愛民，惠及鄰邑；其後徵入尚書省當尚書郎，為輔政的會稽王司馬昱出謀獻策。升平（357-361）末年，許謐為郡中正、護軍長史，在外督率軍事，在內詮察文書，深得遠邦的敬重，也令百姓重視道德修養。太和（366-370）年間，遷職為給事中、散騎常侍，至此許謐已年過六十，漸漸離棄官場功業，專注於修養德性。簡文帝於咸安元年（371）登位，正想優遇元老，但許謐予以婉拒，正式告退歸隱句容山。陶氏特別提到，許謐學道修真，早在當官的時

候，《真誥‧真冑世譜》云：「雖外混俗務，而內修真學。」[1]〈許長史舊館壇碑〉道：

> 君尚想幽奇，歲月彌軫，恒與揚君深神明之契，興寧中，眾真降揚，備令宣諭，龍書雲篆，僉然遍該，靈謨奧旨，於茲必究，年涉懸車，遵行愈篤。[2]

至於許謐的晚年，陶弘景在兩部著作都是以「遵行上道」、「遵行愈篤」四字略寫，最後《真誥‧真冑世譜》以其仙位作結：

> 爵登侯伯，位編卿司，治仙佐治，助聖牧民。[3]

而〈許長史舊館壇碑〉則以其歸葬作終：

> 太元元年，解駕違世，春秋七十有二。子孫禮窆虛柩於西大墓，京陵之蹤未遠，飛劍之槨在焉。[4]

由此可見，陶弘景筆下的許謐，是個得天獨厚的人物：生於士族官宦之家，天賦氣質不凡；才能方面，博學能文，且有品德；仕途方面，平步青雲，深獲朝廷的賞識，同時政績斐然，贏得百姓愛戴。此外，許謐能修德學道，並貫徹遵行，至終能成為上清真人，封為侯伯，位達卿司，助聖牧民。去世時，他的子孫後嗣為他送葬立墓，一生完美終結。

陶弘景出生距許謐離世不足一百年，故此陶氏的記載彷彿為許謐蓋棺定

1　〔梁〕陶弘景：《真誥》，見陶弘景：《陶弘景集》（揚州市：江蘇廣陵古籍刻印社，1992年），冊一至五，卷二十，頁8下。

2　〔梁〕陶弘景：《華陽陶隱居集》，見陶弘景：《陶弘景集》，冊六，卷下，頁2下。

3　《真誥》，卷二十，頁8下。

4　《華陽陶隱居集》，卷下，頁2下-3上。

論。上清派漸漸成為道教重要派別，而師承道統尤受重視。上清派從肇始、發展以至全盛、延續，許謐都是個不朽宗師。到了元代劉大彬所撰《茅山志》卷十「上清品」記錄許穆為嗣上清第三代真師，而書中的介紹也全依《真胄世譜》的說法，末段加上「贊」來歌頌許謐的世胄和位業，道：

> 贊曰：夙緣應運，世胄承祉。妙敷人文，密贊神理。塵爵外縻，何間內修。玉晨之虛，我懷真游。[5]

同樣，元張雨結集的《玄品錄》（1335）卷三記錄許謐為「道品」，簡述其生平也是依照陶弘景的記載寫成，而段末加上宋徽宗宣和年間（1119-1125）的封誥：

> 宣和勸書曰：朕降總真之玉境，陸耀景之龍台。爰授曆於元肩，以濟生於下土。凡著功於道品，咸進位於仙宗。上清真人許長史，清素外融，神明內得。靈音斐暢，密參群聖之遊。欽駕超遙，高佐上清之理。方流羅於大梵，宜崇配於德名。庶昭丕佑之臨，益廣元為之化。可特封太元廣德真人。[6]

以上的記載呈現了許謐成功的一生，不論出生、品賦、官功、修德、學仙，以至升天登侯，以及八百年後君主賜封。然而，許謐曾為活脫脫的人，一生到古稀之年，七十二年的歲月是否如陶氏、劉氏和張氏所述那般順遂呢？《真誥》正好提供了豐富而真實的材料，讓人看到許謐的另一面。

---

5 〔元〕劉大彬：《茅山志》，載於《續修四庫全書》（上海市：上海古籍出版社，1995年），冊723，卷七，頁49上。

6 〔元〕張雨：《玄品錄》，載於《四庫全書存目叢書·子部》（臺南市：莊嚴文化事業公司，1995年），冊259，卷三，頁578上-下。

二 《真誥》的核心人物：許謐

《真誥》是陶弘景搜集整理的道教文獻。根據陶氏的編排，《真誥》共分七篇，計有〈運題象〉四卷、〈甄命授〉四卷、〈協昌期〉二卷、〈稽神樞〉四卷、〈闡幽微〉二卷、〈握真輔〉二卷和〈翼真檢〉二卷，合共二十卷。首四篇，主要是仙真誥語：上清仙真降諭勸導及訓示；後兩篇，大體是在世記述：尋道者與靈媒楊羲的答問、信札、感語等等。龐雜而繁多的內容，都有明確的核心人物，就是許謐；其子許翽（342-370）可謂附翼，而接降的靈媒就是楊羲（330-386）。楊羲是會稽王的舍人，專門擔任通靈工作。許謐指示他求問眾真。眾真向他口唉了修道要旨，又委託他以文字書寫記錄，傳達予尋道人許謐及其子許翽。以下將從真誥源起、登真仙位和譜系脈絡來論述許謐是《真誥》核心人物，為下文探討許謐景況的基礎。

（一）從誥唉來源而言

現存《真誥》的開首是〈運題象〉第一。它以仙女愕綠華的詩歌為開端，並敘述愕綠華於升平三年（359）十一月十日夜降，表達對羊權由衷的愛慕之情。[7]據陶弘景所注，楊羲與羊權相問而得的降真事蹟，早於眾多仙真降臨楊羲六年，也不是楊羲親接仙真的記錄。[8]因此，愕綠華降真，可以說是諸仙降臨的前奏，用以拱托降真的宗教經驗與氣氛，但並非《真誥》中諸仙降諭的真正肇始。

《真誥》的正式時間起始是乙丑歲（365），〈翼真檢〉第一云：

> 今檢真唉中有年月最先者，唯三年乙丑歲六月二十一日定錄所問。[9]

7　《真誥》，卷一，頁1上。
8　《真誥》，卷一，頁1下。
9　《真誥》，卷十九，頁2下。

換言之，陶弘景所蒐尋的真迹原稿，是以興寧三年六月二十一日定錄君所唉為開首。這段降真話語，記載於〈運象篇〉第一，云：

六月二十一日夜，定錄問云：「許長史，欲云何尋道？」[10]

言則真迹的降真口諭，乃始於許謐求問尋道為開端。

　　誠如〈翼真檢〉第三，陶弘景敘述闡述《真誥》的內容，云：

今所授之事，多是為許立辭，悉楊授旨，疏以示許爾。[11]

又按真授說餘人好惡者，皆是長史因楊請問，故各有所答，並密在許間，於時其人未必悉知。[12]

又按眾真未降楊之前，已令華僑通傳音意於長史。華既漏妄被黜，故復使楊令授。而華時文迹都不出世。[13]

由此可知，《真誥》所由生，不源自楊羲，而是許謐，而《真誥》的話，多是為許謐而說的。早在楊羲之前，許謐已藉華僑（生平不詳）傳達眾真的意旨。華僑的降真文字未傳於後世，也許跟陶弘景所說「通傳音意」有關，意即眾仙不是降筆於華僑，而是以聲音傳意。華僑極可能以口傳於許謐，是故沒有文字記載。

　　至於許謐既是求仙的核心人物，為何不自求降真，而需借助楊羲？陶弘景在〈翼真檢〉第一有所解釋：

又按二許雖玄挺高秀，而質撓世迹，故未得接真。[14]

---

10 《真誥》，卷一，頁4下。
11 《真誥》，卷十九，頁3下。
12 《真誥》，卷十九，頁4下。
13 《真誥》，卷十九，頁3下。
14 《真誥》，卷十九，頁5上。

許謐、許翽雖然氣宇不凡，品格高尚，但是仍受俗務所縈擾，所以未得接真，亦即許謐、許翽父子都沒有親身降真的經驗。就是如陶弘景謂：

> 今人見題目云某日某月某君唉許長史及掾某，皆謂是二許親承音旨，殊不然也。今有二許書者，並是別寫楊所示者耳。[15]

是以，興寧三年定錄君回應許謐求問：「何尋道？」為開端，而降唉、記錄的時間持續多年，都是回應、訓示、勸導許謐為要旨。許謐父子，未能親自接降，關鍵在於俗世紛擾所致。

（二）從譜系記錄而言

在〈真胄世譜〉裏，陶弘景以許謐為中心人物，縷述其七世祖許敬（生卒年不詳）、六世祖許光（生卒年不詳）、五世祖許闕（生卒年不詳）、四世祖許訓（生卒年不詳）、三世祖許休（生卒年不詳）、祖父許尚（生卒年不詳）、父許副（生卒年不詳）、兄許邁（生卒年不詳，活躍於東晉穆帝永和年間，西元345-355年）等名字、官位、經歷、配偶及歸葬等事。[16]許謐的事蹟也鋪寫得甚為詳盡。許謐的三個兒子，許虬（生卒年不詳）、許聯（生卒年不詳）、許翽以及女兒許素薰（生卒年不詳）記述。當然，許翽作為誥唉的另一位主要對象，也詳述其生平事蹟，並細敘許翽的後人，包括子許黃民（生卒年不詳，活躍於東晉安帝在位年間，西元397-418年）、孫許榮第（生卒年不詳）、許慶（生卒年不詳）的事蹟也鋪述下來。[17]

緊隨許謐世譜的是楊羲的生平事蹟。對於楊羲的家世，陶氏只道：

> 本似是吳人，來居句容，真降時猶有母及弟。[18]

15　《真誥》，卷十九，頁4上。

16　《真誥》，卷二十，頁4下至8上。

17　詳見《真誥》，卷二十，頁8下至11上。

18　《真誥》，卷二十，頁11上-下。

連楊羲的表字別名、親屬以及離世年月也沒有記述；相對於許謐、許翽及其親師的別名和注釋，楊羲的傳記就簡略得多了。再者，陶弘景在《真冑世譜》所採的體例，跟他在《洞玄靈寶真靈位業圖》神譜是一致的，主神先列，後列次要；[19]同樣，先列許氏家族、許謐、許翽等事蹟，才寫到楊羲，而楊羲的後人也隻字不提。

（三）從仙班位次而言

《真誥・真冑世譜》所記，楊羲逝世後所得的仙職是次於許謐的。楊羲得仙職任為當輔東華，即為侍帝晨東華上佐司命，負責監察吳越地區的神靈，並且掌管其所屬的人和鬼。[20]反觀，許謐、許翽死後則如《真誥・翼真檢》說：

> 護軍長史給中散騎常侍，雖外混俗務，而內修真學，密噯教記，遵行上道，挺分所得，乃為上清真人，爵登侯伯，位編卿司，治仙佐治，助聖牧民。[21]

> （許翽）亡後十六年，當度往東華，受書為上清仙公，上相帝晨。[22]

在《洞玄靈寶真靈位業圖》裏，玉清三元宮裏「第二左位」列於十五位有「左卿仙侯真君許君（諱穆，南嶽夫人弟子，事晉為護軍長史，退居句曲山）」；[23]隨後列於第二十位為「侍帝晨東華上佐司命楊君」；[24]「第二右位」列於第六的是「侍帝晨右仙公許君（長史子，諱翽）」。雖然楊羲、許謐和許翽同

19　如在《洞玄靈寶真靈位業圖》的開首，記「玉清三元宮」，先記「上第一中位，上合虛皇道君應號元始天尊」，隨後列寫左位「五靈七明混生高上道君」、「東明高上虛皇道君」等，繼而再列右「紫虛高上元皇道君」、「洞虛三元太明上皇道君」等等。見〔梁〕陶弘景：《洞玄靈寶真靈位業圖》，載於《陶弘景集》，冊九，頁1上。

20　《真誥》，卷二十，頁11下。

21　《真誥》，卷二十，頁8下。

22　《真誥》，卷二十，頁10上。

23　〔梁〕陶弘景：《洞玄靈寶真靈位業圖》，頁4上。

24　〔梁〕陶弘景：《洞玄靈寶真靈位業圖》，頁4上。

列「第二位」，但許謐和許翽的仙位是稍高於楊羲的。

從上述三點可見，在陶弘景撰寫《真誥》時，仍以許謐、許翽為主，楊羲為輔。楊羲得以晉升而高於許謐、許翽，肯定是陶弘景之後的事了。[25]

三　身心苦痛的許謐

《真誥》始於許謐求問「何尋道」，而眾真誥唆、許楊三君手書的內容，都是以許謐所關注之事為中心，其幼子許翽為副，再及楊羲、許謐長子許甽（生卒年不詳）、次子許聯（？-404年），遠涉其他親友之事。

陶弘景把搜集得來的眾真誥唆和許楊三君手書，依事件前後，並日月時間和紙墨相承連貫的關係來編排於〈運題象〉、〈甄命授〉、〈協昌期〉、〈稽神樞〉〈闡幽微〉和〈握真輔〉六篇，另有第七篇〈翼真檢〉，除了總結編纂體例外，敘述上清真唆流傳和許氏世系等。以下綜合《真誥》七篇的內容，重塑許謐尋道期間的悲苦身心狀況。

（一）身體的衰殘與苦痛

眾真降臨始於興寧三年（365）六月二十日夜，當時許謐已六十一歲，過了花甲，步入耆年。跟一般老人一樣，許謐體力下降，生理機能衰退，疾病漸多，身體痛症也經常纏繞。

1 脫髮、斑皺、牙患

一般老年人的頭髮稀白、皮膚鬆弛、皺紋增加，還有牙齒蛀壞，都一一在許謐身上出現。對於這些生理上的變化，他不很適應，希望通過真降神諭尋求改善的方法。在真誥仙唆中，屢見相關的指引。

---

25 〔唐〕李渤《真系》云：「今道門以經籙授受，所自來遠矣。其昭彰尤著，使吸紳先生不惑者：自晉興寧乙丑歲，眾真降唆於楊君，楊君授許君，許君授子玄文，玄文付經於馬朗。」見〔宋〕張君房：《雲笈七籤》（北京市：書目文獻出版社，1992年），頁27上。文中楊君為楊羲，許君為許翽，玄文是許黃民。在譜系上，許謐的宗師地位就此隱沒了。

針對頭髮稀白問題，紫微夫人屢次提示：「櫛頭理髮，欲得過多。」[26]又云：

> 櫛頭理髮，欲得多過，通流血氣，散風濕也。數易櫛，更番用之也，亦可不須解髮。[27]
>
> 手朝三元，固腦堅髮之道也。頭四面以兩手乘之，順髮就結，唯令多也。於是頭血流散，風濕不凝。[28]

九華安妃降唉許謐生髮方法，有以下兩條：

> 太極綠經曰：理髮欲向王地，既櫛髮之始而微祝曰：「泥丸玄華，保精長存，左為隱月，右為日根，六合清鍊，百神受恩。」祝畢，咽液三過，能常行之，髮不落而日生。[29]
>
> 常數易櫛，櫛之取多而不使痛，亦可令侍者櫛取多也。於是血液不滯，發根常堅。[30]

作為許謐的仙侶，雲林右英夫人提出「守真」法來治療白髮脫髮，云：

> 守真一篤者，一年使頭不白，禿髮更生。[31]

三位女仙告訴許謐須經常利用櫛頭理髮，可以更換不同櫛梳。同時，可以先唸咒語，然後以咽津之法，令頭髮生長，並不易脫落。此外，「守真」法可使黑髮再生。

---

26 《真誥》，卷一，頁6下。
27 《真誥》，卷九，頁9上-下。
28 《真誥》，卷九，頁7下。
29 《真誥》，卷九，頁9下。
30 《真誥》，卷九，頁9下。
31 《真誥》，卷二，頁19上。

臉容斑皺問題，也困擾許謐。是以真降誥諭也有不少與此相關。九華安妃曰：

> 面者神之庭，髮者腦之華。心悲則面燋，腦減則髮素，所以精炁內喪，丹津損竭也。妾有《童面之經》，還白之法，可乎？精者體之神，明者身之寶。勞多則精散，營竟則明消，所以老隨氣落，耄已及之。妾有益精之道，延明之經，可乎？此四道乃上清內書立驗之真章也。方欲獻示，以補助君之明照耳。[32]

九華安妃告誡許謐，心悲會使人面容憔悴，腦弱會令人頭髮轉白。九華安妃有《童面之經》，可以教他益精之道，延明之經。《真誥》又提到《太素丹景經》上的按摩法：

> 一面之上，常欲得兩手摩拭之使熱，高下隨形，皆使極匝。令人面有光澤，皺班不生。行之五年，色如少女。[33]

仙真教導許謐以學習《童面之經》和按摩法，來改變臉容皺紋與斑痣，以求容顏仿如少女幼嫩細緻。

牙齒衰敗，也是許謐的生理問題。清靈真人裴玄仁（生卒年不詳，活於西元前162年）曾誥唉云：

> 苟耽玄篤也，志之勤也。縱令牙凋面皺，頂生素華者，我道能變之為嬰，在須臾之間耳。[34]

對於許謐的牙患，仙真指示以專心學道，砥礪意志為良方，以逆轉生長歷程，反老還童為目標。

---

32 《真誥》，卷二，頁6上-下。
33 《真誥》，卷九，頁3上。
34 《真誥》，卷九，頁6上。

2 耳重、目昏

聽力和視力下降，是老年人的知覺毛病。聽力不足，稱為耳重。許謐的耳重問題比眼目不明更嚴重，令他極其不安，期望獲得醫治與解脫。興寧三年六月，仙真初降，許謐就指示楊羲求問耳目不靈之事。《真誥》云：

> 興寧三年歲在乙丑六月二十三日夜喻書：此其夕先共道諸人多有耳目不聰明者，欲敉乞此法。（陶注：「長史年出六十，耳目欲衰，故有咨請。楊不欲指斥，託云諸人。」）道士有耳重者，云云。[35]

對於耳目不聰明的求問，仙真沒有迅速回應。待到六月二十九日，九華安妃才噯書曰：

> 眼者身之鏡，耳者體之牖。視多則鏡昏，聽眾則牖閉。妾有磨鏡之石，決牖之術，即能徹洞萬靈，眇察絕響，可乎？[36]

九華安妃示意許謐須跟隨仙真修道，方可減視閉聽，以磨鏡石和開窗戶之術，來增強聽力和視力。〈協昌期〉第一提到仙真引用不同道經，指導許謐治耳重目昏之法：

> 《丹字紫書三五順行經》曰：坐常欲閉目內視，存見五藏腸胃。久行之，自得分明了了也。[37]

> 《紫度炎光內視中方》曰：……乃內視，遠聽四方，令我耳目注萬里之外。久行之，亦自見萬里之外事，精心為之，乃見百萬里之外事也。又

---

[35] 《真誥》，卷一，頁5上。
[36] 《真誥》，卷一，頁6上。
[37] 《真誥》，卷九，頁5上。

耳中亦恆聞金玉之音，絲竹之聲，此妙法也。四方者總其言耳。當先起一方，而內注視聽，初為之，實無仿佛，久久誠自入妙。[38]

《太上天關三經》曰：常欲以手按目近鼻之兩眥，閉炁為之。炁通輒止，吐而復始。恆行之，眼能洞觀。[39]

（《寶神經》曰：）求道要先令目清耳聰，為事主也。且耳目是尋真之梯級，綜靈之門戶，得失繫之而立，存亡須之而辦也。[40]

還有以手按穴，「如此常行，目自清明。一年，可夜書。」[41]又有存神內視，以治眼疾，〈協昌期〉第一云：

眉後小穴中，為上元六合之府，主化生眼暉，和瑩精光，長珠徹童。保鍊目神，是真人坐起之上道。一名曰真人，常居內經，真諺曰：「子欲夜書，當修常居矣。真人所以旁觀四達，使八霞照朗者，實常居之數明也。」[42]

另有採明映之術。〈協昌期〉第一云：

目下權上是決明保室。歸嬰至道，以手旋耳行者，採明映之術也。旋於是理開血散，皺兆不生，目華玄照，和精神盈矣。夫人之將老，鮮不先始於耳目也。又老形之兆，亦發始於目際之左右也。[43]

---

38 《真誥》，卷九，頁5上-下。
39 《真誥》，卷九，頁5下。
40 《真誥》，卷九，頁6上-下。
41 《真誥》，卷九，頁6下。
42 《真誥》，卷九，頁6下-7上。
43 《真誥》，卷九，頁7上。

再者，又有服氣之法[44]和服尤之法。[45]從上可見，《真誥》中討論許謐耳重目昏的醫方療法甚多，足證許謐的日常生活，經常受到耳聾、目弱的困擾，致使他對這些身體毛病極其憂慮。道術與療法多次提到「夜書」的效能，或者許謐夜間視力極差，殷切尋求夜視妙方。

3 風患、飲病

許謐晚年辭官退隱，卻身陷頑疾。據《真誥》所記，他患上風病與痰飲，很可能是今天所說的腦血管栓塞，即中風症。風邪入體、痰滯壅塞，引致肢體麻痺無力、活動困難。麻痺的身軀，不是散渙鬆弛，反是繃緊痛楚，加上未能自如活動，令許謐十分苦楚。

〈握真輔〉第二記許翽給父親許謐的信書云：

> （三月八日）玉斧言：……尊猶患飲，痛不除，違遠竦息陰臑。[46]

> （四月十七日）玉斧言：漸熱，不審尊體動靜何如？願飲漸覺除，違遠燋竦。[47]

> （五月四日）玉斧言：節至，增感思。濕熱，不審尊體動靜何如？飲猶未除，違遠竦灼。[48]

許翽離家遠行，寫信給父親，問候父親的病情，並直接指出是「飲」和「痛」。許謐確是久症不癒。〈協昌期〉第二提到「風病」，云：

> 風病之所生，生於丘墳陰濕，三泉壅滯，是故地官以水氣相激，多作風痹，風痹之重者，舉體不授，輕者半身成失手足也。[49]

---

[44] 《真誥》，卷九，頁19上。

[45] 《真誥》，卷十，頁4上-下。

[46] 《真誥》，卷十八，頁15上。

[47] 《真誥》，卷十八，頁15下。

[48] 《真誥》，卷十八，頁17上。

[49] 《真誥》，卷十，頁11下。

夫風考之行也，皆因衰氣之間隙耳。體有虧縮，故病來侵之也。若今差愈，誠能省周旋之役者，必風屙除也。今當為攝制冢注之氣。爾既小佳，亦可上塚訟章，我當為關奏之也，於是注氣絕矣。[50]

手臂不噯者，沉風毒氣在脈中，結附痺骨，使之然耳，宜針灸，針灸則愈。又宜按北帝曲折之祝，若行之百過，疾亦消除也。[51]

許謐因風病而血氣不通，由最初還能書寫，到後來手不授事，以至兩手不舉。仙真指引風患主要起因是衰氣侵害，是故要攝制冢墓之氣，並具體提出遠離冢地，化解陰滯；又主張以針灸、按摩、存思、咽津、叩齒來治病。〈協昌期〉第二接下來援引以下因風病癱瘓的人物，以解說各種治方的詳情和效用，云：

昔唐覽者，居林慮山中，為鬼所擊，舉身不授，似如綿囊。[52]

昔鄧雲山停當得道，頓兩手不授。[53]

此外，〈協昌期〉第一又提到道經上的治方：

《大洞真經・精景案摩篇》：運動兩手，使人精和血通，風氣不入。屈動身，申手四極。熊經鳥伸之術。[54]

《消魔上靈經》反舌塞喉，漱漏咽液。不寧之屙自即除也，當時亦當覺體中寬軟也。[55]

上述《大洞真經》所記是針對許謐的手不授事，而《消魔上靈經》是治療

---

50 《真誥》，卷十，頁14上-下。
51 《真誥》，卷十，頁12下。
52 《真誥》，卷十，頁13上-下。
53 《真誥》，卷十，頁14下。
54 《真誥》，卷九，頁3下。
55 《真誥》，卷九，頁4上。

因風痺而筋骨繃緊、《太上籙淳發華經》旨在舒緩痛楚等症狀。風患不僅令許謐兩手不靈，而經常臥牀也使他患上濕痺瘡癢，因此〈協昌期〉第一有醫方云：

> 其法用竹葉十兩，桃皮削取白四兩，以清水一斛二斗，於釜中煮之，令一沸出。適寒溫以浴形，即萬淹消除也。既以除淹，又辟濕痺瘡癢之疾。[56]

濕痺瘡癢令許謐身體腥臭不潔，故〈協昌期〉第一提到體香及沐浴之法：

> 《石景赤字經》曰：常能以手掩口鼻，臨目微炁，久許時，手中生液，追以摩面目，常行之，使人體香。[57]

> 人臥室宇，當令潔盛，盛則受靈氣，不盛則受故氣。故氣之亂人室宇者，所為不成，所作不立，一身亦爾。當數洗沐澡潔，不爾無冀。[58]

此外，許謐在風患困擾下，自理的能力下降，仙真因而詰誡他生活作息，〈協昌期〉第二云：

> 衣巾不假人，不同器皿者，車服床寢不共之也。所以過穢垢之津路，防其邪風之往來耳。[59]

> 又不得以衣服借人，亦不服非己之物，諸是巾褐履屧之具，皆使鮮盛，三魂七魄或棲其中，亦為五神之炁，忌污沾故也。[60]

由此可知風患飲症，對於許謐的肉體帶來很多束縛。

---

56 《真誥》，卷九，頁14上。
57 《真誥》，卷九，頁5上。
58 《真誥》，卷十，頁8上；《真誥》，卷十五，頁9下重出。
59 《真誥》，卷十，頁7下。
60 《真誥》，卷十，頁7下-8上。

　　許謐步入老年，迎來的是衰老與殘疾。頭髮漸白變禿、臉孔枯槁斑皺、牙齒蛀壞丟落，許謐都是不能安然接受。當耳重目昏每下愈況，跟外界起了知覺上的阻隔，許謐也不能隨遇而安。更嚴重的，晚年的風患痰飲，漸次惡化，起初還能書寫，後來身體僵硬，甚而手臂不授，甚至受風痺瘡癢之患。

（二）精神的折磨與困厄

　　在精神上，在《真誥》裏的許謐受到重重的煎熬。當然老病會帶來精神的不快，但許謐在精神心理的問題不限於此。在《真誥》裏，許謐精神心理上的狀態，可以歸納暴躁與埋怨、恐懼與畏鬼、多念與多夢、哀慟與憂鬱四方面。

1 暴躁、埋怨

　　衰老與病症，造成許謐身體上的不適與痛楚，也直接影響他的心理狀況。心情躁暴就是其中一項。〈協昌期〉第二云：

> 夫學道唯欲嘿（默）然養神，閉氣使極，吐氣使微。又不得言語大呼喚。令人神氣勞損，如此以學，皆非養生也。[61]

這裏提及學道必須安頓養神，又直接指出不得高聲呼喚別人，否則精神氣魄都勞損，並非養生學道的方法。不難想像，許謐行動不便，耳重目昏，心情煩躁，對於下屬，甚至家人高聲呼喝，令人十分不快。楊羲或者藉仙真之話，加以勸導，望能改變他的性情。同時，〈協昌期〉第二云：

> 又八節之日，皆當齋盛謀諸善事，以營于道之方也。慎不可以其日忿爭喜怒，及行威刑，皆天人大忌，為重罪也。[62]

61　《真誥》，卷十，頁18上。
62　《真誥》，卷十，頁19下。

對於下屬、侍從喝罵、施刑，未加善待，也是許謐性情暴躁的表現。受苦的，
當然是受他責罰行刑的人，但是動怒的許謐，情緒波動，也不會好受。

　　另一方面，許謐不時發出怨言，抱怨求學未有所成，也埋怨求醫未得治
瘉。〈協昌期〉第二云：

> 夫得道者常恨于不早聞受，失道者常恨於不精勤，何謂精耶？專篤其事
> 也。何謂勤耶？恭繕其業也。[63]

> 寫《神虎文》不精，則萬物不為己用心，將徒勞耳。……精誠務在匪
> 懈，求道唯取於不倦耳。[64]

> 合藥當令精，不精者不自咎，反責方之不驗。若是人可謂咎乎？可使鈔
> 方合耳。[65]

以上第一、二段可能是許謐抱怨久未得道，真嗳就此告誡他應該專心篤志，勤
於修業，例如繕寫《神虎文》，許謐表現怠惰，所以求道未成。至於，第三段
是指許謐投訴藥方不靈驗，沒法令他藥到病除。真嗳就直斥他不精專，又不自
省，至能自我檢討，才能合藥成功。許謐經常抱怨，醞釀成負面情緒，造成不
快的情感，反過來令身體更加不適，病況也會更趨嚴重。

2 多念、多夢

　　許謐的精神壓力，表現於多念和多夢。多念是日間思緒紛擾；多夢是夜間
睡眠不穩。紛擾不穩，形成許謐又一層的身心痛苦。為了釋除許謐多念的精神
問題，易遷夫人[66]曾勸導許謐，〈甄命授〉卷四云：

63　《真誥》，卷十，頁6上。
64　《真誥》，卷十，頁5下。
65　《真誥》，卷十，頁3下。
66　〈甄命授〉第四云：「易遷即掾母，亡後得入易遷宮，因呼為號。」見《真誥》，卷八，頁2上。

易遷夫人道：彼君念想殊多，詎能成遠志不？平昔時常多所恨，始悟人難作而善不可失。學道者除禍責此，審爾當懃。[67]

易遷夫人，即許謐亡妻陶威女，以親切體貼的語氣，道出許謐念想太多，實難以成就高遠的志向，好像得道成仙之事。以往平日時常懷著抱恨之心，才省悟為人不易，但善不可以不作。學道者要除去禍患，就要責承此事，而許謐也當懃奮用心，解除心中的多念常恨。

同時，許謐多念引致睡眠障礙，表現於惡夢連連。在〈協昌期〉第一云：

數遇惡夢者，一曰魄妖，二曰心試，三曰屍賊。厭消之方也，若夢覺，以左手躡人中二七過，琢齒二七遍，微祝曰：大洞真玄，張煉三魂，第一魂速守七魄，第二魂速守泥丸，第三魂受心節度，速啟太上三元君，向遇不祥之夢，是七魄遊屍，來協萬邪之源，急召桃康護命，上告帝君，五老九真，皆守體門，黃閣神師，紫戶將軍，把鉞搖鈴，消滅惡津，反凶成吉，生死無緣。[68]

許謐因常作惡夢，故以「惡」字作占，求問解除之法。[69]占問所得見以上段。這裏提到常遇惡夢，通常源自三種情況：第一，魂魄之妖；第二，內心所試；第三，屍體之賊。消解的方法，包括覺醒時手躡人中穴及琢齒；以祝咒急召體內將軍，及帝君、五老、九真等守護身體；緊閉惡夢之氣於三關之下等。按陶弘景注，這則內容是長史親手抄寫的。由此可以推測，許謐深受惡夢困擾，而得此良方，就珍而重之，抄寫記錄。

除了惡夢，許謐多夢，如好夢。許謐又抄下真唉的善夢處理方法，云：

---

67 《真誥》，卷八，頁2下。

68 《真誥》，卷九，頁16上-下。

69 〈協昌期〉第一云：「長史作惡夢，求問解除之法。他以『惡』字作占，陶註西方金炁之心剛惡。」見《真誥》，卷九，頁16下。

　　若夜遇善夢吉，應好夢而心中自以為佳，則吉感也。臥覺，當摩目二
　　七，叩齒二七遍，而微咒曰：太上高精，三帝丹靈，絳宮明徹，吉感告
　　情，三元柔魄，天皇授經。所向諧合，飛仙上清。常與玉真，俱會紫
　　庭。[70]

那就是藉著好夢，通過按摩、祝咒、存思，提升個人與仙真相會的宗教經驗。
此外，〈協昌期〉第一還列舉了三種治夢之法：

（1）服食〈明堂內經開心辟（妄）符〉

　　服食辟符，好使五神開心意通，五神居於五臟，因此必須不忘遠尋五臟。
故云：

　　祝咒曰：五神開心，徹聽絕音，三魂攝精，盡守丹心，使我勿（妄），
　　五藏遠尋。[71]

（2）修習《太上玄真經》

　　東卿司命訓示須學習《太上明堂玄真上經》。學習前要先訂盟約，齋戒斷
食，然而學習後實行起來，那時可以聽到玉佩金璫之聲。東卿司命引用范季偉
守長齋，然後得此經，並存之若寶。故云：

　　《太上玄真經》，先盟而後行，行之然後可聞玉佩金璫之道耳。季偉昔
　　長齋三年，始誠竭單思，乃能得之。於是神光映身，然後受書耳。此玄
　　真之道，要而不煩，吾常寶秘藏之囊肘。故以相示有慎密者也。[72]

70　《真誥》，卷九，頁16下-17上。

71　《真誥》，卷九，頁17下。

72　《真誥》，卷九，頁18上-下。

（3）存思日月於口

東卿司命訓示，得授《太上明堂玄真上經》後，存思日月在口中，通過存思日月的光芒，咽服光芒的津液。行之無數，就可使日月與目神合氖相通。這可以調理安和精神，六丁玉女也奉侍左右，天兵護衛，得上真道。於是，能治夢安睡。故云：

> 清齋休糧，存日月在口中，晝存日，夜存月，令大如環，日赤色有紫光九芒，月黃色有白光十芒，存咽服光芒之液。常密行之無數。若不修存之時，令日月還住面明堂中，日居左，月居右，令二景與目童合氖相通也。此道以攝運生精，理和魂神，六丁奉侍，天兵衛護，此上真道也。[73]

〈協昌期〉第一以不少篇幅討論惡夢、善夢、多夢以及治夢等話題，旨在尋求解除許謐睡眠的問題。睡眠障礙，主因還是精神壓力。由此可知，許謐當時精神的困迫與不安。

3 恐懼、畏鬼

許謐的精神在老病與躁恐相煎間，產生出重重的焦慮，造成多念和多夢。當過度的思慮累積起來，就會出現驚恐不安的狀態。許謐所恐懼的對象，不是人，而邪鬼。那些看不見、摸不著的靈異存在，叫他懼怕山居、夜行。

〈握真輔〉第二記許聯談其父許謐病況，云：

> 承給事體氣如故，且甚延悚念，侍省遑懼辭正爾。燒香入靜，具啟夜當根陳情事，使盡丹苦之理，動靜別白，尋更承問（陶注：此少上紙，似在縣下，答虎牙道長史病事）。[74]

---

[73] 《真誥》，卷九，頁18上。
[74] 《真誥》，卷十八，頁3上。

許聯這裏提到，長史體質血氣還是那樣，且有恐懼的心念。只有惶恐和小心說話來服侍他日常起居。由此可見，許謐的惶恐教服侍他的人十分緊張，要小心翼翼地跟他說話。對夜行、冥臥的恐懼，〈協昌期〉第一云：

> 夜行及冥臥，心中恐者，存日月還入明堂中。須臾百邪自滅，山居恆爾。此為佳。[75]

有關畏鬼，〈甄命授〉第三云：

> 雖爾慎接於紛紛之務，經緯人事之寒熱矣。于今乃未可動腳，動腳人當言爾畏鬼。[76]

這裏談到許謐接遇眾多事務，處理人事的是非，所以至今還未動身山居，而決心動身山居的人，就會說你怕鬼了。其實，許謐真的害怕山間幽靜，更畏懼鬼殁，所以遲遲未肯遷入山居。

對於許謐的畏鬼，《真誥》中的眾仙真都以防鬼之法和經文來解救許謐這種心理的威脅。〈協昌期〉第二云：

> 世人有知酆都六天官門名，則百鬼不敢為害。欲臥時，常先向北祝之三過，微其音也。[77]

> 夜行常當琢齒，亦無正限數也。然鬼邪，鬼常畏琢齒聲，是故不得犯人也。若兼以漱液，祝說益善。[78]

---

[75] 《真誥》，卷九，頁18下。

[76] 《真誥》，卷七，頁15上-下。

[77] 《真誥》，卷十，頁10上。

[78] 《真誥》，卷十，頁8下-9上。

此外，又有北帝煞鬼之法，[79]北帝之神祝煞鬼之良法等，[80]都是消除許謐心理障礙、保護其脆弱心靈的行徑。

4 哀慟、憂鬱

《真誥》裏，不少章節提及許謐哀慟憂鬱的情感，而這種情感主要源自其亡妻之痛。許謐在興寧三年求問「何尋道」的時候，正值是妻子陶威女死後。[81]許謐與陶氏鶼鰈情深，感情厚重。首先，陶氏為許謐誕下次男許聯和幼子許翽，幼子尤得許謐器重鍾愛。其次，陶氏與許謐同心學道，而且陶氏家族累世修真積德，因此死後可以遷入易遷宮繼續受學求仙，猶如〈真冑世譜〉云：

> 長史婦陶威女，雖入易遷，恐此自承陶家福耳，不必關許氏五人之數也。[82]

失去愛妻，又失去同道，許謐十分悲痛，在〈甄命授〉第二，許謐表白對亡妻之衷情，云：

> 至於始終之分，天然定理，樂生惡亡，人情常感。哭泣之哀，奔臨之制，內以敘情，外以順禮，賢庶所守，莫之虧也。穆內雖修道，外故俗徒，未能披褐山栖，帶索獨往，不得不敘順情禮，允帖內外，一旦違之，既恩情未忍，亦懼傷之者至矣。[83]

許謐明白生死之事本屬天然定律，但人總是喜愛生命，厭惡死亡。哀慟時哭泣流淚，奔喪臨尸禮制，實在是心中的感情，體現外在的禮節，就是一般賢士庶

---

79 《真誥》，卷十，頁11上。

80 《真誥》，卷十，頁10下-11上。

81 〈真冑世譜〉稱：「妻同郡陶威女，名科斗。興寧中亡，即入易遷宮受學。」見《真誥》，卷二十，頁8下。

82 《真誥》，卷二十，頁13下。

83 《真誥》，卷六，頁14下-15上。

民，都不能有所虧欠。許謐知道自己正在修真，但只是深受外界影響的世俗之
徒，實在未能全然披褐山居，獨立獨往，更不能不抒發真情、順應禮節。這也
許有違了適度的處理，但那種夫妻恩情未能強忍，致使惶懼傷悲來臨。由此可
見，許謐由衷而至誠地哀悼亡妻，內心的傷痛更是可想而知。

　　面對許謐的哀慟，定錄君降真告諭，云：

> 哭者，亦趣死之音；哀者，乃朽骨之大患。恐吾子未悟之，相為憂耳。
> 極哀者，則淫氣相及。[84]

定錄君苦苦勸導許謐「哭」、「哀」的後果，包括趣死、枯骨，而「極哀」則淫
氣接踵而來。恐怕許謐不明白，會形成憂鬱。上清真人馮延壽以口訣提示許謐
「不可泣淚」，云：

> 學生之法，不可泣淚及多唾泄。此皆為損液漏津，使喉腦大竭。是以真
> 人道士，常吐納咽味，以和六液。[85]

另有南極夫人談「愛」與「憂」，云：

> 人從愛生憂，憂生則有畏，無愛即無憂，無憂則無畏。昔一人夜誦經，
> 甚悲，悲至意感，忽有懷歸之哀。[86]

南極夫人同樣針對許謐對愛妻而產生的憂鬱，指出由愛生憂，憂鬱引致畏懼。
若能無愛，就能無憂；無憂，就能無畏懼。南極夫人又說到，從前有一個人夜
誦經書，感到十分悲愴；悲愴來到，心意觸動，忽然有返回故里的愁思。言下
之意，即是許謐若不控制哀慟和憂鬱，就不會願意長留山居，專心學道了。

---

84 《真誥》，卷六，頁14下。
85 《真誥》，卷十，頁20上。
86 《真誥》，卷六，頁9下。

此外，安妃又告誡「憂哀」的凶穢，云：

> 復使怨屑填籍，憂哀塞抱，經營常累，憑惜外道，和適群聽，求心俗
> 老，忽發哀音之令牙（此作奚胡音，猶今小兒啼不止，謂為咳呱也），
> 長悼死沒以悲逝，必精滅神離，三魂隕歿，邪運空間，魄告魍魎，乘我
> 虛陣，造遘百祟，何可握生道以奔于死房，陶靈風而踐於尸室，擲已吉
> 象，投之凶穢乎。[87]

安妃指出擁抱憂哀，發出哀音，長期悼念逝亡，會令精神毀散、魂歿損傷、鬼
魅造遘。這樣，就是拋棄吉祥徵象，投進凶險污穢了。是以眾多仙真看到許謐
思念亡妻的哀慟，又發現由哀慟引發了憂鬱情緒，於是分別降真告誡許謐。且
不論仙誥的果效，但許謐心靈的悲苦就此溢於言表了。

從上文所論，許謐的精神痛苦來自身體衰殘與妻子離世，其精神癥狀由暴
躁、埋怨、恐懼、畏鬼、多念、多夢，到哀慟、憂鬱，在在都令他極其痛苦。
面對種種精神的苦況，許謐尋求宗教上的幫助，包括治方、靈藥以至精神上的
解脫。

四　結語

陶弘景搜訪上清先師楊羲、許謐、許翽的真迹，[88]並把零散的手稿分條析
縷，採納《莊子》內篇七篇三言為題的模式，統整《真誥》二十卷，又加上注
釋。〈真誥敘錄〉云：

> 真誥運題象第一（此卷並立辭表意，發詠暢旨，論冥數感對，自相傳
> 會，分為四卷。）真誥甄命授第二（此卷並詮導行學，誡屬懃息，兼曉

---

87 《真誥》，卷七，頁1下。
88 見陶翽：《華陽隱居先生本起錄》，載於《雲笈七籤》，卷一百零七，頁768中。

諭分挺，炳發禍福，分為四卷。）真誥協昌期第三（此卷並修行條領，
服御節度，以會用為宜，隨事顯法。）真誥稽神樞第四（此卷並區貫山
水，宣敘洞宅，測真仙位業，領理所關，分為四卷。）真誥闡幽微第五
（此卷並鬼神宮府，官司氏族，明形識不滅，善惡無遺，分為二卷。）
真誥握真輔第六（此卷是三君在世自所記錄，及書疏往來，非真誥之
例，分為二卷。），真誥翼真檢第七。（此卷是標明真緒，證質玄原，悉
隱居所述，非真誥之例，分為二卷。）[89]

即是說，陶氏以個人對《真誥》的宗教理解來處理二十卷的分類。首先，以其
十六卷是真人所誥，兩卷是在世記述；兩卷是陶氏的記述。[90]正因為陶氏銳意
發揚上清真系仙真的神驗，提升誥唉的神秘權能，故以仙真誥唉為主題，起名
為《真誥》，取代顧歡（430？-493？）所訂的《真迹》之名，[91]而在編輯手授
內容時，刻意把真人口唉集中提前，訂為首四篇；楊許等在世記述則退為輔
線，作為通靈者和尋道者對仙真誥示的間接效驗與相關補充。

　　陶弘景作為道教的上清派神學體系的建構者，以獨到的神學觀點修纂《真
誥》，以強化上清體系的宗教思想，並使《真誥》成為上清體系的重要典經。
於是，原始手稿所描繪和記敘尋道者的人生處境，就後退成為零散瑣碎的背
景；仙真對尋道者的個別、特殊的啟示與訓導，也擴展成具有普遍意義的宗教
宣告與教義。

　　本文把焦點放在尋道者許謐的身上，通過檢視《真誥》二十卷，重塑這位
尋道者自從向仙真求問「何尋道？」至離世登仙的處境。許謐在世間的身心苦
痛，既是個人而切身的生命體驗，也是人類自古以來共有而真實的人生景況。
許謐，依賴楊羲的通靈，尋求具體有效的救治良方，也渴望仙真給予的心靈慰
藉；至終他遵從仙真誥唉及道經訓示，把人生的真實苦楚昇華，藉以得道超
脫。也許，這就是宗教對於人生苦難的不朽價值。

---

89 《真誥》，卷十九，頁1上-下。
90 《真誥》，卷十九，頁1下。
91 《真誥》，卷十九，頁2上。

「帝」字本義平議

王嘉儀

嶺南大學中文系碩士研究生

摘要

《說文解字》釋「帝」字為「諦也。王天下之號也。从丄，朿聲。」以「帝」為形聲字，然而後世學者多不取《說文》之說，並認為「帝」字之構形實有所取象。至於「帝」初文的形義為何，至今仍未有定說，學者說法紛紜，莫衷一是。關於「帝」字構形的說法主要有二：一象花蒂之形；二象用於祭祀中被束起的柴枝，近代學者亦偶有發揮創見。因此，本文將整理及評論諸家之說，討論「帝」字或非象花蒂之形，或非象人形，或非象用於祭祀中被束起的柴枝，而是象帶斧鉞的祭器之形，望能提出新見，雖非不易之論，然可備一說。

關鍵詞：帝、花蒂、禘祭、甲骨文、王

帝，《說文解字》：「諦也。王天下之號也。从丄，朿聲。![古文帝]，古文帝。古文諸丄字皆从一，篆文皆从二[1]。二，古文上字。辛、示、辰、龍、童、音、章，皆从古文丄。」[2]然許慎未見甲骨文，以「帝」為形聲字，對帝字的字形及字義的詮釋有誤，「帝字初文既不从上，更非从朿聲。論者多以為象花蒂形，郭沫若引吳大澂、王國維之說而加以補正，至為詳悉。但帝字究竟何所取象，仍然待考。」[3]帝字初文的形義為何，學者說法紛紜，莫衷一是。關於帝字的構形，主流說法有二：一象花蒂之形；二象用於祭祀中被束起的柴枝。近代學者亦偶有發揮，創立新見。論文將詳列諸家說法並作平議，望能提出新見。

一 「帝」非象花蒂之形

此說最早見於宋代鄭樵（1104-1162）的《六書略》：「帝，象華蒂之形。」[4]清代吳大澂（1835-1902）承之：

> ▼己且丁父癸鼎「諸侯不祖天子」此器獨於祖父上加▼字，其為帝字無疑，如花之有蒂，果之所自出也。[5]

又謂：

> 許書帝古文作![帝]，與鄂不之![帝]同意，象華蒂之形。周憲鼎作![帝]，聘敦作![帝]，敔狄鐘作![帝]，皆▽之緐文。惟▽ ▼二字最古最簡。蒂落而成果，即艸木之所由生，枝葉之所由發，生物之始與天合德，故帝足以配天。[6]

1　此為古文上，非二字。段注：「古文从一，小篆从古文上者，古今體異。必云二古上字者，明非二字也。徐鍇曰：『古文上兩畫上短下長，一二之二則兩畫等齊。』」見〔漢〕許慎撰、〔清〕段玉裁注：《說文解字注》（南京市：鳳凰出版社，2012年），頁2。

2　〔漢〕許慎：《說文解字》（香港：中華書局，2011年），頁7。

3　于省吾：《甲骨文字詁林（第二冊）》（北京市：中華書局，1999年），頁1086。

4　〔宋〕鄭樵：《六書略》（臺北市：藝文印書館，1976年），頁8。

5　〔清〕吳大澂編：《說文古籀補》（北京市：中華書局，1988年），頁1。

6　〔清〕吳大澂：《字說》（臺北市：藝文印書館，1971年），頁2。

吳氏認為「帝」的古文和「不」的構形相同，皆像花蒂之形。以花蒂之形表帝之義的原因，在於蒂能成果，再化衍出植物，生生不息，蒂為生命之始，與天同德，而帝的地位又與天等同，因此以花蒂代天帝之義。

王國維（1877-1927）將「帝」及「不」再加以細分，認為「帝」字像花蒂之形，與之形近的「不」字則像花萼之形：

> 帝者蒂也，不者柎也。古文或作𠊾 𠊾，但象花萼全形，未為審諦，故多於其首加一作𠊾𠊾諸形以別之。[7]

花蒂與花萼之形雖相近，實指不同的部分。蒂是「花或瓜果與枝莖相連的部分」[8]，而萼則是「環列花朵外部的葉狀薄片」[9]，可見王氏有意將兩字作一區別。王氏認為「不」及「帝」的古文𠊾、𠊾均像花萼的全形，這只是以偏概全的說法，現有的甲骨文字形中可見，「不」寫作𠊾形只是少數。以同時期的甲骨文作比較，「不」寫作𠊾（10756 師賓間A4）[10]、𠊾（00016 典賓A7）[11]，明顯與「帝」𠊾（14154 師賓間A4）[12]、𠊾（12855 典賓A7）[13]的字形不同。「不」的部件▽與部件𠊾分開，沒有如「帝」的▽被直線穿過，此外，部件𠊾兩旁的分支亦非如「帝」的𠊾般筆直，而是略為彎曲，可見「不」和「帝」的甲骨文在構形上有明顯的差別，實非王氏所說二字同形。

郭沫若（1892-1978）亦同意「帝」字像花蒂之形，並從生殖崇拜的方向解釋帝之字義如何從花蒂連結至上帝：

> 知帝為蒂之初字，則帝之用為天帝義者，亦生殖崇拜之一例也。帝之興

7 〔清〕王國維：《觀堂集林・卷六》（北京市：中華書局，2015年），頁283。
8 商務印書館編輯部編：《辭源（縮印合訂本）》（香港：商務印書館，1994年），頁1454。
9 同前註，頁1459。
10 李宗焜編：《甲骨文字編》（北京市：中華書局，2012年），頁989。
11 同前註。
12 同前註，頁405。
13 同前註，頁406。

必在漁獵牧畜已進展於農業種植以後，蓋其所崇祀之生殖已由人身或動物性之物而轉化為植物。古人固不知有所謂雄雌蕊，然觀花落蒂存，蒂熟而為果，果多碩大無朋，人畜多賴之以為生。果復含子，子之一粒復可化而為億萬無窮之子孫。所謂「韡韡鄂不」，所謂「綿綿瓜瓞」，天下之神奇更無有過於此者矣。此必至神者之所寄，故宇宙之真宰即以帝為尊號也。人王迺天帝之替代，因而帝號遂通攝天人矣。[14]

然上古時期生殖崇拜的對象多為動物的生殖器，亦有見多子的果實如葫蘆，未見以如此細微的植物組成部分作為崇拜之對象。花蒂與植物的繁殖有關，乃現代科學知識，先民有否這類植物學的知識固未可知，若要以植物的一部分作為生殖的象徵，種子似乎更為合適，就如郭氏所言「子之一粒復可化而為億萬無窮之子孫」，繁殖之義更為明顯。又如論者所言：「謂『▼象子房，⊢⊣象萼，↑象花蕊之雌雄』，僅僅出於想像，在古文字中很難找到其他證據。」[15]由此可見，「帝」字像花蒂之說似出乎臆測，並非可取之說。

二 「帝」非象人形

除了象花蒂之形外，亦有部分學者將「帝」看作是人的象形。倉林忠認為「帝」象男性全形，並著重於強調其生殖器：

「亠」位於帝字上部，在古文字中意義指在上的部位，所以是採用了指事的組字方式，指人的頭部。「亠」以下部位採用象形的結字方法，「ﾉﾞ」擬人的頸項，「一」擬雙肩與垂直伸出的兩臂，「冂」擬站著岔開的兩腿，「｜」擬腿襠中的男性生殖器。在「帝」字中，表示身體其他部位的筆畫所佔位置都較小，唯獨原本體量較小的男性生殖器，所佔位

---

[14] 郭沫若：《甲骨文字研究》，許錟輝主編：《民國時期語言文字學叢書第一編（4）》（臺中市：文听閣圖書公司，2009年），頁34-36。

[15] 王輝：〈殷人火祭說〉，《古文字研究論文集》（成都市：四川人民出版社，1982年），頁268。

置較大，乃特為強調帝的男性性質，其中隱含男性生殖器崇拜含義。[16]

倉氏認為「帝」的部件 ⊽ 是人的頭部及頸部，前者屬指事，即以古文上表示頭部，後者為象形；部件 ⊢ 象人的雙肩及兩臂；部件 ⋔ 象人張開的雙腿，中間的豎筆則為男性生殖器之形。倉氏之說將「帝」看成抽象的人形，這與甲骨文象形性極強的特點似有牴觸。唐蘭（1901-1979）在其《古文字學導論》中將象形字分為三類：「象身」、「象物」、「象工」[17]，在解釋「象身」時謂：「除了用 ⋔ 和 ⋏ 象整個人形外還有些部位的象形。」[18]可知 ⋔ 象人的正面，而 ⋏ 則象人的側面，二字皆象整個人形，其象形性相當明顯，相反，「帝」的甲骨文與人的象形相距甚遠。觀乎現有的甲骨文字，其中象人形的字如 （29395）[19]及 （06063）[20]，二字皆強調佩戴在人頭上的器物，但當中象人形的部件 ⋔ 不變，由此可知，「帝」象人形之說實出於想像。

此外，甲骨文習慣以 ⊥ 來標示生殖器，如 （08233）[21]、 （03140）[22]，未見以一豎筆來標示雄性生殖器，倉氏認為「帝」下部所指的是生殖器的說法未免過份牽強。

陳筱芳亦對「帝」提出新見，認為「帝」象身穿華服頭戴冠帽之人：

> 甲骨文中帝之常見 ，與 字下部完全相同，也象華美的衣裙（裙，古謂下裳，男女同用）——長及足踝而與庶民的短衣迥然不同的服飾。帝之上部與美髮飄飄的帚不同，象冠冕狀。[23]

---

[16] 倉林忠：《龍脈尋蹤中華遠古文明疑辨錄》（銀川市：寧夏人民出版社，2007年），頁219。

[17] 詳見唐蘭：《古文字學導論》（香港：太平書局，1978年），頁35-36。

[18] 同前註，頁36。

[19] 李宗焜編：《甲骨文字編》，頁78。

[20] 同前註，頁90。

[21] 李宗焜編：《甲骨文字編》，頁614。

[22] 同前註，頁545。

[23] 陳筱芳：〈帝字新解與帝之原型和演變〉，《西南民族大學學報（人文社科版）》2004年2月（總25卷第2期），頁346。

陳氏先肯定「帚」字象「秀髮飄飄華服盛裝的女子之形」[24]，因「帝」與「帚」的下部均作**大**，由此類推，「帝」亦當為身穿華服之人形。然而，「帝」在甲骨卜辭中指的是天帝，天帝無形可像，無法解釋「身穿華服之人」與「天帝」之間的聯繫。陳氏之說似是將「人帝」的形象套用於「天帝」之上，而「帝」作為人王之稱始於周代，加上「帚」字為掃帚之象形的說法無容置疑，陳氏之說實在是難以成立。

關於「帝」的構形，仍有數種不同的說法，如「木匠用來畫方形的一種工具，與四方有關，木指位於地心的通天樹，上部的一條或兩條橫線表示上，即天的意思」[25]；「象以水滴注束木（母）形，為殷人致雨『令雨』之巫術」[26]；「天空中星星的象形」[27]；「對北極的崇拜」[28]；「象日之光芒四射狀」[29]等，由於上述說法多出於臆測，無法得到證明，其可信程度較低，因此暫不詳述。

三　「帝」非象用於祭祀中被束起的柴枝，但與祭祀相關

學者在研究甲骨卜辭後發現「帝」除了代表天帝，亦可作「禘」。羅振玉（1866-1940）：「卜辭中帝字亦用為禘祭之禘。」[30]「禘」是一種早於殷代已出現的祭祀儀式，有學者認為「禘」早期是一種火祭儀式[31]，「帝」像禘祭儀式中被束起的柴枝之說應運而生。此說最先由加拿大傳教士明義士（1885-

---

24 同前註。

25 〔美〕艾蘭，劉學順譯：〈「帝」的甲骨字形〉，《湖南大學學報（社會科學版）》2007年9月（第21卷第5期），頁5-11。

26 周清泉：〈釋「帝」〉，《成都大學學報（社科版）》（2010年第3期），頁87-100。

27 常曉彬：〈用西亞文明釋讀華夏古「帝」〉，《蘭臺世界》（2015年第33期），頁89-92。

28 郭靜雲：〈殷商的上帝信仰與「帝」字字形新解〉，《南方文物》（2010年02期），頁63-67。

29 張舜徽：《中國史論文集》（武漢市：湖北人民出版社，1956年），頁179-181。

30 羅振玉：《增訂殷墟書契考釋‧卷中》，羅振玉：《殷商貞卜文字考（外五種）》（上海市：上海古籍出版社，2013年），頁171。

31 王輝：〈殷人火祭說〉，頁255-279。

1957）提出。[32]明義士在考釋卜辭「辛卯卜，瞉（貞）：帝𠂤茲邑？」時言：

> 𠂤，《說文解字》：「𠂤，諦也。王天下之號也。从二朿聲。吳大澂謂象
> 花蒂之形，蒂為花之本，故引申以為人主之稱，近人皆宗其說。按吳說
> 未確，𠂤从一从朿从𠃜，朿為朿省，𠃜象束形，一即古文上，臱束柴
> 於上帝者也。故帝引申為禘。」[33]

明義士將「帝」的甲骨文看成分拆成三個部件：一，即「上」，代表祭祀的對
象為上帝；朿，為臱的省形；𠃜，像綑束之形，「帝」的字形就像焚燒束起的
柴枝以祭上帝。葉玉森（1880-1933）繼承此說，並將「帝」分成兩類，从𠃜
或从⋈□，分別象架形及象束薪形：

> 卜辭帝作𠂤𠂤𠂤𠂤𠂤等形，从朿朿與朿省同，即卜辭臱字。𠃜象架
> 形，⋈□象束薪形。《唐書》引《禮》盧注：『禘，帝也』卜辭之帝亦
> 多假作禘。《禮大傳》不王不禘，是惟王者宜禘，禘與臱竝祭天之禮。
> 殷人亦以祭祖禘必用臱，故帝从臱。帝為王者，宜臱祭天，故帝从一象
> 天，从二為譌變，非古文上。卜辭帝字亦有到書者，如《後編》卷上第
> 二十六葉之𠄷，下从一或象地，朿仍象積薪置架形。《聑敦》帝作𠂤，
> 从二从朿，象誼彌顯，觀此則許書从二朿聲之說為不然矣。[34]

葉氏的論說將火祭與人帝的權力拉上關係，其謂「帝為王者，宜臱祭天」，以
人王者有進行祭祀之職去解說「帝」之本義應為祭天之火祭，然「帝」於商代
指的是天帝，「帝」作為人王之稱當在周代之後，以人帝之職解釋「帝」之本
義似乎是倒果為因。

---

[32] 同前註，頁275。

[33] 明義士之說轉引自嚴一萍：《柏根氏舊藏甲骨文字考釋》（臺北市：藝文印書館，1978年），頁68。

[34] 葉玉森：《殷契鉤沈》，轉引自嚴一萍：《美國納爾森美術館藏甲骨卜辭考釋》（臺北市：藝文印書館，1973年），頁7-8。

朱芳圃（1895-1973）對「帝」的構形與葉氏不同，認為 ⊢ ⊐ 象架形，
⋈ 象束薪形：

> ✗ 若 ✗ 象積柴，⊢ 若 ⊐ 象植柴之架，⋈ 所以束之。古者祭天，燔柴
> 為禮。……蓋以火光之熊熊，象徵天神之威靈。《詩・大雅・皇矣》：
> 「既受帝祉」鄭箋：「帝，天也」《荀子・彊國》篇：「百姓貴之如帝，
> 高之如天」楊注：「帝，天神也」此本義也。《周書・謚法》：「德象天地
> 曰帝」《爾雅・釋詁》：「帝，君也」移天神之號以尊人王，蓋王權擴
> 張，階級森嚴之反映。[35]

朱氏認為以火祭的象形表示天帝之義的原因在於「火光之熊熊，象徵天神之威
靈」，這只是朱氏猜想之詞，其後所援引的資料其實未能證明「帝」字的構形
與火祭有關。綜上，學者傾向認為「帝」的部件 ✗ 同「叒」字，整體像火祭中
被堆起的柴枝，或置於架上，或被束起。

近代學者從「帝」字的構形再作進一步的分析。嚴一萍（1912-1987）認
為「帝」的甲骨文與「叒」和「柴」這些表祭祀義的字應為一類：

> 帝 ✗ 與叒 ✗ 柴 ✗ 為一系，柴為束薪焚於示前，叒為交互植薪而焚，帝
> 者以架插薪而祭天也。三者不同處，僅在積薪之方式與範圍；故辭言
> 「帝一犬」，猶他辭之言「叒一牛」也。[36]

嚴氏認為帝、叒、柴[37]三字皆像祭祀儀式中所用到被堆放的柴枝，其中的分別
在於三字所表現的擺放柴枝的方法不同，「柴」的上半部像一堆被束起柴枝，
「叒」則像柴枝交叉擺放之形，兩字均與火祭有關，而「帝」像將柴枝放置於
架上直立擺放之形。

---

[35] 朱芳圃：《殷周文字釋叢》（北京市：中華書局，1962年），頁38。

[36] 嚴一萍：《美國納爾森美術館藏甲骨卜辭考釋》，頁8。

[37] ✗，李宗焜隸定作叒，參見李宗焜編：《甲骨文字編》，頁391。

　　王輝在其論文〈殷人火祭說〉中考證了甲骨卜辭所記錄有關禘祭的詳細情況，認為「帝」在卜辭中盛載了禘祭之義，並從字形作分析，說明了「帝」的構形與火祭相關：

> 我們可以把帝字看作是由頭上的一和下部的米（或束）二部分所組成。
>
> 前邊我們已經證明過了，米祭是柴祭，束乃是束祭，也是柴祭的一種。所以從字形上看，禘必然是火祭的一種。
>
> 一在甲文中可以代表各種意義，但在帝字頂部，我們認為它是一種指示符號，代表天空。……帝字從一從米（或束），米或束表示柴祭，一指明祭祀的對象為居於天空的自然神。[38]

前文的論述肯定了米和束為火祭，在此前提下，與之形近的「帝」也被王氏視作火祭的一種。

　　若取二字之初文，米為木之象形，束則像兩端被束起的囊橐，這些說法已成定案，由是觀之，「帝」之象形是否像火祭之形則未能解也。另外，「帝」寫作 ✶ 只見一例，帝字從一從米之說值得懷疑。又，很大部分「帝」寫作 ✶，看似是符合了王氏所言的「從一從束」，然而，亦有很大部分的「帝」寫作 ✶，那又該如何解釋呢？對於這個問題，王氏有以下的解釋：

> 我們認為中間的 廾 一都是 口 的譌變。在古文字中，口 每可寫作一，如鐵二六・二之 申，鐵一三作 中；「多工」甲文作「多 舌」亦作「舌工」；干字甲文作 羊，金文作 羊，秦篆作 羊；正字甲文作 舌，金文作 正，秦篆作 正。而 廾 與 一 口 亦可通用。旁字甲文一五九六作 旁，後下三七・二作 旁；文三六一作 旁；方字乙八五一三「𣃟」乙一八二作「𣃟」粹一三一六方伯亦作 方。凡此均可證明 廾 一 口 在

---
38 王輝：〈殷人火祭說〉，頁271。

古文字中有時是可以相通的，帝字中間部分所從的 ⊢ 一 乃 ⊏ 之訛變。[39]

然此說非是。首先，王氏以其他甲骨文證明 ⊏ 可寫作 一、⊢ 可寫作 一，卻沒法證明 ⊏ 可寫作 ⊢，也就無法支持「帝字中間部分所從的 ⊢ 一 乃 ⊏ 之訛變」之說。第二，王氏以「干」及「正」的甲骨文、金文、小篆為例說明 ⊏ 可變化出 ⊢ 及 一，看似可以解釋「帝」的不同構形，然而由甲骨文發展至小篆，文字已經歷了很長時間的演變，在此過程中，字形有變是正常的，但綜觀其他甲骨文字，似乎未見如「帝」⊢ 一 ⊏ 三種寫法同時出現的情況。最後，王氏以「旁」為例，謂 ⊢ 與 ⊨ 可通，似有誤導成分。王氏在描摹甲骨文時，有意將 （英0634）[40]寫作 ；（06665正）[41]寫作 ，⊢ 與 ⊨ 可通之說不攻自破。

總括而言，由於卜辭中「帝」通「禘」，即禘祭，因此學者多傾向「帝」的字形與祭祀儀式相關，「帝」可分拆為三個部件：木，或為賣之省形，或為柴祭，代表火祭；⊏，或像綑束之形，或像架形；最高的 一 ，代表上天，亦有學者認為帝字最上面一橫為聚光吸熱的「陽燧」[42]，由此組成的「帝」就像火祭中被束起的柴枝之形。

「帝」的構形與祭祀儀式相關相對來說是較為合理的說法。《禮記‧表記》：「殷人尊神，率民以事神，先鬼而後禮。」[43]由於先民處於一個典型的祭祀時代，每事卜問並以祭祀為手段取悅神靈，天帝又是擁有最高權威的神祇，當然在殷人祭祀之列，又因天帝無形可像，先民以祭祀天帝時使用的物件來表示其抽象之義也是無可厚非的，但「帝」的字形是否像祭祀儀式中被焚燒的柴枝之形，仍值得商榷。

---

[39] 同前註，頁270-271。

[40] 李宗焜編：《甲骨文字編》，頁1226。

[41] 同前註。

[42] 鄭珮聰：〈「帝」字新解〉，《現代語文（語言研究版）》2014年第3期，頁67-69。

[43] 〔清〕孫希旦：《禮記集解‧下》（北京市：中華書局，2010年），頁1310。

　　「帝」除了象火祭中的柴枝之形外，亦有學者認為「帝」像祭台之形，如李樂毅：

> 「帝」原是「禘」的本字。「禘」是古代的一種隆重的對上天或宗廟的
> 祭祀儀式。甲骨卜辭有「帝于嶽」、「帝下乙」等記載。字形像架幾段木
> 材作為祭台的樣子。後來多假借為帝王的「帝」字。[44]

　　相比之下，「帝」像祭台之形的說法似乎比像火祭之形的說法可取。在甲骨文中有一字形作𦥑（30593）[45]，像雙手奉「帝」，「帝」若為火祭之形，又如何能以手承之？𦥑像雙手供奉之形，有表示尊敬之意，其他從「廾」或「収」的字皆有此義，如典𦥘（21186）[46]、尊𦥓（06571正）[47]、登𦥑（21221）[48]等。但如果「帝」像祭台之形，祭台如何能象徵天帝之義，兩者之間的意義聯繫並不明顯。先民在創造文字時，字形往往會與字義有明顯的聯繫，如「社」像立石之形，表示其祭祀的對象為土地神，「帝」的字形應與其祭祀的對象有關，帶有象徵性。由此引申，「帝」應為祭器，用於祭祀天帝的儀式中，是天帝的象徵。

四　「帝」字新解：像帶斧鉞的祭器之形

　　如上文所言，「帝」應與祭祀儀式相關，但未必就是火祭儀式中的柴枝或是祭祀時用的祭台。「帝」或可以分拆為兩個部件：從 ⊤、從 人，前者為斧鉞之象形，後者像支架。

　　從字形作分析，《甲骨文字編》將「帝」的甲骨文字形分作七類[49]（參見

---

[44] 李樂毅：《漢字圖解1000例》（香港：商務印書館，2011年），頁265。

[45] 李宗焜編：《甲骨文字編》，頁408。

[46] 同前註，頁1176。

[47] 同前註，頁1034。

[48] 同前註，頁1092。

[49] 有關甲骨文字時代的分期，以李宗焜《甲骨文字編》的分類為依據，詳見李宗焜編：《甲骨文字編·上冊》，頁11、17-18。

附件一)。第一類 ✹ 及第三類 ✹ 數量較多,分別收錄了二十六個字及二十九個字。第二類 ✹ 應為倒書,其字形與第一類大致相同。第四類 ✹ 為後起字[50],最高一畫應為飾筆,其字形與第三類大致相同。由此可知,第一至第四類字形可看作是「帝」字的常態,至於第五至第七類則為「帝」字之變體。而在第五、第六、第七類共十二字中,除了 ✹ 屬第三期(廩辛康丁時期)的甲骨文字外,其餘字形均屬第一期至第二期的甲骨文。要了解「帝」字初文的構形,或可從這些較早期的「帝」字變體入手。

屬於第一期(武丁時期)的甲骨文「帝」字有以下諸形:

師組小字:

✹ 21080(A2)　　✹ 21174(A2)

非王卜辭[51]:

✹ 21987(C2)　　✹ 22450(C4)　　✹ 22495(C4)

第一期至第二期(祖庚祖甲時期)的「帝」字有以下諸形:
典型賓組(賓組二類)

✹ 05662(A7)

歷組一類:

✹ 32063(B2)

第二期(祖庚、祖甲時期)的「帝」字:
歷組二類:

---

[50] 第四類「帝」字共十一例,詳見附件二。A9即出組二類,B3即歷組二類,為第二期的甲骨,共3字;A11即何組一類,A12即何組二類,B6即無名組,為第三至第四期的甲骨,共六字;A13即黃組,為第三期晚期至第五期的甲骨,共2字。由此可知,從二的「帝」未見於早期的甲骨文,屬於後起字,最高的一畫應為飾筆。

[51] 非王卜辭的時代應為武丁時期,即甲骨文斷代的第一期,非王卜辭時代考詳見彭裕商:《殷墟甲骨斷代》(北京市:中國社會科學出版社,1994年),頁300。方述鑫:《殷墟卜辭斷代研究》(臺北市:文津出版社,1992年),頁9。

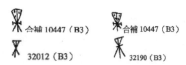

從這些字形可見，早期「帝」的構形多從 ⊢ 或 一，較少從 ⊟，由此推斷，從 ⊢ 或 一的「帝」出現時間應略早於從 ⊟ 的。部分字形在部件▽中加上圓圈或圓點，如 ❋、❋，這些字形不見於後期的甲骨文中，可看作是祭器上的裝飾，之後被省去。早期「帝」的構形與「夒」❋ ❋ ❋ ❋ ❋ 有明顯的差別，無法支持「夒」「帝」同形之說。由於早期的甲骨文字形仍未成定制，因此有不同的形體，這些字對了解「帝」字的原形有莫大的幫助，不應將之看作特例，加以排除。

「帝」的上方的部件應可能是斧鉞之類的利器。「戉」可寫作 ❋（20792）[52]、❋（21887）[53]、❋（乙7521）[54]、❋（22063）[55]等形，將之橫置成 ❋、❋、❋、❋，與「帝」上方的部件相合。同為斧鉞象形的戍亦可寫成 ❋（00474）[56]、❋（31591）[57]諸形，又與早期的「帝」❋ 相似。

從字義分析，先民認為「帝」是最大最高的神祇，性質與「王」為最大最高之人一樣，皆有主宰世事萬物之義：

> 「帝」是殷人信仰的最高的神，具有最高的權威，管理著自然與下國。上帝最重要的權力是管轄天時而影響年成。這說明殷人已經有至上神的觀念，而且卜辭中的這個至上神明顯是一個早期的主掌農業的自然神。同時，這個「帝」已遠不是原始部落的部族神，卜辭中的上帝不僅像人間帝王一樣發號施令，而且有帝廷，有工臣為之施行號令。殷人作為祖先來崇拜的先王先公可上賓於帝廷或帝所，轉達人間對上帝的請求。先

---

[52] 李宗焜編：《甲骨文字編》，頁916。
[53] 同前註，頁918。
[54] 同前註。
[55] 同前註。
[56] 同前註，頁919。
[57] 同前註。

公先王也可通過阻撓降雨等，給人間以災禍。[58]

　　學者如吳其昌、王汎等認為「王」的本義是斧鉞，「帝」的字義或許是從「王」而來的。由於天帝有人帝的意志，而天帝與人帝之職同，在天曰帝，在地曰王，先民在造字的時候，均以武器作為權力的象徵。就如林汎所言：「斧鉞這種東西，在古代本是一種兵器，也是用于『大辟之刑』的一種主要刑具。不過在特殊意義上來說，它又曾長期作為軍事統率權的象徵物。」[59]斧鉞除了象徵了權威，亦有懲罰之義。帶有懲罰之義的字如妾、童等字所從的「辛」或「辛」均像利器之形，這又聯繫到天帝有給人間帶來災禍以作懲罰的力量。此斧鉞用作為天帝的象徵，與普通的斧鉞的分別在於其被橫放在由木材所製的支架上，作為祭器使用，並使之得以卓立。

　　總括而言，「帝」像用於祭天帝的祭器之形的說法較為可取。「帝」字或可分為二個部件：从 ⊞，為斧鉞之象形、从 木，木製的支架，斧鉞被橫放在可以企立的支架上。此說雖無實際證明，然可備一說。

[58] 陳弱水編：《中國史新論：思想史分冊》（臺北市：中央研究院，2012年），頁99。

[59] 林汎：〈說王〉，《林汎學術論文集》（北京市：中國大百科全書出版社，1998年），頁1。

附件一

【 帝 】

1336
帝

1. 21075（A2）	14154（A4）	00368（A7）
00371 反（A7）	00405（A7）	00418 正（A7）
00905 正（A7）	02334（A7）	02334（A7）

12855（A7）	14302（A7）	15960 反（A7）	英 0012 正（A7）
英 0086 反（A7）	英 1227（A7）	英 1228（A7）	
英 1239（A7）	14370 甲（A8）	14370 丙（A8）	
08649 反（AB）	14159（AB）	14303（AB）	15950（AB）
15951（AB）	30590（A12）	35720（A13）	

2. 21087（A2）	21175（A2）	00475（A7）
3. 21077（A2）	00217（A7）	00418 正（A7）

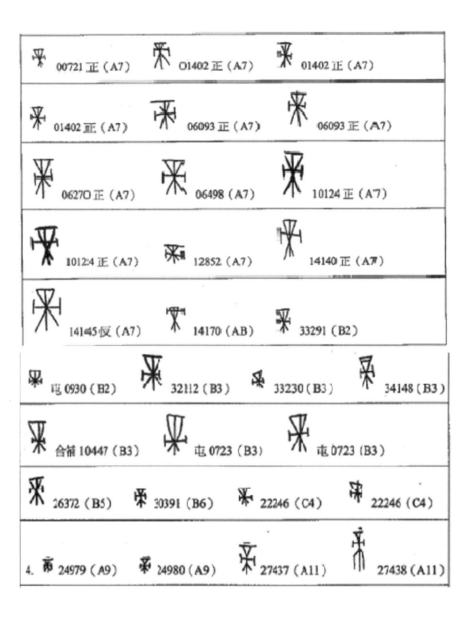

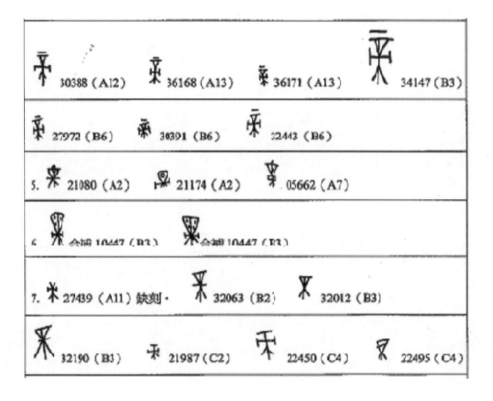

論《說文》從「匕」得聲之字

何添

南開大學中文系客座教授

摘要

　　《說文》釋匕字，以為有：「相與比敘也。」及：「亦所以用比取飯，一名枇。」兩義，今上考古文，而知匕當象人站立拱手側面之形，古文字用匕為妣，由來已舊。是則匕固有三義，以字形相近，許君誤合而一之，後世孳乳而分途，以匕為聲首，演而為比，亦為無聲字，當與匕同列，流衍而有四十八字，蔚為大族矣。又 當從尼日聲，應入日系，今剔除於匕系外，則《說文》從匕得聲而流衍者實四十七文。

關鍵詞：匕、比、妣、甲骨文、說文

一　聲母釋義

《說文》八上匕部匕字下云：

⺼、相與比敘也。从反人。匕亦所以用比取飯。一名柶。

段玉裁（1735-1815）注：

比者、密也；敘者、次第也。以妣籀作妸，祗或作祂，枇或作杷等求
之，則比亦可作⺼也。此製字本義。今則取飯器之義行而本義廢矣。[1]

是以為匕之本義為比敘，而別義則為飯器。一字兩解，非許書常例。拙著《說
文解字形聲字探原疑義例釋》及《論說文四級聲子》[2]二書皆有詳盡說明，可
參。故徐灝（1809-1879）箋《段注》，以為匕、比古今字，假借為刀匕字。王
筠（1784-1854）《釋例》則曰：

匕字蓋兩形各義，許君誤合之也。比敘之匕从反人，其篆當作⺼。部
中𠤎、𠤏、印、卓、艮從之。一名柶之匕，蓋本作⺀，象柶形；部中
匙、𣪠、頃從之。它部之從之者，此用比敘義。艮下云：「匕合也。」亦
同意。旨、皀、𣥸皆柶義。由此觀之，其為兩義，較然明白。反人則會
意，柶則象形，斷不能反人而為柶也。乃許君合為一者，流傳既久，字
形同也。

《說文》中以形近而混同之例，往往見之，比敘之匕，與柶之匕，亦其一端

---

[1]　《詁林》冊七，頁3638。丁福保編纂：《說文解字詁林及補遺》，全十二冊（臺北市：臺灣商務印書
　　館，1970年）。以下簡稱《詁林》。

[2]　《說文解字形聲字探原疑義例釋》，全一冊（香港：新亞研究所，1993年）。《論說文四級聲子》，全
　　一冊（天津市：南開大學中國文字學研中心，2008年版）。

也。桂馥《義證》搜羅經典中用匕為比敘及枈之例證綦詳[3]，足證許君合兩形近之字而一之矣。

甲文有匕字，作𠤎。羅振玉（1866-1940）曰：

> 《說文解字》妣，籀文作𣫯，卜辭多作𠤎，與古金文同，多不從女。

孫海波（1911-1972）亦言，卜辭有用匕為妣，或用比為妣者。李孝定（1918-1997）則以為：

> 妣、契文假匕枈之匕為之，亦不從女。金文作𠤎，與契文同。又作𣥂、𤰔、𣫯、𣫯，與許書籀文同。又作𥘈，與小篆同。𥘈從示匕聲。示、神事也，祖妣為已歿之稱，故又從示。此後起字，匕、比聲同，從匕聲從比聲一也。許謂籀文妣省，失之。

是則古文字用匕為妣，固無比敘義矣。然其𠤎形究何所取象，終未有確詁。趙誠（1933-）以為：

> 匕，甲骨文寫作𠤎，有人以為象匕（與後世之匙類似）之形。但出土之匕與𠤎字形體不合。而商代人又把有些匕字寫成象人（𠘧）的形狀，從反面證明匕字在當時人們心目中並不是匕（匙）的象形，而是象人站立拱手側面之形。這是尚待進一步研究的問題。[4]

是匕古文或當為象人側立之形也。

《金詁》列匕字十一文，大率作𠤎、𠂆、𠤎、𠃜、𠃜、𠤎、𠦝、𠦝、𡰯、𠧪、𠂢之形。吳其昌（1904-1944）以為：

3　同註1。

4　《甲詁》，頁3。于省吾主編：《甲骨文字詁林》，全四冊（臺北市：中華書局，1996年）。以下簡稱《甲詁》。

祖妣之匕，則象人之側形，故其字為人字之反而不為刀字之反。祖妣之
匕，龜甲文作 ⟨ 或 ⟩，皆象人或鞠躬或匍匐之側形，左右側均不關宏
旨也。

曹詩成（？-？）[5]引用經傳，以為匕之形似叉。若析訓枇之匕為另一字，則匕
當指人而言，甲文稱妣者干，以十干命名以配諸王，是匕或當指人而言[6]，故
趙誠以為尚待進一步研究。俟後匕孳乳為妣而漸多，遂為另一匕系字矣。

八上比部比字下云：

⫼、密也；二人為从，反从為比。𠨘、古文比。

徐灝曰：

《易傳》曰：「比、輔也。」輔者相助之義，即親比義也。比、猶密
也。凡物相比則有等差，故引申為比方之稱。相比則有因此及彼之義，
故又為比及也。字當從重匕。戴氏侗曰：「櫛之疏者曰疏，密者曰比。
詩曰：『其比如櫛。』漢遺單于玉比疏是也。」俗作梳篦。[7]

其言「字當從重匕」者，與古文合，而未知匕實象人站立拱手側面之形也。
　　許慎（58-147）以為匕有「相與比敘」者，當為合二匕而為比，比從匕
來，甲文匕字除用為妣外，尚有表示「某種狩獵之手段」及用作副詞以表示
「連續」義者[8]。而甲文比字亦有「聯合親近」意，與《周禮》、《左傳》、《戰
國策》等經典用匕為「相親比」義同[9]。許君整理舊文，見比有「聯合親近」

---

[5]　近代學者，生卒不詳，著有《匕器考釋》，載《史學年報》第2卷第5期，1938年
[6]　《金詁》，頁5123。周法高主編：《金文詁林》，全十六冊（香港：香港中文大學，1974年）。
[7]　《詁林》冊七，頁3651。
[8]　《甲詁》，頁3，0002匕字條。
[9]　見《甲詁》，頁135-137。林澐：《甲骨文中的商代方國聯盟》。

之意,而比從匕來,故匕得有「相與比敘」之義,此蓋由用字之法而得之,非據形為諟也。許君訓比為「密也」,固得比字之真詮,而以為:「二人為从,反从為比」,則不免失之一間,當為二匕為比。蓋甲文比、从二字分別甚嚴,畛域章明,迥乎其不可亂也。

綜而言之,象人匍匐鞠躬形之匕字及訓柶之匕字為先有,復演化而有三途:象妣之形,一也;所以用匕取飯,二也;相與比敘,三也。三者形近,分流孳乳,許君誤合而一之,得其釋義而兩存,今日復藉甲金文而復其舊觀,當加細繹,以復其舊。

二 衍聲分析

匕為初文,相衍而有匕系;由匕而比,亦為無聲字,相衍為比系,二者同出一原,匕、比同為旁紐雙聲,固當為原始聲母。匕系衍生者二十五文,比系衍生者二十三文,今合而一之,以最初文匕為衍生之始,則《說文》中從匕而衍者當有四十八文矣。

聲母——匕			古聲	聲類	古韻
匕——相與比敘也从反人匕亦所以用匕取飯一名柶_{卑履切}			幫	幫	灰
比——密也二人為从反从為比_{毗至切}			並	並	灰
直接聲子	匕聲				
	牝	畜母也从牛匕聲易曰畜牝牛吉_{毗忍切}	並	並	先
	旨	美也从甘匕聲_{職雉切}昏古文旨	端	照	灰
	疕	頭瘍也从广匕聲_{卑履切}	幫	幫	灰
	帗	嶚裂也从巾匕聲_{卑履切}	幫	幫	灰
	尼	從後近之从尸匕聲_{女夷切}	泥	娘	灰
	比聲				

聲母——匕			古聲	聲類	古韻
	祉	以豚祠司命从示比聲漢律曰祠祉司命_{卑履切}	幫	幫	灰
	玭	珠也从玉比聲宋宏云淮水中出玭珠玭珠之有聲者_{步因切}蠙夏書玭从虫賓	並	並	先
	芘	艸也一曰芘茶木从艸比聲_{旁脂切}	並	奉	灰
	枇	枇杷木也从木比聲_{房脂切}	並	奉	灰
	秕	不成粟也从禾比聲_{卑履切}	幫	幫	灰
	仳	別也从人比聲詩曰有女仳離_{芳比切}	滂	敷	灰
	毗	輔信也从囟比聲虞書曰毗成五服_{毗必切}	並	並	灰
	庇	蔭也从广比聲_{必至切}	幫	幫	灰
	毗	人臍也从囟囟取通气也从囟比聲_{房脂切}	並	奉	灰
	妣	殁母也从女比聲_{卑履切}妣籒文妣省	幫	幫	灰
	紕	氐人繝也讀若禹貢玭珠从糸比聲_{卑履切}	幫	幫	灰
	坒	地相次比也衛大夫貞子名坒从土比聲_{毗至切}	並	並	灰
二級聲子	尼聲				
	柅	木也實如棃从木尼聲_{女履切}	泥	娘	灰
	秜	稻今年落來年自生謂之秜从禾尼聲_{里之切}〔註一〕	來	來	灰
	𥹥	潰米也从米尼聲交止交阯有𥹥泠縣_{武夷切}	明	微	灰
	泥	水出北地郁郅北蠻中从水尼聲_{奴低切}	泥	泥	灰
	旨聲				
	詣	候至也从言旨聲_{五計切}	疑	疑	沒
	鞊	蓋杠絲也从革旨聲_{脂利切}	端	照	灰
	鴲	瞑鴲也从鳥旨聲_{旨夷切}	端	照	灰

聲母——匕			古聲	聲類	古韻
	脂	戴角者脂無角者膏从肉旨聲旨夷切	端	照	灰
	稽	留止也从禾从尤旨聲古兮切	見	見	齊
	屍	尻也从尸旨聲詰利切	溪	溪	灰
	耆	老也从老省旨聲渠脂切	溪	群	灰
	諨	下首也从首旨聲康禮切	溪	灰	灰
	麞	大麋也狗足从鹿旨聲居履切麂或从几	見	灰	灰
	恉	意也从心旨聲職雉切	端	照	灰
	鮨	魚賠醬也出蜀中从魚旨聲一曰鮪魚名旨夷切	端	照	灰
	指	手指也从手旨聲職雉切	端	照	灰
坒聲					
	陛	升高階也从自坒聲旁禮切	並	並	灰
毘聲					
	膍	牛百葉也从肉毘聲一曰鳥膍胵房脂切肶或从比	並	並	灰
	椑	梠也从木毘聲讀若枇杷之枇房脂切	並	並	灰
	貔	豹屬出貉國从豸毘聲詩曰獻其貔皮周書曰如虎如貔猛獸房脂切豼或从比	並	並	灰
	批	反手擊也从手毘聲匹齊切	滂	滂	灰
	媲	妃也从女毘聲匹計切	滂	滂	灰
	蠯	齧牛蟲也从虫毘聲邊兮切	幫	幫	灰
玼聲〔註二〕					
	蕀	蒿也从艸玼聲房脂切	並	並	灰
	蠹	蚍蜉大螘也从䖵玼聲房脂切蚍蠹或从虫比聲	並	並	灰

聲母──匕			古聲	聲類	古韻
三級聲子	耆聲				
	蓍	蒿屬生千歲三百莖易以為數天子蓍九尺諸侯七尺大夫五尺士三尺从艸耆聲式脂切	透	審	灰
	嗜	嗜欲喜之也从口耆聲常利切	定	禪	灰
	楮	柱砥古用木今以石从木耆聲易楮恆凶章移切	端	照	歌戈
	泥省聲				
	屔	反頂受水丘从丘泥省聲奴低切	泥	泥	灰
	陛省聲				
	梐	梐枑也从木陛省聲邊兮切	幫	幫	灰
	陛	牢也所以拘非也从非陛省聲邊兮切	幫	幫	灰

註一：按秜里之切之聲古在咍部與灰遠隔檢廣韻秜力脂切與尼聲為近當據改

註二：㡙䶒同字隸定後二之故為分別

此四十八字：

一、與匕聲韻畢同者十字：祉、梐、秕、疕、帔、庇、妣、紕、螕、陛。

二、與匕韻同聲異者三十七字：

（一）疑紐一字：詣。

（二）見紐二字：稽、䲹。

（三）溪紐三字：耆、眉、䛍。

（四）端紐八字：鞊、䳧、脂、旨、楮、恉、鮨、指。

（五）透紐一字：蓍。

（六）定紐一字：嗜。

（七）泥紐四字：柅、屔、尼、泥。

（八）來紐一字：秜。

（九）並紐十二字：䔥、芘、牝、膍、榌、枇、比、貔、䶒、䶍、

坒、陛。

（十）明紐一字：耄。

（十一）滂紐三字：仳、摣、媲。

三、與匕聲同韻異者一字：

（一）先部一字：玭。

除玭字為先韻外，皆為灰韻，灰先對轉，可以相諧。又見、溪、疑為牙音，端、透、定、泥、來為舌音，並、明、滂為唇音，是匕得有牙、舌、三音也。

三　衍義分析

牝、旨、疕、帆、尼五字從匕聲，祂、玭、芘、枇、秕、仳、咄、庇、齔、妣、紕、坒十二字從比聲，為匕之直接聲子。

牝所從之匕聲當有妣義，妣者、母氏也。二上牛部牝字下云：

> 牝、畜母也。从牛匕聲。《易》曰：「畜牝牛，吉。」

徐灝箋：

> 牝之本義為牛母，引申為凡畜母之稱。戴氏侗曰：「牝字牛也，象牛下有犢，與麀同。」此解極精，牝與麀皆象獸乳子，故作重文為小牛、小鹿，非匕聲也。[10]

是篆文以匕為指事符號，象獸乳子之形。

甲文有牝字，《字典》所錄從匕者獸類二十九文，包括有牛、羊、豕、虎、鹿等六類。徐中舒（1898-1991）釋之曰：

> 用以表示雌性家畜或獸類，結合不同獸類之形符，表示雌性之牛

---

10 《詁林》冊三，頁520。

（𠤏）、羊（𦍋）、豕（𤜵）、馬（𩡬）、虎（𧆞）、鹿（𢉖）等之專名。《爾雅》有麎、豝、牂、騇等為雌獸之專名，後世乃以牝為雌獸之通稱。[11]

由古文觀之，則匕果當用為指事符號，而音讀為匕者，記其語原自匕來也。甲文用匕為妣以表母氏，由來已舊，故知牝字所從之匕聲聲中有義。

旨所從之匕聲當有柶義。五上旨部旨字下云：

旨、美也。从甘匕聲。𣅚、古文旨。[12]

是旨有美義，其從匕聲者，言人食之而覺甘美，是聲中有義也。

甲、金文俱有旨字，甲文作𣅌、𣅍、𣅍、𣅚[13]，觀其用字，只為方國名，或借為䐋，無甘美意。金文旨字作𣅍、𣅍、𣅍、𣅍、𣅚、𣅍、𣅚、𣅚，吳式芬（1796-1856）據《說文》古文𣅚，比對金文𣅍，以為：

𣅍勺長柄形，蓋以勺注口之意。今所傳卣銘亞中有𣅚，蓋象以勺挹酒，其上端之𣅍，即此字上體之𣅍。小篆从匕从日，亦同此意。

是以為匕當為柶也。林義光（？-1932）亦以為：「象以匕入口形。」商承祚（1902-1991）曰：

甘、口古同字同意。如嘗，金文从金亦从口，嘗其旨是否意也。[14]

---

11 《字典》，頁81。徐中舒主編：《甲骨文字典》，全一冊（成都市：四川辭書出版社，1988年11月第1版）。以下簡稱《字典》。

12 《詁林》冊四，頁2061。

13 《字典》，頁511。

14 《金詁》，頁3035。

則金文之旨字固不同於甲文而為小篆之原矣。

《詁林》諸家，王筠以為旨當為：「從人甘，謂人所甘也。」朱駿聲（1788-1858）以為：「古文從舌含一，指事，與甘同意。」是皆不以為旨字為「從甘匕聲」也。平章諸家之論，當以饒炯（？-？）《部首訂》所釋最為近於造字之理：

> 旨即脂之本字。脂者角獸肥也。口味惟肥則美，美則甘。故角獸之膏，於文從甘匕聲，而引借為凡美之稱。自引借義行，又加肉為脂而別其體，則旨乃專為美稱矣。其為肥而從匕聲者，以角獸肥多凝核，遂因凝止之止名之，是以音讀如職雉切。[15]

其言旨為脂之初文則可從。旨字之義，當如金文所釋，從匕從甘匕聲，言以匕注旨於口，後世復加肉以為脂。是旨字用匕之柶義也。

疕、帗用匕之引申義而有連續意。七下疒部疕字下云：

> 疕、頭瘍也。從疒匕聲。

按本書瘍徐鍇（920-974）訓曰：「頭瘡也。」[16]瘡在頭生，連綿成串，不止一端。匕有比敘義，有連續不斷意，是疕所從之匕聲由比來，即由匕引申而來。

七下巾部帗字下云：

> 帗、幯、裂也。從巾匕聲。

王筠《釋例》：

15 《詁林》冊四，頁2061。
16 《詁林》冊六，頁3318。

忛下云:「幣、裂也。」似當云:「忛、幣、裂也。」然幣下云:「殘帛也。」不云:「忛幣也。」從知忛、幣為一事而兩名。許君以幣說忛，再以裂說幣；而其裂也，則由於敝敗綻裂，而非裂夫新帛，故幣下又以殘帛明之。[17]

殘帛「敝敗綻裂」，是有連續意，當由比、即由匕所引申。

尼當從比來。八上尸部尼字下云：

尼、從後近之。从尸匕聲。

王筠《句讀》：

言從後者，於字形得之。尸是臥人，匕是反人。匕者比也，人與人比，是相近也；人在人下，是從後也。

是足以發尼字之意矣。林義光曰：

匕、尼不同音，尼人之反文，匕亦人字，象二人相昵形，實昵之本字。[18]

說亦可通。然尼古音泥紐灰部，與匕古音幫紐灰部，可以相諧，不可得謂不同音也。

祕、𡴋、妣當用比之本義，俱由匕來。一上示部祕字下云：

祕、以豚祠司命。从示比聲。漢律曰:「祠祕司命。」

---

[17] 《詁林》冊六，頁3418。

[18] 《詁林》冊七，頁3784。

《詁林》錄周松年（？—？）《〈說文〉祧字說以「以豚祠司命。从示比聲。漢律曰：『祠祧司命。』」解》說祧字曰：

（祧）从示比聲者：比、密也。《周禮・緇衣》注謂私相親也。民神異業，敬而不黷，今乃因得所求而以物為祭，謂之曰祧，古人制字之意微矣。此字為形聲兼會意，當為从示从比比亦聲。[19]

可以見祧所以從比之故矣。

九上卪部㔾字下云：

㔾、輔信也。从卪比聲。《虞書》曰：「㔾成五服。」

段注：

信者、卪也；从比，故以輔釋之。當云从比卪、比亦聲。[20]

經籍或用比為㘉，當為未分化前之寫法。

十二下女部妣字下云：

妣、歿母也。从女比聲。㚷、籀文妣省。[21]

以㘉為歿母者，徐灝以為蓋漢以後語。甲文以匕為妣。籀文作妣者，俱見其演化之迹矣。

紕、坒當從比來，亦即從匕來。十三上糸部紕字下云：

---

[19] 《詁林》冊二，頁60。

[20] 《詁林》冊七，頁4021。

[21] 《詁林》冊九，頁5546。

> 、氐人𦇧也。讀若禹貢玭珠。从糸比聲。[22]

紕字蓋同於絣。本書絣字訓曰：「氐人殊縷布也。」段注：

> 《華陽僰國志》曰：「武都郡有氐僰殊縷布者，蓋殊其縷色而相間織之。」絣之言駢也。[23]

比有密義，有「聯合親近」意，紕從糸，故得「殊其縷色而相間織之」之意，二字同義，而絣古音幫紐灰部，與紕雙聲通轉，是二字聲同。論其語原固當自匕來也。

十三下土部坒字下云：

> 、地相次比也。衛大夫貞子名坒。从土比聲。

桂馥（1736-1805）《義證》：

> 《廣雅》：「坒、次也。」《漢書諸侯王表》：「諸侯比境，周帀三垂。」顏注：「比謂相接次也。」《吳都賦》：「商賈駢坒。」李善引許著《淮南》云：「坒、相連也。」五臣注：「坒、次也。」[24]

是坒有比義也。

芘、庇、䚡當用比之引申義，其原當自匕來。一下艸部芘字下云：

> 、艸也。一曰芘、茮木。从艸比聲。

---

22 《詁林》冊九，頁5919。

23 《詁林》冊九，頁5918。

24 《詁林》冊九，頁6123。

桂馥曰：

> 《玉篇》:「芘、蕃也。」[25]

草而有蕃義，比敘而生，故知從比來。

九下厂部庇字下云：

> 庀、蔭也。从广比聲。[26]

比有「聯合親近」意，故引申得有庇蔭、覆蓋義。

毗用比之引申義。十下囟部毗字下云：

> 毗、人臍也。从囟，囟取通气也。从囟比聲。

从囟者所以通氣，从比者，桂馥《義證》：

> 魏校《六書精蘊》:「囟、頂門也。子在母胎，諸竅尚閉，惟臍內氣囟為
> 之通，骨獨未合。既生則竅開，口鼻內氣尾閭為之洩。囟乃漸合陰陽升
> 降之道也。」[27]

古人之說如此。以為比有漸合義，是由密義所引申也。然徐灝箋：

> 人臍不應從囟，肉部曰:「膍、牛百葉也。一曰：鳥膍胵，或作肶。」
> 疑人臍之毗當以肶為正，別作膍，省為毘，又移其偏旁。因膍胵字借為
> 鳥獸之用，遂為借義所專耳。〈急就篇〉云:「脾腎五藏膍齊乳。」顏

---

25 《詁林》冊二，頁360。

26 《詁林》冊七，頁4144。

27 《詁林》冊八，頁4642。

注：「膍齊、即朼齊也。」是古字作膍。肉部齋下云：「肶齋也。」尤其明證，許於此偶欠詳審也。朼之引申與比義近。《小雅‧節南山篇》：「天子是朼。」鄭箋云：「朼、輔也。」《釋文》：「王肅本作埤。」皆輔比義。《春秋‧哀‧五年》：「城朼。」《公羊》作「比」。又《爾雅‧釋詁》：「朼、劉、暴，落也。」郭注：「謂樹木葉缺落。」蔭疏：「《方言》云：『朼、廢也。』」即缺落之義，此但聲相借耳。

徐灝以為朼之正字當為肶，言之成理，可以信從，抑亦可補古人之偶失也。

秕與仳當取相反成義者。七上禾部秕字下云：

秕、不成粟也。从禾比聲。[28]

比有「聯合親近」意，不成粟、言其衰敗也；衰敗則疏，當是相反成義者。

八上人部仳字下云：

仳、別也。从人比聲。《詩》曰：「有女仳離。」[29]

比有「聯合親近」意，訓別，是相反成義也。仳、別雙聲；仳、離疊韻。

玭、枇所從之比聲當為聲中無義者。一上玉部玭字下云：

玭、珠也。从玉比聲。宋宏云：「淮水中出玭珠，玭、珠之有聲者。」
䮐、《夏書》玭从虫賓。[30]

故籍多用蠙字。蠙比雙聲，是只取其聲也。

六上木部枇字下云：

---

28 《詁林》冊六，頁3116。

29 《詁林》冊七，頁3612。

30 《詁林》冊二，頁189。

𣏗、枇杷、木也。从木比聲。[31]

此草木之名，雙聲連語。

　　柅、秜、㞒、泥四字從尼聲，詣、鮨、鶛、脂、稽、耆、𦜖、𧮫、𪋯、恉、鮨、指十二字從旨聲，陛從坒聲，膍、棍、貔、搶、媲、蜭六字從𣬈聲，菧、蠤二字從㢉聲，為匕之二級聲子。

　　秜用匕之引申義而有連續意。七上禾部秜字下云：

𥞤、稻今年落，來年自生，謂之秜。从禾尼聲。[32]

尼有「從後近之」之意，「今年落，來年自生」，是連續不斷，有比敘義，當由尼來。尼由比來，即由匕來也。

　　㞒所從尼聲當由分來。七上米部㞒字下云：

𥼧、潰米也。从米尼聲。交阯有㞒泠縣。[33]

言「潰米」，其義蓋近於糜；糜即粥也（徐鍇語）；其字古音明紐歌戈部，與㞒雙聲旁轉。黃侃（1886-1935）論其語源，以為糜為糠之轉，糠由粉來；粉由八分來[34]；分古音非紐痕魂部，與㞒於聲同為唇音，於韻為旁對轉，故㞒當出於分而有潰義。

　　柅、泥所從之尼聲當為聲不兼意者。六上木部柅字下云：

𣏗、木也，實如棃。从木尼聲。[35]

---

[31] 《詁林》冊五，頁2408。

[32] 《詁林》冊六，頁3095。

[33] 《詁林》冊六，頁3162。

[34] 《黃批》，頁451。

[35] 《詁林》冊五，頁2416。

此草木之名。

十一上水部泥字下云：

泥、水，出北地郁郅北蠻中。从水尼聲。[36]

此江河之名。

指當由匕來。十二上手部指字下云：

指、手指也。从手旨聲。[37]

旨有甘美義，從匕注旨於口；益手為指，言以手取甘美之物，以示食而甘之，是指之義，由匕來也。後世細分之而有姆指、食指、中指、無名指及小指之別。

脂當為旨之後出加偏旁字。四下肉部脂字下云：

脂、戴角者脂，無角者膏。从肉旨聲。[38]

言脂、膏，蓋味之甘美者，當與旨同，後益肉而為脂耳。

耆所從之旨聲當由指來。八上老部耆字下云：

耆、老也。从老省，旨聲。[39]

張舜徽（1911-1992）《說文約注》：

《釋名·釋長幼》云：「六十曰耆。耆、指也。不從力役，指事使人

---

36 《詁林》冊八，頁4927。
37 《詁林》冊九，頁5371。
38 《詁林》冊四，頁1803。
39 《詁林》冊七，頁3761。

也。」《曲禮》明云:「六十曰耆,指事。」[40]

是耆之得義也。

　　詣所從之旨聲當為至之借。三上言部詣字下云:

　　　　𧥠、候至也。从言旨聲。[41]

按旨無至義,當以旨、至聲近,故借旨以示至之意。至古音端紐屑部,與詣互
為平入。本書候訓曰:「伺望也。」伺望所至,故以言申述之,是詣所以從言
之故也。

　　惛當由志來。十下心部惛字下云:

　　　　帽、意也。从心旨聲。[42]

以意釋惛,明其義同也。本書意訓曰:「志也。」《說文》無志字,徐鉉(916-
991)補之而王筠、錢坫(1744-1806)復刪之。然志字早見於經籍,流行廣
遠,當為許君偶失耳。按志古音端紐咍部,與惛雙聲,當為惛之源。

　　稽、𥡴當從禾來。六下禾部稽字下云:

　　　　稽、留、止也。从禾从尤旨聲。[43]

《詁林》諸家說稽字,當以王筠最為得要:

　　　　稽即是禾字,孳乳寖多,遂各自為義。

---

[40] 《約注》,卷15,頁82。張舜徽撰:《說文約注》,全三冊(鄭州市:中州書畫社,1983年)。以下簡
　　稱《約注》。

[41] 《詁林》冊三,頁1021。

[42] 《詁林》冊八,頁4654。

[43] 《詁林》冊五,頁2703。

按禾訓曰：「木之曲頭，止而不能上也。古兮切。」與稽音義俱同。朱駿聲以為或是：「從禾耆聲，傳寫誤作旨。」可備一說。其字或從旨若耆，當是方言不同，所以紀聲耳。

　　九上首部䭫字下云：

　　　　䭫、下首也。從首旨聲。[44]

按書傳皆以稽為之，言拜頭至地也。是其原當自禾來。旨亦當是方言不同，所以紀聲也。

　　鞊、鴲、麏、麏、鮨五字只取旨聲。三下革部鞊字下云：

　　　　鞊、蓋杠絲也。從革旨聲。

徐鍇曰：

　　　　蓋、車蓋也；杠、柄也；絲其繫系也。[45]

鞊為聯弓於杠之繩，或用絲或用革。其所從之旨聲當為無義可說者。

　　四上鳥部鴲字下云：

　　　　鴲、瞑鴲也。從鳥旨聲。[46]

此禽鳥之名。

　　十上鹿部麏字下云：

---

44 《詁林》冊七，頁3967。
45 《詁林》冊三，頁1174。
46 《詁林》冊四，頁1612。

麤、大麠也，狗足。从鹿旨聲。𪊹、或从几。[47]

此禽獸之名。

十一下魚部鮨字下云：

鮨、魚䐑醬也；出蜀中。从魚旨聲。一曰：鮪魚名。[48]

此蟲魚之名。

屑當非從旨聲。八上尸部屑字下云：

屑、尻也。从尸旨聲。[49]

按尻為脊骨末端，而尼訓曰：「從後近之。」則此字當為：「從尼日聲。」從尼故有後義，從日所以紀音。日古音泥紐屑部，屑、灰互為平入，是屑可從日得聲也。

陛當由比來，亦即由匕來。十四下𨸏部陛字下云：

陛、升高階也。从𨸏坒聲。

徐灝箋：

陛从坒聲，蓋取階級相比次之意。[50]

是陛從比來也。

47　《詁林》冊八，頁4362。
48　《詁林》冊八，頁5245。
49　《詁林》冊七，頁3784。
50　《詁林》冊十，頁6515。

媲當由比來，用匕之本義。十二下女部媲字下云：

　　𡚍、妃也。从女昆聲。[51]

媲、妃雙聲，其義當由比來，卜辭已用匕為妣，用比為妣矣。
　　膍、梐當由比來，有比敘義。四下肉部膍字下云：

　　𦜉、牛百葉也。从肉昆聲。一曰：鳥膍胵。𦜊、膍或从比。

王筠《釋例》：

　　百葉生胃之後，短腸連之，其外光滑，其內遍生肉刺，纖如鍼，比如
　　櫛，其狀摺疊如梵夾，故以百葉名。[52]

其字或從比，是言其狀比如櫛也。
　　六上木部梐字下云：

　　𣡉、枱也。从木昆聲。讀若枇杷之枇。

段玉裁曰：

　　梐之言比敘也。

桂馥曰：

<hr>

[51] 《詁林》冊九，頁5536。
[52] 《詁林》冊四，頁1787。

槐、屋連綿也。[53]

皆可見槐有比義。

搋所從之毘聲當由祀來。十二上手部搋字下云：

搋、反手擊也。从手毘聲。[54]

按毘有比義而無擊義，其所從之毘聲當由祀來。本書祀訓曰：「搋擊也。」是搋、祀固當同義也。祀字古音幫紐模部，與搋同為脣音，蓋以雙聲為流衍樞紐。

貔、蟲二字當為聲中無義者。九下豸部貔字下云：

貔、豹屬，出貉國。从豸毘聲。《詩》曰：「獻其貔皮。」《周書》曰：「如虎如貔。」貔、猛獸。貔、或从比。[55]

貔或從比，是只取其聲也。

十三上虫部蟲字下云：

蟲、蠲牛蟲也。从虫毘聲。[56]

此昆蟲之名。

毘、砒同字，隸定後寫法不同，故別為兩支。

砒、蠹當為聲中無義者。一下艸部砒字下云：

砒、蒿也。从艸砒聲。[57]

---

[53] 《詁林》冊五，頁2506。

[54] 《詁林》冊九，頁5470。

[55] 《詁林》冊七，頁4255。

[56] 《詁林》冊九，頁5964。

[57] 《詁林》冊二，頁277。

此草木之名。

十三下蟲部蠶字下云：

蠶、虯蜉，大蟊也。從蟲虮聲。蟌、蠶或從虫比聲。[58]

此昆蟲之名。

蓍、嗜、榰三字從耆聲，呢從泥省聲，椲、陛二字從陛省聲，為匕之三級
聲子。

蓍當從耆來。一下艸部蓍字下云：

蓍、蒿屬，生千歲，三百莖，《易》以為數。天子蓍九尺，諸侯七尺，
大夫五尺，士三尺。從艸耆聲。

大徐作：「生十歲，百莖。」小徐作：「蒿葉屬，生千歲，三百莖。」或有脫
誤，今從段本。桂馥《義證》：

《洪範・五行傳》：「蓍之為言耆也。百年一本，生百莖。」[59]

是蓍從耆來，言其生長之時日長，有如人之老去也。

嗜當由旨來。二上口部嗜字下云：

嗜、嗜欲、喜之也。從口耆聲。[60]

旨為甘美，嗜為人所貪欲，是嗜由旨來也。

榰所從之耆聲當從支來。六上木部榰字下云：

---

58 《詁林》冊九，頁6047。
59 《詁林》冊二，頁341。
60 《詁林》冊三，頁614。

楮、柱砥，古用木，今以石。从木者聲。《易》：「楮恆凶。」

言柱砥，蓋用以支樘之柱也。桂馥《義證》以為通作支：

> 《周語》引《詩》：「天之所支不可壞也：其所壞也，亦不可支也。」韋注：「支、柱也。」[61]

是楮從支來，故得支柱義。本書支訓曰：「去竹之枝。」其字古音端紐齊部，與楮雙聲通轉，故楮可得聲義於支也。

　　岠所從之泥省聲當由涅來。八上丘部岠字下云：

> 岠、反頂受水丘。从丘、泥省聲。

字從泥省者，段玉裁以為：

> 不但從泥聲，必曰從泥省者，說水潦所止之處也。[62]

泥本水名，依段氏所釋，是有水流不去而成泥之義。則所從之泥省聲，當借於涅。本書涅訓曰：「黑土在水中也。」其字古音泥紐質部，與岠雙聲對轉而諧。

　　椑當由比來。六上木部椑字下云：

> 椑、椑枑也。从木陛省聲。[63]

椑枑、行馬也。枑者、交互其木以為遮闌也。行宮有內外，故云再重。交互再重，是有比義矣。

---

61 《詁林》冊五，頁2497。

62 《詁林》冊七，頁3658。

63 《詁林》冊五，頁2599。

陞當自非來。十一下非部陞字下云：

陞、牢也。所以拘非也。从非陛省聲。

按「拘非」不辭，徐灝言：

《廣韻》引《說文》作「拘罪。」《玉篇》亦曰：「拘罪人。」今本非字
疑涉非聲而誤。[64]

按「拘非」疑為「拘罪」之爛文。陞有階級相比次之意，不涉牢房。是陞之原
當自非來。本書非訓曰：「違也。」牢以拘罪人，蓋其行事有違於眾人也。非
古音幫紐灰部，與陞同音，故可相諧。

四　總結

《說文》釋匕字，以為有：「相與比敘也。」及：「亦所以用比取飯，一名
枇。」兩義，今上考古文，而知匕當象人站立拱手側面之形，古文字用匕為
妣，由來已舊。是則匕固有三義，以字形相近，許君誤合而一之，後世孳乳而
分途，以匕為聲首，演而為比，亦為無聲字，當與匕同列，流衍而有四十八
字，蔚為大族矣。又屑當從尼日聲，應入日系，今剔除於匕系外，則《說文》
從匕得聲而流衍者實四十七文。其衍義之迹當如下述：

（一）用其本義者：

1 本義為匕，復衍而為比者：尼、祇、即、紕、坒、指、陞、媲、膍、
榌、椑。

（1）義由指來者：耆。

---

64 《詁林》冊八，頁5270。

①用耆義者：藷。

2 本義為杙者：旨。

    （1）為旨之後出字者：脂。

    （2）由旨來者：嗜。

3 本義為母氏者：牝、妣。

（二）用匕之引申義者：

  1 引申而有連續義：疕、牤、芘、秕

  2 引申而有覆蓋義：庇。

  3 引申而有漸合義：魮。

（三）相反成義者：秕、仳。

（四）用其假借義者：

  1 借分：蓯。

  2 借至：詣。

  3 借志：恉。

  4 借祀：擬。

  5 借支：榰。

  6 借涅：呢。

  7 借非：陛。

（五）聲義與偏旁禾同者：稽。

  1 由禾來者：嘀。

（六）聲中無義者：玼、枇、朼、泥、鞑、鵾、麠、麠、鮨、貔、蚍、蒞、齜。

匕系

以匕為聲首，《說文》中從匕聲而衍者當有四十七文，衍聲三級：

聲母——匕			古聲	聲類	古韻
匕——相與比敘也从反人匕亦所以用比取飯一名柶卑履切			幫	幫	灰
比——密也二人為从反从為比毗至切			並	並	灰
直接聲子	匕聲				
	牝	畜母也从牛匕聲易曰畜牝牛吉毗忍切	並	並	先
	旨	美也从甘匕聲職雉切旨古文旨	端	照	灰
	疕	頭瘍也从疒匕聲卑履切	幫	幫	灰
	帗	幰裂也从巾匕聲卑履切	幫	幫	灰
	尼	從後近之从尸匕聲女夷切	泥	娘	灰
	比聲				
	祕	以豚祠司命从示比聲漢律曰祠祕司命卑履切	幫	幫	灰
	玭	珠也从玉比聲宋宏云淮水中出玭珠玭珠之有聲者步因切蠙夏書玭从虫賓	並	並	先
	芘	艸也一曰芘茮木从艸比聲旁脂切	並	奉	灰
	枇	枇杷木也从木比聲房脂切	並	奉	灰
	秕	不成粟也从禾比聲卑履切	幫	幫	灰
	仳	別也从人比聲詩曰有女仳離芳比切	滂	敷	灰
	𠯑	輔信也从㔾比聲虞書曰𠯑成五服毗必切	並	並	灰
	庇	蔭也从广比聲必至切	幫	幫	灰
	毗	人臍也从囟囟取通气也从囟比聲房脂切	並	奉	灰
	妣	歿母也从女比聲卑履切妣籀文妣省	幫	幫	灰

聲母──匕			古聲	聲類	古韻
	紕	氐人繬也讀若禹貢玭珠从糸比聲_{卑履切}	幫	幫	灰
	坒	地相次比也衛大夫貞子名坒从土比聲_{毗至切}	並	並	灰
二級聲子	尼聲				
	柅	木也實如棃从木尼聲_{女履切}	泥	娘	灰
	秜	稻今年落來年自生謂之秜从禾尼聲_{里之切} 〔註一〕	來	來	灰
	糒	漬米也从米尼聲交止交阯有糒泠縣_{武夷切}	明	微	灰
	泥	水出北地郁郅北蠻中从水尼聲_{奴低切}	泥	泥	灰
	旨聲				
	詣	候至也从言旨聲_{五計切}	疑	疑	沒
	鞊	蓋杠絲也从革旨聲_{脂利切}	端	照	灰
	鶛	瞑鶛也从鳥旨聲_{旨夷切}	端	照	灰
	脂	戴角者脂無角者膏从肉旨聲_{旨夷切}	端	照	灰
	稽	留止也从禾从尤旨聲_{古兮切}	見	見	齊
	耆	老也从老省旨聲_{渠脂切}	溪	群	灰
	𦣻	下首也从首旨聲_{康禮切}	溪	灰	灰
	麔	大麋也狗足从鹿旨聲_{居履切}麂或从几	見	灰	灰
	恉	意也从心旨聲_{職雉切}	端	照	灰
	鮨	魚胎醬也出蜀中从魚旨聲一曰鮪魚名_{旨夷切}	端	照	灰
	指	手指也从手旨聲_{職雉切}	端	照	灰
	坒聲				
	陛	升高階也从𨸏坒聲_{旁禮切}	並	並	灰
	毘聲				

聲母——匕			古聲	聲類	古韻
	膍	牛百葉也从肉匕聲一曰鳥膍胵房脂切肶或从比	並	並	灰
	枇	梠也从木匕聲讀若枇杷之枇房脂切	並	並	灰
	貔	豹屬出貉國从豸匕聲詩曰獻其貔皮周書曰如虎如貔猛獸房脂切豼或从比	並	並	灰
	批	反手擊也从手匕聲匹齊切	滂	滂	灰
	媲	妃也从女匕聲匹計切	滂	滂	灰
	蚍	齧牛蟲也从虫匕聲邊兮切	幫	幫	灰
	𣬉聲〔註二〕				
	芘	蒿也从艸𣬉聲房脂切	並	並	灰
	蠹	蚍蜉大螘也从蟲𣬉聲房脂切蚍蠹或从虫比聲	並	並	灰
三級聲子	耆聲				
	蓍	蒿屬生千歲三百莖易以為數天子蓍九尺諸侯七尺大夫五尺士三尺从艸耆聲式脂切	透	審	灰
	嗜	嗜欲喜之也从口耆聲常利切	定	禪	灰
	楮	柱砥古用木今以石从木耆聲易楮恆凶章移切	端	照	歌戈
	泥省聲				
	怩	反頂受水丘从丘泥省聲奴低切	泥	泥	灰
	陛省聲				
	椑	椑柂也从木陛省聲邊兮切	幫	幫	灰
	陛	牢也所以拘非也从非陛省聲邊兮切	幫	幫	灰

註一：按秜里之切之聲古在咍部與灰遠隔檢廣韻秜力脂切與尼聲為近當據改。

註二：匕𣬉同字隸定後二之故為分別。

後記

上世紀六〇年代，余就讀於新亞書院中文系，從　石禪夫子修文字之學，復讀黃季剛先生《文字聲韻訓詁筆記》，而知《說文》有子母孳乳變易之例。後進明德樓，從　硯農先生治《說文》之學，一以疏浚文字演進之方，為探本尋源之論，以《說文解字形聲字探原疑義例釋》，成博士之業。書成付梓，以為《說文學論叢之一》，由新亞研究所印行。先生既為題籤，復為之序曰：「何君初意，本欲通盤整理《說文》之形聲字，以為研究漢語語源學、詞彙學、詞族學之助。然茲體事大，非數載能竟其業，於是先取其可論者數十條，陳其本原，釋其疑義，砭諸家之失，解學者之惑，筆路藍縷，以啟山林。他日循是以進，充而周之，為《說文》之全部形聲字，瀋原通流，窮本究末，固余所引領而望之者矣。」片言之訓，重逾金石，雖不能至，敢不為之？嗣後寄籍南開，整理舊稿，於二〇〇〇年，由南開大學中國文字學研究中心印行《王筠說文六書相兼說研究》，為《說文學論叢之二》。二〇〇八年，復由南開大學中國文字學研究中心印行《論說文四級聲子》，為《說文學論叢之三》。嗣後叢脞有暇，即勤加爬梳，於二〇一六年，寫成《論說文三級聲子》，都凡五十餘萬言，為《說文學論叢之四》。適逢先生七十榮壽，謹奉此書，並以「明德樓執經問道」為題，占成十絕，以賀嘏福。

屠刀仍可解千牛，綵筆何曾夢裏求？伏櫪猶思鴻鵠志，書成百卷未能休。
百卷書成未肯休，霧迷瘴蔽截源流，刃遊無地還遊刃，不必勾沈著意求。
無奈勾沈著意求，郢書燕說費籌謀，夜長秉燭聞更漏，照我逍遙古道遊。
躊躇且作逍遙遊，造字神思古器留，片語昔曾登著錄，指瑕創發解千愁。
指瑕創發豈無愁？墳典青燈辨眾流，兩證詮來倉頡意，群言擺落話前修。
群言擺落證前修，我有百篇似鐵鉤，往日徘徊尋曲徑，今朝倚馬望神州。
孰能倚馬望神州？翻卷曾干古哲遊，寸管窺天安足論，茫茫歧路意悠悠。
登臨歧路意悠悠，明德樓前魯殿遊，問道執經新月見，名山遙指在瀛洲。
名山路遠在瀛洲，津渡迷離上下求，萬水千山皆是幻，欲浮滄海弄扁舟。
滄海難容一葉舟？揚帆擊楫濟中流，千山過盡千重浪，更厲屠刀學解牛。

　　至《論說文二級聲子》及《論說文直接聲子》兩書，請期諸異日。蓋荊棘既破，規模已具，因其固然，當可恭然以解，如風行水上，輕舟順渡，或能指日而待也。

　　書雖印行，而冊數未多，流傳不廣。故將《說文學論叢》諸書，製成電子版，陳於網上，俾能按鍵可得，以便觀覽。冀或有過而問之者，可以指瑕揭疵，針砭錯失也。

二〇一七年六月何添記於香江湖邊聽曉居之無倦盦

《說文》「會意」研究淺議

宗靜航

香港浸會大學中國語言及文學系助理教授

摘要

「六書」之名最早見於《周禮》，惟並無細目，至東漢班固、鄭眾、許慎三家，始列有「六書」細目名稱。然而，三家之中只有許慎《說文》還分別給「六書」下了定義和舉出例字。後世學者對「六書」之研究，雖然大多是在許君所下定義和例字入手，不過，對於「會意」之「會」，或解作「會合」，或解作「會悟」。「會意」字例，除了《敘》中所列「武」、「信」二字外，今傳《說文》中尚有字「圖」、「喪」、「敗」三字，惟對於是否許君原文，學者意見不一。據學者統計，《說文》所收錄之「會意」約有千數，而「从某」一詞是《說文》標明「會意」之重要術語。由於《說文》成書久遠，文字略為艱深，現代學者認為需要把《說文》用白話譯述，方便後學。在翻譯時，有把《說文》記為「从一大」之「天」、「从口含一」之「甘」、「从又一」之「寸」等字看成「會意」。對於上述問題，本文在研讀前輩學者之研究成果下，希望能為學術界提供參考資料。

關鍵詞：會意、从某、說文、表義

「會意」是「六書」之一，而「六書」之名最早見於《周禮・地官・保
氏》：

> 保氏掌諫王惡而養國子以道，乃教以六藝：一曰五禮，二曰六樂，三曰
> 五射，四曰五馭，五曰六書，六曰九數。[1]

但《周禮》並無「六書」細目，而「六書之目始見於班固《漢書・藝文志》，
又見於《周禮・地官・保氏》鄭玄注引鄭眾《周禮解詁》，但皆有目無說。許
慎《說文解字敘》首次對六書定義，並舉實例，對後世影響最大。」[2]班固、
鄭眾和許慎是「東漢學者言及『六書』的主要三家，這三家除了『六書』的
次第不一樣外，所用名稱也有所不同」。「許慎除了像班、鄭二氏那樣列出六書
的名目外，還分別給『六書』下了定義，舉出例字」。「許慎還通過『六書』對
《說文》這部集大成的文字學著作中的小篆文字進行了全面的分析，從而證明
了『六書』條例對於說文小篆形體結構的適用性。因此，許慎對於『會意』的
界說成為後世千百年來的典範，後代學者大多是在許慎的框架下進行修補完善
的工作。」[3]

誠如學者所言，要研究「會意」，就必須由許慎所下的定義和所舉的例字
入手。

《說文・敘》：「會意者，比類合誼，以見指撝，武信是也。」[4]對於
「會」字，《說文》釋為「合也」，[5]段玉裁說：「會者，合也。合二體之意也。
一體不足以見其義，故必合二體之意以成字。」「誼者，人所宜也。先鄭《周
禮》注曰：『今人用義，古書用誼。』誼者本字，義者叚借字。指撝……謂所
指向也。比合人言之誼，可以見必是信字。比合戈止之誼，可以見必是武字。
是會意也。會意者合誼之謂也。凡會意之字，曰从人言，曰从止戈。人言、止

---

1 李學勤主編：《周禮注疏》（北京市：北京大學出版社，2000年），頁415-416。

2 喻遂生：《文字學教程》（北京市：北京大學出版社，2014年），頁168。

3 夏軍：《《說文》會意字研究》（桂林市：廣西師範大學出版社，2013年），頁5-7。

4 〔清〕段玉裁：《說文解字注》（新添古音）（臺北市：洪業文化事業公司，1999年），頁763。

5 同前註，頁225。

戈二字，皆連屬成文。」[6]王筠亦指出：「會者，合也，合誼即會意之正解，《說文》用誼，今人用義。會意者，合二字三字之義，以成一字之義，不作『會悟』解也。」[7]

　　學者認為「段氏以『會』為『合』，不取宋、元、明以來張有、楊桓、趙古則、王應電等人或隱或顯的『會悟』說，將所謂『假形之變』、『使人觀賞之而自悟』的獨體從會意範疇中分離出去，棄宋學而返歸漢學之本，為清代以來對會意的研究復歸樸學傳統奠定了基礎。」[8]而王筠也以會意之「會」為「合」義，「從而駁斥了楊桓的『會悟』說。他所說的『合二字三字之義，以成一字之義』則較段氏的『合二體之意以成字』更為全面。」[9]

　　段氏所說的「合二體之意以成字」和王氏所說的「會意者，合二字三字之義，以成一字之義」，是據《說文·敘》「蓋依類象形，故謂之文。其後形聲相益即謂之字。文者物象之本，字者言孳乳而寖多也」[10]立說，也就是傳統所說的「獨體為文，合體為字」的「字」之意。

　　段玉裁在《說文·敘》「蓋依類象形」下注說，「依類象形謂指事象形二者也，……形聲相益謂形聲會意二者也。……六經未有言字者。秦刻石同書文字，此言字之始也。鄭注二《禮》、《論語》皆云古曰名，今曰字。按名者自其有音言之，文者自其有形言之，字者自其滋生言之。……按析言之，獨體曰文，合體曰字。統言之則文字可互稱。」[11]段氏又在《說文·敘》「象形」下注說，「有獨體之象形，有合體之象形。獨體如日，月、水、火是也。合體者從某而又象其形，如……箕從竹而以其象其形……獨體之象形則成字可讀，軶於從某者不成字不可讀。……此等字半會意半象形，一字之中兼有二者。會意則兩體皆成字，故與此別。」[12]「會意」既是「兩體皆成文」的合體字，則

6　同前註，頁763。

7　王筠：《說文釋例》（北京市：中華書局，1987年），卷4「會意」，頁81。

8　夏軍：《〈說文〉會意字研究》，頁18。

9　同前註，頁19。

10　〔清〕段玉裁：《說文解字注》（新添古音），頁761。

11　同前註，頁761。

12　同前註，頁762-763。

「會」字當然不能作「領會」、「會悟」解。否則，不但不合許慎原意，磨滅獨體文與合體字之別，更甚者或引致以為許慎把「會意」與「指事」互誤。[13]

對於上引段氏的說解，學者認為是「指出了會意與合體象形的區別。」[14]段、王二氏以「會意為合體字」之說，得到學者的支持。學者說：「『會意』的特點在『比、會、合』，必須由兩個以上的成字構件來組合成新字。比較而言，襯托象形、加符指事是在獨體『文』上附加不成『文』的符號，仍可視為獨體之『文』；會意字一定是『文＋文』的合體之『字』。」[15]學者指出「東漢文字學家許慎在《說文解字‧敘》中說：『會意者，比類合誼，以見指撝，武、信是也。』在《說文解字》的正文中許慎把『武』字解釋為『止戈為武』，把『信』解釋為『人言為信』，顯然他認為『會意』就是『合誼』（『誼』同『義』），『會意』就是用兩個或兩個以上的單字作意符，合起來表示一個詞語的意義的造字方法，這也是目前多數學者對『會意』的理解。」[16]

有學者指《說文》「明確指出屬於會意之例者，僅有三字[17]：武與信二字見於《說文敘》，囷字見於口部，其餘皆不注明『會意』二字也。」[18]其實，《說文》明確標明會意的，除了上述三字外，尚有喪和敗字。[19]為方便討論，現把有關資料抄錄如下：

《說文》：武，楚莊王曰：夫定功戢兵，故止戈為武。[20]

---

[13] 如杜學知認為「蓋會意之字，意在字形之外，必會悟其意，始能知之」，（杜學知：《六書今議》，臺北市：正中書局，1977年，頁83。）杜氏更以為《說文》會意指事二書互誤。（杜學知：「指事會意互誤說」，《六書今議》，頁59-65。）

[14] 夏軍：《〈說文〉會意字研究》，頁18。

[15] 萬獻初：《〈說文〉學導論》（武漢市：武漢大學出版社，2014年），頁95。

[16] 袁慶德：〈全面認識「會意」造字方法〉，《殷都學刊》第1期（2010年1月），頁107。

[17] 據萬獻初和筆者所檢索，大徐本《說文》標明「會意」者共有武、信、囷、喪、敗五字，而陳光政則以「段玉裁《說文解字注》為藍本」（陳光政：《會意研究》，臺北市：復文圖書出版社，1988年，頁6），故統計數字有所不同。另大徐新附字「昶」「曇」二字下亦有「會意」（參萬獻初：《〈說文〉學導論》，頁95），惟既是新附字，則不在本文研究範圍之內。

[18] 陳光政：《會意研究》，頁49。

[19] 萬獻初：《〈說文〉學導論》，頁95。

[20] 〔清〕段玉裁：《說文解字注》（新添古音），頁93。

段玉裁注：取定功戢兵者，以合於止戈之義也。文之會意已明，故不言從止戈。[21]

大徐本《說文》：信，誠也。从人从言。會意。[22]

段注《說文》：信，誠也。从人言。[23]

段玉裁注：〈序〉說會意曰信武是也。人言則無不信者，故从人言。[24]

今傳大徐本在「信」字下有「會意」二字，而段注本沒有，段氏也沒有說解。[25]有學者指出小徐《繫傳》「無會意二字」，[26]「會意」二字是「徐鉉據徐鍇語加之」。[27]不過，也有學者認為「武信會意，〈序〉說標列，自應綴會意二字，猶上下二字綴指事二字例也。」[28]但是，在今傳大徐本《說文》「武」字下，似不見許君有綴「會意」二字。[29]

大徐本《說文》：圂，廁也。从口，象豕在口中也。會意。[30]

小徐《繫傳》[31]和段注《說文》都有「會意」二字，段氏對此並無解說。[32]但有學者認為「會意者後人加之也。」[33]

---

[21] 同前註，頁93。

[22] 丁福保：《說文解字詁林》（北京市：中華書局，1988年），第4冊，頁986（總2945）。

[23] 〔清〕段玉裁：《說文解字注》（新添古音），頁93。

[24] 同前註，頁93。

[25] 同前註，頁93。

[26] 丁福保：《說文解字詁林》，第4冊，頁986（總2945）。

[27] 丁福保：《說文解字詁林》，第4冊，頁986（總2946）。

[28] 丁福保：《說文解字詁林》，第4冊，頁986（總2945）。

[29] 丁福保：《說文解字詁林》，第13冊，頁5964（總12360）。

[30] 華東師範大學中國文字研究與應用中心編：《說文解字全文檢索》（上海市：南方日報出版社，2004年），頁218，又參丁福保：《說文解字詁林》，第7冊，頁2735-2736（總6444-6445）。

[31] 丁福保：《說文解字詁林》，第7冊，頁2736（總6445）。

[32] 〔清〕段玉裁：《說文解字注》（新添古音），頁281。

[33] 丁福保：《說文解字詁林》，第7冊，頁2736（總6445）。

　　大徐本《說文》：喪，亡也。从哭从亡。會意。亡亦聲。[34]

小徐《繫傳》[35]和段注《說文》都沒有「會意」二字，段氏對此並無解說，[36]有學者指出「徐鍇……《禮記釋文》……皆無會意二字」，[37]也有意見認為「《繫傳》只作從哭亡聲。無會意等字，此等皆徐鉉所沾改也」。[38]更有學者認為「本文會意字，蓋後人偶箋於側，大徐不察而依之。且說解先云亡也，从亡之義已明。故下第云从哭亡聲。小徐蓋古本也。」[39]

　　大徐本《說文》：敗，毀也。从攴貝。敗賊皆从貝。會意。[40]

小徐《繫傳》[41]和段注《說文》都沒有「會意」二字，段氏對此並無解說，[42]有學者指出「《繫傳》……無會意二字，賊敗句疑後人語」，[43]有意見認為「大徐本有會意二字在從貝下，小徐綴會意二字於校語下，或本亡，淺人所沾」，[44]更有學者指大徐「貝義至會意字，則是割取鍇語附益之。許君無此體例。」[45]
　　從上引「武」、「信」、「圉」、「喪」、「敗」五字的資料，可見學者對今本《說文》在正篆下標明「會意」一事，大多以為有可商之處。然而，在《說文》所收九千多字中，學者認為「會意」所佔不在少數。不過，對於《說文》

---

[34] 華東師範大學中國文字研究與應用中心編：《說文解字全文檢索》，頁50，又參丁福保：《說文解字詁林》，第3冊，頁665（總2303）。

[35] 丁福保：《說文解字詁林》，第3冊，頁665（總2303）。

[36] 〔清〕段玉裁：《說文解字注》（新添古音），頁63-64。

[37] 丁福保：《說文解字詁林》，第3冊，頁665（總2304）。

[38] 同前註。

[39] 同前註。

[40] 華東師範大學中國文字研究與應用中心編：《說文解字全文檢索》，頁109，又參丁福保：《說文解字詁林》，第4冊，頁1356（總3685）。

[41] 丁福保：《說文解字詁林》，第4冊，頁1356（總3686）。

[42] 〔清〕段玉裁《說文解字注》（新添古音），頁126。

[43] 丁福保：《說文解字詁林》，第4冊，頁1356（總3686）。

[44] 同前註。

[45] 同前註。

中「會意」字的總數，不同學者的統計大不相同。陳光政在「廣參書之說」後，「謹錄《說文》之會意字，共得715字」，[46]而石定果則指出：

> 朱駿聲《說文通訓定聲》定會意字為1167個，其中，純會意830字，形聲兼會意337字。除了這1167個字外，尚有會意兼象形105字，會意兼指事16字，會意兼象形兼形聲12字。累計1300字。

> 王筠《說文釋例》舉會意字概數為「凡千二百餘」，包括正例三類與變例十二類。字數大體與朱氏所說相近。

> 梁啟超則認為：「形聲之字八千四百零七，象形、指事、會意之字，合計僅一千有奇，其間兼諧聲者尚三分之一，依聲假借而脫變其本義者亦三分之一。」如此，則純會意加純象形、純指事的字不過佔「一千有奇」的三分之一，去掉象形字與指字後，會意字所剩無幾。

> 馬敘倫《說文解字「六書」疏證》附「六書」表中，定會意字240個，其中有50個屬於古、籀等重文，正篆會意字僅190個。[47]

而石定果本人所列的《說文》「會意字總表」則收錄了六百三十四字。[48]雖然學者統計所得的《說文》「會意」字總數意見不一，但學者仍指出，「《說文》的會意字還有很多，段玉裁注中標明『會意』的就有九百四十三處。其實，除明標『會意』外，許慎還用『从××、从×从×、从×，××』等術語標示了會意字。如：《一部》『天，顛也。至高無上，从一、大』；《晶部》『晶，精光也。从三日』」。[49]

學者明確指出，《說文》用「从某」等術語來標示「會意」字。對《說文》這個「从某」的說法，有學者認為是個重要的術語，出現的次數甚多。學

---

46 陳光政：《會意研究》，頁2。
47 石定果：《說文會意字研究》（北京市：北京語言學院出版社，1996年），頁69。
48 同前註，頁83-106。
49 萬獻初：《〈說文〉學導論》，頁95。

者指出，「根據《說文解字》全文檢索測試版統計，該軟件所收錄的大徐本《說文》說解共9831條（含新附字），其中包含『从某』解說的9790條，除去部首字中有『凡某之屬皆从某』例語的227條，實際用『从某』解說的9563條，佔全部解說字條的97.2%，可見『从』是許慎分析漢字形體的一個重要術語。」[50] 並認為「『从』是《說文解字》形體分析的一個重要術語，許慎對漢字的講解中97%以上字條使用了這個術語。一般認為『从某』的『某』是表義構件，因而『从某从某』『从某某』之類的分析是用來講解『六書』『會意字』的。」[51] 既然「《說文解字》中『从某』的『某』是用來『表義』的，因而『从某某』『从某从某』是解析『會意字』的專用術語。」[52]

如果說「一般認為『从某』的『某』是表義構件」，「因而『从某某』『从某从某』是解析『會意字』的專用術語」，是否可以把《說文》中凡用「从某」這等術語來分析的，都可以看成是「會意」字。誠如學者所說，「从某」等的術語在《說文》中出現甚多，涉及的文字也自然甚多，情況也甚為複雜。以下列舉例字以作討論。

　　「天」字，《說文》曰：「天，顛也。至高無上。从一大。」[53]

上文曾提到，《說文》是研究「六書」必須參考的典籍，但「由於歷史的間隔以及此書（引者按：指《說文》）當時就非為初學而作，文字略為艱深古奧，其精義非經專門學習難以領略。」[54] 因此，學者認為需要把《說文》「此書全部用白話譯述過來」，[55] 把《說文》原文「說解譯成白話」，「讓中學以上文化

---

50 李運富：〈《說文解字》「从某字」分析——許慎漢字形體分析研究之二〉，《中國文字學會第六屆學術年會論文集》，2011年，頁32。

51 同前註，頁31。

52 同前註，頁32。

53 〔清〕段玉裁：《說文解字注》（新添古音），頁1。

54 李恩江、賈玉民主編：《文白對照說文解字譯述（全本）‧前言》（鄭州市：中原農民出版社，2000年），頁3。

55 同前註，頁3。

程度者能看懂」。[56]有學者把「天」字中的「从一大」，譯作「會意字，以一、大表示，一切事物中最大的就是天。」[57]也有學者譯作「由一、大會意」，[58]並說「从一大：會合『一』、『大』的意義，成為『天』的意義。从某某，是《說文》分析會意字的專門術語之一。王筠《說文繫傳校錄》『祜』下注：按會意字相連成文者，則一言『从』，如天『从一大』是也。」[59]其實，學者是知道「天」字的甲骨、金文本不从一，「甲金文中，大為正面人形，特大其首就是天。天即顛，顛是人的頭頂。」[60]「顛頂，即頭頂，是天的本義。甲文作 天（圖），金文作 天（圖），誇大人的頭部。小篆作 天（圖）。許氏「从 一大」，是就小篆而言。」[61]

　　學者之所以把「天」看成「會意」字，把「从一大」譯作「由一、大會意」，除了是按《說文》原文翻譯外，看來是受了「从某」這個術語影響。以為「从某」「是解析『會意字』的專用術語」。然而，甲骨、金文「天」既不从「一」，而「會意」字應是合體字，則把獨立成文的數字「一」，放在「大」（即「人」）上面，如何能會合出「顛頂」之意。

　　　　「甘」字，《說文》曰：「甘，美也。从口含一；一，道也。」[62]

學者譯作「由『口』含『一』會意；一，表示味道」，[63]並引王筠《釋例》說，「一，則所含之物也。」[64]另有學者譯作「指事字，以口、一示意，一表示聖賢之道，味之無厭。按，从口含一，一表示所含的食物。」[65]

[56] 湯可敬：《說文解字今釋‧前言》（長沙市：岳麓書社，1997年），上冊，頁23。

[57] 李恩江、賈玉民主編：《文白對照說文解字譯述（全本）》，頁3。

[58] 湯可敬：《說文解字今釋》，上冊，頁2。

[59] 同前註，頁2。

[60] 李恩江、賈玉民主編：《文白對照說文解字譯述（全本）》，頁3。

[61] 湯可敬：《說文解字今釋》，上冊，頁2。

[62] 〔清〕段玉裁：《說文解字注》（新添古音），頁204。

[63] 湯可敬：《說文解字今釋》，上冊，頁649。

[64] 同前註，頁649。

[65] 李恩江、賈玉民主編：《文白對照說文解字譯述（全本）》，頁416。

「血」字,《說文》曰:「血,祭所薦牲血也。从皿,一象血形。」[66]

學者譯作「會意字,以皿、一示意,一象示器皿中的血。」[67]有學者直接抄錄《說文》原文,不另作譯文。[68]

　　學者把「甘」和「血」看成「會意」,也應是受「从某」這個術語的影響。其實,「甘」字中的「一」,《說文》指是「道也」;「血」字中的「一」,《說文》指是「象血形」,可見都不是成文的數字「一」。然則,「甘」和「血」都不是以數字「一」作為構成合體字的部件。所以,上文引述之學者,也有以「甘」為指事字。而「血」字,應如學者所分析,字「从皿」,實象形;「一象血形」,實為象徵性標誌。[69]

　　「丘」字,《說文》曰:「丘,土之高也。非人所為也。从北,从一。一,地也。」[70]

學者譯作「由北、由一會意」,[71]也有譯作「會意字,以北、一示意。一表示地。」[72]

　　「旦」字,《說文》曰:「旦,明也。从日見一上。一,地也。」[73]

學者譯作「會意字,以日出現在一之上象意,一表示地平線」,[74]也有譯作

66　〔清〕段玉裁:《說文解字注》(新添古音),頁215。

67　李恩江、賈玉民主編:《文白對照說文解字譯述(全本)》,頁436。

68　湯可敬:《說文解字今釋》,上冊,頁678。

69　李運富:〈《說文解字》「从某字」分析——許慎漢字形體分析研究之二〉,《中國文字學會第六屆學術年會論文集》,2011年,頁37。

70　〔清〕段玉裁:《說文解字注》(新添古音),頁390。

71　湯可敬:《說文解字今釋》,中冊,頁1120。

72　李恩江、賈玉民主編:《文白對照說文解字譯述(全本)》,頁739。

73　〔清〕段玉裁:《說文解字注》(新添古音),頁311。

74　李恩江、賈玉民主編:《文白對照說文解字譯述(全本)》,頁601-602。

「由『日』出現在『一』之上。一，表示地。」[75]

　　　　「立」字，《說文》曰：「立，住也。从大立一之上。」[76]

學者譯作「由『大』字站立在『一』的上面會意」，並引徐鉉說：「大，人也；一，地也」，又據林義光《文源》說：「象人正立在地上形。」[77]也有譯作「會意字，以大、一象示人站在地上。」[78]

　　學者把「丘」、「旦」和「立」看成「會意」，也應是受「从某」這個術語的影響。其實，「丘」和「旦」字中的「一」，《說文》都是指「地也」，而「立」字所从的「一」，學者既然引徐鉉說也作「地也」解，則「丘」等三字都不是以數字「一」作為構成合體字的部件。

　　　　「寸」字，《說文》曰：「寸，十分也。人手卻一寸，動脈，謂之寸口。从又一。」[79]

學者譯作「由又，由一會意」，並引「徐鍇《繫傳》：『一者，記手腕下一寸。此指事也』。」[80]也有譯作「指示字，从又从一，又即手，一指示其寸口。」[81]

　　其實，「寸」不是會意字，學者是知道的，並以「寸」是指事字。「寸不是會意字，一是標誌寸口所在部位的符號，不能獨立存在，不是構成會意字的部件」，[82]又指出《說文》對「指事字，常用「指事」，「象××之形」、「从×，

---

[75] 湯可敬：《說文解字今釋》，中冊，頁917。

[76] 湯可敬：《說文解字今釋》，中冊，頁1431。段注《說文》作「立，侸也。从大在一之上。段玉裁：《說文解字注》（新添古音），頁504。

[77] 湯可敬：《說文解字今釋》，中冊，頁1431。

[78] 李恩江、賈玉民主編：《文白對照說文解字譯述（全本）》，頁952。

[79] 〔清〕段玉裁《說文解字注》（新添古音），頁122。

[80] 湯可敬：《說文解字今釋》，上冊，頁431-432。

[81] 李恩江、賈玉民主編：《文白對照說文解字譯述（全本）》，頁274。

[82] 湯可敬：《說文解字今釋‧前言》，上冊，頁15。

从×」說明。」[83]所以,「寸」字所从的「『又』象手形,『一』指示手上寸口的位置,屬於指示性的標誌構件。」[84]

　　「本」,《說文》曰:「本,木下曰本。从木,一在其下。」[85]

學者譯作「从木,記號『一』標誌在樹木的下部」,並引「徐鍇曰:『一,記其處。』本、末、朱皆同義。」[86]也有譯作「本指樹下的根部。指事字,从木,以一指示樹的根部。徐鍇說:一是指示樹木的根部。本、末、朱等字的一都是指事符號。」[87]

　　「末」字,《說文》曰:「末,木上曰末。从木,一在其上。」[88]

學者譯作「从木;一,標誌在樹木頂上」。[89]也有譯作「末指樹的上端,樹梢。指事字,从木,以一指木上端。」[90]

　　「朱」字,《說文》曰:「朱,赤心木。松柏屬。从木,一在其中。」[91]

學者譯作「从木,一,標誌著樹木的中心。」[92]也有譯作「指事字,以一指示樹的中心。」[93]

83　同前註,上冊,頁15。

84　李運富:〈《說文解字》「从某字」分析──許慎漢字形體分析研究之二〉,《中國文字學會第六屆學術年會論文集》,2011年,頁37。

85　湯可敬:《說文解字今釋》,中冊,頁768。

86　同前註,頁768。

87　李恩江、賈玉民主編:《文白對照說文解字譯述(全本)》,頁498。

88　湯可敬:《說文解字今釋》,中冊,頁769。

89　湯可敬:《說文解字今釋》,中冊,頁769。

90　李恩江、賈玉民主編:《文白對照說文解字譯述(全本)》,頁499。

91　〔清〕段玉裁:《說文解字注》(新添古音),頁251。

92　湯可敬:《說文解字今釋》,中冊,頁769。

93　李恩江、賈玉民主編:《文白對照說文解字譯述(全本)》,頁499。

對於「本」、「末」、「朱」三字，學者知道「都是在象形構件『木』的不同
部位加指示標誌構件『一』，通過物體的部位顯示構意。」[94]因此，「本」、
「末」、「朱」三字所從的「一」，不是成文的數字「一」，只是指示標誌符號。
其實，「寸」字所從的「一」，性質與「本」等三字的相同。「本」等三字的
「一」指示「『木』的不同部位」，「寸」字的「一」指示「手上寸口的位置」。
值得注意的是，「本」、「末」二字，段玉裁改作：

> 「本」字，段注《說文》曰：「本，木下曰本。從木從下。」[95]
> 「末」字，段注《說文》曰：「末，木上曰本。從木從上。」[96]

段氏認為「會意」是「合二體之意」以成字，現在把「本」、「末」由「從木，
一在其下」和「從木，一在其上」，改為「從木從下」和「從木從上」，或是由
於不明白「本」、「末」中的「一」是不成文的指示標誌符號，以為由數字
「一」與「木」不能會合出「樹的根部」和「樹的樹梢」之意。

> 「日」字，《說文》曰：「日，實也。太陽之精不虧。從囗一。象形。」[97]

學者譯作「由囗、一會意。象形」，並引「王筠《句讀》：『日字全體象形。若
從囗一，則會意。又言象形，是騎牆也』」，又引「高亨《文字形義學概論》：
『從囗一』三字可刪。」[98]也有譯作「象形字，囗象其外廓，一表示其中
實。」[99]

對於「日」字，學者一定知道許慎在《說文‧敘》中舉以為「象形」例

94 李運富：〈《說文解字》「從某字」分析──許慎漢字形體分析研究之二〉，《中國文字學會第六屆學
術年會論文集》，2011年，頁37。

95 〔清〕段玉裁：《說文解字注》（新添古音），頁251。

96 同前註，頁251。

97 同前註，頁305。

98 湯可敬：《說文解字今釋》，中冊，頁901。

99 李恩江、賈玉民主編：《文白對照說文解字譯述（全本）》，頁590。

字，[100]不可能在說釋字形時，又解為「會意」字。學者之所以把「日」譯作「由口、一會意」，看來也是受「从某」這個術語的影響。其實，「日」字所从的「口一」都是不成文的符號，「實際跟『口』『一』的音義無關，就形體功能而言，也屬整體『象形』」。[101]

從上文的論述，可作以下的總結：

1 根據許慎《說文・敘》「會意」所下的定義「比類合誼，以見指撝」，和上文所引學者的意見和分析，「會」應作「合」解，不應解作「會悟」、「領會」。

2 「會意」字是會合兩個或以上的獨體文而成的合體字。

3 《說文・敘》「會意」下舉「武」、「信」為例字，而在「囵」、「喪」、「敗」三字的說解中，今傳某些版本也有標明「會意」。不過，學者認為多有可商之處。

4 《說文》說解所用的「从某」這個術語，出現次數甚多，學者認為很值得注意。

5 雖然一般認為「从某」的「某」是表義構件，這是解析「會意」的專用術語。但是，從上文所舉例子，如「日」、「血」、「立」等字，誠如學者所指，「『从某』的『某』功能多樣，『从某』不是專用來分析表義構件的，因而『从某某』『从某从某』的字也不一定是會意字」，[102]「『从某字』跟『六書』沒有對應關係。」[103]

6 從上文所列，例如「日」、「血」、「甘」、「立」、「本」、「末」、「寸」等字，許慎所指的「一」，顯然不是能獨立成文的數字「一」。在這些字中，這個形體「一」，誠如潘重規先生所言，是《說文》中的「借體」。潘先生指出「原借體之例，蓋古人制字之時或取他字之體以象事物之

---

[100] 〔清〕段玉裁：《說文解字注》（新添古音），頁762。

[101] 李運富：〈《說文解字》「从某字」分析——許慎漢字形體分析研究之二〉，《中國文字學會第六屆學術年會論文集》，頁36。

[102] 同前註，頁35。

[103] 同前註，頁31。

形，據形雖曰成文，責實僅同符號」。[104]所以，像「本」、「末」這些包含不能獨立成文符號「一」的構體，誠如裘錫圭先生所說，只「可以看作准合體字」，[105]而不能看作是「合體成字」的「會意」字。

[104] 潘重規：《中國文字學》（臺北市：東大圖書公司，1977年），頁194。
[105] 裘錫圭：《文字學概要（修訂本）》（北京市：商務印書館，2013年），頁122-123。

《晏子春秋・內篇問上》第十八章「遺」字考異

李詠健

香港中文大學自學中心講師

摘要

　　明本《晏子春秋・內篇問上》第十八章有文曰：「是以天下不相遺」，其中「遺」字，《群書治要》本作「違」，近出銀雀山漢簡本則與明本同作「遺」。清代以來，學者對此異文有不同解釋。本文從形、音、義及辭例諸端考之，認為明本所見「遺」字並非誤字，其於句中當訓「棄」。至於《治要》本所見「違」字，亦非訛字。就詞義言之，古時「遺」、「違」二字同訓「離」，而「違」與「棄」在文獻中又有連文與對舉之例，足證「違」、「遺」義通，並有「離棄」之義。要之，簡本及明本「遺」字與《治要》本「違」字在釋義以至韻讀上皆無矛盾，二者可視為義近換用之異文。

關鍵詞：晏子春秋、群書治要、銀雀山漢簡、異文

一　引言

異文考證是《晏子春秋》研究中的重要部分。清代以來，盧文弨（1717-1796）、孫星衍（1753-1818）、王念孫（1744-1832）、黃以周（1828-1899）、劉師培（1884-1919）、張純一（1871-1955）、吳則虞（1913-1977）、駢宇騫諸氏之研究於此方面貢獻甚多。各家之著作，或校正文句，或考釋詞義，多所創獲。本文嘗試結合現時所見之《晏子春秋》版本，在前賢的研究基礎上，討論一下《晏子春秋‧內篇問上》第十八章的一處異文。

二　明本與《治要》本的異文

現今所見《晏子春秋》最早的傳本為明代活字本（下稱明本）。[1]該本分為八篇，即內篇諫上第一、諫下第二、問上第三、問下第四、雜上第五、雜下第六、外篇重而異者第七、不合經術者第八。其中諫上、諫下、問上、問下、雜上、雜下有多章內容輯錄於唐代魏徵所撰《群書治要》第三十三卷（下稱《治要》）[2]，惟兩本文字或有不同。如明本〈內篇問上〉第十八章載景公問晏子「明王之教何若？」晏子對曰：

> 古者百里而異習，千里而殊俗，故明王修道，一民同俗，上愛民為法，
> 下相親為義，是以天下不相遺，此明王教民之理也。[3]

此段文字中，「上愛民為法」至「明王教民之理」一句亦見於《治要》，該本作：

1　〔東周〕晏嬰撰：《晏子春秋》，《四部叢刊初編‧史部零六九》（上海市：上海商務印書館據江南圖書館藏明活字本影印，1919年）。

2　《群書治要》佚於中土，是書於清代嘉慶年間方由日本回流至中國，清代學者或據以校勘傳本《晏子春秋》。如王念孫《讀書雜志‧晏子春秋》（臺北市：世界書局，1963年）曰：「因復合諸本及《群書治要》諸書所引，詳為校正」（志六〈序〉，頁1a），即其例。

3　〔東周〕晏嬰撰：《晏子春秋》，《四部叢刊初編‧史部零六九》，〈內篇問上第三〉，頁19a。

上以愛民為法，下以相親為義，是以天下不相遺也，此明王之教民也。[4]

比對兩本文句，其文意大致相若，特明本「遺」字，《治要》本作「遺」。清代以來，學者對此異文有不同解釋，下文先綜考各家成說，再由形、音、義及辭例諸端作分析，考證明本「遺」字與《治要》本「遺」字異文之關係。

三　前人說法綜述

清代以降，校注《晏子春秋》者甚眾，要者如盧文弨《晏子春秋拾補》[5]、孫星衍《晏子春秋音義》[6]、伊藤馨（1806-1870）《晏子春秋證注》[7]、黃以周《晏子春秋校勘》[8]及劉師培《晏子春秋校補》[9]等。然對明本所見「遺」字，諸家皆未置異辭。獨王念孫〈晏子春秋雜志〉疑之曰：

> 案《羣書治要》作「上以愛民為法，下以相親為義，是以天下不相遺」是也。上文云「明王修道，一民同俗」，故云「天下不相遺」。今本脫兩以字，「遺」字又誤作「遺」，則文義皆不協。[10]

王氏認為《治要》本之「遺」乃正字，明本作「遺」實「遺」字之訛。案明本

---

[4] 日本所傳《群書治要》有卷子本及駿河版，兩本所見此句文字相同。卷子本此句見〔唐〕魏徵等撰，尾崎康、小林芳規解題：《群書治要》（東京都：汲古書院，1989），頁161。駿河版此句見〔唐〕魏徵等撰：《群書治要五十卷》，日本元和二年銅活字印本駿河版，卷三十三，頁11b。圖版收錄於東京大學東洋文化研究所所藏漢籍善本全文影像資料庫（http://shanben.ioc.u-tokyo.ac.jp）。

[5] 〔清〕盧文弨：《羣書拾補》，見《續修四庫全書》第1149冊（上海市：上海古籍出版社，1995年），頁455上。

[6] 〔清〕孫星衍撰：《晏子春秋音義》（上海市：商務印書館，1937年），頁43。

[7] 〔日〕伊藤馨：《晏子春秋證注》（東京都：國書刊行會，1973年），頁207。

[8] 〔清〕黃以周：《晏子春秋校勘》（臺北市：中華書局，1966年），頁24b。

[9] 〔清〕劉師培：《晏子春秋校補》，見《劉申叔遺書》（南京市：江蘇古籍出版社，1997年），頁820。

[10] 〔清〕王念孫：《讀書雜志》下冊（臺北市：世界書局，1963年），志六之一，頁39b。

「一民同俗」，衡諸文意，有「統一民風民俗」之意。至於「違」，則有「違背」、「違逆」等義。《楚辭・離騷》：「夏桀之常違兮」，朱熹集注：「違，背也。」[11]又《素問・五常政大論》：「時不可違」，張志聰集注：「違，逆也。」[12]是其證。據此，《治要》本之「天下不相違」，意即「天下之人不相違逆」[13]，其義恰與前句「一民同俗」之「一」與「同」相承，文意順適。相反，若依明本作「不相遺」，則於義無取，難以與前文呼應。王氏此說頗具影響，其後張純一撰《晏子春秋校注》時即從王說，以《治要》本之「違」改訂明本之「遺」。[14]此外，王更生（1928-2010）《晏子春秋今註今譯》雖未具引王說，但該書註譯此文時，亦依《治要》本文字，改「遺」為「違」。[15]

儘管如此，仍有學者持反對意見，吳則虞《晏子春秋校釋》即對王說提出質疑，其於明本「是以天下不相遺」一句下注云：

> 「遺」字不為誤，上下以相愛相親為義，是不相遺也。猶《孟子》「未有仁而遺其親者，未有義而遺其君者」之「遺」，同義。此節「一民同俗」即墨氏之尚同，相愛相親，近墨氏之兼愛，「不相遺」非承一民同俗「而來。[16]

謹案：《孟子・梁惠王上》：「未有仁而遺其親者也」，朱熹注云：「遺，猶

11 〔宋〕朱熹撰；蔣立甫校點：《楚辭集注》（上海市：上海古籍出版社，2001年），頁17。

12 〔清〕張隱菴集註：《黃帝內經素問集註》（上海市：上海科學技術出版社，1959年），頁295。

13 此句中之「天下」當謂「天下之人」。伊藤馨《晏子春秋證注》於明本「是以天下不相遺」句下注云：「言天下之人，上下不相棄忘也。」（頁207）即以此為解。案古籍中亦常以「天下」指代「天下之人」。如《左傳・襄公三十一年》「文王之功，天下誦而歌舞之」，楊伯峻、徐提解「天下」為「天下之人」；陳克炯解作「四海之民」，二說略同。又《論語・顏淵》「天下歸仁焉」，王世舜謂「天下」指「天下的人，全國的人」，皆其例。詳參楊伯峻、徐提：《春秋左傳詞典》（北京市：中華書局，1985年），頁129；陳克炯：《左傳詳解詞典》（鄭州市：中州古籍出版社，2004年），頁514、王世舜等編著：《〈論語〉〈孟子〉詞典》（濟南市：山東教育出版社，2001年），頁119。

14 張純一：《晏子春秋校注》（上海市：世界書局，1935年），頁89。

15 王更生註譯：《晏子春秋今註今譯》（臺北市：臺灣商務印書館，1987年），頁146。

16 吳則虞編著：《晏子春秋校釋》（北京市：中華書局，1962年），頁223。

棄也。」[17]吳氏認為明本「遺」字可作「遺棄」解，其義實承接前文的「相愛相親」，而非王氏所言的「一民同俗」，是以該字並無訛誤。王氏謂「遺」字為誤抄，反以「違」為正字，不確。

細繹王、吳二說，其分歧在於二氏對此章的上下文意有不同理解。然二說於義皆通，且「遺」、「違」二字各有其版本依據，若僅從字義及上下文推論，難定孰是孰非。

不過，值得一提的是，銀雀山漢簡的出土，似為吳說提供了佐證。一九七二年，銀雀山漢墓出土了《晏子》竹簡一百零二枚，簡文內容散見於傳本《晏子春秋》中的十八章，其中〈內篇問上〉第十八章的內容見於第573至577號簡，相關簡文作：

> 古者百里異名，千里異習。故明王修道……不相遺也。此明王之教民也。[18]

就竹簡圖版所見，簡文略有殘損，「明王修道」以下十八字未見。[19]惟據所存文字觀之，可知早於西漢時此句句末已作「不相遺也」，與明本作「不相遺」略同。換言之，明本的「遺」字或前有所承，未必是「違」字之誤。駢宇騫《銀雀山竹簡本〈晏子春秋〉校釋》即據此否定王說，並以為「吳說近是」，「張純一校本據《治要》本作『違』，非也。」[20]

受漢簡本影響，近世學者注譯《晏子春秋》此句時，多依據簡本及明本作「天下不相遺」，如王連生、薛安勤[21]、陳濤[22]、孫彥林[23]、廖名春、鄒新民[24]、

17 〔宋〕朱熹集註：《四書集註》（臺北市：學海出版社，1989年），頁197-198。

18 銀雀山漢墓竹簡整理小組：《銀雀山漢墓竹簡（壹）》（北京市：文物出版社，1985年），頁96。

19 銀雀山漢墓竹簡整理小組：《銀雀山漢墓竹簡（壹）》，頁57。

20 駢宇騫：《銀雀山竹簡〈晏子春秋〉校釋》（臺北市：萬卷樓圖書公司，2000年），頁113。

21 王連生、薛安勤編著：《〈晏子春秋〉譯注》（瀋陽市：遼寧教育出版社，1989年），頁148。

22 陳濤：《晏子春秋譯注》（天津市：天津古籍出版社，1996年），頁147。

23 孫彥林、周民、苗若素：《晏子春秋譯注》（濟南市：齊魯書社，1991年），頁152。

24 廖名春、鄒新民校點：《晏子春秋》（瀋陽市：遼寧教育出版社，1998年），頁37。

趙蔚芝[25]、石磊[26]、李萬壽[27]等均是。王更生校注之《新編晏子春秋》亦從漢簡本，將「違」改作「遺」。[28]當然，也有學者未跟隨簡本及明本，如陶梅生[29]、湯化[30]、張景賢[31]諸氏便沿《治要》本而訂此句作「天下不相違」。釋義方面，從明本者一般取吳則虞說，訓「遺」為「遺棄」或「拋棄」；依《治要》本者則多沿王說思路，將「違」字解作「違逆」、「背離」等義。由此看來，〈內篇問上〉此句應作「不相遺」抑或「不相違」，學界似乎仍未有共識。

　　筆者認為，銀雀山漢簡本《晏子春秋》的出土，足證作「遺」字的明本可遠紹西漢時期，只是漢簡本同為抄本，當中「遺」字為誤抄之可能性亦不能排除。然而，諦審字形，簡本《晏子春秋》「遺」字作𤲬（簡577）[32]，其所從「貴」旁作𧵑；而「違」字未見於簡本，但同批竹簡有「韋」字，作𩏑（簡840）[33]。以「遺」所從𧵑旁與之相較，可見二者形體不甚相近，誤寫機會應不大。由是推之，王念孫以《治要》本「違」字為正，而明本「遺」字為誤抄之說，就漢簡本所見情況來看，似難成立。

四　「遺」、「違」考異

　　倘明本「遺」字無誤，何以《治要》本所見作「違」？針對兩本異文之關係，諸家多未有細論。若就字形言之，「遺」、「違」同從辵，二字在漢簡中寫法雖有不同，但在傳世典籍中，也有訛混之例，即如《子彙》本《孔叢子‧連

---

[25] 趙蔚芝注解：《晏子春秋注解》（濟南市：齊魯書社，2009年），頁156。

[26] 石磊：《晏子春秋譯注》（哈爾濱市：黑龍江人民出版社，2003年），頁122。

[27] 李萬壽譯注：《晏子春秋全譯（修訂版）》（貴州市：貴州人民出版社，2009年），頁120。

[28] 王更生校注：《新編晏子春秋》（臺北市：臺灣古籍出版社，2001年），頁271。注意王氏此書與前作《晏子春秋今註今譯》的觀點已有不同。

[29] 陶梅生注譯：《新譯晏子春秋》（臺北市：三民書局，2009年第2版），頁187。

[30] 湯化譯注：《晏子春秋》（北京市：中華書局，2011年），頁211。

[31] 張景賢注釋：《晏子春秋》（鄭州市：中州古籍出版社，2010年），頁159。

[32] 除上引字形外，「遺」字也見於銀雀山漢簡其他篇章，作𤲬（簡81）、𤲬（簡414）、𤲬（簡416）等，寫法略同。駢宇騫編著：《銀雀山漢簡文字編》（北京市：文物出版社，2001年），頁59。

[33] 此「韋」字見於簡本《守法守令等十三篇》，字見駢宇騫編著：《銀雀山漢簡文字編》，頁194。

叢子下》：「載柩而返，則違父遺命」[34]，其中「遺」、「違」二字，杭州葉氏藏明翻宋本即誤抄作「遺父違命」[35]。以此例之，簡本及明本 「遺」字在後世傳抄時誤作「違」，亦不無可能。

不過，可注意者，形近誤字僅為古籍異文形成的其中一個原因，正如陳劍所言：「簡本古書與傳本古書的關係，除了讀音近同之外，還存在形近訛字、義近換用字等複雜情況。」[36]要確定簡本及明本「遺」字與《治要》本「違」字的關係，除了要分析字形外，還須同時對二字的音、義作考察，方能得出穩妥的結論。

吳辛丑說：「文字方面，最常見的異文是通假字」。[37]音同或音近通假，是古書常見的語言現象。揆諸古音，「遺」古音餘紐微部[38]，「違」匣紐微部[39]，二字疊韻，聲紐餘、匣同屬喉音；且「遺」從「貴」得聲，而從「貴」聲的「潰」字古亦屬匣紐[40]，與「違」字同。準此，「遺」、「違」在音理上應具相通條件。張儒、劉毓慶《漢字通用聲素研究》即據《晏子春秋》此例而論定「貴」、「韋」聲通。[41]不過，就通假例證而言，從「貴」聲與「韋」聲之字在其他古籍中似未見相通之例，故二字能否通假，仍然存疑。再者，通假字一般只有讀音上的聯繫，然徵諸故訓，「遺」、「違」二字在詞義上卻也有相通之處。下文試從詞義角度入手，探討二字的關係。

上文曾指出，「遺」有「棄」義。又《廣雅‧釋詁》：「遺，離也。」[42]王

---

34 〔漢〕孔鮒撰：《孔叢子》，據明萬曆四、五年周子義刊《子彙》本影印（北京市：中華書局，1985年），頁169。

35 〔漢〕孔鮒撰，〔宋〕宋咸注：《孔叢子》，上海商務印書館縮印杭州葉氏藏明翻宋本（上海市：上海影印廠，1989年），頁73。

36 陳劍：〈清華簡《皇門》「𩁹」字補說〉，復旦大學出土文獻與古文字研究中心網站，2011年2月4日（http://www.gwz.fudan.edu.cn/SrcShow.asp?Src_ID=1397）。

37 吳辛丑著：《簡帛典籍異文研究》（廣州市：中山大學出版社，2002年），頁12。

38 郭錫良編著：《漢字古音手冊：增訂本》（北京市：商務印書館，2010年），頁101。

39 同前註，頁219。

40 同前註，頁226。

41 「貴」從「叟」聲，詳見張儒、劉毓慶著：《漢字通用聲素研究》（太原市：山西古籍出版社，2002年），頁920【叟通韋】條。

42 〔魏〕張揖撰：《廣雅》，卷三，收入《字典彙編》（北京市：國際文化出版公司，1993年），第25冊，頁251上。

念孫《廣雅疏證》云：

> 「遺者，棄之離也。《楚辭・九歌》：『遺余佩兮澧浦』，王逸注云：
> 『遺，離也。』《莊子・田子方》篇云：「遺物離人而立於獨」。[43]

是知「遺」與「離」、「棄」義通，可作「離棄」解。簡本及明本《晏子春秋》
中「不相遺」之「遺」，當取此義。至於《治要》之「違」，過往學者多解作
「違背」。其實此「違」亦可訓「離」。《說文・辵部》：「違，離也。」[44]《廣
雅・釋詁》：「違，離也。」[45]是「違」、「遺」同訓。又《管子・形勢》：「其功
順天者天助之，其功逆天者天違之。」[46]其中「違」字，劉如瑛《諸子箋校商
補》釋云：

> 按：〈離騷〉：「來違棄而改求。」王逸注：「違，去也。……言宓妃雖信
> 有美德，驕傲無禮，不可與其事君，來復棄去而更求賢也。」《論語・
> 公冶長》：「棄而違之。」皇侃疏：「違，去也。」違、棄連文，違亦棄
> 也。〈離騷〉：「不撫壯而棄穢兮」，王注：「棄，去也。」可證違、棄同
> 義。天違之，猶天棄之。[47]

劉氏謂「違」、「棄」同義，其說可從。事實上，除劉氏所引語例外，古書中尚
有其他「違」、「棄」連文與對文之例，足以說明「違」、「棄」為同義關係。[48]
如：

---

[43] 〔魏〕張揖撰，〔清〕王念孫疏證：《廣雅疏證》（北京市：中華書局，1983年），卷三下，頁106上。

[44] 〔漢〕許慎撰：《說文解字》（長沙市：岳麓書社，2006年），卷二下，頁41上。

[45] 〔魏〕張揖撰：《廣雅》，卷三，收入《字典彙編》，第25冊，頁251上。

[46] 〔唐〕房玄齡注，（明）劉績補：《管子》，光緒三年浙江書局據明吳郡趙氏本校刻，見《二十二子》（臺北市：先知出版社，1976年），第5冊，頁54。

[47] 劉如瑛注：《諸子箋校商補》（濟南市：山東教育出版社，1995年），頁67。

[48] 趙學清指出，文獻中的「互用」、「對用」、「連用」和「義訓」語料能證明兩詞同義。詳見王寧、鄒曉麗主編，萬藝玲、鄭振峰、趙學清編著：《詞匯應用通則》（長春市：春風文藝出版社，1999年），頁132。

李陵〈答蘇武書〉:「**遺弃**（**棄**）**君親之恩，長為蠻夷之域，傷已。**」[49]

《左傳‧昭公十三年傳》:「**棄禮遺命，楚其危哉！**」[50]

《國語‧晉語四》:「**天降鄭禍，使淫觀狀，棄禮遺親。**」[51]

《春秋繁露‧深察名號》:「**其設民不正，故棄重任而遺大命，非法言**
也。」[52]

據此可知，「遺」有「棄」義，與「遺」義近。《治要》本的「不相遺」實可解
作「不互相離棄」。若以此作解，則《治要》本文字與簡本及明本文義相通，
二者並無矛盾之處。

「遺」、「遺」部首相同，音義皆近，二字是否存在同源關係，尚有待研
究；但可以確定的是，《晏子春秋》此處的「遺」與「遺」取義相同，並有
「離棄」之義，二者應非由形近而造成之誤字，而係義近換用之異文。案同義
或近義換用之異文，先秦文獻中甚為常見，如文首所引「古者百里而異習，千
里而殊俗」一句，其中「殊俗」，銀雀山漢簡本作「異習」；又同書〈內篇諫
上〉:「景公興兵將伐魯」，漢簡本「興」作「舉」，「將」作「欲」，皆近義替代
之例。在《治要》與其他古籍傳本中，此類異文亦不鮮見，如十一家本《孫
子‧虛實》:「水之形避高而趨下」《治要》卷三十三作「水行避高而就下」，當
中「趨」作「就」，即一證。[53]要之，同義或近義換用之異文於文獻中多有，
簡本及明本「遺」字在《治要》中作「遺」，並不奇怪。

再就韻讀言之。孫星衍《晏子春秋音義》指出，明本此句以「義」（歌

---

[49] 〔梁〕蕭統編，〔唐〕李選注:《文選》（北京市:中華書局，1977年），卷四十一，總頁573下。

[50] 〔周〕左丘明傳，〔晉〕杜預注，〔唐〕孔穎達正義，浦衛忠等整理，楊向奎審定:《春秋左傳正義》
（北京市:北京大學出版社，2000年），頁1519上。

[51] 徐元誥撰，王樹民、沈長雲點校:《國語集解》（北京市:中華書局，2002年），頁356。

[52] 蘇輿撰，鍾哲點校:《春秋繁露義證》（北京市:中華書局，1992年），頁303。

[53] 上引銀雀山漢簡及《治要》異文語例見汝鳴:〈銀雀山漢墓竹簡異文研究〉（上海市:華東師範大學
碩士學位論文，2006年），頁94、102-103。汝文整理了銀雀山漢簡與傳世典籍所見同義及近義關係
的異文，詳參該文第五章，頁77-125。

部）、「遺」（微部）、「理」（之部）為韻。[54]「違」、「遺」古韻相同，故《治要》本之「違」，與分句之「義」與「理」亦協韻。如此，似可進一步證明《治要》本之「違」非誤字。「違」、「遺」音近義通，二字可視為同義替代之異文。

五　賈誼《新書》「違」字補說

明確了「遺」與「違」的詞義關係後，附帶討論賈誼《新書》中的一個「違」字。案《新書‧時變》云：

> 商君**違**禮義，弃（棄）倫理，并心於進取，行之二歲，秦俗日敗。[55]

此句中以「違」、「棄」對文，與前文所舉古籍用例類同。可注意者，《新書》此文與《漢書‧賈誼傳》互見，惟二書用字略有不同。〈賈誼傳〉曰：

> 商君**遺**禮義，棄仁恩，并心於進取，行之二歲，秦俗日敗。[56]

比對二書文句，《新書》中「違」字，《漢書》作「遺」。參考本文分析，古時「違」、「遺」二字既同訓，而《新書》中之「違」又與「棄」對文，則此「違」字或與本文所論《晏子春秋》之例相同，並有「棄」義，《新書》所見之「違禮義」和《漢書》所載之「遺禮義」異字同義，均可解作「離棄」。

---

[54]〔清〕孫星衍撰：《晏子春秋音義》，頁43。韻部依據郭錫良編著：《漢字古音手冊：增訂本》，頁101、104、132。

[55]〔漢〕賈誼：《賈誼新書》，光緒元年浙江書局據盧氏抱經堂本重校刻，見《二十二子》，第13冊，頁95。

[56]〔漢〕班固著，〔唐〕顏師古注：《漢書》（北京市：中華書局，1962年），頁2244。

六 結論

　　本文對《晏子春秋・內篇問上》第十八章的「遺」、「違」二字異文作了考釋。從漢簡本所存文字觀之，明本所見「遺」字應非誤字，其於句中可訓「棄」，「不相遺」猶「不互相離棄」。至於《治要》本所見「違」字，亦非「遺」字之訛。就詞義而論，古書中「遺」與「違」同訓「離」，且「違」與「棄」在文獻中有連文與對舉之例，由此可證「違」、「遺」義通，皆有「離棄」之義。要言之，簡本及明本「遺」字與《治要》本「違」字在釋義以至韻讀上皆無矛盾，二者可視為義近換用之異文。

　　另一方面，《新書・時變》曰：「商君違禮義，棄倫理」。此句與《漢書・賈誼傳》互見，惟前者「違」字，後者作「遺」。就詞義言之，「違」、「棄」本義近，而《新書》此處之「違」又與「棄」對文，則此「違」字或與《晏子春秋》之例同，並有「棄」義，可解作「離棄」。

朱駿聲《離騷補注》述評

李雄溪

嶺南大學中文系教授

摘要

　　朱駿聲為說文學家,他最為人熟知的著作是《說文通訓定聲》。朱氏的其他作品多沒有引起後人的注意,好像《離騷補注》的研究,就不大多見。本文對朱駿聲《離騷補注》加以述評,並分別指出其優點和缺點,分析它在楚辭學上的價值。

關鍵詞:朱駿聲、離騷補注、楚辭章句、假借

一

朱駿聲（1788-1858）是清代（1644-1911）《說文》四大家之一。他長於
文字、音韻，其《說文通訓定聲》對詞義作了全面的研究，顯示出深醇之學
養。《離騷補注》（以下或簡稱《補注》）為朱氏晚年之作，篇幅不多，並沒有
得到學者廣泛的注意。[1] 朱氏於《離騷補注・序》中說：「道光丁未十月，養
痾居內，日臥誦屈賦，間起讀王叔師注，有不澉于心者，忘其耎陋，輒為補訂
如左。」[2] 可見《離騷補注》乃朱氏蟄居養病期間之作，成於道光年間。朱氏
取王逸（89-158）《楚辭章句》（以下簡稱《王注》）加以補充，其例則依洪興
祖（1090-1155）《楚辭補注》。朱著補充《王注》，歸納起來，有以下各點：

（一）明詞句之出處

〈離騷〉中的詞句不少皆有出處。《補注》往往探本索源，明其出處。例
如「不撫壯而棄穢兮」，《王注》曰：「年德盛曰壯。」王氏僅釋詞義，朱氏補
充曰：「《禮記》『三十曰壯。』」[3] 又《王注》「老冉冉其將至。」曰：「冉冉，
行兒。」朱氏《補注》曰：「《論語》：『不知老之將至。』」[4] 又「不吾知其亦已
兮」句，《補注》引《論語》曰：「居則曰不吾知也，又莫己知也，斯已而已
矣。」[5] 又「瞻前顧後」句，《補注》曰：「《論語》云：『瞻之在前。』《詩》
云：『不顧其後。』」[6] 又「恐皇輿之敗績」句，《補注》引《左傳》曰：「《左
傳》子產云：『若未嘗登車射御，則敗績厭覆是懼。』」[7] 又「迴朕車以復路

---

[1] 易重廉：《中國楚辭學史》（長沙市：湖南出版社，1991年）及李中華、朱炳祥：《楚辭學史》（武漢市：武漢出版社，1996年）都對朱駿聲的《離騷補注》作了介紹。參《中國楚辭學史》，頁537-542及《楚辭學史》，頁252-258。

[2] 《離騷補注・序》，見杜松柏主編：《楚辭彙編》（臺北市：新文豐出版社，1986年），冊8，頁489。

[3] 《楚辭彙編》，冊8，頁495。

[4] 同前註，頁503。

[5] 同前註，頁511。

[6] 同前註，頁520。

[7] 同前註，頁498。

兮，及行迷之未遠」二句，《補注》曰：「檃括《易》復卦語」[8]。從以上諸例，可見朱氏為詞句探源，令讀者更明確了解屈子的文意。

（二）補充詞義

《王注》訓釋詞義，有時過於簡略，朱氏作了適當的補充。如「女嬃之嬋媛兮」句，《王注》曰：「女嬃，屈原姊也。」朱氏補曰：「《水經注》：『秭歸縣有女嬃廟，屈原賢姊聞屈原放逐，亦來歸，因名之曰秭歸。』《說文》：『嬃，女字也。賈待中曰楚人謂姊為嬃。』舊說皆同。王逸或云《易》『歸妹以須。』《注》：『須，女之賤者。』《漢書·廣陵王胥傳》：『胥迎李巫女須，使下神祝詛。』《天文》：『北方宿女四星亦曰須女，其光微小，故織女為貴，須女為賤。』愚按：《易》《漢書》與《天文》皆借須為嬬，媵妾也。《漢書·呂后紀》后女弟呂須亦是嬬字，須之為原姊，古說相承，不宜立異。」[9]朱氏詳引古籍，對王說加以印證。

又「閨中既以邃遠兮」句，《王注》曰：「小門謂之閨。」朱氏補曰：「《爾雅》：『宮中之門謂之闈，闈其小者謂之閨。』」[10]《補注》透過分析同義詞，對詞義作了補充說明。

又「朕皇考曰伯庸」句，《王注》曰：「朕，我也。」《補注》曰：「《爾雅》訓我訓身，蓋發聲之辭，與言同，古尊卑皆稱朕，猶貴賤皆稱余也。秦始皇二十六年始專以朕為天子之偁。」[11]這是從歷史發展觀念去談詞義的演變。

此外，《補注》不單在《王注》的基礎上進行補充，有時更對《王注》沒有解釋的字詞加以訓釋，好像在「吾令帝閽開關兮」句後，王氏並沒有對「關」加以訓釋，《補注》曰：「關，橫持門戶之木也。」[12]朱氏增加原文的訓釋，無疑可使句意更加清晰明白。

8　《易》復卦曰：「不遠復，無祗悔。」

9　《楚辭彙編》，冊8，頁512。

10　同前註，頁532。

11　同前註，頁491。

12　同前註，頁526。

（三）串講文意

除了對詞義的補充外，朱氏亦有結合上下文句，串講文意，如「指九天以為正兮，惟靈修之故也」句，朱氏補曰：「此二句言若非自愛年富力強，不願同流合汙，何為而不改其度乎？」[13] 又「乘騏驥以馳騁兮，來吾導夫先路」句，《補注》曰：「此二句言若得時而駕，願與眾賢並進輔治，胥同志以偕來，吾將為先路之導也。」[14] 又「余既滋蘭之九畹兮，又樹蕙之百畝」句，《補注》曰：「滋蘭下八句言己先培植，眾賢冀可同心輔治，己一人不用，尚不足悲，而悲眾賢必至從俗浮沉，如下文所言蘭芷不芳，荃蕙化茅也，忠君愛國，藹如仁人之言。」[15] 這些說明有助於讀者體會上下文的關係。

（四）訓釋名物

《離騷》中所提及的山川草木和其他名物甚多，《王注》有時並沒有詳細注明，朱氏則加以補充。如《王注》：「畦留夷與揭車兮」，曰：「留夷，香草也。」朱曰：「留夷即辛夷樹，其花甚香，見《後漢書・馮衍傳・注》，或曰芍藥，《廣雅》謂之攣夷，一名餘容也。」[16] 又《王注》：「濟沅湘以南征兮」，曰：「沅湘，水名也。」《補注》曰：「沅出今貴州平越府，入洞庭河，湘出今廣西桂林府海陽山，經湖南長沙府磊石山，分為二派，又合而入湖庭湖。」[17] 這都是《補注》在訓釋名物方面對《王注》補充的具體例子。朱氏對名物的補充說明，使讀者更深入了解〈離騷〉的原文。

（五）劃分段落

〈離騷〉原文並不分段，朱氏就全文的內容加以分析，並劃分為三大段落。朱氏在「於女嬃之嬋媛」句後曰：「又按〈離騷〉分三大段，此為第二段

---

13 《楚辭彙編》，冊8，頁496。
14 同前註，頁496。
15 同前註，頁501。
16 同前註，頁502。
17 同前註，頁514。

起」[18]，又於「索瓊茅以筳篿兮」句後曰：「此為第三段起」[19]。這樣的劃分大體符合全文的脈絡和大意。

（六）指出亦見他篇句

〈離騷〉的句子往往重出於他篇，朱氏在《補注》中都一一點出來。這對《楚辭》諸篇的整體研究有一定的作用。茲引這種情況如下：

〈離騷〉原文	《補注》注文
「長太息以掩涕兮」	「亦見〈遠遊篇〉」[20]
「忳鬱邑余侘傺兮」	「亦見〈惜頌篇〉」[21]
「寧溘死以流亡兮」	「亦兩見〈悲回風篇〉」[22]
「芳與澤其雜糅兮」	「亦見〈思美人篇〉、〈惜往日篇〉」[23]
「路曼曼其修遠兮」	「亦見〈遠游篇〉」[24]
「鳳皇翼其乘旂兮」	「亦見〈遠游篇〉」[25]

（七）說明假借

朱氏長於文字聲韻，故在為〈離騷〉作《補注》時，也充分顯示他在這方面的長處。尤其值得重視的是他對假借的說明。朱氏著《說文通訓定聲》時確立了一套假借理論[26]，他給假借的定義是「本無其意，依聲託字」，這定義與許慎（68-148）的講法大相逕庭，所謂「依聲託字」，其實也就是「本有其

18 同前註，頁512。
19 同前註，頁533。
20 同前註，頁505。
21 同前註，頁507。
22 同前註，頁508。
23 同前註，頁511。
24 同前註，頁523。
25 同前註，頁545。
26 詳參拙著：《說文通訓定聲研究》（香港：商務印書館，1996年），頁103-118。

字」，借字與本字各有其意，然因聲音相近而借用，簡單而言，這就是屬於訓詁學範圍的通假。朱氏在《離騷補注》對假借的說明，可舉例子如下：

「又重之以修能」句，朱《補注》曰：「重讀為緟，增益也。修，飾也，治也，下文好修、信修皆同。能讀為態，姿有餘也。按：巧藝高材曰態，經傳多借能字為之。」[27]又「固亂流其鮮終兮」句，朱氏《補注》曰：「鮮讀為尟。《詩》云：『鮮克有終』」[28]又「時曖曖其將罷兮」句，《補注》曰：「罷，讀為疲」[29]。朱氏因聲求義，說明假借，並非憑空臆測，而能引經為證，所以大多言之有據。[30]

此外，朱駿聲在《說文通訓定聲》中提出假借有「四例」、「八用」。「四例」是同音、疊韻、雙聲和合音，「八用」是假借在實際運用上八種情況，包括「同聲通寫字」、「託名幖識字」、「單辭形況字」、「重言形況字」、「疊韻連語」、「雙聲連語」、「助語之詞」、「發聲之詞」，其中「疊韻連語」和「雙聲連語」是指連綿字，根據朱氏的假借理論，它們都是「借聲託誼，本無正字」。朱氏在《離騷補注》中指出的雙聲連語包括「鬱邑」、「陸離」、「猶豫」、「委移」、「赫戲」、「蜷局」；疊韻連語包括「嬋媛」、「偃蹇」、「逍遙」。這都是朱氏假借理論的具體實踐，而且對研究〈離騷〉的雙聲詞、疊韻詞提供了幫助。

---

27 同前註，頁538。

28 同前註，頁517。

29 同前註，頁526。

30 朱駿聲在《說文通訓定聲》中詳引書證，說明假借，如「駿按：才能之義，許以為轉注，其實態之叚借，態或作能，《虞書》：『柔遠能邇。』《鄭注》：『能，姿也。』誤作态也。《詩·民勞》：『柔遠能邇。』《箋》：『能猶伽也。』按：伽即恕字，順施之意。《素問·風論》：『顧問其診，及其病能。』《注》：『謂內作病形。』今以態為姿，專用能為才能，不知姿、態二字，古誼皆當訓材藝善也。」又「又為尟，《爾雅·釋詁》：『鮮，寡也。』《詩·揚之水》：『終鮮兄弟。』《蓼莪》：『鮮民之生。』《蕩》：『鮮克有終。』《禮記·大學》：『天下鮮矣。』《注》：『罕也。』《左昭廿八傳》：『吾母多而庶鮮。』《注》：『少也。』《易·繫辭傳》：『故君子之道鮮矣。』《釋文》：『盡也。』」又「叚借為疲，《廣雅·釋詁一》：『罷，勞也。』《左·成十六傳》：『而罷民以逞。』《昭十九傳》：『勞罷死轉。』《齊語》：『罷士無仁，罷女無家。』《注》：『病也。』又『諸侯罷馬以為幣。』《注》：『不任用也。』《荀子·非相》：『君子賢而能容罷。』《注》：『罷，弱不任事者。』《離騷》：『時曖曖其將罷兮。』《注》：『極也。』《史記·平原君虞卿傳》：『臣不幸有罷癃之病。』《索隱》：『言腰曲而背隆高。』《漢書·夏侯嬰傳》：『漢王急馬罷。』《賈誼傳》：『坐罷軟不勝任者。』」見《說文通訓定聲》（北京市：中華書局，1984年），頁175、763、506。

（八）分析句式詞組

朱氏在《離騷補注‧序》中詳引例子，對〈離騷〉中的一些句式和詞組作了分析，引錄如下：「有複句，如『紛總總其離合』，『心猶豫而狐疑』、『世溷濁而不分兮，好蔽賢而嫉妒』、『世溷濁而嫉賢兮，好蔽美而稱惡』是也。有複調，如『願竢時乎吾將刈』、『延佇乎吾將反』、『歷吉日乎吾將行』、『雖九死其猶未悔』、『雖體解吾猶未變』、『孰云察余之中情』、『孰云察余之善惡』、『聊須臾以相羊』、『聊浮游以逍遙』、『聊浮游以求女』、『日忽忽其將暮』、『時曖曖其將罷』、『及榮華之未落』、『及年歲之未晏』、『及余飾之方壯』是也。有複字，如『朝夕』凡六見，『靈修』三見，『好修』五見，『前修』兩見，『修遠』三見，『眾芳』二見，『偷樂』二見，『幽昧』二見，『嫉妒』三見，『抑志』二見，『弭節』二見，『前聖』二見，『淹涕』、『流涕』三見，『余情』 、『朕情』三見，『芳菲菲』二見，『九歌』二見，『保厥美』、『委厥美』三見，『淫游』二見，『康娛』三見，『葅醢』二見，『湯禹儼』二見，『繩墨』二見，『浮游』二見，『鬱邑』二見，『延佇』二見，『吾令』六見，『繽紛』二見，『歷茲』二見，『世俗』三見，『瓊枝』二見，『偃蹇』二見，『遠逝』二見，『周流』三見，『雲霓』二見，『鸞皇』、『鳳凰』、『鳳鳥』四見，『發軔』二見，『求索』二見，『上下』四見，『亦何傷』二見，『多艱』二見，度字四見，憑字二見，娉字三見，溘字三見，羌字二見，佩字八見，謇字四見，是也。有長句，『苟余情其信娉以練要兮』是也。」[31]朱氏列舉了〈離騷〉中的複句、複調、複字、長句，對〈離騷〉的句式詞組作了初步的探究。

二

以下談談《離騷補注》的缺點。

第一、對《王注》擅加增刪。杜柏松《楚辭彙編》曰：「惟於章句，僅加

31　《楚辭彙編》，冊8，頁487-489。

摘錄，頗多刪節，不依王氏之舊，有失其本真，斯則可議矣。」[32]這種情況在《補注》中的確十分常見。如《王注》曰「惟庚寅吾以降」句曰：「庚寅，日也。降，下也。《孝經》曰：『故親，生之膝下。』寅為陽正，故男始生立於寅。庚為陰正，故女始生而立於庚。言己以太歲在寅，正月始春，庚寅之日，下母之體而生，得陰陽之正中也。」《離騷補注》引《王注》曰「惟，詞也。庚寅，日，降，下也。寅為陽正，庚為陰正，言己以太歲在寅，正月始春，庚寅之日，下母之體。」[33]又《王注》「恐脩名之不立」曰「立，成也。言人年命冉冉而行，我之衰老，將以來至，恐脩身建德，而功不成名不立也。《論語》曰：『君子疾沒世而名不稱焉。』屈原建志清白，貪流名於後世也。」朱氏《補注》引《王注》曰：「立，成也。言人年命冉冉而行，我之衰老，將以速至，恐脩身建德，而功不成名不立也。」[34]把《王注》與《朱注》兩兩對照，可知朱氏雖然沒有改變《王注》的原意，但的確對《王注》有所增刪。這種做法，似大可不必。

　　第二、朱氏有時補充王氏之說，提出一己之見，未見穩當。如「恐美人之遲暮句」，《王注》曰：「美人謂懷王。」朱氏反對王氏對「美人」的理解，並提出新的觀點，他認為「美人謂眾賢同志者」[35]。歷來對〈離騷〉中的「美人」有不同的解釋，或喻楚懷王（可以王逸為代表），或屈原自喻（可以朱冀為代表），或泛指賢士（可以朱駿聲為代表），然朱駿聲的講法似未可信。詹安泰（1920-1967）對這問題提出了很有道理的看法，他在《離騷箋疏》中說：「就下文看，仍以喻楚懷王為是。下文用責備的語氣，接著又要求他乘騏驥以馳騁（任用賢良治理國家），然後毅然以前導自任，則這句所指的理想美人，非楚懷王莫屬了。」[36]

　　第三，易重廉在《中國楚辭學史》一書中指出《補注》的另一缺點是過於

---

32 同前註，頁486。

33 同前註，頁492。

34 同前註，頁503。

35 同前註，頁495。

36 詹安泰：《離騷箋疏》（武漢市：湖北人民出版社，1984年），頁9。

求實，他說：「樸學家強調無徵不信，實事求是，故朱氏補注，間有過於求實之病。如『指九天以為正』之『九天』，不過是極言天高而已，朱氏卻謂為：『第一宗動天，二恒星天，三填星天，四歲星天，五熒惑天，六日輪天，七太白天，八辰星天，九月輪天。』難免膠柱鼓瑟，徒增談資。」[37] 這批評是對的。古書中的數詞，或用作虛數，清人汪中（1745-1794）《述學·釋三九》談到「九」的用法，說：「先人之措辭，凡一二之所不能盡者，則約之三以見其多，三之所不能盡者，則約之九以見其極多。此語言之虛數也。實數可稽也，虛數不可執也。」[38]「九天」的用法，與「余既滋蘭之九畹兮」、「雖九死其猶未悔」兩句中的「九」一樣，僅言其多而已。由是可見，朱氏釋義確實在有過於偏執求實之弊。

三

雖然有以上的缺點，但是瑕不掩瑜。《離騷補注》並非鴻篇巨制，為朱氏行有餘力之作，然朱書於詞義訓釋，頗有可取之處，不失為王氏諍臣，可補前注之未足。總括而言，《離騷補注》在「楚辭學」上亦應佔一席位。

---

37 《中國楚辭學史》，頁540。
38 楊家駱主編：《述學》、《容甫遺詩》（臺北市：世界書局，1962年），頁3。

讀俞樾《諸子平議‧墨子》記[*]

蔡挺

香港能仁專上學院中文系高級研究助理

摘要

　　德清俞樾（1821-1907），[1]字蔭甫，號曲園，晚清樸學大家，徐世昌（1855-1939）《清儒學案‧曲園學案》曰：「曲園之學，以高郵王氏為宗。發明故訓，是正文字而務為廣博，旁及百家，著述閎富，同、光之間，蔚然為東南大師。」[2]《諸子平議》一書，是俞樾的代表作，可說是子學訓釋的鉅著。此書仿效王念孫（1744-1832）《讀書雜志》而補其未及，識力之精，涉獵之廣，為《雜志》之後，從事子學者不可或缺的典籍。然而，智者千慮，容或有失，今就俞氏《諸子平議‧墨子》部分，舉其精到見解，檢其可議之處，略陳己見，並就相關詞義問題，一併討論。

關鍵詞：俞樾、諸子平議、墨子平議、墨子、訓詁學

---

[*] 本論文為「俞樾《諸子平議》斠正」研究計劃部分成果，計劃得到香港政府研究資助局優配研究金資助（UGC GRF，編號：145012），謹此致謝。

[1] 筆者案：徐世昌等根據《清史稿》、尤螢《俞曲園先生年譜》與繆荃孫《俞先生行狀》所記，定俞氏卒於光緒三十二年十二月二十三日。詳見〔清〕徐世昌等編，沈芝盈，梁運華點校：〈曲園學案〉，《清儒學案》（北京市：中華書局，2008年），卷183，頁7034。由此可以推算俞氏卒年當在西元1907年2月5日。

[2] 〔清〕徐世昌等編，沈芝盈，梁運華點校：〈曲園學案〉，《清儒學案》，卷183，頁7033。

一　前言

　　墨家是戰國時代一個重要的學派，曾經與儒學並稱「顯學」。但秦漢以後，由於儒術獨專，導致墨學衰微。雖然《墨子》一書尚存，但後世治《墨》者，寥寥無幾，成就亦微。[3]且歷年遠久，是書簡編錯亂，闕文頗多，不易董理。誠如王念孫《讀墨子雜志序》所言：「《墨子》書舊無注釋，亦無校本，故脫誤不可讀。」[4]孫詒讓（1848-1908）《墨子閒詁‧自序》亦云：「漢、晉以降，其學幾絕，而書僅存，然治之者殊尠，故脫誤尤不可校。而古字古言，轉多沿襲未改，非精究形聲通叚之原，無由通其讀也。」[5]此足見《墨子》之難讀。

　　俞樾《墨子平議》卓爾不凡，素為後人所重。是書解決《墨子》不少疑難，糾正前賢故訓謬說亦多。從孫詒讓《墨子閒詁》幾乎引用《墨子平議》全部內容，足見其價值所在。然而，俞書失誤亦復不少，可惜針對是書之研究極少，不無遺憾。今羅列證據，檢討俞書得失。

二　論述精闢之例

　　俞樾《墨子平議》，綜合王念孫等前賢成果，共得三卷，二百二十六條校釋，珠玉在前，仍不乏鞭辟入裏之見者，今舉數例以明之：

（一）三子之能達名成功於天下也，皆於其國抑而大醜也

　　　　樾謹按：「抑」之言屈抑也。「抑而大醜」與「達名成功」相對，言於其國則抑而大醜，於天下則達名成功，正見其由屈抑而達。下文所謂「敗

3　筆者案：《墨子》一書舊有魯勝（西晉人，生卒年不詳）《墨辯注》、樂臺（唐人，生卒年不詳）《墨子注》，惟皆久佚。

4　〔清〕王念孫撰，徐煒君，樊波成等點校：《讀書雜志》（三）（上海市：上海古籍出版社，2014年），頁1427。

5　〔清〕孫詒讓：《墨子閒詁‧自序》，收入氏撰，孫啟治點校：《墨子閒詁》（上）（北京市：中華書局，2011年），頁2。

而有以成」也。畢氏沅《校注》曰：「抑，安也。猶曰安其大醜。」於文義未得。[6]

案：本篇原文出自《墨子‧親士篇》，曰：

> 昔者文公出走而正天下，桓公去國而霸諸侯，越王句踐遇吳王之醜，而尚攝中國之賢君。三子之能達名成功於天下也，皆於其國抑而大醜也。太上無敗，其次敗而有以成，此之謂用民。[7]

俞說甚是。畢沅（1730-1797）訓「抑」為「安」，[8]與下文「敗而有以成」，顯然文義不接。「抑」有屈抑、枉屈之義。《玉篇‧手部》：「抑，冤也。」[9]《國語‧晉語九》：「及斷獄之日，叔魚抑邢侯，邢侯殺叔魚與雍子於朝。」[10]韋昭（？-273）注：「抑，枉也。」[11]此處言晉文公（姬重耳，前697-前628）、齊桓公（姜小白，前？-643）、越王句踐（前？-前464）三人面對屈抑與極大的羞辱，皆因能忍辱負重，故能不敗而有成，文義明白如畫。孫詒讓亦從俞說。[12]

（二）昔者伊尹為莘氏女師僕

> 樾謹按：「師」當為「私」，聲之誤。「僕」猶「臣」也。《禮記‧禮運篇》：「仕於公曰臣，仕於家曰僕。」是「臣」、「僕」一也。私僕，猶曰私臣。〈中篇〉曰：「伊摯有莘氏女之私臣。」[13]

---

6 〔清〕俞樾：《諸子平議》（上）（上海市：商務印書館，1936年），頁163。

7 〔清〕孫詒讓撰，孫啟治點校：《墨子閒詁》（上），頁1-2。

8 〔清〕畢沅撰，〔清〕戴望校並跋，〔清〕譚儀校：《墨子注》，收入任繼愈（1916-2009）主編：《墨子大全》（北京市：北京圖書館出版社影印清乾隆四十九年〔1784〕畢氏靈巖山館刻本，2002年），第11冊，頁23。

9 胡吉宣：《玉篇校釋》（上海市：上海古籍出版社影印作者手稿本，1989年），第2冊，頁1240。

10 上海師範大學古籍整理組校點：《國語》（下）（上海市：上海古籍出版社，1978年），頁483。

11 同前註，頁484。

12 〔清〕孫詒讓撰，孫啟治點校：《墨子閒詁》（上），頁2。

13 〔清〕俞樾：《諸子平議》（上），頁171。

案：本篇原文出自《墨子・尚賢下篇》，曰：

> 是故古之聖王之治天下也，其所富，其所貴，未必王公大人骨肉之親、
> 無故富貴、面目美好者也。是故昔者舜耕於歷山，陶於河瀕，漁於雷
> 澤，灰於常陽，堯得之服澤之陽，立為天子，使接天下之政，而治天下
> 之民。昔伊尹為莘氏女師僕，使為庖人，湯得而舉之，立為三公，使接
> 天下之政，治天下之民。昔者傅說居北海之洲，圜土之上，衣褐帶索，
> 庸築於傅巖之城，武丁得而舉之，立為三公，使之接天下之政，而治天
> 下之民。是故昔者堯之舉舜也，湯之舉伊尹也，武丁之舉傅說也，豈以
> 為骨肉之親、無故富貴、面目美好者哉？惟法其言，用其謀，行其道，
> 上可而利天，中可而利鬼，下可而利人，是故推而上之。[14]

王念孫言「僕」為「佚」字之誤，曰：

> 念孫案：「僕」即「佚」之譌。此謂有莘氏以伊尹媵女，非以為僕也。
> 《說文》：「佚，送也。呂不韋曰：『有侁「莘」同。氏呂伊尹佚女。』」
> 今本《呂氏春秋》〈本味篇〉「佚」作「媵」。經傳皆作「媵」，而「佚」
> 字罕見，唯《墨子》書有之，而字形與「僕」相似，因譌而為「僕」。
> 《淮南・時則篇》：「具曲栚佚音『朕』。筥筐。」今本「栚」作「撲」，
> 誤與此同。[15]

今案俞說有理。「師」古音在山母脂部，「私」則在心母脂部，[16]二字韻部相
同，心、山亦聲也，故易致淆。俞氏又舉〈尚賢中篇〉「伊摯有莘氏女之私
臣」為證，足見「師」當為「私」字之誤。今考明正德元年（1506）俞弁三卷

---

14 〔清〕孫詒讓撰，孫啟治點校：《墨子閒詁》（上），頁67-69。

15 〔清〕王念孫撰，徐煒君，樊波成等點校：《讀書雜志》（三），頁1453。

16 本文古音系統據郭錫良：《漢字古音手冊（增訂本）》（北京市：商務印書館，2010年），頁88、96。

抄本「師」正作「私」，[17]可證成俞說。王氏強為之解，誤矣。

（三）春秋祭祀，不敢失時幾

　　樾謹按：畢以「幾」字屬下「聽獄不敢不中」讀，解曰：「『幾』，讀如『關市譏』」然「關市」與「獄訟」不當并為一事，殆失之矣。「幾」字仍當屬上讀。「幾」者，期也。《詩‧楚茨篇》：「如幾如式。」毛《傳》訓「幾」為「期」，是也。「不敢失時幾」者，不敢失時期也。《國語‧周語》《注》曰：「期將事之日也。」是期以日言，不敢失時，并不敢失日，故曰：「不敢失時幾。」[18]

案：本篇原文出自《墨子‧尚同中篇》，曰：

　　故古者聖王，明天鬼之所欲，而避天鬼之所憎，以求興天下之利，除天下之[19]害。是以率天下之萬民，齋戒沐浴，潔為酒醴粢盛，以祭祀天鬼。其事鬼神也，酒醴粢盛不敢不蠲潔，犧牲不敢不腯肥，珪璧幣帛不敢不中度量，春秋祭祀不敢失時幾，聽獄不敢不中，分財不敢不均，居處不敢怠慢。曰：其為正長若此，是故上者天鬼有厚乎其為政長也，下者萬民有便利乎其為政長也。天鬼之所深厚，而能彊從事焉，則天鬼之福可得也。萬民之所便利，而能彊從事焉，則萬民之親可得也。其為政若此，是以謀事得，舉事成，入守固，出誅勝者，何故之以也？曰：唯以尚同為政者也。故古者聖王之為政若此。[20]

17　〔清〕黃丕烈跋：《墨子》，收入任繼愈主編：《墨子大全》（北京市：北京圖書館出版社影印明抄本，2002年），第2冊，頁48。

18　〔清〕俞樾：《諸子平議》（上），頁173。

19　《墨子閒詁》點校者孫啟治曰：「以上『利除天下之』五字原誤脫，據畢沅刻本補。」見〔清〕孫詒讓撰，孫啟治點校：《墨子閒詁》（上），頁81。

20　〔清〕孫詒讓撰，孫啟治點校：《墨子閒詁》（上），頁81-82。

畢氏言「幾」屬下讀，並讀「幾」作「關市譏」之「譏」，[21]非是。「幾」與「期」通。俞氏訓「幾」為「期」，是也。「幾」可訓作時期之義。《左傳・定公元年》：「子家子不見叔孫，易幾而哭。」[22]吳毓江（1898-1977）亦舉〈節葬下篇〉「祭祀不時度」為例，即所謂祭祀失時幾也，以佐證俞說。[23]可見畢氏因不解「幾」字之義，遂失其句讀。

（四）敵引哭而去

> 樾謹按：「哭」當作「師」。《說文・帀部》「師」，古文作「𡘏」。形與哭相似，故「師」誤為「哭」也。王氏念孫謂《墨子》多古字，然所引如〈所染篇〉之「高」，〈尚賢篇〉之「伏」，〈非儒篇〉之「苟」，皆未甚塙。若此「𡘏」字，則真古文也，故為表出之。[24]

案：本篇原文出自《墨子・備蛾傅篇》，曰：

> 敵引哭而榆，則令吾死士左右出穴門擊遺師，令貴士、主將皆聽城鼓之音而出，又聽城鼓之音而入。因素出兵將施伏，夜半而城上四面鼓噪，敵人必或，破軍殺將。以白衣為服，以號相得。[25]

俞說甚是。今考「師」的古文作「𡘏」（石經僖公）【石刻篆文編】、「𡘏」（師出義雲章）【汗簡】、「𡘏」（古孝經又石經）、「𡘏」（道德經）【古文四聲韻】。[26]「哭」則作「𡘏」（日甲二九背）【睡虎地秦簡文字編】、「𡘏」（哭）【汗

---

21 〔清〕畢沅撰，〔清〕戴望校並跋，〔清〕譚儀校：《墨子注》，收入任繼愈主編：《墨子大全》，第11冊，頁83。

22 〔春秋末期〕左丘明（生卒年不詳）傳，〔西晉〕杜預注，〔唐〕孔穎達疏：《春秋左傳注疏》，見〔清〕阮元等校：《十三經注疏：附校勘記》（臺北市：藝文出版社影印嘉慶二十年〔1815〕南昌府學本，1976年），卷54，頁942上。

23 吳毓江撰，孫啟治點校：《墨子校注》（上）（北京市：中華書局，1993年），頁128。

24 〔清〕俞樾：《諸子平議》（上），頁218。

25 〔清〕孫詒讓撰，孫啟治點校：《墨子閒詁》（下），頁571-572。

26 古文字詁林編纂委員會編纂：《古文字詁林》（上海市：上海教育出版社，2003年），第6冊，頁71。

簡】。[27]可見「師」與「哭」的古文字字形極為相近，容易相混。俞說甚有根據。

以上四例，可見俞氏精於語義，嫻於文字語音，故能別出心裁，提出新見，以證前人之失。

三　考辨缺失之例

俞氏才情橫溢，勇於創新，但訓釋與校勘亦有未周之處，今亦舉例以明之：

（一）故古者聖王唯而以尚同以為正長，是上下情請為通

樾謹按：畢云「『而』讀與『能』同。」又據《文選‧東京賦》《注》引此文作「古者聖王惟能審以尚同，是故上下通情。」因增入「審」字、「故」字。王氏念孫謂「此本作『是故上下請通』。『請』即『情』字。《墨子》書多以『請』為『情』。今作『情請為通』者，後人旁記『情』字，而誤入正文，又衍『為』字耳。《文選》《注》作『通情』者，涉賦文『上下通情』而誤。」今按其說皆是也。惟「以為正長」句，亦有衍字。下文曰：「故古者聖人之所以濟事成功垂名於後世者，無它故異物焉，曰唯能以尚同為政者也。」然則此文當云：「唯而審以尚同為政」，上下文義始相應。因涉上文屢言「正長」，遂誤作「以為正長」，上下不應矣。且既云：「審以尚同」，又云：「以為正長」，一句中兩用「以」字，義亦未安。上文曰：「其為正長若此，是故出誅勝者，何故之以也。曰唯以尚同為政者也。」然則「為正長」以人言，「為政」以事言，明為正長者，當以尚同為政也。若作「尚同以為正長」，即失其義矣。下篇云：「聖王皆以尚同為政，故天下治」，亦其證也。《選注》刪此句，畢氏、王氏說亦未及，故具說之。[28]

---

27 古文字詁林編纂委員會編纂：《古文字詁林》（上海市：上海教育出版社，2000年），第2冊，頁182。

28 〔清〕俞樾：《諸子平議》（上），頁173-174。

案：本篇原文出自《墨子・尚同中篇》，曰：

> 故古者聖王唯而審以尚同以為正長，是故上下情請為通。上有隱事遺
> 利，下得而利之；下有蓄怨積害，上得而除之。是以數千萬里之外有為
> 善者，其室人未遍知，鄉里未遍聞，天子得而賞之。數千萬里之外有為
> 不善者，其室人未遍知，鄉里未遍聞，天子得而罰之。是以舉天下之人
> 皆恐懼振動惕慄，不敢為淫暴，曰：「天子之視聽也神。」先王之言
> 曰：「非神也，夫唯能使人之耳目助己視聽，使人之吻助己言談，使人
> 之心助己思慮，使人之股肱助己動作。」助之視聽者眾，則其所聞見者
> 遠矣；助之言談者眾，則其德音之所撫循者博矣；助之思慮者眾，則其
> 談謀度速得矣；助之動作者眾，即其舉事速成矣。[29]

俞氏指「以為正長」，當據下文「故古者聖人之所以濟事成功，垂名於後世
者，無它故異物焉，曰唯能以尚同為政者也」，改作「唯而審以尚同為政」。然
「故古者聖王唯而審以尚同以為正長」與下文「是故上下情通」為因果關係，
言古代聖王正是能夠審慎任用尚同之人，作為行政長官，所以上下之情才能相
通，可見上下文義相應，並無扞格之處。俞氏為求文句一律，忽略文義而改
字，謬矣。孫詒讓亦言俞校未塙。[30]

（二）當若尚同之，不可不察，此之本也

> 樾謹按：「若」字衍文。「不可不察」上奪「說」字，「此」下奪「為
> 政」二字，當據〈下篇〉補。[31]

案：本篇原文出自《墨子・尚同中篇》，曰：

---

29 〔清〕孫詒讓撰，孫啟治點校：《墨子閒詁》（上），頁86-87。

30 同前註，頁86。

31 俞樾：《諸子平議》（上），頁174。

是故子墨子曰：今天下之王公大人士君子，請將欲富其國家，眾其人
民，治其刑政，定其社稷，當若尚同之不可不察，此之本也。[32]

俞氏據〈尚同下篇〉「故當尚同之說而不可不察。尚同為政之本，而治要
也」，[33] 在「不可不察」上增「說」字，「此」下補「為政」二字。然原文本
通。此處當讀作「當若尚同之不可不察，此之本也」。「之」猶「則」也。王引
之（1766-1834）曰：

> 之，猶「則」也。僖九年《左傳》曰：「東略之不知，西則否矣。」《晉
> 語》曰：「華則榮矣，實之不知。」「之」亦「則」也，互文耳。[34]

故「之」作順承連詞，承接下句「不可不察」，相當於「就」、「則」之義。《左
傳‧僖公三十年》：「鄰之厚，君之薄也。」[35]《戰國策‧趙策三》：「故從母言
之，之為賢母也，從婦言之，必不免為妬婦也。」[36]《史記‧孔子世家》：「孔
子為政必霸，霸則吾地近焉，我之為先并矣。」[37] 皆與此用法相同。此外，
「若」字亦非衍文。孫詒讓曰：

> 案：畢、俞校是也。惟「若」字實非衍文，「當若」猶言「當如」。〈尚
> 賢中篇〉云：「故當若之二物者，王公大人未知以尚賢使能為政也。」
> 〈兼愛下篇〉云：「當若兼之不可不行也，此聖王之道而萬民之大利
> 也。」〈非攻下篇〉云：「當若繁為攻伐，此實天下之巨害也。」又云：

---

32 〔清〕孫詒讓撰，孫啟治點校：《墨子閒詁》（上），頁88-89。

33 同前註，頁97。

34 〔清〕王引之撰，李花蕾點校：《經傳釋詞》（上海市：上海古籍出版社，2014年），頁196-197。

35 〔戰國〕左丘明傳，〔西晉〕杜預注，〔唐〕孔穎達疏：《春秋左傳注疏》，見〔清〕阮元等校：《十
　三經注疏：附校勘記》，卷17，頁285上。

36 范祥雍箋證，范邦瑾協校：《戰國策箋證》（下）（上海市：上海古籍出版社，2006年），頁1113。

37 〔西漢〕司馬遷撰，〔南朝宋〕裴駰集解，〔唐〕司馬貞索隱，〔唐〕張守節正義：《史記》（北京
　市：中華書局，1959年），卷47，頁1918。

「故當若非攻之為說，而將不可不察者此也。」〈節葬下篇〉云：「故當若節喪之為政，而不可不察此者也。」〈明鬼下篇〉云：「當若鬼神之有也，將不可不尊明也。」〈非命下篇〉云：「當若有命者之言，不可不強非也。」皆其證。俞以「若」為衍文，失之。[38]

孫說近是。然孫氏謂「當若」即「當如」，則非。據劉文清先生所指「當若」二字，乃墨子熟語，可謂之「當」、「當夫」、「當在」、「嘗若」等語，所以同一文例亦可有不同之用法。孫氏把《墨子》書中的「當若」皆一概而論，顯然未通達也。[39]謝德三亦云：

> 案：《閒詁》引證充足，可校正俞氏衍文之說。然其訓「當若」為「當如」，未盡妥切。似以《集釋》之訓解「若」為「於」較優。蓋「當」字與「若」連用成「當若」之熟語係同義複詞，「當」字本義即猶「於」也，如口語之「對於」，「當若」意仍猶「對於」，作關係詞用，用以介詞處所補詞，而此補詞並非實指處所。[40]

故「當若」當訓作「對於」。「此之本也」之「本」，總括上文「富其國家，眾其人民，治其刑政，定其社稷」四句，實無需按〈尚同下篇〉在「此」下補「為政」二字。「當若尚同之不可不察，此之本也」，意謂對於「尚同」這種主張，則不能不加以明察，這是為政的根本，文從義順。由此可見，無需與〈尚同下篇〉一律。俞說誤矣。

（三）子墨子言曰：天下之士君子，特不識其利辯其故也

> 樾謹按：「辯其」下脫「害」字，下文「愛人者人必從而愛之，利人者人必從而利之，是其利也。惡人者人必從而惡之，害人者人必從而害

---

38 〔清〕孫詒讓撰，孫啟治點校：《墨子閒詁》（上），頁89。

39 劉文清：《〈墨子閒詁〉訓詁研究》（臺北縣：花木蘭文化出版社，2006年），頁67。

40 謝德三：《墨子虛詞用法研究》（臺北市：學海出版社，1984年），頁63。

之，是其害也。」[41]

案：本篇原文出自《墨子‧兼愛中篇》，曰：

> 然而今天下之士君子曰：然，乃若兼則善矣。雖然，天下之難物于故
> 也。子墨子言曰：天下之士君子，特不識其利、辯其故也。今若夫攻城
> 野戰，殺身為名，此天下百姓之所皆難也。苟君說之，則士眾能為之。
> 況於兼相愛、交相利，則與此異。夫愛人者，人必從而愛之；利人者，
> 人必從而利之；惡人者，人必從而惡之；害人者，人必從而害之。此何
> 難之有？特上弗以為政，士不以為行故也。[42]

俞氏據下文，在「辯其」下增一「害」字。然「辯其故」與「識其利」相對而
言。若從俞說，不一律矣。事實上，「辯」與「辨」通，在先秦兩漢古籍不乏
其例，高亨對此舉之甚詳，不贅。[43]「故」，道理、法則也。《易‧繫辭上》：
「仰以觀於天文，俯以察於地理，是故知幽明之故。」[44]孔穎達疏：「故謂事
也，故以用《易》道仰觀俯察，知无形之幽，有形之明，義理事故也。」[45]
「辯其故」者，即謂辨清其道理，文義甚明，不煩增字。俞校未是。

（四）今夫天兼天下而愛之，撽遂萬物以利之

> 樾謹按：「撽遂」二字，義不可通。「撽」當為「邀」。疑本作「邀」，或
> 作「撽」，傳寫誤合之為「撽邀」，而「邀」又誤為「遂」耳。「邀」與
> 「交」通。《莊子‧庚桑楚篇》：「夫至人者，相與交食乎地，而交樂乎
> 天。」〈徐無鬼篇〉作「吾與之邀樂於天，吾與之邀食於地。」是

---

41 〔清〕俞樾：《諸子平議》（上），頁177。

42 〔清〕孫詒讓撰，孫啟治點校：《墨子閒詁》（上），頁102-103。

43 高亨纂著，董治安整理：《古字通假會典》（濟南市：齊魯書社，1989年），頁101-102。

44 〔三國魏〕王弼，〔東晉〕韓康伯注，〔唐〕孔穎達疏：《周易注疏》，見〔清〕阮元等校：《十三經
注疏：附校勘記》，卷7，頁147上。

45 同前註。

「交」、「邀」古通用也。「邀萬物以利之」，即交萬物以利之，與「兼天下而愛之」同義。「交」猶「兼」也。〈兼愛中篇〉曰：「以兼相愛交相利之法易之。」又曰：「況兼相愛交相利，與此異矣。」又曰：「欲天下之治而惡其亂，當兼相愛交相利。」〈下篇〉曰：「今若夫兼相愛交相利，此自先聖六王者親行之。」〈非命上篇〉曰：「與其百姓兼相愛交相利。」然則愛言兼，利言交，固本書之通義矣。[46]

案：本篇原文出自《墨子·天志中》，曰：

且夫天下蓋有不仁不祥者，曰：「當若子之不事父，弟之不事兄，臣之不事君也。」故天下之君子與謂之不祥者。今夫天兼天下而愛之，撽遂萬物以利之，若豪之末，非天之所為也，而民得而利之，則可謂否矣。然獨無報夫天，而不知其為不仁不祥也。此吾所謂君子明細而不明大也。[47]

俞校非是。「撽」古同「擊」。《莊子·至樂篇》：「撽以馬捶。」[48]《釋文》曰：「《說文》作『擊』。」[49]「擊」可訓作「持」。《集韻·筱韻》：「擊，持也。」[50]「遂」猶養育也。《廣雅·釋言》：「遂，育也。」[51]《國語·齊語》：「遂滋民，與無財，而敬百姓，則國安矣。」[52]韋昭注：「遂，育也。」[53]《管子·兵法篇》：「定宗廟，遂男女，官四分，則可以定威德。」[54]許維遹（1900-

46 〔清〕俞樾：《諸子平議》（上），頁186。

47 〔清〕孫詒讓撰，孫啟治點校：《墨子閒詁》（上），頁199-200。

48 〔清〕郭慶藩撰，王孝魚點校：《莊子集釋》（中）（北京市：中華書局，1961年），頁617。

49 〔唐〕陸德明撰，黃焯彙校，黃延祖重輯：《經典釋文彙校》（北京市：中華書局，2006年），頁784上。

50 趙振鐸：《集韻校本》（上）（上海市：上海辭書出版社，2012年），頁814。

51 徐復主編，施孝適，江慶柏編纂：《廣雅詁林》（南京市：江蘇古籍出版社，1992年），頁390上。

52 上海師範大學古籍整理組校點：《國語》（上），頁231。

53 同前註。

54 黎翔鳳撰，梁運華整理：《管子校注》（上）（北京市：中華書局，2004年），頁317。

1950）曰：

> 「遂」與「育」同義，〈幼官篇〉及〈七法篇〉均作「育男女」。〈小匡
> 篇〉「牛馬育」，《齊語》作「牛馬遂」是其例。[55]

又《禮記·樂記》：「氣衰則生物不遂。」[56]《史記·樂書》所引「遂」正作
「育」。[57]故「撥遂」即持養之義。〈非命下篇〉：「上以事天鬼，天鬼不使；下
以持養百姓，百姓不利，必離散不可得用也。」[58]與此文義相近。可見原文本
通，無需改字。

（五）與角人之府車

> 樾謹按：「角」字無義，乃「穴」字之誤。「穴」，隸書作「内」。
> 「角」，隸書作「角」，兩形相似而誤。[59]

案：本篇原文出自《墨子·天志下篇》，曰：

> 所謂小物則知之者，何若？今有人於此，入人之場園，取人之桃李瓜薑
> 者，上得且罰之，眾聞則非之。是何也？曰：不與其勞，獲其實，已非
> 其有所取之故。而況有踰於人之墻垣，扭格人之子女者乎？與角人之府
> 庫，竊人之金玉蚤絫者乎？與踰人之欄牢，竊人之牛馬者乎？而況有殺
> 一不辜人乎？今王公大人之為政也，自殺一不辜人者，踰人之墻垣、扭
> 格人之子女者，與角人之府庫、竊人之金玉蚤絫者，與踰人之欄牢、竊

[55] 郭沫若，聞一多，許維遹：《管子集校》（上）（北京市：科學出版社，1956年），頁253。
[56] 〔東漢〕鄭玄注，〔唐〕孔穎達疏：《禮記注疏》，見〔清〕阮元等校：《十三經注疏：附校勘記》，卷38，頁681上。
[57] 〔西漢〕司馬遷撰，〔南朝宋〕裴駰集解，〔唐〕司馬貞索隱，〔唐〕張守節正義：《史記》，卷24，頁1209。
[58] 〔清〕孫詒讓撰，孫啟治點校：《墨子閒詁》（上），頁284-285。
[59] 〔清〕俞樾：《諸子平議》（上），頁188。

人之牛馬者，與入人之場園、竊人之桃李瓜薑者，今王公大人之加罰此也，雖古之堯舜禹湯文武之為政，亦無以異此矣。今天下之諸侯，將猶皆侵凌攻伐兼并，此為殺一不辜人者數千萬矣；此為踰人之墻垣、格人之子女者，與角人府庫、竊人金玉蚤絫者，數千萬矣；踰人之欄牢、竊人之牛馬者，與入人之場園、竊人之桃李瓜薑者，數千萬矣。而自曰義也。故子墨子言曰：是蕡我者，則豈有以異是蕡黑白甘苦之辯者哉？今有人於此，少而示之黑謂之黑，多示之黑謂白，必曰：「吾目亂，不知黑白之別。」今有人於此，能少嘗之甘謂甘，多嘗謂苦，必曰：「吾口亂，不知其甘苦之味。」今王公大人之政也，或殺人，其國家禁之，此蚤越有能多殺其鄰國之人，因以為文義，此豈有異蕡白黑甘苦之別者哉？[60]

俞氏指「角」乃「穴」，猶言洞穿之義。然俞氏所舉「穴」、「角」的隸書字形，相距甚遠。可見其說牽強附會，未足遽改。尹桐陽（1882-1950）曰：

「角」，穿也。[61]

王煥鑣（1900-1982）亦云：

煥鑣案：《詩·召南》：「誰謂雀無角，何以穿我屋？」此蓋以「角」作動詞，用代「穿」字。[62]

尹、王二說近是。「角」當訓為「觸」。《廣雅·釋言》：「角，觸也。」[63]王念孫《廣雅疏證》曰：

60　〔清〕孫詒讓撰，孫啟治點校：《墨子閒詁》（上），頁215-217。

61　尹桐陽：《墨子新釋》（臺北市：廣文書局據民國十二年序排印本影印，1975年），頁212。

62　王煥鑣：《墨子集詁》（下）（上海市：上海古籍出版社，2005年），頁713。

63　徐復主編，施孝適，江慶柏編纂：《廣雅詁林》，頁376上。

角、觸，古聲相近。獸角所以抵觸，故謂之角。《詩・卷耳》《正義》引
《韓詩說》云：「四升曰角。角，觸也，不能自適觸罪過也。」《風俗通
義》引劉歆《鐘律書》云：「角者，觸也，物觸地而出戴芒角也。」是
凡言角者，皆有觸義也。《說文》：「牴，觸也。」《海外北經》：「相枊之
所抵厥。」郭璞《注》云：「抵，觸也。」「抵」與「牴」通。[64]

「觸」意謂觸碰、碰撞。《廣雅・釋詁四》：「觸，挨也。」[65]《左傳・宣公二
年》：「觸槐而死。」[66]《韓非子・五蠹篇》：「田中有株，兔走，觸株折頸而
死。」[67]故「與角人之府車」意謂撞開他人的府庫。可見原文本通，無需改字。

（六）非直掊潦水、拆壞坦而為之也

> 樾謹按：畢氏改「坦」為「垣」，是也。「壞」，疑「壞」字之誤。「掊」
> 者，《說文・手部》云：「杷也，今鹽官入水取鹽為掊拆者。」《說文・
> 广部》云：「庰，卻屋也。」《一切經音義》引《說文》作「卸屋也。」
> 隸變作「斥」，俗又加「手」耳。行潦之水而掊取之，毀壞之垣而拆卸
> 之，不足為損益。若王公大人造為樂器，豈直如此哉。故曰：「非直掊
> 潦水、拆壞垣而為之也。」王氏念孫以此二語為未詳，故具說之。[68]

案：本篇原文出自《墨子・非樂上篇》，曰：

> 今王公大人雖無造為樂器，以為事乎國家，非直掊潦水、折壞坦而為之
> 也，將必厚措斂乎萬民，以為大鍾鳴鼓、琴瑟竽笙之聲。古者聖王亦嘗
> 厚措斂乎萬民，以為舟車，既已成矣，曰：「吾將惡許用之？」曰：「舟

---

[64] 同前註。

[65] 同前註，頁351上。

[66] 〔戰國〕左丘明傳，〔西晉〕杜預注，〔唐〕孔穎達疏：《春秋左傳注疏》，見〔清〕阮元等校：《十
三經注疏：附校勘記》，卷21，頁364下。

[67] 陳奇猷：《韓非子新校注》（下）（上海市：上海古籍出版社，2000年），頁1085。

[68] 〔清〕俞樾：《諸子平議》（上），頁191-192。

用之水，車用之陸，君子息其足焉，小人休其肩背焉。」故萬民出財齎而予之，不敢以為感恨者，何也？以其反中民之利也。然則樂器反中民之利亦若此，即我弗敢非也。然則當用樂器譬之若聖王之為舟車也，即我弗敢非也。[69]

俞氏從畢氏改「坦」為「垣」，是也。但他疑「壞」為「壞」字之誤，則非。「壤坦」與「潦水」相對成文，若從俞說，不一律矣。水渭松謂「壤垣」當釋作土牆之義，[70]甚是。《說文・土部》：「壤，柔土也。」[71]《書・禹貢》：「厥土惟白壤。」[72]偽孔《傳》曰：「無塊曰『壤』。」[73]玄應（生卒年不詳）《一切經音義》卷十一「沃壤」曰：「壤，耎土也。」[74]又慧琳（西元737-820年）《一切經音義》卷二十九引《考聲》云：「壤者，土柔而無塊也。」[75]故「壤」猶言鬆軟的泥土。「壤垣」即以鬆軟的泥土所築的牆。此種土牆自然容易拆卸，與上文「掊潦水」，皆是易為之事。可見原文本通，無需改字。

（七）摹略萬物之然

> 樾謹按：「然」字無義，疑當作「狀」，「狀」誤為「狀」，因誤為「然」。[76]

案：本篇原文出自《墨子・小取篇》，曰：

---

[69] 〔清〕孫詒讓撰，孫啟治點校：《墨子閒詁》（上），頁250-251。

[70] 水渭松：《墨子直解》（杭州市：浙江文藝出版社，2000年），頁192。

[71] 丁福保：《說文解字詁林》（北京市：中華書局，1988年），第14冊，頁13172下。

[72] 〔西漢〕孔安國撰，〔唐〕孔穎達疏：《尚書注疏》，見〔清〕阮元等校：《十三經注疏：附校勘記》，卷6，頁78下。

[73] 同前註。

[74] 徐時儀校注，畢慧玉等助校：《一切經音義三種校本合刊》（修訂版）（上海市：上海古籍出版社，2012年），第1冊，頁238上。

[75] 徐時儀校注，畢慧玉等助校：《一切經音義三種校本合刊》（修訂版），第2冊，頁1025上。

[76] 〔清〕俞樾：《諸子平議》（上），頁207。

夫辯者，將以明是非之分，審治亂之紀，明同異之處，察名實之理，處利害，決嫌疑。焉摹略萬物之然，論求羣言之比。以名舉實，以辭抒意，以說出故。以類取，以類予。有諸己不非諸人，無諸己不求諸人。[77]

俞氏謂「然」為「狀」字之誤，非是。「然」字實不誤。《老子》五十四章：「故以身觀身，以家觀家，以鄉觀鄉，以國觀國，以天下觀天下。吾何以知天下然哉？」[78]又《莊子‧駢拇篇》：「天下有常然。常然者，曲者不以鉤，直者不以繩，圓者不以規，方者不以矩，附離不以膠漆，約束不以纆索。」[79]成玄英（生卒年不詳）疏：「夫天下萬物，各有常分。至如蓬曲麻直，首圓足方也，水則冬凝而夏釋，魚則春聚而秋散，斯出自天然，非假諸物，豈有鉤繩規矩膠漆纆索之可加乎！」[80]「常然」即現象慣常的表現、狀態。此皆證「然」可有現象、狀態之義。故「摹略萬物之然」意謂探索觀察萬物的現象。由此可見，原文本通，無需改字。

（八）高八尺堂密八

樾謹按：「密」字無義，疑當作「突」。《說文‧穴部》：「突，深也。」謂堂深八尺也。不言尺者，蒙上而省。「突」、「密」相似，因誤為「密」矣。下「密」字並同。它書「深」字無作「突」者，亦古字也。[81]

案：本篇原文出自《墨子‧迎敵祠篇》，曰：

敵以東方來，迎之東壇，壇高八尺，堂密八，年八十者八人，主祭青旗，青神長八尺者八，弩八，八發而止，將服必青，其牲以雞。敵以南

---

77 〔清〕孫詒讓撰，孫啟治點校：《墨子閒詁》（下），頁415。

78 蔣錫昌：《老子校詁》（成都市：成都古籍書店，1988年），頁334。筆者案：河上公本「然」上有「之」字，詳見王卡點校：《老子道德經河上公章句》（北京市：中華書局，1993年），頁209。

79 〔清〕郭慶藩撰，王孝魚點校：《莊子集釋》，中冊，頁321。

80 同前註，頁322。

81 〔清〕俞樾：《諸子平議》（上），頁218。

方來，迎之南壇，壇高七尺，堂密七，年七十者七人，主祭赤旗，赤神
長七尺者七，弩七，七發而止，將服必赤，其牲以狗。敵以西方來，迎
之西壇，壇高九尺，堂密九，年九十者九人，主祭白旗，素神長九尺者
九，弩九，九發而止。將服必白，其牲以羊。敵以北方來，迎之北壇，
壇高六尺，堂密六，年六十者六人，主祭黑旗，黑神長六尺者六，弩
六，六發而止，將服必黑，其牲以彘。從外宅諸名大祠，靈巫或禱焉，
給禱牲。[82]

俞氏指「密」當作「突」。然下文屢言「堂密」，則「密」字似非誤文。且「堂
密」一詞，自古有之，本指平緩之山。《說文・山部》：「𡶇，山如堂者。」[83]
又《爾雅・釋山》云：「山如堂者，密。」[84]郭璞注：「形如堂室者。《尸子》
曰：『松柏之鼠，不知堂密之有美樅。』」[85]邢昺疏：「《釋》曰：『言山形如堂
室者，名密。』」[86]《水經注・河水》：「彼羌目鬼曰『唐述』，復因名之為唐述
山。指其堂密之居，謂之唐述窟。」[87]由於「堂密」形如堂室，於此處借指為
堂與室。故「堂密八」者，指在東方祭壇的附近，立八間堂室，以供「年八
十者八人」所用，下文各個「堂密」者亦如是。由此可見，原文本通，無需
改字。

四　結語

　　以上八條，乃就俞樾《墨子平議》校勘與訓詁工作之補正。總綰前語，
《墨子平議》一書處處流露俞樾深湛的學養與細膩的心思，故能推陳出新，新

---

[82] 〔清〕孫詒讓撰，孫啟治點校：《墨子閒詁》（下），頁573-574。

[83] 丁福保：《說文解字詁林》，第10冊，頁9171下。

[84] 〔西晉〕郭璞注，〔宋〕邢昺疏：《爾雅注疏》，見〔清〕阮元等校：《十三經注疏：附校勘記》，卷7，頁117上。

[85] 同前註。

[86] 同前註。

[87] 〔北魏〕酈道元撰，陳橋驛（1923-2015）校證：《水經注校證》（北京市：中華書局，2007年），頁44。

意間出;而其勇於立說,或輕言通假,或求諸過深,亦每每及見。然今本《墨子》有不少錯簡脫文,俞書出於畢沅、洪頤煊(1765-1837)、王念孫、王引之、蘇時學(1814-?)等前賢名著之後,仍得二百二十六條校釋,其中更不乏鞭辟入裏之見者,委實不易。縱有瑕疵,亦無損其整理今本《墨子》的重要地位。

〈金縢〉字詞考釋及「周公居東」故事的再探討

黃湛

香港城市大學中文及歷史學系博士研究生

摘要

關於《尚書・金縢》的內容，歷來眾說紛紜。清華簡第一輯〈周武王有疾周公所自以代王之志〉與傳世本〈金縢〉大致相合，為文本釋義和「歷史」考證提供不少新思路。本文通過比對簡本與傳世本之差異，探討文字問題和文本敘事邏輯，進而梳理歷代重要說法，指出〈金縢〉故事的諸多解釋中，當以「避居查罪說」最為合理。

關鍵詞：金縢、清華簡、周公居東、劉台拱

　　對《尚書‧金縢》「周公居東」故事的解釋，歷來眾說紛紜，莫衷一是。二〇〇八年面世的清華大學藏戰國竹簡（下稱「清華簡」）第一輯中，有一篇題為〈周武王有疾周公所自以代王之志〉的文字，與今本〈金縢〉大致相合，乃是戰國時期的寫本〈金縢〉[1]（下稱「簡本〈金縢〉」）。通過比對簡本與傳世本，能夠解決〈金縢〉原先存在的不少疑問。學界根據出土文獻，對〈金縢〉已有不少新的認識，其中許多學者認為，簡本「周公宅東三年」的記述，與一些古籍記載的周公東征管、蔡的三年時間相合，這也證實了以往將「周公居東」解釋為「周公東征」是正確的（「東征說」）。然而，也有學者持不同的觀點，比如馬衛東認為「周公居東」是周公「調查三監的叛亂與事實，為東征做充分的準備。」[2]（「查罪說」）楊振紅則認為周公居東是為了躲避流言[3]。（「避罪說」）

　　鑒於〈金縢〉內容事涉紛雜，本文將首先討論〈金縢〉文本特點和相關史料問題，就考辨、研究〈金縢〉故事的方法略作說明，提出己見；然後結合簡本〈金縢〉考釋字詞；進而以〈金縢〉文本敘事為中心，分析歷來關於「周公居東」的幾種主要說法，以及其中存在的問題；最終證明諸多說法中，當以「避居查罪說」最為合理。

一　〈金縢〉的文本特點及史料問題
——對考辨〈金縢〉故事方法的思考

　　以往研究〈金縢〉故事主要從三方面入手：字詞考釋、邏輯分析、歷史考證。前兩項主要是文本內部的研究，最後一項則是藉助記載「周公居東」的其他相關文獻，來判斷和解釋〈金縢〉文本。一般用來對照研究〈金縢〉的先秦兩漢古籍，包括《史記》、《五經異義》、《論衡》、《中論》、《今本竹書紀年》、

1　清華大學出土文獻研究與保護中心編，李學勤主編：《清華大學藏戰國竹簡（壹）》（上海市：中西書局，2010年），頁157。

2　馬衛東：〈「周公居東」與《金縢》疑義辨析〉，《史學月刊》2015年第2期，頁5-12。

3　楊振紅：〈從清華簡《金縢》看《尚書》的傳流及周公歷史記載的演變〉，《中國史研究》2012年第3期，頁47-63。

偽古文〈蔡仲之命〉、《越絕書》等。這些文獻都有與「周公居東」故事相關的文字，但是內容與〈金縢〉或相合，或不合，彼此之間出入很大。以往研究者較少專門分析這些文獻材料與〈金縢〉之間的關係，在解釋〈金縢〉的文本時，未能善加甄別，只是各取所需，以證明自己說法的可靠性。這種「自說自話式」的研究，最終讓〈金縢〉文本的爭議陷入無限的循環。

筆者認為，這些文獻材料雖然可以用來研究〈金縢〉，但是在取證時要十分謹慎。這樣說的原因在於，包括〈金縢〉在內，這些所謂的「歷史文獻」並不完全是客觀的歷史記錄——很大程度上都是故事化的敘事情節。關於這種三代春秋戰國故事的敘事學研究，論著極多。[4]筆者無意就各本「周公居東」故事的敘事、流衍等問題做一番討論，這裡想要說明的是，這些存在明顯差異的文獻記載，不宜不加取捨地用作解釋〈金縢〉的證據。

就拿與〈金縢〉故事最相近的《史記・魯周公世家》為例，〈魯周公世家〉的部分內容明顯是參照〈金縢〉作成，但是司馬遷並不是忠實地引用原文，而是經過自己的理解、「翻譯」（用當時的語言解釋《尚書》古奧的文字）和重新整理編排而成，也就是有一個「二次創作」的過程。司馬遷詮釋原文的部分並非盡合〈金縢〉原意（下文涉及時再作討論），而他對〈金縢〉全文的重新編排，特別是加入的情節，更是與〈金縢〉原來的故事產生了很大差異：

（一）

從「武王克殷二年，天下未集，武王有疾，不豫」到「王亦未敢訓周公」，〈魯周公世家〉明顯是用〈金縢〉的原文，加以司馬遷自己的詮釋。例如，將〈金縢〉周公所說的「我之弗辟，我無以告我先王」，解釋成：「我之所以弗辟而攝行政者，恐天下畔周，無以告我先王太王、王季、文王。三王之憂勞天下久矣，於今而後成。武王蚤終，成王少，將以成周，我所以為之若此。」[5]緊接此文，則加入了叛亂和周公東征的詳細經過，說明司馬遷將「周

---

4 可參看王靖宇：《中國早期敘事文研究》（上海市：上海古籍出版社，2003年）。

5 〔漢〕司馬遷撰，〔劉宋〕裴駰集解，〔唐〕司馬貞索隱，〔唐〕張守節正義：《史記》卷三十三（臺北市：鼎文書局，1981年），頁1518。

公居東」理解作「周公東征」之事。之後仍沿襲〈金縢〉周公作詩一事，但是
災變和開啟金縢之匱的情節都發生在「周公卒後」。

（二）

在「周公卒」之前，〈魯周公世家〉還寫到另外一件事：

> 初，成王少時，病，周公乃自揃其蚤沈之河，以祝於神曰：「王少未有
> 識，奸神命者乃旦也。」亦藏其策於府。成王病有瘳。及成王用事，人
> 或譖周公，周公奔楚。成王發府，見周公禱書，乃泣，反周公。[6]

這是周公為武王卜誓故事的翻版，其中也有流言、周公出奔，以及類似金縢的
道具。這或許不是司馬遷的個人創造，而是來源於後世流傳的一種說法。故事
（一）個故事中的叛亂及周公東征以及故事（二），明顯經過了司馬遷自己的
詮釋和編排，與〈金縢〉有很大出入。

相比之下，對〈金縢〉的解釋當以〈金縢〉文本本身為最主要的依據，而
不是本末倒置、反客為主，為了與其他文獻的記載相合，而「曲解」〈金縢〉
文意，或是使〈金縢〉上下文的理解變得不通順。何況簡本〈金縢〉與傳世本
的文字非常相近，更當以〈金縢〉文本本身（包括簡本、今本、以及《史記》
同源文字部分[7]）作為當下解釋〈金縢〉故事最主要的文獻依據。

因為〈金縢〉文本結構的獨特性，文本內部的研究方式（即字詞考釋、邏
輯分析）也是解釋〈金縢〉的有效方法。關於〈金縢〉的結構，這裡不妨先把
整個事件包含的重要環節依先後順序排列出來：

6　《史記》卷三十三，頁1520。

7　劉殿爵定義同源文字為：「重見文字大體可分兩類：一類是同源的重文，一類是不同源的重文。兩
　　者明顯不同，不容易混淆。同源重文之間有個別互相不同的異文，甚或有詳略之別，但必定可以一
　　字一字相對排比起來。不同源的文字則不然，即使內容無甚差別，文字卻無法一字一字排比起
　　來。」劉殿爵：〈秦諱初探〉，《中國文化研究所學報》第19卷（1988年），頁251。

武王得病不見好轉 → 二公（太公、召公）建議「穆卜」，周公認為無用 → 周公「乃自以為功」占卜，將祝辭放入金縢之匱 → 武王痊癒 → 武王去世，管叔及群弟留言：「公將不利於孺子」→ 周公曰：「我之弗辟，我無以告我先王」→「周公居東」→「罪人斯得」→ 周公作〈鴟鴞〉詩給成王 →「王亦未敢誚公」→ 災異（警示）→ 開啟金縢之匱，知周公自以為功代武王事 → 成王問百執事，再作確認 → 成王明白周公之德，消除疑慮，迎回周公 → 災異消除

通過這樣的排列，可以發現〈金縢〉全篇結構完整，布局嚴密。其中「王有疾」⇆「王翼日乃瘳」、「納冊于金縢之匱」⇆「啟金縢之書」、管叔及其群弟的流言⇆「罪人斯得」、災異警示⇆災異消除等等環節，均是呼應之筆。

此外，〈金縢〉雖然寫了很多細節，但整個事件的核心是描寫成王從懷疑周公到消除懷疑的過程。故事的主線由「金縢之匱」串聯，它是周公德行的象征（為武王祈福，並將卜辭放入匱中），同時也是解決問題、推動事件發展的關鍵（金縢之書重見於世，消除成王疑慮）。其他事件（如管叔及群弟流言、周公居東、周公作詩等細節）雖然也都是推進故事發展的環節，但都不是必不可少的「中心事件」。比如「罪人斯得」、周公作詩等等，都沒有能夠消除成王的懷疑，這些情節更像是鋪墊和襯托，一來說明成王疑慮之深，二來則是引出最終災變和開啟金縢之匱的結局。另一方面，這些情節應與核心內容——流言及流言影響下，成王與周公關係的轉變——密切相關，對這些環節的解釋存在疑問時，可以結合上下文來做推論。總而言之，〈金縢〉所述事件環環相扣，首尾呼應，建立在簡本與今本〈金縢〉文本基礎上的字詞考釋和邏輯分析，是文本分析及字句解釋的重要依據，也是本文研究方法成立的前提。

二 「周公居東」相關字句考釋三則

〈金縢〉一文爭議的焦點所在，是從「武王既喪」到「王亦未敢誚公」一

段。劉國忠從歷代著述中整理出十六種看法[8]，實際情況則不止此數。縱觀論者的分歧，多圍繞「我之弗辟」、「周公居東」、「罪人斯得」等字句的解釋展開。下面先從文字訓釋方面加以討論，下一章則在此基礎上，對幾種說法作一平議。

（一）「我之弗辟，我無以告我先王」／「我之□□□□亡以復見於先王」

周公自道「我之弗辟」，「辟」字許慎《說文解字》引《尚書》作「𤔲」。[9]查許慎《說文解字·辟部》云：「𨐌（辟），法也。从卩从辛，節制其辠也；从口，用法者也。」「辟」字甲骨文作 𨐌（佚六一一）、𨐌（前四·一五·七）、𨐌（京津四一四四）。金文作 𨐌（臣諫簋）、𨐌（虢弔鐘）、𨐌（商尊）、𨐌（師害簋）、𨐌（子禾子釜）。睡虎地秦簡「辟」字作 𨐌、𨐌。[10]清華簡〈尹誥〉、〈皇門〉、〈祭公〉作 𨐌、𨐌、𨐌。[11]辟字古文字從辛、人（一說從辛、卩）。羅振玉認為：「辟，法也。人有辛則加以法也。」[12]此為「辟」字的本義。

至於許慎所引古文作「𤔲」字，《說文解字·辟部》云：「𤔲（𤔲），治也。从辟从井。」于省吾謂：「刑罰之刑，刑效之刑，刓範之刓，本皆作『井』。後世以用各有當，遂致分化。」[13]于氏說「荊」、「刓」等字，古均從「井」，而非「开」，是也。清華簡〈皇門〉「刑」字作 𨐌（皇門01）、𨐌（皇門07）亦可證。[14]《說文·井部》：「荊，罰辠也。从井从刀。《易》曰：『井者，法也。』」「井」是法的意思。「辟」字加「井」意符，仍為治、法之意。

周公說「我之弗辟」，歷來對「辟」字的解釋有兩大類。其一是作通假字

8　詳見劉書「〈金縢〉『周公居東』內容的爭論」一節。劉國忠：《走近清華簡》（北京市：高等教育出版社，2011年），頁96-106。

9　古文字詁林編纂委員會編：《古文字詁林》（上海市：上海教育出版社，1999年），第八冊，頁134。

10　所引甲骨文及金文，詳見《古文字詁林》，第八冊，頁130-131。

11　《清華大學藏戰國竹簡（壹）》，頁240。

12　也有學者如〔日〕高田忠周認為作「法」義的「辟」字當作𨐌，即《說文》「𨐌」字。詳見《古文字詁林》第八冊，頁131-132。

13　《古文字詁林》，第八冊，頁133。

14　《清華大學藏戰國竹簡（壹）》，頁223。

「避」解。如司馬遷解為「我之所以弗避而行政者」；鄭玄將此句解為「避居東都」，箋《豳風・狼跋》又謂：周公「始欲攝政，四國流言，辟之而居東都也」[15]，認為所避者乃是流言。明代郝敬將「辟」釋為「去位」，即離開攝政之位。[16]另一類說法，則是將「辟」字訓為「治」，或認為周公東征，以治管叔等人之罪；或認為周公是要治流言之事，即查明流言的根源。若暫不聯繫整個故事的來龍去脈，單純從整句話的意思上看，兩種解法都說得通。具體分析見下一章。

（二）「周公居東」／「周公宅東」

「居」，簡本作「宅」[17]。持「東征說」的人認為，周公居東或宅東即指周公東征。《史記・周本紀》載：「管、蔡叛周，周公討之，三年而畢定」。[18]〈豳風・東山〉序曰：「東山，周公東征也。周公東征，三年而歸。」[19]簡本〈金縢〉「周公宅東三年」與《史記》、《毛詩序》所記周公東征的時間相合，這似乎為「東征說」增添了佐證。然而，時間都是「三年」是否就可以證明〈金縢〉所記的居東／宅東，即是指東征呢？筆者認為尚未能遽下斷言。

（三）「則罪人斯得」／「禍人乃斯得」

「罪人」所指，鄭玄認為是「周公之屬黨」，「謂之罪人，史書成王意也。」[20]主流觀點則認為「罪人」是指管叔及其諸弟。簡本〈金縢〉此處作「禍人乃斯得」。「禍人」對應今本的「罪人」，意思相近。然而，「罪人」尚可理解為周公之黨，「禍人」則絕無此義，明顯是指與周公對立的、散播流言的

---

15 〔漢〕毛亨傳，〔漢〕鄭玄箋，〔唐〕孔穎達疏：《毛詩注疏》（上海市：商務印書館，1936年），頁711、741。

16 〔明〕郝敬：《尚書辨解》卷五，收入《續修四庫全書》（上海市：上海古籍出版社影印萬曆郝千秋郝千石刻九部經解本，1995年），第43冊，頁193。

17 清華簡字形作 ![字形]，為「石」字，禪母鐸部，讀為定母鐸部之「宅」。參《清華大學藏戰國竹簡（壹）》，頁160。

18 《史記》卷四，頁133。

19 《毛詩注疏》，頁716-717。

20 《毛詩注疏》，頁712。

一派。因此，鄭玄「周公之屬黨」一說可定為錯解。

　　將「罪人」解釋為管叔及其群弟的學者，對於整句的解讀又分作兩種意見：支持「東征說」者，多將「罪人斯得」理解為管、蔡叛亂被周公平定，或者管、蔡等被殺、流放（「得」是獲得、抓獲之意）。持「查罪說」的學者，則認為「罪人斯得」是說周公得知了流言的來源（散播流言的人是誰），「周公居東」不是周公東征除奸，而是調查流言來源，一在了解流言背後真相，二在為以後東征平叛做準備。

　　關於「斯」字，學者多釋為連接副詞「乃」。「罪人斯得」謂「罪人乃得」，看似通順，但是簡本作「禍人乃斯得」，「乃斯」連用，二字均作副詞，於古無據。「斯」字的另一種解釋是「盡」、「皆」。查今本〈金縢〉「禾則盡起」，《史記》「禾盡起」，簡本作「禾斯起」，「斯」即「盡」意。又，今本及簡本〈金縢〉「禾盡偃，大木斯拔」，《史記》作「禾盡偃，大木盡拔」。[21]司馬遷以「盡」釋「斯」。可知「罪人斯得」的「斯」應解釋為「盡」。

　　此外，漢魏六朝引用「罪人斯得」一句時，均將「斯」字作「盡」義用。如班固《漢書・敘傳下》：「孝昭幼沖，廝宰惟忠。燕蓋譸張，實叡實聰。罪人斯得，邦家和同。述昭紀。」[22]此處若將「斯」解作「乃」、「此」則不通，可知班固沿用〈金縢〉「罪人斯得」，是將「斯」解作「盡」。再如徐幹《中論・民數》：「如是姦無所竄，罪人斯得。」[23]謂奸佞無所逃竄，罪人盡被捕獲，引用〈金縢〉原文，也是將「斯」釋作「盡」。類似的例子還有很多，茲不贅舉。

三　「周公居東」故事的幾種解釋

　　基於前面的分析，我們已經可以排除以往不少基於臆想或欠缺理據的說法。本節將逐一分析以下較為合理的幾個觀點：

---

[21] 《史記》卷三十三，頁1516。

[22] 〔漢〕班固撰，〔唐〕顏師古注：《漢書》（臺北市：鼎文書局，1986年），卷一百，頁3624。

[23] 〔漢〕徐幹：《中論》（北京市：中華書局，1985年），頁37。

（1）**東征說**：

　　周公自言將治流言者─周公東征─管蔡亂平─作詩鳴志─成王不迎

（2）**查罪說**：

　　周公自言將治流言事─居東查罪─查出流言來源─作詩鳴志─成王不迎

（3）**避居查罪說**：

　　周公自言將避居離都─居東查罪─查出流言來源─作詩鳴志─成王不迎

（4）**避位查罪說**：

　　周公自言將避攝政位─居東查罪─查出流言來源─作詩鳴志─成王不迎

（一）「東征說」的問題

　　前文已經提過，清華簡有「周公宅東三年」之文，與史籍記載周公東征的時間相合，這讓「東征說」看起來更加可信。但是，「東征說」放在〈金縢〉上下文來看，邏輯上存在問題。明代郝敬就指出：

> 時成王方以流言疑公，公欲出師則必請，請則王必不從，不請則獨行，則王愈疑。人謂己不利，而又專制興師，是救焚益薪也。故當時聞謗不辨，輒自引避。處憂患而巽以行權，非聖人不能，豈有倉皇東征之事乎？東征之說，由漢儒誤解「我之弗辟」為刑辟，孔書承譌。[24]

清儒陳澧也提出質疑：

> 〈金縢〉言管叔及群弟流言，未言管、蔡叛也。周公一聞流言而遽興兵誅殺兄弟，何太急乎？……成王此時方疑周公，豈命周公伐管、蔡乎？[25]

---

24 《尚書辨解》卷五，收入《續修四庫全書》，第43冊，頁193。

25 〔清〕陳澧：《東塾讀書記》卷六（上海市：上海古籍出版社，2012年），頁105。

〈金縢〉只說管叔及其群弟散播流言，而未言反叛。如果周公因此橫加征討，有違情理。《史記‧周本紀》記周公是奉成王之命而征討[26]，司馬遷在〈魯周公世家〉卻又寫周公在尚被懷疑的情況下東征，自相牴牾。將東征之事橫插入〈金縢〉之文，是其錯解文意之又一例證。清儒俞樾對「東征說」也提出質疑，他說：

> 「管叔及其群弟乃流言於國」，此自史臣事後紀實之辭，若當其時，則但聞「公將不利於孺子」之言播滿國中，其倡自何人，傳自何地，非獨成王與二公不知，雖周公亦不知也。[27]

俞樾指出，「公將不利於孺子」的流言傳遍國中，時人並不知流言從何而來。「管叔及其群弟乃流言於國」只是後世作者（「史官」）的敘述。《荀子‧致士》注曰：「流者，無根源之謂。」《大略》又注：「流言，謂流傳之言，不定者也。」[28]因此在「罪人斯得」之前，周公如何便知道流言是由管叔及其群弟、而非其他人製造的呢？若是周公在受到君上懷疑的前提下，自行領兵討逆，那麼就正如郝敬所說的，是「獨行」、「專制」，恐怕反而會坐實流言。若真如「東征說」那樣解釋，那麼周公的形象就會與〈金縢〉整體上所塑造的周公的正面形象相悖。

又，《今本竹書紀年‧成王》載：

> 元年丁酉春正月，王即位，命冢宰周文公總百官。庚午，周公誥諸侯于皇門。夏六月，葬武王于畢。秋，王加元服。武庚以殷叛。<u>周文公出居于東</u>。二年，奄人、徐人及淮夷入于邶以叛。<u>秋，大雷電以風，王逆周文公于郊。遂伐殷。</u>[29]

---

26 《史記》卷四，頁132。

27 〔清〕俞樾：《群經平議》卷五，收入《續修四庫全書》（上海市：上海古籍出版社影印清光緒二十五年刻春在堂全書本，1995年），第178冊，頁74。

28 〔清〕王先謙集解：《荀子集解》（北京市：中華書局，1988年），卷九、卷十九，頁259、515。

29 王國維撰，黃永年校點《今本竹書紀年疏證》卷下（瀋陽市：遼寧教育出版社，1997年），頁81。

《今本竹書紀年》是否是偽書，暫不討論。其文記周公居東在先，成王迎回周公，再後才有東征之事。〈金縢〉此處與《今本竹書紀年》頗為吻合，只不過《今本竹書紀年》記事簡略，沒有交代周公何以居東、與「武庚以殷叛」有何關聯等問題，只能作為解釋〈金縢〉故事的一個參考。

此外，「東征說」將簡本「周公宅東三年」與東征三年聯繫來說，是把「三年」視作一個時長或者說時間段。一些學者又提出「二年」／「三年」是指成王紀年，整句話當斷為：「周公居東。（成王）二年，則罪人斯得。」[30]筆者認為這兩種說法都存在問題。首先，〈金縢〉開篇寫道「既克商三年」／「武王既克商二年」，不是說武王克商用了「三年」／「二年」，而是克商後的第三年／第二年。可知視作時長的說法存在問題。至於說是成王紀年，也較牽強。在清華簡第一輯中，〈保訓〉「隹王五十年」、〈耆夜〉「武王八年」[31]的紀年方式，都寫明文王、武王，但是〈金縢〉這裡卻沒有說「成王」。清華簡第二輯《繫年》大量出現的某公／某王立X年，實際上也是「某公／某王立」這件事發生後的第X年。[32]所以，〈金縢〉此處的「二年」／「三年」，應是說周公居東後的第二／三年，而不是成王在位的紀年。

支持「東征說」學者主要依據的是《史記・魯周公世家》的相關記載。然而，《史記》的文字明顯經過司馬遷的整理和改寫（特別是「周公居東」的內容），和原文出入很大，因此不能作為解釋〈金縢〉的絕對依據。這一點前文已作討論，茲不複述。

（二）「查罪說」的問題

「查罪說」與「避居／避位查罪說」的分歧是，前者將「辟」字解釋為查罪，也就是治；後者則解釋為「避」，而又有避居、避位兩種觀點。先來說

---

30 楊朝明：〈也說《金縢》〉，《儒家文獻與早期儒學研究》（濟南市：齊魯書社，2002年），頁172-175。馬衛東：〈「周公居東」與《金縢》疑義辨析〉，《史學月刊》2015年第2期，頁5-12。

31 《清華大學藏戰國竹簡（壹）》，頁143、150。

32 清華大學出土文獻研究與保護中心編，李學勤主編：《清華大學藏戰國竹簡（貳）》（上海市：中西書局，2011年）。

「查罪說」，論者認為周公居東是要查找流言根源，也就是周公所說的「辟」治流言，而不是「避」開流言和嫌疑。周公離都是主動的選擇和積極的行為，而不是消極的「避難」、「避嫌」或者被迫離開國都。然而，如果聯繫簡本「成王亦未逆公」來看，這種解釋就不合理了：管叔及其群弟的流言影響很大，對周公的名聲造成極大的打擊。更為關鍵的是：成王因此也懷疑周公。儘管後來周公查出了流言的根源，作詩貽王以鳴其志，種種舉措都未能消除成王的疑慮，周公此時已陷入十分被動的境地，非待金縢之匱的開啟，無以明其忠心。況且如果說周公離開國都是主動去調查流言，而非被動避開流言之所，那麼周公在調查結束後，完全可以自行決定是否回到國都，為何要苦苦等待成王親迎呢？

此外，周公所說的「我之弗辟，我無以告我先王」與前文周公「自以為功」以告先王的情節，當是呼應之筆。周公為武王之病而發願代死，表現了他對君王的忠誠；流言事件卻使周公的忠誠遭到懷疑。因此，周公之「辟」所要應對的，是流言造成的惡劣結果（忠心遭誣），而不是懲治散播流言之人。從成王的角度看，周公是否留在國都，是「公將不利於孺子」是否變成現實的決定因素。我們可以通過簡單的關係鏈，看出〈金縢〉對於周公身處國都、流言事件，以及成王態度三者間的關聯：

1. 流言：周公在國都攝政，可能對成王不利 → 遭成王懷疑
2. 周公離開國都 → 無法對成王不利 → 成王的疑慮得到緩解
3. 周公查到流言禍首 → 寫詩鳴志 → 成王疑慮未消除 → 不迎回周公 → 周公未能回國都
4. 金縢之匱開啟 → 成王疑慮消除 → 迎回周公

可見在金縢之匱尚未開啟前，周公的處境是十分被動的。周公身處高位，這給年幼而新繼位的成王帶來了恐懼和壓力。流言事件是撼動成王與周公關係的罪魁禍首，但真正令周公「陷入絕境」的卻是成王對他的懷疑。就算知道是誰散播的流言，周公又作詩表明心跡，成王仍然擔心周公回來後對他不利。由此更可見成王疑慮之深，以及他與周公間隔閡之深。故事最終呈現出來的，就是周

公能否回到國都，取決於成王的疑慮是否消除；而消除的唯一方式，則是要等待金縢之匱的開啟。

（三）「避居查罪說」

「避居」在這裡指為避流言而居東，這是周公不得已的選擇。南宋項安世認為：

> 蓋周室初基，中外未定，流言乘間而作，成王疑於上，國人疑於下，周公苟不避之，禍亂忽發，家國傾危，將無以見先王於地下矣。周公之與二公，蓋一體也，故密與二公謀之，使二公居中鎮撫國事，而身自東出避之，因以寧輯東夏。但不居中，則不利之謗自息，而亂無從生矣。故周公居東二年，外變不起而內論亦明，向者倡為流言、謀作禍亂之人遂得主名，內外之人始知其為管叔之罪也。[33]

〈金縢〉文中雖未明言周公與二公密謀之事，但項氏的解讀並非無據。這裡需要說明的是，二公雖然只是次要的角色，但每次出現，都對周公的行動或整個故事有正面的推動意義。對二公角色的分析，也有助於我們理解全文：

首先，武王病，二公要「穆卜」，周公以為不可。由此引出周公「自以為功」的卜誓。

二公第二次出場，是流言行於邦國之時，周公向他們表明心跡。周公的話除了表明為避流言而要離開國都以外，還顯露出自己的清白和忠誠之心。從這一對話的設置來看，〈金縢〉中的周公與二公關係密切，與管叔及其群弟形成鮮明對照，是兩個「陣營」。

第三次出場，是金縢之匱的開啟，二公與成王向執事人確認金縢之事。今本〈金縢〉中，二公的詢問顯示出他們似乎對金縢之事毫不知情，結合之前所說的二公與周公之間的關係及互動，二公對卜誓之事全然不知，顯得有些不合

---

33 〔宋〕項安世：《項氏家說》卷三（北京市：中華書局，1985年），頁34-35。

情理。況且在第一次出場時，二公似是見證了周公的卜誓。而簡本〈金縢〉的面世，則能解釋這個疑問。簡本此處作「王問執事人」，沒有二公的出現。筆者認為，簡本更符合〈金縢〉全文之意。

二公的第四次出場，是在成王迎回周公後，二公命邦人重起被災異破壞的大樹，「消除」最後一個災變異象。

綜合二公出現的場景，再來看項安世的看法，其中對二公與周公的密謀雖屬推測，但也不無道理。只不過項氏說：「周公居東二年，外變不起而內論亦明，向者倡為流言謀作禍亂之人遂得主名，內外之人始知其為管叔之罪也。」則未免迂曲。

支持「避居查罪說」的學者中，俞樾的觀點也值得參考，他在《群經平議》中說：

> 「罪人斯得」之文即承周公居東二年之後，是周公得之，而非成王得之也。所謂「得之」者，謂得流言之所自起也。上文曰：「管叔及其群弟乃流言於國」，此自史臣事後紀實之辭，若當其時，則但聞「公將不利於孺子」之言播滿國中，其倡自何人，傳自何地，非獨成王與二公不知，雖周公亦不知也。及居東二年，乃始知造作流言者實為管、蔡，故曰「罪人斯得」……「罪人斯得」者，言盡得其主名也。[34]

起初周公並不知曉散播流言的罪魁禍首，〈金縢〉直接寫明「管叔及其群弟」，乃是敘事的手法，也就是所謂的「上帝視角」，給讀者呈現出故事的原委。周公居東之後，流言之事才水落石出，周公方才知悉散播流言者的身分（俞樾將「斯」解作「盡」，是也）。至於周公居東的地點，俞樾認為：

> 周公既至商奄，與東人相習，故能盡得其狀，而王與二公則猶未之知也，此當日之情事。故於避居東也，可見周公之仁；而於罪人之盡得

---

[34] 《群經平議》卷五，收入《續修四庫全書》，第178冊，頁74。

也，可見周公之智。[35]

俞樾認為周公所居是在「商奄」，當是根據《墨子・耕柱》的記載：「古者周公旦非關叔，辭三公，東處於商蓋。」[36]《墨子》的說法不知從何而來，俞樾取用《墨子》，是根據當時有關「周公居東」最早的文獻材料。這一處理雖未必符合〈金縢〉「居東」本義，但也不可謂無據。[37]

（四）「避位查罪說」

「避位」是說周公離開攝政之位。關於「避位查罪說」，明代郝敬論之極詳。郝敬認為，管叔之所以流言，乃是鑒於殷商實行「兄終弟及」的繼位制度。武王死後，管叔覬覦王位，陰謀作亂，但是因為畏懼周公，遂使用反間計以蠱惑成王。流言遍布周王朝國都，致使周公「不可不避」。郝氏雖然也同意「辟」字通「避」，但是認為「辟」是「去位」之義[38]。在此基礎上，郝敬繼而論曰：

> 管叔監殷在東，周京在西，謂中原為東也。是時成王因流言疑公，公處此，唯有去位。不然內疑而外叛，禍將大，所謂無以告我先王者，公之慮遠矣。然去不之他，之東，何也？東方初定，人情叵測，公知流言自東來。[39]

周公雖然不知道流言的具體散播者是誰，但是根據當時的形勢，很有可能是剛

---

35 同前註。

36 〔清〕孫詒讓：《墨子間詁》（北京市：中華書局，2001年），卷十一，頁433。

37 關於「東」所在地的不同說法，詳見劉起釪的討論。劉起釪：《尚書校釋譯論》，頁1237。

38 郝敬又以《豳風・狼跋》為證，《豳風・狼跋》曰：「狼跋其胡，載疐其尾。公孫碩膚，赤舄几几。狼疐其尾，載跋其胡。公孫碩膚，德音不瑕。」〈毛詩序〉曰：「狼跋，美周公也。周公攝政，遠則四國流言，近則王不知。周大夫美其不失其聖也。」鄭玄認為「公孫碩膚，赤舄几几」是說周公欲歸政給成王，而成王留之，「孫當讀如孫遁也」，即通「遜」，為避義。《毛詩注疏》，頁741-742。

39 《尚書辨解》卷五，收入《續修四庫全書》，第43冊，頁192-193。

剛平定的東方殷舊，因此周公選擇「居東」，意在查出流言的根源。這一分析頗有道理，可備一說。但是郝敬又指出，周公居東時，管、蔡叛亂，「罪人斯得」即指管、蔡伏法，仍屬「東征說」一派。此論之謬，前文已作詳述。

至於郝敬所說的「辟」乃去位之義，雖然有一定道理，但是正如本章第二節結尾所說，周公是否身處國都，與流言誹謗所說的加害成王或篡位之意有密切聯繫，周公如若只是「去位」即可平息「不利於孺子」的流言，那麼在「罪人斯得」之後，周公只要不復其位即可，又何以不能自行回都？因此，只有將此處理解為避開流言（之所），才能既符合周公面對流言時的心態，也呼應成王不迎周公回都的情節。準此，仍當以「避居查罪說」最為合宜。

附：略論劉台拱〈周公居東論〉

　　就筆者所見，歷代關於〈金縢〉「周公居東」的解釋中，當以乾嘉學者劉台拱的考辨最為詳細合理。其說很少被人重視，故本文結尾，引劉氏此文並略作分析，以見其說之善。劉氏首先論曰：

> 《書》之〈金縢〉、《詩》之〈豳風〉，載周公遭變之事，最為詳盡，而自漢以來，說者紛紜顛倒，失其本末。鄭氏以「辟」為「避」，以「居東」為「出居東都」，驗之〈伐柯〉、〈九罭〉諸詩，辭意良合。至注「罪人斯得」，云是「周公之屬黨」，「為成王所得」，則可謂迂避而難通矣。而又曲解〈鴟鴞〉之詩，以傅會其說，支離牽強，抑又甚焉！然則鄭氏之說，雖較勝諸儒，而亦復有所未盡也；且鄭氏知周公之避，而未知周公之所以避，所謂見其表不見其裏，得其一而遺其二者也。夫周公自克商以來，曷嘗一日忘東方之患哉？向以王室未安，四方未集，至於請命三王，願以身代武王之死，則聖人之深識遠慮，亦從可知矣！四國之變，非天下之小故也。武庚席勝國之餘業，地方千里，連大國而闚周室，而管蔡以骨肉至親，為之陰伺虛實，相機舉事，表裏相應，動出百全。當此之時，周室之不亡者，幸耳。然猶以周公之故不敢遽發，故以流言之謗為反間之謀，意欲先陷周公而後逞志於成王。《詩》曰：「相彼雨雪，先集維霰。」禍亂之萌，見於此矣。而周公於此顧乃懵然而不察，坦然而無疑，引嫌畏罪，去不旋踵，以墮於敵人之術中，直至四國并起，猖獗中原，然後倉皇奔命，僥倖於一日之成功，則周公之智何遠出管、蔡下哉！[40]

---

40 〔清〕劉台拱：〈周公居東論〉，載劉台拱、劉寶楠等：《寶應劉氏集》（揚州市：廣陵書社，2006年），頁7-9。下文所引此文均依此注。

案：當時「王室未安」之形勢，周公處境之危險，管、蔡流言何以起，劉氏的
分析均明白通達。劉氏繼而道：

> 論者必曰：「周公，弟也；管叔，兄也，豈忍料其將為變哉！」（湛案：
> 見《孟子·公孫丑下》）此以施於使監之時，則至言也；施之於流言之
> 後，則妄說也。今有人聞謗而不辨者，是君子也；無故加己以簒弒之
> 名，而安然不問，則冥頑不靈之人而已矣。況其為反間之謀，覬覦之
> 漸，豈有安然受之而不究所從來者乎？是故流言之初起也，周公萬萬不
> 料其為管、蔡，而心識其為商人之間己，則不敢以不察，察而得之，必
> 且始而駭，中而疑，終則痛哭流涕，引以為終身之大感。此天理人情之
> 至，以義推之而可見者也。曾參殺人，至於三告，則投杼而起，而謂周
> 公必當守不忍料之意以終身，則舜何以知象之將殺己哉？

案：周公不知流言從何而起，但以當時天下情勢推之，蓋出於東方殷人（與前
引郝敬說同）。因此，周公居東時，對流言之事加以調查，方知流言源出於宗
室。劉氏繼而道：

> 且夫周公之不可避也亦明矣！王室未安，四方未集，則武王不可死；武
> 王死而周公存，則周公之身一武王之身也，而周公不可去。人謂成王疑
> 周公，於勢不得以不去，固也；向不知周公豈苟去者哉？鄭氏之說以為
> 避位待罪，以須成王之察己者，此周公之迹也。乃若其心，則欲就居東
> 國，密邇商人，得以陰察諸侯之動靜而為之備也。

案：周公居東並非待罪無為，而是暗察流言的來源。因此其「避」流言是一
層，查罪是另一層。劉氏繼而道：

> 蓋周自后稷、公劉以來，修德行義，十有餘世，大統甫集而忽焉喪之，
> 此周公之所大懼，而不敢不以為身任者也。故曰：「我之弗辟，我無以

告我先王。」若但引嫌畏罪，鰓鰓為一身之憂，於先王何與焉？至於二年之久，然後主名區處一一得之，故曰：「周公居東二年，則罪人斯得。」「罪人」者，非一之辭也。「得」者，廉而得之也。「鴟鴞鴟鴞，既取我子，無毀我室。」「迨天之未陰雨，徹彼桑土，綢繆牖戶。」成王、二公未始以為憂，而公獨識之，此所謂「罪人斯得」者也。吾於〈鴟鴞〉，見人道之極焉。鴟鴞取子，以喻管、蔡為武庚之所脅從。「恩斯勤斯，鬻子之閔斯。」所以未減其倡亂之罪，向不忍盡其辭，親親之道也。至於閔王業之艱難，懼覆亡之無日，情危辭慼，幾於大聲而疾呼！自書契以來，哀痛迫切未有若此詩之甚者。史臣以「於後」二字繫於「罪人斯得」之下，實與詩之辭旨表裏相應，明白無疑。而說者紛紜顛倒，致使周公救亂之志闇而不章，豈不惜哉？

案：聯繫前文所論，可知劉氏解「我之弗辟，我無以告我先王」、「罪人斯得」、〈鴟鴞〉詩旨之精審。劉氏繼而道：

或曰：然則成王得詩而欲誚公，何也？曰：非此之謂也。史臣言管、蔡流言以後，即備記周公之事，而未論成王之心，故特著此句以見之也。周公去位而成王不留，居東二年而成王無後命，及得〈鴟鴞〉之詩猶尚不悟，但自始主終未敢致誚讓於公耳。此出後人之手，次第曲折，凡幾言而後盡。古人記事，文約而旨明，一言蔽之而情事了然矣，故言亦有舉後以包前之辭也，所以上結流言之案，而下起風雷之事也。說者便謂成王得〈鴟鴞〉之詩始欲誚公，殊失作者之本意，而鄭氏箋《詩》亦由此致誤，是亦拘文牽義之過矣。

案：劉氏分析流言之影響、成王心理、成王與周公之微妙關係，均合情理。劉氏繼而道：

或曰：風雷之變，周公所不能逆料也，向使成王不悟，周公不歸，四國

之兵乘間而起，公於是時將坐視而不為之所乎？曰：公雖以待罪居東，而親則叔父，尊則冢宰。《詩》曰「我覯之子，袞衣繡裳。」公之親貴，蓋亦不減於平日矣。洛邑，天下之咽喉，而京師之屏翰也。北阻孟津以距商，東據虎牢之險以控諸侯。而公以成周之眾坐鎮其中，此亦足以待天下之非常，而無憂王室矣。彼四國陰畜異謀，旦夕思逞，而二年之中環視而不敢動，則是畏憚周公之明效也。漢七國之亂，有一梁孝王為之扞蔽，而吳、楚、齊、趙之兵不敢鼓行而西嚮。況以周公元聖，豈僅孝王之比哉？嗚呼！此周公之避，所為高計而審處也。

案：此段「或曰」關於災變不能令成王開悟的假設，本屬無的放矢。劉氏的回應雖合於當時形勢，卻與〈金縢〉故事關係不大。劉氏又以周公坐鎮洛邑為論，是從鄭玄「避居東都」的舊說。其實當時洛邑尚未興建（《尚書·康誥》、《史記·周本紀》等均記洛邑建於伐管蔡後）。劉氏最後道：

或曰：先發制人，後發制於人。周公之歸也，何以不即舉兵，而待商人之發難乎？曰：武庚、管、蔡之惡未形，而周公探其邪謀而逆誅焉，天下不服也，周公不忍也，張皇六師，有備無患而已矣。此〈鴟鴞〉之志。

案：劉氏此論，與前文所引陳澧的質疑相同（陳澧謂：「〈金縢〉言管叔及群弟流言，未言管蔡叛也。周公一聞流言而遽興兵誅殺兄弟，何太急乎？」）。「東征說」對〈金縢〉文本的很多問題都不能給出合理解釋，劉、陳的論述正可駁斥「東征說」存在的問題。

　　劉台拱與王念孫、段玉裁、汪中、阮元等人交善，尟少著述，身後名聲遠遜於諸人。不過劉氏的學術卻受時人推重，如王念孫即稱劉氏「唯是之求，精思所到，如與古作者晤言一室，而知其意指所在。比之徵君閻百詩、先師戴庶常、亡友程易疇，學識蓋相伯仲。」[41]段玉裁則說其「不為虛詞臆說，凡所發

---

41 〔清〕王念孫：〈劉氏遺書序〉，載《寶應劉氏集》，頁36。

明，旁引曲證，與經文上下語氣脗合，無少穿鑿，精思卓識，堅確不移，闡先
儒未發之秘。當世通儒，僉謂懸諸日月而不刊。」[42]〈周公東居論〉一文，足
見劉氏經學造詣之深。

---

42 〔清〕段玉裁：〈劉端臨先生家傳〉，載《寶應劉氏集》，頁34。

清華簡六所見鄭國初期史事探微

陳沛銘

香港中文大學中國文化研究所劉殿爵中國古籍研究中心研究助理

摘要

清華簡第六輯收錄的《鄭文公問太伯》與《鄭武公夫人規孺子》兩篇文獻，記載了鄭國早期史事，當中有關鄭桓公、鄭武公的內容更是傳世文獻所未見。本文依次梳理此二篇文獻所見的桓公、武公史事，與現存傳世文獻史料互相引證，以考察鄭桓公滅鄶克虢、東遷鄭國，以及鄭武公「處於衛三年」等鄭國立國初期史事。

關鍵詞：鄭桓公、鄭武公、鄭國早期、東遷、滅鄶

　　清華簡六整理了三篇跟鄭國歷史有關的篇章，其中《鄭文公問太伯》、《鄭武公夫人規孺子》二篇涉及鄭桓公、武公、莊公之史事，部分內容更是傳世文獻所未見。有關鄭桓公、武公的事蹟，過往只有零散資料見於先秦兩漢文獻，清華簡六新見的鄭國初期史事能填補鄭國初期歷史的空白。本文擬按相關史事的時序編次梳理《鄭文公問太伯》、《鄭武公夫人規孺子》二篇關於鄭桓公、武公的記載，與傳世文獻相關的史料互相引證，並且解讀簡文疑難之處，以了解鄭國立國初期的歷史，解決有關鄭桓公、武公的歷史爭論。

一　鄭桓公立國與東遷

　　《鄭文公問太伯》甲篇太伯向鄭文公敘述鄭桓公之功績（釋文主要用寬式，參以己意略作修訂）：

> 昔吾先君桓公後出自周，以車七乘，徒世（三十）人，故鼓亓（其）腹心，奮亓（其）股肱，以顲（協）於伿（庸）瓵（偶）；籤（攝）胄擐甲，攫戈盾以造勛。戰於魚羅（麗），吾乃腠（獲）函、邥（訾）。轅（覆）車閭（襲）繺（虢）、克鄶，鬲＝（迢迢）女（如）容祏（社）之尻（處），亦吾先君之力也。[1]

（一）昔吾先君桓公後出自周

　　〈清華六整理報告補正〉引述程浩先生云：「簡文講桓公『後出自周』，『後出』之謂，整理報告認為乃是由於鄭在姬姓邦國中出封在後。另外一種理解就是，『後出』乃是與《鄭世家》『友初封於鄭』中的『初封』對言，『初封』與『後出』是鄭國本身前後的縱向比較。《左傳》昭公十六年載子產語：『昔吾先君桓公與商人皆出自周』，這裡的『出周』講的就是桓公從宗周的初

---

[1]　李學勤主編：《清華大學藏戰國竹簡（陸）》（上海市：中西書局，2016年），頁119。

封地東遷伊洛的這件事。[2]

筆者認為程浩先生之後說為是。《史記・鄭世家》《索隱》云：「鄭，縣名，屬京兆，秦武公十一年『初縣杜、鄭』是也。又《系本》云：『桓公居棫林，徙拾。』宋忠云：『棫林與拾皆舊地名』，是封桓公乃名為鄭耳。至秦之縣鄭，蓋是鄭武公東徙新鄭之後，其舊鄭乃是故都，故秦始縣之。」[3]《史記索隱》所引《世本》謂桓公始封於棫林，史家多認為棫林在周王畿內，至於「拾」為何地，則不可知。

王寧先生認為「棫林是周王畿內地，拾即十，即東方的虢、鄶等十邑。」[4]筆者認為以「拾」為地名專稱代指十邑，實在於理不合。筆者疑《世本》之「徙拾」之「拾」乃「檜」之訛字。鄶國之鄶，《毛詩》作「檜」。《史記・楚世家》、《漢書・地理志》等作「會」。檜字从會，《說文》：「會，合也。从亼，从曾省。曾，益也。𠐍，古文會如此。」《說文》古文「會」正是从彳从合。甲骨文「會」字从合，合、會字義相同，合、會乃一字之分化。又楚簡文字之中就有些會字或从會之字讀作从合之字者，如包山簡二五九號簡之「會懇」讀作「合歡」；包山簡二六三之「會」字，讀作「盒」[5]；信陽簡一・〇四號簡中从會从二虫的「𧐀」字讀作「蛤」[6]。此外，「檜」字所从木部偏旁常在俗字和碑刻中常與手部訛混，如从手的「折」與从木的「柝」就常常混用。又例如从手之「攉」與从木之「權」相混用。[7]桓公「徙鄶」，正好可以與後面的簡文

2　清華大學出土文獻讀書會：《清華六整理報告補正》，清華大學出土文獻研究與保護中心網站論文，http://www.ctwx.tsinghua.edu.cn/publish/cetrp/6831/2016/2016041605294，2016年04月16日。

3　〔西漢〕司馬遷撰，〔宋〕裴駰集解，〔唐〕司馬貞索隱，〔唐〕張守節正義：《史記》（北京市：中華書局，1959年），頁1759。

4　王寧：〈清華簡六《鄭文公問太伯》（甲本）釋文校讀〉，復旦大學出土文獻與古文字研究中心網站論文，網址：http://www.gwz.fudan.edu.cn/SrcShow.asp?Src_ID=2809，2016年5月29日。

5　黃德寬主編：《古文字譜系疏證》（北京市：商務印書館，2007年），頁2360。

6　同前註，頁2362。

7　北魏時期的《侯剛墓志》云：「京師攉豪，即不垂手。」之「攉」同「權」。段玉裁《說文解字注・手部》「捲」下注：「攉者，捲之異體。」又云「《五經文字・木部》『權』字下曰：從手作攉者，古拳握字。從手之攉，字書、韻書皆不錄，惟《盧令》鄭箋云：『鬈當讀為攉。攉，勇壯也。』」又《吳都賦》『覽將帥之攉勇』，李注云：《毛詩》『無拳無勇』，攉與拳同。此兩處字今雖訛作權，從木，然後可知其必《五經文字》所謂從手之字也。」

「克鄶」對應，即桓公由周王畿內地封地，克鄶後東遷至鄶。鄶即新鄭，《國語‧鄭語》「妘姓，鄔鄶路偪陽。」韋昭注：「陸終第四子曰求言，為妘姓，封於鄶，今新鄭也。」[8]

此段簡文鄭國東遷的歷史提供了新的資料，根據《國語‧鄭語》：「桓公為司徒，甚得周眾與東土之人，問於史伯曰：「王室多故，余懼及焉，其何所可以逃死？」史伯對曰：「王室將卑，戎、狄必昌，不可偪也。……其濟、洛、河、潁之間乎！是其子男之國，虢、鄶為大，虢叔恃勢，鄶仲恃險，是皆有驕侈怠慢之心，而加之以貪冒。君若以周難之故，寄孥與賄焉，不敢不許。周亂而弊，是驕而貪，必將背君，君若以成周之眾，奉辭伐罪，無不克矣。若克二邑，鄔、弊、補、舟、依、𩅦、歷、華，君之土也。若前華後河，右洛左濟，主芣、騩而食溱、洧，修典刑以守之，是可以少固。……公說，乃東寄帑與賄，虢、鄶受之，十邑皆有寄地。」

《國語》記載鄭桓公聽從史伯之言，東寄家屬與財賄於虢鄶等十邑。《史記‧鄭世家》有相類的記述，不同之處在於謂桓公：「於是卒言王，東徙其民雒東，而虢、鄶果獻十邑，竟國之。」[9]司馬遷以為虢、鄶兩國「獻十邑」予鄭桓公，桓公因此得以立國於東方。《國語‧鄭語》所謂「寄地」，韋昭引賈逵云：「寄地，寄止。」[10]即桓公只是寄放其謂家屬、財賄於虢、鄶等十邑，並非佔有其地，與《史記‧鄭世家》所言由虢、鄶「獻十邑」不同。簡文云桓公「以車七乘，徒丗（三十）人，故（鼓）亓（其）腹心，奮亓（其）股肱，以（協）於（庸）（偶）；籔（攝）胄擐甲，攼戈盾以造勘。」表明桓公東遷之初兵力僅得車七乘，徒卒三十人，軍事力量微弱。若結合簡文與《國語‧鄭語》史伯謂桓公「君若以成周之眾，奉辭伐罪，無不克矣。」之語，可知桓公在軍力薄弱的情況下，東遷立國必然要借助成周之眾，以周王之名義討伐有罪之國才能成功。桓公之所以能立國東方，乃桓公親率士卒上戰場，力戰而獲得城邑，後來又先後襲虢克鄶，鄭國才有立足之地。

8　徐元誥：《國語集解》（北京市：中華書局，2002年），頁468。

9　〔西漢〕司馬遷撰，〔宋〕裴駰集解，〔唐〕司馬貞索隱，〔唐〕張守節正義：《史記》，頁1759。

10　徐元誥：《國語集解》，頁477。

此外，《國語‧鄭語》有一點很值得注意的地方，就是有關史伯對周王室與諸國未來形勢的預言皆言出必中。例如史伯與桓公的對答云：

> 「申、繒、西戎方彊，王室方騷，將以縱欲，不亦難乎？王欲殺太子以成伯服，必求之申，申人弗畀，必伐之。若伐申，而繒與西戎會以伐周，周不守矣！繒與西戎方將德申，申、呂方彊，其隩愛太子亦必可知也，王師若在，其救之亦必然矣。王心怒矣，虢公從矣，凡周存亡，不三稔矣！君若欲避其難，其速規所矣，時至而求用，恐無及也！」

> 公曰：「若周衰，諸姬其孰興？」對曰：「臣聞之，武實昭文之功，文之祚盡，武其嗣乎！武王之子，應、韓不在，其在晉乎！距險而鄰於小，若加之以德，可以大啟。」公曰：「姜、嬴其孰興？」對曰：「夫國大而有德者近興，秦仲、齊侯，姜、嬴之儁也，且大，其將興乎？」[11]

史伯預言周幽王欲殺太子，申人不畀，幽王伐申，申、繒、西戎聯合伐周，結果西周滅亡；又預言周衰後，晉、秦、齊諸國將會興盛，結果盡如史伯所言。由此可知《鄭語》的部分內容很可能是出自春秋時期或以後的人手筆，只是把後來的史實藉由史伯之口道出而已，否則史伯不可能如此未卜先知。如此可以推論，《鄭語》有關桓公東遷的記載可靠性也很高，甚至《鄭語》的記載根本就是春秋時期鄭人對桓公事蹟的追述。

（二）戰於魚羅（麗），吾〔乃〕矱（獲）函、邶（訾）

羅，整理者讀作「麗」，云：「『於』與『以』同義，見《詞詮》（頁431）。『魚麗』為陣名，《左傳》桓公五年（鄭莊公三十七年）：『曼伯為右拒，祭仲足為左拒，原繁、高渠彌以中軍奉公，為魚麗之陳。』或說為地名。」[12]

歷來學者研究《左傳》所謂「魚麗之陣」，多按魚麗字面之意以為作戰之

---

11 同前註，頁475-477。
12 李學勤主編：《清華大學藏戰國竹簡（陸）》，頁121，注16。

陣法，與簡文之「魚羅」未必有關係。按簡文云「戰于魚羅」，依句法，魚羅當為地名。魚羅所在地不詳，然而簡文此句謂鄭桓公於魚羅之戰取勝而獲得二邑，則魚羅當在二邑附近。

「函」，簡文字形作「㲋」，整理者隸作「鄏」，讀作「函」。整理者云：「鄏，《說文》『𣎵』從马聲，『讀若含』。試讀為同從马聲之『函』。疑地在函冶，春秋時為晉國范氏邑，《國語・晉語九》公序本、《說苑・貴德》『范、中行有函冶之難』。或地在函陵，今河南新鄭。邨，讀為『訾』，地在今河南鞏縣。《左傳》文公元年衛成公『使孔達侵鄭，伐綿、訾及匡』，非此鞏縣之『訾』。」[13]

王寧先生以為「函」、「訾」當解作《國語・鄭語》史伯謂鄭桓公「是其子男之國，虢、鄶為大，……若克二邑，鄔、弊、補、丹、依、黛、歷、華（莘），君之土也。」之「依」、「莘」。「莘」即《左傳》之「訾」。[14]

依據簡文中太伯的敘述，「函」、「訾」應為鄭桓公早期東遷以武力奪取的兩個邑名。筆者認為鄭桓公於「魚羅」一戰而獲鄏、邨二邑，此二邑地理上應當相距不遠。筆者認同整理者讀「邨」為「訾」，乃河南鞏縣之訾。但是「鄏」不應讀為「函」，地點亦非如整理者所謂地在函冶或函陵，因函冶或函陵與訾皆相距甚遠，不可能一戰而得此二地。「鄏」當讀為「郟」，即《左傳・昭公二十三年》「秋七月戊申，郟羅納諸莊宮。尹辛敗劉師于唐。丙辰，又敗諸郟。」[15]之「郟」。「郟」、「含」上古音皆屬侵部，音近可通。郟邑地亦在河南鞏縣，與訾邑很接近。《說文》：「郟，周邑。」《水經注・洛水》：「洛水又北逕偃師城東，東北歷郟中，水南謂之南郟，亦曰上郟也。逕訾城西，司馬彪所謂訾聚也。……郟水又東南，于訾城西北東入洛水。故京相璠曰：今鞏洛渡北，有郟谷水東入洛，謂之下郟。故有上郟、下郟之名，亦謂之北郟，于是有南郟、北郟之稱矣。又有郟城，蓋周大夫郟肸之舊邑，洛水又東逕訾城北，又

13 同前註，注17。

14 王寧：〈清華簡六《鄭文公問太伯》「函」「訾」別解〉，復旦大學出土文獻與古文字研究中心網站論文，網址：http://www.gwz.fudan.edu.cn/SrcShow.asp?Src_ID=2801，2016年5月20日。

15 〔周〕左丘明傳，〔晉〕杜預注，〔唐〕孔穎達疏：《春秋左傳正義》（北京市：北京大學出版社，2000年）頁1651。

東，羅水注之，水出方山羅川，西北流，蒲池水注之，水南出蒲陂，西北流合羅水，謂之長羅川。亦曰羅中也。……羅水又於訾城東北入于洛水也。」[16]

鄩、訾於春秋後期為東周成周之邑，在前春秋時期至春秋初期是有可能屬於鄭國的。《左傳・隱公十一年》（周桓王八年、鄭莊公三十二年）：「王取鄔、劉、蔿、邘之田于鄭，而與鄭人蘇忿生之田：溫、原、絺、樊、隰郕、欑茅、向、盟、州、陘、隤、懷。」[17]當中本來屬於鄭國的鄔、劉二邑皆在河南偃師縣西南，在鄩、訾西邊，說明春秋初期鄭國西邊的疆土已及於鄔、劉，鄩、訾更在鄔、劉之東，很可能也曾屬於鄭國。筆者疑上文「魚羅」或是在羅水流域之地名。據上引《水經注》，鄩、訾相鄰，羅水又於訾城東北洛水交匯，說明羅水與鄩、訾兩地很接近。鄩、訾、羅水皆在鄭國之西，成周之東，即鄭桓公東遷之初，先於羅水附近的魚羅打了一仗，獲得鄩、訾二邑。其後桓公向東推進，襲虢克鄶，成功在東方立國。

二　鄭桓公襲虢克鄶

輹（覆）車閣（襲）㳄（虢）、克鄶

「輹（覆）車襲虢、克鄶」，「克鄶」二字整理者屬下讀。整理者注云：「覆，《左傳》隱公九年『君為三覆以待之』，杜注：『伏兵也。』閣，讀為『襲』。㳄，讀為『甲介』之『介』，謂『襲介猶云被甲』。或說『㳄』為表二水之間的地名。」[18]

徐在國先生云：

> 「輹」，整理者讀為「覆」，可從。但訓為「伏兵」，則誤。「覆」有覆蓋；遮蔽義。《呂氏春秋・音初》：「帝令燕往視之，鳴若謚隘，二女愛

---

[16] 〔後魏〕酈道元注，楊守敬、熊會貞疏，段熙仲點校，陳橋驛復校：《水經注疏》（南京市：江蘇古籍出版社，1999年），頁1322-1324。

[17] 〔周〕左丘明傳，〔晉〕杜預注，〔唐〕孔穎達疏：《春秋左傳正義》，頁146-147。

[18] 李學勤主編：《清華大學藏戰國竹簡（陸）》，頁121，注18。

而爭搏之，覆以玉筐。」「覆車」即遮蔽戰車。「闟」字首次出現，不見後世字書，疑此字當為「襲」字繁體，贅加「門」。「襲」字，意為出其不意的進攻。《春秋・襄公二十三年》：「齊侯襲莒。」杜預注：「輕行掩其不備曰襲。」《逸周書・武稱》：「岠嶮伐夷，并小奪亂，辟強攻弱而襲不正，武之經也。」「猋」，地名。「覆車襲猋」，意為遮蔽戰車輕裝進攻猋。[19]

猋，王寧先生云：

> 「闟（襲）猋」的「猋」字上從「忦」，此字亦見《容成氏》簡14：「菨（葰）忦（芥，丰，葛）而坐之」，是「介」之繁構而讀「芥」。此從㳭者可釋「汴」，然懷疑此是「瀌」字的異構，《說文》：「瀌，水裂去也。從水虢聲。」段注：「謂水分裂而去也。」……「虢」、「介」又同見紐雙聲、鐸月通轉疊韻音近。「瀌」蓋讀為「虢」。[20]

　　筆者認為此句簡文應句讀為「輟（覆）車襲虢、克鄶」，徐在國先生解「覆車襲猋」為「遮蔽戰車輕裝進攻猋」，甚是。猋，應按王寧先生讀為「虢」。簡文「覆車襲虢、克鄶」，謂桓公以戰車偷襲虢國，攻克鄶國。有關滅鄶到底是桓公還是武公，歷來素有爭議，簡文為桓公滅鄶提供了新的證據。傳世文獻所見桓公滅鄶的記載，如《漢書・地理志》注引臣瓚曰：「幽王既敗，二年而滅會，四年而滅虢，居於鄭父之丘，是以為鄭桓公。」[21]《水經注・渭水》引《漢書》薛瓚注：「幽王既敗，虢儈又滅，遷居其地，國於鄭父之丘，是為鄭桓公。」[22]以上記載皆本於《竹書紀年》，不少史家據《史記・鄭世

---

19 徐在國：《清華六〈鄭文公問太伯〉札記一則》，簡帛網論文，網址：http://www.bsm.org.cn/show_article.php?id=2519，2016年5月20日。

20 王寧：〈由清華簡六二篇說鄭的立國時間問題〉，復旦大學出土文獻與古文字研究中心網站論文網址：http://www.gwz.fudan.edu.cn/SrcShow.asp?Src_ID=2277，4月20日。

21 〔漢〕班固撰，〔唐〕顏師古注，楊家駱主編：《漢書》（臺北市：鼎文書局，1986年），頁1544。

22 〔後魏〕酈道元注，楊守敬、熊會貞疏，段熙仲點校，陳橋驛復校：《水經注疏》，頁1651。

家》所言，以為桓公死於幽王之難，對《竹書紀年》的說法未能相信，認為由武公東遷始平定虢、鄶之地。如清人梁玉繩《史記志疑·二十三》云：「案《國語》、《漢地理志》、鄭《詩譜》及孔《疏》，（見《詩·鄭風》、《左傳·隱十一年》）而知史公之說非也。……桓公死幽王之難，其子武公與平王東徙，卒定十邑之地以為國。……然則桓公始謀，非身得也。」[23]

　　然而文獻除了《竹書紀年》的記載，桓公襲滅鄶國之事亦見於《韓非子·內儲說下》：「鄭桓公將欲襲鄶，先問鄶之豪傑、良臣、辯智果敢之士，盡與姓名，擇鄶之良田賂之，為官爵之名而書之。因為設壇場郭門之外而埋之，釁之以雞豭，若盟狀。鄶君以為內難也而盡殺其良臣。桓公襲鄶，遂取之。」[24]《說苑·權謀》也有類似的記載：「鄭桓公將欲襲鄶，先問鄶之辨智果敢之士，書其名姓，擇鄶之良臣而與之，為官爵之名而書之，因為設壇於門外而埋之，釁之以豭若盟狀。鄶君以為內難也，盡殺其良臣。桓公因襲之，遂取鄶。」[25]

　　此二書皆謂桓公以離間計使鄶君盡殺良臣，因而襲滅鄶國。故陳槃先生由此懷疑桓公於死難前已東遷滅鄶：「如上說，是謂桓公雖有東徙之謀而前卒，其子武公始實行之也。然《古本竹書》云：晉文侯二年，周惠（?）王子多父伐鄶，克之；乃居鄭父之丘，名之曰鄭，是曰桓公」；《說苑·權謀》：「鄭桓公襲鄶，滅之」；今本竹書：宣王二十二年，「王錫王子多父命，居洛」。是亦並謂桓公死難之前、有居東之事，豈皆非歟？」[26]

　　至於桓公滅東虢之說，見於《漢書·地理志·京兆》顏師古注引臣瓚曰：「初，記載，桓公為周司徒，王室將亂，故謀於史伯而帑與賄於虢、會之間。幽王既敗，二年而滅會，四年而滅虢，居於鄭父之丘，是以為鄭桓公。」[27]明言鄭桓公於幽王敗亡後四年而滅虢，然而此說與《史記·鄭世家》謂桓公死於

[23] 〔清〕梁玉繩：《史記志疑》（北京市：中華書局，1981年），頁1035。

[24] 〔清〕王先慎撰，鍾哲點校：《韓非子集解》（北京市：中華書局，2003年），頁259。

[25] 趙善詒：《說苑疏證》（上海市：華東師範大學出版社，1985年），頁379-380。

[26] 陳槃：《春秋大事表列國爵姓及存滅表譔異（三訂本）》（上海市：上海古籍出版社，2009年），頁99。

[27] 〔漢〕班固撰，〔唐〕顏師古注，楊家駱主編：《漢書》，頁1544。

幽王之難的說法相矛盾。〈鄭文公問太伯〉雖然只謂桓公襲虢，未明言「滅」
虢，然而「襲虢克鄶」之說已足以使《漢書・地理志》顏注所引此條「臣瓚
曰」資料的可信性大增，佐證桓公不曾死於幽王之難。

程浩先生云：

> 簡文明言桓公滅鄶，與《竹書紀年》相合而與《鄭世家》桓公死於驪山
> 的說法衝突。我們認為，桓公在幽王十一年蒙難驪山時可能并沒有死
> 難，而是已經東遷立國。《鄭世家》載兩周之際史事多本自《國語・鄭
> 語》，而《鄭語》未嘗言桓公死事，只是在篇末講「幽王八年而桓公為
> 司徒，九年而王室始騷，十一年而斃」。這句話實際上是《鄭語》作者
> 對幽王之難的簡要總結，主要是為了證明史伯的話得到了應驗。這裏的
> 「十一年而斃」主語自然是幽王，并不是司馬遷所理解的桓公。[28]

有關鄭桓公之不曾死於幽王之難的詳細考證，沈長雲先生有專文討論在
前，[29]在此就不作詳細討論了。

三 鄭武公「處於衛三年」與武公的功績

清簡六〈鄭武夫人規孺子〉記載鄭武公初死既葬後，武公夫人對兒子莊公
的告誡，當中提到一些關於鄭武公的事蹟，現節錄內容如下：

> 鄭武公卒，既葬，武夫人規孺子曰：「昔吾先君如邦將有大事，必再三
> 進大夫而與之偕圖，既得圖，乃為之；毀圖，所臤（賢）者焉申之以龜
> 筮，故君與大夫宛（怨）焉不相得。惡區區鄭邦望吾君亡，不盈其志？

---

28 清華大學出土文獻讀書會：《清華六整理報告補正》，清華大學出土文獻研究與保護中心網站論文，
　 2016-04-16，http://www.ctwx.tsinghua.edu.cn/publish/cetrp/6831/2016/2016041605294。

29 沈長雲：〈鄭桓公未死幽王之難考〉，《文史》第43輯（1997年），頁244-247；另收於沈長雲：《上古
　 史探研》（北京市：中華書局，2002年），頁267-271。

於吾君之君已也，使人遙聞於邦，邦亦無大縣賻（敷）於萬民。**吾君陷於大難之中，處於衛三年，不見其邦，亦不見其室，如毋有良臣，三年無君，邦家亂已（已）！自衛與鄭，若卑耳而謀。今是臣臣，其可不寶？吾先君之常心，其可不遂？**」[30]

武公夫人提及到鄭武公在位其間曾「陷於大難之中，處於衛三年」，此事不見於傳世文獻，頗引起學者注意。

李學勤先生認為「大難」指周幽王、鄭桓公死於戲，西周覆亡之難：

> 這裡講的武公「陷於大難」，當即指西周王朝的覆亡而言。當時桓公死難，武公即位，其間武公曾有三年不在他父親在今河南新鄭一帶建立的國家而居處於衛國，這件事傳世文獻沒有記載，對於我們了解兩周之際的歷史頗為重要。[31]

程浩先生則認為與平王東遷成周有關：

> 簡文講武公「陷于大難之中，處衛三年，不見其邦，亦不見其室」。比較難以理解的是，武公身為鄭國國君，為何要「處衛三年」。我們認為，這或與平王東遷成周有關。《左傳》云：「我周之東遷，晉、鄭焉依」，鄭國在平王東遷的過程中起到了至關重要的作用。平王東遷之初，在成周立足并未穩固，仍然「陷于大難之中」。武公處衛三年，乃是為了在旁輔佐平王。在武公之時，成周的東北仍為衛國所控制。按照〈鄭文公問太伯〉的說法，鄭國到了莊公時期才「北城溫、原」，「東啟隤、樂（櫟）」，將鄭、衛兩國的邊界推到更往東的河南輝縣附近。因此，武公在鄭衛交界的成周夾輔平王自然可稱「處衛」，而簡文中武姜

---

30 李學勤主編：《清華大學藏戰國竹簡（陸）》，頁104。
31 李學勤：〈有關春秋史事的清華簡五種綜述〉，《文物》，2016年第3期，頁1-2。

說「自衛與鄭，若卑耳而謀」也可印證這一點。[32]

王寧先生引述網友「魚遊春水」先生的意見，認為武公遭逢敗局，被困衛國：

> 魚遊春水先生認為是鄭武公開拓疆土和衛人交手，「鄭武公既不見其
> 邦，亦不見其室，而鄭國國內已經等同於『無君』，幸而有良臣，才沒
> 有崩潰──這多半是暗示一個敗局。只是為夫君諱，沒有明說。」很有
> 道理。總之，鄭武公時期鄭國曾經發生過一次很大的變故，武公被困於
> 衛，後文載君（鄭莊公）回答邊父的話里說「不是（音）然，或（又）
> 稱起吾先君於大難之中」，說明這次變故對鄭國是一次很沉重的打擊，
> 但因為群臣的忠心和努力，全力輔佐武公，使鄭國重新振興起來。只是
> 具體是怎麼回事已經不可知。[33]

按上文論及桓公不曾死於周幽王之難，則武公所遭「大難」與「處衛」未
必發生在幽王死難之時，李學勤先生之說恐未妥當。王寧先生與「魚遊春水」
先生之說亦有不妥當，因按照〈鄭武夫人規孺子〉下文云武公處衛時「自衛與
鄭，若卑（比）耳而謀。」又〈鄭文公問太伯〉謂武公時：「魯、衛、鄩
（蓼）、蔡來見」，這些記載反映武公在位時鄭、衛兩國的邦交關係友好，對武
公因戰敗而被困衛國的假設似乎不當。筆者認為上引諸說中以程浩先生之說最
為近是。筆者以為武公「處衛三年」，乃與平王東遷與清華簡〈繫年〉所謂
「鄭武公亦政（正）東方之諸侯」有關。

清華簡〈繫年〉有一段有關西周滅亡至平王東遷的記載：

---

[32] 清華大學出土文獻讀書會：《清華六整理報告補正》，清華大學出土文獻研究與保護中心網站論文，
2016-04-16，http://www.ctwx.tsinghua.edu.cn/publish/cetrp/6831/2016/2016041605294。

[33] 王寧：〈清華簡六《鄭武夫人規孺子》寬式文本校讀〉，復旦大學出土文獻與古文字研究中心網站論
文，網址：http://www.gwz.fudan.edu.cn/SrcShow.asp?Src_ID=2784，2016年5月1日。

幽王＝（幽王，幽王）及白（伯）盤乃滅，周乃亡。邦君者（諸）正乃立幽王之弟（余）臣于（虢），是（攜）惠王，立廿（二十）又一年，晉文矦（仇）乃殺惠王于（虢），周亡王九年，邦君者（諸）矦（焉）（始）不朝于周。晉文矦乃逆坪（平）王于少鄂，立之于京自（師），三年乃東（徙），止于成周，晉人焉始啟于京師，鄭武公亦正東方之諸侯。[34]

有關〈繫年〉記載的平王東徙成周的時間與「周亡王九年」，清華大學出土文獻讀書會有以下的理解：

《正義》引《紀年》云：「先是，申侯、魯侯及許文公立平王於申，以本大子，故稱天王。幽王既死，虢公翰又立王子余臣于攜。周二王並立。二十一年，攜王為晉文侯所殺。以本非適，故稱『攜王』」。《通鑒外紀》卷三引《汲塚紀年》：「余為晉文侯所殺，是為攜王。」《繫年》與《紀年》記載是很相似的。我們認為《繫年》裡之所以稱「周亡王九年」正是因為如《紀年》裡所說，攜王本非適，因此幽王死後，攜王被虢公立，然並未被眾諸侯邦君所承認。平王也是如此，雖為大子，且被一些諸侯擁立稱為天王，然地位處境也只是與攜王一樣，所以《紀年》稱「周二王並立。」一直到幽王死後九年，因為晉文侯、鄭武公、齊襄公、衛武公、魯侯等眾多實力強大的諸侯擁護周平王，這種局面才得以改變，平王正式被認可為周王，接續幽王。這一年是晉文侯十九年，也即是西元前761年。三年後平王正式東遷，即西元前758年。攜王立二十一年為晉文侯所殺，即晉文侯三十一年。[35]

〈繫年〉有關平王東遷的記載正好與傳世文獻、〈鄭文公問太伯〉鄭武公

---

34 李學勤主編：《清華大學藏戰國竹簡（貳）》（上海市：中西書局，2011年），頁138。

35 清華讀書會：〈《清華大學藏戰國竹簡》（貳）研讀劄記（二）〉，復旦大學出土文獻與古文字研究中心網站論文，網址：http://www.gwz.fudan.edu.cn/SrcShow.asp?Src_ID=1760，2011年12月31日。

的記載吻合。《國語‧晉語四》:「晉、鄭,兄弟也,吾先君武公與晉文侯戮力
一心,股肱周室,夾輔平王,平王勞而德之,而賜之盟質,曰:『世相起
也。』」[36]《左傳‧隱公三年》:「鄭武公、莊公為平王卿士。」[37]《左傳‧隱公
六年》:「周桓公言於王曰:「我周之東遷,晉、鄭焉依。」[38]據《史記‧鄭世
家》的記載,鄭武公於武公十年(西元前761年)娶申侯女武姜為夫人,時間
正好是「晉文侯乃逆平王于少鄂,立之于京師」之年。平王為申侯所立,申、
鄭聯姻,亦可以視為鄭武公對平王正統地位的認同,意味鄭國正式加入平王的
陣型。此也正好說明晉、鄭共同挾輔平王的原因。此外,鄭武公娶武姜為夫人
之後才「處衛」,才能稱得武夫人所謂「不見其邦,亦不見其室」,故此武公
「處衛」當晚於西元七六一年。

　　筆者認為武公「處衛」三年當在西元前七五八年平王東遷之後。若要考究
武公「處衛」三年,就需要分析〈鄭文公問太伯〉中太伯陳述武公勳勞的一
段話:

> 枼(世)及吾先君武公,西城洢(伊)閒(澗),北就鄔、劉,縈厄
> (軛)蒍、竽(邘)之國。魯、衛、鄸(蓼)、蔡來見。[39]

若考查太伯所述武公所到之處,皆為成周周邊地區,筆者認為太伯提到的武公
功績,皆與屏藩成周有關。

(一)西城洢(伊)閒(澗)

　　「西城洢(伊)閒(澗)」,整理者無注解。按洢即河南伊水,穿伊闕而入
洛陽,東北至偃師縣注入洛水,與洛水滙合成伊洛河。澗,應指源出河南新安
縣之澗水,流域在成周以西。《水經注‧澗水》:「澗水出新安縣南白石山,東

---

36 徐元誥:《國語集解》,頁330。
37 〔周〕左丘明傳,〔晉〕杜預注,〔唐〕孔穎達疏:《春秋左傳正義》,頁84。
38 同前註,頁119。
39 李學勤主編:《清華大學藏戰國竹簡(陸)》,頁119。

南入于洛。」注引《山海經》云:「白石之山,惠水出于其陽,東南注于洛,澗水出于其陰,北流注于穀。」又引《地理志》云:「澗水在新安縣,東南入洛。」[40]澗水由成周西方的新安縣,流注穀水,再與穀水東南流注洛水。伊水流經成周以南,澗水則在成周之西,所謂「西城伊澗」,當指鄭武公在成周的西、南周邊伊水、澗水地區為周王築城。蓋平王東遷之初,成周周邊地區尚未穩定,還需要一番經營。成周西南伊洛一帶自平王東遷以前就有不少戎、狄外族聚居,至春秋時期更威脅到成周的安全。《左傳·僖公二十二年》記載:「初,平王之東遷也,辛有適伊川,見被髮而祭於野者,曰:『不及百年,此其戎乎!其禮先亡矣。』」[41]平王東遷之時,辛有已目睹戎族居於伊川,平王遷至成周之後,實在有需要在成周之西、南方加強防禦,武公因此在伊水、澗水一帶為周王築城以備不虞。「西城伊澗」乃指武公輔助周室的其中一項功勞。

(二)北就鄔、劉,縈厄(軛)蔫、竽(邘)之國

整理者云:

> 《左傳》隱公十一年(周桓王八年、鄭莊公三十二年):「王取鄔、劉、蔫、邘之田于鄭,而與鄭人蘇忿生之田:溫、原、絺、樊、隰郕、欑茅、向、盟、州、陘、隤、懷。」是鄔、劉、蔫、邘四地原為鄭邑。……鄔,妘姓,見《鄭語》。典籍或作「鄢」,《鄭語》史伯對鄭桓公所言十邑之「鄔」,公序本作「鄢」;《周語中》「昔鄢之亡也由仲任」,韋注:「鄢,妘姓之國,取仲任氏之女為鄢夫人。唐尚書曰:『鄢為鄭武公所滅,非取任氏而亡也。』」劉在今河南偃師西南,周匡王封劉康公於此。郹(毇),曉母微部字,讀為匣母歌部之「蔫」,在河南孟津縣東北。邘在河南沁陽縣西北。

---

[40] 〔後魏〕酈道元注,陳橋驛校證:《水經注校證》(北京市:中華書局,2007年),頁379。
[41] 〔周〕左丘明傳,〔晉〕杜預注,〔唐〕孔穎達疏:《春秋左傳正義》,頁460。

　　此節文字中的「縈厄（軶）」諸家有不同的解釋。「縈厄（軶）」，整理者無注釋。龐壯城先生云：「『縈』字，原整理者無說，應讀為『營』，表示經營。」[42]薛後生先生云：「『營軶』顯然與文獻常見之『還轅』意義相類，表示周游、馳騁一類的意義，縈（營）有環繞義。不過耕部字與元部字常相通。……，『縈（營）』讀為『還』好像亦可。」[43]

　　王寧先生云：

> 「縈」是纏繞義，「縈軶」即纏繞車軶。《說文・革部》：「鞃，大車縛軶靻。」……可見古代的車軶是要用繩索、皮帶之類的東西綁縛、纏裹，即所謂「縛軶」，「縈軶」亦當謂此。「鞃」是綁車軶的皮條，「靻」是纏裹車軶的皮帶，使用時間長了會鬆動、斷裂，則需要重新綁縛纏裹。所以，所謂「縈軶」當是用纏裹車軶表示維護、維修車輛的意思，即用在蔿、竽（邘）維護修理車輛表示佔領了此二國之地。[44]

　　筆者按：簡文「縈厄」整理者讀為「縈軶」是正確的，「縈」有纏繞、約束義，「軶」指車軶，駕在牛馬脖子上的器具用於駕馭牛馬。《淮南子・說山訓》：「剝牛皮，鞹以為鼓，正三軍之眾，然為牛計者，不若服於軶也。」[45]《尸子・卷下》[46]：「夷逸者，夷詭諸之裔。或勸其仕。曰：『吾譬則牛也，寧服軶以耕於野，不忍被繡入廟而為犧。』」「縈軶蔿、邘之國」是以軶加於牛馬以約束比喻武公征服蔿、邘等國。按照簡文，蔿、邘均為國名，蔿在河南孟津

---

[42] 龐壯城：〈《清華簡（陸）》考釋零箋〉，簡帛網，網址：http://www.bsm.org.cn/show_article.php?id=2537，2016年4月27日。

[43] 王寧：〈清華簡六《鄭文公問太伯》的「縈軶」「遺陰」解〉，復旦大學出土文獻與古文字研究中心網站論文，網址：http://www.gwz.fudan.edu.cn/SrcShow.asp?Src_ID=2793，2016年5月15日。引述網友回應〈清華六《鄭文公問太伯》初讀〉於43樓的發言，簡帛網-簡帛論壇。發表日期：2016年5月4日，網址：http://www.bsm.org.cn/bbs/read.php?tid=3346&page=5。

[44] 王寧：〈清華簡六《鄭文公問太伯》的「縈軶」「遺陰」解〉，復旦大學出土文獻與古文字研究中心網站論文，2016年5月15日，網址：http://www.gwz.fudan.edu.cn/SrcShow.asp?Src_ID=2793。

[45] 何寧：《淮南子集釋》（北京市：中華書局，1998年），頁1118。

[46] 〔周〕尸佼，〔清〕汪繼培輯：《尸子》（《湖海樓叢書》所收任繼培輯本，1812年），卷下，頁276。

縣東北，在成周之北，於鄭國為西北。邘國在今河南省沁陽市西北十五公里的西萬鎮邘邰村，始封君為周武王之子邘叔，地在成周東北方。《左傳·隱公十一年》記載鄭莊公以為、邘等邑與周桓王換地，從簡文可知為、邘兩國乃被鄭武公所滅。

「鄔、劉、為、邘」四地皆近成周而距鄭國較遠，後來周桓王就以不能控制的蘇忿生之田與鄭國交換此四邑，所考慮的大概就是因為地近成周，鄭國所以願意以此四邑之地與周桓王換地，蓋由於為鄔、劉、為、邘距離鄭國較遠，鄭國不便管理。按道理為、邘兩國在成周以北，距鄭國甚遠，即使武公要擴張勢力，亦無必要遠征為、邘。西周滅亡後，鄭國本立國於虢、鄶之間，至鄭武公時卻轉而遠征成周附近的邑國，遠離國都新鄭，筆者認為武公正是如程浩先生所言，肩負平王東遷成周之後屏藩周室的重任。平王剛剛東遷之時，如〈繫年〉、《竹書紀年》所言，虢公翰所立「攜王」仍在，周室正處於「二王並立」的分裂境況，即使有諸侯國選擇效忠於「攜王」也是很可能的事情。且周室經歷「周亡王九年，邦君諸侯焉始不朝于周」，周室地位下降，邦國諸侯離心，即使平王得到晉、鄭的支持東遷成周，然而一方面尚需要整頓成周一帶，以防攜王的一方的攻擊，另一方面又需要重新召集諸侯朝見周王，重建周室地位。故此想必武公征討為、邘，出就鄔、劉，其目的正如〈繫年〉所謂「正東方之諸侯」，乃以王命討不廷，以武力維持成周地區的穩定。

按照周室東遷之初的形勢，因晉文侯時期的晉國勢力尚只處於山西一帶，距離河南的成周相當遙遠，晉人至晉文侯時「焉始啟于京師」（見〈繫年〉第二章），然而晉國對成周仍然鞭長莫及，未必有能力保衛成周；據《史記》的記載，曾為周室平戎、獲平王封為公的衛武公亦於東遷成周的同年，即西元前七五八年去世。故此實際上真正具實力能挾輔東遷後的平王的人，就只有出任平王卿士的鄭武公一人而已。故此初遷成周的周室正值危難之中，而身負挾輔周室重任的武公亦可謂「陷於大難」。鄭武公不得已長時間離開鄭國國都新鄭，出就距離成周較近的鄔、劉，以就近成周，保衛平王。

至於所謂「處衛三年」，筆者認同程浩先生所主張成周東、北一帶在平王東遷之時乃衛國的勢力範圍，因為西周後期，成周附近的公侯之國，就數衛國

為大。幽王遭犬戎所害後，衛武公能率師勤王平戎，可知衛國當時具有相當的
實力。由於幽王死後，二王並立，成周附近地區的控制權很可能落到較強的衛
國手中。直到鄭莊公時期，鄭國鄭莊公「北城溫原」、「東啟隤檪」，鄭、衛交
惡，與衛國多次交戰，鄭國才把鄭、衛邊界推到更往東的河南輝縣附近。為了
捍衛成周，鄭武公進佔鄔、劉，輾轉於伊澗築城、攻伐蔿、邘等國，這幾件事
可想而知並非短時間內可以完成，故此武公需要長年累月出居鄭、衛邊境，甚
至借居衛國境內以便輔助平王，屏藩周室，因而「處於衛三年，不見其邦，亦
不見其室」。

（三）魯、衛、鄝（蓼）、蔡來見

筆者以為「魯、衛、鄝（蓼）、蔡來見」，即清華簡《繫年》所謂「鄭武公
亦政（正）東方之諸侯。」應該屬同一回事。至鄭武公時，鄭國才立國不久，
且為伯男之國，而魯、衛、蔡是東方諸侯中較為強大的公、侯國，魯、衛等諸
侯國來見的對象，想必不是鄭伯，而是周王。因為自幽王被殺後，西周滅亡，
據《繫年》的記載，周室大臣立王子餘臣於攜，稱「攜王」，申侯則立平王於
申，二王並立，「諸侯焉始不朝於周」。直到晉、鄭迎立平王即位，東遷成周
後，鄭武公身為平王卿士，其責任除了保衛王室的外，自當積極召來東方的
魯、衛、蓼、蔡諸國重新朝見周王，以鞏固平王的地位。正因為武公促成其
事，因此太伯敘述武公的功績時，才會把魯、衛、蓼、蔡來見當成是武公的
功勞。

四　結語

由於鄭國初期的歷史在傳世文獻的記載不多而且零碎，故此清華簡所見的
鄭國初期史料具有非常重要的研究價值，對於了解西周末年至春秋前期的諸侯
國形勢變化也有相當的作用，可以深入討論的問題還有許多，值得學者關注。
以上為筆者提出的幾點不成熟的意見，以求就正於方家。

敦煌寫本《孔子家語》殘卷校讀補識

蕭敬偉

香港大學中文學院講師

摘要

　　隨著與《孔子家語》內容有關的古代文獻相繼出土，學界逐漸改變自宋明以來把《家語》視為偽書的看法。近年有關《家語》研究的其中一個焦點，在於是書歷來的版本流傳。本文重新審視兩種敦煌寫本《家語》殘卷與傳世各本之異同，結合幾位現代學者所作校記，擇論其中可議之處，並試申己見。本文發現，敦煌寫本《家語》殘卷縱然有若干脫訛之誤，惟與傳世各本子相比，文字較優之處亦復不少。敦煌寫本的文獻學價值，應當受到《家語》研究者的充分重視。

關鍵詞：孔子家語、敦煌寫本、出土文獻、版本、校勘

一

　　隨著與《孔子家語》內容有關的古代文獻相繼出土，學界逐漸改變自宋明以來把《家語》視為偽書的看法。近十多年來，有關《家語》的研究日漸興盛，討論焦點不僅在於它與相關傳世古籍及出土文獻之間的關係，而且對《家語》歷來的版本流傳，也多所重視。其中幾位學者嘗對兩種敦煌寫本《家語》殘卷進行校讀，於校理《家語》文字，以及發掘有關敦煌寫本之文獻學價值上，皆取得可觀成績，然所論間或有可商榷者。本文重新審視兩種敦煌寫本《家語》殘卷[1]與傳世各本之異同，結合諸家所作校記，擇論其中可議之處，並試申己見，冀能稍有補益於《家語》文本之整理。

二

（一）此王恭嚴事天故民化之不令而行（S.1891/1）

　　偉案：是句乃王肅（195-256）注文。「此王」，今本作「以王」。寧鎮疆謂寫本實作「此至」，並云：「卷子本『此至』，全書本王注作『以王』，當以卷子本為是。有趣的是，卷子本『至』中間筆劃寫得模糊，乍一看，的確有點像『王』」[2]。然而細察寫本此一「王」字（𤣥），中間筆畫雖稍粗，仍與寫本之其他「王」字（王、王、王）大致類同，而與諸「至」字（至、至、至、至）判然有別[3]。考《家語》上文有「臣聞天子卜郊則受命于祖廟」、「卜之日，王親立于澤宮」之語，此處注文則解釋「弗命而民聽，敬之至」，

---

[1] 兩種敦煌寫本《孔子家語》殘卷分別載於中國社會科學院歷史研究所等編：《英藏敦煌文獻》（成都市：四川人民出版社，1990年），第3卷，頁170-171及俄羅斯科學院東方研究所聖彼得分所等編：《俄藏敦煌文獻》（上海市：上海古籍出版社；莫斯科：俄羅斯科學出版社東方文學部，2000年），第14冊，書前彩頁及頁295。

[2] 寧鎮疆：〈英藏敦煌寫本《孔子家語》校記〉，《孔孟學報》第86期（2008年9月），頁132。

[3] 諸字形俱見中國社會科學院歷史研究所等編：《英藏敦煌文獻》，第3卷，頁170上。

「王」顯然乃「恭嚴事天」之主語，並與下文「民化之」之「民」相對。若從寧說作「此至恭嚴事天」，反為不辭。今本王注「王」字實不誤。至於「此至」之「此」，今本王注作「以」，或因「此」、「以」二字形近而訛（寫本「此」作 ，「以」作 、 、 [4]）。惟作「此」作「以」，於王注皆可通，故可以異文存之。

（二）斾十有二遊龍章而設日月……冕藻十有二流（S.1891/1）

　　寫本「斾」字，傳世眾本皆作「旂」，寫本所書當為俗字。趙燦良、屈直敏、鄔可晶徑錄作「旂」。[5]寧鎮疆謂「卷子本之『斾』，全書本作『旗』」[6]，「旗」字恐屬誤植。「設」字後，《四部叢刊》本[7]、王廣謀本[8]、劉祥卿家刻本[9]、何孟春（1474-1536）本[10]、風月宗智刊本[11]、《四庫全書》本[12]皆有「以」字，而景宋蜀本無，與寫本同。[13]屈直敏所錄敦煌寫本誤衍「以」字。[14]「冕」，眾本作「冕」。潘重規先生（1908-2003）《敦煌俗字譜》收錄「冕」字

[4] 見中國社會科學院歷史研究所等編：《英藏敦煌文獻》，第3卷，頁170上。

[5] 見趙燦良：〈《孔子家語》研究〉（長春市：吉林大學歷史學碩士論文，2007年），頁77；屈直敏：〈敦煌寫本《孔子家語》校考〉，《敦煌學》第27輯（2008年2月），頁66；鄔可晶：《《孔子家語》成書考》（上海市：中西書局，2015年），頁171。

[6] 寧鎮疆：〈英藏敦煌寫本《孔子家語》校記〉，頁133。

[7] 王肅注：《孔子家語》，《四部叢刊初編》（上海：上海書店據商務印書館1926年縮印江南圖書館藏明覆宋刊本重印），第55冊。

[8] 王廣謀：《標題句解孔子家語》，域外漢籍珍本文庫編纂出版委員會編：《域外漢籍珍本文庫》，第2輯，子部（重慶：西南師範大學出版社；北京：人民出版社印日本東京大學東洋文化研究所藏日本慶長四年（1599）活字印本，2011年），第1冊。

[9] 佚名：《新編孔子家語句解》，《續修四庫全書·子部·儒家類》（上海：上海古籍出版社據北京圖書館藏元至正二十七年（1367）清泉劉祥卿家刻本影印），第931冊。

[10] 何孟春注：《孔子家語》，《四庫全書存目叢書·子部·儒家類》（臺南縣柳營鄉：莊嚴文化事業有限公司印中國歷史博物館藏明正德十六年（1521）刻本），第1冊。

[11] 王肅注：《孔子家語》（日本元和活字本，日本寬永十五年（1638）風月宗智刊本）。

[12] 王肅注：《孔子家語》，《景印文淵閣四庫全書·子部·儒家類》（臺北：臺灣商務印書館，1985年），第695冊。

[13] 寧鎮疆：〈英藏敦煌寫本《孔子家語》校記〉（頁133）、鄔可晶：《《孔子家語》成書考》（頁172）。俱謂《四庫全書》本「設」後無「以」字，不確。

[14] 見屈直敏：〈敦煌寫本《孔子家語》校考〉，頁66。案：此點鄔可晶亦已指出。

俗體作「冤」、「寃」[15]，前者正與寫本同。[16]「藻」，眾本作「藻」或「璪」，屈直敏據《干祿字書》，指出「藻」乃「藻」之俗字，又謂「藻」與「璪」通，皆可從。[17]寫本「遊」、「流」二字，王廣謀本、何孟春本、劉祥卿家刻本前者作「斿」，後者作「旒」，景宋蜀本[18]、《四部叢刊》本、風月宗智刊本、《四庫全書》本則二字皆作「旒」，與《禮記·郊特牲》同[19]。案《玉篇·㫃部》云：「斿，旌旗之末垂。一作游。」「旒，旌旗上綴垂者。」[20]《集韻·尤韻》「力求切」小韻云：「旒，旌旗之斿。或作斿、游。」[21]「夷周切」小韻云：「遊，《說文》：『旌旗之旒也。』或省。」[22]則寫本「斿十有二遊」之「遊」，又可寫作「斿」、「旒」、「游」。惟《說文·㫃部》云：「游，旌旗之流也，从㫃、汓聲。𐅿，古文游。」段玉裁（1735-1815）《注》云：「流，宋本同，《集韻》、《類篇》乃作旒，俗字耳。旗之游，如水之流，故得偁流也。……（古文游）从辵者，流行之義也；从孚者，汓省聲也。俗作遊者，合二篆為一字。」[23]則知「遊」實「游」之俗字（「旒」亦「流」之俗字）。除「旌旗之末垂」外，「旒」又有「冕飾」一義。《廣韻·尤韻》「力求切」小韻云：「瑬，《說文》曰：『垂玉也，冕飾。』今典籍用旒。」[24]「藻十有二流」之「流」，即屬此義。《家語》眾本所作之「旒」，於典籍通用；敦煌寫本作「流」，或因音同而混用，或乃「瑬」之省形。「斿十有二遊」之「遊」與「藻十有二流」之「流」意義既有別，故寫本書作異字，疑是早期或原始本

---

[15] 見潘重規主編：《敦煌俗字譜》（臺北市：石門圖書公司，1978年），頁19下。

[16] 另參寧鎮疆：〈英藏敦煌寫本《孔子家語》校記〉，頁133-134。案：寧文所錄寫本「冤」字誤作「寃」。

[17] 見屈直敏：〈敦煌寫本《孔子家語》校考〉，頁69。

[18] 王肅注：《景宋蜀本孔子家語（附劉世珩（1875-1926）〈札記〉）》（上海：錦章圖書局，1902年）。

[19] 〔東漢〕鄭玄注、〔唐〕孔穎達疏：《禮記正義》，卷26，《十三經注疏（整理本）》（北京市：北京大學出版社，2000年），頁932下。

[20] 〔南朝〕顧野王撰、〔唐〕孫強（活躍於7世紀）加字、〔宋〕陳彭年等重修：《大廣益會玉篇》（臺北市：新興書局，1968年），頁247。

[21] 〔宋〕丁度等編：《宋刻集韻》（北京市：中華書局，1989年），頁76上。

[22] 同前註，頁75上。

[23] 丁福保編：《說文解字詁林》（北京市：中華書局，1988年），第8冊，頁6919上。

[24] 余迺永校注：《新校互註宋本廣韻》（上海市：上海辭書出版社，2000年），頁203。

子有意為之；王廣謀本、何孟春本等分別作「斿」、「旒」，很可能屬早期寫本之孑遺；景宋蜀本、《四部叢刊》本等兩處皆作「旒」，則可能是因後來傳抄者據《禮記》改寫之結果。寧鎮疆認為寫本「遊」之本字當從《四庫全書》作「旒」，恐可商榷；又謂「『遊』與『旒』二字音形皆近，卷子本抄寫較隨意，後面第八行又寫作『流』，可見一斑」[25]，說法也欠說服力，並未審「遊」、「流」二字於《家語》前後意義有別。

（三）無度則小者偷隨奢侈靡（S.1891/1）

「奢」，寧鎮疆謂「可能是『者』之誤。全書本此處作『大者』，卷子本漏掉『大』。」[26]各本作「大者」，與上文「小者」相對。寫本作「奢」，顯然乃誤合「大者」二字為一字，並涉下文「侈」字而誤。[27]「偷隨」，景宋蜀本、《四庫全書》本、范家相（1715?-1769）[28]《家語證偽》本[29]作「偷惰」，《四部叢刊》本、風月宗智本作「偷盜」，陳士珂《疏證》本[30]作「竊盜」。屈直敏認為「當作『偷惰』為是」，「寫卷作『隨』字，蓋形近而誤」。[31]寧鎮疆則謂「卷子本『隨』當作『隋』，通『惰』。全書本即為『惰』，《大戴禮記》作『墮』，亦近之，而叢刊本作『盜』，則係妄改。」[32]案《大戴禮記·盛德》：「無度量則小者偷墮，大者侈靡而不知足。」[33]別本作「偷惰」。論者或以為「墮」乃「惰」之訛字，方向東則認為「墮、惰通用，不必改字。」[34]蕭旭據

---

25 寧鎮疆：〈英藏敦煌寫本《孔子家語》校記〉，頁133。

26 同前註，頁135。

27 屈直敏〈敦煌寫本《孔子家語》校考〉（頁69）、鄔可晶《《孔子家語》成書考》（頁174）皆已指出寫本之誤。

28 范家相生卒年，據陳鴻森先生所著：〈清代學術史叢考〉，載《大陸雜誌》第87卷第3期（1993年9月），頁8。

29 范家相：《家語證偽》，鍾肇鵬選編：《續百子全書》（北京：北京圖書館出版社印清光緒十五年（1889）會稽徐氏鑄學齋刻本，1998年），第3冊。

30 陳士珂輯：《孔子家語疏證》，《諸子集成補編》（一）（成都：四川人民出版社據三餘草堂湖北叢書本印，1997年）。

31 屈直敏：〈敦煌寫本《孔子家語》校考〉，頁69。

32 寧鎮疆：〈英藏敦煌寫本《孔子家語》校記〉，頁135。

33 〔清〕王聘珍（活躍於18世紀）：《大戴禮記解詁》（北京市：中華書局，1983年），頁143。

34 以上參方向東：《大戴禮記匯校集解》（北京市：中華書局，2008年），頁832-833。

此進一步指出「隨」、「墮」皆可讀為「惰」，不必視寫本之「隨」為誤字。[35]
案《說文‧心部》云：「憜，不敬也，从心、墮省。……惰，憜或省阜。」徐
鍇（920-974）《繫傳》作「從心、隋聲」，段玉裁《注》亦云：「此當云隋聲
也。」[36]則知「惰」本作「憜」，與「隨」、「墮」同諧「隋」聲。此三字古韻
同屬歌部，「惰」、「墮」聲母屬定紐，「隨」屬邪紐，[37]音近可相通假，[38]故知
寫本作「隨」實不誤。由此可知《四部叢刊》本、風月宗智本所作「偷盜」，
「盜」當屬誤字；[39]陳士珂《疏證》本所作「竊盜」，或涉《家語‧五刑解》
上文「凡民之為姦邪竊盜靡法妄行者」而誤，則與原本差距更大。

（四）喪祭之礼有犯弒上之獄者則餝朝覲之礼（S.1891/3）

王廣謀本、何孟春本、劉祥卿家刻本無此句，景宋蜀本、《四部叢刊》
本、風月宗智刊本、《四庫全書》本「弒」作「殺」，陳士珂《疏證》本作
「弒」。寫本上文另有「試上者」、「試上之獄」兩例，[40]景宋蜀本、《四部叢
刊》本、風月宗智刊本、《四庫全書》本「試」作「殺」，王廣謀本、何孟春
本、劉祥卿家刻本、陳士珂《疏證》本作「弒」。此處之「弒」當為「弒」之俗
體，屈直敏、鄔可晶迻錄寫本作「弒」[41]。從文義上看，諸例亦當以作「弒」
較優。

另案：趙燦良校讀寫本有關文句，謂「抄寫者誤抄了下一行文字，抄寫者
在一邊補有校對文字：『喪祭之禮有犯殺上之獄□』，後一字已經看不清，當
是抄寫者沒有改完就不了了之。」[42]寧鎮疆亦有類似說法，並因而對寫本抄手

---

35 見蕭旭：《群書校補》（揚州市：廣陵書社，2011年），頁1261。

36 丁福保編：《說文解字詁林》，第11冊，頁10430。

37 參郭錫良：《漢字古音手冊（增訂本）》（北京市：商務印書館，2011年），頁53及236。

38 錢玄同提出「邪紐古歸定」說，陳新雄先生認為「幾近於定論者矣」（見陳新雄：《古音研究》〔臺
北市：五南圖書出版公司，1999年〕，頁601），竺家寧先生則謂「邪母字在上古的發音和定母字是
近似的，所以能在文字上和經籍資料上表現出相通的痕迹」（見竺家寧：《聲韻學》〔臺北市：五南
圖書出版公司，1992年〕，頁567）。

39 鄔可晶亦云：「明覆宋本『盜』為誤字，可以定讞。」見《孔子家語》成書考》，頁180。

40 見中國社會科學院歷史研究所等編：《英藏敦煌文獻》，第3卷，頁170下。

41 見屈直敏：〈敦煌寫本《孔子家語》校考〉，頁67；鄔可晶：《《孔子家語》成書考》，頁173。

42 趙燦良：《《孔子家語》研究》，頁79。

作出嚴厲批評。寧氏云：「……最明顯的一處是43行『朝觀』前有抄漏，抄手也注意到了，因此在旁邊用小字將抄漏的字補出為『喪祭之禮，有犯□』，末一字模糊不可識，但參以今本，此處應補出的文句為『喪祭之禮，有犯殺上之獄者，則飭』，也就是說，寫本所補並不完整。究其原因，大概是由於寫本所補末一字已抵一行最底端，再無空隙可寫，遂不了了之。此等敷衍，若非親見，真是難以置信。就此寫本之錯字及抄寫失謹而言，它又不如今本。」[43] 又認為抄手此誤，「實不負責任之至」。[44] 考諸寫本有關部分，確如寧氏所說有漏抄及補抄之情況，惟抄手以小字補出「喪祭之礼有犯弒上之獄者則飭」十三字，實與上下文緊密相接，並無如趙、寧二氏所言之遺漏；只是抄手補寫至「犯」字時，字旁空間不敷應用，遂於該行底部空間繼續補完。[45]（參圖一）查趙燦良所據敦煌寫本圖版，乃王重民先生（1903-1975）原編、黃永武先生新編之《敦煌古籍敘錄新編》[46]，寧鎮疆所據者，則是黃永武先生主編之《敦煌寶藏》。[47] 此二書所收載之《家語》寫本屬同一圖版，於上述有關文句之冊頁，不慎裁去補抄於底部之文字，遂容易令讀者誤以為寫本文句不全，是抄寫者敷衍了事所致。（參圖二）因此，寧鎮疆根據此一不完整之寫本圖版，對抄手之抄寫水平和態度，以至對敦煌寫本之批評，其實皆不能成立。

43 寧鎮疆：〈英藏敦煌寫本《孔子家語》的初步研究〉，《故宮博物院院刊》2006年第2期（總第124期，2006年3月），頁138-139。

44 寧鎮疆：〈英藏敦煌寫本《孔子家語》校記〉，頁139。

45 見中國社會科學院歷史研究所等編：《英藏敦煌文獻》，第3卷，頁171上。

46 王重民原編、黃永武新編：《敦煌古籍敘錄新編》（臺北市：新文豐出版公司，1986年），卷3，頁7。

47 黃永武主編：《敦煌寶藏》（臺北市：新文豐出版公司，1985年），第14冊，頁351。

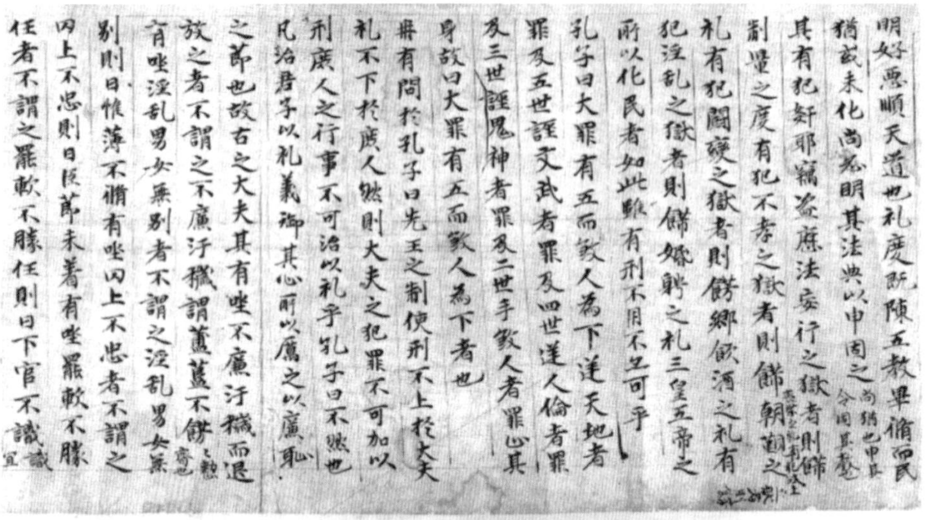
明好惡順天道也礼度既陳五教畢脩而民
猶或未化尚忿明其法典以中國之
其有犯姧邪竊盜靡法妄行之獄者則飾
制量之度有犯不孝之獄者則飾朝覲之
礼有犯闘變之獄者則餝鄉飲酒之礼有
犯淫乱之獄者則餝婚聘之礼三皇五帝之
所以化民者如此雖有刑不用不亦可乎
孔子曰大罪有五而殺人為下逆天地者
罪及五世誣文武者罪及四世逆人倫者罪
及三世誣鬼神者罪及二世手殺人者罪止其
身故曰大罪有五而殺人為下者也
冉有問於孔子曰先王之制使刑不上於大夫
礼不下於庶人然則大夫之犯罪不可加以
刑庶人之行事不可治以礼乎孔子曰不然也
凡治君子以礼義御其心所以厲之以廉恥
之節也故古之大夫其有坐不廉汙穢而退
放之者不謂之不廉汙穢謂簠簋不飾
有坐淫乱男女無別者不謂之淫乱男女無
別則曰帷薄不脩有坐罔上不忠者不謂之
罔上不忠則曰臣節未著有坐罷軟不勝
任者不謂之罷軟不勝任則曰下官不職

S.1891 /3

圖一　採自《英藏敦煌文獻》第3卷，頁171

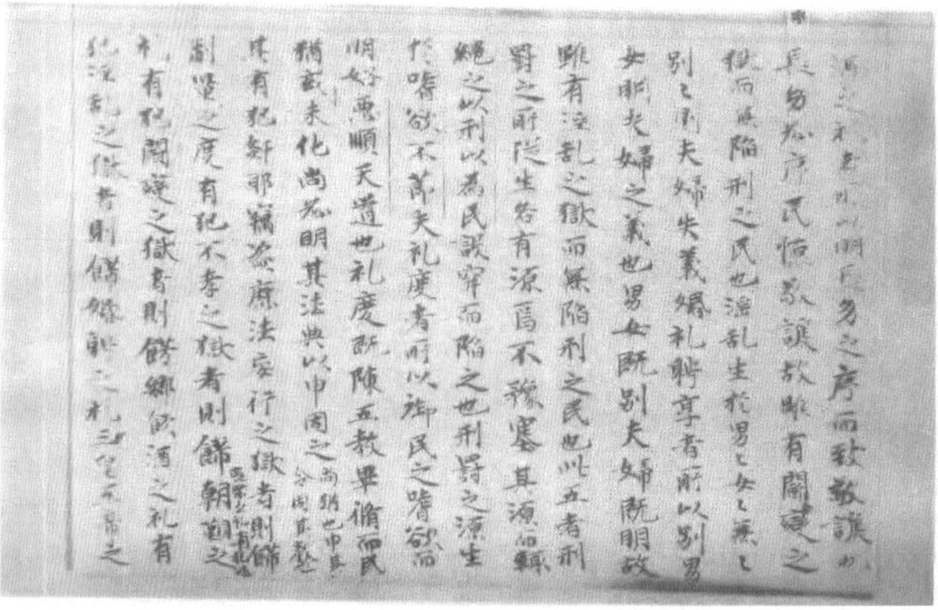
民易為序民恬敬讓故雖有鬪變之
獄而無陷刑之民也淫乱生於男女無別
別則夫婦失義婚礼聘享者所以別男
女明夫婦之義也男女既別夫婦既明故
雖有淫乱之獄而無陷刑之民也此五者刑
罰之所從生各有源焉不豫塞其源而輒
繩之以刑以為民設穽而陷之也刑罰之源生
於嗜欲不節夫礼度者所以御民之嗜欲而
明好惡順天道也礼度既陳五教畢脩而民
猶或未化尚忿明其法典以中國之
其有犯姧邪竊盜靡法妄行之獄者則飾
制量之度有犯不孝之獄者則飾朝覲之
礼有犯闘變之獄者則餝鄉飲酒之礼有
犯淫乱之獄者則餝婚聘之礼三皇五帝之

圖二　採自《敦煌寶藏》第14冊，頁351

（五）帷薄不修（S.1891/3）

「帷薄」，傳世諸本多作「帷幕」，惟《群書治要》所錄《家語》與寫本同[48]。案《爾雅・釋宮》：「屋上薄謂之筄。」郝懿行（1757-1825）《義疏》云：「薄即簾也。」[49]僖公二十三年《左傳》載曹共公聞晉公子重耳駢脅，欲觀其裸，俟其浴，「薄而觀之」。楊伯峻《春秋左傳注》云：「薄即《晉語四》之『微薄』，亦即帷薄，今之簾也。」[50]另《正字通・竹部》云：「簿，簾簿。亦作箔。」[51]故知「帷薄」之「薄」或從「竹」，亦作「箔」。范家相《家語證偽》作「帷簿」，大致與寫本同；何孟春本作「帷幕」，注云：「幕，一作箔。」[52]則知何孟春所見別本，另有作「帷箔」者，亦略同於寫本。賈誼（前200-前168）《新書・階級》載有與《家語・五刑解》此部分之相關內容，而一本作「帷薄」[53]，一本作「帷箔」[54]，情況恰與《家語》相同。由此可知《家語》早期本子或當如敦煌寫本作「帷薄」，後來經歷輾轉傳抄，方改作「帷幕」，可見敦煌寫本似乎確能反映《家語》早期面貌。

（六）知其必賤而讎之（Дx10464）

與俄藏敦煌寫本此句相關者，景宋蜀本、《四部叢刊》本、風月宗智刊本、《四庫全書》本作「賢者知其不用而怨之，不肖者知其必己賤而讎之」。鄔可晶認為今本上句作「不用」、下句作「必己賤」，文不相對，故應如寫本作

---

48 見〔唐〕魏徵等編，尾崎康、小林芳規解題：《群書治要》（東京都：古典研究會、汲古書院影印宮內廳書陵部藏金澤文庫本，1989年），第1冊，頁650。

49 朱祖延主編：《爾雅詁林》（武漢市：湖北教育出版社，1996年），頁1834上。

50 楊伯峻：《春秋左傳注（修訂本）》（北京市：中華書局，1990年），頁407。

51 〔明〕張自烈、廖文英編，董琨整理：《正字通》（北京市：中國工人出版社，1996年），頁808下。

52 〔明〕何孟春注：《孔子家語》，《四庫全書存目叢書》（臺南縣：莊嚴文化事業公司印中國歷史博物館藏明正德十六年刻本），子部儒家類，第1冊，頁55上。

53 〔明〕程榮校輯：《漢魏叢書》（上海市：商務印書館印涵芬樓影印明刊本，1925年），第22冊，頁8b。

54 〔西漢〕賈誼：《新書》，《四部叢刊初編・子部》（上海市：上海商務印書館縮印江南圖書館藏明正德長沙刊本，1936年），第73冊，頁21上。

「必賤」、無「己」字者為是。[55] 惟《群書治要》所錄《家語》上句作「不己用」，反映《家語》早期本子可能本即如此，「己」字或乃於後來傳刻時脫掉。[56] 從文義而言，下句若無「己」字，則「賤」之對象便不清晰，故應是寫本脫「己」字，而非今本衍「己」字。[57]《說苑・尊賢》此句作「賢者知其不己用而怨之，不肖者知其賤己而讎之」[58]，與《家語》比較，上句同於《群書治要》所錄本子，下句則近於今之眾本，是亦可為敦煌寫本下句脫「己」字之旁證。（案：何孟春本《家語》此兩句與《說苑》全同，而與《家語》其他本子相異，頗疑何本此處乃襲用《說苑》。）

（七）遠罪戾（Дх10464）

寫本此句之「戾」字，景宋蜀本、《四部叢刊》本、劉祥卿家刻本、風月宗智刊本、《四庫全書》本作「疾」，王廣謀本、何孟春本作「戾」。《群書治要》不同本子收錄此句亦有差異：宛委別藏日本天明（1781-1788）刻本作「疾」[59]，金澤文庫藏鎌倉時代寫本作「戾」[60]。屈直敏舉出《藝文類聚》、《太平御覽》引《家語》作「戾」，可證寫本不誤。[61] 除屈文所舉外，唐宋類書作「戾」者，尚有《記纂淵海・政事部之一・摠論政事》及《類說》所載《家語・問政》。[62]

---

55 鄔可晶：《〈孔子家語〉成書考》，頁194。

56 見〔唐〕魏徵等編，尾崎康、小林芳規解題：《群書治要》，第1冊，頁630。案：根據是書〈凡例〉及尾崎康〈解題〉（分別見《群書治要》第1冊頁4及第7冊頁471-478），此本為鎌倉時代日本僧人寫本，底本淵源於唐高宗時代寫本。另參王文暉：〈俄藏敦煌寫本《孔子家語》殘卷再探〉，《敦煌研究》2012年第4期（總第134期），頁95。

57 屈直敏〈敦煌寫本《孔子家語》校考〉亦謂《家語》此句「據上下文當作『知其必己賤』為是」。（見頁72）

58 見左松超：《說苑集證》（臺北市：國立編譯館，2001年），頁536。

59 見〔唐〕魏徵等編：《群書治要》，《續修四庫全書・子部・雜家類》（上海市：上海古籍出版社據宛委別藏日本天明刻本影印），第1187冊，頁128下。

60 見〔唐〕魏徵等編，尾崎康、小林芳規解題：《群書治要》，第1冊，頁631。

61 屈直敏：〈敦煌寫本《孔子家語》校考〉，頁73

62 據何志華、朱國藩：《唐宋類書徵引〈孔子家語〉資料彙編》（香港：香港中文大學中國文化研究所，2009年），頁66。

　　另案：王文暉錄敦煌寫本此句作「遠罪疾」，又云：「『罪疾』，日本古寫本《群書治要》（偉案：指金澤文庫藏鎌倉時代寫本）同。」[63]王文又引錄「罪疾」一詞於《尚書》、《周禮》、《禮記》鄭玄注等古籍中之用例，認為「罪疾」即災禍，故《家語》作「遠罪疾」亦可通。[64]惟屈直敏、鄔可晶已先後指出，敦煌寫本原來確書作「疾」，但其後校對者用朱筆塗改作「戾」，而作「疾」者蓋因形近而誤。[65]此改動於《俄藏敦煌文獻》所載黑白圖版中不易察覺，而從書前彩頁則清晰可見（見圖三）：

圖三　採自《俄藏敦煌文獻》第14冊，書前彩頁

　　王文所錄寫本作「疾」，可能是因作者未核彩頁，僅據黑白圖版抄錄而不察校對者已作校改所致。鄔可晶又指出與《家語‧賢君》此章內容相若之《說苑‧正諫》作「無事則遠罪，遠罪則民壽」，「罪戾」與「罪」同義，而「疾」則無「罪」義，藉以證明《家語》當從敦煌寫本作「罪戾」為是。[66]因此，即使「罪疾」可通，《家語》此處仍以作「罪戾」較切合文意。

三

　　上博楚竹書《民之父母》、河北定縣漢簡《儒家者言》和北大漢簡《儒家說叢》等近世出土的簡帛文獻，因與今本《孔子家語》部分內容相合，引起學術界重新關注今本《家語》的真偽和成書年代等問題。本文所討論的兩種敦煌寫本《家語》殘卷，則為我們弄清《家語》早期本子的面貌，提供了不少寶貴

---

63 見王文暉：〈俄藏敦煌寫本《孔子家語》殘卷再探〉，頁94。

64 同前註。

65 見屈直敏：〈敦煌寫本《孔子家語》校考〉，頁73；鄔可晶：《孔子家語》成書考〉，頁197。

66 鄔可晶：《孔子家語》成書考〉，頁197。

的線索。從本文所論各條可見，敦煌寫本《家語》殘卷縱然有若干脫訛之誤，惟與傳世各本子相比，文字較優之處亦復不少。敦煌寫本的文獻學價值，應當受到《家語》研究者的充分重視。

甲骨卜辭祭祀動詞句三賓語研究
——運用當代句法理論研究祭祀動詞後名詞性成份的歸屬問題[1]

謝春玲

香港中文大學雅禮中國語文研習所前高級講師

摘要

在甲骨文句法研究領域，學者們把祭祀動詞後有三個名詞性成份的句式稱為三賓語句。「三賓語」說的核心是主張把祭祀動詞後面三個名詞性成份看作是祭祀動詞的賓語。本文根據普遍語法投影原則，運用空語類理論及格語法理論對祭祀動詞後面三個名詞性成份的歸屬進行了分析，求證出給祭祀對象名詞指派格位的是介詞；給祭祀用牲名詞指派格位的是輕動詞「用」或用牲法動詞。如果這些指派成份沒有出現，說明這個位置出現了空介詞或空動詞，據此否定了「三賓語」說。

關鍵詞： 祭祀動詞、三賓語、格位指派、空語類

1 　此文原題為《甲骨卜辭祭祀動詞句三賓語研究——運用空語類理論研究祭祀動詞後NP成分的歸屬問題》，曾在第一屆語言學與漢語教學國際論壇（加州大學戴維斯分校）宣讀。

一　關於三賓語的論爭

甲骨卜辭中有很多如下所列的句子：

（1）甲申卜，禦婦鼠妣己二牝牡？（合19987）

　　譯：為婦鼠（人名）用二牝牡（祭牲）向妣己（先祖神）行禦祭。

（2）壬子卜，禱禾示壬牢？（合33333）

　　譯：為了收成用牢（專供祭祀圈養的牛）向示壬（先祖神）祈求好收成。

句（1）中的「禦」是一個祭祀動詞，表示禳除災禍，其後有「婦鼠」、「妣己」、「牝牡」三個名詞；句（2）中的「禱」也是祭祀動詞，其後有「禾」（收成）、「示壬」（先祖神）和「牢」三個名詞。一直以來，學者們把這類祭祀動詞後有：（一）祭祀的原因，（二）祭祀的對象，（三）祭祀所用牲，三類名詞性成份的句式稱為「三賓語句」。

首先提出「甲骨文三賓語」這個基本概念的是周國正（1983）。之後，陳初生（1991）、沈培（1992）、楊逢彬（1998）、張玉金（2001）、時兵（2002）、喻遂生（2002）、鄭繼娥（2007）和齊航福（2010）等學者都對三賓語句做過研究[2]，也都把祭祀動詞後面三個名詞性成份看作是祭祀動詞的賓語。

對「甲骨卜辭三賓語」說提出異議的大致有以下幾個觀點：

---

[2] 周國正：《卜辭兩種祭祀動詞的語法特徵及有關句子的語法分析》，《古文字學論集》（香港：香港中文大學出版社，1983年），頁238；陳初生：〈論上古漢語動詞多對象語的表述法〉，《中國語文》第2期，1991年，頁133-138；沈培：《殷墟甲骨卜辭語序研究》（臺北市：文津出版社，1992年）；張玉金：《甲骨文語法學》（上海市：學林出版社，2002年），頁209；時兵：《古漢語雙賓結構研究》（合肥市：安徽大學博士論文，2002年），頁41；喻遂生：〈甲骨文單個祭祀動詞句的轉換和衍生〉，載《甲金語言文字研究論集》（成都市：巴蜀書社，2002年），頁110；喻遂生：〈甲骨文雙賓語句〉，載《甲金語言文字研究論集》（成都市：巴蜀書社，2002年），頁132；鄭繼娥：《甲骨文祭祀卜辭語言研究》（成都市：巴蜀書社，2007年），頁82；齊航福：〈殷墟甲骨文賓語語序研究〉（北京市：首都師範大學博士論文，2010年），頁166。

（一）「三重輕動結構」移位

馮勝利（2005）運用形式句法分析理論提出，甲骨文「三賓語」現象可以看作是「三重輕動結構」的移位結果[3]。馮把上例（2）解讀為：「向示壬用牢求」（禱）[4]，並認為，三賓語句是輕動詞「求」及其賓語移到「用」，再移到「向」位置的結果，亦即：

[向]示壬　[用]牢　[求　禾][5]

馮既提出此類句式是「三重輕動結構」，實際上已經否定了祭祀動詞後三個名詞性成份均為祭祀動詞的賓語，即「三賓語」這一論說了。

（二）原因賓語為補語

徐志林（2009）從否定三賓語中的「原因賓語」入手否定三賓語。他提出為誰而行祭的「誰」這個「原因賓語」實際上是補語，並指出：「從邏輯角度看，『事件』（按：指祭祀）本身是決定不了它的前提條件的，也就是說，『事件』中的核心動詞（按：指祭祀動詞）是不掌控（支配或影響）所謂『原因語義角色』的。因此從理論上看，把『原因』語義角色當成是『賓語』是得不到理論支持的。」[6]對此，喻遂生反駁說：「其實所謂原因賓語，實際上是動詞為之發出、為之服務的對象，古漢語語法書一般稱作為動賓語。」[7]並稱「即使質疑三賓語中人事賓語（或稱原因賓語）的學者，並未對單賓語為動賓語句的

3　馮勝利：〈從古人誤讀看上古漢語的輕動詞句法〉，載《歷史語言學研究》第8輯，頁30。

4　「求」甲骨文作「𠦪」。周國正（1983）、趙誠（2000）、王宇信、楊升南（2004）等釋「求」；沈培（1992）依據冀小軍《說甲骨金文中表乞求義的𠦪字——兼談𠦪字在金文車飾名稱中的用法》一文所釋，讀為「禱」，張玉金（2002）、時兵（2002）、鄭繼娥（2004）等也釋「禱」。本文取冀氏所釋讀為作「禱」。

5　同前註2。

6　徐志林：〈甲骨卜辭中三賓語問題的反思〉，《江西師範大學學報》2009第6期，頁60-66。

7　喻遂生：〈甲骨文三賓語句答客難〉，載何志華、馮勝利主編：《承繼與拓新——漢語語言文字學研究》（香港：商務印書館），頁446。

合法性表示過懷疑。」[8]謝春玲（2013）也從語義分析的角度論證了能夠帶原因賓語的甲類祭祀動詞就是原因賓語的支配者。[9]

（三）予類雙賓語句和取類雙賓語糅合

喻遂生的學生黃勁偉寫了〈甲骨文中真的有三賓語句嗎？〉（2011）[10]一文，運用認知語言學的「概念像似性原理」對三賓語句的「事件類型」進行分析，證明典型的祭祀事件由向神祇敬獻祭品（予）和從神祇處得到福佑（取）兩個事件結構緊縮而成，因此三賓語句並不是一個句子，也不是一個動詞帶有三個賓語，而是予類雙賓語句和取類雙賓語句兩個句子的併合，甲骨文三賓語句不是合法的自然語言，從而得出甲骨文三賓語句不能成立的結論。喻遂生為此又作一文〈甲骨文三賓語句答客難〉，堅定地捍衛「三賓語」說。在反駁祭祀動詞與祭祀緣由和服務對象的關係並非取類雙賓句的直接賓語這一觀點時，喻文言之成理。但他以祭祀事件必然會關涉受事（神祇）、與事（祭祀的服務對象）、工具（祭品）三項為據，得出「三賓語句自然就產生了」的結論，卻缺乏理論分析的依據，難以服人。

一個有趣的現象是，不論是「三賓語」說、「三重輕動結構移位說」、「予類雙賓語句和取類雙賓語糅合說」還是「祭祀關涉事項說」，論爭各方對上列例（1）（2）的解讀都如出一轍，顯示出無論對表層結構作何解釋，爭論各方對表層所謂三賓語句式的深層結構解讀趨同是不爭的事實。喻文把對「三賓語」這類祭祀動詞句的釋譯提煉為「為某人某事用祭品向某神進行祭祀」。[11]這一「解讀趨同」無疑成為下文重構三賓語深層（以下稱D-結構）結構的重要依據。

8　同前註，頁448-449。

9　謝春玲：《殷墟甲骨刻辭空語類研究》（廣州市：廣東教育出版社，2013年），頁70-73。

10　黃勁偉：〈甲骨文中真的有三賓語句嗎？〉（天津市：南開大學國際中國語言學會第19屆年會論文，2011年6月）。

11　喻遂生：〈甲骨文三賓語句答客難〉，何志華、馮勝利主編：《承繼與拓新——漢語語言文字學研究》，頁446。

二 解構「三賓語」結構的理論依據

（一）格位過濾原則

　　根據普遍語法的投影原則，句法結構在各個層次上的表達式都是從詞庫投射而來的，也就是在深層D-結構、表層（以下稱S結構）結構和邏輯形式中都必須同樣遵守句子中詞彙搭配限制原則，句子的基本結構成份（數量多少、組合方式）就是該句子的動詞論元結構的「投影」。普遍語法理論中還有一條約束名詞短語的語法原則，就是格位過濾原則。這個原則規定，在任何句子中，凡是具有語音形式的名詞短語都必須賦有格位。根據這個原則，如果一個名詞短語（NP）有詞彙形式（不包含沒有詞彙形式的名詞性空語類），但沒有得到格位指派的話，就不合法。也就是說，不管是什麼句法結構，只要有名詞短語，那個名詞短語就必須符合格位過濾原則的要求，也即每一個名詞或者名詞短語必須被指派格位，否則整個句子就不能成立。

　　正如黃勁偉說的，「甲骨文祭祀動詞句也不應該例外。『三賓語句』中三個賓語對應的名詞性成份必須一一賦格，即每個論元必須在句法層面上獲得格位指派……」[12]

（二）空語類理論

　　從S結構來看，在所謂的三賓語句中，「某些位置裏的成分可能移了出去，但那些位置一定還在，只是由空語類佔據了而已。」[13]下圖是用樹形圖展示馮勝利對（2）「禱禾示壬牢」句式輕動詞移位的過程。

---

[12] 喻遂生：〈甲骨文三賓語句答客難〉，載何志華、馮勝利主編：《承繼與拓新──漢語語言文字學研究》（上），頁452。

[13] 石定栩：《喬姆斯基的形式句法──歷史進程與最新理論》（北京市：北京語言大學出版社，2002年）。

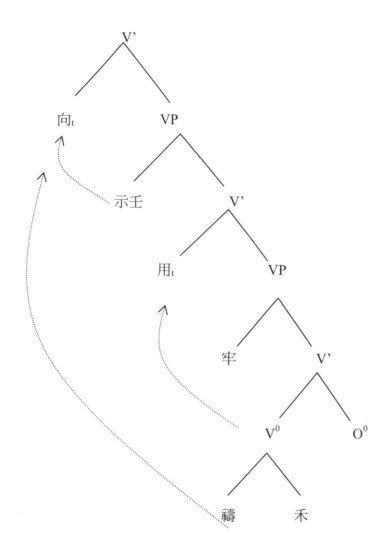

　　圖中所示核心詞「禱」（馮文作「求」）及其所帶的賓語從底層首先移向輕動詞「用」的位置，再移向另一個輕動詞「向」的位置，構成「禱禾示壬牢」的所謂三賓語句式。而促發這種移位的原因，馮勝利指出：「漢語的介詞是輕動詞（參馮勝利，2005），這裏的句法移位叫：『無音輕動詞促發的核心詞移位』」[14]所謂「無音輕動詞」，就是當代句法理論的「空語類」。圖中「用」和「向」的位置都出現語跡「t」，即出現了空語類，而這兩個位置正是給祭祀對象和祭祀所用性兩類名詞性成份指派賓格的論元所在的位置，在所謂的「三賓

14　馮勝利：〈漢語教學中的語法與操練〉，《漢語國際傳播研究》，2014年第2輯。

語」結構中，它們雖然無語音形式，但仍佔據著那個位置，擔當著句法作用。擔當什麼句法作用呢？就是給祭祀對象和祭祀所用牲兩類名詞性成份指派賓格。「格位過濾原則」和「空語類」理論正是本文解構三賓語句的理論依據。

三　重構「三賓語」句D-結構的事實（甲骨文語料）依據

在格語法理論和空語類理論框架下，本文只求證，在甲骨刻辭中，一、是否存在引入祭祀對象的「向」等介詞；二、在表示祭祀所用牲的名詞性成份前是否存在輕動詞「用」或其他可以支配這類名詞的動詞。如果能找出給祭祀事件中所關涉的緣由、對象和祭牲三類名詞性成份指派格位的論元，證明三賓語句三個名詞性成份各有其主，「三賓語說」便不攻自破了。

祭祀動詞與其後的名詞成份構成什麼關係呢？

先看與原因賓語的關係。祭祀動詞與表示原因的名詞性成份一般存在以下不同的關係：

a. 一般動賓關係：禦疾、告秋（上告神祖秋穫之事）、禱（求）年／禾/啟／雨（祈求好收成、求天晴、求雨）；

b. 使動關係：寧風、寧秋；

c. 為動關係：禦婦鼠、禦年。

但不論何種關係，學者們一般都認為原因賓語是祭祀動詞的賓語。[15]

周國正把能帶雙賓語的祭祀動詞分為甲、乙兩大類，並指出，兩者相同之處是都可以帶神名賓語（祭祀對象）和牲名賓語（祭祀所用牲），不同之處是甲類祭祀動詞還可以帶表示祭祀事由的賓語（即學界所稱「原因賓語」），乙類動詞則從來不帶這種賓語。[16]上文已述，本人拙著《殷墟甲骨刻辭空語類研

---

[15] 黃勁偉：〈甲骨文中真的有三賓語句嗎？〉（天津市：南開大學國際中國語言學會第19屆年會論文，2011年6月）。

[16] 周國正：《卜辭兩種祭祀動詞的語法特徵及有關句子的語法分析》，《古文字學論集》（初稿）（香港：香港中文大學出版社，1983年），頁231-245，國際中國古文字學研討會論文。

究》已經論證了原因賓語的支配者就是甲類祭祀動詞，於此不贅。

（一）尋找給祭祀對象名詞性成份指派格位的論元

常見可以帶原因賓語的有五個祭祀動詞。這五個祭祀動詞是：禱、禦、告、寧和酒。篇幅所限，本文只抽取其中禱、禦、告三個，觀察它們後面表示祭祀對象前介詞輕動詞的隱現（＋／－）情況：

表一　祭祀對象前介詞/輕動詞的隱現（＋／－）情況

祭祀動詞	甲骨刻辭辭例	甲骨文出處	介詞／輕動詞	隱現
禱	（3）禱年大乙？	合33319		－
	（4）辛未貞：其禱年于高祖？	合32028	于	＋
	（5）癸亥貞：其禱禾自上甲？	合33209	自	＋
	（6）丙申貞：其告高祖，禱以祖辛？	合32314	以	＋
	（7）癸亥卜，古貞：禱年自上甲至于多毓？	2905	自……至于	＋
	（8）壬辰卜，禱自祖丁至父丁？	合32031	自……至	＋
禦	（9）壬寅子卜：禦母小牢？	合21805		－
	（10）貞，禦婦好于妣甲？	合2616	于	＋
	（11）禦年于上甲，五月。	英藏788	于	＋
	（12）貞禦自唐、大甲、大丁、祖乙，百羌、百宰。	合300	自	＋
告	其告秋上甲？	合28207		－
	其告秋于上甲一牛？	屯867	于	＋

據沈培統計，直接帶對象賓語和加「于」字引入對象賓語這兩種句式的比例是5：89。[17]除了「于」、「自」外，還有用「在」、「以」、「自……至」、「自……至于」引出祭祀對象的。

表一各例顯示，在祭祀對象前，不僅存在介詞，而且介詞的種類還很豐富。正是這些介詞為祭祀對象指派了賓格格位。換句話說，祭祀對象這個名詞性成份是介詞的賓語而非祭祀動詞的賓語。如果句中這個介詞沒有出現，應該看作是省略了，是一個空成份。也即馮勝利所說的「無音輕動詞」。但是那個位置還在，只是被空語類佔據了。空語類的句法功能沒有改變，仍具有給祭祀對象名詞性成份指派格位的句法功能。

（二）尋找給祭祀所用牲名詞性成份指派格位的論元

在甲骨刻辭中，我們能夠找到直接以「用」帶出祭祀用牲名詞性成份的辭例。如：

（13）貞，酭用麗于妣己？（用野豬為獻為先妣己行酭祭?）（合454反）

（14）壬子卜，賓貞：唯今夕[用三百羌于丁]用……（合293）

（15）旬壬戌侑用僕百？（合599）

（16）乙亥，扶，用巫今興母庚（用巫為獻牲，興祭商王之母庚）（合19907）

（17）自大乙用執，王受有佑？（用俘執之人為獻）（合3330）

（18）大食其亦用九牛（大食時段（中午）祭祀）（合29783）

從以上到（13）至（18）各辭例可證，今人譯讀甲骨文，往往在祭祀所用牲前加上「用」字，是有甲骨文語料為據的。

我們再以「禱」、「禦」、「告」三個祭祀動詞構成的辭例觀察祭祀所用牲名詞性成份前面動詞的隱現（＋／－）情況：

---

[17] 沈培：《殷墟甲骨卜辭語序研究》（臺北市：文津出版社，1992年），頁92。

表二　祭祀所用牲名詞性成份前面動詞的隱現（＋／－）情況：

祭祀動詞	甲骨刻辭辭例	甲骨文出處	輕動詞「用」／用牲法動	隱現
禱	（17）辛未，貞，禱年于河燎三牢沉三牛俎牢？	合3202	燎、沉、俎	＋
	（18）辛卯卜：甲午禱禾上甲三牛？	33309		－
禦	（19）甲辰，貞：其大禦王，自血（盟）用白豕九？（用白豕為獻行盟血之祭）	合489	用	＋
	（20）貞：禦于父乙敦三牛冊卅伐卅窜	合886	敦、冊、伐	＋
	（21）貞：禦于母丙豕？	合2527		－
告	（22）庚辰，貞：日有戠，其告于父丁用牛九？	合33698	用	＋
	（23）其告秋上甲，二牛？	合28206		－

　　從表二中三個祭祀動詞後出現祭牲名詞性成份的辭例看，祭牲名詞前既可以是輕動詞「用」，也可以是用牲法動詞（用牲法指祭祀時對祭牲處理的方法，如敦、冊、伐等），還可以是隱含了上述兩種動詞的句式，顯示出給祭牲名詞性成份指派格位正是輕動詞「用」或用牲法動詞。如果輕動詞「用」或用牲法動詞沒有出現，可看作那個位置出現空動詞。同理，被空語類佔據了的位置，句法功能沒有改變，仍具有給祭牲名詞性成份指派格位的句法功能。

　　以下是同一版的卜辭，用牲法動詞是「冊」（割裂），很顯然，後兩句祭牲「牢」和「羌」前面的「冊」是被省略了。

（24）其冊十牢又羌？（割裂十對牛和羌奴？）

二十牢又羌？（還是二十對牛和羌奴？）

三十牢又羌？（還是三十對牛和羌奴？）（26936）

從以上分析可以得出結論：第一，甲骨文存在引入祭祀對象的「于」等介詞；第二，在表示祭祀所用牲的名詞性成份前存在輕動詞「用」或用牲法動詞。

而所謂的三賓語句，其實是引入祭祀對象的「于」等介詞和帶祭牲的動詞位置被空語類佔據了，形成表層的VNNN結構。

仍以禱、禦、告三個祭祀動詞為例，把所謂的三賓語句與在相應位置上出現給祭祀對象指派格位的「于」等介詞及給祭牲指派格位的動詞句進行比較：

（25）辛卯卜：甲午禱 禾 上甲 三牛？（合33309）

　　　　　原因 對象 祭牲

比較：

（26）辛未，貞：禱 年 于河 燎三牢 沉三牛 俎牢？（合3202）

　　　　　　　原因 　對象 祭牲 　祭牲 　祭牲

（27）丁亥卜：禦 弜 大乙 宰？（合4324）

　　　　　原因 對象 祭牲

比較：

（28）貞：禦 于 父乙 敦三牛 冊卅伐卅宰？　　（886）

　　　（原因） 對象 祭牲 　祭牲

（29）其[告秋 上甲 二牛？]（28206）

　　　　原因 對象 祭牲

比較：

（30）庚辰，貞：日有戠，其告 于 父丁，用牛九？（33698）

　　　　　　　　　（原因） 對象 　祭牲

四　結論

　　「三賓語」說的核心是主張祭祀動詞後的三個名詞性成份都是這個祭祀動詞的賓語。這種句法分析無法通過格過濾原則的過濾。本研究證明了甲骨刻辭祭祀動詞後三個名詞性成份各有給自己指派格位的論元：給祭祀對象名詞性成份指派格位的論元是「于」等輕動詞（介詞）；給祭祀用牲名詞性成份指派格位的論元是用牲法動詞和輕動詞「用」。因此，在深層結構中，並不存在所謂的「三賓語」結構。

　　運用當代句法理論對漢語早期語料——甲骨文句法進行分析，從源頭上觀察動詞後名詞性成份的歸屬，不僅為備受爭議的甲骨文三賓語討論，也為由此延展到漢語雙賓語的討論及相關的教學提供了一個新的觀察視角。

從語言角度探討《孔叢子》首六卷[1]「成書於戰國後期至秦代」的說法

潘漢芳

香港大學中文學院講師

摘要

今本《孔叢子》首六卷為戰國後期孔鮒所撰的說法，流傳甚廣。經歷代研究，學者多以為這個說法有可疑之處，研究主要分析《孔叢子》內記載孔鮒先祖及其本人所言的篇章結構，以推定成書年代。本文參考前輩學者的研究成果，從語言角度考察《孔叢子》首六卷的用詞，探討《孔叢子》首六卷「成書於戰國後期至秦代」的說法是否可信。

關鍵詞：孔叢子、孔鮒、成書年代、語言角度

---

[1] 今本《孔叢子》卷三第十一篇為《小爾雅》。從性質上看，《小爾雅》內容以釋字為主，是一部訓詁專著，與《孔叢子》其餘各篇章內容明顯不同。黃懷信曾經從《小爾雅》的書名、成書時代、撰者、流傳概況，以及《小爾雅》與《漢書‧藝文志》和《孔叢子》的關係各方面作過詳細考究，認為《小爾雅》和《孔叢子》之間沒有關係。〔見黃懷信：〈《小爾雅》的源流〉，《古文獻與古史考論》（濟南市：齊魯書社，2003年），頁25-52。〕先撇開《孔叢子》和《小爾雅》的成書時代問題，對於黃先生把《孔叢子》和《小爾雅》視作兩本書，《小爾雅》是後人編入今本《孔叢子》內這個看法，筆者是同意的，故本文討論範圍將不包括《小爾雅》。

　　《孔叢子》一書，不見於《漢書‧藝文志》。《孔叢子》一名，最早見於王肅（西元195-256年）《聖證論》。王肅曰：

　　　　學者不知孟軻字。按《子思》書及《孔叢子》有「孟子居」，即軻也。軻少居坎軻，故名軻，字子居也。[2]

王肅所言「孟子居」，見今本《孔叢子‧雜訓》，作「孟子車」[3]。史志著錄最早者則為《隋書‧經籍志》：

　　　　《孔叢》七卷。陳勝博士孔鮒撰。[4]

其後《舊唐書》和《新唐書》亦有記載，《舊唐書‧經籍志》曰：

　　　　《孔叢子》七卷。孔鮒撰。[5]

《新唐書‧藝文志》云：

　　　　《孔叢》七卷。[6]

有關今本《孔叢子》之來歷，宋咸（1024年進士）所撰《孔叢子注‧序》云：

　　　　《孔叢子》者，乃孔子八世孫鮒，字子魚，仕陳勝為博士，以言不見用，託目疾而退，論集先君仲尼、子思、子上、子高、子順之言及己之

2　〔三國〕王肅：《聖證論》，見王謨編：《漢魏遺書鈔》，《續修四庫全書》（上海市：上海古籍出版社，1995年），冊1200，頁368。

3　《孔叢子》，卷2，（上海涵芬樓借杭州葉氏藏明翻宋本景印，1929年），前編，頁35a。

4　〔唐〕魏徵、〔唐〕令狐德棻等撰：《隋書》（北京市：中華書局，1973年），頁937。

5　〔五代〕劉昫等撰：《舊唐書》（北京市：中華書局，1975年），頁1982。

6　〔宋〕歐陽修、〔宋〕宋祁撰：《新唐書》（北京市：中華書局，1975年），頁1444。

事，凡二十一篇，為六卷，名之曰《孔叢子》，蓋言有善而叢聚之也。
至漢孝武朝，太常孔臧又以其所為賦與書，謂之《連叢》上下篇，為一
卷，附之于末。然士大夫號藏書者所得本，皆豕亥魚魯，不堪其讀，臣
凡百購求以損益補竄，近始完集。然有語或淺固，弗極於道，疑後人增
益，乃悉誅去。義例繁猥，隨亦刪定，因念彼鬼谷、尉繚、庚桑、靈
真、浮夸汪洋之說，尚且命氏于世，矧是書所載，皆先聖之言，三代之
術，六藝之要在焉，非諸子之流也，又可泯而不稱耶？故敢具所以然注
而示諸學者云。[7]

　　宋咸認為《孔叢子》分兩階段編撰，首二十一篇，共六卷，為孔子八世孫
孔鮒（約前264-約前208）集其先祖及其本人所言而成；最後一卷，共上下兩
篇，為西漢武帝時，孔臧（活躍於約西元前140-前87年）以自己所撰之賦及
書，名曰《連叢》者，附於孔鮒所撰書之末。《隋書・經籍志》、《舊唐書・經
籍志》和宋咸《孔叢子注・序》均認為《孔叢子》首六卷為孔鮒編撰，宋咸同
時認為最後一卷為孔臧所撰。這個說法流傳甚廣，按照這種說法，今本《孔叢
子》首六卷當成書於戰國後期至秦代，第七卷當成書於西漢。宋明以降，私家
目錄諸書載《孔叢子》，亦多題為「孔鮒撰」。朱熹（1130-1200）曾質疑，若
《孔叢子》是前漢古書，沒有理由前漢諸家都沒有引述。《朱子語類》云：

　　　只《孔叢子》說話，多類東漢人文，其氣軟弱，全不似西漢人文。兼西
　　　漢初若有此等話，何故不略見於賈誼、董仲舒所述？恰限到東漢方突出
　　　來？皆不可曉。[8]

明代胡應麟（1551-1602）因《漢書・藝文志》不見《孔叢子》的著錄，於是
懷疑它的成書年代。《少室山房筆叢》云：

7　《孔叢子》（上海涵芬樓借杭州葉氏藏明翻宋本），頁1。
8　〔宋〕朱熹：《朱子語類》（長沙市：岳麓書社，1997年），頁2698。

漢《藝文志》及隋、唐俱無《孔叢子》，至宋《中興書目》始著錄，故
前輩往往疑之。[9]

如前所述，《孔叢子》始見於《聖證論》及《隋書·經籍志》，故胡氏認為《孔
叢子》始著錄於《中興書目》之說有誤，但他因《漢書·藝文志》不見《孔叢
子》的著錄而對《孔叢子》的成書年代有所懷疑是合理的。

　　周中孚（1767-1831）《鄭堂讀書記補逸》詳細分析了《孔叢子》的篇章結
構，同樣懷疑《孔叢子》非孔鮒撰。周氏說：

> 今按是書第一篇至第四篇，記孔子之言；第五篇至第十篇，記子思、子
> 上之言；第十一篇為《小爾雅》；第十二篇至第十四篇，記子高之言；
> 第十五篇至第十七篇，記子順之言；第十八篇為詰墨；第十九篇至第二
> 十一篇，則子魚之言也。末一條，又記其將沒，是書為子魚作，豈有自
> 記其言，稱子魚、稱太師、稱博士，而及於將沒者乎？故陳氏不以為鮒
> 撰，而謂為孔氏子孫雜記其先世系言行之書也。《朱子語錄》同謂其語
> 多類東漢人，其文氣軟弱，全不似西漢文字。

綜上所述，舊說今本《孔叢子》首六卷為孔鮒撰，即當成書於戰國後期至秦代
的說法，確有可疑之處。

　　對傳世典籍的成書時代加以考證的方法很多。鄭良樹（1940-2016）說：

> 雖然辨偽方法的種類非常繁多細密，而且不嫌其重複紛沓，但是，分析
> 起來，不外只是從三個不同的層面著手而已，那就是作者、本書及流
> 傳。[10]

9　〔明〕胡應麟《少室山房筆叢》，卷12，《景印文淵閣四庫全書》（臺北市：臺灣商務印書館，1983-
　　1986年），冊886，頁295。

10　鄭良樹：《古籍辨偽學》（臺北市：臺灣學生書局，1986年），頁119。

鄭先生認為「從本書來考察」，包含「古籍本身的文字」、「古籍本身的思想」、「書籍本身的名物」，並指出「就古籍本身來考察其真偽、時代及附益，是追探古籍真偽『最基本』和『最切身』的一種方法。」[11]本文就以這種「最切身」的方法，從語言的角度，考察今本《孔叢子》首六卷所用的語言，探討《孔叢子》首六卷「成書於戰國後期至秦代」的說法。經筆者對今本《孔叢子》首六卷的研究，發現超過三十個始見於東漢時期，甚至始見於魏晉時期的詞語，篇幅所限，現把部分詞語的有關資料引錄如下：

一　寢息

「寢息」一詞，作「停息」、「擱置」解[12]，今本《孔叢子》有一例，見於〈記義〉「孔子使宰予使于楚」章（3.6）：

> 王曰：「然則夫子何欲而可？」對曰：「方今天下道德寢息，其志欲興而行之。天下誠有欲治之君能行其道，則夫子雖徒步以朝，固猶為之，何必遠辱君之重貺乎？」[13]

「寢息」一詞，作「停息」、「擱置」解，比較早的用例，見於東漢：

> 未詳斯議，所因寢息。（《全後漢文》卷七十一引〔東漢〕蔡邕〈上封事陳政要七事〉）[14]

除此以外，「寢息」作「停息」、「擱置」解的用例，均見於魏晉或以後，例如：

11　同前註，頁128，134。

12　羅竹風主編：《漢語大詞典》（縮印本）（上海市：漢語大詞典出版社，1998年），頁2123。

13　《孔叢子》卷1（上海涵芬樓借杭州葉氏藏明翻宋本），前編，頁21a。

14　嚴可均校譯：《全上古三代秦漢三國六朝文》（北京市：中華書局，1958年），頁864。

1. 舞千戚以來之，故兵戈載戢，武夫寢息。(《全晉文》卷六引〔西晉〕晉武帝（司馬炎）〈策問秀才華譚等〉）[15]

2. 在官一期，寇竊寢息；猶以不事上司，左遷河閒太守，清論多為林怨也。(〔西晉〕陳壽《三國志・魏書・崔林傳》）[16]

3. 去十一年大水，已詣前刺史臣義康欲陳此計，即遣主簿盛曇泰隨嶠周行，互生疑難，議遂寢息。(〔南朝梁〕沈約《宋書・二凶傳》）[17]

4. 敬宗等聞佗宿德，相率歸附。於是闔境清晏，寇盜寢息，邊民懷之，襁負而至者千餘家。(〔北齊〕魏收《魏書・良吏傳》）[18]

如上所述，「寢息」一詞，作「停息」、「擱置」解，比較早的用例，見於東漢。

二　納用

「納用」這個詞語，今本《孔叢子》有一例：

卷三〈公儀〉「魯人有公儀休者」章（9.1）：
君若飢渴待賢，納用其謀，雖蔬食水飲，伋亦願在下風。[19]

案：「納用」一詞，意思是「採用」[20]，比較早的用例，見於東漢，例如：

1. 捐之數召見，言多納用。(〔東漢〕班固《漢書・賈捐之傳》）[21]

---

15 《全上古三代秦漢三國六朝文》，頁1498。

16 《三國志》，頁679。

17 《宋書》，頁2435。

18 《魏書》，頁1907。

19 《孔叢子》卷3（上海涵芬樓借杭州葉氏藏明翻宋本）前篇，頁48b。案：《孔叢子斠證》曰：「『納用其謀』，御覽引『謀』作『言』。」（見《孔叢子斠證》，頁88。）又此例亦見於《高士傳・中卷・公儀潛》。〔見劉曉東校點：《高士傳》（瀋陽市：遼寧教育出版社，1998年），頁17。〕

20 《漢語大詞典》（縮印本），頁5624。

21 〔漢〕班固：《漢書》（北京市：中華書局，1962年），頁2835。

2. 上新立，謙讓，納用莽、丹言，免宏為庶人。(《漢書·師丹傳》) [22]

3. 言不納用，退題記草，名曰《備乏》。(〔東漢〕王充《論衡·對作第八十四》) [23]

4. 賈逵，字景伯，拜侍中。逵在朝侍帷幄，兼領秘書近署，甚見納用。(〔東漢〕劉珍《東觀漢記·賈逵傳》) [24]

5. 上乃罷珠崖郡。民欲內屬者處之，不欲者勿強。上數見捐之，言多納用。(〔東漢〕荀悅《漢紀·元帝紀上·初元三年》) [25]

到了魏晉，「納用」一詞普遍使用，例如：

1. 大將軍司馬景王新輔政，多納用焉。(《三國志·魏書·鄧艾傳》) [26]

2. 若小臣之中，有可納用者，寧得以人廢言而不採擇乎？(《三國志·吳書·孫權傳》) [27]

3. 若見納用，則歸之於上，不用，終不宣洩。(《三國志·吳書·顧雍傳》) [28]

4. 華錡先帝近臣，忠良正直，其所陳道，當納用之，而聞怒錡，有收縛之語。(《三國志·吳書·孫奮傳》) [29]

5. 嚴數薦達賢能，申解冤結，多見納用。(〔南朝宋〕范曄《後漢書·馬援傳》) [30]

6. 順帝覽其對，多所納用，即時出阿母還弟舍，諸常侍悉叩頭謝罪，朝

22 同前註，頁3505。

23 〔漢〕王充撰，〔明〕黃暉校釋：《論衡校釋》(北京市：中華書局，1962年)，頁1182。

24 〔漢〕劉珍等撰，吳樹平校注：《東觀漢記校注》(鄭州市：中州古籍出版社，1987年)，頁613。

25 〔漢〕荀悅撰《漢紀》，〔清〕張烈點校《兩漢紀》(北京市：中華書局，2002年)，上冊，頁376。

26 《三國志》，頁776。

27 同前註，頁1133。

28 同前註，頁1226。

29 同前註，頁1374。

30 〔南朝宋〕范曄：《後漢書》(北京市：中華書局，1971年)，頁861。

廷肅然。(《後漢書・李固傳》)³¹

「納用」這個詞語，比較早的用例，見於東漢。

三　馳名

「馳名」這個詞語，今本《孔叢子》有一例：

> 卷五〈陳士義〉「枚產謂子順曰」章（15.7）：
> 十年之間，其滋息不可計，貲擬王公，馳名天下，以興富於猗氏。³²

案：「馳名」一詞，意思是「聲名遠揚」³³，比較早的用例，見於東漢，但僅有一例，例如：

> 祇域治此四人，馳名天下，莫不聞知。（〔漢〕安世高譯《佛說㮈女祇域因緣經》）³⁴

除此以外，「馳名」一詞的用例，均見於魏晉或以後，例如：

> 1. 昔九方考精於至貴，秦牙沈思於殊形；薛燭察寶以飛譽，瓠梁託絃以流聲；齊隸拊髀以濟文，楚客潛寇以保荊；雍門援琴而挾說，韓哀秉轡而馳名；盧敖翱翔乎玄闕，若士竦身于雲清。（《三國志・蜀書・郤

---

31 同前註，頁2078。

32 《孔叢子》，卷5（上海涵芬樓借杭州葉氏藏明翻宋本）後篇，頁5b。

33 《漢語大詞典》（縮印本），頁7456。

34 〔漢〕安世高譯：《佛說㮈女祇域因緣經》〔見高楠順次郎、渡邊海旭編：《大正新脩大藏經》（東京都：大正一切經刊行會，1924年），第14卷，經集部一，頁899〕。案：此例又見於《佛說㮈女耆婆經》（見《大正新脩大藏經》，第14卷，經集部一，頁903。）

正傳》）³⁵

2. 或馳名傾秦，或夜飛去吳。是以功冠萬載，威曜無窮。（〔南朝梁〕蕭
統編《文選》卷三十五引〔西晉〕張華〈七命〉）³⁶

3. 遐邇慕賴，宣歌馳名，當享無窮，永壽青青。（〔西晉〕（作者不詳）
〈晉賈皇后乳母美人徐（義）氏之銘〉）³⁷

4. 弟子雒昭約節宰，綿竹寇懽文儀，蜀郡何萇幼正，侯祈升伯，巴郡周
舒叔布，及任安、董扶等，皆徵聘辟舉，馳名當世。（〔東晉〕常璩
《華陽國志·廣漢士女》）³⁸

5. 文公遂以占術馳名。（《後漢書·方術傳》）³⁹

「馳名」一詞，比較早的用例，僅有一見於東漢，自魏晉始，用例才逐漸普遍。

四　訓誨

「訓誨」這個詞語，今本《孔叢子》有一例：

卷六〈獨治〉「子魚名鮒甲」章（19.6）：
予雖丈夫哉，然塞於禮義，以啟於姻婭，唯先生幸訓誨之，使免於戾
乎。⁴⁰

---

35 《三國志》，頁1038。

36 〔南朝梁〕蕭統編，〔唐〕李善注：《文選》（上海市：上海古籍出版社，1986年），頁1606。

37 趙超：《漢魏南北朝墓誌彙編》（天津市：天津古籍出版社，1992年），頁10。

38 任乃強校注：《華陽國志校補圖注》（上海市：上海古籍出版社，1987年），頁562。

39 《後漢書》，頁2707。

40 《孔叢子》，卷6（上海涵芬樓借杭州葉氏藏明翻宋本）後篇，頁33b。案：明翻宋本原作「以啟於
姻婭」，《孔叢子逐字索引》編者注云：「『啟』下脫『罪』字。『啟罪』見《論勢》：『寡人昧於政
事，不顯明是非，以啟罪於先生。』『啟罪』一詞，又見《戰國策·齊策四·齊人有馮諼者章》，疑
作『開罪』者，乃後人避漢景帝諱改。『馮諼』故事習見，故後人亦習用『開罪』，鮮用『啟罪』。」
〔見劉殿爵編：《孔叢子逐字索引》（香港：商務印書館，1998年），頁63。〕但前句有「塞於禮
義」，後句作「啟於姻婭」，「塞」、「啟」二字相呼應，似亦可通，故仍從明翻宋本。

案：「訓誨」一詞，解作「教導」[41]，比較早的用例，見於東漢末，僅有一例：

> 來書懇切，訓誨發中。（《文選》卷三十七引〔西晉〕羊祜〈讓開府表〉
> 李善注引〔東漢〕孔融〈答曹公書〉）[42]

除此以外，「訓誨」一詞的用例，均見於魏晉或以後，例如：

1. 思請見於蓬廬之側，承訓誨於道德之門。（〔唐〕歐陽詢《藝文類聚》
   卷三十七引〔三國〕桓範〈與管寧書〉）[43]

2. 於是菩薩在胎十月，開化訓誨三十六載，諸天人民，使立聲聞及諸大
   乘。（〔西晉〕竺法護譯《普曜經・降神處胎品第四》）[44]

3. 假令太子不樂本國，願以鄙邦貢上處焉，訓誨黎庶，各得其所。（《普
   曜經・告車匿被馬品第十三》）[45]

4. 聖尊所詔，會致本德，決諸疑網，往古長夜，曾被訓誨。（〔西晉〕竺
   法護譯《正法華經・善權品第二》）[46]

5. 至于旦夕訓誨，輔導出入，動靜劬勞，宜選寒苦之士，忠貞清正，老
   而不衰。（《全晉文》卷一○五引〔西晉〕閻纘〈又陳宜選擇東宮師
   傅〉）[47]

6. 文氏早終，有三女・鞠養隱密，訓誨兼備，慈愛發於至誠，」三孤不
   覺非親。（〔西晉〕（作者不詳）〈晉使持節侍中都督幽州諸軍事領護烏
   丸校尉幽州刺史驃騎大將軍博陵公太原晉陽王公故夫人平原華（芳）
   氏之銘〉）[48]

---

41 《漢語大詞典》（縮印本），頁6528。

42 《文選》，頁1691。

43 〔唐〕歐陽詢撰：《藝文類聚》（臺北市：臺灣商務印書館，1986年），頁666。

44 《普曜經》，卷2，《大正新脩大藏經》，第3卷，本緣部上，頁492。

45 《普曜經》，卷4，《大正新脩大藏經》，第3卷，本緣部上，頁509。

46 〔西晉〕竺法護譯：《正法華經》卷1，《大正新脩大藏經》，第9卷，法華部，頁69。

47 《全上古三代秦漢三國六朝文》，頁2061。

48 《漢魏南北朝墓誌彙編》，頁14。

「訓誨」一詞，比較早的用例，見於東漢末。

五 統御

「統御」解作「統率、統領」[49]，今本《孔叢子》有一例，見於〈儒服〉「子高曳長裾」章（13.1）：

> 夫儒者居位行道，則有袞冕之服；統御師旅，則有介冑之服；從容徒步，則有若穿之服。故曰非一也[50]

「統御」解作「統率、統領」，比較早的用例，見於東漢，例如：

1. 瑜以凡才，昔受討逆殊特之遇，委以腹心，遂荷榮任，統御兵馬，志執鞭弭，自效戎行，規定巴蜀，次取襄陽，憑賴靈威，謂若在握。（《全後漢文》卷九十四引〔東漢〕周瑜〈疾困與吳主權牋〉）[51]
2. 君字公房，成固人。蓋帝堯之，□□□□□□□□□之故能舉家□□□□□去上陟皇燿，統御陰陽，騰清躡浮，命壽無疆。（《全後漢文》卷一〇六引（闕名）〈仙人唐公房碑〉）[52]

除此以外，「統御」作「統率、統領」解的用例，均見於魏晉或以後，例如：

1. 臣脩無稱，統御無績，比荷殊寵，策命褒績，未盈一時，三命交至。（《全三國文》卷一引魏武帝（曹操）〈謝襲費亭侯表〉）[53]
2. 蜀為西藩，土地險固，加承先主統御之術，謂其守御足以長久，不圖

---

[49] 《漢語大詞典》（縮印本），頁5662。

[50] 《孔叢子》，卷4（上海涵芬樓借杭州葉氏藏明翻宋本），前編，頁78a。

[51] 《全上古三代秦漢三國六朝文》，頁983。

[52] 同前註，頁1042。案：□為原文缺字。

[53] 同前註，頁1055。

一朝，奄至傾覆。(《全三國文》卷七十四引〔三國〕華覈〈諫吳主皓盛夏興工疏〉)[54]

3. 僕久忝朝恩，歷試無效，統御戎馬，董齊東夏，事有闕廢，中心犯義，罪在三百，妻子同縣，無所禱矣。(《三國志‧魏書‧王淩傳》裴松之《注》引〔三國〕魚豢《魏略》)[55]

4. 太祖自統御海內，芟夷羣醜，其行軍用師，大較依孫、吳之法，而因事設奇，譎敵制勝，變化如神。(《三國志‧魏書‧武帝紀》裴松之《注》引〔三國〕王沈《魏書》)[56]

5. 今北軍諸將，及懿所督，皆為察屬，名位不殊，素無定分，統御之尊，卒有變急，不相鎮攝，存不忘亡。(《全晉文》卷十八引〔西晉〕何曾〈上魏明帝疏請隱核郡守〉)[57]

6. 子本嗣，歷位郡守、九卿。所在操綱領，舉大體，能使群下自盡。有統御之才，不親小事，不讀法律而得廷尉之稱，優於司馬岐等，精練文理。(《三國志‧魏書‧陳矯傳》)[58]

7. 魏大司馬曹休侵我北鄙，乃假公黃鉞，統御六師及中軍禁衛 而攝行王事，主上執鞭，百司屈膝。(《三國志‧吳書‧陸遜傳》裴松之《注》引〔西晉〕陸機《遜銘》)[59]

8. 陛下龍飛，統御百國，天地融溢，皇澤載賴。(《全晉文》卷一五九引〔西晉〕竺僧朗（約351在世）〈答南燕主慕容德書〉)[60]

9. 張道陵為三天法師，統御六虛，數侍金闕，太上之股肱，治在廬山。（〔東晉〕葛洪（283-343）《枕中書》)[61]

---

54 同前註，頁1448。

55 《三國志》，頁759。

56 同前註，頁54。

57 《全上古三代秦漢三國六朝文》，頁1556。

58 《三國志》，頁645。

59 同前註，頁1349。

60 《全上古三代秦漢三國六朝文》，頁2381。

61 〔東晉〕葛洪撰：《枕中書》，據寶顏堂祕笈本排印，《叢書集成初編》（北京市：中華書局，1991年），冊749，頁5。

如上所述,「統御」一詞,解作「統率、統領」,比較早的用例,見於東漢。

六　前愆

「前愆」這個詞語,今本《孔叢子》有一例:

卷一〈論書〉「《書》曰其在祖甲」章（2.15）:

孔子曰:「君子之於人、計功而除過。太甲即位,不明居喪之禮,而干冢宰之政。伊尹放之于桐。憂思三年,追悔前愆,起而復位,謂之明王。以此觀之,雖四於『三王』,不亦可乎?」[62]

案:「前愆」,解作「以前的過失」[63],比較早的用例,見於三國,例如:

孫權前牋自詭,躬討虜以補前愆。（《三國志・魏書・王朗傳》裴松之《注》引魚豢《魏略》）[64]

除此以外,「前愆」一詞的用例,均見於西晉或以後,例如:

1. 人誰無過,貴其能改,宜追前愆,深自咎責。（《三國志・吳書・孫靜傳》）[65]
2. 乞陛下赦玄前愆,使得自新。（《三國志・吳書・樓玄傳》）[66]
3. 自頃國恩,復加開導,忘其前愆,取其後效。（《三國志・吳書・吳主

---

62 《孔叢子》,卷1（上海涵芬樓借杭州葉氏藏明翻宋本印）,前篇,頁16b。案:明翻宋本原作「計功以除過」,《孔叢子斠證》云:「諸本『以』並作『而』,《逸語》四、《繹史》九五引同。」（見《孔叢子斠證》,頁52。）今據《孔叢子斠證》改。

63 《漢語大詞典》,頁795。

64 《三國志》,頁408。

65 同前註,頁1207。

66 《三國志》,頁1455。

傳》裴松之《注》）[67]

4. 楊難當表如此，悔謝前愆，可特恕宥，并特還章節。（《宋書‧氏胡傳》）[68]

5. 肅宗初，表陳庶人禧、庶人愉等，請宥前愆，賜葬陵域。（《魏書‧景穆十二王傳上》）[69]

6. 若天子恕其前愆，謹當奉詔。（《魏書‧高句麗傳》）[70]

「前愆」一詞，比較早的用例，見於三國。

七　就路

「就路」這個詞語，今本《孔叢子》有一例：

卷四〈儒服〉「子高遊趙」章（13.2）：
三宿，臨別，文節流涕交頤，子高徒抗手而已。分背就路，其徒問曰：「先生與彼二子善。彼有戀戀之心，未知後會何期，悽愴流涕，而先生屬聲高揖，無乃非親親之謂乎。」[71]

案：「就路」一詞，意思是「上路」[72]，比較早的用例，見於三國，例如：

1. 被入門之初服，出登車而就路。（《藝文類聚》卷三十引魏文帝（曹丕）〈出婦賦〉）[73]

---

67 同前註，頁1128。

68 《宋書》，頁2407。

69 《魏書》，頁451。

70 同前註，頁2215。

71 《孔叢子》，卷4（上海涵芬樓借杭州葉氏藏明翻宋本）前篇，頁78b。

72 《漢語大詞典》（縮印本），頁1407。

73 〔唐〕歐陽詢輯，汪紹楹校：《藝文類聚》（上海市：中華書局，1965年），頁528。

2. 王曰：「可。」即寵雄將、武士就路。（〔三國〕康僧會譯《六度集經・忍辱度無極章第三》）[74]

3. 李壽為青州刺史，發璽書於本縣傳舍，乘法駕騑驂朱軒就路。（〔三國〕謝承《後漢書・李壽傳》）[75]

除此以外，「就路」一詞的用例，均見於西晉或以後，例如：

1. 合肥未下，徹軍還。兵皆就路，權與凌統、甘寧等在津北為魏將張遼所襲，統等以死扞權，權乘駿馬越津橋得去。（《三國志・吳書・吳主傳》）[76]

2. 隴蜀既平，河西守令咸被徵召，財貨連轂，弥竟川澤。唯奮無資，單車就路。（《後漢書・孔奮傳》）[77]

3. 至升車就路之時，以玉唾壺承淚，壺則紅色。（〔東晉〕王嘉《拾遺記・魏》）[78]

4. 且弟曠違兄姊，迄將十載，姊時歸來，終不任輿曳入閤，兄守金城，永不堪扶抱就路，若不億疾，非性僻而何。（《宋書・王微傳》）[79]

5. 于時齊隨郡王子隆鎮撫陝西，頻煩信命，令停一夕，明當早出，江津送別。心慮迫切，不獲承命，止得小船，望星就路，夜冒風浪，不遑窆處。（《全梁文》卷一引梁武帝（蕭衍）〈孝思賦〉）[80]

6. 鵲頭戍主周達奉上一船，奔波就路，至京不踰二旬。（〔南朝梁〕蕭繹

---

[74] 〔三國〕康僧會譯：《六度集經》卷5，《大正新脩大藏經》第3卷，本緣部上，頁31。

[75] 〔三國〕謝承：《後漢書》卷7，見周天游輯注：《八家後漢書輯注》（上海市：上海古籍出版社，1986年），頁235。

[76] 《三國志》，頁1120。

[77] 《後漢書》，頁1098。

[78] 〔東晉〕王嘉撰：《拾遺記》，見《叢書集成初編》（上海市：商務印書館，1936年），冊749，頁135-136。

[79] 《宋書》，頁1665。

[80] 《全上古三代秦漢三國六朝文》，頁2948。

《金樓子・興王篇》）[81]

「就路」一詞，比較早的用例，見於三國，而到晉代開始逐漸普遍。

八　攻療

　　「攻療」這個詞語，今本《孔叢子》有一例，見於〈嘉言〉「宰我使于齊而反」章（1.4）：

　　　　大夫眾賓並復獻攻療之方。[82]

　　「攻療」，解作「治療」[83]。《說文・攴部》：「攻，擊也。」[84]「攻」之本義為攻擊，引申作「治療」之義。古漢語常用「攻」為「治療」義，如《周禮・天官・瘍醫》曰：「凡療傷，以五毒攻之。」[85]鄭玄《注》曰：「攻，治也。」[86] 以「攻療」一詞作「治療」解，並不見於先秦及兩漢典籍，比較早的用例，見於西晉，例如：

　　1. 諦觀眾藥形色香味，自當攻療不可輕戲。（《正法華經》卷七）[87]
　　2. 專行內事，以卻病痛，病痛及己，無以攻療，乃更不如凡人之專湯藥者。（葛洪《抱朴子內篇・雜應》）[88]

---

81 〔南朝梁〕蕭繹：《金樓子》，見劉洪仁主編：《海外藏中國珍稀書系》（北京市：中國戲劇出版社，2000年），頁2991-2992。

82 《孔叢子》卷1（上海涵芬樓借杭州葉氏藏明翻宋本）前編，頁7b。案：《孔叢子斠證》云：「錢校本『療』作『瘵』，《說文》：『瘵，疾愈也。』『攻瘵』不詞，《說文》：『攣，治也。療，或从尞。』正與攻字同誼，『瘵』字蓋涉上下文諸『瘵』字而誤。」（見《孔叢子斠證》，頁44。）

83 《漢語大詞典》（縮印本），頁2902。

84 〔漢〕許慎：《說文解字》（北京市：中華書局，1998年），頁69上。

85 《周禮注疏》，《十三經注疏》冊3，頁75。

86 同前註。

87 〔西晉〕竺法護譯：《正法華經》卷7，《大正新脩大藏經》第9卷，法華部，頁114。

88 《抱朴子內篇校釋》，頁272。

南北朝時，亦見用例：

> 勉服襲王，方乃攻療。（〔北魏〕（作者不詳）〈魏故益州刺州史樂安哀王（元悅）墓誌銘〉）[89]

如上所述，「攻療」一詞，作「治療」義，比較早的用例，見於西晉。

九　降節

「降節」作「降低志節」解[90]，今本《孔叢子》有一例，見於〈陳士義〉「魏王遺使者奉黃金」章（15.1）：

> 使者曰：「魏國狹小，乏於聖賢。寡君久聞下風，願委國先生，親受教訓。如肯降節，豈唯魏國君臣是賴，其亦社稷之神祇，實永受慶。」[91]

「降節」作「降低志節」解，比較早的用例，見於西晉，例如：

1. 孔子稱舉逸民，天下之民歸心焉。是以洪崖先生創高道于上皇之世，許由、善卷不降節于唐、虞之朝，是以《易》有束帛之義，《禮》有玄纁之制。（〔西晉〕皇甫謐《高士傳‧序》）[92]

2. 況吳會仁人，竝受國寵，或剖符名郡，或列為近臣，而便辱身姦人之朝，降節逆叛之黨，稽顙屈膝，不亦羞乎？（《全晉文》卷七十九引〔晉〕華譚〈遺顧榮等書〉）[93]

89　《漢魏南北朝墓誌彙編》，頁63。
90　《漢語大詞典》（縮印本），頁6917。
91　《孔叢子》，卷5（上海涵芬樓借杭州葉氏藏明翻宋本），後編，頁1。
92　《高士傳》，頁1。
93　《全上古三代秦漢三國六朝文》，頁1917。

南北朝時，亦見用例：

1. 渤海石崇之徒，年皆長謐，並以文才降節事謐，共相朋呢，號曰「二十四友」。（〔南朝宋〕何法盛《晉中興書‧瑯琊王錄》）[94]
2. 然而已議塗閭者，謂丈人徽明未耗，譽業方籍，儻能屈事康道，降節殉務，舍南瀨之操，淑此行永決矣。（《宋書‧何尚之傳》）[95]
3. 王秀之世守家風，不降節於權輔，美矣哉！（〔南朝梁〕蕭子顯《南齊書‧惠朗傳》）[96]

如上所述，「降節」作「降低志節」解，比較早的用例，見於西晉。

今本《孔叢子》首六卷乃孔鮒所撰的說法廣為流傳，按照這種說法，今本《孔叢子》首六卷當成書於戰國後期至秦代。根據筆者的考察及引錄於本文的資料，今本《孔叢子》首六卷都有始見於東漢，甚至魏晉時期的詞語，而且以《史記》篇幅之大也未見這些詞語，所以本文的考證可作今本《孔叢子》首六卷「非成書於戰國後期至秦代」的一個輔證。

---

[94] 〔南朝宋〕何法盛：《晉中興書》，卷7，《九家舊晉書輯本》，頁430。
[95] 《宋書》，頁1736。
[96] 《南齊書》，頁812。

《史記》反映漢初社會變革的幾組新詞

曾志雄

香港能仁專上學院中文系客座副教授

摘要

　　語詞是反映人的概念和現實世界事物而產生的，它和概念以及事物的關係特別密切。當社會發生變化，出現新概念和新事物時，往往形成很多新詞。本文探討了漢初社會變革時在《史記》中出現的幾組新詞，發現它們不但有年代可尋，而且，深究新詞詞義內涵，更能讓我們感受到一個時代的精神。

關鍵詞：史記、長公主、翁主、外戚、漢家、大漢、初郡

　　語言作為文化要素之一，具有承傳性和創新性兩個明顯的特點。在詞彙的層次上說，承傳性產生語言中大部分的基本詞和常用詞，使語言在長期發展中保持穩定；創新性則經語言注入新養份，讓語言能夠新陳代謝，與時俱近，顯示出一個時代的特色。當社會發生變化，往往在語言詞彙中最先反映出來。由於語言中詞彙規律沒有語音和語法規律那麼嚴密，詞語在變化上比語音和語法都鬆動，因此社會出現變化，詞彙最先有所反映，在語言中形成一批一批的新詞。一個詞語，本身包含了詞形和詞義兩方面的內容，所謂新詞，也就不只限於詞形的創新，當中也有詞義的新興部分。

　　秦漢之際，秦亡漢興，是歷史上政權急劇變化的時代。司馬遷（前135-約前87）在《史記‧秦楚之際月表》認為，這時期是「自生民以來，未始有若斯之亟」的變化：

> （秦楚之際，）初作難，發於陳涉；虐戾滅秦，自項氏；撥亂誅暴，平定海內，卒踐帝祚，成於漢家。五年之間，號令三嬗，自生民以來，未始有受命若斯之亟也。（頁759）[1]

　　此外，從漢興到武帝（前141-前87年在位）即位時，漢朝內外也發生了較大的變化，司馬遷在《平準書》上這樣描述：

> 至今上（按：指武帝）即位數歲，漢興七十餘年之間，國家無事，非遇水旱之災，民則人給家足，都鄙廩庾皆滿，而府庫餘貨財。……自是之後，嚴助、硃買臣等招來東甌，事兩越，江淮之間蕭然煩費矣。……及王恢設謀馬邑，匈奴絕和親，侵擾北邊，兵連而不解，天下苦其勞，而干戈日滋。行者齎，居者送，中外騷擾而相奉，百姓抏獘以巧法，財賂衰耗而不贍。（頁1420-1421）

---

[1] 點校本《史記》（北京市：中華書局，1959年）。本文以下所引《史記》原文均據此本。

本文所述的幾組新詞，即從漢初到漢武帝這兩個變化較劇、較大的階段酌選出來。這幾組新詞，包括：

一　皇帝

漢初「皇帝」一詞，最早出現於《高祖本紀》：

（高祖五年）正月，諸侯及將相相與共請尊漢王為皇帝。（頁379）

按：這個高祖五年（前202）的「皇帝」稱號，並不是歷史上最早出現的形式。在先秦文獻中，「皇帝」曾兩次見於《尚書·呂刑》：

皇帝哀矜庶戮之不辜。
皇帝清問下民鰥寡有辭于苗。

但這兩次的「皇帝」，都不是「天子稱號」。舊注對這兩個「皇帝」有多種說法，一般都把「帝」字解為「帝堯」，是指個別人物而非尊稱；顧頡剛（1893-1980）等人認為，「古『帝』字只指上帝。『皇』為形容詞，大也，美也。如《詩·大雅·皇矣》云：『皇矣上帝』即是。」[2] 按照這個說法，《尚書》的兩個「皇帝」意思可以了解為「偉大之上帝」。[3]

在《史記》中，天子稱號的「皇帝」首次見於秦王嬴政二十六年（前221）兼併天下之後。《史記·秦本紀》云：

秦王政立二十六年，初并天下為三十六郡，號為始皇帝。（頁220）

---

[2] 顧頡剛、劉起釪著：《尚書校釋譯論》第四冊（北京市：中華書局，2005年），頁1948。
[3] 屈萬里《尚書集釋》就持這種說法。見屈萬里：《尚書集釋》（臺北市：聯經出版事業公司，1983年），頁253。

《史記》對「皇帝」稱號形成的過程,有詳細的記載:

> 秦初并天下,令丞相、御史曰:「……寡人以眇眇之身,興兵誅暴亂,
> 賴宗廟之靈,六王咸伏其辜,天下大定。今名號不更,無以稱成功,傳
> 後世。其議帝號。」丞相綰、御史大夫劫、廷尉斯等皆曰:「……臣等
> 謹與博士議曰:『古有天皇,有地皇,有泰皇,泰皇最貴。』臣等昧死
> 上尊號,王為『泰皇』。命為『制』,令為『詔』,天子自稱曰『朕』。」
> 王曰:「去『泰』,著『皇』,采上古『帝』位號,號曰『皇帝』。他如
> 議。」(《秦始皇本紀》,頁235-236)

因此,「皇帝」的新意義,是因應秦王嬴政一統天下改變了統治制度而出
現的。在此之前,國家最高統治者只有「王、天子、君、君王」等幾個稱號。
高祖五年諸侯、將相共尊漢王劉邦為「皇帝」,只不過是繼承秦始皇帝尊號的
作法,「少所變改」。司馬遷云:

> 至秦有天下,悉內(納)六國禮儀,采擇其善……。至于高祖,光有四
> 海,叔孫通頗有所增益減損,大抵皆襲秦故。自天子稱號下至佐僚及宮
> 室官名,少所變改。(《禮書》,頁1159-1160)

高祖這時被尊為「皇帝,事隔秦國統一天下已十五年。可見「皇帝」在漢
初作為新詞,本身不是一個歷史新形式;不過,它的「天子稱號」的用法,還
另有秦漢之際社會變革促成的新內涵。

由於秦祚只有短短十五年,未有充分時間讓「皇帝」一詞醞釀出更豐富的
內涵。高祖五年即位至漢初幾十年間,我們發現,在漢人的用法中,「皇帝」
一詞除了作為臣民對在位者的尊號之外,還可以作為在位者的自稱。例如:

> 孝文皇帝前六年,漢遺匈奴書曰:「皇帝敬問匈奴大單于無恙。使郎中
> 係雩淺遺朕書曰:……朕甚嘉之,此古聖主之意也。……」(《匈奴列

傳》，頁2897）

　　以上引文是漢文帝前六年（前174）給匈奴的國書的部分內容，全文以第一人稱行文，文中「皇帝」與「朕」並用，都是漢天子的自稱。在國書開頭用「皇帝」自稱，顯然比「朕」更正式更莊重。[4]天子自稱「皇帝」，恐怕不只是西漢初年的例子，元帝（前49-前33年在位）給淮陽王劉欽的璽書（詔書），開頭也用「皇帝」自稱，似乎已成為漢代皇帝用字的定式。例如：

　　有司奏請逮捕（劉）欽，上不忍致法，遣諫大夫王駿賜欽璽書曰：「皇帝問淮陽王。有司奏王，王舅張博數遺王書，非毀政治，謗訕天子，襃舉諸侯，……已詔有司勿治王事，遣諫大夫駿申諭朕意。《詩》不云乎？『靖恭爾位，正直是與。』王其勉之！」（《漢書‧宣元六王傳》，頁3316）[5]

　　此外，從漢初到司馬遷撰作《史記》時的漢武帝（前140-前87年在位）年間，前後大約一百年，通過家族繁衍，「皇帝」這個稱號衍生了以下一批前所未有的皇室新詞群，包括：

（一）皇后

　　皇帝的正妻。例如：

　　宣平侯女為孝惠皇后時，無子，詳為有身。（《呂太后本紀》，頁402）

　　按：此為孝惠帝時代（前194-前188）的稱號。《漢書》認為「皇后」與下

4　「朕」也是秦始皇統一天下後規定的「天子自稱」，見上引《秦始皇本紀》。
5　點校本《漢書》（中華書局，1962年），後引《漢書》即此本。

文之「皇太后、太皇太后」稱號，皆繼承秦代。《漢書‧外戚傳序》：「漢興，因秦之稱號，帝母稱皇太后，祖母稱太皇太后，適（嫡）稱皇后，妾皆稱夫人。」[6]

（二）皇太后

皇帝的母親。例如：

> 群臣皆頓首言：「皇太后為天下齊民計所以安宗廟社稷甚深，群臣頓首奉詔。」（《呂太后本紀》，頁402）

按：「皇太后」在《史記》有十七次，這是呂后二年（前186）最早的一次。

（三）太皇太后

皇帝的祖母。例如：

> 太皇太后詔大司徒大司空：「蓋聞治國之道，富民為始；富民之要，在於節儉……。」（《平津侯主父列傳》，頁2964）

按：《史記》「太皇太后」只有本傳這次，引文出現在「太史公曰」論贊之後，為詔書內容，體例可疑。《集解》及《索隱》均指此段為平帝（前9-6年）元始中王元后之詔書，但《漢書》不載，未知原因。據《漢書》云：

> 後七年六月，文帝崩。丁未，太子即皇帝位，尊皇太后薄氏曰太皇太后，皇后曰皇太后。（《景帝紀》，頁137）

據《漢書》所載，則「太皇太后」最遲出現於文帝後七年（前157）。

6　《漢書》，頁3935。

（四）太上皇

皇帝的父親。例如：

於是高祖乃尊太公為太上皇。（《高祖本紀》，頁283）

按：這是高祖六年（前201）的事。據《史記‧秦始皇本紀》：「（秦始皇）追尊莊襄王為太上皇。」（頁236）所載，可見「太上皇」在秦始皇時代出現，漢代只是繼承此稱。湘西里耶秦簡有部分內容記載了秦統一以後的一些王室稱謂，其中8-455號木牘正面第二欄有「莊王為泰上皇」的記錄。「莊王」、「莊襄王」，可證《史記》所記，確有所據。

（五）皇太子

皇帝選定繼位的皇子。例如：

（後三年）正月甲寅，皇太子冠。甲子，孝景皇帝崩。（《孝景本紀》，頁448）

按：此為景帝時代（前156-前141年在位）之稱。

（六）皇子

皇帝的兒子。例如：

（高祖十二年）二月，使樊噲、周勃將兵擊燕王綰，赦燕吏民與反者。立皇子建為燕王。（《高祖本紀》，頁391）

按：此為高祖十二年（前199）之稱。

（七）長公主

皇帝的姊妹。[7]例如：

> （梁）孝王慈孝，每聞太后病，口不能食，居不安寢，常欲留長安侍太
> 后。太后亦愛之。及聞梁王薨，竇太后哭極哀，不食，曰：「帝果殺吾
> 子！」景帝哀懼，不知所為。與長公主計之，乃分梁為五國。（《梁孝王
> 世家》，頁2086）

按：此為景帝時代之稱。

（八）大長公主

皇帝的姑姑。例如：

> 陳皇后母大長公主，景帝姊也，數讓武帝姊平陽公主曰：「帝非我不得
> 立，已而棄捐吾女，壹何不自喜而倍本乎！」（《外戚世家》，頁1980）

按：此為景帝時代之稱。

（九）翁主

漢代宗室諸王的女兒。例如：

> 齊厲王，其母曰紀太后。太后取其弟紀氏女為厲王后。王不愛紀氏女。
> 太后欲其家重寵，令其長女紀翁主入王宮，正其後宮，毋令得近王，欲
> 令愛紀氏女。（《齊悼惠王世家》，頁2007）

---

7 「公主」為帝王、諸侯女兒的稱號，不起自於漢代，戰國已見。《史記·孫子吳起列傳》：「田文既
死（按：前279），公叔為相，尚魏公主，而害吳起。」（頁2167）

按：齊厲王於公元前一三〇至前一二五年在位。引文中「紀翁主」下《索隱》云：「按：如淳云：『諸王女云翁主。稱其母姓，故謂之紀翁主』。」可見「翁主」相當於後世的「郡主」。

（十）外戚

皇帝的母族、妻族。例如：

> 太史公曰：「魏其、武安皆以外戚重，灌夫用一時決筴而名顯。」（《魏其武安侯列傳》，頁2856）

按：魏其，即竇嬰，文帝（前179-前157年在位）后從兄子；武安，即田蚡，景帝后同母弟。二人均屬皇帝母族親屬。據此可見，此詞最早見於漢文帝。

以上皇族稱號，都是一時的新形式，除了「長公主、大長公主、翁主」等用法特別之外，其他稱謂一直沿用於歷朝而經久不廢，在漢代歷史中，它們擔當重要的角色。

二　漢家

西漢官員對朝廷的稱號。上文第一則引文已出現「漢家」，但年代不詳，《史記》有年代可尋的「漢家」有以下一則：

> 太史公曰：「梁孝王雖以親愛之故，王膏腴之地，然會漢家隆盛，百姓殷富，故能植其財貨，廣宮室，車服擬於天子。然亦僭矣。」（《梁孝王世家》，頁2089）

據此可知「漢家」為梁孝王劉武時期（？-前144年）已有的稱號，約為景帝時期。

上引一段中，「漢家隆盛」四字卻透露著梁孝王時漢朝出現的不平凡的經濟蛻變的消息。此段中，「漢家」一詞出現的語境，正是「吳楚已破，竟景帝不言兵，天下富實」（《酷吏列傳》）、「人給家足，廩庾皆滿」（《梁孝王世家》），已不同於劉邦建國時「承敝易變」（《高祖本紀》），「將相或乘牛車，齊民無藏蓋」（《平準書》）的艱難歲月。司馬遷對當時這種空前的經濟蛻變觀察得非常清晰，並在《平準書》有這樣的記述：

> 至今上（按：指武帝）即位數歲，漢興七十餘年之間，國家無事，非遇水旱之災，民則人給家足，都鄙廩庾皆滿，而府庫餘貨財。京師之錢累巨萬，貫朽而不可校。太倉之粟陳陳相因，充溢露積於外，至腐敗不可食。眾庶街巷有馬，阡陌之間成群，而乘字牝者儐而不得聚會。守閭閻者食梁肉，為吏者長子孫，居官者以為姓號。（《平準書》，頁1420）

可見「漢家」稱號的出現，除了「成於漢家」的背景之外，還有經濟蛻變、「國家無事」的安定歲月作為養份。「漢家」在《史記》中一共有十二次，從上引《平準書》「京師之錢累巨萬，貫朽而不可校」、「太倉之粟陳陳相因，充溢露積於外」的情況來看，「漢家隆盛」並不是誇大失實的虛號，它比後世模仿「漢家隆盛」而吹捧的「本朝隆盛」或「我朝鼎盛」的頌讚範式有更多的現實內容。雖然「漢家」的詞語結構和先秦的「周室」稱號一樣，[8]屬於偏正結構，但作為當時的新詞，「漢家」的歷史社會內容畢竟和「周室」有所不同：一、由於漢初繼承秦朝中央集權的統治方式，「漢家」減少了「周室」濃重的宗族封建色彩；二、在上述語境下，「漢家」一語充分表現出百姓殷富的自矜心態，它強調的是朝廷積漸富強，君臣上下一心的集體意識，迥不同於「周室」稱號在在乞憐於當時諸侯「尊王攘夷」的無力感。「漢家」這個集體意識，一方面來自臣民對朝廷經濟硬實力的向心和凝聚，一方面也是發自臣民的內心反照。即使今天，我們閱讀時也感受得到當時人們的自豪與得意。

8　例如，《詩經·魯頌·閟宮》：「王曰：叔父，建爾元子，俾侯于魯。大啟爾宇，為周室輔。」

（一）大漢

司馬相如（約前179-前118）在文章中對朝廷的歌頌。例如：

> 大漢之德，逢湧原泉，沕潏漫衍，旁魄四塞，雲專霧散，上暢九垓，下
> 溯八埏。（《司馬相如列傳》，頁3065）

按：此稱出現在武帝御用文人司馬相如的遺文之中，遺文在相如死後不久由武帝使者所忠向相如妻子徵得。「大漢」在《史記》中雖然只有這一次，但它在《史記》中是一亮眼的詞語。據司馬遷所記，漢武帝一向愛讀司馬相如的作品，相如病死前，武帝經常派人前往索取，以免有所遺失：

> 相如既病免，家居茂陵。天子曰：「司馬相如病甚，可往從悉取其書；
> 若不然，後失之矣。」使所忠往，而相如已死，家無書。問其妻，對
> 曰：「長卿固未嘗有書也。時時著書，人又取去，即空居。長卿未死
> 時，為一卷書，曰有使者來求書，奏之。無他書。」（《司馬相如列
> 傳》，頁3056）

由於武帝在相如死前已刻意收集他的作品，這個新詞應該在西元前一一八年司馬相如死前不久才出現的。

由引文所見，司馬相如死前曾囑咐妻子把遺文交給前來求書的使者，然而以相如「不慕官爵」（《司馬相如列傳》）的性格看，遺文中這個「大漢」新詞，與其說是文人為取悅主子而吹噓的「虛辭濫說」（《司馬相如列傳》），不如說是司馬相如在武帝一朝決心逆改屈辱而被動的「和親」政策下，請纓為外交人員到境外處理西南夷問題，而達至異族附從的光榮使命後，萌發出來的恢宏氣度。表面上看，它是純以文學想像方式表達出來的漢民族優越感，雖然可能出於文人的偶然獨創，但當我們看到一批批與司馬相如同時代的漢朝征將使節，諸如李廣（前184-前119）、張騫（前164-前114）、衛青（？-前106）、霍去

病（前140-前117）等人，或勇猛深入匈奴陣地，或持節周旋而不屈於外族蠻威，不惜捨生以赴，就不難看到文中「大漢」相對於「四塞」的精神內涵，是時代變革之下所賦予的，也是幾代人們前仆後繼以生命血肉淬鍊出來的自我稱號。它的出現，意義重大，一方面揭示了漢武帝及其群臣投入大量人力物力所追求的重整漢夷民族關係的堅強意念；另一方面，由「漢家」到「大漢」，實際反映了漢朝由物質力量向精神意志的重大轉化和提升，是國人首次凝聚時代意識而出現的具有民族性格特徵的國家稱號。如果說「漢家」一詞，是集體的內心觀照，那麼「大漢」便是以個人靈感彰顯出來的外爍精神，後者甚至漫衍充實歷史上漢人立足於世的國格，和感召個人志節的國魂。

當然，司馬遷在描述漢朝強盛茁壯之餘，也不忘揭示當時外族壓境下漢人積極開土拓疆所面臨的空前窘迫：

> 自是之後，嚴助、朱買臣等招來東甌，事兩越，江淮之間蕭然煩費矣。唐蒙、司馬相如開路西南夷，鑿山通道千餘里，以廣巴蜀，巴蜀之民罷焉。彭吳賈滅朝鮮，置滄海之郡，則燕齊之間靡然發動。及王恢設謀馬邑，匈奴絕和親，侵擾北邊，兵連而不解，天下苦其勞，而干戈日滋。（《平準書》，頁1420-1421）

在內外環境催生之下，一個有邊界的國家概念隱然成形了，「漢家」、「大漢」可以說正是這個國家概念內外兩面的反照。這個國家概念和先秦時期人們歌讚周室的「溥天之下，莫非王土」（《詩經·小雅·北山》）的「王土」概念有所不同。周人的「王土」概念，似乎過於強調尊王攘夷而欠缺地域界限的概念，姿態不免趨於模糊而被動；相對來說，「大漢」意識在開拓邊疆方面就顯得積極奮進多了。在這個新興意識冒現之際，《史記》記錄了「邊關、邊塞、邊郡、西域、外國」等一批歷史新詞，多方面豐富了這個有界的「國家」概念的內涵。其中「邊關、邊塞、邊郡」更是歷史上首次出現的由點到綫到面組成的有機邊疆防線。

（二）邊關

指設在邊境上的關口或城門。例如：

> 司馬長卿便略定西夷，邛、筰、冉、駹、斯榆之君皆請為內臣，除邊關。關益斥，西至沫、若水，南至牂柯為徼，通零關道，橋孫水以通邛都。（《司馬相如列傳》，頁3047）

按：此詞出現在司馬相如武帝建元六年（前135年）出使西南夷的　時候。雖然「邊關」一詞最早見於司馬相如出使的年代，但「關」在先秦早已出現。《孟子·盡心下》就有「古之為關也，將以禦暴」的說法。「關」在當時是諸侯國之間用來防備外來軍事侵略的設置，並不一定針對外族，它通常有城牆和城門，作為分隔內外和出入通道之用。先秦的「關」也因此不一定位於邊境地區，在境內交通要道或核心地區也可以利用地形險阻來設置。隨著漢帝國的建立，周邊外族同時興起，「關」的主要防守對象也從各爭雄對峙的諸侯轉向邊疆異族的軍事組織，這種變化促成了漢初邊防意識的動因，也成為新意義。漢人為了防禦四方邊境外族的侵入，就在邊境出入口設立了關隘，以控制人員和貨物出入，通與閉是邊關最重要的作用。所以漢初往往有「通關梁」或「通關市」之說，[9]由此也可以看到「邊關」是邊境上一個出入通道的節點。

（三）邊塞

意義相當於邊關。例如：

> （元狩六年三月戊申朔，乙亥）大司馬（霍）去病上疏曰：「陛下過聽，使臣去病待罪行間。宜專邊塞之思慮，暴骸中野無以報，⋯⋯。」

---

9 「通關梁」見《孝文本紀》：「孝文皇帝臨天下，通關梁，不異遠方。」（頁436）「通關市」見《匈奴列傳》：「自是之後，孝景帝復與匈奴和親，通關市，給遺匈奴，遣公主，如故約。」（頁2904）

（《三王世家》，頁2035-2036）

按：《廣雅・釋詁三》：「關，塞也。」[10]可見「塞」與「關」基本同義，「邊塞」相當於「邊關」。「邊塞」在《史記》中只出現了二次，都是霍去病（前140-前117）在武帝元狩六年（前117）上疏漢武帝請求立三子為諸侯王的一篇疏文中的同一句，由於《史記》引用此句兩次，因此實際「邊塞」在《史記》中只能算是一次。霍去病和司馬相如屬於同一個時代的人，因此邊關和邊塞幾乎是同時出現的。

「邊塞」一詞獨見於軍人筆下，大概是當時軍人的用語。由於它只出現一次，無法知道它和「邊關」的分別。不過，從以下的記錄可以看到「塞」的特點：一是漢初《淮南子・人間訓》有「塞翁失馬」「塞翁得馬」的故事，因此「邊塞」可能是邊關附近人民平時活動或放牧的地方；其次是下引「故塞」一詞，顯示「塞」就是「邊界」，即「故塞」也可以作為國家邊界的依據。例如：

> 匈奴單于曰頭曼，頭曼不勝秦，北徙。十餘年而蒙恬死，諸侯畔秦，中國擾亂，諸秦所徙適戍邊者皆複去，於是匈奴得寬，復稍度河南與中國界於故塞。（《匈奴列傳》，頁2887-2888）

我們認為「邊塞」比「邊關」範圍更大，不一定只限於「關隘」。它大約相當於今天的邊境地區，是邊境上的軍事控制核心區。「邊塞」的意涵大概聚焦於邊將守土安民的範圍和責任，和「邊關」強調邊境通與閉的作用有所不同。

（四）邊郡

指位於邊境的地方行政區劃。例如：

---

10 徐復主編：《廣雅詁林》卷第三上（南京市：江蘇古籍出版社，1992年），頁199。

（李廣）徙為上谷太守，匈奴日以合戰。典屬國公孫昆邪為上（景帝）
泣曰：「李廣才氣，天下無雙，自負其能，數與虜敵戰，恐亡之。」於
是乃徙（廣）為上郡太守。後廣轉為邊郡太守，徙上郡。（《李將軍列
傳》，頁2868）

按：「郡」是漢朝中央直接管治的最大地方行政區劃。《說文解字・邑
部》：「郡，周制：天子地方千里，分為百縣，縣有四郡。……至秦初置三十六
郡，以監其縣。」[11]黃汝成《日知錄集釋》「郡縣」條引姚靠云：「吾意郡之稱
蓋始於秦、晉，以所得戎翟地遠，使人守之，為戎翟民君長，故名曰郡。」[12]
可見「郡縣」為春秋之制，與秦國有密切關係。當時縣大於郡，秦始皇初年始
改為郡大於縣，漢代因襲而成為定制。「邊郡」在《史記》出現了七次，上引
「邊郡」是最早的一次，見於景帝時代。當時的邊郡，由於邊境外族頻繁入
侵，成為緩衝外來軍事力量的重要屏障，也因此往往由勇猛善戰的名將鎮守，
李廣即是一例。

由上引文字可知，漢初至遲在景帝時代已經把中央的郡縣制度推行到邊境
地區。由於漢朝實行郡國雙軌制，有時礙於封國所在，中央無法完全在邊境線
上設置邊郡，致使部分邊境暴露於外族覬覦之下。據《漢興以來諸侯年表》所
述，高祖時同姓王者九國，而功臣諸侯者百有餘人，朝廷僅擁有十五郡地方，
十五郡的外圍，都是封國所在，形成了封國「皆外接胡、越」，甚至「燕、代
無北邊郡，吳、淮南、長沙無南邊郡」的局面，成為邊境的安全隱患。經過漢
武帝銳意推行諸侯分封子弟，和因過削地的強幹弱枝政策之後，朝廷管治的郡
區才漸漸增至八、九十個，犬牙相錯地分布在諸侯國之間，成為藩輔京師的阨
塞地利。[13]這種政策的改變，使邊郡在邊區也是另一種藩輔京師的阨塞地利。
邊郡的出現，漢朝正式成為兼重邊界和軍事邊防意識的帝國。

---

11 〔漢〕許慎（班吉慶、王劍、王華寶點校）：《說文解字校訂本》，頁178，鳳凰出版社（原江蘇古籍
　　出版社），2004年。下引《說文解字》均為此本。
12 〔清〕黃汝成：《日知錄集釋》（上海市：上海古籍出版社，2006年），頁1241。
13 以上所述見《漢興以來諸侯年表》，頁801-803。

（五）初郡

剛剛開發或設立的邊郡。例如：

> 漢連兵三歲，誅羌，滅南越，番禺以西至蜀南者置初郡十七，且以其故
> 俗治，毋賦稅。南陽、漢中以往郡，各以地比給初郡。（《平準書》，頁
> 1440）

按：滅南越是武帝元鼎六年（前111）的事。由引文可知，武帝在征服周
邊外族之後，將土地置為邊郡，並以故俗治理。由於原地經濟貧乏，文化落
後，無法徵收賦稅，於是由內地郡縣施以經濟支援，成為特別的開邊政策。武
帝三年內置初郡十七個，顯示出他開疆拓土的魄力和野心。

結語

以上各組新詞，顯示詞語和社會的關係特別密切。尤其當一些重大社會事
件出現時，所形成的新詞往往有年代可尋；同時，深究新詞詞義內涵，往往能
讓我們感受到一個時代的精神。

《英華分韻撮要》異讀舉隅

陳以信

嶺南大學持續進修學院兼任講師

摘要

衛三畏的《英華分韻撮要》是第一部根據廣州話編寫的字典。本文指出，與現代粵音工具書相比，《英華分韻撮要》似乎保留了較多漢字異讀，當中許多例子饒有趣味。例如《英華分韻撮要》往往比現代粵音工具書保留了較多本義、本讀，與《廣韻》暗合。而該字典紀錄的詞彙和短語，也保留不少似已失傳的文白異讀。最後，書中更保留了一些明清時代的俗讀，與《廣韻》殊異，而現代粵音工具書也付之闕如。全面整理這些異讀，將有助我們了解十九世紀前期廣州話的情況，以至粵方言近二百年來的演變。

關鍵詞：粵方言、廣州話、文白異讀、衛三畏、英華分韻撮要

　　美國傳教士衛三畏（Samuel Wells Williams）（1812-1884）於一八三三年抵達廣州，展開宣教工作。他到任後，隨即接手《中國叢報》（*The Chinese Repository*）的印刷和編輯工作，並協助前輩裨治文（Elijah Coleman Bridgman）完成《廣州方言中文文選》（*A Chinese Chrestomathy in the Canton Dialect*）的編纂。

　　經歷過鴉片戰爭的動盪，衛三畏自一八四九年起埋首編寫第一部粵英字典《英華分韻撮要》（*A Tonic Dictionary of the Chinese Language in the Canton Dialect*），歷時六年方始完成。這是一部廣州方言字典，八開本，全書共九百頁，約七八五〇個條目，分為序言、導論、正文、訂正、百家姓拼音表、複姓拼音表、《康熙字典》二一四部的音義、和漢字部首索引表。

　　字典參考了當時坊間流行的一部工具書《江湖尺牘分韻撮要合集》，也因此借用「分韻撮要」作為《英華分韻撮要》的中文書名。不過，衛三畏並無拘泥於《分韻撮要》的讀音系統，導論有不少篇幅，都用來交代《分韻撮要》與當代廣州音相異之處。[1]

　　儘管馬禮遜在一八二八年出版的《廣東省土話字彙》當中，經已發展出一套粵語拼音系統，但該系統前後頗不一致，不標示聲母是否送氣之餘，又沒有任何聲調符號，實在有欠理想。衛三畏根據印第安語專家 John Pickering 的拼音字母，按漢語的情況加以改良，制定出一套嚴謹的粵語拼音系統，而裨治文在一八四一年出版的《廣州方言中文文選》裏，即採用衛三畏系統。

　　衛三畏這套系統，可謂影響深遠，因為往後數十年間，大部分粵語教科書和辭典皆予以採用，而香港政府的粵語拼寫方式，也是從這套系統發展而來的。[2]

　　衛三畏的廣州話音標，包含聲母二十三個，韻母五十三個，比現代粵語為多。茲以下列兩圖表述：

1　關於《分韻撮要》的性質，可參考劉鎮發、張群顯：〈清初的粵語音系——《分韻撮要》的聲韻系統〉，收入《第八屆國際粵方言研討會論文集》（北京市：中國社會科學出版社，2003年）。
2　〔日〕片岡新：〈「香港政府粵語拼音」：一個亂中有序的系統〉，《中國語文通訊》第93卷第1期（2014年1月）。

衛三畏的廣州話聲母

p-	t-	ts-	ch-	k-	kw-	
p'-	t'-	ts'-	ch'-	k'-	kw'-	
f-		s-	sh-			h-
m-	n-			ng-		
	l-		y-		w-	Ø-

（當中 Ø 為零聲母。）

衛三畏的廣州話韻母

-á	-ái	-áu	-ám	-án	-áng	-áp	-át	-ák
	-ai	-au	-am	-an	-ang	-ap	-at	-ak
-é								
					-eng			-ek
-í		-iú	-ím	-ín		-íp	-ít	
					-ing			-ik
-ò			-òm			-òp		
-o	-oi			-on	-ong		-ot	-ok
-ú	-úi			-ún			-út	
	-ui			-un	-ung		-ut	-uk
					-éung			-éuk
-ù								
-ü				-ün			-üt	
-z'								

（上表除零聲母外，都是衛三畏在《英華分韻撮要》裏使用的符號。）

　　衛三畏參考了中國傳統的「圈聲」法，以如下方式分別標示陰平、陰上、陰去、陰入、陽平、陽上、陽去、陽入八調：[3]

---

[3] 衛三畏只標八調，而現代粵語則有九調，陰入兩分。為何如此，不擬在此討論，當另文再述。

⸂鴛	⸀婉	怨⸃	乙⸄	⸤元	⸀軟	願⸃	月⸄
⸤ün	⸀ün	ün⸃	üt⸄	⸤ün	⸀ün	ün⸃	üt⸄

衛三畏對當時廣州話的發音作出了清晰的描述，並詳細說明廣州音與廣東各地鄉音的異同，證明《英華分韻撮要》記載的，的確是十九世紀三、四〇年代廣州話的情況。

字典正文，按照衛三畏自創的廣州音拼音法，按拼音的羅馬字母順序排列漢字，每頁分為兩欄，每個漢字下方另注官話拼音，先以英文解釋該字的字義，又以廣州話拼音列舉該字常用的廣州話配詞或短語，再以英文為配詞及短語釋義。

木₂
Muh

Wood; a tree; wooden; the 75th radical of characters pertaining to wood; one of the five elements and eight sounds; stiff, unbending; honest, unpretending; *yat₄ ₌t'iú shü² muk₂* a single tree; *muk₂ tséung²* or *tau⁵ muk₂ ₌yan*, a carpenter; *muk₂ liú²* timber, lumber; *muk₂ ₌t'au*, a block of wood, a billet, a stump; *muk₂ hok₄* a wooden dipper; *muk₂ ₌héung*, putchuck *téuk₄ muk₂* to chop wood; *muk₂ ₌sing*, Jupiter; *muk₂ ₌k'éung*, cross-grained; *chong² muk₂ ₌chung*, to "strike the wooden bell," is to get the bribe without paying it over to the ruler; *muk₂ ₌ngau ₌yan*, an image, a dunce; *sz'' ₌fong muk₂* a square block, a poor stick of a fellow; *muk₂ ₌mún*, "wooden doors," *i. e.* a rich family.

木₂
Muh

Wood; a tree; wooden; the 75th radical of characters pertaining to wood; one of the five elements and eight sounds; stiff, unbending; honest, unpretending; *yat₄ ₌t'iú shü² muk₂* 一條樹木 a single tree; *muk₂ tséung²* 木匠 or *tau⁵ muk₂ ₌yan*, 鬥木人 a carpenter; *muk₂ liú²* 木料 timber, lumber; *muk₂ ₌t'au* 木頭 a block of wood, a billet, a stump; *muk₂ hok₄* 木壳 a wooden dipper; *muk₂ ₌héung* 木香 putchuck; *téuk₄ muk₂* 斲木 to chop wood; *muk₂ ₌sing*, 木星 Jupiter; *muk₂ ₌k'éung*, 木強 cross-grained; *chong² muk₂ ₌chung*, 撞木鍾 to "strike the wooden bell," is to get the bribe without paying it over to the ruler; *muk₂ ₌ngau ₌yan*, 木偶人 an image, a dunce; *sz'' ₌fong muk₂* 四方木 a square block, a poor stick of a fellow; *muk₂ ₌mún*, 木門 "wooden doors," *i. e.* a rich family.

衛三畏沒有在正文當中，為每條配詞或短語標出漢字，效果就如上圖左欄。他這樣做是有原因的：當年由於條件限制，印刷所並無小號的漢字鉛字粒，假如為每條配詞標示漢字，效果就有如上圖右欄，既不美觀（行距參差不一），占用空間也多出一半以上，在當年艱難經營的情況下絕不可行。但由於詞項都未有標出漢字，給後來的研究者帶來很大的困難，因此多年來都少有學者研究《英華分韻撮要》。

《英華分韻撮要》記錄的廣州話語音，與現代粵語頗有不同之處，當中有關乎語音系統演變的，也有只涉及個別漢字讀音的。本文將集中討論後者，特別是漢字的異讀問題。

與現代粵音工具書比較，《英華分韻撮要》似乎保留了較多漢字異讀，當中許多例子饒有趣味。例如《英華分韻撮要》往往比現代粵音工具書保留了較多本義、本讀，與《廣韻》暗合。而該字典記錄的詞彙和短語，也保留不少似已失傳的文白異讀。最後，書中更保留了一些明清時代的俗讀，與《廣韻》殊異，而現代粵音工具書也付之闕如。以下將逐項舉例說明。當中徵引的十九世紀廣州音，悉依衛三畏系統；而現代粵語發音，則採用香港語言學會制定的「粵語拼音方案」。

一　保留本義、本讀

比如「賑」字，現代粵音工具書都只收去聲zan3一音，而衛三畏就有上、去兩讀：chan˭，「a largess, a bounty; to give, to relieve, to supply; *chan˭ tsai˭* to give to the poor; *chan˭ ₋ki,* to feed the hungry」；「read ˁchan; rich, affluent, wealthy」。《說文》曰：「賑，富也，從貝辰聲。」所以賑字的本義是富有。查《廣韻》賑字有兩讀：上聲章忍切，「隱賑，《說文》富也」；去聲章刃切「贍也」。「贍」即是供給財物，例如「贍養」。所以唸上聲的是「賑」的本義，即富有；唸去聲的是引申義，如「賑災」。衛三畏引的兩個詞例分別是chan˭ tsai˭「賑濟」和chan˭ ₋ki「賑飢」，都唸去聲，但另收上聲一讀。反觀現代粵音工具書都只唸去聲，只有《英華分韻撮要》保留了上聲的本義、本讀。

又如「淨」字，衛三畏寫作「净」，唸 ⊂chang，解作「cold, shivering」，又註「incorrectly but commonly used for 淨 *tsing*² clean」。查現代粵音工具書，都指淨字「同淨」，[4] 而《廣韻》則分作二字：淨，楚耕切，「冷也」；淨，疾政切，「無垢也」。二字無論音、義都絕不相同，現代粵音工具書竟然都弄錯了，唯獨《英華分韻撮要》不誤，實在難能可貴。

再如「攙」字，衛三畏寫成「攙」，唸 ⊂ch'ám，解作「to stab; to sustain, to support, to lead; to supply a want, to make up; to divide with another; to pull out; ⊂ch'ám fan² ⊂lai ⊂t'ím, make another share for him; ⊂ch'ám ⊂fú, to uphold」。這個字跟《說文》「刺也」相通，但衛三畏只唸陽平調，而現代粵語都唸陰平。「攙」字現代粵音工具書都只收caam1音，而普通話也只唸chān，都是陰平調。不過《廣韻》這個字有兩讀：士咸切，解「刺也」；楚銜切，解「攙搶『祅星』」。「攙搶」即彗星。按照《廣韻》的意思，似乎「攙」字一般應該唸士咸切，用在「攙搶」上才唸楚銜切。兩個反切上字當中，「士」字是崇母字，「楚」字是初母字，按規律士咸切粵語應該唸陽平，楚銜切唸陰平。衛三畏把「攙」字唸作陽平，與反切合，況且他舉的兩個例子，⊂ch'ám fan² ⊂lai ⊂t'ím「攙份嚟㗎」和 ⊂ch'ám ⊂fú「攙扶」都是口語，斷不能說他特意從切。所以我們認為衛三畏保留了「攙」字較早前的唸法。

二　反映文白異讀

比如「償」字，衛三畏有 ⊂shéung、 ⊂ch'éung 二讀，⊂shéung音下釋「to restore, to make amends, to replace, to recompense; restitution; to pay, as a debt; to forfeit; to suffer, as a penalty; ⊂shéung meng² to forfeit one's life; ⊂t'ín ⊂shéung, to forfeit; ⊂p'úi ⊂shéung, to make good; ⊂shéung ⊂sam ün² a desire gratified; ⊂shéung ⊂wán, to pay back」；⊂ch'éung音下釋「correctly read ⊂shéung. To forfeit; to recompense, to atone; iú² ⊆ngo ⊂tai ⊂ch'éung, he wishes me to make it up.」兩音

4　例如何文匯、朱國藩：《粵音正讀字彙》（香港：香港教育圖書公司，1999年）就指直指「淨」字「同淨」，完全不作區分。

的解釋無大差異。但「償」現代粵音工具書都只有soeng4一音。雖然衞三畏指 ₌shéung方為正讀，並舉出 ₌shéung meng² 「償命」、 ₌t'ín ₌shéung「填償」、 ₌p'úi ₌shéung「賠償」、 ₌shéung ₌sam ün²「償心願」、 ₌shéung ₌wán「償還」為例子；但另一方面，他在 ₌ch'éung 音之下又舉iú⁻ ⌐ngo ⌐tai ₌ch'éung「要我抵償」一例。

「償」是常母字，一般認為常母在《切韻》裏是塞擦音，而同組的船母是擦音，但現代粵語大部分常母字都跟船母字一樣唸 s，但也有少數例外。[5]衞三畏保留的異讀 ₌ch'éung 正好反映了這種情況。奇怪的是，《分韻撮要》「償」字只收一音，與「長」同音，與「常、嘗」異；衞三畏「償」字雖然收兩音，但其「正音」與「常、嘗」同，與「長」異，剛好相反。衞三畏收錄的「償」字異讀，正好反映了《分韻撮要》至現代粵語之間的演變過程。

又如「腥」字，衞三畏收 ₌sing、₌seng 兩讀：「small tumors growing on the body; measly flesh; raw meat; strong, rank, frouzy, stinking; the peculiar smell of newly killed meat; ₌ü ₌seng, fishy; ⌐tsau ₌sing, odor of spirits; ₌sing ₌ü, raw fish; ₌sing ₌chín, smell of a he-goat; ₌seng ₌wan ₌wan, a rank, fishy taste」。五個例子當中， ₌ü ₌seng「魚腥」和 ₌seng ₌wan ₌wan「腥豳豳」都唸 ₌seng，餘下三個例子 ⌐tsau ₌sing「酒腥」、 ₌sing ₌ü「腥魚」和 ₌sing ₌chín「腥羶」則唸 ₌sing。特別值得注意的是，「魚腥」指氣味，唸 ₌seng；「腥魚」指生魚肉，唸 ₌sing。

現代粵音工具書都收sing1、seng1兩音，一般理解前者為文讀，後者為白讀，但究竟何時唸文讀，何時唸白讀，皆語之不詳。例如《商務新字典》僅指seng1為「語音」，但對列舉的三條詞例（「血腥」、「腥膻」、「他不吃腥」），都未有指出哪一條應唸sing1，哪一條應唸seng1，抑或兩音皆可。可見衞三畏分析文白異讀，遠比一般現代粵音工具書細緻。

---

5 張洪年：《香港粵語語法的研究》（香港：中文大學出版社，1972年初版，2007年增訂版），頁12-16。

三　保留明清時代俗讀

比如「曄」、「燁」二字，衛三畏都唸 shíp̥，與「攝」同音：「the flash of lightning; the splendor of the sun; a great blaze; the second character is the personal name of Kánghí, and is usually written without the perpendicular stroke; *shíp̥ shíp̥* abundant; *shíp̥ ᶜngán,* it dazzles the eyes」。查「曄」字，《廣韻》收兩切：為立切，釋「曄曄」；筠輒切，釋「光也」。「燁」字，《廣韻》寫作「爗」，筠輒切，釋「煒爗火盛」。而「曄」、「燁」二字，現代粵音工具書都只唸 jip6，普通話也只唸 yè，都對應《廣韻》筠輒切（云母葉韻）。惟衛三畏「曄」、「燁」與「攝」同音，與《分韻撮要》相同。[6]

那麼，我們能不能認為，衛三畏只是因襲《分韻撮要》之誤呢？這可以從幾方面來考慮：首先，衛三畏特別指出康熙帝名玄燁，而「燁」也似非太生僻的字；二，衛三畏同時標出二字官話音 yeh，因此 shíp̥ 音絕非受到官話影響；三，《分韻撮要》只釋「曄／燁」為「電光也」，未舉詞例，而衛三畏舉的第二條詞例 shíp̥ ᶜngán「曄眼」則似是一個口語詞；四，從「華」得聲的字，未見有讀如「攝」的，因此也不像是受到偏旁影響。

這樣看來，「曄」、「燁」二字唸 shíp̥，不能單純認定為「誤讀」，反映的應該是清代廣州話的一個特殊唸法。不論該讀音從何而來，衛三畏都只是記錄了當時實質的用法。

又如「只」字，衛三畏唸 chat̥，與「質」字同音：「only, merely; but, however, yet; *chat̥ ᶜhò ᶜkòm ᶜché,* this way alone; *chat̥ tak̥* no otherwise, only could」。書中列舉的兩個例子 chat̥ ᶜhò ᶜkòm ᶜché「只好噉啫」和 chat̥ tak̥「只得」，「只」字都唸同「質」。相反，現代粵音工具書「只」字都僅收 zi2 音，[7] 而《廣韻》以至《集韻》都只有平聲支韻「章移切」和上聲紙韻「諸氏切」（《集韻》作「掌氏切」）兩讀，而絕無入聲唸法。

6　《江湖尺牘分韻撮要合集》道光十八年重鐫本「曄」誤作「瞱」，而衛三畏不誤。
7　雖然有個別工具書收zek3音，但那僅是「隻」的簡化字。

其實「只」字衛三畏也另收一個上聲 ͨchí 音：「also read ͨchí, in the same senses; and only ͨchí, when it is used as a final particle」。但對衛三畏來說，似乎入聲才是「只」字最常見的唸法。

我們查考了馬禮遜的《廣東省土話字彙》、裨治文的《廣州方言中文文選》等早期粵語材料，發現凡是「只」用同英語「only」意思的大多唸入聲。[8] 以下例子的「只」字都拼作 chat：

《廣東省土話字彙》：

Yun sune păt u teen sune, yun yăw tseen sune, teen **chăt** yăt sune, yăm măw um sune, tsung kwei shăt sune.

人算不如天算，人有千算，天只一算，陰謀暗算，總歸失算。

Chăt keen kum sheong teem fa, im keen seut chung sung tan.

只見錦上添花，唔見雪中送炭。

《廣州方言中文文選》：

Chat hai² ͼyan ͨü ͼch'ó ͼshang kó² chan² ͼshí ͨkóm lók₋.

只係人於初生個陣時咁咯。

ͨKi ͼtó kó² ͼkung ͼlóng ͼni? ͨChü üt₋, ming² ͨp'í, **chat** tak₋ yat₋ kó² ͨsíu ͼch'ung.

「幾多個公郎呢？」主曰：「命鄙，只得一個小蟲。」

ͨKóm yéung² ͼ'm tsò² tak₋; **chat** ͼkún ͨtang ͨhá, ͨt'ai shí² ͨhí tik₋ ká² chí² mái² lók₋.

咁樣唔做得，只管等吓，睇試起的價至賣咯。

在《廣州方言中文文選》裏，「只」拼 chí 的僅有一例：

ͨPí ͨngó ͨt'ai ͨhá; ͼái ͨyá! ͼní kó² fó² yau² ͼsung, yau² ͼshá tsít₋ ͼtó, ͼ'm tsò² tak₋ ͼsz' ͨking, ͨchí ͨhó tsò² ͼmín ͨwai ͼché.

俾我睇吓；唉吔！呢個貨又鬆，又紗節多，唔做得絲經，只可做棉緯啫。

8　「只」字《廣東省土話字彙》另收一個 chik 音，往往用同「即」字，此處不予討論。

　　以上引的，都是偏向口語的材料，證明「只」字在口語裏多唸入聲，少唸上聲。那麼，「只」字入聲的唸法究竟是怎麼來的呢？

　　我們發現，金人韓道昭《改併五音集韻・質韻・質小韻》已記載：「之日切……只：起語辭，又語已辭，又專辭，本『之爾切』。本無『質』音，今讀若『質』，俗所音增。」明人楊時偉《洪武正韻牋・質韻》也說「只」字「本無『質』音，今讀若『質』，俗作常用。」可見「只」唸「質」音，早在宋代已經出現，口語常用。

　　由於「只」字唸入聲出現較早，故此現象不限於粵語，也散見於其他漢語方言，如客家話。[9]儘管並非孤例，但「只」唸同「質」，在現代粵音工具書中已經消失殆盡，《英華分韻撮要》保留這個俗讀，實在難能可貴。

四　結論

　　本文介紹了《英華分韻撮要》的異讀情況。該書涉及的異讀數量甚夥，實非一篇短文所能涵蓋，也有待進一步分析、研究，但這些異讀的價值實在不容置疑。全面整理這些異讀，將有助於我們了解十九世紀前期廣州話的情況，以至粵方言近二百年來的演變。

9　劉鎮發：《客語拼音字彙》（香港：中文大學出版社，1997年）。

閩南區方言表「一」的「蜀」
及其相關問題[*]

郭必之

香港中文大學中國語言及文學系副教授

提要

　　本文考察了閩南區方言表基數「one」那個詞的語源，證實它就是西漢揚雄《方言》裡提到的「蜀」。根據演變規律，「蜀」的韻母在廈門話裡應該讀 [-ik]，和「燭」、「綠」同韻，可是事實上它卻讀 [-it]。這種現象普遍出現在福建的閩南語中。筆者提出證據，指出十七世紀初的福建閩南語「蜀」還有 [tsik] 一讀。當時 [tsit] 的讀法已經出現，估計是受到「一」的「感染」而形成的。在福建，[tsik] 在十九世紀初以前已完全被 [tsit] 所取代；符合演變規律的形式則仍可在潮汕、雷州和海南等閩南區中找到。

關鍵詞：閩南語、一、蜀、Arte de la lenguachiochiu、感染作用

---

[*] 本文為研究計劃 "Morphological stratification of Chinese language: case studies of Xiamen and Shantou Southern Min"（編號：CUHK11607916；主持人：郭必之）的階段性成果之一。該計劃得到香港特區政府研究資助局（RGC）贊助。

　　眾所周知，絕大部分漢語方言的基數（cardinal number）"one" 都用「一」，[1]序數（ordinal number）"first" 則以「一」作為核心成分，再加上前綴「第」而成。表一所列出的北京話、蘇州話、廣州話等方言，莫不如此。閩語屬於極少數的例外，因為它的基數都不用「一」：閩東區、閩南區和閩北區都用「蜀」，閩中區用「寡」或「個」；「一」則出現在序數「第一」中。[2]

表一　漢語方言的基數 "one" 和序數 "first" [3]

方言點	方言系屬[4]	"one"	"first"
北京	官話	一 i^1	第一 $ti^5 i^1$
合肥	官話	一 $iə?^7$	第一 $ts\text{ʅ}^5 iə?^7$
太原	晉語	一 $ie?^7$	第一 $ti^5 ie?^7$
蘇州	吳語	一 $i\text{ɪ}?^7$	第一 $di^6 i\text{ɪ}?^7$
南昌	贛語	一 it^7	第一 $t^hi^5 it^7$
梅州	客語	一 it^7	第一 $t^hi^5 it^7$
長沙	湘語	一 i^7	第一 $ti^6 i^7$
廣州	粵語	一 $jɐt^{7a}$	第一 $tɐi^6 jɐt^{7a}$
福州	閩語（閩東區）	蜀 $suo?^8$	第一 $tɛ^6 ɛi?^7$
廈門	閩語（閩南區）	蜀 $tsit^8$	第一 $te^6 it^7$
建陽	閩語（閩北區）	蜀 tsi^8	第一 $l\text{ɔ}i^6 i^7$
永安	閩語（閩中區）	寡 $ku\text{ɔ}^3$	第一 $ti^4 i^7$

1　參閱曹志耘主編：《漢語方言地圖集・詞匯卷》（北京市：商務印書館，2008年），頁191的地圖。

2　語料來源：除邵武一點參考李如龍、張雙慶主編《客贛方言調查報告》（廈門市：廈門大學出版社，1992年）外，其他閩語材料皆由研究計劃CUHK4001/02H （主持人：張雙慶教授）提供，謹致謝忱。至於非閩語的漢語方言，則參考北京大學中國語言文學系語言學教研室編：《漢語方音字匯》（第二版重排本）（北京市：語文出版社，2003年）。「一」字條見該書頁97。

3　聲調標示的方法：1-陰平；2-陽平；3-陰上；4-陽上；5-陰去；6-陽去；7-陰入；8-陽入。廣州話的陰入分「上陰入」和「下陰入」兩類，分別用「7a」和「7b」標示。

4　除特別註明者外，本文一律採用中國社會科學院等：《中國語言地圖集》（香港：朗文，1987年）的方言分區方案。

關於以「蜀」表「一」的現象，學者多援引揚雄（前53-18）《方言》之說，認為閩語保留了古漢語的用法。[5]查《方言》卷十二：「蜀，一也。南楚謂之『獨』。」郭璞（276-324）注：「『蜀』，猶『獨』耳。」[6]雖然「蜀」的語義看起來於古有徵，可是語音對應卻表現得有點凌亂，尤其是韻母方面。理論上，「蜀」應該來自原始閩語（Proto-Min）的 *-yok 韻，[7]和「燭」、「綠」等字屬同一個韻母；實際上，似乎只有閩東區方言符合對應規律。請看表二。

表二　原始閩語 *-yok 韻字和「蜀」在閩語裡的反映

方言點	方言系屬	「蜀」	「燭」	「綠」
福州	閩東區	$suo\textipa{P}^8$	$tsu\textipa{O}\textipa{P}^7$	$luo\textipa{P}^8$
壽寧	閩東區	$sy\o\textipa{P}^8$	$tsu\textipa{P}^7$	$ly\o\textipa{P}^8$
莉田	莆仙區	$\textbarl\textipa{O}\textipa{P}^8$	$ts\textipa{6}\textipa{P}^7$	$l\textipa{6}\textipa{P}^8$
廈門	閩南區	$tsit^8$	$tsik^7$	lik^8
建陽	閩北區	tsi^8	tsy^7	ly^8
建甌	閩北區	tsi^8	tsy^7	ly^8
邵武	邵將區	$\textipa{C}i^2$	$t\textipa{C}y^7$	ly^6
尤溪	過渡區[8]	$\textipa{C}ie^1$	$tsuo^7$	luo^1

---

[5] 如羅杰瑞（Jerry Norman），"Some ancient Chinese dialect words in the Min dialects," *Fangyan*（方言）3 (1983), p.208；李如龍：〈閩方言的特徵詞〉，收入李如龍主編：《漢語方言特徵詞研究》（廈門市：廈門大學出版社，2001年），頁304-305。

[6] 〔漢〕揚雄著、周祖謨校箋《方言校箋》（北京市：中華書局，1993年），卷十二，頁79。按：原本作「一，蜀也」，今據錢繹改。錢氏云：「舊本作『一，蜀也』，本亦作『蜀，一也』。按自宜以『一』釋『蜀』，不當以『蜀』釋『一』。」此說為《方言校箋》所引。

[7] 「原始閩語」是指用比較法（comparative method）擬構出來、所有現代閩語方言的祖先語言。本文主要依據Jerry Norman的擬構。*-yok 韻的對應規則見Jerry Norman: "The Proto-Min finals," in *Proceedings of the International Conference on Sinology (Section on Linguistics and Paleography)* (Taipei: Academia Sinica, 1981), pp.71-72。

[8] 《中國語言地圖集》把尤溪話歸入閩東區，看來只是一個折衷的作法。事實上，尤溪話兼具了不同閩語方言區的成分，歸入「過渡區」似乎更合適。關於尤溪話的性質，參看陳章太、李如龍：《閩語研究》（北京市：語文出版社，1991年），頁304-340。

表中的廈門話基本上可以概括福建閩南語的狀況。在正常的情形下，*-yok 韻到了現代廈門話會演變為 [-ik]，但「蜀」卻帶 [-it] 韻，不合對應。看到這種情形，有些學者便提出新說，認為閩南語表「一」那個詞的語源根本不是「蜀」，例如周長楫指出廈門話的 [tsit⁸] 其實來源於「禃」。「禃」《集韻》「丞職切」，解作「專一也」。這個詞和更早見於文獻的「特」具「同源」關係。《廣韻》：「特，特牛，又獨也。」[9]Ngai（倪星星）的論文附了一張地圖，標示福建及周邊地區表基數 "one" 那個詞的語源。她同意周長楫的說法，認為廈門、惠安的 TSIT 和建甌的 TSI 都源於「特」，而閩東區、莆仙區的 SOK 則由「蜀」（<「獨」）發展而來。[10]

在這篇短文中，我會提出新證據，證明所有閩南區方言表「一」那個詞的確源於「蜀」（原始閩語 *dzyok^D；[11]原始閩南語 *tsɯk⁸）。[12]現在個別方言「蜀」的韻母之所以違反語音對應，是因為它們經歷了 *-ik > -it 的音變。為什麼這個音變會出現？這可能是受到「一」（原始閩南語 *it⁷）的影響，產生了「感染作用」（contamination）。

上文討論閩南區方言時只以廈門話作為代表。如果把其他閩南區方言納入觀察範圍，便會注意到「蜀」的對應可以分為兩組：在福建地區的方言點中，「蜀」和「燭」、「綠」等字不同韻；但是在廣東（包括東部潮汕地區和西部雷州地區）和海南的方言點裡，「蜀」、「燭」、「綠」卻帶有同樣的韻母。[13]表三清楚地顯示了這一點：

9　周長楫：〈說「一」、「禃」和「蜀」〉，《語言研究》第2期（1982年），頁198-199。

10　Ngai, Sing Sing: "On the origin of special numerals for 'one' in southeastern China: [kɛi²¹³] in the northwestern Min dialect of Shaowu," in *Diversity in Sinitic Languages*, ed. Hilary Chappell (Oxford: Oxford University Press, 2015), pp.213, 216, 223。地圖在頁216。

11　原始閩語音節後的「ᴰ」代表入聲。

12　原始閩南語（Proto-Southern Min）一方面是原始閩語的後代語言，另一方面又是現代所有閩南區方言的共同祖先。本文所採用的原始閩南語系統係由筆者自己根據泉州話、漳州話、大田話、揭陽話、潮陽話和雷州話的表現擬構，稍後將以專書形式發表。

13　雷州話和海口話「蜀」的聲母 [z-] 不可能來源於原始閩南語的 *ts-。暫時未能解釋，姑存疑待考。

表三　原始閩語 *-yok 韻字和「蜀」在閩南語裡的反映

方言點	「蜀」	「燭」	「綠」
廈門	tsit^8	tsik^7	lik^8
泉州	tsit^8	tsiak^7	liak^8
漳州	tsit^8	tsik^7	lik^8
大田	tse?^{8}	tso?^{7}	lo?^{8}
龍岩	tsit^8	tsok^7	liok^8
汕頭	tsek^8	tsek^7	lek^8
揭陽	tsek^8	tsek^7	lek^8
潮陽	tsek^8	tsek^7	lek^8
雷州[14]	ziak^8	tsiak^7	liak^8
海口	ziak^8	tsiak^7	liak^8

也就是說，汕頭、揭陽、潮陽等五點「蜀」字的韻母，完全可以通過原始閩語的 *-yok，以及原始閩南語的 *uk 去理解。[15]現在的問題是：為什麼廈門、泉州、漳州等五點「蜀」、「綠」不同韻？

　　十七世紀記錄常來人（Sangley）語言的幾份文獻，能幫助我們解決這個問題。[16]早在十六世紀，來自福建沿海地區的商旅，已經在菲律賓馬尼拉建立了自己的社區。他們被稱為「常來人」。常來人是當時西班牙傳教士傳教的對

---

[14] 雷州市舊稱海康。

[15] 雖然廣東閩南語和海南閩南語都曾經經歷過 *-t > -k 的音變，但「蜀」肯定和 *-t 韻尾的字無關。其中一個證據，是十九世紀記錄潮汕話口語的文獻仍能區分原始閩南語的 *-t 和 *-k。例如在 William Ashmore所編的汕頭話語法書中，「蜀」的拼寫是 chėk [tsek^8]，和「熱」jit [dzit^8] 的形式判然有別。見William Ashmore: *Primary Lessons in Swatow Grammar* (Swatow: English Presbyterian Mission Press, 1884), pp.23, 18。

[16] 關於由傳教士記錄、反映常來人語言的文獻，可參考Henning Klöter（韓可龍）：*The Language of the Sangleys: A Chinese Vernacular in Missionary Sources of the Seventeenth Century* (Leiden/Boston: Brill, 2011), Chapter 3 (pp.51-82)；洪惟仁：〈16、17世紀之間呂宋的漳州方言〉，《歷史地理》第30期（2014年），頁221-224。

象之一。那些傳教士為了學習常來人的語言，編纂了文法書和詞典，也翻譯了一些宗教文獻。筆者曾經根據 *Arte de la lengua chio chiu*（以下或簡稱 "*Arte*"，洪惟仁譯作「《漳州話虛詞典》」）[17] 的轉寫，指出常來人的語言 （至少是 *Arte* 的語言）是一種非常接近漳州話的閩南語。許多在漳州話裡出現過的音韻創新，都直接反映在 *Arte* 的轉寫中。[18]

　　Arte 用訓讀字「一」而不用「蜀」。我們留意到書中的「一」有三種轉寫：（a）*ît'*，對應於現代漳州話的 [it⁷]，出現在「初一」、「十一」這些組合中，不能單獨出現；（b）*chìt'*，對應於現代漳州話的 [tsit⁸]，既可以做數詞單獨使用，也可以和量詞結合組成量詞短語；（c）*chèg'*，沒有現代的對應形式。它的韻母和「竹」*têg'* 一樣，推斷它的讀音是 [tsik⁸]。*chèg'* 的功能和 *chìt'* 相若，甚至可能是變體（variation）關係。這點可以從下面兩個例子看出來：

（1）十七世紀初馬尼拉地區常來人的閩南語（據 *Arte*）

　　　　a. *chèg' tèng kín* 一頂巾
　　　　b. *chìt' tèng bô* 一頂帽[19]

同樣是 [數-量-名] 結構，（1a）的「一」讀 *chèg'*，（1b）的「一」卻讀 *chìt'*。這兩個例子出現在同一頁中，似乎是編纂的人想告訴讀者：*chèg'*、*chìt'* 這兩個形式有互換的可能。

　　有意思的是，*chèg'* [tsik⁸] 這個語音形式正是我們所預期的形式——按照正常的演變規律，原始閩語的 *-yok 韻會演變為現代漳州話的 [-ik] 韻（參考表三的「燭」、「綠」二字的讀音）。這個形式跟汕頭話的 [tsek⁸]、潮陽話的 [tsek⁸] 整齊地對應著。

---

17 洪惟仁：〈16、17 世紀之間呂宋的漳州方言〉，頁222。

18 參閱郭必之：〈早期馬尼拉閩南語的系屬問題〉，「海上絲綢之路的漢語研究國際論壇」宣讀論文（香港：香港中文大學，2017年4月）。

19 筆者未有機會親睹 *Arte* 的原件。Henning Klöter 為 *Arte* 的巴塞隆納藏本做了詳細的注釋及校訂，並把全書翻譯為英語，和原文對照，為研究者帶來了很大的便利。這兩個例子見所著 *The Language of the Sangleys: A Chinese Vernacular in Missionary Sources of the Seventeenth Century*, p.336.

關於 [tsik⁸]、[tsit⁸] 在語音上的關係，洪惟仁有以下意見：

> 我們推想現代音的 tsit 是由 tsék 變來的。如果這個假設正確，那麼 Sangley 的 tsék/tsit 兩讀現象，可以解釋為當時閩南語漳州話正處於 tsék → tsit 的變化期中。[20]

把 [tsik⁸] 訂為音變的起點固然不難理解，因為它符合語音對應規律。可是為什麼 [ik] 韻會朝向 [it] 韻、而不是其他韻母發展？洪先生似乎沒有詳細解釋。

我們對古閩語所知甚少，可是依然可以根據一些旁證作出合理的推測。筆者認為 [tsik⁸] 之所以改讀 [tsit⁸]，可能是受到「一」[it⁷] 的「感染」。儘管「蜀」、「一」在閩南語裡幾乎不能互換，但一般閩南語使用者在不知本字的情況下，依然會覺得「蜀」就是「一」。理解這些背景，就不難明白為什麼 *Arte* 的編者會把 [tsik⁸]、[it⁷] 都寫作「一」。「蜀」、「一」既都是數詞，關係又特別密切，就有可能出現「感染作用」。

「感染作用」是指「語法上屬於同一小類的用法相近的字，有時在讀音上互相吸引，引起字音的改變」。[21]不少漢語方言都把第一人稱單數、第二人稱單數和第三人稱單數讀成同調，就是「感染」的例子。[22]福建閩南語「蜀」字的異常唸法是不是真的受到「一」字的影響？讓我們比較一下表四的語料：

[20] 洪惟仁：〈16、17世紀之間呂宋的漳州方言〉，頁229。

[21] 李榮：〈語音演變規律的例外〉，收入李榮：《音韻存稿》（北京市：商務印書館，1982年），頁109。

[22] 如廣州話「我」（第一人稱單數）[ŋɔ⁴]、「你」（第二人稱單數）[nei⁴]、「佢」（第三人稱單數）[kʰɐy⁴] 都讀陽上調13。根據歷史來源，「佢」本應讀陽平調21。現在唸陽上調，是「感染」的結果。參考李榮：〈語音演變規律的例外〉，頁109-110。

表四　閩語「蜀」和「一」的讀音比較

方言點	方言系屬	「蜀」	「一」
廈門	閩南區	tsit^8	it^7
泉州	閩南區	tsit^8	it^7
漳州	閩南區	tsit^8	it^7
大田	閩南區	tseʔ^8	eʔ^7
龍岩	閩南區	tsit^8	it^7
福鼎	閩東區	θiʔ^8	iʔ^7
建甌	閩北區	tsi^8	i^7
建陽	閩北區	tsi^8	i^7
邵武	邵將區	çi^2	i^7
尤溪	過渡區	çie^1	ie^7

可以清楚看到，無論是哪一種閩語，「蜀」的韻母都有向「一」靠攏的傾向。這肯定不是偶然的。「感染作用」能解釋為什麼廣大閩語方言的「蜀」會脫離正常演變的路徑。有一點需要強調：由於閩東區和閩南區部分方言的「蜀」並沒有「脫軌」，因此我們相信「感染作用」在每一個次方言區中都是獨立發生的。現在不同次方言區「蜀」、「一」都有唸同韻的現象，屬「平行演變」的結果。

　　究竟閩南語的「蜀」在什麼時候讀成 [tsit^8] 呢？具體的時間不好說，但根據 *Arte* 的轉寫，最晚在十七世紀初，「蜀」已經有 [tsik^8]、[tsit^8] 兩個變體了。大約兩個世紀以後，[tsit^8] 已經把 [tsik^8] 淘汰掉，這點可以從閩南系韻書的反映得到證實。在筆者提出的閩南語分群（subgrouping）方案中，閩南語最上位分「北支」和「南支」，分別以泉州話和漳州話作為代表點。[23]我們思疑 [tsit^8]這個形式首先在其中一支開始使用，然後才擴散（diffuse）到另一支去。[24]如

---

[23] 參閱郭必之：〈早期馬尼拉閩南語的系屬問題〉，「海上絲綢之路的漢語研究國際論壇」宣讀論文。

[24] 提出這個看法，是因為 [tsit^8] 在地理上的分布比較局限。潮汕閩語（除海豐外，見下文）、粵西閩語和海南閩語基本上都不用這個形式。

果真的如此,那麼 *Arte* 裡的 [tsik⁸]、[tsit⁸] 便屬於方言變體了。事實上,*Arte* 中「八」這個詞也有兩個形式,相應於現代的 [peʔ⁷]、[pueʔ⁷]。前者是來自漳州話的形式,後者卻明顯帶泉州話的特點。

最後簡單交代一下海豐話的情形。海豐在廣東潮汕地區的西端,和客語區毗鄰。原始閩語 *-yok 韻在海豐話裡一般演變為 [-iok],如「綠」[liok⁸]。海豐話的「蜀」有兩個形式,都不讀 [-iok] 韻,而且有不同的分布:

(2) 海豐閩南語

     a. [tsek⁸]（～、兩、三）
     b. [tsit⁸]（～條歌 [一首歌]）

基數的形式是 [tsek⁸],出現在數數的時候;[tsit⁸] 作為數詞則出現在 [數-量-名] 結構中。從語音的角度看,[tsek⁸] 顯然和其他潮汕地區的 [tsek⁸] 密切相關;至於 [tsit⁸],則很容易跟福建閩南語的 [tsit⁸] 拉上關係。傳統的看法認為海豐話和潮汕話是同一系屬。[25] 這也許並不完全正確。海豐話很可能是一種混合性閩南語,兼具了福建閩南語和潮汕閩南語的特質。「蜀」的異讀就透露了這一點。

本文對閩語(特別是閩南區方言)「蜀」的語源及其異常音韻演變作出了探討。綜觀全文,我們有以下幾點觀察:

一、確定閩南區、閩東語、閩北區、邵將區和尤溪話表基數 "one" 那個詞,語源都是「蜀」;

二、原始閩語「蜀」屬 *-yok 韻。演變至現代方言,「蜀」應該和「燭」、「綠」等字同韻;可是實際上只有部分閩東區方言(如福州話)和部分閩南區方言(如潮陽話)符合語音對應規律;

三、根據 *Arte* 等文獻的轉寫,「蜀」在十七世紀初的福建閩南語裡應該有兩個形式:*chit'* 和現代福建閩南語的 [tsit⁸] 對應,*chèg'* 則符合方言自身的

---

25 如楊必勝、潘家懿、陳建民:《廣東海豐方言研究》(北京市:語文出版社,1996年),頁2。

演變規律 （即原始閩語 *-yok > 原始閩南語 *-ɯk > -ik）。*chìt'* 這個形式應該是由 *chèg'* 發展而來的；

四、今天福建閩南語的「蜀」之所以讀 [tsit⁸]，帶 [it] 韻母，很可能是受到「一」[it⁷] 的「感染」。類似的現象，在其他以「蜀」為「一」的閩語方言中都可以找到蹤影。

繁體漢字難學否？
——從三多三難談起

老志鈞

澳門大學教育學院客座副教授

摘要

近世以來，漢字──繁體漢字──一直被不少人訾為字數繁多、字形繁複、字音繁雜的器具；是難記、難寫、難讀而有礙學習的文字。因而有上世紀五十年代以行政手段大規模簡化漢字的舉措；港澳回歸後，也不時提出要長久使用繁體漢字的港澳地區「棄繁用簡」的論調。繁體漢字真的難學嗎？其實不然。為此，本文除略述漢字簡化的因由和過程外，主調是以繁體漢字分別和拼音文字、簡化漢字就字數多、字形繁、字音雜加以比較，從而揭示繁體漢字不比拼音文字、簡化漢字難記、難寫、難讀，也就無所謂「三多三難」之弊。事實上，繁體漢字之所謂難學，主要不在於其本身特質，而在於教學方法運用恰當與否而已。

關鍵詞：繁體漢字、三多三難、漢字、難學

一　前言

「繁體漢字作為中華民族最寶貴的文化遺產，在中國文化中發揮著不可取代的作用，它具有集形象、聲音和辭意三者於一體的特性，這在世界文字中獨一無二，更可引起美妙的聯想而獨具魅力。然而，數千年發展積澱的繁體字書寫和傳承正面臨著巨大挑戰，為讓中華文化傳承千秋，保存、傳承繁體字不是政治的爭議，而是文化的訴求，冀各人棄成見，致力推動繁體漢字申報世界文化遺產。」上述的一段文字刊載於數年前的澳門報章。[1]「保存、傳承繁體字……致力推動繁體漢字申報世界文化遺產」，這是否意味還通用於港澳地區的繁體字正處於要被廢除的邊緣，成為歷史遺物？要是廢除，相信主因還是老調子——繁體字難學。事實上，「繁體字難學，簡體字易學」，這類聲音早在多年前在港澳出現，如今同樣響亮。二○○九年，澳門十五歲學生參與經濟合作與發展組織（簡稱OECD）主辦的全球「學生能力國際評估計劃」（簡稱PISA）測試，閱讀成績低於平均值，顯示閱讀素養不足。最近兩年，香港中學文憑試中文科成績欠佳，考生視之為死亡之科。持有「繁體字難學」觀點的人即認為，這兩項測試成績之所以如此，原因之一是難學的繁體字，有礙一切學習；而廢繁用簡，是漢字在港澳兩地的發展趨勢。

未來，繁體字在港澳兩地的命運如何？是一如既往繼續使用？抑或因難學而遭簡體字替代，從而消失呢？要解答這個問題，還是從主要關鍵——繁體字難學與否——入手。要是繁體字真的難學，要存而不廢也不容易；否則，繁體字仍有存在的價值。原因主要有二：一是保留港澳兩地長久以來的使用習慣，一是繁體字具有藝術美態，具備傳承文化的功能，這些都是值得大家珍惜的。

---

[1]　崇新同學會：〈傳承繁體字——推動申報世界文化遺產〉，《澳門日報》B6版，2013年8月6日。

二　漢字改革之因由與過程

　　漢字，本名中國字，或稱中文字。這種歷史綿長悠久、形體勻稱優美、使用者眾多的古老文字，一直是傳承中華文化的載體，是國人藉以傳情達意不可或缺的工具。以往，漢字只有正俗之別，而無繁簡之分。漢字之分繁簡，在於漢字經由近世政府施以行政手段多番改革，以致大規模簡化（簡化字數、簡化筆畫）。簡化後的漢字叫作簡體字（或稱簡化字），遭簡體字代替的原本漢字稱為繁體字（或稱正體字），漢字遂有繁簡二體。漢字之所以改革，是因為有人以為「漢字難學」。「漢字難學」的說法應該起因於日本的脫亞入歐時代，也來源於歐美。[2] 而更主要的原因，可遠溯至十九世紀中葉的鴉片戰爭，清政府敗於英人船堅炮利後，神州大地遭遇歐風美雨侵襲，固有的一切視為陳舊落伍，處處不如人。晚清以降，國勢愈益衰弱、經濟愈加疲敗、社會愈顯凋敝、文化素質日漸低落、科技發展停滯不前。許多人包括學者專家以為發生上述種種現象在於教育落後，教育落後在於文盲眾多，文盲眾多在於最基本的學習工具——漢字——難學。傅斯年說：

> 中國字的難學，實在在世界上獨一無二。……青年兒童必須一字一字的牢記字音和字形，必須消耗十年工夫用在求得這器具上。[3]

魯迅在一九三四年寫作的〈門外文談〉，就這樣說：

> 我們中國的文字，對於大眾，除了身分，經濟這些限制之外，卻要加上一條高門檻：難。單是這條門檻，倘不費他十來年工夫，就不容易跨過。[4]

2　彭小明：《漢字簡化得不償失》（香港：夏菲爾國際出版公司，2007年），頁136。

3　胡適主編：《中國新文藝大系‧文學論戰一集》（臺北市：大漢出版社，1977年二版），頁212-213。

4　魯迅：〈門外文談〉《魯迅全集》，6卷（北京市：人民文學出版社，1996年），頁92。又魯迅〈關於

認為漢字難學的人指出，漢字有所謂「三多三難」，即字數繁多、字形繁複、字音繁雜。字數繁多，就難記；字形繁複，就難寫（包括難認）；字音繁雜，就難讀。三多三難中，尤以字形繁複為甚。因此，「改革漢字」——簡化漢字——的呼聲、建議、方案早在清末民初湧現。一九二二年，錢玄同提出「減省現行漢字筆畫方案」，簡化漢字以利學習。一九三五年，國民政府公布三百二十四個簡體字，並計劃逐步推廣；但只持續了半年便撤銷。其後，錢氏更以為根治之道，就是廢除漢字，實行漢字拉丁化。他說：

> 欲使中國不亡，欲使中國民族為二十世紀文明之民族，先廢孔學、滅道教為根本的解決；而廢記載孔學學說及道教妖言之漢文，尤為根本解決之根本解決。[5]

「以簡化為手段，以拉丁化（即拼音化）為目標，廢除漢字；以拼音文字替代漢字，實行漢字拉丁化。」這種主張，更獲得不少文教界人士如魯迅、茅盾、郭沫若、蔡元培等人的響應。漢字拉丁化之所以提出，主因也許是這批知識分子受到使用拼音文字的富強國家，如歐美、日本等國的影響。[6]

漢字拉丁化經過一番醞釀，在一九三一年開始推行，雷厲風行推動了好一段時日，[7]直至十多年後還有學者呼應。杜子勁說：

新文字〉指出：「方塊漢字真是愚民政策的利器，不但勞苦大眾沒有學習和學會的可能，就是有錢有勢的特權階級，費時一二十年，終於學不會的也多得很。」同前述所引書，頁160。

[5] 筆者未見錢玄同原文，僅轉引註2彭小明：《漢字簡化得不償失》，頁114。

[6] 潘國森說：「二十世紀初有這麼一批中國學者鼓吹廢除漢字，表面上的理由是漢字難學，不利普及，實際上以為使用拼音文字，是令國家走上富強道路的重要因素。晚清中國受歐洲列強宰割，這些民族都使用拼音文字。而美國雖遠在美洲，本是英國殖民地，同樣用英語。日本則同時使用漢字和拼音的假名，後來引入羅馬字，並逐步減用漢字，亦成為主要使用拼音文字的國家。難怪有人得出這個無稽的結論，大力鼓吹廢除漢字。」潘國森：《甲級中文》（香港：次文化公司，2011年），頁197。

[7] 曹伯韓說：「中文拉丁化運動原來在一九三一年已經開始於海參崴的華僑中間，到一九三四年大眾語問題討論後，才引起了國內人士的注意而有廣泛的發展。到一九三五年，南北各大城市都產生了新文字研究會，研究新文字的刊物與小冊子陸續出版。以後幾年中間，這運動還是繼續進展，一直到抗戰初期為止。」曹伯韓：〈五四以來的中國語文運動〉，杜子勁：《一九四九年中國文字改革論文集》（上海市：大眾書店，1950年），頁18。

新的中國就必須創設一種新的文字，然後才能適應人民大眾的需要，才
能順利的發展新民主主義的文教事業。要創設與推行一種新文字，首先
必須肯定的逐步廢除漢字。這是不必猶豫的，也不必依違兩可遷延時日
的，應該不惜不顧捨棄舊文字，乾乾脆脆創設新文字，就是合乎大眾的
科學的國際的原則用拉丁字母拼寫中國話的新文字。[8]

足見不少人提出漢字拉丁化，除認為富強國家都使用拼音文字外，還認為漢字
拉丁化能適應人民大眾的需要。之所以能適應，原因是拉丁化新文字易學易懂
易寫易記憶，正與漢字的難學難懂難寫難記憶成明顯的對比。[9]不過，漢字除
極少數外，大部分都是單音節文字，單音節文字特點之一是同音字（即單詞）
多，同音複詞也不少。一旦將多個同音字，如「工、公、攻、供、恭、宮、
躬、功、蚣、龔」拉丁化為gong[1]，單看這個拼音文字gong[1]，又如何能辨析出
是「工」？是「公」？抑或是「攻」……呢？趙元任曾寫作〈施氏食獅史〉一
文，指出漢字拉丁化不可行。[10]事實上，漢字是目治而非耳治──眼睛辨認而
非耳朵辨清──的文字。因此，漢字拉丁化始終難以實現。於是本為實現「漢
字拉丁化」的手段──漢字簡化──，就改弦易轍，成為「改革漢字」的目
標。一九五六年，中國政府正式公布「漢字簡化方案」，簡化了五百一十五個
漢字。一九六四年，編印「簡化字總表」，共收簡體字兩千兩百三十六個。[11]
一九七七年，發表「第二次漢字簡化方案（草案）」；但因簡化過度，反對者

8　杜子勁：〈中國文字改革運動中幾個問題〉，《一九四九年中國文字改革論文集》，頁177。

9　潘懋元：〈準備識字運動幾個條件〉，《潘懋元文集》，卷七（廣州市：廣東高等教育出版社，2010年
　　9月），頁458（原載於1951年出版的《江聲日報》）。

10　趙元任曾寫作一篇〈施氏食獅史〉妙文，全文所有字在普通話裏都是雙聲兼疊韻（shi），只是聲調
　　不同。有人以為趙氏之作在於證明漢字拉丁化的荒謬而不可行。同註6潘國森：《甲級中文》，頁
　　172-173。

11　漢字簡化主要有五種方式：（1）草書楷化：興（兴）、長（长）。（2）恢復古體：禮（礼）、從
　　（从）。（3）省略部分：廣（广）、飛（飞）。（4）簡化偏旁：漢、鄧、戲、歡等字的偏旁，簡化為
　　「又」，而寫為汉、邓、戏、欢。（5）同音代替：將兩個或多個讀音相同、相近的字，簡化為一個
　　字。如：發、髮簡為（发），歷、曆簡為（历）。五種方式中，以同音代替使用最多，正是當時為實
　　現漢字拉丁化作好準備。

眾。一九八六年，重新公布「簡化字總表」，內有兩千零三十五個簡體字，十四個簡化偏旁。目前，漢字繁簡二體，分別流通於兩岸四地；中國內地使用簡體字，澳門、香港、臺灣依舊採用繁體字。

三　繁體漢字不比拼音文字難學，數量也不多

「中國字的難學，實在在世界上獨一無二。」傅斯年這句話不見得人人認同；但「拼音文字比漢字易學易懂」這樣的論調，自清末民初提出以來，就一直掛在社會大眾的口中，見於不少學者專家的筆下。呂叔湘說：

> 漢字難學（難認、難寫、容易寫錯），拼音字好學（好認、好寫、比較不容易寫錯），這是大家都承認的。[12]

沙翁說：

> 方塊文字，便於耍弄文字技巧，而拼音文字，是結結實實的實用文字，在拼音文字成為一種習慣之後，文字花巧一定喪失，不再存在。這種損失，也沒有多大關係。因為拼音文字簡單而容易學習——中國人學習方塊文字的過程，實在太長而痛苦，浪費太多時間精力。[13]

張志公也說：

> 最大的缺點就是，初學500字的階段認識、理解、記憶、書寫都很困難。漢字的筆畫太複雜，不像拉丁字母那樣簡單。[14]

---

[12] 呂叔湘：《語文常談》（北京市：三聯書店，1980年），頁107。

[13] 《明報》版次不詳，1980年3月14日。

[14] 張志公：〈談漢字〉，《中學語文教與學》（出版處不詳，2000年4月），頁70。（原載於《中學語文》（武漢），1999年1月）。

「拼音文字簡單，比漢字易學易懂」是真的嗎？那倒不一定。實則是單音節孤立語有聲調的漢字，沒有形態變化，相比於屈折語因「數、格、時」的關係而有形態變化的英文（按：廣義的拼音文字，包括音標文字英文）、葡文，也有易學易用的一面。例如漢字的「家」和「美」，英文就有「family、families」、「beauty、beautiful、beautifuly」的形態變化。漢字的一個「去」字，英文就有「go、went、gone」三個形態不同的字，葡文更有「ir、vou、vai、vais、vamos、ides、vão、ia、ias、íamos、íeis、iam、fui、foste、foi、fomos、fostes、foram、irei、irás、irá、iremos、ireis、irão」二十四個形態各異的字。諸如此類的變化，不少還是無規律的，學習者只好強記硬背。如此說來，漢字不是簡單易學嗎？此外，漢字構詞簡易，表達力強。「一月、二月、三月、四月、五月⋯⋯」，就比英文的「January、February、March、April、May...」葡文的「Janeiro、Fevereiro、Março、Abril、Maio...」各個不同，來得好認好懂。「三角形、四角形、五角形、六角形、七角形、八角形、九角形、十角形」，就比英文的「triangle、quadrilateral、pentagon、hexagon、heptagon、octagon、nonagon、decagon」[15]個個有異，顯得易學易記。

多年前，曾性初對漢字和拼音文字的學習孰難孰易，有以下的意見：

> 方塊的漢字比英文等拼音文字、日語假名容易學，漢字比漢語拼音易解好懂；漢字字數不算多，筆畫多不一定難認，漢字比拉丁文字篇幅少；字冗餘訊息多等方面的文獻，認為漢字「易學易用」。自從電腦普及後，利用鍵盤、手寫板以及聲控等方法都可以輸入漢字，人們從事文書處理以及排版編輯等程序也簡化了，有很多學者已經不再堅持漢字一定要走「拼音化的道路」。總之，學習漢字已經不再像以前那麼艱辛了。[16]

曾氏之說雖然在三十年前提出；但至今依然深具參考價值。最近一年，臺

---

[15] 潘國森：《甲級中文》，頁28。

[16] 曾性初：〈漢字好學好用證〉，《教育研究》一期（1983年），頁73-79。筆者未見曾氏原文，上述一段文字乃轉引謝錫金、戴汝潛等編：《高效漢字教與學》（香港：青田教育中心，2001年），頁44-45。

灣作家劉墉在其著作中指出，中文比英文有簡單之處。他說：

> 中文很簡單，也很麻煩。簡單，是因為中文一字一音，而且以象形字作基礎。譬如「字典」，顧名思義是專門紀錄文字的典。「字」、「典」兩個音節就成了，但是換作英文 dictionary 卻要五個音。「國際」，一看就知道是國之際，英文 international 也要五個音。[17]

漢字字數多，給學習和使用漢字的人帶來了極大的困難。[18]這說法一直是贊同改革漢字者肯定的。事實是否如此？那倒未必。漢字歷經數千年的發展，目前的字數大約六萬。[19]六萬字數與拼音文字相比，只是小數目。字數不多的原因是，漢字既可獨立成意，也可靈活組合構成無限新詞。不管語言、概念如何變化、增添，亦無須另造新字表達（即使造，但究屬極少數），只要拿原有的組合便成，如以「激」「光」組成「激光」，「航」「空」「器」組成「航空器」，「智」「能」「手」「機」組成「智能手機」，並能收到生詞熟字的特殊效果，使人容易學習。此外，漢字在應用上，數量也不多。普通人認識五、六千字，就能閱讀一般中文書刊雜誌，足夠日常應用；掌握七、八千字，即使是從事和文字有關的專業工作，如寫作，也就綽綽有餘，根本無須要把六萬字全都學會；但英文的字彙 vocabulary，要使用的真不少。潘國森說：

> 英文就不一樣。因為只得二十六個字母，表面上感覺很易學，其實新字、新詞層出不窮，不斷有舊字被淘汰，又有許多新字出現，簡直沒完沒了。《牛津英語詞典》（*Oxford English Dictionary*）所收主詞條約為三十萬！[20]

---

[17] 劉墉：《劉墉超強說話術4：偷偷說到心深處》（臺北市：時報文化出版公司，2012年），頁17。

[18] 程祥徽：《繁簡由之》（香港：三聯書店香港分店，1985年），頁14。

[19] 潘國森指出，二十世紀八〇年代出版的《漢語大字典》收字五萬多個。潘國森：《甲級中文》，頁197。

[20] 潘國森：《甲級中文》，頁198。

英文新字、新詞層出不窮，不斷湧現，原因是英文基於記音關係，面對語音隨著時空的不同而轉變，只有以創造新字新詞的辦法應變；又面對新概念的出現，也以同樣的辦法應變。那麼，語音、新概念隨著時代的進展而變化、增添，新生的字詞也愈繁多。實際上，日常應用薄薄的一本英文字典，就收錄字彙好幾萬個。漢英兩者相比，孰多孰少不言而喻。曾性初「漢字字數不算多」之言，確實不假。既然使用的漢字不多，就無所謂「字多，就難記」的問題。

本來，漢字和拼音文字是兩種性質不同的文字，比較兩者的優劣，不能以甲之長比乙之短，而應作全面深入的對比。漢字與拼音文字各有長短，認為漢字處處落後的意見未必有多少科學根據。[21]漢字要走「拼音化的道路」，實在是沒有必要的。

四　繁體漢字不見得難認難寫難讀

「漢字難學」這種論調始於清末民初，以後的數十年間，還是不時可聞。一九四九年，吳玉章在中國文字改革協會成立大會中致詞指出：

> 中國的文字，主要是漢字，有許多不合理的地方，以至於過分繁雜，難認難寫難記，這是中國教育普及文化發展的一個嚴重的障礙。[22]

二十一世紀的今日，仍然有不少人認為繁體漢字筆畫繁、字形多，難以辨認，難以書寫。漢字簡化，筆劃減少了，節省了書寫時間，便於認讀和書寫。[23]不過，拼音文字拼寫長的也不少，歐美幼小兒童還是要學習的。[24]若繁體漢字難

---

21 劉慶諤：〈也談漢字和拼音文字的比較〉，袁曉園主編：《重新認識漢語漢字》（北京市：光明日報出版社，1988年），頁87。

22 吳玉章：〈中國文字改革協會成立大會開幕詞〉，杜子勁：《一九四九年中國文字改革論文集》，頁145-146。

23 冼為鏗：〈簡化漢字：不應廢，可微調〉，《九鼎》月刊總第18期（澳門：2009年4月），頁53。

24 彭小明說：「德國小學生入學，也會不可迴避地接觸到字母較多的單詞，例如：故事Geschichte，有趣的interessant，幼兒園Kindergarten，不好玩（沒勁）langweilig，聖誕節Weihnachten，夢想樂園

認難寫的觀點成立而要簡化，那麼拼音文字也須大量簡化、刪短。漢字發展至今，依然保留象形圖樣，對學習者而言，每一個漢字就如同一幅圖畫，認字時，不會一筆一畫數過才去認讀，而是把整個漢字視為一個整體加以辨認，故縱使筆畫繁多，結構複雜，也不見得難認。難認與否，實在和筆畫繁寡無關。彭小明說：

> 字形，作為一個整體的視覺圖像被傳輸，繁體字是一個視覺圖像單位，簡化字也是一個視覺圖像單位。視線掃瞄的面積都是相同的字形方塊。簡化字的空白雖然多一些，可是視線掃瞄並不能忽略這些空白，空白和筆劃在傳輸信號意義上是同等信息量的信號。閱讀一個漢字，不論繁簡，用信息學的說法就是對這個方塊字整體地，而不是按筆劃進行掃瞄、編碼、儲存、再提取、比對，做出判斷，認識或者不認識，理解或者不理解，跟這個漢字的筆劃多少沒有關係。由此得出第一個結論，證明了無數（1956年前學過繁體字的）老年知識分子的經驗：會看繁簡兩種字體的人，繁簡閱讀一樣快。[25]

像「龍、灣、邊、權、體、齒、廳、寶、繼、麼」這類筆畫繁雜的字，相信不少人，包括幼小學生都能辨識。因為這些字，一方面常用，另一方面筆畫多，提供的訊息也多，辨認就較容易。葉德明說：

> 漢字本身筆畫的多少，並不能代表該字真正的在記憶上的負擔。「鑫」字有24畫，「鑿」有27畫，一般國人很少認為「鑫」難認，因他是由三個金字合成的。而「鑿」左上部的字素，僅出現在該字而已，不用在其他的漢字裡。[26]

Schlaraffenland（這些單詞都是德國兒童非常熟悉的概念，竟都超過十個字母）。」彭小明：《漢字簡化得不償失》，頁21-22。

[25] 彭小明：《漢字簡化得不償失》，頁9。

[26] 葉德明：〈漢字認讀與書寫之心理優勢〉，李振清等編：《中文教學理論與實踐的回顧與展望》（臺北市：師大書苑公司，2005年），頁71-72。

蔡樂生深入研究識字和默寫的過程，也發現漢字的識別與漢字的複雜性無關。[27]換言之，繁體字並不難認；不難認，也無所謂「難記」的問題。筆畫繁雜的字，除了不妨礙辨識外，也不影響對字義的學習——理解字義。有學者更以為筆畫多的字，其字義比筆畫少的字容易學習。[28]綜上所述，曾性初「筆畫多不一定難認」之說，也是恰當的。

「漢字形多，就難寫」，這是偏頗之詞。筆劃減少，無疑是便於書寫；但結構複雜的字，也不一定難寫。本來剛認字的幼兒就不宜寫字，勉強為之，定感困難。待至五、六歲時，手指靈活而有力，才執筆書寫。首先寫的是筆畫簡少的字，熟練後，再寫筆畫繁多的，自能得心應手，這是中國傳統的寫字教學法。筆畫繁多，也不見得書寫緩慢費時。其實，對於漢字，甚少人會工工整整地書寫。書寫漢字，要一筆一劃清清楚楚的，一般有兩種情況：一是教師向小學生教導漢字，一是小學生的書寫練習。除此以外，大多數人都是以近乎行草的書體寫字，即使學生在考卷上作答也如是，書寫速度不比簡體字的書寫為低。呂叔湘說：

> 簡化漢字的主要目的是讓寫字能夠快些。寫字要快，本來有兩條路：可以減少筆畫，也可以運用連筆，就是寫行書。光是減少筆畫，如果還是每一筆都一起一落，也還是快不了多少。事實上我們寫字總是帶點行書味道的。[29]

隨著中文電腦、複印機的發展和普及，需要工工整整繕寫的時代已成過去，而印刷也絲毫不受筆畫多寡的影響。因此，繁體漢字字形繁複，難寫，在現今更加不是問題了。

「漢字音多，就難讀」，也是不少人對漢字訾議之語句。漢字確實有一字

---

[27] 辛濤、黃高慶、伍新春著：《小學語文教學心理學》（北京市：北京教育出版社，2001年），頁39。

[28] 同前註。辛濤等學者指出：「漢字字形對字義的影響大於字音對字義的影響；字義學習的難度並不隨筆畫的增多而增加，筆畫多的字的字義比筆畫少的字容易學習。」

[29] 呂叔湘：《語文常談》，頁114。

多音、一音多字現象；但難讀與否，和音多無關，只關乎使用的教學方法是否恰當。漢字並非拼音文字，長久以來也沒有注音符號、漢語拼音，前人卻能一一學會，這很值得大家深思。事實上，前人教授生字，只要求兒童見一字讀一音（若字形同一，意義有異，則讀另一音，如「重、說、樂」等字），把字音記下來。清人如唐彪、崔學古等教導認字之法是：教師揭示生字，讀其字音，兒童隨之而讀。如是者，兒童經過多次反覆練習，最後無須教師教導也自能見字形即讀字音，將字音牢記。此外，教師還引導兒童辨認近音字、同音字、形似字。[30]「見字形即讀字音」這種中國傳統識字教學方法，看似強塞硬灌、笨拙不堪；但其實正與西方教學原理——古典制約學習——相符。兒童特性之一，是記憶力強。他們見字形、讀字音，也就是將字形（刺激）與字音（反應）多次作機械式反覆聯結，很快就把字形、字音合而為一牢牢記下，一輩子也不會輕易忘掉。採用上述教學方法，所謂「音多，就難讀」這個問題便不存在。

五　常寫錯別字之原因

學生經常寫錯別字，這是事實；但錯的原因不見得都和「字數繁多、字形繁複、字音繁雜」有關。主要的原因是：漢字以線條為形體結構，人類意象無窮，構形表意的筆畫有限，形體相似的字自然繁冗；漢字與單音綴漢語的關係密切，形成單音節文字，音同音近義歧的字也就繁多。如此一來，形似如「未、末」「冶、治」「己、已、巳」「戊、戌、戍」「拆、折、析」，音同如「以、已」「色、式」「須、需」「造、做」「咀、嘴」，音近如「小、少」「生、身」「侍、恃」「壯、狀」「響、嚮」等字，常因混淆以致彼此誤寫誤用，而出現所謂錯別字。其實，簡體字也有不少形體相近的字，如「仑、仓」「风、凤」

---

30 崔學古《幼訓》：「凡訓蒙勿輕易教書。先截紙骨方廣一寸二分，將所讀書中字楷書紙骨上，紙背再書同音，如『文』之與『聞』，『張』之與『章』之類，一一識之。」又說：「有辨字一法，如『形』之與『刑』，『揚』之與『楊』，聲同而筆畫邊旁不同；如『巳』之與『已』，『行』之與『行（杭）』……諸此類，必細辨之。」〔清〕崔學古：《幼訓》，〔清〕王晫、張潮編纂：《檀几叢書》二集卷八（上海市：上海古籍出版社，1992年）。

「沪、泸」「娄、类」「归、旧」「远、运」；讀音相近相同的字，如「贴、帖」「赏、尝」「立、力」「和、合」「斤、金」「声、生」等，故內地學生即使從小就學習簡體字，但筆下的錯別字還是常見。有關資料如表1顯示：

表一　中國內地小學生識字錯誤分類[31]

年級	錯別字類型		
	形錯	音錯	義錯
三、四年級	60.97%	23.38%	15.65%
五、六年級	61.24%	29.62%	9.14%

內地學生使用簡體字，錯別字還是以形似而錯為最多，音同音近而錯為次。可見漢字——包括繁簡二體——所謂難學之處，不在於字數繁多、字形繁複、字音繁雜，而在於形似、音近、音同之字多，以致誤寫誤用。

既然繁體字並不比拼音文字難學難用，也不比簡體漢字難認、難記、難寫，何以到現在還流行漢字——繁體字——難學的說法。呂必松揭示其因。他說：

> 現在仍然到處流傳著「漢字難學」的神話。實際上，所謂「漢字難學」並不是漢字本身的性質所決定的，而是漢字教學不得法所造成的。[32]

的確，漢字本身無所謂難學易學，任何文字也如是。難學與否，主要關鍵還在於教師採用的教學方法。若只就字數繁多、字形繁複施以簡化，而不對症下藥——多教導學生辨認形似、音同、音近的字——，錯別字總是免不了，漢字始終讓人覺得難以學習。反之，教法適當，學生就易於學習。當然，學生的學習態度也是關鍵。

---

[31] 資料來源：申紀雲（1989），見祝新華（1993）。筆者未見原來資料，上表乃轉引註16：謝錫金、戴汝潛等編：《高效漢字教與學》，頁79。

[32] 李振清等編：《中文教學理論與實踐的回顧與展望》，頁83。

六　結語

　　「漢字──繁體字──難學」這樣的論調，始於清末民初民族自信心的喪失。以漢字本身的特質而言，漢字縱使不比拼音文字易學易懂，也不會比拼音文字難學難明。兩者其實各有難易，不分深淺。至於簡化漢字，把字數減少、筆畫減省，簡體字也不見得能化解所謂漢字之難──因形似、音近、音同之字多，容易讓人混淆而誤寫誤用。既然簡體字和繁體字遇到的難處如一，則繁體漢字有「三多三難」之弊，比簡體字難學難用之說，就無從成立。其實，漢字難學與否，主要關鍵還在於採用的教學方法是否適當。方法適當，就能化解字多形似、音近、音同之弊，讓學生易於學習。

　　繁體字通行於港澳兩地已有一段漫長歲月，上至政府機構，下至商戶店舖用的是繁體字；市民大眾日常使用的，都是繁體字；大街小巷觸目所及的，也還是繁體字。可以說，繁體字已深植於港澳人心中。和拼音文字、簡體字相比，又非難學難用，那就無須遭簡體字替代，自有繼續在港澳兩地使用的需要和價值。要知道，一旦棄繁用簡，會引致社會大眾諸多不便。[33]當然，繼續使用繁體字，並不意味抗拒認識簡體字。畢竟，多掌握一種字體，總是有利而無害的。

---

[33] 「在『安定』優先的大前提下，我們以為保持香港現有的繁體字環境，也勢必是其中重要一個項目。否則簡化字的推動，必然會影響人們日常生活，文字不僅會進入長時期的混淆，人們學習、辨識的耗時費神，公務商業文書檔案亦需重新整理轉換，社會上因不識簡化字而產生新文盲，諸如種種，都將使安定的香港，產生相當程度的衝擊。」上述的一番話是孔仲溫在多年前說的；但在今日還有參考價值。孔仲溫：〈一國兩字〉，《一九九七與香港中國語文研討會論文集》（香港中國語文學會、香港中文大學吳多泰中國語文研究中心，1996年），頁313。

香港粵語脫落聲母 n- 和 ŋ- 小議

譚志明

香港教育大學文學及文化學系高級講師

摘要

　　香港粵語的「懶音」問題，經常受到學者關注，本文則嘗試討論其中聲母相混的現象。香港粵語聲母相混，大致可分為以下六種：（一）ŋ-和零聲母；（二）l-和n-；（三）g-和gw-；（四）k-和kw-；（五）元音化輔音m和ŋ，如「唔」和「吳」；以及（六）「佢」字的聲母由k-讀作h-。然而，前兩種與後四種情況似乎不盡相同。為此，本文先考察ŋ-和零聲母、l-和n-兩組相混的聲母，在本港的實際發音情況，並嘗試從l-/ n-不分的歷史淵源和香港方言混雜的實況，以及ŋ-和零聲母的任意性和地域性，解釋香港粵語聲母n-和ŋ-之脫落現象，旨在提出聲母n-和ŋ-的脫落，並非只由「懶音」所致。

關鍵詞：香港、粵語、聲母、脫落現象

一　引言

　　香港粵語[1]的「懶音」問題，經常受到學者關注，而且在大眾傳播媒界中亦時有討論。聲母方面，學者最常列舉的聲母相混現象，有以下幾種：（一）ŋ- 和零聲母；（二）l- 和 n-；（三）g- 和 gw-；（四）k- 和 kw-；（五）元音化輔音 m 和 ŋ，如「唔」和「吳」；以及（六）「佢」字的聲母由 k- 讀作 h-。[2]「懶音」，簡言之是因為口語中為了說話快速或省力，簡化、合併一些音韻，從而偏離該詞彙的原有正確發音的現象。例如把「港」讀成「趕」；把「點解」讀成「din[2]解」等等。以「懶音」這個概念，似乎很簡單就可以解釋了以上六種香港粵語的語音現象，可是我們不禁提出疑問，既然上述發音不準的原因是「懶」，那麼總有不懶的語言使用者，很「勤力」地把讀音讀出來，又或在演講或廣播等正式的場合，不再「懶惰」了。

　　然而，以上所舉六種「懶音」現象，前兩種與後四種似乎不盡相同，並不宜一「懶」以概之。現時香港，無論正式或非正式場合使用粵語，例如新聞報導、電台廣播、教育（講課）等，或銷售、日常談話、甚至流行曲、電影等，我們都幾乎沒有聽到有粵語使用者能把 n- 和 ŋ- 讀出，例如「你」、「諗」等字，都很自然地把聲母 n- 讀成 l-。又例如聲母 ŋ-，以下一句「我食芽菜炒牛肉」，當中「我」、「芽」、「牛」，本來聲母都是都 ŋ-，但今日香港的粵語使用者都很自然地全部讀成零聲母。大概只有在研習音韻學的時候，或接受過正式聲韻訓練的人，才會有意識地讀出 n- 和 ŋ- 兩個聲母，而聽者對「正讀」，大概亦會感到相當不自然。後四者則不同，「法國」、「發覺」、「礦場」、「對抗」、「吳」、「唔」等，則不像以 n- 和 ŋ- 為聲母的字詞，總有「勤力」的粵語使用

---

[1] 香港粵語，指香港通行的粵語，屬粵方言中的粵海片，一般稱廣州話或廣東話。粵方言是一個大概念，下面分為粵海片、四邑片、香山片、莞寶片、高雷片等，下文提及的四邑話，本亦屬粵方言的一支，唯因早期四邑移民香港的人數較顯著，說四邑話的人口眾多，所以殖民地時代把四邑話和廣州話區分開來。

[2] 參何文匯：《粵音正音示例》，見《粵音平仄入門‧粵語正音示例（合訂本）》（香港：喜閱文化，1999年），頁17-51。

者把語音讀出，而聽者亦不覺突兀。至於「佢」，印象中問題並不嚴重。為此，本文作了一個很簡單的隨機調查，邀請十位香港出生的、以粵語為母語的受訪者，把以下詞語讀出，詞語的順序如下：

（1）擴張　（2）過年　（3）佢　（4）牛柳粒　（5）芽菜
（6）五個國家　（7）礦場

結果如下：

	（一）ŋ 和 Ø		（二）l- 和 n-		（三）g- 和 gw-		（四）k- 和 kw-		（五）m 和 ŋ	（六）k- 和 h-
	牛	芽	年	粒	過	國	擴	礦	五	佢
1	✗	✗	✗	✗	✓	✓	✓	✓	✗	✓
2	(✓)	✗	✗	✗	✓	✓	✓	✓	✓	✓
3	✗	✗	✗	✗	✓	✓	✓	✓	✗	✓
4	✗	✗	✗	✗	✓	✓	✓	✓	✗	✓
5	✗	✗	✗	✗	✓	✓	✓	✓	✗	✓
6	✗	✗	✗	✗	✓	✓	✓	✓	✗	✓
7	✗	✗	✗	✗	✗	✗	✗	✗	✗	✓
8	✗	✗	✗	✗	✓	✓	✓	✓	✗	✓
9	(✓)	✗	✓	✓	✓	✓	✓	✓	✓	✓
10	✗	✗	✗	✗	✓	✓	✓	✓	✗	✗

十位受訪者隨機選出，並無特定群組，唯年齡介乎二十到六十歲之間。上表的（✓），表示發音有缺憾，這情況只在第（一）組出現，兩位受訪者讀「牛」字時，ŋ-的發音介乎有與無之間，「芽」則全部沒有發出 ŋ-。而第（二）組 n- 的讀音，只有一位受訪者能讀出聲母 n-（受訪者9）。十位受訪者之中，幾乎脫落所有鼻音聲母 n- 和 ŋ-，可見情況很普遍。當中只有2和9發出很弱的 ŋ-

（而極可能因為字詞是陽平聲，音調較低，因而發出微弱的 ŋ-）。受訪者9，雖然有發 n- 聲母，但他在說「牛柳粒」時，「柳」的聲母也由 l- 轉了n-，雖是讀對了目標的字詞，但同樣有 n-/ l- 不分的情況，只憑直覺加上鼻音，因而其發音亦不足為例。[3]至於聲母 gw- 和 kw- 則沒有問題，普遍都能讀出。元音化輔音「五」($ŋ^5$)讀 m^5的很多，但仍有正確者二。[4]「佢」只有個別人士會讀出聲母 h-。特別值得一提，受訪者7，除了「佢」沒問題，其他字的聲母都相混了，可見受訪者發音有系統性錯誤。這個微型調查，目的在說明第（一）（二）類「懶音」，並不相同於其他幾類，其發音的失誤量大有分別。再者，綜觀香港日常生活中使用粵語，最常用的字詞，如「我」（ŋ-）、「你」（n-）等，其實都已沒有（或接近沒有）人會讀出其原來的聲母。然而若有人「字正腔圓」說「我與你」，聽者反覺不習慣。由是觀之，香港粵語鼻音聲母 n- 和 ŋ- 的脫落，並非「懶音」可以完全解釋。順此，本文嘗試深入考察香港 n- 和 ŋ- 的實際語音情況，再思索香港粵語聲母 n- 和 ŋ- 脫落的問題。

二　香港粵語聲母 n- 之考察

（一）n-/ l- 不分早已有之

　　n-/ l- 這兩個聲母，一向引起學者注意。討論這問題以前，我們宜先追本溯源。n-/ l- 不分的現象，其實在很早的時候已經出現，而且主要是由 n- 轉為 l-。粵音權威書籍之一，黃錫凌的《粵音韻彙》初版於一九四一年，書中指

---

[3] 據陳月紅二〇〇八年發表的香港粵語聲母研究指出，研究對象在日常口語中，幾乎完全用／l-／替代／n-／，不存在年齡、性別和教育程度組間的差別。見陳月紅：〈語音變異與轉變的語言、社會語言及社會心理因素的分析──香港粵語中聲母／l-／替代／n-／之研究〉，《中國社會語言學》2008年2期，頁75-91。

[4] 筆者後來再思考調查結果，或許因為「五」日常多用作數目，如十五、二十五，三十五等，因為「十」之收音為合口（-m），「五」容易受語流影響，而發出m^5之發音。粵語亦有把數目，如「四十五」，讀成sei^3 a^6 $ŋ^5$，「十」之讀音為a^6（開口），則較容易維持「五」($ŋ^5$)的正確發音。因此，「五」之發音，十分不穩定，甚或已變化，以上測試，若以「吳」、「午餐」等作例子，也許讀對的人會更多。不過元音化輔音m和ŋ非本文討論主旨，僅作補充。

出：「粵人每將 n 與 l 兩母相混，如『南』『藍』不分，『努』『老』同讀，自是語病。」[5]先不論這是否「語病」，然而粵語 n-/ l- 不分的情況，由來已久，卻是事實。在香港，n-/ l- 相混，似是語音合併，由 n- 轉到 l-，同樣發生得很早，使用者的懶與不懶，似非充分的理由。

黃耀堃和丁國偉的《〈唐字音英語〉和二十世紀初香港粵方言的語音》，提到其中一項資料《英華日用（增訂）英語全書》，該書的資料大致源於二十世紀初前後，當中不少地方以〔l-〕的粵音來對譯英語的〔n-〕，可見在二十世紀初以粵語標寫英語，n- 和 l- 時有混用的情況，例如把 necklace 標作「叻啊樹」；line 標作「乃厭」；並書中所列眾多例子，都顯示音譯者在標音時並沒有明確分開粵音 n-/ l- 之別，而讀者亦無以此為不妥當。研究亦指出，香港的地名譯寫，同樣有 n-/ l- 相混的情況，如念祖街（Lim Cho St.）、羅富國徑（Northcote Close）等等，港人已習以為常。再者，二人通過廣東古地名的考據，指出 n-/ l- 相混的情況，可能早在明朝已出現。[6]張洪年在序言裏，為黃耀堃和丁國偉的研究，作了中肯的詮釋：

> 今日討論粵語聲韻，總舉n-、l- 對立，各歸為獨立聲母。我們遍查各字典，n-、l- 例子分列，絕不混淆。但在現實語言中，n- 多混作l- 的情形，比比皆是。學者常以為是時下青年發音不準所致，也就是所謂「懶音」的表現。其實中國各方言，古泥母字和來母字不分的情形，屢見不鮮。……粵語中n-、l- 不分本是語言中一種自然的變化，與發音懶惰不懶惰，並無絕對關係。……大體來看，n- 和l- 相混，大概已有一百多年的歷史，但是這個變化至今還沒有完成。而且今日正音人士，希望用課堂教學來改變發音，成效到底有多大，不敢斷言，但是合併的速度，也許會因此而放緩。[7]

5　黃錫凌：《粵音韻彙》（重排本）（香港：中華書局，1998年），頁86。

6　黃耀堃、丁國偉：《〈唐字音英語〉和二十世紀初香港粵方言的語音》（香港：香港中文大學中國文化研究所吳多泰中國語文研究中心，2009），頁84-88。書中舉出很多以粵音音譯英語的材料，說明n-、l-不分，可見一般人口n- 和l- 可能已經分辨不出來。

7　黃耀堃、丁國偉：《〈唐字音英語〉和二十世紀初香港粵方言的語音》，張洪年序，頁II-III。

語音的自然變化發展，聲母的分合，自古已有；而且中國方言眾多，同一種方言，在每一地方亦有不同發展與演變。香港的粵語與很多其他方言一樣，有其本身變化，並非「懶音」能完全解釋。

（二）方言之間的相互影響

香港是移民城市，「在五十年代移民香港的廣東人，大約也只有一半人口以廣州話為母語，其餘就分別操四邑話、潮州話、客家話等方言，再加上福建省、上海和其他省分的移民，香港人的上一代可說是『各說各話』。」[8]而在五〇年代移民潮以前，香港亦有本土的居民，其一為本地人，主要在元朗和上水的平原上，操「本地話」，又稱「圍頭話」（粵方言中的莞寶片）。另一種是住在山邊和丘陵上，操一種跟梅縣方言相通，被稱為「客家話」的人口。後來因英國人「租借」新界，為平衡利益，讓他們都擁有耕地和建立小型樓房的權利，並把兩種本土居民都統稱「原居民」。本地人主要由宋代已開始定居香港，客家人主要是清初前來。[9]由此可見，香港這小地方，本來集各地之方言，根據統計，一九六六至一九九六年非香港粵語的方言使用人口百分比如下：

方言	% 來源地，1966	1983	1991	1996
四邑	19.28	6.3	1.9	1.4
潮州	10.94	9.3	5.4	5.0
客家	6.73*	7.5	5.3	4.9
福建	ND	4.2	3.6	3.9
上海	ND	4.1	1.8	1.6
總計	46%	31.4%	18%	16.8%

* 鄒嘉彥（1997）之估計　ND＝無資料，但兩項相加應為9%左右。[10]

8　劉鎮發：《香港原居民客語》（香港：香港中國語文學會，2004年），頁1。

9　同前註，頁2-3。

10　統計轉引自劉鎮發：《香港原居民客語》，頁3-4。

從上表可見，一九六六年各類非香港粵語的方言，加起來大約過半，而在數十年間不斷減少，幅度亦相當大。劉鎮發在書中言：「在過去的幾十年間，廣州話不僅成為社會通用語（lingua franca），同時也是中小學的教學媒介（王齊樂，1992），電臺、電視的唯一漢語方言，而且自一九七四年起也是官方的法定語。」[11]而根據劉鎮發研究中引述的另一項一九一一年的政府統計指出，「新界本地人和客家人各為47790和44374，接近一比一。而在新界北部，客家人有37053人，比本地人的31395人更多。根據原居民老人的回憶，在一九四九年以前，客家話在新界大部分地方，甚至取得了共同溝通語的地位。」[12]可見客家話使用人口之多以及在新界的地位。

　　以上香港方言人口的數據，都證明香港本來混雜各種方言，而香港的客家話，更是其中一支重要的方言。在各說各話的情況下，方言的發音互相影響，自不待言。香港初期本來還有客語、潮語等私塾學堂，後來教育、廣播、電視、甚至官方語言，也統一為廣州話。劉鎮發在訪問中指出，香港的客家人後來因為實際和教育需要，轉而學粵語並接受粵語教育，發展到後來反而以說客家話為恥，導致客家話消失。[13]

　　香港的客語，聲母系統跟梅縣話基本完全相同，只是沒有聲母 n-。在日常生活中香港客語也沒有 n-。[14]香港的客家人學習粵語，同樣會把沒有 n- 的習慣帶到粵語中，在客語和香港粵語交流之下，n- 的丟失合乎實際情況。正如現時香港一片學習普通話的熱潮，港人學普通話，因廣東話沒有翹舌音，聲母 zh、ch、sh 普遍會脫落或表現不一致。因此，客語為香港方言龐大的一支，人口頗多的客家人後來因為種種原因，學習粵語，把香港客語的習慣與香港粵語融合，正如任何第二語言的習得一樣，第一語言無論如何也會在第二語言上留下痕跡，因而失落了 n-。[15]

---

[11] 同前註，頁3。

[12] 同前註，頁5-6。

[13] 參http://hk.apple.nextmedia.com/news/art/20140217/18627989，〈50年前廣東話人口不過半淘汰多種方言成主流〉，《蘋果日報》，2014年2月17日。

[14] 劉鎮發：《香港原居民客語》，頁13。

[15] 再者，如南海口音亦沒有聲母n-，併用l-發聲，同樣亦混進廣州話裏，參莫朝雄：《粵語教學與讀音研究》（香港：香港教育出版社，1961年），頁15。

三　香港粵語聲母 ŋ- 之考察

（一）ŋ- 的隨意性

　　據音韻學的基本理論，「舌根聲母 ŋ- 來自古代疑母。零聲母的字很多是來自古代影母字。疑和影清濁不同，所以 ŋ- 聲母字今讀陽調，零聲母的字可讀陰調，例如歐是零聲母，讀陰平，牛是 ŋ- 聲母，讀陽平。」[16] 可是我們不難發現，粵人對 ŋ- 這個聲母，存在一定的隨意性。黃錫凌的《粵音韻彙》指出：

> ……又凡從 ɑ ɛ ɔ ɒ 元音字頭諸字，大都可以加讀 ŋ- 輔音。如鴉字讀 [ˈŋa]，壓字讀 [ˉŋat]，矮字讀 [ˈŋɐi]，哀字讀 [ˈŋɔi]，惡字讀 [ˉŋɔk]，澳字讀 [ˉŋou]。去 ŋ- 輔音音頭，即得原來標準音。但從 i u y 諸字音，則不能加讀 ŋ 音。[17]

據黃錫凌之說，似乎陰調 ɑ ɛ ɔ ɒ 元音韻母之字，可隨意加 ŋ-，並不為「錯」，只是不標準而已。ŋ- 和零聲母不分，可以互替，亦並沒有一定的規律。香港的現實生活中，ŋ- 的確也有隨意增減或隨「潮流」發音的狀況。張洪年的論文指出：

> 粵方言有的地方把 ŋ- 省略，結果「芽菜炒牛肉」一句五字中有芽牛二字是 ŋ- 音，有的人竟讀成零聲母。60年代的香港人，往往以此為笑話。這也就是說在當時的粵語中，ŋ- 聲十分重要。而且常常矯枉過正，除了語助詞「呀」等字之外，其他所有零聲母的字，只要不是高母音韻母如 / i，e/ 的字，一概讀 ŋ-，如「歐，安，鶯」等這些原是零聲母的字，都前冠鼻音。張（1972）說這些字如不讀 ŋ-，聽起來反而覺

---

16 張洪年：〈21世紀的香港粵語：一個新語音系統的形成〉，《暨南學報（哲學社會科學）》24卷2期（2002年3月），頁27。

17 黃錫凌：《粵音韻彙》，頁87。

得有點不太對。不過時移勢易，才幾十年，今日年青一代，ŋ- 又全盤失去，皆讀零聲母。所以「芽菜炒牛肉」不讀鼻聲母，反為常規。「歐牛」僅以聲調區別。有的人知道有 ŋ- 的聲母，但安放不當，反呈混亂。……總體而言，百年前的粵語，按材料看，ŋ- 和零聲母，區分得十分清楚。50年代以後，在香港粵語中往往混而為一，以 ŋ- 為常。但50年後，ŋ- 復失落，皆讀零聲母。[18]

據張洪年所說，香港 ŋ- 的發音此一時彼一時，並無確切的標準。而 ŋ- 之有無，亦非「懶」與不「懶」可以解釋；因為如果「懶」，何以本來是零聲母，卻故意加上 ŋ-？或如前所述，因香港的特殊背景，大量的廣東各地甚至其他地區的移民湧入，不同籍貫的方言使用者聚集於此，口音互相影響，以香港的粵語，其 ŋ- 聲母字並無準則，甚至隨意、隨時而變。

（二）ŋ- 的地域性

關於聲母 ŋ- 的脫落，亦可參考詹伯慧《廣東粵方言概要》一書。粵方言中，至少有五個主要的方言片，包括粵海片、四邑片、香山片、莞寶片、高雷片。粵方言一般以粵海片為代表，港澳通行的粵語基本上也屬於粵海片。[19] 粵海片 ŋ- 聲母之有無，不同地域也有不同的情況，請先看古疑母洪音字在粵海片粵語中的讀音情況：[20]

	牙	艾	硬	額	鵝	牛	銀
廣州	ŋa	ŋai	ŋaŋ	ŋak	ŋɔ	ŋɐu	ŋɐn
番禺	a	ai	aŋ	ak	ɔ	ɐu	ɐn
花都	ŋa	ŋai	ŋaŋ	ŋak	ŋɔ	ŋɐu	ŋɐn
從化	ŋa	ai	ŋaŋ	ŋak	ŋɔ	ŋɐu	ŋɐn

---

18 張洪年：〈21世紀的香港粵語：一個新語音系統的形成〉，頁27。

19 詹伯慧：《廣東粵方言概要》（廣州市：暨南大學出版社，2002年），頁5。

20 同前註，頁125。

	牙	艾	硬	額	鵝	牛	銀
增城	ŋa	ŋai	ŋaŋ	ŋak	ŋɔ	ŋeu	ŋɐn
佛山	ŋa	ŋai	ŋaŋ	ŋak	ŋɔ	ŋɐu	ŋɐn
南海	ŋa	ŋa	ŋaŋ	ŋak	ŋɔ	ŋeu	ŋɐn
順德	a	ai	aŋ	ak	ɔ	au	ɐn
三水	ŋa	ŋai	ŋaŋ	ŋak	ŋɔ	ŋɐu	ŋɐn
高明	ŋa	ŋai	ŋaŋ	ŋak	ŋɔ	ŋeu	ŋɐn

詹伯慧對這個情況的解說如下：

> 古疑母字大多數遇洪音韻時保留 ŋ- 聲母，還有一些細音字的主要元音
> 在廣州話中變為開口度較大的元音，也保留 ŋ- 聲母，這是廣州話的傳
> 統特色。但在粵海片粵語中，古疑母字的讀法不太一致。廣州白雲區粵
> 語中古疑母字的發音都帶同部位的塞音，多讀成 ŋg。番禺區和順德市
> 大良等地的粵語，這個 ŋ 聲母已經脫落。這一現象可以看作是方言演變
> 循著漢語語音共同演變規律發展的一個例證。因為古漢語中疑母洪音字
> 本來也是唸 ŋ- 的，但到了今天民族共同語──普通話中，以及大部部
> 分北方方言中，這個 ŋ 早已消失而合併到零聲母中了。[21]

同屬粵海片粵語，語音在不同地域也有差別。再者，如詹伯慧所說，ŋ- 在大
部分北方方言中亦已脫落，可說是自然而然的演變。ŋ- 的存在與否，是隨
意，也是時間先後、地域習慣問題，同時亦涉不同的方言使用者（如番禺、順
德的零聲母）之相互影響，並不一定與「懶音」有關。香港粵語聲母 ŋ- 今天
的現實情況，如文章開首所言，幾乎亦已完全脫落，我們亦不妨將這語音的現
實，視作香港粵語與其他地域的差異。

---

[21] 詹伯慧：《廣東粵方言概要》，頁125。

四 結語

　　明代音韻學者陳第在〈毛詩古音考自序〉中指出：「蓋時有古今，地有南北；字有更革，音有轉移，亦勢所必至。」[22]另外，陳氏〈讀詩拙言附〉亦謂「然一郡之內，聲有不同，繫乎地者也；百年之中，語有遞轉，繫乎時者也。」[23]香港粵語歷長久變遷，而且人口混雜，語音發展自然較為複雜。本文旨在提出在「懶音」以外的一些原因，解釋香港粵語聲母 n- 和 ŋ- 之脫落現象，略陳管見，以就正於方家。

---

22 〔明〕陳第：《毛詩古音考》（北京市：中華書局，1988年），頁5。

23 同前註，頁201。

港式中文「非常」用法初探

馬世豪

香港大學專業進修學院保良局何鴻燊社區書院講師

摘要

「非常」是一個常見的詞語，中國大陸的北京語言大學BCC語料庫、北京大學中國語言學研究中心CCL語料庫和台灣中央研究院平衡語料庫，均收錄大量相關的語料例子。從語言學的角度分析，「非常」通常作為程度副詞或形容詞使用。在香港這個使用粵語為主的地區，「非常」同樣可作程度副詞或形容詞使用，同時在香港語言環境的影響下，「非常」具備港式用法的特徵，常常配搭具香港特色的詞語，既有單音節詞，又有雙音節詞，而在表現形式上亦有特別的地方，出現「非常之」、「非常之咁」和「非常咁」三種港式用法的表現形式。因此本文以此角度切入，分析「非常」的港式用法，分析「非常」的表現形式和配搭具香港特色的詞語特徵。在語料運用上，為了貼近香港實際情況，本文使用慧科電子剪報收錄的香港報章雜誌為語料，選取二〇一四年一月一日至二〇一六年十二月三十一日的語料為例子，並輔以其他能體現這個語言現象的典型例子一同分析，釐清這些語言現象如何構成港式中文的使用習慣。

關鍵詞：非常、程度副詞、標準中文、粵語、港式中文

一　引言

　　「非常」是一個常見的詞語。在中國大陸方面，據北京語言大學 BCC 語料庫（下稱「BCC 語料庫」）的統計，「非常」的語料數共三一六六二一條，而據北京大學中國語言學研究中心 CCL 語料庫（下稱「CCL 語料庫」）的統計，「非常」在現代漢語中的語料數共九三〇六四條，在古代漢語中的語料數共六四六〇條。在臺灣方面，據中央研究院平衡語料庫（下稱「平衡語料庫」）的統計，「非常」的語料數共四五二二條。從上述的海峽兩岸的語料庫顯示，「非常」是在一個使用頻率極高的詞語。從語言學的角度分析，「非常」通常作為程度副詞或形容詞使用。程度副詞是一種副詞類型，副詞是用在動詞、形容詞或主謂詞組前，表示程度、時間、範圍、語氣、否定、頻率、情態等意思。從意義上分辨，副詞的主要類型有程度副詞、時間副詞、範圍副詞、語氣副詞和否定副詞。在標準中文裏，程度副詞可以用來修飾形容詞，有時也修飾動詞[1]，至於語氣和感覺，是由被修飾的形容詞或動詞後面的詞決定的，程度副詞只是說明它的程度。「非常」是一個常用的程度副詞[2]，表示程度加深的意思，用法主要用來表示加強被修飾的詞的作用。例如「非常愉快吧」和「非常愉快嗎」這兩句中，在「非常愉快」後分別加入不同的語氣助詞「吧」和「嗎」，改變兩句的語氣，使前者帶有感嘆之意，後者帶有疑問之意。至於形容詞的主要作用是修飾名詞，表示人或事物的性質、狀態、特徵或屬性，在語法功能上可以充當定語或謂語，但「非常」作形容詞時，在語法上是作定語，例如「今年是香港的非常時期」中，「非常」是用來修飾「時期」的定語，表達這段「時期」有別過往一般「時期」的意思。

　　在香港這個使用粵語為主的地區，「非常」同樣可作程度副詞或形容詞使用，如「非常開心」的意思是提升形容詞「開心」的程度，「非常手段」的意

---

[1]　胡裕樹主編：《現代漢語》（上海市：上海教育出版社，1995年），頁290。

[2]　根據季薇的研究，「非常」是其中一種使用頻率較高的程度副詞，其餘五種是「最」、「很」、「更」、「越」和「比較」，見季薇：《現代漢語程度副詞研究》（北京市：光明日報出版社，2011年），頁59。

思是形容非一般的「手段」。在香港語言環境的影響下，「非常」具備港式用法的特徵。香港的語言環境受到英文和粵語影響，加上我們的語言使用習慣保留文言成分，所以這三種因素影響了香港社會大眾對中文的了解和寫作，往往寫出不合標準規範的「港式中文」。「港式中文」是一種語文變體，它的定義是：「以標準中文為主體，帶有部分文言色彩，並且深受粵語和英語影響，在辭彙系統、詞義理解、結構組合、句式特點以及語言運用等方面跟標準中文有所不同，主要在香港地區普遍使用的漢語書面語。」[3]在港式中文的影響下，「非常」常常配搭具香港特色的詞語，既有單音節詞，又有雙音節詞，而在表現形式上亦有特別的地方，出現「非常之」、「非常之咁」和「非常咁」三種港式用法的表現形式。因此本文以此角度切入，分析「非常」的港式用法，分析「非常」的表現形式和配搭具香港特色的詞語特徵。

在語料運用上，為了貼近香港實際情況，本文使用慧科電子剪報[4]收錄的香港報章雜誌為語料，選取二〇一四年一月一日至二〇一六年十二月三十一日的語料為例子。根據慧科電子剪報的統計顯示，「非常」在這段時期於香港報章雜誌的語料數共六五六五一條，「非常之」的語料數共三二九四條，「非常之咁」的語料數共四十八條，「非常咁」的語料數共二十三條。本文運用上述的語料，並輔以其他能體現這個語言現象的典型例子一同分析，釐清這些語言現象如何構成港式中文的使用習慣。

二　常用的現代漢語詞典收錄的「非常」用法

首先，了解「非常」的港式用法前，本文先整理「非常」在現代漢語的規範用法，並從八本較常用的現代漢語詞典，翻查「非常」的用法和詞例，歸納

3　石定栩、邵敬敏、朱志瑜編著：《港式中文與標準中文的比較》（香港：香港教育圖書公司，2006年），頁6。

4　慧科電子剪報（wisenews）擁有全球首屈一指的中文新聞資訊資料庫，覆蓋超過四十萬個資訊來源。它每天輯錄香港、中國、台灣及澳門等地多份報章雜誌的內容，語料非常豐富。詳情可參考該公司網頁：http://www.wisers.com/zh-hk/。

「非常」的用法特徵。

字典	用法	備注
《現代漢語用法詞典》	1.〔形〕異乎於尋常的；特殊的 2.〔副〕十分，表示程度極高[5]	「非常」可不作程度副詞，作定詞使用，與名詞直接組合。
《現代漢語語法詞典》	1.〔形〕異乎於尋常的；特殊的 2.〔副〕十分；極 3.〔副〕重疊使用，加重語氣[6]	
《現代漢語大詞典》	1.不同尋常 2.很；十分[7]	
《現代漢語搭配詞典》	1.不平常（配名詞） 2.表示程度高[8]	
《現代漢語規範詞典》	1.〔形〕不尋常的；特殊的 2.〔副〕表示程度極高[9]	
《漢語大詞典》	1.不合慣例；不適時宜 2.不同尋常 3.突如其來的事變[10]	
《現代漢語八百詞》	1.〔形〕異乎於尋常的；特殊的 2.〔副〕表示程度高；十分 a）非常＋形／動。 b）非常之（地）＋形／動。語意更強調、突出[11]	作形容詞時，多與名詞直接組合，類似複合詞；也可構成「的」字短語跟名詞組合。

5　張彥平總策劃，閔龍華主編：《現代漢語用法詞典》（南京市：江蘇少年兒童出版社，1994年），頁285。

6　范慶華，李勁柳主編：《現代漢語語法詞典》（延吉市：延邊人民出版社，2001年），頁224。

7　阮智富，郭忠新主編：《現代漢語大詞典》（上海市：漢語大詞典出版社，2000年），頁3134。

8　梅家駒主編：《現代漢語搭配詞典》（北京市：漢語大詞典出版社，1999年），頁268。

9　李行健主編：《現代漢語規範詞典》（北京市：外語教學與研究出版社：語文出版社，2004年），頁380。

10　羅竹風主編：《漢語大詞典·十一卷下冊》（上海市：上海辭書出版社，1987年），頁782。

11　呂叔湘主編：《現代漢語八百詞》（北京市：商務印書館，1999年），頁206-207。

字典	用法	備註
《朗文中文新詞典》	1.不同一般的 2.很，極[12]	

從上表可見，「非常」有兩個用法，第一個是作程度副詞，解作「十分」和「極」的意思，並搭配動詞或形容詞，如「非常光榮」、「非常高興」和「非常努力」是「非常」搭配形容詞的例子，而「非常感謝」、「非常接近」和「非常支持」是「非常」搭配動詞的例子。不過，「非常」和「十分」的用法有少許差異，「非常」可重疊用，「十分」卻不能，例如我們接受「非常非常精彩」，但不接受「十分十分精彩」。另外，「十分」前可用「不」，表示程度較低，但「非常」卻不能，例如我們接受「不十分好」，但不接受「不非常好」[13]。第二個用法是作形容詞之用，主要修飾名詞而作複合詞使用，解作「異乎尋常的」、「不同尋常」、「不同一般的」和「特殊的」的意思，例如「非常光明」、「非常時期」和「非常措施」。

三 「非常」的港式用法表現形式：「非常之」、「非常之咁」和「非常咁」

在香港，「非常」的用法大致與上述中文詞典所收錄的用法相同，可作程度副詞和形容詞，但是「非常」的港式用法表現形式，往往會在「非常」後，加上虛詞「之」和指示代詞「咁」，使之成為「非常之」、「非常之咁」和「非常咁」。

（一）「非常之」的用法分析

首先在「非常之」方面，「之」是一個常見的文言虛詞，不能獨立成句，只有配合實詞來完成語法結構，具助詞的作用，相當於現代漢語「的」的意

---

12 葉立葷主編：《朗文中文新詞典》（香港：培生教育出版亞洲公司，2003年），頁1141。
13 呂叔湘主編：《現代漢語八百詞》，頁207。

思，或可作音節助詞的作用，用在形容詞、副詞與它們搭配的字詞之間，使之拼合成四個字，發揮調整音節的作用。翻查「非常之」在本文討論範圍的例子共三二九四個，例如二〇一六年《明報》有以下一句：「因為土地太稀有，所以買樓非常之困難」[14]，當中的「非常之」搭配雙音節詞「困難」，整個詞組的意思和「非常困難」相若，解作十分困難。另外，除了雙音節詞外，「非常之」亦可以搭配單音節詞，例如二〇一六年《文匯報》有以下一句：「特別是針對民企的政策措施效果非常之好」[15]，當中的「非常之」搭配單音節詞「好」，整個詞組的意思和「非常好」相若，解作十分好。「非常之」除了搭配單音節詞和雙音節詞外，更與英語、口語和自創新詞搭配，例如《都市日報》的「Eason唱了12首歌，非常之high」[16]的「非常之high」屬搭配英語的例子，構成中英夾雜的使用習慣，《香港經濟日報》的「56歲的陳振彬接受電視專訪時稱，跟青年人『非常之傾得埋』」[17]的「非常之傾得埋」屬搭配口語的例子，而《明報》的「曾俊華胡官，你係咪想出來鎅我票，你個記招無班底，又無政綱，非常之hea」[18]屬搭配自創新詞的例子。由於例子眾多，本文不逐一說明。

相對「非常」的用法，「非常之」的用法並不普遍，而且這個用法亦非只出現在香港，在內地亦可以搜尋到相當多的使用例子，例如CCL語料庫的統計，「非常之」在現代漢語中的語料數共七一三條，BCC語料庫的統計，「非常之」的語料數共二五三一條。事實上，「非常之」的用法在古代漢語中經常出現，例如《史記・司馬相如列傳》有以下例子：「蓋世必有非常之人，然後有非常之事；有非常之事，然後有非常之功。夫非常者，固常人之所異也。」[19]這裏的「非常之」的意思，有不同尋常的意思，整句的意思是世上有不同尋常

---

14 〈ZUJI CEO：愛旅行因土地問題 港年輕人置業難不如遊世界〉，《明報》，2016年7月22日。

15 余豐慧：〈中國11月外貿好於預期的啟示〉，《文匯報》，2016年12月10日。

16 〈陳奕迅承認缺席四台頒獎禮〉，《都市日報》，2014年11月28日。

17 〈「申公屋是放棄自己」 青年不認同〉，《香港經濟日報》，2015年1月13日。

18 〈退休法官胡國興參選特首〉，《明報》，2016年10月30日。

19 〔西漢〕司馬遷撰，〔南朝宋〕裴駰集解，〔唐〕司馬貞索隱，〔唐〕張守節正義：《史記・卷九》（北京市：中華書局，1959年），頁3050。

的人，才會有不同尋常的事，才能建立不同尋常的功勞。據CCL語料庫的統計，「非常之」在古代漢語中的語料數達八九四條，比在現代漢語中的語料數為多，可見「非常之」的用法早見於古代的典籍上，後來我們受古代漢語的影響，所以在現代漢語中仍然保留這個用法。

另外，值得一提的是，其他現代漢語的程度副詞，亦有在結構上加上虛詞「之」的做法，例如「極之」、「十分之」、「相當之」和「更加之」，但表達意思的程度會有些微差異，例如表達「熱鬧」，「十分之熱鬧」和「相當之熱鬧」的程度比直接表達「熱鬧」高，語氣是陳述語氣，「之」字是一個結構助詞，所以兩者差異不大。程度最高的是「極之熱鬧」，在「極」和中心語「熱鬧」之間插入「之」字，作音節助詞的作用，突出「熱鬧」的意思，例如「今天是聖誕節，街道的氣氛極之熱鬧」。「更加之熱鬧」多了比較的意思，凸顯「熱鬧」的層次和程度經過某些事情後，比之前的程度更為提升，例如「澳門一直是熱門的旅遊城市，近年更多的酒店建成後，變得更加之熱鬧。」由此可見，在程度副詞和形容詞之間插入虛詞「之」字的做法，非常普遍，作用是強調「之」字後的形容詞的意思。

（二）「非常之咁」的用法分析

其次，在「非常之咁」方面，這是港式用法的表現形式。據慧科電子剪報的統計顯示，在二〇一四年一月至二〇一六年十二月內，「非常之咁」在香港報章雜誌的語料數共四十八條，但是在CCL語料庫和臺灣中央研究院平衡語料庫內，卻沒有相關記錄，而在BCC語料庫內，「非常之咁」僅有三條資料，數量和記錄證明「非常之咁」屬港式用法。

在結構上，「非常」是程度副詞，「之」是文言虛詞，具結構助詞的作用，或可作音節助詞的作用，發揮調整音節和強調意思的作用，這在上文中已有討論。至於「咁」一詞，在粵語中的使用情況非常普遍，詞類上，它屬於指示代詞，指稱或區別人、事物和情況。在讀音上[20]，「咁」讀作陰去調（gam3），用

---

[20] 本文所用的粵語拼音，是香港語言學學會的粵語拼音方案。

以區別另一個聲母和韻母相同但讀作陰上調的「噉」（gam2）。在用法上，不少廣州話字典亦收錄「咁」字的用法，列舉其中一些例子如下：

字典	用法
《實用廣州話分類詞典》	表示已達到某種高程度；這麼。[21]
《港式廣州話詞典》	1.這麼，那麼；這樣，那樣。2.助詞。用於詞和詞組後，與之共同修飾後面的動詞，用法類似『地』。[22]
《廣州話一日一題》	相當於普通話「這麼」、「那麼」、「這樣」、「那樣」[23]
《實用廣州話詞典》	1.這麼，那麼（主要修飾形容詞，不分遠近指）。2.地（助詞）。[24]
《廣州話方言詞典》	1.這麼，那麼；這樣，那樣。2.助詞。用在某些詞或詞組的後面，共同作後面的動詞的狀語。[25]

至於學者的意見方面，鄧思穎認為「咁」字是謂詞性的指示代詞，表示程度的意思[26]，陳慧英認為「咁」的主要特點是「經常用在形容詞（或形容詞性片語）前面充當狀語，表明形容詞的程度。有時也可以放在動詞前面表示強調（這是比較特殊的用法）。但不能直接放在名詞前修飾名詞。」[27]鄧大榮和湯燕珍分析「咁」的三個用法：「（一）只用作指示代詞，也只指示程度，（二）在句法中只充任狀語，（三）必伴隨著帶程度性的詞語（主要是形容詞）一同出現。」[28]

歸納上述的意見，「咁」字可以是指示代詞，相當於現代漢語「這麼，那麼、這樣和那樣」的意思，但又具有修飾跟從「咁」字之後的詞或詞組的功能，作助詞之用，具有表示程度的作用，提高這些詞或詞組所要表達意思的程

---

21 麥耘，譚步云編：《實用廣州話分類詞典》（廣州市：廣東人民出版社，1997年），頁406。

22 張勵妍，倪列懷編著：《港式廣州話詞典》（香港：萬里書店，1999年），頁112。

23 伍尚光編：《廣州話一日一題》（廣州市：廣東世界圖書出版公司，1998），頁36。

24 陳慧英：《實用廣州話詞典》（上海市：漢語大詞典出版社，1994年），頁17。

25 饒秉才，歐陽覺亞，周無忌編著：《廣州話方言詞典》（香港：商務印書館，2009年），頁72-73。

26 鄧思穎：《粵語語法講義》（香港：商務印書館，2015年），頁50。

27 陳慧英：〈廣州話的「噉」和「咁」〉，《方言》1985年第4期，頁300。

28 鄧大榮，湯燕珍：〈廣州話的「咁」〉，《廣州研究》1988年第10期，頁43。

度,語法上可充當句子的狀語功能,具有副詞的語法特點。由此可見,「非常之咁」的「咁」是一個助詞,具有強調意思的作用,整句詞組比「非常之」所表達的程度更為加深,某些情況下更具有修辭上的誇張效果,語法上可充當狀語功能。例如在本文所搜集「非常之咁」的語料中,《東方日報》有一句說:「呢位魔術師官仔骨骨,非常之咁型仔」[29],「非常之咁」搭配「型仔」,提升「型仔」的程度。此外,由於「咁」具助詞特性,假如「非常之咁」搭配動詞,「非常之咁」便同時兼備助詞特性。在「非常之咁」的結構中,「咁」插入了「非常之」和後面所搭配的形容詞或動詞之間,強調了被修飾對象的程度,再加上「咁」字本身具有程度的意思,因此「非常之咁」表達更深層次程度的作用,突出被修飾的詞語的意思,具有誇張的修辭作用。所以,上述的「非常之咁型仔」凸顯被修飾者的「型仔」形象,誇大了「型仔」的意思。本文認為,「非常之咁」是由「非常之」演變而來的港式用法表現形式,在日常環境上的使用越趨頻密,成為具香港特色的習慣用語,並能因應不同情況與不同詞語搭配。

在香港的語言環境中,「非常之咁」可以配搭不同的詞語,根據慧科電子剪報的統計,二〇一四年一月至二〇一六年十二月內,「非常之咁」的語料共四十八條,逐一舉出它們所搭配的詞語,描述這些詞語呈現怎樣的港式中文特色。

現代漢語雙音節詞彙	1	非常之咁壯觀	13	非常之咁乾淨
	2	非常之咁放心	14	非常之咁古雅
	3	非常之咁兒戲	15	非常之咁神奇
	4	非常之咁貼切	16	非常之咁健忘
	5	非常之咁搶眼	17	非常之咁有限
	6	非常之咁欣賞	18	非常之咁滿足
	7	非常之咁兇殘	19	非常之咁主觀

---

29 〈絲絲講場:銀行大班個仔唔煉金轉投「魔」界〉,《東方日報》,2016年12月13日。

	8	非常之咁實用	20	非常之咁頭痛
	9	非常之咁難捉	21	非常之咁講究
	10	非常之咁豐富	22	非常之咁浪費
	11	非常之咁寬鬆	23	非常之咁精明
	12	非常之咁緊張	24	非常之咁簡單
現代漢語單音節詞彙	1	非常之咁準	2	非常之咁難
現代漢語多音節詞彙	1	非常之咁寵壞自己	6	非常之咁經驗豐富
	2	非常之咁歷史悠久	7	非常之咁簡便易用
	3	非常之咁有心有力	8	非常之咁「輕描淡寫」
	4	非常之咁鍾意玩火	9	非常之咁有風味
	5	非常之咁有寓意	10	非常之咁有霸氣
方言詞和口語詞	1	非常之咁型仔	6	非常之咁搶手
	2	非常之咁乞人憎	7	非常之咁神心
	3	非常之咁唔尋常	8	非常之咁務實又負責任
	4	非常之咁鍾意食	9	非常之咁得意
	5	非常之咁香口		
中英夾雜	1	非常之咁 vintage	2	非常之咁貫徹 N.Y. style
自創新詞	1	非常之咁「土八路」		

　　首先，「非常之咁」搭配一般的現代漢語雙音節詞彙的數目最多，共有二十四條語料，其次是搭配粵語的方言詞和口語詞，共有九條語料。從語言學的角

度來看，漢語分共同語和方言，普通話是共同語，書面語的書寫受到規範，是全國各地民眾的共同溝通工具，但全國可分為七大方言區，粵語是其中一種主要方言。香港人一直以粵語作口頭用語，加上歷史因素令我們較少受內地規範的標準影響，所以常常在書寫上，直接運用粵方言詞彙。不過，從上述的統計數字顯示，「非常之咁」搭配一般的現代漢語雙音節詞彙的數目，較粵語的方言詞和口語詞多出一倍，背後原因一來由於語料主要來自報章雜誌的書面語資料，二來與香港社會語言混雜的現象有關。由於香港標榜兩文（中文、英文）三語（粵語、普通話和英文），社會大眾的日常生活充混雜著粵語、普通話和英文，大家為求傳意的方便，將這些語言夾雜使用。「非常之咁」是一句港式中文，本身已具備方言和口語的表現特性，它混雜較多現代漢語雙音節詞彙，使句子表達既有規範，亦具變化，體現上述香港社會語言混雜的現象。當然，最能體現香港語言活潑一面的例子，是搭配方言詞和口語詞。例如「非常之咁得意」，「得意」在現代漢語中指滿意和感到滿足和高興的心情，但香港的用法亦可作「可愛」的意思；「非常之咁乞人憎」的「乞人憎」（hat7 yan4 jang1）是粵語口語的詞語，在現代漢語中解作「討人厭」的意思；「非常之咁香口」的「香口」是粵語詞彙，在現代漢語中解作「吃起來很香」的意思；「非常之咁神心」的「神心」是粵語詞彙，在現代漢語中解作「誠心」的意思。這些方言詞和口語詞，配合港式習慣用語「非常之咁」，體現港式中文深刻的表達效果。

　　另外，「非常之咁」亦有搭配英語的使用，構成中英夾雜的特色。中英夾雜是港式中文的常見特徵，因為香港是一個華洋共處的社會。其中，尤以中英夾雜最為顯著，這與香港曾是英國殖民地有密切關係。另一方面，語言和社會的關係非常密切，假如固有的語言不能表達社會上出現的新概念，便會引入新的詞語。由於香港一直對外國的文化抱持開放的態度，引入不同的外國東西，因此為了表達這種複雜多變的現象，所以在港式中文往往引入不少的外來詞，表達新的概念。不過在上述的統計中，只有「非常之咁」搭配英語的語料只有兩條，「非常之咁 vintage」中的「vintage」有復古的意思[30]，「非常之咁貫徹

30　這一句的上文下理是「Oldish近日在Instagram不停瘋傳，專屬型格Mini Cooper貨車、紅啡色raw味牆磚，在外面睇已經非常之咁vintage」，見〈上環‧小區‧潮食〉，《FACE週刊》，2014年12月31日。

N.Y. style」中的「N.Y. style」，是「New York Style」的簡寫，可以解作「紐約風」或「紐約風格」[31]。這兩句語料來自同一本雜誌《FACE 週刊》，並在相近的月份刊登，可見「非常之咁」搭配英文的使用情況仍未普及成慣常做法。

（三）「非常咁」的用法分析

最後，「非常咁」亦是港式用法的特別表現形式，它是「非常之咁」的語言形式的變體，省略了「非常」和「咁」中間的虛詞「之」。「非常咁」的用法特點，大致與「非常之咁」相同，都有強調意思的作用。由於「非常」和「咁」都有修飾的作用，省去具音節助詞作用的「之」字，少了一個音節，語氣較「非常之咁」短而急促，使修飾效果和表達效果更加直接。在香港的語言環境中，「非常咁」是具香港特色的習慣用語，它可以配搭不同的詞語，據慧科電子剪報的統計顯示，在二〇一四年一月至二〇一六年十二月內，「非常咁」在香港報章雜誌的出現次數共二十三次，但是在 CCL 語料庫、BCC 語料庫和平衡語料庫內，卻沒有相關記錄，顯示它是獨特的港式用法。現逐一舉出它們所搭配的詞語，描述這些詞語呈現怎樣的港式中文特色。

現代漢語雙音節詞彙	1	非常咁大方	5	非常咁吸引
	2	非常咁簡單	6	非常咁有趣
	3	非常咁上心	7	非常咁冷靜
	4	非常咁方便		
現代漢語單音節詞彙	1	非常咁好	2	非常咁多
現代漢語多音節詞彙	1	非常咁簡單直接	2	非常咁有先見之明

---

[31] 這一句的上文下理是「以紐約Soho區地鐵站出口作為門面，室內設計成地鐵站模樣，menu紙設計成車站地圖，連食物也參照當地流行street food模樣，非常之咁貫徹N.Y. style」，〈Go！老外小店〉，《FACE週刊》，2014年11月5日。

方言詞和口語詞	1	非常咁頻密	5	非常咁手長腳長
	2	非常咁正路	6	非常咁慳油
	3	非常咁搶眼	7	非常咁惡劣咁話
	4	非常咁有型	8	非常咁盞鬼
中英夾雜	1	非常咁 Surprise	3	非常咁 Hit
	2	非常咁 S	4	非常咁 happy

　　統計結果顯示，「非常咁」搭配不少方言詞和口詞語，例如「非常咁盞鬼」中的「盞鬼」，是典型的粵語詞彙。「盞鬼」的「盞」本來的寫法是「孨」，《說文解字》收錄「孨」的解釋：「白好也。從女，贊聲。」[32]段玉裁在《說文解字注》說：「白好也。從女，贊聲。色白之好也。通俗文。服飾鮮盛、謂之嬸嬸。聲類。孨、綺也。皆引伸之義也」[33]「孨」字由「色白而美好」的意思，引申為「好」和「美」。根據《廣州話方言詞典》「孨」解作「好」、「妥當」和「愜意」的意思，「孨鬼」（zaan2 gwai2）一詞則解作「好；美好」的意思[34]。然而，「盞鬼」在香港的用法卻不只解作「好」和「美好」，更可按不同情況而引申為其他意思。例如上述表格內「非常咁盞鬼」一句的「盞鬼」解作「有趣」，它出現的上文下理是「至於新產品名稱呢……就繼續貫徹旺旺『無厘頭』宣傳風格，非常咁盞鬼。」[35]這一句的「非常咁盞鬼」是用來形容某品牌的產品風格「無厘頭」，令人摸不著頭腦，從而產生好奇感和趣味。它的新產品自然帶有這種特色，讓人感到「有趣」。另一例子是「非常咁慳油」的「慳」字（讀音 haan1），它在現代漢語解作「節省」的意，而「油」字讀音是 jau2，在這裏指汽車使用的汽油，所以「慳油」的意思是「節省汽油」。值得一提的是，「非常咁頻密」中的「頻密」，不少人誤以為是標準

---

[32] 〔漢〕許慎撰，〔清〕段玉裁注：《說文解字注》（上海市：上海古籍出版社，1988年），頁617。

[33] 同前註，頁617。

[34] 饒秉才，歐陽覺亞，周無忌編著：《廣州話方言詞典》，頁273。

[35] 〈樂香園：銀河味的旺旺酸奶〉，《蘋果日報》，2014年3月13日。

現代漢語，但其實它是粵語詞彙，標準現代漢語是「頻繁」。

另外，「非常咁」搭配不少英文字詞，例如「非常咁 Surprise」中，「Surprise」有驚喜的意思，構成中英夾雜的表達效果，有助加強「Surprise」的意思。至於「非常咁」搭配現代漢語雙音節詞彙的數目仍然普遍，這種港式習慣用語搭配規範詞語的用法，體現香港社會的語言混雜現象。

四　總結

本文透過統計和整理慧科電子剪報的語料，分析三種「非常」的港式用法，分別是「非常之」、「非常之咁」和「非常咁」，得出以下三個總結：

第一，「非常之」、「非常之咁」和「非常咁」可以搭配短語或句子，它們的共同作用是作修飾語之用，提高表達意思的程度，在語法上可作狀語之用，例如「我非常之鍾意你」、「我非常之咁鍾意你」和「我非常咁鍾意你」。「咁」放在副詞後面，成為一個副詞後綴。

第二，在三者的分別上，「非常之咁」和「非常咁」的「咁」是一個助詞，用法上接近結構助詞「地」，具有強調意思的作用，而「非常之」的「之」是音節助詞，具調整音節的作用。

第三，「非常之咁」和「非常咁」是具有香港用法的特色，這可從語料庫的統計得到印證，BCC 語料庫、CCL 語料庫和平衡語料庫均沒有收錄「非常之咁」和「非常咁」的語料。在結構上，「非常之咁」和「非常咁」可以搭配現代漢語單音節詞彙、雙音節詞彙、多音節詞彙、方言詞、口語詞和英文字詞，語言的表達效果十分豐富，其中混雜使用方言詞、口語詞和英文字詞的現象，更是整個「港式中文」現象的主要特徵。事實上，「非常之咁」和「非常咁」能代表港式用法的主要原因，是加入了粵語助詞「咁」，從規範用法中區分。在規範現代漢語副詞加上「咁」，將之轉變為港式中文的例子有不少，例如「十分之咁」、「十分咁」、「極其之咁」和「極其咁」。粵語助詞黏附在副詞，成為副詞後綴的情況越來越普遍，背後的原因和各種語法特點，值得研究語言的學者加以探究。

常見文言韻文教材舉隅略論[1]

馬顯慈

香港公開大學教育及語文學院副教授

摘要

　　常見中文科之文言韻文教材，有出自《詩經》《楚辭》、樂府詩、駢賦，唐詩、宋詞、元曲。有關教材多是歷代經典名作，而各類選材編幅長短不一，內容思想、詞義語句，又深淺不同，教學上並不容易處理。有些關鍵問題更是不容忽視，尤其是關乎文字音義訓解、句式表述結構，或是聲韻格律、文體範式等專有知識，教學時應該審慎處理，有必要逐一辨解闡釋，不可掉以輕心。本文列舉若干篇常見文言韻文教材，按其作者時代先後序列，提出有關問題加以討論分析。

關鍵詞： 文言教學、韻文教材、古詩用韻、詞曲句式、詞義訓解

1　筆者曾撰〈論香港中學新課程「中國語文科」之文言文教學問題〉，詳見余虹、何文勝主編：《全球語境下漢語文教育與發展》（北京市：開明出版社，2016年），頁42-51。本文現在討論韻文教材，主要針對七、八〇年代香港中學之中文科教材，包括當時中國文學科所見之範文教材。

　　中文科之文言韻文教材，除有《詩經》、《楚辭》、樂府詩、駢賦，唐詩、宋詞、元曲都是常見選材。中港臺三地常見文言選材均是歷代經典名作。以初中階段來說，不少入選教材之韻文，例如宋詞、元曲多具備以下特點：內容緊貼生活，文辭平實淺易，聲律工整而節奏鮮明，容易閱讀理解。然而，篇幅比較短小選文並不表示一定易教易學，也不一定可以因此而縮節教學時間。相反，一些篇幅稍長韻文也未必難解難讀，也不一定需要較長教學時間與預習準備。誠然，文言教材中有些關鍵問題是不容忽視，特別是關乎文字音義、句式結構，或是詞字訓解等專門知識，教學時應該審慎處理，有必要逐一解釋清楚，不能掉以輕心。茲略舉數篇常見文言韻文教材，按其時代先後序列，提出有關問題討論如下：

一　《詩・衛風・氓》之用韻與訓讀釋義

　　《詩・衛風・氓》一共六章，每章十句，每句四字，是一篇結構非常完整的古詩。六章敘述內容清晰，各章用韻自成系統。以粵音而論[2]，第一章押平聲韻，除「將子無怒」一句，每句皆用韻，即是「蚩」、「絲」、「謀」、「淇」、「丘」、「期」、「媒」皆是韻。王力（1900-1986）《詩經韻讀》將本章歸入之部，擬測之主要元音為 ə。[3]第二章為元部，粵音為平聲韻，除「爾卜爾筮」、「以爾車來」兩句外，句末之「垣」、「關」、「漣」、「言」、「遷」皆是用韻。王氏擬測之主要元音為 α，收鼻輔音 -n。第三章用韻較多變化，有兩組入聲韻：「落」、「若」一組，屬鐸部；「說」為另一組，月部。兩者之間，「葚」、「耽」為一組，侵部，收鼻韻 -m，收與上述兩入聲韻相配應，此與粵音之陰陽聲韻剛好脗合。第四章用韻較複雜，可分為三組理解。第一組「隕」、「文」為韻，屬文部，收鼻韻 -n。第二組「湯」、「裳」、「行」為韻，屬陽部，亦收鼻韻

2　據筆者所了解，香港於上世紀之中國語文科教學多數以粵語為授課語言，講授文言篇章亦以粵語為主，是以本文所論述之各項語音例者皆以粵語為說。

3　有關韻部分類及擬測音值，參考王力：《詩經韻讀・楚辭韻讀》（北京市：中國人民大學出版社，2012年），頁163-165。

-n。[4]第三組「極」、「德」為韻，屬入聲韻，同收塞音韻尾 -k。第五章用韻較特別，一律以雙數句末尾第二字為韻，「勞」、「朝」、「笑」三字屬宵部，「暴」、「悼」為另一類韻，屬藥部。王力將此兩類韻之主要元音擬測為 ô，宵、藥兩部有陰陽對轉關係，藥部之擬測音值為 ôk。然而，值得注意是「暴」、「悼」兩字之粵調今讀作去聲，不讀作收塞音 -k 之入聲。第六章用兩類韻，第一類「怨」、「岸」、「泮」、「宴」、「晏」、「旦」、「反」為韻，屬元部，主要元音為 a，收鼻韻 -n。另一類以「思」、「哉」為韻，屬之部，擬測音主要元音為 ə。本章前一類韻腳字音粵讀作去聲[5]，後一類讀平聲。撇開擬音韻讀而論，〈氓〉之六章用韻字以粵音來讀，除一些特殊情況外，基本上都合乎原文之押韻體系。

至於句中文字音訓變讀方面，〈氓〉六章中有若句中字詞讀音必須注意。其一、「將子無怒」之「將」字，按〈鄭箋〉所析，此字解作請。「將」之讀音作「七羊反」，粵音對應讀音為 tsœŋ1，直音為「昌」。[6]其二、「淇水湯湯」之「湯」字，「湯湯」為水盛貌，直音為「傷」，今粵讀相同。其三、「漸車帷裳」之「漸」字，解作漬也、濕也[7]，讀音為「子廉反」，今粵音之對應讀音為dzim1，直音為「沾」。[8]以上諸例讀音與文義訓解關係較大，宜依古讀處理。

二　〈贈白馬王彪〉之用韻及句末聲調處理

曹植（192-232）〈贈白馬王彪〉一詩，最早見於陳壽（233-297）《三國

4　案：《毛詩正義》所記，隕、韻謹反，上聲；行、下孟反，去聲。見〔漢〕毛亨傳、〔漢〕鄭玄箋、〔唐〕孔穎達疏、龔抗雲等整理：《毛詩正義》，《十三經注疏》整理本（北京市：北京大學出版社，2000年），頁273。

5　案：本類韻除「反」字粵音作上聲外，其餘皆讀去聲。

6　〈鄭箋〉及七羊反讀音，見《毛詩正義》，頁269。

7　見〔漢〕毛亨傳、〔漢〕鄭玄箋、〔唐〕孔穎達疏、龔抗雲等整理：《毛詩正義》，《十三經注疏》整理本，頁273。

8　以上切語讀音見《毛詩正義》，頁269、273。粵讀音標則參考黃錫凌著：《粵音韻彙》（重排本）（香港：中華書局（香港）公司，2005年），頁43-44，頁26。粵音調號參考詹伯慧主編：《廣州音正音字典》（廣州市：廣東人出版社，2002年），頁11之〈聲調表〉。

志‧陳思王植傳》裴松之（372-451）注引《魏氏春秋》。[9]蕭統（501-531年）《文選》有亦收錄此詩。[10]全首詩分七章，五字成句，共八十句，合計四百字，是一首五言古體詩。

按王力之上古三十韻部分類而論[11]，此詩用韻多樣而審慎，全篇基本上雙數句押韻，分平、入兩大類。第一、二章十八句，平聲陽部，韻腳用字：疆、陽、梁、長、傷、蒼、橫、岡、黃。第三章十二句，平聲魚部，韻腳用字：紆、居、俱[12]、衢、疎、躕。第四章十二句，入聲職部，韻腳用字：極、側、匿、翼、食、息。第五章十四句，平聲微部，韻腳用字：為[13]、違、歸、師[14]、衰、晞、追、悲。第六章十二句，平聲真部，韻腳用字：神、陳、鄰、親、勤[15]、仁、辛。第七章十二句，平聲之部，韻腳用字：思、疑、欺、持、時、期、辭。今以粵音讀詩中韻字，基本上平仄完全脗合。

此詩作於漢末三國，其時五言詩鼎盛發展，詩中每章用韻自成體系，除首兩章同一韻部，其餘各章各用一類韻部。第四章單句尾全用平聲調，與全章六個入聲韻字相對，平入聲律對比強烈。然而，詩中其他各章之單雙句末全部平仄相對，有些平聲韻句之前一句尾也同用平聲調字。[16]如第一、二章「盧」、「深」、「濤」、「塗」；第三章「偕」、「蹊」；第五章「生」、「間」；第六章「虧」、「疇」、「情」；第七章「仙」、「須」。此類情況亦見於東漢之五言詩，例如〈古詩十九首〉有些句末用字亦兩句同用平聲調。[17]及至唐代，詩歌格律之

---

9 案：《魏氏春秋》所引，欠「憂思成疾疢，無乃兒女仁」兩句。見〔晉〕陳壽撰、陳乃乾校點：《三國志》（北京市：中華書局，1982年），頁564-565。

10 見〔梁〕蕭統編、〔唐〕李善注：《文選》（北京市：中華書局，2011年），頁340-341。

11 有關說法及分類詳見王力著：《同源字典》（北京市：商務印書館，1978年），頁12-17。

12 俱，《廣韻》作舉朱切，見余迺永校註：《新校互註〈宋本廣韻〉》（香港：香港中文大學出版社，1993年），頁80。俱，古韻侯部，與魚部主要元音近，可通用。

13 為，《廣韻》作遠支切，見《新校互註〈宋本廣韻〉》，頁41-42。為，古韻歌部，與微部主要元音近，可通用。

14 師，《廣韻》作疏夷切，見《新校互註〈宋本廣韻〉》，頁51。師，古韻脂部，與微部主要元音近，可通用。

15 勤，《廣韻》作巨斤切，見《新校互註〈宋本廣韻〉》，頁112。勤，古韻文部，與真部同收鼻韻尾，主要元音亦近，可通用。

16 詩中第五、六、七章首句皆叶韻。

17 以〈古詩十九首〉三首為例，（1）「行行重行行」前八句為雙數句押平聲韻，當中單數句末「行」、

要求漸趨嚴謹，有部分詩歌可以首兩句用韻，但兩句一組句末則較少用相同之聲調。

三　柳永〈八聲甘州〉〔對瀟瀟暮雨灑江天〕之領字句

柳永（984?-1053?），北宋著名詞人，精於音律，婉約派代表人物。清‧永瑢（1744-1790）、紀昀（1724-1805）編著《四庫全書總目提要‧東坡詞‧一卷》：「詞自晚唐、五代以來，以清切婉麗為宗。至柳永而一變，如詩家之有白居易。」[18]柳詞之「變」是一種開創，他能自創詞調，其作品中之慢詞，就是將五代乃至宋初的小令格律一變為長調格式，與此同時也開闊了詞作的內容。〈八聲甘州〉是柳氏名作，這首詞值得注意的是作者善於運用「領字」[19]，柳氏此詞領字有「對」、「漸」、「望」、「嘆」、「想」等，其作用是把一組句子聯繫起來，藉此串起整組文句意思，亦同時強化了詞之氣勢與節奏。

然而，以一個單字於句中作領起，於傳統賦體中本是常見句式，例如屈原（前340?-前278?）〈遠遊〉「悲時俗之迫阨兮」、〈悲回風〉「悲回風之搖蕙兮」、〈思美人〉「惜往日之曾信兮」，班固（32-92）〈兩都賦〉「圖皇基於億

「長」為平聲；後八句押仄聲，當中四句單數句末均為仄聲。（2）「青青河畔草」全首十句押仄聲韻，當中有兩句單數句末「糃」、「歸」用平聲，其餘為仄聲。（3）「生年不滿百」全首十句押平聲韻，當中有三句單數句末「長」、「時」、「喬」用平聲。上述三首詩見〔梁〕蕭統編、〔唐〕李善注：《文選》（北京市：中華書局，2011年），頁409-412。

18 見《四庫全書總目提要》卷一百九十八（集部‧五十一‧詞曲二），電子版網址：http://www.saohua.com/shuku/sikuquanshu/197.htm

19 「領字」之說導源於宋人張炎《詞源》、沈義父《樂府指迷》之「虛字」分析。沈義父《樂府指迷》：「腔子多有句上合用虛字，如嗟字、奈字、況字、更字、又字、料字、想字、正字、甚字，用之不妨。如一詞中兩三次用之，便不好，謂之空頭字。不若運用一靜字，頂上道下來，句法又健，然不可多用。」見《樂府指迷》「句上虛字」條，收錄於唐圭璋編：《詞話叢編》（北京市：中華書局，1988年），頁281-282。張炎《詞源》卷下：「詞與詩不同，詞之句語，有二字、三字、四字，至六字、七、八字者，若堆疊實字，讀且不通，況付之雪兒乎？合用虛字呼喚，單字如正、但、任、甚之類；兩字如莫是、還又、那堪之類；三字如更能消、最無端、又卻是之類，此等虛字，卻要用之得其所。若使盡用實字，句語又俗，雖不質實，恐不無掩卷之誚。」見《詞話叢編》，頁259。

載」、「據坤靈之正位」、「揚波濤於碣石」，蘇軾（1037-1101）〈前赤壁賦〉「縱
一葦之所如」、「侶魚蝦而友麋鹿」、「哀吾生之須臾」等，都是語句結構相近之
例。柳永〈八聲甘州〉之領字，正是此類句式。柳氏通過「體物寫志」、「敷陳
其事」的賦體筆法，[20]轉化而創出長調新格律，又從創作內容配合所寫之羈旅
情懷，一改五代以來詞之婉約正風，其領字之運用正是一個重要標記。

四　蘇軾〈水調歌頭〉〔明月幾時有〕之六五句式

　　蘇軾〈水調歌頭——明月幾時有〉一詞分上下兩片，下片「不應有恨何事
長向別時圓」兩句，坊間刊本多作四七句法理解，即是「不應有恨，何事長向
別時圓」。清人萬樹（1630-1688）《詞律》卷十四已指出「不知」至「何年」
十一字，語氣一貫，有于四字一頓者，有于六字一頓者」，又說「但隨筆致所
至，不必拘定」。[21]．然而，按〈水調歌頭〉之格律，其上下兩片，除下片換頭
之「轉朱閣、低綺戶、照無眠」三句與上片首兩句不對應外，其餘各句均是上
下兩片相對，而且用韻、句逗都互相對應。即是上片之「不知天上宮闕，今夕
是何年」與下片「不應有恨何事，長向別時圓」對應，兩者同是六五句式。[22]
從句意內容理解，六五句式之「不應有恨何事，長向別時圓」[23]，是指「對任
何事也不應有怨恨，但是月就在我們兄弟別離時圓滿」。作四七句式，「何事」
則與下文之「圓」相應，句意會變成「甚麼事總是在我們離別時而圓滿」。如
此句中之「圓」與「何事」之搭配及關聯就令人費解，理由是月圓乃一種天文
現象而不是人事，扣不緊全首詞所謂遭逢貶謫與兄弟別離之主題。

　　〈水調歌頭〉之詞律為雙調格，共九十五字，上闋九句四平韻，下闋十句
四平韻。蘇軾所用之格律為平聲韻體式，此詞有用平聲韻及仄聲韻之格律。叶

---

20 「體物寫志」見〔梁〕劉勰撰、〔清〕黃叔琳注：《文心雕龍》（臺北市：臺灣時代書局，1975年），
　頁40。「敷陳其事」見〔宋〕朱熹註：《詩集註》（香港：中華書局香港分局，1987年），頁3。

21 見萬樹撰：《詞律》（上海市：上海古籍出版社，1984年），頁324。

22 〈水調歌頭〉此上下片對應之六五句式，南宋時有變。辛棄疾詞中有下片作四七句式，如「人間萬
　事，毫髮常重泰山輕」；亦有作六五句式：「未應兩手無用，要把蟹螯杯」。

23 「不應有恨何事」六字句則是一種倒裝句式，即「何事不應有恨」。

平仄兩類韻者，其體式於下片第三句〔即「照無眠」〕要求叶韻，與下句〔即「不應有恨」〕之第四字同叶仄聲韻，因而有作四七句式之格律。以北宋賀鑄（1052-1125）〈水調歌頭〉下片為例，「訪烏衣，成白社，不容車。舊時王謝，堂前雙燕過誰家」。[24]此詞「家」、「車」為平聲韻；「社」、「謝」為仄聲韻。同期詞人毛滂（1064-1124）〈水調歌頭〉有用平聲韻例，下片：「潮寂寞，浸孤壘，漲平川。莫愁艇子何處，煙樹杳無邊」。[25]句式明顯不能以四七句式理解，此詞用韻位置與蘇詞相同，亦應是六五句式。

五　岳飛〈滿江紅〉〔怒髮衝冠〕之原作詞語問題

岳飛（1103-1142）是南宋抵抗外敵名將，其作〈滿江紅〉雄豪悲壯，傳誦千古。[26]此詞見錄於清人編輯之《四庫全書》[27]凡四次。然而，所錄文詞卻有所不同，其中「壯志飢餐胡虜肉[28]，笑談渴飲匈奴血」，兩句於《四庫全書》中皆有篡改。第一，〈史部・地理類・山水之屬〉之明代田汝成（1503-1557）撰《西湖遊覽志・卷九》：「壯志饑殂狼虎肉，笑談渴飲匈奴血。」[29]將「胡虜」改為「狼虎」。第二，〈子部・類書類〉之清代潘永因（?-?）編《宋稗類鈔・卷十二》：「壯志饑餐讎恨肉，笑談渴飲匈奴血。」[30]將「胡虜」改為「讎恨」。第三，〈集部・別集類〉之宋代岳飛撰、明代徐階（1503-1583）編《岳武穆遺文》：「壯志肯忘飛食肉，笑談欲灑盈腔血。」[31]將「飢餐」改為「肯忘」，「胡虜」改為「飛食」；「渴飲」改為「欲灑」，「匈奴」改為「盈

---

[24] 案：此四七句式見《詞律・拾遺・卷三》，頁535。然而作六五句式，「舊時王謝堂前，雙燕過誰家」，亦通，不過原作「謝」字叶韻，此處必然斷開來理解。

[25] 案：蘇、賀、毛三人之生卒年分別為1037-1101，1052-1125，1064-1124，皆北宋有名詞人。

[26] 近世有人提出岳飛〈滿江紅〉詞之真偽問題，學者說說頗多，讀者宜多注意。可參考秋楓〈岳飛《滿江紅》詞真偽研究綜述〉，發表於《文史雜志》1985年02期，另見《數字圖書館》http://lib.cnki.net/cjfd/WSZI198502013.html，2015年8月31日讀取。

[27]《四庫全書》編撰於清代乾隆時（1773-1782），歷時九年。

[28] 案：坊間有刊本將「志」作「士」。

[29] 見《景印文淵閣四庫全書》（臺北市：臺灣商務印書館，1983年），第585冊，頁585-155。

[30] 見《景印文淵閣四庫全書》，第1034冊，頁1034-392。

[31] 見《景印文淵閣四庫全書》，第1136冊，頁1136-471。

腔」。第四，〈集部‧詞曲類‧詞選之屬〉之明代陳耀文（1524-1605）編《花草粹編‧卷十七》：「壯志飢飱仇寇肉，笑談渴飲匈奴血。」[32]將「胡虜」改為「仇寇」。

綜合而言，所有篡改都是針對「胡虜」、「匈奴」等詞語，這正因為清廷是滿族，他們入主中原後對漢族諸多殘害，滿漢兩族長期對抗不止。基於〈滿江紅〉是民族英雄岳飛之名作，在一定程度上具有挑動反清之情緒，對清廷管治威脅頗大，於是趁機篡改，企圖藉此淡化漢人之反清意識。然而，岳飛原作此兩句乃有所本，典出班固《漢書‧王莽傳》：「以新室之威而吞胡虜，無異口中蚤蝨。……飢食虜肉，渴飲其血，可以橫行」。[33]〈滿江紅〉詞所針對是指宋代受金遼蒙古等外族侵略，引史說事本是無可厚非。然而，篡改原文正反映出管治者之虛怯心理與編撰者之諂媚態度，清廷對漢族之忌恨於此亦可知一二。

六　關漢卿〈四塊玉〉〔閑適〕之襯字

關漢卿（1219-1301）為元曲名家，其雜劇、散曲創作皆有極高成就。關氏散曲〈四塊玉〉〔閑適〕一共四首，是一組同一主題小令，其句中之「襯字」值得注意。一般教科書都沒有詳細說明元曲「襯字」的特點及其功能。「襯字」，又稱墊字，指曲詞中在曲律規定字數外另加上之文字，這是元曲與傳統詩詞最不同的地方。襯字加插，作用在於補足語氣，增添聲情色彩。襯字在唱詠時不佔重要拍子，不可用於句末，也不可做韻腳。要判斷曲中襯字，可利用當世之曲譜格律來核對。不過，有時由於時代久遠、語音有所變化，有些襯字並不容易確定，很多時要參照上文下理或同調曲律之同類句式、詞法去推斷。元曲襯字之字數，並沒有一定標準。綜觀而論，小令襯字少，套數較多，而雜劇就更多。[34]

---

32 見《景印文淵閣四庫全書》，第1490冊，頁1490-1494。

33 見班固撰：《漢書》（北京市：中華書局，1997年），頁4138。

34 有關說法見馬顯慈著：《關漢卿白樸馬致遠三家散曲之比較研究》（北京市：中華書局，2004年），頁599。

要判斷關漢卿〈四塊玉〉文句中的襯字，首先要認識其曲牌格律。按《曲譜》所載是「三三、七七、三三三」，七句五韻，第一、五兩句不用韻，前面的「三三」兩句要成對。[35]關氏四首中開頭兩句均無襯字，全部是三字一句。接著之「七七」兩句則是對句，先說第二首，其對句是「老瓦盆邊笑呵呵，共山僧野叟閑吟和」，下一句明顯多了一字。按《曲譜》所示，此兩句必要成對，於此可以推斷「共」字是襯字。第一首「渴時飲飢時餐醉時歌，困來時就向莎茵臥」，兩句皆有襯字。依《曲譜》格律對照推斷：前句第一、第二個「時」字及後句之「時」都是襯字。此外，〈四塊玉〉近尾三句之平仄格律皆為「（可）去平〔上〕」，據此可推斷第二首「他出一對雞」、「我出一對鵝」之「他出」、「我出」為襯字。第四首「賢的是他，愚的是我」，兩個「的」字皆是襯字。第三首「離了利名場」之「了」、「名」，第二句「鑽入安樂窩」之「鑽入」，（「樂」字入聲作去聲[36]）都應該是襯字。誠然，關氏於曲中加入襯字，不但使其文學語言更加靈巧潑辣，也使其作品內容描繪得更生動傳神。

七　馬致遠〈天淨沙〉「斷腸人在天涯」之斷句

馬致遠（1250-1321）亦是元曲名家，雜劇、散曲之創作均享有盛名，其散曲內容尤其豐富，題材廣泛，影響深遠。馬氏〈天淨沙〉「秋思」是一首千古傳誦名作，描寫自然景物生動傳神，準確刻劃出遊子飄泊遠地之心境，後兩句則突出了夕陽殘照下的人物孤清形象，元人周德清（1277-1365）稱許此曲為「秋思之祖」，在其著作《中原音韻》裏列明為小令定格。[37]〈天淨沙〉前三句把九類不同景色集體地描畫出來，此一句三組詞之描寫，形成三個當句對，三句九組之處理又互相成對。這種寫法於元曲修辭體式中稱為「三鼎」，

---

35 參考《北詞廣正譜》，見呂薇芬著：《北曲文字譜舉要》（北京市：社會科學文獻出版社，2012年），頁65，轉引。

36 元曲文詞有「入派三聲」情況，有關論證可詳參元人周德清著《中原音韻》一書。

37 見周德清著、陳新雄編著：《校訂補正〈中原音韻〉及正語作詞起例》（臺北市：學海出版社，1977年），頁137。

又名「鼎足對」。[38]於此可見馬致遠巧妙運用凝煉語言之本事,他營造了一連串色彩鮮明、情景交融之意景。

然而,〈天淨沙〉最後一句,有「斷腸,人在天涯」及「斷腸人,在天涯」兩種說法,兩者句逗位置不同,文義與意境也有所不同。[39]有關問題其實可以通過對照同類作品加以辨析。〈天淨沙〉屬於【越調】,按《中原音韻·定格》其格式為「六六六、四六」,共五句、五韻。[40]今存馬致遠《東籬樂府》一共收錄三首〈秋思〉,本文討論為第一首。[41]曲中最後一句為六字句,第二首作「黃雲紅葉青山」,第三首為「淡煙衰草黃沙」,皆無襯字。通過對比可以了解此句之組合節奏為二二二式,據此而論,本句應讀作「斷腸、人在、天涯」。[42]「人在」兩字為一組只是一個停頓,「在」之後所承者為「天涯」,此四字有其連貫意義。讀作「人在天涯」,於詞語組合、句意內容都是合理通達,可以接受。倘若作「斷腸人,在天涯」,於現代漢語結構可通,但按散曲格律而論就不恰當。事實上,元代另一散曲名家張可久(1270?-1350?)也寫過〈天淨沙〉,其末句六字亦為二二二式,例句有「北聲淘盡詩愁」、「紫簫人倚瑤臺」、「梅花害雪多時」、「水流玉洞桃花」、「倚闌睡醒環兒」等[43],都分別是兩字之詞語組合,而句中末後四字之意義關聯亦如「人在天涯」一樣,可作獨立短句理解,可以互相參證。

八 喬吉〈山坡羊〉之叶韻與對偶句

喬吉(1280-1345)為元代散曲大家,其散曲成就甚高,與張可久齊名。喬氏曲辭工麗,善於錘鍊文字,講求格律對仗。《全元散曲》收錄喬吉〈山坡

---

[38] 見卜鍵主編:《元曲百科大辭典》(北京市:學苑出版社,1992年),頁743。

[39] 有關說法見鄧仕樑著:〈「斷腸──人在天涯」──論馬致遠《天淨沙·秋思》末句的節奏〉《中國語文通訊》第10期(1990年9月),頁22-29。

[40] 見《校訂補正〈中原音韻〉及正語作詞起例》,頁137。另參考《北曲文字譜舉要》,頁28-29。

[41] 見瞿鈞編注:《東籬樂府全集》(天津市:天津古籍出版社,1990年),頁96-98。

[42] 案:元代白樸、喬吉、吳西逸等散曲家也有〈天淨沙〉之作,亦作二二二句式。詳見隋樹森編:《全元散曲》(北京市:中華書局,1964年),頁196-198、592、1165-1166。

[43] 見《全元散曲》,頁803-805。

羊〉共七首，以〈冬日寫懷〉為題有三首。「朝三暮四」是第二首，為常見中學文言選用教材。按《曲譜》所載，格式為「四四七、三三、七七、一三、一三」，共十一句，句句用韻，共十一韻。[44]末處兩組為隔句對，「身，已至此；心，猶未死」，隔句交互而成對仗。元曲用韻容許平仄通押，其時文字語音已發展為「入派三聲」，與唐宋人之詩詞音律要求有所不同。小令「朝三暮四」之「四」、「是」、「事」、「私」、「枝」、「志」、「紙」、「此」、「死」皆為叶韻字，屬《中原音韻》第三部〔支思韻〕[45]。按《曲譜》格律而論，一字句之「身」、「心」位置亦應用韻，[46]但此兩字同收鼻韻，未見與原作之〔支思〕韻尾諧叶。查考喬吉其餘六首〈山坡羊〉，此兩個一字句皆不與曲中上下韻字諧叶，由此可知元初曲韻要求之面貌。

元曲可以容許用字重複為韻，即是同一叶韻字可以重用。現存喬吉〈山坡羊〉六首中，有四首於句末之隔句對重複韻字：「白，也是眼；青，也是眼」、「東，也在我；西，也在我」、「行，也在俺；藏，也在俺」、「榮，也在恁；枯，也在恁」，此亦屬複疊辭格。至於喬氏以「寓興」為題的〈山坡羊〉，首兩句「鵬搏九萬，腰纏十萬」，本指「鵬搏九萬里」、「腰纏十萬貫」，兩句末之量詞〔里、貫〕略去，應與押韻有關。有刊本所收錄喬作之第二句為「腰纏萬貫」，此說宜商榷討論。先交代用典，首句「鵬搏九萬」出自《莊子·逍遙遊》「搏扶搖而上者九萬里」。[47]第二句「腰纏十萬」與下句「揚州鶴背騎來慣」出於同一典事，見梁朝·殷芸（?-?）《小說》：「有客相從，多言所志，或願為揚州刺史，或願多貲財，或願騎鶴上升。其一人曰：腰纏十萬貫，騎鶴上揚州，欲兼三者」。[48]依典出文字而論，作「腰纏萬貫」亦合理通達。「萬」、「貫」兩字《中原音韻》分別歸入〔寒山〕、〔桓歡〕兩韻部[49]，此兩部音近而

---

44 〈山坡羊〉格律參考賀新輝主編：《元曲鑒賞辭典》（北京市：中國婦女出版社，1988年），頁1439。

45 見《校訂補正〈中原音韻〉及正語作詞起例》，頁31。

46 賀新輝主編：《元曲鑒賞辭典》，頁1439。

47 「鵬搏九萬」典出於《莊子·逍遙遊》，見〔晉〕郭象注、〔唐〕陸德明釋文、〔唐〕成玄英疏、〔清〕郭慶藩集釋：《莊子集釋》（臺北市：臺灣中華書局，1980年），頁3。

48 見賀新輝主編：《元曲鑒賞辭典》（北京市：中國婦女出版社，1988年），頁444，轉引。

49 見《校訂補正〈中原音韻〉及正語作詞起例》，頁47-49。

元人有「鄰韻通押」、「借韻」[50]。不過，作「鵬搏九萬，腰纏萬貫」，此對偶未算工整，「萬」字同樣於句中重出。相比之下，還是「鵬搏九萬，腰纏十萬」作重韻對句合理可取。[51]

小結

　　文言文教學並不是簡單的工作。教學與研究息息相關，施教前必須先弄清楚教材各方面之問題。當然，認真備課是教師施教前之重要責任，不可因教材篇幅短小，以為內容通俗淺白而輕率其事。如上文所述，一些具有格律體式之文言教材，如宋詞之類，宜顧及其有關體式之各項細節，除平仄、音韻、句式外，文體源流、版本、目錄，乃至其流通情況，政治、文化背景及文學源流等，也應該多加注意。

---

[50] 元人曲作有「鄰韻通押」、「借韻」，此說詳見《元曲鑒賞辭典》，頁1395。

[51] 元曲用韻之說參考：1.《元曲鑒賞辭典・常見曲譜介紹・曲韻簡編》，頁1408-1464。2.中國戲劇出版社編：《中國古典戲曲論著集成・中原音韻》（北京市：中國戲劇出版社，1980年），頁196。3.王力：《曲律學》（北京市：中國人民大學出版社，2012年），頁42-45。

從《國朝駢體正宗》及《國朝駢體正宗續編》的異同看清代駢文的發展

胡家晉

中國社會科學院研究生院博士研究生

摘要

　　清代駢文乃有中興之象，數量極多的駢文選集證明清駢之盛。晚清張鳴珂的《國朝駢體正宗續編》即是一例。本文透過對比《國朝駢體正宗》與《國朝駢體正宗續編》兩書，指出《續編》的選文標準所流露的文學理念已經帶有現代化的「文學」傾向。《續編》亦進一步完成了《國朝駢體正宗》提倡的駢散合一的駢文理念，成為清駢的一大特色。

關鍵詞：張鳴珂、曾燠、清代、駢文、國朝駢體正宗續編、文學史

　　由於大量的清代文學文獻材料留存至今，所以過往的清代文學研究，大多集中於研究名師大家。這種研究現狀無可厚非，卻使文學史的敘述容易形成偏向性，忽略了文學發展過程中的一些現象。蔣寅在《清代詩文集的類型、特徵與文獻價值》嘗言：

> 清代文學創作的普及是前所未有的，作品量之大也是前所未有的，因而同時具有保存和淘汰功能的選集就十分繁多……透過這些總集和選集，我們可以了解作家作品在社會上流傳和被接受的程度，從而了解一個時代一個地域的文學風氣和時尚。[1]

張鳴珂（1829-1908）的《國朝駢體正宗續編》正是晚清的一部重要的駢文選本。[2]孟偉認為這些總集、選集的作用是：

> 編選者通過編纂清當代駢文總集表達推尊駢文文體地位的態度，提出駢文創作原則與審美標準，並且對清當代駢文作家、作品進行剖析評論，這些都是清人所編清代駢文總集文學批評意義的體現。[3]

本文透過研究《國朝駢體正宗續編》收錄的文章，對比其學習對象——曾燠（1760-1831）的《國朝駢體正宗》，來說明清代駢文在文學史上的發展情況。

---

[1]　蔣寅：〈清代詩文集的類型、特徵與文獻價值〉，《清代文學論稿》（南京市：鳳凰出版傳媒集團，2009年），頁121。

[2]　「清代駢散文辭賦的寫作雖也很發達，但總集遠不如詩歌多。……較重要的選本，……，駢文有吳鼒《八家四六文鈔》、曾燠《國朝駢體正宗》、張鳴珂《國朝駢體正宗續編》、王先謙《國朝十家四六文鈔》等。」（蔣寅：〈清代詩文集的類型、特徵與文獻價值〉，《清代文學論稿》，頁121。）

[3]　孟偉：〈清人所編清代駢文總集的文獻價值與文學批評意義〉，《古籍整理研究學刊》2015年第4期，頁24。

一 曾燠幕府的影響力

清代建國的一大主因是明末王學空疏之弊。不少明末清初的文人經歷過亡國慘況，便大力鼓吹努力讀書，建設實學。不論在學術研究還是文學創作上，都力圖避免重蹈明人覆轍。由於這種致力學問的風氣自建國初期已銳意建立，清人的學術生態在各個方面都顯現出生機蓬勃的一面。學術研究的興盛也在一定程度上促進了文學理論、文學創作的發展，其中也包括了沉寂一時的駢文。有的研究者更將清代稱為駢文復興的時期：「近世論駢文者，往往薄明而厚清，謂駢文至元、明而絕響，至清而復興」[4]、「清代中期以後，隨著乾嘉樸學興盛，駢文復興成為時代思潮」[5]。清代駢文名家輩出，如：尤侗（1618-1704）、毛奇齡（1623-1716）、陳維崧（1625-1682）、汪中（1745-1794）、吳錫祺（1746-1818）、姚燮（1805-1864）、王闓運（1833-1916）等。這種中興的局面，使駢文寫作及駢文創作理論一直貫通整個清代的文學史。其中，在蓬勃的清代文化生態裡，清中葉的文人幕府文化對清代文學發展扮演著重要的角色，而文人幕府文化與駢文發展又有著非常密切的關係。

文人幕府的形成有兩個原因。其一，得賴於有意廣推文術的高官。這些高官有財有勢，影響力大，闢出一地，蓄養文士，並定期舉行文學活動，遂形成一個固定的文學團體。其二，與清代士人難中進士有關。袁枚（1716-1797）嘗言：「古之科有甲乙，有目；今之科無甲乙，無目，其途甚隘。」[6]說明了進士的取錄名額大幅減少。因此，清代士子為了維持生計，並持續活躍於文壇，在中舉前投身幕府，成為門客，是十分普遍的事。

曾燠是兩淮鹽使，權勢大，好風雅，有詩文傳世，又設立幕府，是清代中

---

[4] 姜書閣：《駢文史論》（北京市：人民文學出版社，1986年），頁529。

[5] 孟偉：〈清人所編清代駢文總集的文獻價值與文學批評意義〉，《古籍整理研究學刊》2015年第4期，頁24。

[6] 〔清〕袁枚：〈答袁蕙纕孝廉書〉，《小倉山房文集》卷十七（上海市：上海古籍出版社，1988年），第3冊，頁1151。

晚期一個重要的文學、文化傳播人物。曾燠曾編《國朝駢體正宗》，此書體現出兩點曾燠對「文」的觀念：第一，以樹立駢文榜樣、傳播駢文為己任。第二，視駢文為文章正宗。曾燠幕府在駢文史上最大的貢獻，是編修了兩部重要的駢文選集《八家四六文鈔》和《國朝駢體正宗》，促進了清中期至晚清的駢文發展。據李瑞豪研究：「曾燠幕府形成創作團體首要的表現是文體意識的確立，從兩部駢文選集可以看出來。」[7]經曾氏幕府宣揚以後，駢文在其勢力範圍振興一時。然而，李氏認為自曾燠去官，幕府無存後，曾燠所推動的文學文化風尚便告消退。

> 錢泳歷數清代詩壇風雅之提倡者，既肯定了官場名士的提倡與一時詩風的關係，也看到了這種提倡並不能長久地維持詩教，並以曾燠前後兩次為官揚州、阮元前後為官浙江與粵東的例子說明世風變化，個人提倡難以為繼。[8]

錢泳（1759-1844）雖評之於詩教，實可援用於駢文風氣。缺少了主要的、有力的人物提倡，風氣自然無以為繼，這種情況實不難理解。

　　然而，歷史的真相總是在沉積一段時間後才會漸漸顯露。曾燠多修文書對文學風氣的影響，雖然斷於一時，但文稿傳世，便留下激起後學回應的機會。不論是踵武前人還是陳樣翻新，都是一種響應，讓文學薪火相傳。故此，李瑞豪認為：

> 曾燠對駢文的貢獻不只在於他的創作，由於他的提倡與影響，其幕府內的文人形成了創作駢文的群體，對駢文做出了革新，為清中期的駢文復興做出了重大貢獻。[9]

7　李瑞豪：〈曾燠幕府與清中期的駢文復興〉，《中國韻文學刊》2009年第3期，頁52。

8　李瑞豪：〈曾燠與清代中期詩壇〉，《南昌大學學報（人文社會科學版）》2015年第2期，頁158。

9　李瑞豪：〈曾燠幕府與清中期的駢文復興〉，《中國韻文學刊》2009年第3期，頁51。

是十分確當的評價。不過,這個評價畢竟集中於曾燠幕府存在的清中期,而本文的研究重點是放在離曾燠文人集團幾十年後的晚清文壇,如何受其《國朝駢體正宗》的影響。可以肯定地說,張鳴珂的《國朝駢體正宗續編》,便是受曾燠《國朝駢體正宗》的影響,而在編彙上刻意模仿的一部駢文選本。路海洋認為這兩個選本「基本展現出了有清一代駢文創作的主要成就」[10]。可見曾燠的影響力並沒有因為幕府不復存在而取消,反而在「曠隔八十餘載」[11]後,仍然影響晚清文壇。

二 從《國朝駢體正宗》與《國朝駢體正宗續編》的異同看清駢的發展

(一)相同的立意

《國朝駢體正宗續編》(下簡稱《續編》)不管書名還是體例,都是依據曾氏《國朝駢體正宗》(下簡稱《正宗》)而來。書名「續編」清楚表明其續曾燠輯文之志,兩書的序言也可見兩者的立意有相承之意。曾燠《正宗》自序云:

> 刻鵠類鶩,猶相近也;畫虎類狗,則相遠也。庾、徐影徂而心在,任、沈文勝而質存。其體約而不蕪,其風清而不雜,蓋有詩人之則,宵旦女工之蠹。乃染髭須而輕前輩,易刀圭以誤後生,其駢體之罪人乎?[12]

由此可見,曾燠深感當時的駢文寫作魚龍混雜,準則模糊,故以正本清源為己任以作是書,奉庾信(513-581)、徐陵(507-583)、任昉(460-508)、沈約(441-513)等六朝駢文為經典。而繆德棻(?-?)為張鳴珂《續編》所作序

---

10 路海洋:〈論清代駢總集對當代駢文作家的經典化選擇〉,《貴州社會科學》2013年第7期,頁50。

11 〔清〕張鳴珂輯:《國朝駢體正宗續編・序》,《續修四庫全書》一六六八・集部・總集類,(上海市:上海古籍出版社,2002年),頁209。

12 〔清〕曾燠輯:《國朝駢體正宗・序》,《續修四庫全書》一六六八・集部・總集類,(上海市:上海古籍出版社,2002年),頁2。

云：「有禁邪制放之意，無愛古薄今之心。攬眾制於條繩，發佳篇於綈槧。遂取時賢之作，以續曾氏之書。」[13]明言張氏作書之意，同樣有感於當時的駢文水準參差，故有繼續《正宗》「頹波獨振，峻軌遐企，芟薙浮豔，屏絕淫囂」[14]的目標，以樹立駢文正宗為己任。

此外，《續編》將曾燠的駢文列為開卷之作，也可見出其追尊曾氏駢文，以樹楷模之意，證實了孟偉所言：「清當代駢文總集的編者對清初駢文作家多持否定態度，對乾嘉以來的駢文作家予以充分肯定，將其樹立為學習楷範」[15]。

（二）體例上的異同

就體例而言，兩個選本的目錄條目，都是先列所收作者的籍貫，次以姓名。姓名以字稱之，而小寫名稱在後。最後列出收錄此作者的作品數量，以「首」為作品單位。實例如下：蕭山毛大可奇齡文五首、錢塘袁子才枚文十二首（《正宗》）。不過，《續編》的目錄大同之中也有小異之處，完善了《正宗》的體例，便於閱讀。如在目錄條目下，若文章是從作者的文集輯出，則附上文集名稱，方便讀者查閱原典，例子如下：南城曾賓谷燠文三首‧賞雨茅屋集、仁和譚仲修獻文三首‧復堂類集。此外，在總目錄之下，各卷也有子目錄，列出本卷所收文章，方便讀者查閱《續編》收錄了作者的哪些作品。

（三）收錄文體上的異同

從收錄的文體上而言，我們可以從下面兩表的統計結果看出一些異同。

---

13 〔清〕張鳴珂輯：《國朝駢體正宗續編‧序》，《續修四庫全書》一六六八‧集部‧總集類，頁209-210。

14 〔清〕張鳴珂輯：《國朝駢體正宗續編‧序》，《續修四庫全書》一六六八‧集部‧總集類，頁209。

15 孟偉：〈清人所編清代駢文總集的文獻價值與文學批評意義〉，《古籍整理研究學刊》2015年7月第4期，頁30。

表一　《國朝駢體正宗》所收文章的文體類型與數量

碑文	哀辭	銘	書信	序跋	誄	題	記	啟	箋
13	1	4	41	63	9	1	13	3	1
祭文	墓誌	敘	論	書後	頌	擬作	表	贊	牒文
3	7	1	3	2	2	1	2	1	1

表二　《國朝駢體正宗續編》所收文章的文體類型與數量

碑文	哀辭	銘	書信	序跋	誄	題	記	祠版文	謁文	別傳
9	2	4	23	72	2	3	11	1	1	1
祭文	墓誌	敘	論	書後	志	擬作	表	千字文	誥文	
4	3	2	2	9	1	2	1	1	1	

從兩表的統計結果，我們可以知道一些基本的編收變化：首先，《國朝駢體正宗》收錄作家四十二人，一七二篇駢文[16]。兩本比較之下，完全沒有收錄的文體是文、志、謁文、誥文、祠版文、別傳、千字文；《國朝駢體正宗續編》則收作家六十人，一五五篇駢文，對比後，沒有的文體為頌、啟、贊、箋、牒文。由於《正宗》已摒棄賦體，故兩本均無。主要收錄的文體，兩者基本上都集中在書信和序跋上。序跋當中，又以序佔絕大多數。不收賦體，書信、序跋收錄較多，是完全符合曾燠以「短小流麗、典雅輕倩的特色」為標準的駢文準則。

值得一提的有兩點：首先，《續編》的「書後」大幅增加。書後是作者寫在他人著作後面，帶有說明成分或評論性質的一種文體。換句話說，書後是一

---

[16] 現存不少研究《國朝駢體正宗》的論文對其收文數目都有所不同。筆者估計原因是該批研究者僅將各卷目錄記載的收錄篇數相加，而無逐篇核實。事實上，《正宗》在原典上就標示錯誤，第十一卷記彭兆蓀有文十二首，實際上收錄了十三首。故此，過往的論文有所錯誤也無可厚非，謹此訂正。本文據上海古籍出版社的《續修四庫全書》逐篇檢閱，得知共收文一七二篇。

種相當於筆記中的小評議、書評、隨筆評論等性質的文章。九篇書後[17]以《書幾社考後》、《書王義士虞山柳枝詞後》、《書熊廷弼傳後》三篇最為深刻。或敘覓得散佚之書的興奮心情，或對柳枝詞探秘隱私、保存真相產生出由衷的嘉許之情，或是表達自身對歷史人物的深刻感受。其餘幾篇都是一些為親朋所寫的簡介、簡評，沒有多大的評論深度。創作動機出於交際、宣傳等社會功能。這種文章增多，標誌著詩話、筆記以外，一些不必嚴謹論證而又具有藝術美感的單篇獨著，也可以進入主流話語的時代已經來臨。這一類型的文章，其敘述策略不必針對經典，即使是一些深度不高、影響力小的作品也可以評價。這些文章的流傳，其突出的文學史意義在於打破了中國傳統文學上源遠流長的，傾向對經典的回應。它是一種對當下文學作品、小眾文學作品的評價，而又能得到刊登、傳播的機會。固然，由於所評述的作品並不十分出色，所以能做到的評論深度也有限制。然而，這種保存時文的文獻價值與讓我們能進入文學史「過程」去研究的作用[18]，意義是非凡的。

總括而言，增錄書後是清代「寫作被視同傳宗接代的生命繁衍活動」[19]的現象。也是文學的藝術美感，能再次被獨立評審的現象。又是前報刊時期的一種傳播現象，使文選總集起到如同詩選與詩話一樣的傳播作用。除了詩話、詩選、筆記之外，我們也可以將一些清代的文選總集視為具有把未必是嘔心瀝血創作而成，但又具有一定美感的文章傳播下來的作用，形同當今的文學雜誌。這種情況與清代詩話「以記錄性取代藝利性，從而降低了詩話門檻」[20]的特質相同。從這個角度去考察的話，對於清代文集的研究便有更多關於文學史、文化史上的意義可以探索。

其次，《續編》並無收錄頌、贊，讓筆者注意到兩者的選文傾向有異。《正

---

[17] 《續編》九篇書後的篇名：《書陳雲伯重修河東君墓碣後》、《陶雲汀中丞蜀輶日記書後》、《書王滄淵秋懷詩後》、《書春覺軒詩集後》、《書唐左屯衛將軍姜行本碑後》、《書幾社考後》、《書王義士虞山柳枝詞後》、《書徐隨軒韻紅樓曲圖卷後》、《書熊廷弼傳後》。

[18] 參蔣寅：〈進入過程的文學史研究（代序）〉，《王漁洋與康熙詩壇》（南京市：鳳凰出版社，2013年），頁1-9。

[19] 蔣寅：〈清詩話的寫作方式及其社會功能〉，《清代文學論稿》，頁127。

[20] 蔣寅：〈清詩話的寫作方式及其社會功能〉，《清代文學論稿》，頁146。

宗》有向朝廷靠攏之意，而《續編》則更傾向於純文學的方向。曾燠是朝廷要員，其《正宗》的選文亦偏向選取自己幕府的文人。易言之，文人幕府從上而下都是一種依附朝廷才能存在的文人集團。集團中人不論是自發性地對朝廷感恩，還是人在江湖不得不為，都有為朝廷粉飾太平的理由。雖然《正宗》的頌、贊只有三篇，卻也可以看出兩個選本在取材上的不同態度。

《正宗》開卷之作是毛奇齡〈平滇頌並序〉，是一篇歌頌朝廷平定滇地的文章。從它置於開卷的地位來看，再配合上前述序文中「頹波獨振，峻軌遐企，芟薙浮豔，屏絕淫囂」的立意，可以看出曾燠編輯的心態帶有一種托意為「皇清」、「國朝」建立文統之意味。從文集傳播的角度而言，這也可能是一種減少文集流通阻力的策略。邵齊燾（1718-1768）〈聖駕東巡恭謁祖陵頌序〉是歌頌清廷祖德的文章；孔廣森（1751-1786）〈武成頌〉歌頌清廷的武功；洪亮吉（1746-1809）〈長儷閣遺象贊〉則是為友人孫星衍妻所作之贊文，與朝廷無關。值得一提的是，頌、贊以外，胡天遊（1696-1758）的〈擬一統志表〉同樣是極盡鋪張清朝國力、褒揚皇帝之能事。袁牧〈為尹太保賀平伊里表〉、〈為莊撫軍賀平伊里表〉、〈為黃太保賀經略傅公平大金川啟〉、吳錫麒（1746-1818）〈聖道執中記〉等的表、啟、記，也是歌頌朝廷隆恩聖德之作。既知道《正宗》有這一收錄的隱性標準，也就能理解李慈銘（1830-1895）所謂「袁子才亦十二首，而〈辭隨園臨幸上尹制府啟〉及〈吳桓王廟碑〉二首，為子才傑作者，乃反不列焉」[21]的理由所在。

反之，《續編》收錄的作家群則多是落拓江湖、拙於仕途之輩。加上道咸以後，清廷國勢日衰，天威不復。身無官累的選家與作家群，也就缺乏對朝廷獻媚的理由。這種情況顯得《續編》的文章種類更傾向於純粹的文學研究與風雅交往。遍目所及，每卷幾乎都有為詩文集所寫的序言、題辭及書後。董兆熊《瞿忠宣公臨桂郡行軍章記》目之最似上列《正宗》歌頌聖德之流，但實際上並不是。它是作者頌揚明末瞿式耜在兵亂中能「一柱擎天，隻手障日」[22]，保

---

21 〔清〕李慈銘著，由雲龍輯：《越縵堂讀書記》（北京市：中華書局，1963年），頁622。

22 〔清〕張鳴珂輯：《國朝駢體正宗續編》卷四，頁43，《續修四庫全書》一六六八·集部·總集類（上海市：上海古籍出版社，2002年），頁289。

百姓之平安，誓死抗清的忠義之舉，並非上述「感恩」之作。此外，《續編》收錄的兩篇擬作體，是譚瑩《擬酈道元水經注序》和《擬小除夕南園舊社祭詩記》，同樣體現出重視文學的遴選傾向；曾燠《例贈文林郎太學生依巖吳君墓表》是曾燠為有交誼之義的吳紹祖子而作，以頌吳氏文術德行。有趣的是，入選的曾燠文章，也絕非上述《正宗》頌聖之作。故此，與其說光緒文壇已經沒有歌功頌德的駢文佳作，不如說張鳴珂無意收入此類作品。

由此可見，從文體取錄上的分別，《正宗》雖為《續編》的濫觴，但兩書在選編的細節上卻明顯呈現出不同的取向。《正宗》有其刻意取悅朝廷的一面，而《續編》的立意則更為純粹。另一方面，《續編》增收書後的現象，證明了晚清文壇已經進一步開始了讓文學在發表的門檻上走向平俗化、大眾化的道路。

三　從兩書的的選文理念看清駢的發展狀況

張鳴珂的《續編》明言自己是「遂取時賢之作，以續曾氏之書」。對比《正宗》與《續編》的選錄文章的特點，便可以知道《續編》對《正宗》的繼承程度及其選文標準。據李瑞豪的研究，她把《正宗》選文的特色歸納成以下六點：第一，駢文作家群有很強的文體意識，對駢散之分有明確的意識。第二，駢文創作追求駢散結合。第三，對創作中性情、性靈的追求，強調內容的重要，減少駢文容易陷入追求純粹的形式美的情況。第四，擴大了駢體文的應用範圍，尤其是在序跋、遊記等非公文寫作的文體。第五，創作上推崇六朝為正宗。第六，文章具有短小流麗、典雅輕倩的特色。[23]

經過上文對文體收錄的論述，我們可以說《續編》繼承了第三點，而且從完全沒有歌頌朝廷文章的角度來說，《續編》比曾燠《正宗》更重視文章內容的文學性與充實性。此外，集中的「記」也多有山水遊記，如：〈游菊江亭記〉、〈濂泉補梅記〉、〈靜樂軒玩月記〉、〈邢湖觀秋荷記〉等，比《正宗》更能

---

[23] 李瑞豪：〈曾燠幕府與清中期的駢文復興〉，《中國韻文學刊》2009年第3期，頁56。

體現出文人對性情、性靈的追求。關於第四點，上文也有所證明。從《續編》收錄大量日常文體，尤其是書信、序跋、書後等，可見其推許擴大駢文應用範疇的理念，與《正宗》一樣。基於第四點，第六點的特徵也同樣地繼續下來了。《編續》多收書信、序跋等文章，多屬短小流麗、典雅輕倩。因此，下文比較集中論述，《續編》如何繼續駢散結合的風格。

《續編》的文章，不管是何種文體，其句法都是以四六為主，而駢散結合。這些駢文不拘於傳統四六句法形式，多摻以散文句法，現舉《續編》所收的李慈銘《張公束校經圖序》為例。「東浙西浙，不出乎百里；今雨舊雨，多至於十人」、「給官餐之錢，校中秘之籍」、「填詞萬首，唱徹乎井泉；作賦十年，寫罄乎洛紙」等句，[24]如果拘泥於形式，不出四字句、六字句的訓規，句中的「乎」、「於」等虛字可刪而不影響句意。又或可將單音節詞變成雙音節詞，使句子變成六字句而意義不變，如「金錢」、「錢帛」替代「錢」；「典籍」、「書籍」替代「籍」。也有一些句子是意散形不散，如「至於漢魏石體，有一字三字之分。隋唐師傳，有陸本孔本之異」、「屠沽妄造之字，謂勝於聖賢。鈔胥轉寫之訛，謂不可增減」。「此張子公束校經圖之所由作也。」更完全是散句。作者為了使文氣參差錯落，不類傳統四六的緊守家法，便在章句上花功夫，變為非四六句法。這完全是繼承了曾燠「豈知古文喪真，反遜駢體；駢體脫俗，即是古文。跡似兩歧，道當一貫」[25]的駢散結合的駢文創作理論，而形成的一種後曾燠時期的駢文標準。

這種運用非四字句、六字句、散句來創作駢文的理念，是曾燠在《國朝駢體正宗・自序》中提到：「且也四字密而不促，六字格而非緩。變以三五，厥有定程。奚取於冗長乎？爾乃吃文為患，累句不恒。」[26]明言苟遵於四六句法，會形成文章拖沓、文氣不通之弊。此外，「他把選集直接稱為『駢文』，而不用『四六』，可以看出此時駢文觀念已被廣泛接受」[27]。事實上，曾燠將當

24 〔清〕張鳴珂輯：《國朝駢體正宗續編》卷八，頁25，《續修四庫全書》一六六八・集部・總集類（上海市：上海古籍出版社，2002年），頁366。

25 〔清〕曾燠輯：《國朝駢體正宗・序》，《續修四庫全書》一六六八・集部・總集類，頁2。

26 同前註。

27 李瑞豪：〈曾燠幕府與清中期的駢文復興〉，《中國韻文學刊》2009年第3期，頁52-53。

時對駢文的通稱由「四六」易為「駢文」，可以視為是背棄四六句法，銳意革新駢文章句的宣言。這種駢散合一的寫法對駢文的文體藝術性有什麼影響呢？早於《文心雕龍・章句》已有論述文章每句字數的經典批評：「四字密而不促，六字格而非緩，或變之以三五，蓋應機之權節也」，不難看出曾燠對駢文的態度脫胎自劉勰（465-522）。所謂「應機之權節」，劉勰的原意是創作文章時，作者須因時制宜。如果三字句、五字句的表達能力比四字句、六字句更精準、靈動，作者應懂得權變選擇，而不必泥於成法。

　　與許多清代學者一樣，曾燠的影響力不止是提出了文學批評理論的準則，更為廣大的後學提供了大量對應自身理論的實踐性文本──《國朝駢體正宗》的編選即是一例。這部選本的影響力前人已有論斷，此不贅言。推許駢散合一，或者可以稱之為對四六文的反經典化，這種理念在《續編》也有繼承，而其中的文章確能做到「應機之權節」。現舉一些《續編》所收錄文章為例，如洪齮孫（1804-1859）《先賢吳學士祠版文》：

　　　　蓋烈士不惜其踵頂，固能蹈鼎鑊而如飴。賢者不拘泥於小義，乃克顯正
　　　　氣於宇宙。[28]

便是不拘四六句法，而又屬對合宜、間有虛字的佳例。又如王曇（1760-1817）《隋蕭潛後哀文》：

　　　　暴君之國，不失於好色而失於窮兵。大業之亡，不亡於荒淫而亡於遊
　　　　幸。縈古明婦人之遇其昏主，不貽徽音於後世，而最可哀者，如蕭潛後
　　　　乎！[29]

28　〔清〕張鳴珂輯：《國朝駢體正宗續編》卷七，頁8，《續修四庫全書》一六六八・集部・總集類（上海市：上海古籍出版社，2002年），頁335。

29　〔清〕張鳴珂輯：《國朝駢體正宗續編》卷一，頁9，《續修四庫全書》一六六八・集部・總集類（上海市：上海古籍出版社，2002年），頁217。

以對偶之句顯其例證的氣勢，後接散句以述意，實是秦漢古文家法。又如金應麟（1793-1852）《答莊芝階書》：

> 今夫鏜瑤鐘，摻玉節，麟口鼇足，魚章蟬冠，以園宰臨之，一螻蟻也。
> 貢靈桃，雪碧藕，黎膚霜髭，長生未央，以松喬比之，一殤子也。鑄珊
> 骨，凝虛鬟，泥人巴歌，折步楚袖，以鬼伯窺之，一髑髏也。突燕犀，
> 澀鷥隼，紅沈芙蓉，碧削竿竹，以豐隆視之，一鳴蛙也。[30]

以屬對的形式書寫排偶，又有末句滲入近乎散句的「也」字句，大有先秦散文的風格，做到曾燠《正宗》自序所云：「駢體脫俗，即是古文。跡似兩歧，道當一貫」的創作實踐。

前人曾明言，曾氏的離任使其幕府的影響力，已在道光時蕩然無存。錢泳《履園叢話》載：

> 中丞（按：指曾燠）官兩淮鹽運使，刻《邗上題襟集》，東南之士，群
> 然向風，惟恐不及，迨總理鹽政時，又是一番境界矣。……故知瓊花吐
> 豔，惟爛漫於芳春；璧月含暉，只團欒於三五，其義一也。[31]

今人李瑞豪亦有相同的主張：「曾燠之後，揚州的為政者雖也提倡風雅，效仿前輩，但盛世已過，財力不繼，也就難以影響到一個地方的文風」。[32]的確，要說曾燠去後，還能像黃宗羲一樣持續地影響一地的文學風格、研究興趣[33]是

---

30 〔清〕張鳴珂輯：《國朝駢體正宗續編》卷二，頁3，《續修四庫全書》一六六八·集部·總集類（上海市：上海古籍出版社，2002年），頁231。

31 〔清〕錢泳：《履園叢話》（北京市：中華書局，1979年），頁126。

32 李瑞豪：〈曾燠幕府與清中期的駢文復興〉，《中國韻文學刊》2009年第3期，頁55。

33 「梨洲本人的詩歌創作成就雖然有限，但他的學術以思想精深而極大地影響了浙江學者。……凡與宋詩有關的大著作幾乎都出自浙江詩人之手，一如古詩聲調學著作多出自山東詩人之手。這絕非偶然現象，其間當然有梨洲開創的具有濃厚史學傾向的浙東詩學傳統在發揮著潛在的影響。」〔蔣寅：《清代詩學史》第一卷，第五章〈史家的詩學——浙江詩學〉（北京市：中國社會科學出版社，2012年），頁502-503。〕

很難的。不過，曾燠的駢文理論，在《正宗》編成後八十年，確確實實被為數不少的文人繼承下來。由此可見，《正宗》的影響力不囿於清中葉。《續編》的文章都帶有《正宗》鼓吹的「駢散合一」的傾向，往往在屬對的情況下，夾有散句，而仍能保持文風流暢，不失典雅。由此可見，曾燠的影響力遠遠超越了自己的時代，持續影響著晚清駢文的發展。

四 結語

通過對比《正宗》與《續編》兩本清代中晚期的駢文選集，我們可以得到以下幾點結論。首先，曾燠及其駢文選集《國朝駢體正宗》，實有遠超於現今學界所認為的影響力。它在剛出版的時候，或許並未造成巨大的回響，但從整個清代駢文史的角度來看，確對後世駢文的發展影響深遠。因此，它在駢文史、文學傳播史的地位，有重新評價的必要。其次，張鳴珂《國朝駢體正宗續編》顯示出晚清文壇的文學理念已經出現現代性的傾向。文學自身帶有的高貴感、崇高感進一步消解，步向平庸化、大眾化的發展方向。清代對文章的觀念，可以說是從一種寫出萬世留名的「立言」模式變成另一種只求存世的「立言」模式。文集的編選，變成家譜、名片一樣的存在。由於清人的這種心態，才會出現大量記錄性、寫實性大於文學性的文學作品。基於此一原因，《續編》的文獻學價值與文學史價值，就遠高於它的文學價值。最後，《續編》進一步完成了《正宗》提倡的駢散合一的理念，為駢文的活化作出巨大的貢獻。

才德兼重　人師楷模

——敬賀恩師單周堯教授七秩華誕

謝向榮

香港能仁專上學院中文系助理教授

　　余少不更事，中學時期，無心向學，成績平平。二〇〇一至二〇〇三年，修讀香港城市大學應用中文副學位課程，先後誦習《周易》、《論語》、《老子》、《莊子》諸古籍，甚嚮往中華傳統文化之精神，始奮發自強，認真讀書。二〇〇三年，升讀原校中文、翻譯及語言學系，埋首經學。二〇〇五年，學位課程畢業，擬以《周易》研究為題，攻讀城大哲學碩士學位，惟好事多磨，蹉跎年多，未能如願。二〇〇六年，旁聽城大中國文化中心講座，與香港大學周錫䪖教授結緣。得周師提攜，有幸拜見時任港大中文學院主任之單周堯教授，親述志向。

　　眾所周知，單教授為國際知名學者，於《左傳》、文字學、音韻學、粵方言諸範疇皆有傑出成就，而且桃李滿門，學生散布各地，對學術界、文教界貢獻良多。學生駑鈍不才，竟有緣與單教授會面，內心誠惶誠恐。

　　結果，單教授於首次見面期間，一連提問數個關於高本漢及內地出版社之問題，筆者均不知詳情，只能深嘆自己孤陋寡聞。然後，單教授一番好意，表示《周易》研究不易，建議轉以《左傳》為題，筆者卻斗膽斷然拒絕，始終堅持讀《易》。如此表現，既無知又無禮，自覺入學希望已成泡影，失望透頂。不料，承單師不棄，筆者最終竟有幸受業其門，習文字、訓詁之學，輾轉以兼讀形式攻讀港大碩士。復獲單師聘為全職研究助理，學費問題由是解決，終於如願以償，得以專心從事《周易》研究。碩士畢業後，又獲單師繼續指導博士學位，進一步研治簡帛《易》學。學生感激與敬佩之情，無法言喻。

　　光陰荏苒，自二〇〇六年拜入單師門下至今，轉瞬已逾十載。二〇〇六至二〇一五年底間，筆者長期擔任單師助理，協助單師搜集資料，整理講義、論文，並兼任《東方文化》、《香港大學中文學院歷史圖錄》、《勉齋小學論叢》、《香港大學中文學院八十周年紀念學術論文集》、《東西方研究》、《能仁學報》諸書刊之編輯助理，多年以來，親見耳聞單師種種非凡之處，驚嘆不已。

　　單師曾謂，自己幼承庭訓，日常習慣背誦，亦愛書法；小學考試前一個月，更會將各科所學，統統一字不漏默寫於算術簿中，以作複習。同時，單師自小喜愛閱讀，手不釋卷，一年級即讀《五虎平西》，三年級讀《封神榜》，小學六年以內，已先後讀過《三國演義》三遍，《西遊記》、《水滸傳》亦各二遍，兼及《包公案》、《白蛇傳》、《七俠五義》，以及金庸、梁羽生之武俠小說，馳騁於古今載籍；每遇不識之字，則逐行反覆細讀，玩味其意，好學不倦。而且，自小學一年級起，已隨其姑姐往學海書樓聽講，直接耳聞諸位碩儒之學。因此，單師從小奠定良好中文基礎，對文字與標點符號均極為敏感。單師更謂，小時候每見一字，腦海皆會自然浮現一種相配之顏色，例如「潘」字為綠色、「周」為青色、「羅」為棗紅色、「馬」為紅色、「張」為黃色……當時如睡不著，他總愛翻閱報紙，查閱不同足球員之名字，然後據其名字所應配屬之顏色來重新分隊，自得其樂。僅此數例，已足見單師從小即與中文結緣，而其天分之高、用力之勤，對於今日學子而言，大概皆難以想像，相形自慚。

　　單師勤奮認真之態度，從小至今，恆無間斷。就筆者所見，過去十年以來，單師一直忙於學術研究與不同教務，未嘗中輟片刻。曾經有段時期，更加身兼數職，平日上午至下午於能仁當值後，傍晚又回港大工作，甚或於週六、週日，以至於黑雨、凌晨等非常時期，仍然繼續趕工。即使離港開會，以至外遊期間，亦習慣隨身攜帶學生作業、論文，隨時批改，一絲不肯放鬆。就連乘坐巴士時，亦會趁每次交通燈位停頓之短暫空際，取出隨身論文或報紙閱讀，把握每分每秒。每想及此，學生總覺痛心，擔憂老師休息不足，影響健康。惟單師卻不以工作為苦，更認為忙碌使其生命充實，故即使系務如何繁重，仍堅持究心學術，一直孜孜不倦，樂在其中，力宗孔子之志，「發憤忘食，樂以忘憂，不知老之將至」。當今之世，有勤勉、好學如單師者，後生小子，應該汗

顏，還焉敢怠惰？

　　從單師身上，學生還深切體會其治學功力之深湛及態度之嚴謹。單師著作等身，於海內外各重要學術刊物發表論文二百餘篇，專著則有《中國語文論稿》、《文字訓詁叢稿》、《左傳學論集》、《勉齋小學論叢》等。不論研治任何課題，單師必先廣覽博採，反覆紬繹，閱畢所有相關材料；繼而爬羅剔抉，深探竟討，研審文字音韻，驗諸古籍訓詁，稽覈義理辭例；最後薈萃羣言，歸於一是，使積蔽羣疑，渙然冰釋。單師編校論文，則析纖甄微，沉潛勤懇，一字一句，以至標點、注文，無不殫心竭慮，一絲不苟。故單師之論著，條理清晰，文字暢順，研索勤而憑藉富，發精微之蘊，解學者之惑，誠為學海之津梁。

　　單師之治學態度與方法，令人心悅誠服；學生有幸耳濡目染，著實獲益良多。全賴單師悉心指導，拙作碩士論文《上博簡〈周易〉斷占辭研究》，竟榮獲香港大學「李嘉誠獎」，獲評選為港大「文學及人文科學組（文學院、建築學院、經濟及工商管理學院、教育學院、法律學院、社會科學學院）」二〇〇八至二〇〇九年度最佳哲學碩士畢業論文；博士論文《〈上海博物館藏戰國楚竹書（三）・周易〉叢考》，再奪「李嘉誠獎」殊榮，獲評為二〇一三至二〇一四年度香港大學「文學及人文科學組」最佳哲學博士畢業論文。至於日常工作，亦屢蒙單師寬容，靈活調動值班時間，得以先後於香港城市大學語文學部、香港浸會大學中文系、香港大學中文學院中文增補課程、香港中文大學中國文化研究所、國學中心等多處兼教，以及擔任香港教育局、中國文化院及其他文教機構之不同職務，俾能累積寶貴之教學與工作經驗，擴展視野。單師樂於扶攜後輩，關懷備至，點滴恩情，學生銘記於心，感激不盡。

　　余少讀張橫渠「為天地立心，為生民立命，為往聖繼絕學，為萬世開太平」語，心甚嚮往之；又讀《東觀漢記・郭泰傳》載童子魏照謂：「經師易獲，人師難遭，欲以素絲之質，附近朱藍。」心有戚戚焉。今有幸受教於人師如單公者，實屬萬幸。綜觀吾師為人，勤奮認真，治學嚴謹，教學盡心，而日常待人接物，亦親和寬仁，謙虛恭謹，有口皆碑。凡此種種，學生皆由衷敬重，常以之為模範與榜樣，亟盼見賢思齊，學有所成，盡心敬事，善待他人，不辱師名！

承籌委會之邀，欣悉同門師長將為單師出版賀壽文集，並舉行國際學術研討會，謹梳理粗淺感言如上，聊表敬意，以之祝賀老師七秩華誕。同時，深盼老師注意休息，保重身體，諸事無憂，生活愉快！

丁酉季春誌於正心齋

〈《尚書校釋譯論》管窺〉讀後感言

黃湛

香港城市大學中文及歷史學系博士研究生

《易經》曰：
天行健，君子以自強不息。
地勢坤，君子以厚德載物。
單師在我心中，便是這樣的君子。
——題記

　　二〇一六年四月十九日，單師應邀出席國際《尚書》學第四屆學術研討會，並擔任主講嘉賓。〈《尚書校釋譯論》管窺〉是單師在會上宣讀的論文，該文評述劉起釪先生《尚書校釋譯論》一書，篇幅雖小，卻凝聚了單師不少心力。我當時正擔任單師的研究助理，得以見證該文從資料蒐集到寫定成稿的經過。今逢單師七十大壽之際，追述此文背後的故事，以見單師嚴謹的治學態度以及孜孜不倦的求索精神。

　　單師平日忙於學校公務、授課教學，加之友情所託和社會活動，一年之中幾無閒暇。那會正值三月初春，香港卻已悶熱起來。單師每天在學校工作到七、八點鐘，下班回家之後，往往還要批改學生功課，忙到凌晨兩、三點鐘才去休息。儘管勞累整日，單師仍舊逐字逐句修改功課，並在空白處作筆記批語，第二天帶到學校，交給我掃描存檔，以作備份。工作壓力雖然很大，但是單師為寫〈《尚書校釋譯論》管窺〉，仍將四冊書、千餘頁文字從頭至尾通讀一過，並到港大馮平山圖書館，借閱數十本《尚書》研究著作以備參考。即使到

了周末亦不輟此事，或是到能仁看書寫文，或是到港大蒐集材料。就是在這樣
的忙碌中，單師終於在四月上旬完成了論文。

〈《尚書校釋譯論》管窺〉一文除了介紹劉書體例和特點外，還以〈堯
典〉一章為焦點，列舉劉書文字校訂存在的問題。單師的研究不僅可以彌補劉
說疏漏之處，對古文字校釋和考訂等方面，亦多有創見。

例如「朞三百有六旬有六日」中的「朞」字，唐寫本《經典釋文》曰：
「𣈏，本又作朞，皆古朞字。」劉氏於此條後未加按語。單師則指出，唐寫本
中的「𣈏」字，又見於《古文四聲韻》，實為𠔼之譌字，丌古作𠔼，誤寫作𣈏
字上半部分的「开」字，「朞」字從日、其聲，是𠔼字的異體字。至於「𣈏」
字，則又是朞字的異體字，朞字從「日」，「日」在古文字中每或作⊙，⊙中
之點，或有闕如者，乃古文字「隨筆之變，彼省此增，不須執泥」。

再如「朞三百有六旬有六日」句中兩個「有」字，劉氏據內野本「有」字
作「ナ」及唐寫本《釋文》、甲骨、金文等，認為「ナ」字是古「有」字。單
師則指出，唐寫本《釋文》中的「ナ」是誤字，本當作「又」，「又」字才是
古「有」字。「ナ」字小篆作𠂇，象左手之形；「又」字小篆作𦅇，象右手之形；
「有」字小篆作𣍱，從「又」聲，故「又」可以借作「有」。𣍱字篆文上半部
分的𦅇，楷書寫作「ナ」，可證唐寫本《釋文》誤將「又」字作了「ナ」字。

又如「分北三苗」中的「北」字，鄭玄以「北」為古「別」字，訓「北」
為「別」。惠棟駁正鄭說，認為𗊂（北）、𗊂（別）兩字形似，𗊂（別）字譌
作𗊂（北），因此應將「分北三苗」改回作「分𗊂（別）三苗」。段玉裁同意鄭
說，認為「北可訓別，無煩改字」。劉氏《尚書校釋譯論》則採信鄭玄和段氏
的說法。單師則在〈《尚書校釋譯論》管窺〉一文中，根據《說文‧八部》
「𠔁，分也。從重八。八，別也。亦聲。」指出「𠔁」既非「北」，亦非
「別」，而是形近「𗊂（北）」而以「別」義為訓的一個字。從而對鄭、惠、
段及劉氏的說法予以訂正。

單師精通文字學，凡此等考據，均辨博詳明，能察劉說之未安。這篇論文
的文字訂補雖然集中在〈堯典〉一章，但是單師當時已悉覽全書，與劉說見解
相佐之處實不止於此。若逐條立論，恐怕要寫成一部書了。然而在我看來，單

師這篇文章很像是一份尚未完成的研究計劃書：其中既有對劉氏全書的概覽，文末還附有全書各章「討論問題」的整理表；同時，單師文中關於文字校釋的舉例，則可以當作方法論，應用於對劉氏全書的訂補工作。

其實單師確有繼續研究劉書的想法：那會兒單師正準備研究楊伯峻先生的《春秋左傳注》，具體內容是系統訂正和補充楊注。剛剛完成〈《尚書校釋譯論》管窺〉一文時，單師就曾提及：以後若有時間，希望將劉書也全面訂補、認真研究一番。

此外，單師也有訂補《論語》注疏的打算。記得二〇一五年底某個周六午休到西九龍中心用餐時，單師說，今人所作的《論語》注本或過於精簡，或多有疏訛，因此打算在完成楊書的研究後，挑選一部《論語》注疏做全面的訂補工作。單師談到清代學者劉寶楠的《論語正義》，問我是否讀過，《論語正義》是否有全面訂補的價值。我在讀碩士時研究劉寶楠的叔父劉台拱，對劉寶楠也略有了解，便結合此書內容和研究現況回答老師說，《論語正義》確有逐條訂補的價值。記得單師當時就說，完成手頭工作後便著手此事。後來寫〈《尚書校釋譯論》管窺〉時，單師又說想全面訂補此書。我對老師講，前面還排著《春秋左傳注》和《論語正義》呢。單師聞言不禁莞爾。

訂補這類大部頭的經學名著，是單師心中的宏偉計劃。單師對學術的熱情和堅持不懈的精神，令我由衷感到欽佩。

我常常為曾擔任過老師的研究助理而感到幸運，雖然只有短短九個月，但不論是讀書還是為人方面，單師的指點和教誨都使我受益匪淺。而單師和我聊天時對往昔故事的追憶感懷，講述自己讀書考索的經驗心得，又絕不是我從書本間可以獲知和參悟的。在我每向單師請教問題時，單師也總是不避繁瑣，從書櫃中找出《古文字詁林》、《說文解字》諸書，對相關問題追根究底，以求確解。這是老師治學的嚴謹，更是對學生的負責。孔子曰：「學而不厭，誨人不倦」，又有「何有於我」的自省之歎，單師正是繼承了儒家的真精神，不負夫子之教。至於待人接物，單師的溫恭摯誠，和藹可親，更使人如沐春風。單師對我的教誨和關懷，我將畢生銘記於心。

二〇一七年二月十三日賀單師七十大壽作

單周堯教授相關評述目錄

謝向榮

香港能仁專上學院中文系助理教授

說明：

1. 本目錄共分「散文、評論」及「詩詞、對聯、題辭」兩部分。前者「散文、評論」類，以書序、書評、專書或學刊之評介為主，兼收具規模之電子報訪問稿。為求精要，不收網上討論區、報章或雜誌之文章。所收評介，除細列篇目外，謹摘其要者錄之。

2. 至於「詩詞、對聯、題辭」一類，顧名思義，收錄學者朋友為單師賦詠之詩詞、對聯或題辭等，並按其撰作年月為序。

3. 單師從教逾四十年，諸家述評甚夥。惟筆者見識淺陋，所收內容，難免有所錯漏，懇請諸位專家學者海涵，不吝訂正。

一　散文、評論

1. 西茜凰（黃潤瑩）女士〈港大中文系講師：單周堯研究文字學音韻學十八年〉，一九八七年六月十日訪問稿，收入氏著《香港人物志》（香港：明窗出版社，1988年2月），頁150-153：

> 「單周堯」這名字，十分古雅，名字的主人，似乎是注定研究古籍。他自香港大學畢業後，研究文字學及音韻學。……他微笑說，文字學和音韻學是兩門艱深的學問，研讀碩士、博士等高級學位，花的時間往往比其他學科長，就時間上的投資而言，是極不化算的。但他沒有悔意，他

喜歡研究少人研究的東西。何況,他認為研究文字學及音韻學意義重大。他說:「沒有文字學、音韻學的基礎,根本無法獨立讀通先秦古籍。先秦的書,無論經子——《周易》、《論語》、《孟子》、《荀子》、《墨子》、《老子》、《莊子》等,都是中國文化的根。此外,認識文字學及音韻學,會加深對中國語文的認識。……這個社會是需要分工的。浮生多途。我的選擇,是先秦時代的典籍。數千年的中國文化,給予國人一種認同的對象,因而產生一種民族凝聚力,我們不應把它看成一個包袱;現代文明使人類餘暇增加,因此可以活得更燦爛,各種研究也應不斷發展。」……我想起《周易》的「天行健,君子以自強不息。」及「潛龍勿用」及「見龍在田」。的確可以古為今用。

2. 馬蒙教授《〈說文釋例・異部重文篇〉研究・序》(香港:香港大學中文系,1988年10月):

在《說文釋例》各章節中,清末的于鬯,最推重《同部重文》、《異部重文》二篇,以為「確不可易」,又說這兩篇「至精至確,鑄成鐵案」(《讀王氏〈說文釋例〉》);而黃侃則特別欣賞《異部重文篇》,認為是「不刊之作」(《文字聲韻訓詁筆記》頁94)。對於王氏《說文釋例》這眾口交譽的一篇,單周堯君詳加疏證,並摘其紕謬。這對文字學和文字學史的研究來說,是一件很有意義的工作。而香港大學中文系把單君這本著作印行,並列為該系文史叢書之一,正好說明大家對單君是項研究的重視。

3. 馬蒙教授《中國語文論彙・序》(香港:現代教育研究社,1988年11月):

本集所收,是單周堯君有關訓詁、文字、音韻和粵方言的論文……訓詁、文字、音韻,古代統稱之為「小學」。……單周堯君對這三門學問,都有很濃厚的興趣。二十年來,他一方面研治《說文》,上窺甲骨、彝器文字,一方面究心聲韻之清濁開合斂侈洪細,並廣泛地閱讀羣經諸子及其注疏。此外,由於香港通行粵方言,他對粵方言也有所研

究。本書所收，就是單君的部分研究成果。

單君的研究，已達到相當高的學術水平，例如章炳麟是我國近代的樸學大師，其《小學答問》一書，精研假借，素為學術界所推重，單君能就其中三十七條，提出與章氏不同的意見，足見已具一定的功力。觀此一例，可概其餘……單君治學，沈潛專精，其好學深思的精神，及其在學問上的成長，都使我留下深刻的印象。

4. 李學勤教授《左傳學論集・序》（臺北市：文史哲出版社，2000年2月），頁i-iv：

香港大學中文系單周堯教授……治學功力深湛，規模宏遠，尤能於小中見大，發前人所未發。單周堯先生多年沈潛《左傳》，多有獨到識見，1994年以來在香港、山東兩次組織《左傳》的學術研討會，極有成就。

5. 李學勤教授《文字訓詁叢稿・序》（臺北市：文史哲出版社，2000年3月），頁i-iv：

單周堯先生治文字學，於《說文》學與地下古文字兼重，有印證之功，無偏廢之弊，這由《文字訓詁叢稿》書中諸篇，很容易看到。竊以為這一點，其方法論的意義，不下於文內蘊含的許多創見。

6. 陳耀南教授《鴻爪雪泥袋鼠邦・荷沼鐘樓二十年》（香港：天地圖書有限公司，2001年10月），頁63：

同事中也有德業俱優，令人由衷敬佩的真學者。中文系的單周堯兄，由「先生」而「博士」，由助教而教授，對人對事，一貫謙誠，純粹如精金，溫潤如良玉。能結交這樣一位直、諒、多聞的好友，可說是我任教港大二十多年的一大幸事了。

7. 崔彥博士〈《左傳學論集》書評〉，《南大語言文化學報》第5卷第2期（新加坡：南洋理工大學中華語言文化中心，2002年），頁219-222：

香港大學的單周堯先生多年來潛心研究《左傳》，著有《左傳學論集》。……從篇目上看，都是對古今中外學者關於《左傳》作品的評議，但其內容絕非僅限於此。單氏就《左傳》的著者及成書年代、本旨和義例，以及怎樣認識、理解《左傳》均有獨到見解。……綜觀全書，《左傳學論集》作者治學嚴謹，能於小見大，所論往往發前人所未發，令人耳目一新。

8. 崔彥博士〈《文字訓詁叢稿》書評〉，《南大語言文化學報》第5卷第2期（新加坡：南洋理工大學中華語言文化中心，2002年），頁223-226：

《文字訓詁叢稿》是單周堯先生多年來研治文字學和訓詁學的論文彙編……綜觀全書，作者治學嚴謹，立論新穎，論據充分，資料翔實。這無不與作者的治學方法密切相關。我國傳統文字學的研究囿於資料有限及研究者本人的主觀因素，研究成果多有局限。近年來，地下文字的不斷發現，推動了文字學的研究，有必要將傳統文字學與古文字學研究結合起來。文字學貴在貫通，不僅要說明一字的形音義演變的源流，還要逐一介紹歷代學者的見解。這正是單著的顯著特點。

9. 郝茂教授〈《文字訓詁叢稿》書評〉，《人文中國學報》第9期（2002年12月），頁341-344；又載於《語言與翻譯》2002年第3期（總71期），頁77-78：

《文字訓詁叢稿》的內容涵蓋了漢字的形體、結構、發展、辭書編纂等文字學的核心論題。從每一論題的表述過程中，我們至少可以感受到這本論文集具有以下三個方面的特點。

其一，目光敏銳，往往於傳統論題的深探竟討之中出新見。……「說文學」如日中天，著述如林。而著者卻在對《說文》大家經典的研讀中屢屢發現問題，進而對前人所獲結論進行重新審視。……論述細緻周密，新意紛呈。

其二，內容翔實，注重文字形、聲、義之通考。……單周堯教授考論文

字，在觀察被考字的歷時變化，並同其他相互關聯字進行共時比較的同時，尤其注意被考字本身形、音、義三方面的相互關係，力求獲得客觀而全面的認識。……這可以說是對樸學優良傳統的承傳與發揚。

其三，努力從出土文字材料中尋求新證，開闢文字學研究之新境界。這一特點在這本論文集中表現得尤為突出。……讀這本論文集，可以發現每篇論文或補證前賢所論，或創立新說，都在相當程度上利用了甲骨文、金文等出土古文字材料。此道一以貫之，具有重要的方法論意義。

10. 中國語言學會編著《中國現代語言學家傳略·單周堯》（石家莊市：河北教育出版社，2004年5月），第3卷，頁1067-1071。

11. 張新武教授〈《文字訓詁叢稿》書評〉，《東方文化》第38卷第1、2期合刊（2005年），頁257-259：

> 通讀《文字訓詁叢稿》，我以為它有三個顯著特點：第一個顯著特點是立論允當，持論有據。……第二個顯著特點，是廣泛運用清代以來形音義互求的方法；於《說文》及他處字形、字音、字義之不能明者，必引古文字字形、古代字書釋義、古音以證之。……第三個顯著特點，是不管討論什麼問題，都窮源竟委，將前人已有的觀點全部羅列，逐一分析掂量，然後折中眾說，提出自己的觀點。作者將前人的觀點梳理得十分清楚，甚至勝過原文……不得不佩服作者理解之通透，能在前人的基礎上有所發明，有所前進。

12. 梁植穎先生〈單周堯——英皇的港大世界級漢學學人〉，《英皇師生愛國愛港情》（香港：明報出版社，2007年3月），頁238-239；《英皇書院師生133載愛國愛港情》（增訂本）[1]（香港：明報出版社，2013年6月），頁381-382：

> 單學長對中國文化有多方面的專長……他深入研究中國歷代文學及哲學，因此成為本港傑出大學人，得陳漢賢伉儷基金捐助一千萬元，贊助

---

[1] 案：《英皇書院師生133載愛國愛港情》（增訂本）頁317、320兩誤單師姓名作「單秋堯」。

單教授成為大學的「明德教授席」，以表揚學長對中國文化的獨特研究及對後代的啟發，亦成為我校自劉殿爵儒學家（一九三八年）、金慶熙史學家（一九三八年）及信廣來儒孟學家（一九七二年），第四位本土出產對中國漢學文字有重大貢獻的世界級學人。

13. 李雄溪教授《耕耨集——漢語與經典論集‧序言》（香港：商務印書館，2007年11月）：

> 師從單教授的同學，必定有相同的感受：單老師不但學問淵博，誨人不倦，而且對論文有很高的要求，大者如論文方向、結構的建議，小者如一字一句，以至注腳、標點的批校，可謂鉅細靡遺。單老師於學術研究一絲不苟的態度，我們無不由衷拜服。然而，大家從單老師身上所學到的，絕不囿於學術的範疇；單老師律己甚嚴、待人以寬，其謙虛恭謹之氣度，也是我們要終身追慕和學習的地方。

14. 許子濱教授〈發揚樸學傳統，兼綜漢學菁華——單周堯教授經學成就述略〉，《國文天地》第24卷第2期（總278期，2008年7月），頁10-17；《單周堯教授六秩晉五壽慶文集》（揚州市：揚州大學文學院，2012年7月），頁3-11：

> 先生著作等身，即使系務繁重，仍堅持究心學術，未嘗中輟片刻。其學術結晶，主要匯聚於三部語言學及一部「左傳學」論文集中。《中國語文論稟》（香港：現代教育研究社，1988年），收錄了先生自1978年至1987年期間發表的有關文字、音韻、訓詁及粵方言研究的17篇論文。《文字訓詁叢稿》（臺北：文史哲，2000年），收錄論文七篇；《左傳學論集》（臺北：文史哲，2000年），收錄有關「左傳學」的七篇論文。最近，先生將研究小學的十多篇論文輯為《勉齋小學論叢》一書，將由上海古籍出版社出版。多年來，先生於海內外各重要學術刊物發表逾百篇論文，其學術成就廣受海內外學人推崇。
> 81年來，香港大學中文學院的傑出學人一直以融會東西方學術為己任，

先生身上充分體現這種優良學風。先生之學術，兼綜乾嘉樸學與西方漢學之長，而自成體系。其治學之嚴謹細密，有甚於乾嘉大儒，而論辯之博達通明，亦不減西方漢學大家。研治任何課題，先生必先廣綜舊帙，薈萃羣言，然後甄別異同，捃選精切。其辨析文字之形音義，務必剖析毫釐、擘肌分理；至若綜論古今中外各家說法，亦必推尋研覈，窮原竟委，然後評定各說之得失。先生胸懷坦蕩，魄力驚人，有仁者之氣度。論學之時，無不實事求是，平心而論；於斟正學人論著之同時，亦不忘挹揚清芬，欣賞其獨造之處。先生常說，撰文的目的不過是「以燕石之瑜，補荊璞之瑕」而已，其治學態度敦厚謙虛若此。這種崇高的學術襟懷，實為現代學人的模範。李學勤先生如此評價先生的學術：「他治學功力深湛，規模宏遠，尤能於小中見大，發前人所未發。」（《左傳學論集，李學勤〈序〉》）李先生與先生交游、論學近30年，故深知其學問精粹所在。

先生之學術，以小學為根柢，於文字、音韻、訓詁之學俱極專精，相關著述亦最為宏富。……先生之治文字學，兼重「說文學」與古文字學，以兩者互為印證。每說一字，除博采《說文》家言，亦必綜合相關的甲骨文、金文以至戰國文字，細加研討，故其立說每能邁越前人。……先生執教香港大學30餘年，期間指導學生撰寫碩士、博士論文數十篇。先生誨人不倦，對學生關懷備至。尤令學生感動的是，先生往往不辭辛勞，焚膏繼晷，仔細為學生批改論文，其對學術的執著於茲可見。凡是親炙教誨的學生，無不深受先生影響。在先生的身教言傳和悉心教導下，許多學生都在學術園地上勵耕不輟，發表了許許多多極具份量的經學論著。2006年5月22日，先生榮獲香港大學頒發「最佳論文指導獎」（Outstanding Supervisor Award）。誠如李雄溪教授所言，先生獲此獎項，「實至名歸，自不待言，而在我們心目中，單老師早就是『最佳』，無待獎項的肯定。」（《耕耨集——漢語與經典論集·序》，香港：商務，2007）先生的學生遍佈兩岸四地各著名大專院校，各人均學以致用，發揮所長，以企薪火相傳、培育經學研究專才。

15. 劉寧小姐、唐雁超先生〈香港大學單周堯教授訪談錄〉,《山東大學研究生學誌》2009年第2期（總30期,2009年4月）,頁1-4;又載於《中國研究生》2009年第12期（2009年12月）,頁13-15。

16. 李學勤教授《勉齋小學論叢‧序》（上海市:上海古籍出版社,2009年4月）,頁1-3:

> 單周堯教授的著作有兩點特別值得稱道。第一,是重視基本的工作。從上世紀七十年代以來,古文字的新材料隨著考古工作的開展,層出不窮,令人目不暇接。新材料的大量湧現,當然為研究創造了前所未有的有利條件,然而也在一定程度上釀成一種趨新求異的風尚。一項新材料的發表,吸引好多人著手探討,這固然是好事,但有些人淺嘗即止,剛有所得,就又被更新的材料吸引過去,形成了被形容做一陣風的現象。許多十分重要和豐富的發現,公佈之後沒有多少時間,便很少有人注目了。若干非常關鍵的問題,由於需要投入較多的時間精力,竟無人過問。我們看本書中的論文,研究的儘管是一字一義,都能做系統深入的探索,從而達到有說服力的成果,正與這種學風相反。
>
> 第二,是堅持態度的平實。在本書裏單教授討論的一些古文字,有些上面已說過是學術界研究已久的,學者見仁見智,眾說紛紜,不免有非常異義之論。本書就此條分縷析,歸衷一是,所提出的見解大都合情入理,言必有據。這初看似乎簡單,實則極見功力,是很不容易做到的。前人評論宋代的趙明誠,讚美他所著《金石錄》論述吉金文字,條數不多而言必中肯,我們實在應該學習。

17. 白潤石先生〈單周堯教授專訪〉,《臺大國際華語研習所電子報》第46期（2011年4月13日）。

18. 吳鴻榮先生〈書評:單周堯著《勉齋小學論叢》〉,《東方文化》第43卷第1、2期合刊（香港:香港大學中文學院,2011年7月）,頁272-276:

> 無論評述,還是抒發創見,本書作者都有一套自己的評析方法。在評述

方面，本書作者會先引用所評論書中的內容，然後有條理地鋪排出自己找到的相關資料，並由此作出結論。……而在抒發創見方面，涉及的多數是極具爭議性的論題，可謂眾說紛紜，見仁見智，要把問題解決，需要投入較多時間和精力，但本書作者並沒有退卻，也沒有人云亦云，隨意下判斷，而是腳踏實地，從最基本的材料出發，務求盡量研究第一手資料，從而得出中肯的結論。

19. 詹伯慧教授〈一位永遠充滿活力、永遠不知疲倦的學者——記相交三十載的單周堯教授〉，《粵語研究》第11期（澳門：澳門粵方言學會，2012年6月），頁79-80；《單周堯教授六秩晉五壽慶文集》（揚州市：揚州大學文學院，2012年7月），頁1-2：

周堯教授是當今香港中國語文學界無人不知的學者。打從上個世紀八十年代開始，他就一直是語文學界的活躍人物，三十來歲就已經在香港語文學術界嶄露頭角了。他經常參與主持中國語文方面的學術會議，一直是香港中國語文學會的領導成員。給我印象最深的是：1987年在香港中文大學舉行的首屆國際粵方言研討會，就是他和徐雲揚教授主持召開的。粵方言國際研討會至今已經持續不斷地開過16屆了，25年前首屆會議草創之功實不可沒。在我的記憶中，1999年6月26-28日，作為港大中文系主任的單周堯教授，又和語言學系主任陸鏡光教授共同主持了在港大舉行的第七屆國際粵方言研討會，那次研討會盛況空前，為歷來規模最大的一次粵方言研討會，其論文結集受到《方言》雜誌的青睞，會後以《方言》增刊的形式由北京商務印書館出版。周堯教授博學多才，在他的學術生涯中，重點涉獵的領域是文字音韻訓詁等傳統「小學」和粵語方言，但文史哲中許多古代經籍也是他經常鑽研的學問。在他指導的博士生中，不僅有研究文字學訓詁學音韻學和粵方言的，也有專攻《論語》等古籍的。單教授正是以他多元化的「國學」造詣贏得學術界的讚賞。尤為可貴的是：他十分熱心於中華文化的發揚光大。對傳統語文學的傳承與發展尤其不遺餘力。例如對於禮學的研究，他就大力提倡，親

身參與。近期還組織他的一批門生和清華大學合作舉辦儒學學術研討會。他善於利用港大的學術資源，大力開展海內外漢學界的學術交流，許多漢學權威都先後接受過港大的邀聘，到港大來講學或進行協作研究，充分發揮港大中文系（院）在凝聚海內外漢學家中的橋樑作用。據我所知，打從上個世紀八十年代以來，港大中文系每年至少主辦一次「國學」方面的國際性學術研討會，從未有過中斷。單教授主掌系（院）近十年，學術會議不斷，學術交流頻繁。像李學勤、裘錫圭等鼎鼎大名的歷史學家、文字學家，就都和港大中文系（院），和單周堯教授有過緊密的學術協作關係。近二十年來，單教授還積極參與全國性中國語言學會的學術活動，他一直是學會的理事，近期學會舉辦的學術年會，每次都得到單教授及其所在單位的協力支援。我因長期從事粵方言研究，加上長期主持廣東省中國語言學會的工作，三十年來和港大中文系及單教授的交往也相當頻繁。從九十年代初開始，粵、港、澳粵語學者協力進行歷經十載的粵語審音和《廣州話正音字典》的編纂，周堯教授始終傾心合作，全力以赴，充分體現出一位語言學者對學術事業執著勤業的可貴精神。在我們的接觸中，這種精神經常可以感受得到，每年海內外邀請單教授參加的學術會議不計其數，他時間不夠，寧願放棄休息，日夜趕寫論文，不斷東奔西跑，也不輕易推辭。每天除了晚上回家睡覺，早晨在家吃個早餐以外，他的時間不是外出參加學術活動，就是泡在他中文系的辦公室裡，午飯和晚飯總是和同事或助手到學校的餐廳中吃速食。好幾次晚上我打電話到他家中，夫人總是說他在學校工作未歸，要我打電話去辦公室找他。我心想：單教授可真是一位工作狂啊！我也曾勸他不能老是這樣拼命，有些活動、有些會議，可以推卻的就不妨推卻。可是，他總是無法接受我的勸諭，還是一股勁地有求必應。最近有一次單教授從外地連趕幾個會回到香港，身體感到不適，終於住進醫院幾天，醫生說他得的是疲勞過度的病，這對他才終於有一點點的觸動！在我們相交三十載中，單周堯教授刻進我腦子裡的印象，歸結到一點就是：他是一位永遠充滿活力、永遠不知疲倦的語文學者；一位不斷進

取、學富五車的漢學家。在慶祝單教授六五華誕之際，謹以此文聊表我的敬佩之情。在此我也要建議單教授要注意勞逸結合，要注意身體健康，相信只要保持健康的身體，單教授一定能夠在學術事業上不斷建功立業，不斷攀登高峰。

20. 謝春玲博士〈一個純粹的學人：單周堯教授印象〉，《單周堯教授六秩晉五壽慶文集》（揚州市：揚州大學文學院，2012年7月），頁127-128；又以〈一個純粹的學人：導師單教授印象〉為題，收入《殷墟甲骨刻辭空語類研究》（廣州市：廣東教育出版社，2013年11月），頁279-280：

先生治學嚴謹……先生勤勉敬業……先生為人謙和……先生是一個純粹的學人。年年月月日日，先生活在他的工作中，傾情享受著他的工作……先生把自己全部的時間和精力獻給了他熱愛的事業。年復一年，一篇篇論文相繼發表；一期期學刊如期刊行；由他指導的博士論文、碩士論文一部一部擺上圖書館的書架。

21. 于昕博士〈受教廿載憶往昔〉，《單周堯教授六秩晉五壽慶文集》（揚州市：揚州大學文學院，2012年7月），頁129-130：

老師對學術有著很強的責任心，為其傳承與發展，一心選拔合宜的人材。一旦選出，則盡力栽培，務求早日開花結果。這種良苦用心，令人不勝欽佩。

22. 李學勤教授《勉齋論學雜著·序》，2013年5月15日撰作，待刊：

單周堯先生長時期精治《左傳》，著有《左傳學論集》，本於前賢專一經而通群經的旨趣；深研小學，著有《文字訓詁叢稿》、《勉齋小學論叢》，又正合樸學由小學而入經學、史學的途徑。在深厚的傳統基礎上發展創新，乃是單先生著述優長之處。

我還想提到，單周堯先生不僅深於中華文化傳統，對於西方漢學更有甚深造詣。他執教於香港大學多年，主持中文系教務，而香港從來是中西

兩大文化體系遇合交融之地，與漢學的興起和傳播有相當密切的關係。單先生的學術研究，不拘是《左傳》之學還是小學，也都對西方漢學界的有關著作做出深入的評述。讀過他前述幾部論集的，不會忘記他怎樣談論英國理雅各的《左傳》譯本、瑞典高本漢的修訂本《漢文典》等等精彩文字。在新編的這部論文集裏，又有《高本漢的經籍研究》等幾篇大文，使我們對單先生學貫中西的博識有更多的了解。

二　詩詞、對聯、題辭

1. 陳耀南教授〈敬贈單周堯先生（1978年作）〉，《敝帚珍留五十年》（澳洲：作者自印本，2009年），頁33：

> 周文為一代盛觀，精訓故，賞詞章，今古梯航通義理；
> 堯舜是百王典範，開誠心，布公道，中西融會樹政權。

2. 招祥麒教授〈單師周堯榮膺香港大學明德教授，敬賦（2005年4月作）〉，《風蔚樓叢稿續編》（香港：新民主出版社，2013年3月），頁41：

> 立心天地翼經綸，仰訝宮牆四季春。文究音形元考義，行涵智勇樂安仁。滋蘭九畹仍多願，（註一）著論三餘已等身。（註二）名實相將今日盛，華堂陸佑滿嘉賓。

> （註一）《離騷》：「余既滋蘭之九畹兮，又樹蕙之百畝。」
> （註二）《三國志‧卷十三‧魏書‧王朗傳》裴松之《注》引《魏略》：「人有從學者，遇（董遇）不肯教，而云：『必當先讀百遍。』言『讀書百遍而義自見』。從學者云：『苦渴無日。』遇言『當以三餘』。或問三餘之意，遇言『冬者歲之餘，夜者日之餘，陰雨者時之餘也』。」

3. 招祥麒教授〈次韻單師周堯，並呈鄭愁予教授二首（2006年4月作）〉，《風蔚樓叢稿續編》（香港：新民主出版社，2013年3月），頁63：

> 愁予鄉國復春心，暗疽弦聲耐別吟。周覽堯天高格調，平疇野色綠如針。談蕩情懷共一心，詩無新舊合長吟。誼歸杯酒黃昏後，誰撚陳芳灸病針？

4. 招祥麒教授〈聯歡晚宴奉和單師周堯（2006年4月作）〉，《風蔚樓叢稿續編》
（香港：新民主出版社，2013年3月），頁63：

   酒催詩興並詩心，即席華堂樂唱吟。北調南腔聊共冶，東鯤西粵線連針。

5. 招祥麒教授〈心聯淺語寄贈兩岸三地交流活動諸領導、學者、詩人：單周
堯教授（2006年4月作）〉，《風蔚樓叢稿續編》（香港：新民主出版社，2013
年3月），頁170：

   周禮職官疑可信，堯階蓂莢幻尤真。

6. 劉衛林博士〈拜讀周堯師大作感賦（2006年6月作）〉[2]，《致遠軒吟草》（香
港：藏用樓出版社，2010年10月），頁110：

   斯時風雅重儒林，得失文章託寸心。仰望趨馳嘆奔逸，高吟琬琰洗塵襟。

7. 招祥麒教授〈文農師六十大壽，恭賦（2007年11月作）〉，《風蔚樓叢稿續
編》（香港：新民主出版社，2013年3月），頁12：

   海屋華堂宴，（註一）壽星如岡陵。潛德猶龍盛，積學五車盈。滋蘭逾
   九畹，庭桂欣自榮。從心長耳順，絲蘿依傍生。嶺梅報春信，濤聲入夢
   清。笛奏南飛鶴，舉杯祝遐齡。

   （註一）席設黃金海岸酒店。

8. 招祥麒教授〈己丑初秋，鵬飛、子濱、敬偉、漢芳與予，隨文農師赴京出席
二〇〇九年兩岸四地春秋三傳與經學文化學術研討會，感賦四絕（2009年8
月作）〉[3]，《風蔚樓叢稿續編》（香港：新民主出版社，2013年3月），頁84：

   北赴京華細論文，春秋經傳久彌芬。上庠四地無今古，一派風流各自勤。

[2] 案：指單師〈步陳伯元教授贈周公七絕韻祝周策縱饒固庵柳存仁三公高壽〉詩：「名重儒林身壯
挺，三公無異讀書仙。壽如南嶽春秋永，歲歲重來賞杜鵑。」
[3] 案：單師和詩〈祥麒校長仁棣春秋三傳研討會絕句四首和其一（己丑夏日文農於香港大學，2009年
8月作於香港大學）〉：「細繙餘杭讀左文，攻劉敘錄再揚芬；耿生錯會搖頭意，枉費詳稽史漢勤。」

滋蘭有地並如鱗，海淀車行一望春。我自隨師躋峻域，夢回洙泗渡芳津。
夙夜研經傲俗懷，有朋海內樂相偕。商量更遼平生學，執手情搖別後骸。
重峻宮牆說單門，群經考據德為尊。長研聲韻探文字，感訏鴻儒獎掖恩。

9. 招祥麒教授〈頌仁兄邀約雅會上海金澤鄉，周堯師、鵬飛兄與余夫婦同
行，彭教授林公亦抵自北京。晚膳筵開，圍坐劇談，憫禮教之失，尋恢復
之道，不知夜之深也（2012年2月作）〉，《風蔚樓叢稿續編》（香港：新民主
出版社，2013年3月），頁97：

晚抵春寒金澤鄉，主人東道意飛揚。高談一座探儀禮，月到中天興亦長。

10. 招祥麒教授〈《高陽臺》詞賀文農師六十五大壽，並序（2012年4月作）〉，
《風蔚樓叢稿續編》（香港：新民主出版社，2013年3月），頁122-123：

二〇〇七年十二月，單門弟子為慶祝文農師六十大壽，設宴於香港黃金
海岸酒店，呈上《耕耨集》為壽。《耕耨集》由李雄溪、許子濱、郭鵬
飛、陳遠止諸學長促成及主編，經商務印書館出版。所輯論文皆單門弟
子撰寫，內容涉及語言文字與經典研究。是夕也，談讌甚歡，其樂也融
融。余即席獻上壽詩一首，酬心寄意，以表區區之情。五年於茲，揚州
大學乘舉行文字學研討會之便，為文農師舉行六十五歲祝壽活動，謹填
詞一闋，調寄《高陽臺》為賀。
玉頰浮丹，方瞳點漆，冰姿遙接高寒。久惜三餘，浸沉經籍乾乾。平生
養正昭明德，扇春風、桃李欣然。斗山望，忝列門牆，敢話薪傳？
二分明月緣慳日，愛維揚美景，靜倚闌干。紅藥橋邊，風流應似樊川。
今宵共祝尊前鶴，頌九如、喜說華顛。樂追游，歲歲松筠，不老青山。

11. 詹杭倫教授〈賀文農公六十五華誕（2012年5月13日作）〉，未刊：

香江學府孕靈芝，博雅如公世更希。古字奇文華夏愛，銀鉤鐵畫聖明
知。日臨椿算身尤健，月照書櫥景緩移。賀客盈門傳妙什，能仁天佑捧
芳卮。

12. 向光忠教授〈單公周堯教授六秩晉五壽誕頌辭〉,《單周堯教授六秩晉五壽慶文集》(揚州市:揚州大學文學院,2012年7月),卷首:

> 經綸滿腹弘許學,翰墨飛縑屬華章。

13. 譚成珠教授〈恩師單周堯教授生辰賀辭〉,《單周堯教授六秩晉五壽慶文集》(揚州市:揚州大學文學院,2012年7月),頁131:

> 師德永銘,銘心刻骨。受益良多,無任感荷。

14. 老志鈞教授〈賀單師周堯教授六秩晉五壽慶〉,《單周堯教授六秩晉五壽慶文集》(揚州市:揚州大學文學院,2012年7月),頁132:

> 周才淵博如北海,堯壽綿延比南山。

15. 招祥麒教授〈文農師六十五歲華誕,單門弟子設宴嶺南會所為壽,恭賦(2012年12月作)〉,《風蔚樓叢稿續編》(香港:新民主出版社,2013年3月),頁50:

> 一堂瑞氣慶庚寅。(註一)舉目喬松不老身。絳帳垂恩開兩地。(註二)明燈燭夜賽三辰。手栽蘭蕙成疏密。心繫經文覓寶珍。壽酒敬呈欣算亥。(註三)門牆桃李報先春。

> (註一)《離騷》:「帝高陽之苗裔兮,朕皇考曰伯庸;攝提貞于孟陬兮,惟庚寅吾以降。」此以屈原出生,借代文農師出生。
> (註二)《後漢書》曰:馬融,字季長。達生任性,不拘儒者之節。嘗坐高堂,施絳帳,前授生徒。單師現執教於能仁專上學院及港大中文學院。
> (註三)《左傳‧襄公三十年》:「三月,癸未。晉悼夫人食輿人之城杞者。絳縣人或年長矣,無子,而往與於食。有與疑年,使之年。曰:『臣小人也,不知紀年。臣生之歲,正月甲子朔,四百有四十五,甲子矣,其季於今,三之一也。』吏走問諸朝,師曠曰:『魯叔仲惠伯會郤成子于承匡之歲也。是歲也,狄伐魯,叔孫莊叔於是乎敗狄于鹹,獲長狄僑如,及虺也豹也,而皆以名其子,七十三年矣。』史趙曰:『亥有二首六身,下二如身,是其日數也。』士文伯曰:『然則二萬二千六百有六旬也。』」

16. 招祥麒教授〈文農師六十九歲華誕恭賦（2015年12月作）〉，未刊：

吾輩素心人，從來飽以德。學海任徜徉，欣然望北極。北極何皎皎，眾
星黯顏色。華堂慶添籌，歡樂難掩抑。心聲頌九如，健筆凌九域。明年
七十壽，盛況不須測。

17. 招祥麒教授〈文農師七十壽恭賦（2016年12月作）〉，未刊：

堂堂到此古來稀，鳩杖何勞健步飛，誰惜三餘終不悔？自矜一脈發幾
微。壺冰靜處瞻時世，壽鶴情遙對夕暉。欣卜期頤筵百席，群孫舞著老
萊衣。

編者簡介

主編

李雄溪

　　香港大學中文系哲學博士。一九九一年加入嶺南大學中文系。在研究和教學之外，曾擔任語言中心副主任、中文系系主任、學生輔導長、協理副校長。研究興趣為文字學、經學和漢語語言學。曾出席超過六十個國際學術研討會，並宣讀論文。出版包括五本專書，以及數十篇學術論文。

招祥麒

　　珠海書院文學博士，香港大學哲學博士。現職培僑中學校長，香港能仁專上學院客座教授，香港直接資助學校議會主席，粵語正音推廣協會主席，香港教育大學校董，香港嶺南大學中文系顧問委員，香港中文大學學校夥伴協作中心管委會成員，上海復旦大學陳樹渠比較政治發展研究中心理事會成員，教育局教育發展基金諮詢委員會委員，民政事務局葛量洪獎學基金委員會成員等。除推動教育外，亦長期致力於詩詞創作和學術研究，曾兼任香港大學中文學院講師，並任香港大學亞洲研究中心及香港人文社會研究所訪問學者，珠海學院中國文學系教授等。

郭鵬飛

　　香港大學中文系哲學博士。曾任教於嶺南學院，教授古典詩歌、古今散文、比較小說、儒家思想與文學等課程。現於城市大學任教古代漢語、中國語

文學等科目，並兼人文及社會科學學院院刊編輯委員會主席、總編輯。

許子濱

　　香港中文大學中國語言及文學文學士（一級榮譽）、哲學碩士，香港大學哲學博士，現任嶺南大學中文系教授、中文文學碩士課程副主任。主要研究範圍為古今漢語、《楚辭》、禮學及古代文獻。著有《王逸楚辭章句發微》、《春秋左傳禮制研究》（兩種皆由上海古籍出版社出版）、《左傳導讀及譯注》（與單周堯教授合著）、《楊伯峻〈春秋左傳注〉禮說斠正》（皆由香港中華書局出版），編著有《當代粵語正音字典》（與詹伯慧、單周堯等教授合編，將由香港商務印書館出版），主編有幾種，包括《海峽兩岸現代漢語研究》、《嶺南學報》（復刊第三、四輯）、《嶺南大學經學國際學術研討會論文集》（臺灣萬卷樓疏公司出版）等，另已發表學術論文七十餘篇。

編輯

潘漢芳

　　畢業於香港大學，主修中國語言及文學，並取得文學士、哲學碩士、哲學博士及教育文憑。現為香港大學中文學院講師，教授大學中文課程，研究興趣包括經學、文字訓詁、中國文獻學、古代漢語及語文教學。

蕭敬偉

　　香港大學哲學博士。先後任教於香港城市大學及嶺南大學，二〇一二年九月起任香港大學中文學院講師兼中國語言文學文科碩士課程統籌。講授本科及碩士課程，包括經學、《左傳》、現代漢語、粵語語言學、粵普對比、古代散文等範疇。主要研究範圍包括中國語言文字學、古代漢語、古典文獻學及粵方言，至今發表論文十餘篇。

學術論文集叢書 1500008

單周堯教授七秩壽慶論文集

主　　編	李雄溪、招祥麒、郭鵬飛、許子濱	
編　　輯	潘漢芳、蕭敬偉	
責任編輯	翁承佑	
特約校稿	林秋芬	
發 行 人	陳滿銘	
總 經 理	梁錦興	
總 編 輯	陳滿銘	
副總編輯	張晏瑞	
編 輯 所	萬卷樓圖書股份有限公司	
排　　版	林曉敏	
印　　刷	森藍印刷事業有限公司	
封面設計	斐類設計工作室	

發　　行　萬卷樓圖書股份有限公司
　　　　　地址　臺北市羅斯福路二段 41 號 6
　　　　　樓之 3
　　　　　電話　(02)23216565
　　　　　傳真　(02)23218698
　　　　　電郵　SERVICE@WANJUAN.COM.TW
大陸經銷　廈門外圖臺灣書店有限公司
　　　　　電郵　JKB188@188.COM
香港經銷　香港聯合書刊物流有限公司
　　　　　電話　(852)21502100
　　　　　傳真　(852)23560735

ISBN 978-986-478-099-0

2017 年 11 月初版一刷

定價：新臺幣 1200 元

如何購買本書：

1. 劃撥購書，請透過以下郵政劃撥帳號：
　　帳號：15624015
　　戶名：萬卷樓圖書股份有限公司
2. 轉帳購書，請透過以下帳戶
　　合作金庫銀行　古亭分行
　　戶名：萬卷樓圖書股份有限公司
　　帳號：0877717092596
3. 網路購書，請透過萬卷樓網站
　　網址　WWW.WANJUAN.COM.TW

大量購書，請直接聯繫我們，將有專人為
您服務。客服：(02)23216565 分機 10

如有缺頁、破損或裝訂錯誤，請寄回更換

國家圖書館出版品預行編目資料

單周堯教授七秩壽慶論文集 / 李雄溪等主編.
-- 初版. -- 臺北市：萬卷樓, 2017.11
　　面；　　公分
ISBN 978-986-478-099-0(精裝)

1.漢語　2.文集

802.07　　　　　　　　　　　106010312